ÓRION

Minha Constelação

EDITORA
EUPHORIA
1ª EDIÇÃO, 2023

YULLE
ÓRION
Minha Constelação

CAPA
Fakel Barros
Talita Asami Tanaka

ILUSTRAÇÕES
Talita Asami Tanaka
Danielle Santos
iStock - PIXELPARTICLE

DIAGRAMAÇÃO
Lara Design Editorial

PREPARAÇÃO DE TEXTO
Bianca Albuquerque de Araújo

REVISÃO
Simone da Mota de Souza
Isabella Lazaroni
Clarissa Rachid

Dados Internacionais de Catalogação na Publicação (CIP)
(Câmara Brasileira do Livro, SP, Brasil)

Yulle
Órion : minha constelação / Yulle ; ilustrações
Talita Asami Tanaka, Danielle Santos. -- Rio de
Janeiro : Editora Euphoria, 2023. -- (Órion)
ISBN 978-65-84923-15-7
1. LGBTQIAP+ - Siglas 2. Romance brasileiro
I. Tanaka, Talita Asami. II. Santos, Danielle. III. Título. IV. Série.
23-162062 CDD-B869.3

Índices para catálogo sistemático:
1. Romances : Literatura brasileira B869.3
Eliane de Freitas Leite - Bibliotecária - CRB 8/8415

ÓRION, MINHA CONSTELAÇÃO, 1ª EDIÇÃO, 2023

EDITORA EUPHORIA

CNPJ: 39.317.627/0001-06
Rio de Janeiro - RJ
Contato: editoraeuphoria@gmail.com
Site: www.editoraeuphoria.com.br

ATENÇÃO!

Esta obra possui menção e uso de drogas lícitas e ilícitas, uso de palavras de baixo calão, violência física, psicológica, verbal e doméstica, atividades criminosas como contrabando, narração de procedimentos médicos explícitos, sexo explícito, além de menção e descrição de episódios de transtornos psicológicos e suicídio.

DEDICO ESTE LIVRO

a Kim Namjoon, Kim Seokjin, Min Yoongi, Jung Hoseok, Park Jimin, Kim Taehyung e Jeon Jungkook, que levantaram meu rosto, me fizeram olhar para a frente e me deram forças para lutar pela minha vida, pois eu já havia desistido dela.

Obrigada por fazerem com que eu voltasse a amar coisas que eu esqueci que amava tanto.

#EstrelaDeFumaça

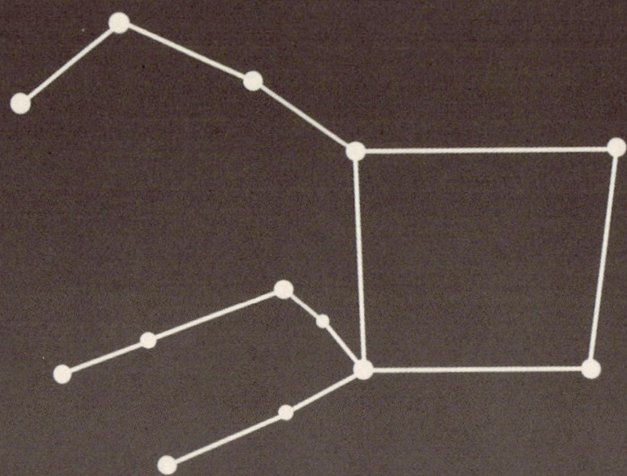

1

PEGASUS

Nicolas

Eu, que saí da casa dos meus pais para nunca mais me envolver em nenhum ato violento, não imaginava que fosse *justamente* através da violência que iria experimentar paz genuína.

A contrariedade disso tudo me tonteava. Nunca quis isso. Nunca quis que alguém tomasse minhas dores, nunca quis que alguém me defendesse de forma agressiva. Foi por isso que eu fugi todos os anos. Era por isso que eu passava mais tempo na escola ou que dançava, por horas, no estúdio do colégio. Era por isso que eu me sentava na calçada de casa, mesmo faminto, depois de um dia inteiro de estudos, e só entrava depois que tivesse certeza de que *ele* estava dormindo.

Porque eu teria minha dose de paz, mesmo que fosse uma paz limitada e frágil. Realmente, nunca quis violência e sempre fugi dela, mas por que eu estava tão aliviado? Por que eu estava tão...

Feliz?

Por que, ainda assim, mesmo com essa felicidade pelo alívio, eu me sentia tão culpado, tão dolorido por dentro?

— Por sua causa, Jhonatan... porque eu pude salvar você — soltei e, em seguida, senti Kauer segurar minha cabeça e deitar meu rosto gentilmente em seu peito.

Foi o suficiente para que eu voltasse a derramar mais e mais lágrimas, enquanto era envolvido pelo seu carinho, que parecia tão infinito naquele momento. Não era difícil notar como todos os meus sentimentos estavam bagunçados ao sentir a mão de Jhonatan afagando meu cabelo.

Ele estava ali, dando-me conforto, enquanto eu ouvia seu coração bater aceleradamente. Jhonatan até podia manter as feições calmas, mas eu sabia que o sentimento era muito diferente disso...

Quando ergui minha cabeça, buscando seu rosto, ele olhou para mim com o cenho franzido, preocupando-se apenas em passar os polegares pelos meus olhos e secar minhas lágrimas incessantes, que eu jorrava depois de ter confessado a ele que detestava Medicina, mas faria a faculdade inteira de novo se precisasse salvar sua vida mais uma vez.

Jhonatan ainda não entendia o quanto eu estava disposto a lutar pela sua vida, porque, de alguma forma, isso também fazia com que eu me sentisse vivo.

Ele fazia com que eu me sentisse assim, me fazia querer ver o céu mais uma vez.

E vale a pena lutar por quem trás as estrelas de volta para você.

— Desculpe — disse baixinho, fungando, descendo os olhos até a tatuagem em seu pescoço, apenas porque não conseguia encarar seus olhos naquele segundo. — Desculpe por ser essa explosão de sentimentos, eu só... não consigo...

— Não consegue controlar o que você sente depois da notícia que eu te dei? — perguntou, depois que me engasguei com o choro, provavelmente mostrando que não conseguiria completar a frase.

Eu assenti. Realmente, era difícil demais entender tudo aquilo.

— Estou culpado, estou com medo. — Eu fungava, balançando a cabeça negativamente, mostrando que o choque ainda não havia me abandonado. — Estou feliz, porra... Eu deveria estar feliz?

— Deveria, sim, Nicolas — ele respondeu, pegando nossas mãos e entrelaçando nossos dedos com carinho. — Se alguém precisa sentir culpa, sou eu, porque quem deu um socão na cara do bostão fui eu.

Ri baixinho, não consegui me segurar. Ele também riu, mas logo voltou ao tom sério.

— Eu vivo no meio de violência, doutor... — confessou baixo, enquanto descia os olhos até as nossas mãos entrelaçadas. — Eu estou acostumado a ver tortura, pessoas apanhando e todo o tipo de coisa, mas eu nunca fiz nada disso e nem pretendo fazer, porque eu não gosto de ter que apelar pra força física.

Assenti devagar.

— Mas se for por você, eu repito isso um milhão de vezes.

Ergui os olhos e o encarei, sentindo uma lágrima, teimosa e sozinha, cair pelo canto dos meus olhos. Então, ele completou a declaração que eu havia feito antes, provando-me que estávamos mergulhando em um mar de reciprocidade que eu nunca havia nem sequer posto os pés.

— Eu também faria tudo de novo por você, Nick.

— Até o tiro? — brinquei, mas sua resposta me surpreendeu.

— Nem que o tiro fosse no meu cu, mas eu tomava! — falou, rindo.

Eu dei a gargalhada mais chorosa da minha vida, segurando-me para não fazer daquele momento de humor mais uma brecha para que eu chorasse, ainda mais, um rio. Porém, aquilo não se aplicava apenas a mim.

Os olhos de Jhonatan estavam sutilmente marejados, e era muito óbvio que ele também sentia coisas demais. O marmanjo *ex-bandido/*

fumante/tatuado era um bebê chorão assim como eu, mas nada daquilo era inesperado.

Estávamos muito sensíveis, quase descontrolados, porque, no meio de toda aquela nossa bagunça de lágrimas, nossos sorrisos se mantinham. Nossas risadas. E eu particularmente sorria porque estava feliz em ter Jhonatan comigo.

Feliz em ter alguém que me defendesse de mil babacas...

Uma de minhas mãos, que estava entrelaçada a dele, subiu até seu pescoço, puxando-o com carinho o suficiente para que nossas testas ficassem coladas e nossas respirações quase entrassem em sincronia.

Com olhos fechados, tivemos um daqueles momentos só nossos. Aqueles momentos em que o mundo não existia e os únicos habitantes da face da Terra eram Nicolas Hadriel e Jhonatan Kauer. Quando notei sua respiração descompassada, apenas por estarmos com os rostos próximos, deslizei a mão devagar até seu peito, o lugar que mais se movimentava naquele momento. Subia e descia com força. Pulsava tão forte, que fez com que eu soltasse uma risada curta.

— Vou ter que chamar o Max — disse baixo, roçando os lábios nos seus por causa da proximidade que eu causara.

— Isso é medo, Nicolas — Jhonatan confessou. — Eu tive medo de perder você — ele falava, tirando a testa da minha e roçando a ponta do nariz pela minha bochecha, enquanto beijava o canto da minha boca e ia distribuindo selares calmos, que desciam até minha mandíbula.

Calmos, mas que faziam todos os centímetros do meu corpo se arrepiarem de forma desejosa. Causando-me respirações pesadas, Jhonatan continuava a baixar a boca até chegar ao meu pescoço, cerrando os dentes lentamente sobre a região sensível, que ele sabia ser meu ponto fraco e se aproveitava disso.

— Medo e... agora tesão — confessou, sacana, rindo sobre a minha pele.

Uma de suas mãos subia até a lateral de meu rosto, segurando-o com firmeza, mas também com seu carinho característico, enquanto roçava seu polegar no meu lábio inferior entreaberto. Minha respiração começou a sair entrecortada.

Era muito simples a forma como ele conseguia girar a chave do humor desse jeito. Reverter o quadro mais triste para aquele seu jogo safado. E quando se jogava com ele, se perdia apenas por entrar na brincadeira.

No meu caso, eu tenho certeza de que sempre ganhava...

Enquanto Jhonatan segurava meu rosto, sua cintura, que estava envolta pelas minhas pernas, se encaixava ainda mais ao meu quadril, fazendo pressão sobre coisas que ganhavam vida. Aquilo me fazia morder o lábio inferior, contendo uma risada safada, que crescia dentro de mim quando eu percebia o quanto era gostoso causar essa reação nele com tão pouco.

Mas eu mordi o lábio com mais força ainda quando a risada se desfez em desejo, no mesmo momento em que ele beijou meu pescoço com um pouco mais de intensidade. Em um reflexo, subi a mão até a sua, que ainda segurava meu rosto, e a apertei com força, arrancando de Jhonatan um gemido alto.

Mas aquele não era um gemido de prazer.

Tirando a boca do meu pescoço, ele respirava fundo, enquanto segurava as mãos e massageava os dorsos, fazendo-me perceber que o havia machucado mais uma vez.

Quantas vezes ainda iria quebrar o clima machucando Jhonatan? Parecia que eu estava ficando craque nisso.

— Jhon — disse cautelosamente, chegando os dedos, devagar, próximo a sua mão. — Desculpe, eu sou um tapado...

— Jhon? — repetiu, rindo de lado, inclinando a cabeça levemente, enquanto me olhava e deixava a franja cair pelo olho, ainda com aquela cara de dor, mas sem perder a oportunidade de implicar comigo. — Fala de novo.

— Jhon — disse, com um sorriso pequeno e culpado, enquanto segurava seus dedos devagar e puxava a mão para mim, para que eu pudesse ver porque sentia dor.

Como se não fosse óbvio, após o ocorrido, já confessado, da sessão de socos, o dorso de sua mão, entre os metacarpos e as falanges próximas, estava inchado. A região, vermelha e levemente arroxeada, me provava que ele deveria ter quebrado o nariz do homem ou batido em algum outro osso com muita violência. Aquilo me assustava, pois essa era a parte da sua impulsividade da qual eu tinha medo.

Ele não havia se machucado gravemente daquela vez, mas, uma hora ou outra, seria abrupto em uma decisão que o traria consequências muito piores do que uma mão com hematomas. Por mais que eu fosse incrivelmente grato por ele ter me defendido, tinha medo de que o homem por quem sou absurdamente apaixonado se metesse em alguma merda ainda maior, apenas porque não conseguia controlar os próprios impulsos.

Respirando fundo e percebendo o momento em que as feições de Jhonatan ficaram mais sérias, quando se deu conta de que eu estava incomodado com aquilo, empurrei seu corpo levemente, apenas para ter passagem, e fiquei em pé.

— Vem, Kauer — chamei, passando o braço pelo seu e o puxando devagar em direção ao elevador. — Vamos passar gelo nessa mão.

— Prefiro Jhon — ele resmungou, fazendo-me rir.

— Vem, Jhon... — Um beijo na bochecha foi a forma que ele agradeceu por eu usar o apelido novamente.

A chegada até meu apartamento foi rápida, claro, e depois de travarmos mais uma batalha contra minha porta, pedi para que Jhonatan não fizesse barulhos altos demais. Ele sentou em uma das minhas poltronas, enquanto fui verificar se minha mãe ainda estava dormindo, e depois de constatar que os remédios realmente a doparam como o esperado, já que eles realmente davam sono, fui até a cozinha. Ali, peguei a bolsa de gel congelada que havia passado na bunda de Jhonatan dias atrás.

Eu ainda me sentia mal por ter um roxo tão grande em uma bunda tão perfeita.

Graças aos céus, não era permanente...

Voltando para a sala, o encontrei repousando a cabeça, de olhos fechados, na minha poltrona e aproveitei para dar um selar de lábios lento. Ele não esperava por isso, o que o fez se assustar e depois rir. Rindo também, arrastei uma das poltronas para perto dele, para que ficássemos bem próximos, e antes que pudesse sentar, Jhonatan me segurou pelo pulso e me puxou para o seu colo.

— Existem poltronas, cadeiras... eu não preciso sentar em você o tempo todo — falava, revirando os olhos, mas agradecendo mentalmente por aquela mania irritante *não-tão-irritante-assim*.

— Mas nada disso é melhor do que sentar em mim, Nick.

Ah, mas eu não tinha dúvidas disso...

Balançando a cabeça em negação ao seu comentário e me dando por vencido, me encaixei mais confortavelmente no seu colo, pegando sua mão, a mais inchada, e colocando em cima da minha coxa. Enquanto olhava os pequenos pontos rubros e maltratados, antes de encostar a bolsa de gel congelada, comecei uma análise mental do que aquilo tudo poderia virar caso Jhonatan tomasse qualquer outra decisão impulsiva.

E me incomodava o fato de que eu não conseguia entender como uma coisa podia ser tão errada e tão certa ao mesmo tempo... Porque me admirava pelo seu jeito abrupto de me defender e sabia o quanto meu pai merecia tudo aquilo, mas, ao mesmo tempo, me assustava. Eu estava dolorosamente apaixonado por aquele homem, ainda assim não sabia do que ele era capaz.

E, *ainda assim*, era eternamente grato pela sua defesa.

Eu realmente *sou* uma bagunça.

Mas uma bagunça que precisava colocar um pouco de juízo em alguém. Pelo menos tentar.

— Jhonatan... — comecei a falar, colando a bolsa congelada com cuidado no dorso da mão de Jhonatan.

Ele gemeu baixinho com o toque, mordendo o lábio inferior e respirando fundo, então comecei a fazer movimentos circulares com ainda mais cautela. Ele não dizia nada, apenas olhava para mim, esperando que eu continuasse.

— Quantos anos você tem?

Jhonatan arregalou os olhos, depois soltou uma risada curta.

— Você transa comigo e não sabe minha idade? — ele respondeu, fingindo estar ofendido com a minha pergunta.

Ou realmente estava, eu nunca conseguia distinguir. Mas aquilo me fazia pensar...

Em que ponto das nossas vidas estávamos tão ocupados transando para não nos preocuparmos com a idade um do outro? Acho que só de sabermos que ambos eram maiores de idade, parecia ser o suficiente. Ele tinha cara de maior de idade.

Ah, qual é...

Deus, ele tem que ser maior de idade, por favor.

— Você não tinha ficha no hospital e eu nunca perguntei. Aliás, você sabe a minha?

Ele negou com a cabeça, o que me fez explodir em uma risada que precisei controlar correndo, para não acordar minha mãe.

— Ué, você transa comigo e não sabe a minha idade?

Ele riu, empurrando a parte interior da bochecha com a língua, enquanto balançava a cabeça sutilmente para cima e para baixo.

— Xeque-mate, doutor — disse, por fim, voltando a me olhar. — Eu tenho 21 anos e meio.

Que alívio da porra!

Aquilo me fez rir mais ainda, tanto que eu soltei suas mãos por um momento, levando o dorso da minha mão à boca, tentando controlar de novo a risada.

"21 anos e meio" não era nada diferente de uma criança falando "7 anos e meio".

— Qual a graça? — ele perguntava, franzindo o cenho para mim, claramente ofendido de verdade dessa vez.

— Nada, Jhonatan de 21 anos e meio — disse, mordendo o lábio inferior com força, ainda segurando a risada. — Eu tenho 25 anos, quase 26, caso você queira saber.

— Eu quero saber tudo o que tiver pra saber sobre você, doutor — ele falou, inclinando-se em direção ao meu rosto e roubando um beijo que eu daria de graça.

Depois mordeu meu lábio inferior, voltando a me beijar em seguida, iniciando uma intensidade torturante que eu precisava cortar. Então, nos parei, empurrando-o devagar.

— Se controla, senão eu não termino isso — disse, voltando a pegar sua mão e continuando aquela massagem, gelada e calma, por seus machucados.

Então, respirei fundo por alguns segundos, tentando me lembrar do que iria dizer. Jhonatan tinha o poder de me fazer esquecer o que eu estava fazendo e era difícil recuperar o foco.

— Eu não vou te dizer que eu sou o rei da maturidade, porque eu não sou...

— Claro que não, você sai correndo toda vez que alguma coisa acontece e você não sabe como lidar com aquilo.

Revirei os olhos, mas sem coragem de contestar, porque ele estava certo.

— Cala a boca, Kauer, me deixa terminar. — Ele segurou o riso, mas se calou. — Mas, apesar disso, de não ser mestre em maturidade, eu não sou impulsivo na *maioria* das minhas ações, e isso está ligado diretamente ao fato de eu ser medroso, coisa que está claro que você não é.

— Qual seu ponto? — perguntou, curioso, enquanto sua outra mão, a menos machucada, traçava um caminho lento pelas minhas costas. Subia e descia, em um carinho despretensioso.

— Você é novo, está acostumado com uma vida que eu nunca tive e que eu não entendo como é, então tudo isso pode estar relacionado às decisões que você toma de supetão.

Ele se silenciou, apenas me observando.

— Eu quero que você saiba que eu sou grato por você me defender. Ninguém nunca fez nada assim por mim, e isso só faz com que eu goste ainda mais de você.

Ele permanecia em silêncio e seu carinho continuava, agora subindo até minha nuca e a apertando devagar, daquele jeito que me fazia fechar os olhos e respirar fundo, como se toda declaração minha surtisse algum efeito descontrolado nele. E o puto sabia que aquilo me deixava com tesão.

Garoto impossível de 21 anos e meio...

— Porra, Jhonatan, presta atenção! — pedi, quase em uma súplica, antes que eu arrancasse minha roupa e começasse a rebolar ali, no seu colo.

— Desculpe — disse, segurando o riso, voltando a acariciar minhas costas sutilmente.

O fogo daquele garoto não tinha fim, puta merda. Eu tentava, com todas as minhas forças, fingir que tinha muito mais limite que ele, quando sabia que, na verdade, não era tão diferente assim.

— Enfim... — Respirei fundo mais uma vez, concentrando-me. — Eu *preciso* que você prometa que não vai fazer mais nada que diz respeito a mim sem falar comigo antes. Aliás — disse, balançando a cabeça negativamente, sentindo-me preocupado com a situação —, tenta não fazer mais nada, no geral, precipitadamente, ok? Você é novo, é impulsivo, mas também é esperto e seu cérebro ainda consegue aprender tudo muito fácil, então...

Falava, enquanto colocava a mão para trás, até conseguir capturar seus dedos, que me acariciavam, e os colocar em cima do meu colo também, agora sendo eles o alvo da minha bolsa de gelo.

— Aprende a pensar, antes de tomar qualquer atitude. É difícil e, às vezes, não depende do nosso esforço. A gente pode fazer merda sem nem pensar, mas tenta só respirar fundo antes de dar um passo importante...

Ele continuava quieto, cada vez mais sério, à medida que eu continuava a falar. Não sei se por se sentir contrariado ou por entender a seriedade do que eu dizia.

— Eu não quero um super-herói, Jhonatan... — eu disse, olhando em seus olhos sérios, que me encaravam sem vacilar, prestando a devida atenção que aquele assunto delicado necessitava.

— Não quero alguém destemido, que saia por aí me defendendo ou defendendo os outros. Eu sou apaixonado pelo ser humano que você é, de carne e osso mesmo. Você não tem peito de aço e nem armadura de ferro, Jhon...

Enquanto eu ia falando, continuava a passar o gelo no dorso de seus dedos e percebia sua atenção focada no meu rosto. Quando terminei meu pequeno discurso, Jhonatan permaneceu em silêncio por alguns segundos, então tirei a bolsa de gel de sua mão, joguei suavemente para a outra poltrona e o encarei mais uma vez.

Então, ele me beijou de novo, de leve dessa vez, sem se aprofundar muito, até que soltou minha boca, mas sua testa permaneceu colada à minha.

— Desculpa, Nick... — sussurrou baixo, daquele jeito que fazia quando queria contar um segredo só para mim, depois engoliu em seco, parecendo realmente arrependido.

Aquilo me fez segurar seu rosto bonito com minhas mãos pequenas e fazer com que ele olhasse para mim.

— Ei... — o chamei, fazendo com que abrisse os olhos. — Tá tudo bem, ok? — Então, o beijei devagar para que ele entendesse que tudo estava realmente bem.

Melhor do que já esteve em muito tempo...

— Eu só quero você vivo — confessei o maior de meus temores.

Assentindo, Jhonatan voltou a fechar os olhos e encostar a testa na minha, naquele carinho próximo, que era mais íntimo até mesmo do que o sexo que fazíamos.

Fechando os olhos, aproveitei o conforto do silêncio, que percebia sempre sentir ao lado dele, até que ouvi a voz arrastada de minha mãe soando do meu quarto:

— Filho? — chamou, sonolenta, provavelmente tendo acordado ao me ouvir conversar.

— Já vou, mãe — falei alto, erguendo o rosto em direção ao corredor, depois voltei a olhar para Jhonatan. — Eu tenho que cuidar dela...

— Tudo bem — disse, calmo, deixando um selar leve nos meus lábios, depois levantando assim que eu o fiz primeiro.

Quando chegamos na porta do meu apartamento, ele enfiou a mão no bolso traseiro e tirou um molho de chaves pequeno com três chaves e nenhum chaveiro pendurado.

— Aqui — disse, colocando na minha mão. — Essas são as chaves novas da sua antiga casa. Nataniel achou melhor trocar as fechaduras caso seu pai quisesse aparecer de novo.

Me surpreendia o fato de como Jhonatan parecia ter amigos que faziam parte de uma grande corporação criminal. Maior do que eu imaginava, na verdade. Eu nem mesmo tinha ideia de como eram todos esses serviços e até onde eles iam, mas, assentindo, peguei as chaves.

— Ah! — Saí da porta, voltando à poltrona e pegando a bolsa de gel que estava parcialmente descongelada. — Toma, leva.

— Se eu colocar no bolso de trás, vai parecer que eu me mijei pelo caminho — disse, rindo, pegando a bolsa de gel e a analisando, enquanto balançava a cabeça negativamente.

— Você tem uma dessas em casa?

Ele negou..

— Então, leva, criança de 21 anos e meio, e vê se te orienta e para de ficar caindo pela casa.

Eu conseguiria outra bolsa dessas em questão de horas, e ele parecia precisar bem mais, já que se machucava tanto. Rindo de novo, ele apenas passou o braço pela minha cintura e me puxou para o seu corpo, dando-me um beijo que foi tão demorado quanto podíamos naquele momento.

Depois de algum tempo saboreando a tortura da despedida, ele foi embora, deixando-me apenas com a falta que sentia do seu corpo, do seu cheiro e dele por inteiro.

1.1 MARKAB

Infelizmente, a saudade só aumentou com o passar do tempo, porque ficamos duas semanas sem contato, além de mensagens de texto que não eram, nem de perto, o suficiente para matar uma saudade que rasgava meu peito.

Os plantões voltaram a ficar pesados, Jhonatan estava começando a se aproximar da época de seus primeiros exames, e não bastasse isso, eu ainda precisava cuidar da minha mãe diariamente. Ela estava se recuperando muito bem, mas não o suficiente para que eu tivesse coragem de mandá-la de volta para casa. Não era necessário e ela era minha prioridade no momento, mesmo que a mulher insistisse no contrário.

Depois que eu contei o que aconteceu, em uma versão bem mais leve e sem o terror das ameaças de morte feitas por Nataniel, minha mãe entrou em choque por um ou dois dias, depois pareceu estar inegavelmente mais calma e sentindo o mesmo que eu: culpa pelo alívio. Até que, felizmente, sobrou só o alívio para nós dois.

— Você não tem os mesmos panos de prato que eu, não tem os meus temperos, você não tem minhas roupas, Nicolas! — falava, enfurecida, em um dos meus raros dias de folga naquela semana, enquanto batia as portas da minha cozinha, porque eu estava a obrigando a ficar mais uma semana no meu apartamento.

— Você vai ficar aqui até sua medicação acabar. Só faltam sete dias, Helen, pelo amor de Deus, se controle — dizia, revirando os olhos, com impaciência, mas por dentro eu estava rindo pelo desespero de minha mãe em voltar para as suas panelas.

— Eu já estou bem! — a mulher baixa afirmava ao olhar para mim, quase entrando em colapso, o que me fez levantar da cadeira da cozinha, na qual estava sentado, e segurar sua cintura na região que eu sabia ser a machucada, apertando-a levemente.

Ela gritou, depois me deu uns cinco ou seis tapas no braço.

— Viu? Você não está bem. Vai ficar até o remédio terminar ou até você não sentir mais dor aí.

— Você trata todos os seus pacientes assim? Meu Deus, meu filho — ela falou, claramente segurando o riso pelo meu jeito nada convencional de encarar a Medicina.

E aquela pergunta me fez rir, porque eu lembrei, na hora, do dia que Jhonatan queria fumar e eu apenas empurrei seu ombro machucado, para que ele segurasse aquele pequeno acesso de loucura por querer desesperadamente chegar até a nicotina.

— Os mais teimosos, sim — disse, aproximando-me dela e a abraçando, depois dando um beijo na sua cabeça. — Vou dormir. Vai ver alguma coisa na televisão, vai. Se precisar, me chama.

Rindo e retribuindo meu abraço, minha mãe se desvencilhou de mim em seguida, indo fazer exatamente o que eu havia dito para que ela fizesse. Já era tarde, então não demorei para pegar no sono, a fim de, no outro dia, encarar mais um dos plantões rotineiros, que eu parecia aceitar, cada vez mais, fazerem parte da minha vida.

Porque ter minha mãe em casa não diminuía o fato de que eu ainda tinha pacientes e ainda precisava finalizar bem o ciclo da minha residência. Mas, graças aos céus, morar em um prédio parecia dar a ela a segurança que ela precisava para se sentir confortável, sozinha, em meu apartamento.

No primeiro dia que fui trabalhar, percebi, ao voltar para casa, que ela estava bem e segui com meu trabalho, nos outros dias, sem ficar louco, distraído com pensamentos que questionavam o bem-estar de Helen.

E lá estava eu, de volta ao pequeno mundo que existia dentro do ACH. O meu pequeno mundo...

— Eu achava que ele ia ser mais calmo, por já ter mais de 30 anos... — Jess falava, enquanto almoçávamos eu, ela e Pietro, em um dia atipicamente tranquilo. — Mas, porra, tem dia que eu preciso pedir arrego. Até depois dos plantões!

— Cruzes, nunca imaginei — foi o que respondi, em meio à risada, depois de sua pequena confissão, enquanto comia o macarrão no meu prato.

Quando levantei o rosto, tive a impressão de ter visto Débora na porta, nos observando, mas, ao olhar naquela direção, não havia ninguém, o que me fez voltar minha atenção àquele papo descarado.

— E você, Pietro? — a descarada perguntou para o enfermeiro.

— Eu o quê? — o inocente retrucou, mal sabendo que estava sendo alvo da inconveniência de Jess.

— O chefe é tão agressivo na cama quanto é comandando o hospital?

Pietro se engasgou e eu precisei dar uns tapas nas suas costas, para que ele voltasse ao normal.

— A gente não... — Ele pigarreava, claramente sem graça. — A gente ainda não transou.

Ele parecia constrangido e aquilo estava ficando desconfortável.

— E tá tudo bem, faça no seu tempo — foi o que disse, ainda com a mão nas suas costas, fiz cara feia para Jess e a chutei por baixo da mesa.

Era óbvio que, por muito pouco, Jess não gritou um bom e sonoro *"O QUÊ?"*, mas, já imaginando a reação que ela teria, me apressei em vetar seu exagero.

— Eu quero muito — ele continuou, falando baixo e olhando para o prato em que havia a mesma refeição que a minha. — Mas minha mãe está piorando e eu não consigo ter tesão para outras coisas.

— E como Yan está lidando com isso? — perguntei, usando o mesmo tom baixo, bem mais carinhoso do que assustado, com a única finalidade de tentar confortá-lo naquela situação tão delicada.

— Ele não me pressiona nem me apressa — o enfermeiro confessou, brincando com a comida. — Sério, ele é carinhoso demais, eu não entendo como ele gosta tanto de mim.

— Quem não gostaria tanto assim de você, Pietro? — foi Jess quem questionou, com a boca cheia de almôndegas. — Ele está dando apenas o mínimo que você merece, neném.

Pietro sorriu devagar, parecendo ter mais forças para comer. Levei a mão até suas costas e massageei o local devagar.

— É, Jess tem razão, mas eu ainda estou feliz dele ter paciência com você. — Então, voltei com minha mão até meu prato, ajeitando-o mais perto de mim e voltando a comer. — Agora, mudando de assunto, porque eu não quero ficar pensando no meu chefe, que eu detesto (desculpe, Pietro), fazendo sexo.

— Tudo bem — ele disse, rindo, agora com um pouco mais de força, deixando-me feliz por ver aquele sorriso iluminado novamente.

E captei a atenção de Jess, que parecia travar uma guerra com outra almôndega.

— Meu aniversário está chegando — disse, meio desanimado. — Eu queria fazer alguma coisa, mas ainda não sei ao certo o quê.

— Vamos pro *pub*! — Jess sugeriu, o que me fez pensar na hora em Bruno, coisa que eu queria evitar a qualquer custo.

— Não, pelo amor de Deus — disse, negando freneticamente com a cabeça.

— Tem o salão de festas do hospital — Pietro também deu sua sugestão, fazendo-me rir.

— Pietro, eu não tenho tantos amigos assim...

Dessa vez, eu quase gargalhei, lembrando-me do espaço comemorativo para quase quinhentas pessoas, no qual aconteciam eventos, convenções, palestras médicas e, raramente, *muito raramente mesmo,* festas do hospital.

— Eu acho que queria uma coisa na minha casa mesmo — concluí, cheio de preguiça de ir para algum outro lugar.

— Sua casa é um ovo, Nicolas — Jess disse, antes de dar um longo gole no seu suco de melancia.

— Mas cabem as pessoas que eu quero chamar. Quer dizer, seria só você, Max, Pietro, Jhonatan...

Ela revirou os olhos, implicante.

— Seu namoradinho delinquente.

— Cala essa boca. Ele não é delinquente — quase latia, nervoso. — Nem meu namorado.

Depois de falar isso, o nervosismo foi embora e eu olhei para minha comida mais uma vez, engolindo em seco.

Não tinha rolado um pedido e não iria rolar, pelo menos não da minha parte, porque, apesar de estar cada vez mais próximo de Jhonatan, até mesmo nas mensagens de texto, nas quais ele se provava estar diariamente atento a tudo que dizia respeito a minha rotina, eu ainda tinha medo.

É, Nicolas Hadriel era um cagão e sempre seria...

Mas era muito difícil passar quase quatro meses sendo torturado pela saudade de alguém que sumiu e agir perfeitamente bem, como se nada tivesse acontecido, apenas porque ele retornou para a minha vida. Eu ainda tinha medo de que ele fosse embora e não voltasse mais. Também não conseguia baixar a guarda, mas eu queria.

Como queria...

Mas não tinha jeito, eu precisava respeitar o tempo do meu coração. E se Jhonatan gostasse de mim o tanto quanto dizia gostar, ia conseguir lidar com a minha insegurança até que ela não existisse mais. E eu também me esforçaria para não perdurar aquilo além do que deveria.

Depois de mais algumas implicâncias e de ter terminado nosso almoço, nos levantamos e voltamos a trabalhar em uma sequência daquele plantão, que, se estava calmo, era por pouco tempo.

Entre discussões de casos e monitorias de Yan aos meus serviços, minha tarde e noite foram tomadas por atendimentos que pareciam brotar de todos os cantos. Era como se eu fosse o único médico disponível naquele lugar, o que me deixou absurdamente exausto quando a meia-noite se aproximou e eu não conseguia nem vislumbrar o horário que iria embora.

Isso se deu devido a um incêndio que acometeu uma escola próxima ao hospital, fazendo com que o Astra Centro Hospitalar nunca estivesse tão cheio de crianças e adolescentes desde quando comecei a trabalhar ali. As gravemente feridas foram atendidas pelos médicos da ala pediátrica, junto de Jess, que buscava por essa especialização.

Já eu, ficava com todos os outros casos, os que envolviam crianças menos machucadas, professores e funcionários da escola, juntamente a outros profissionais do hospital, que corriam para cima e para baixo, a fim de atender a todos.

Sempre achei que choro de criança era uma coisa irritante, até começar a achar doloroso e sentir vontade de trocar de lugar com cada um daqueles corpinhos pequenos, que recebiam mais dor do que pareciam aguentar.

Trabalhar com Pediatria era uma das coisas que eu nunca faria na minha vida, não importa o quanto me pagassem. Eu já sofria ao lidar com a morte dos meus pacientes diariamente. Não fazia ideia do que era me apegar a uma criança por tanto tempo e depois perdê-la. Eu, muito menos, queria passar por isso, mas em dias assim ninguém tinha escolha.

E depois que todas as pessoas envolvidas naquele acidente foram atendidas, deixei meu corpo cair, sentado e exausto, em uma das cadeiras de descanso da sala dos funcionários. Ali, vi o relógio, grande e preto, marcar a aproximação das 2h da manhã.

Esfregando o rosto com força, mal percebi quando Jess entrou, fungando, na sala e se sentou ao meu lado, até que estivesse com a cabeça encostada na parede atrás de si, respirando fundo.

— Profissão ingrata... — ela disse, soltando o ar pesadamente pelas narinas.

— Mas estamos velhos demais para voltar atrás agora — concluí, dando um tapa leve em sua coxa e repousando minha mão ali.

— Não estamos nada, deixa de ser pessimista — ela disse, ainda sem me olhar, agora fechando os olhos e parecendo estar mais cansada do que aparentava.

— Você vai mudar?

— Não...

— Eu também não — concluí, encostando a cabeça na parede, igual a ela.

Havia criado vínculos demais com a profissão para desistir agora e, apesar de não ser meu ideal de carreira, sabia que poderia aumentar ainda mais meu salário, além de ter a oportunidade de fazer a diferença na vida de muitas pessoas, como fiz com Jhonatan...

Respirando fundo, levantei da cadeira e olhei para a minha amiga, que abriu os olhos sutilmente, percebendo minha movimentação.

— Vai esperar o raio-x?

— Vou, *Mister* Caelum.

— Já são 02h13 da manhã, garota.

— E daí? Eu quero transar.

Droga, eu também queria. Não com eles dois, é claro.

Rindo, cheguei perto da minha amiga e, dando um beijo na sua testa, me despedi, indo para o vestiário dos residentes.

Tomei um banho rápido, vesti uma blusa de algodão preta e uma calça jeans igualmente escura, depois coloquei minha jaqueta jeans. Terminando de arrumar minhas coisas, peguei minha mochila e deixei o hospital em seguida.

Saindo pela porta dos fundos, olhando para o chão, totalmente distraído com as minhas últimas horas de trabalho, demorei a perceber que havia um homem sentado no capô do meu carro e, no momento que identifiquei quem era, não consegui conter meu coração acelerado, afoito...

Era Jhonatan.

— O que você está fazendo aqui, seu louco? — perguntei, abrindo o maior sorriso que eu conseguia no momento, quase correndo em sua direção. — E sua aula? — Me aproximava dele, tirando minha mochila e colocando no capô, ao lado de seu corpo.

— Minha aula terminou há cinco horas, doutor — respondeu, rindo, segurando minha mão e entrelaçando os seus dedos aos meus, enquanto puxava meu corpo até que ficasse colado ao seu. — E eu vim te levar em casa...

— Você tem um carro?

— Não.

— Então, quem vai te levar em casa sou eu, não é?

— Ainda bem que não é tão longe...

Nós rimos com ele deslizando do capô e passando os braços aconchegantes pela minha cintura, puxando-me para si mais uma vez, em um abraço forte e apertado. Minhas mãos percorreram seu peito, até chegarem na sua nuca. Deixei que uma mão o segurasse com força e a outra se enfiasse por dentro dos seus cabelos longos, arranhando o couro cabeludo muito sutilmente. Jhonatan encostou a testa na minha, roçando a ponta do nariz no meu, e falou com uma voz tão saudosa, que quase era trêmula.

— Eu senti tanto a sua falta, Nick... — Meu corpo se aninhou no seu abraço.

— Foram só duas semanas, Jhon — falei, naquela mania que tinha de tentar disfarçar a própria saudade rasgada dentro de mim.

— Eu não queria que fossem nem duas horas, Nicolas — soltou em um tom fofo, deslizando o nariz pela minha bochecha, fazendo um caminho até a dobra do meu pescoço, no qual depositou beijos calmos e sequenciais, arrepiando todo o meu corpo.

— Vai querer morar comigo desse jeito — sussurrei, rindo, com a respiração afetada pelos seus beijos naquela região, que tanto me balançava.

— Faz a cópia da chave para mim, doutor — Jhonatan sugeriu, sacana.

Deu uma risada curta sobre a pele do meu pescoço, antes de emudecer e arrastar a língua quente sobre a minha pele. O tatuado me fazia soltar uma respiração tão funda, que foi finalizada com um gemido muito baixinho e sôfrego.

Então, ele mordeu a região com mais força do que deveria, fazendo-me dar um tapa no seu braço e o afastar. Eu deveria estar puto, mas estava rindo.

— Desculpe, você é muito gostoso, me dá vontade de te comer.

— Mas tem que ser desse jeito, seu canibal?

Jhonatan começou a rir, o que me fez rir ainda mais, observando seu corpo, que se aproximava novamente do meu. Mas antes que ele pudesse voltar a me beijar, ouvi meu celular soando no meu bolso e, sentindo seu abraço cauteloso retornando, capturei o aparelho com certa dificuldade.

— Oi, mãe — falei, após perceber seu número no visor do telefone.

— *Oi, meu amor, eu só queria saber se você já está voltando* — ela falava com calma, naquele tom de quando não queria me preocupar, mesmo sendo evidente que havia algo acontecendo.

— Você está bem? — perguntei, preocupado, o que fez Jhonatan afrouxar um pouco o abraço e olhar para mim com igual preocupação.

— *Sim, só estou sentindo um pouco de dor e não encontro os remédios.*

A minha vontade era de falar *"viu? Eu disse"*, mas preferi não ser babaca.

— Estão no armário em cima da pia, na caixa vermelha. Toma um, ok? Mas eu já estou indo — falei, desvencilhando-me do abraço de Jhonatan e abrindo meu carro, sinalizando com a cabeça para que ele entrasse do outro lado. — Tô entrando no carro agora.

— *Tá bem, meu filho. Desculpa, não queria te incomodar.*

— Para com isso, Helen. Já chego aí, amo você — disse, sentando no banco do motorista e fechando a porta do carro.

— *Também amo você.*

Respirando fundo, coloquei minha mochila no banco de trás, desliguei o telefone, o joguei na pequena caixa entre os dois bancos e dei partida no carro, depois que Jhonatan já tinha entrado e colocado seu cinto.

— Coloca suas músicas aí, vamos ver se seu gosto é duvidoso — pedi, rindo, enquanto tirava o carro lentamente da vaga, saindo do estacionamento em seguida.

— Eu sou um DJ de primeira categoria, doutor — respondeu, conectando seu celular e deixando a primeira tocar.

Logo reconheci como uma das músicas que tocavam no dia em que eu o conheci, no festival, por uma banda cover dos *Arctic Monkeys*.

"Do I Wanna Know?"

A última apresentação que eu realmente quis ver e ouvir, antes de me isolar e deitar na grama porque não aguentava mais aquela aglomeração barulhenta. Mas ali, no carro com Jhonatan, a sensação era bem melhor.

— Essa música tocou no dia que a gente se conheceu — falei, sorrindo leve, sem tirar os olhos da rua.

— Como se toca *Arctic Monkeys* em um hospital? — ele perguntou, confuso.

— Meu Deus, Jhonatan, é claro que não foi no hospital. — Bufei, revirando meus olhos. — Foi no dia do festival de música.

— Ah! — ele pareceu se lembrar, rindo mais alto do que eu esperava. — Às vezes, eu esqueço que conheci você naquele dia.

Que filho da puta...

— Acho que só eu fiquei sofrendo pela paixão de um dia só — confessei, rindo sem me importar, a essa altura do campeonato, de parecer um mané. Porque era claro o quanto eu era um manézão por ele...

— Meu Deus, doutor... e eu que sou o emocionado? — Ele gargalhou, parecendo se divertir demais com a minha confissão.

— Você chegou todo misterioso, fumando, cheio de tatuagens, pegando na minha mão para acender meu cigarro daquele jeito, transbordando confiança... É difícil, Jhonatan. É difícil não se render.

E percebi que era a primeira vez que confessava aquelas coisas para ele, mas, diferente das outras vezes que falava sobre sentimentos, não me sentia idiota por isso.

Porque sabia que Jhonatan me correspondia.

O carro ficou em um silêncio confortável por alguns segundos, até que eu parei em um sinal vermelho e virei o rosto em sua direção. Ele me encarava com um sorriso bonito no canto dos lábios. De novo, fazendo com que me sentisse único.

— É, doutor... acho que você se apaixonou primeiro. — Então, ele subiu a mão carinhosa até meu pescoço, em um toque meigo e íntimo, apertando minha nuca daquele jeito que me deixava tão rendido. — Mas eu me apaixonei mais.

Soltando uma risada idiota, de quem está fodidamente apaixonado, voltei a pisar no acelerador quando o semáforo ficou verde, tentando ignorar completamente como Jhonatan ainda conseguia me deixar sem graça com suas palavras.

Depois de algumas poucas conversas, enquanto ele me guiava até chegar em seu apartamento e me contava como era morar com seu melhor amigo, que estava sempre bêbado, chegamos ao destino final, tendo que encarar uma despedida que doía mais do que arrancar esparadrapo hospitalar de alta aderência a derme.

Antes que pudéssemos dizer tchau, comecei a falar, querendo explicar para ele sobre meus planos de comemorar meu aniversário de forma pequena e simples.

— Meu aniversário está chegando e...

— 26 anos, né? — me interrompeu. — Que delícia, tô transando com um cara mais velho.

— Cala a boca, garoto — falei, tentando controlar a gargalhada que tentava sair da minha boca. — Eu queria fazer uma pequena reunião lá em casa, só pra beber alguma coisa, comer, ouvir música — comecei a dizer, olhando para a frente e observando a rua vazia, com apenas alguns carros passando hora ou outra. — Eu nunca faço nada, mas esse ano queria, sei lá... só não ficar sozinho?

Jhonatan ficou em silêncio por alguns segundos, fazendo com que eu me arrependesse de dizer aquilo tudo.

— Achou uma merda né? — disse, meio desanimado.

— O quê? Claro que não, se manca, doutor. — Então, ele começou a rir, soltando o cinto de segurança. — Eu estava pensando se podia chamar meu irmão, Ceci e Luca.

— Meu Deus, vai ter gente saindo pela minha janela. — Comecei a rir, imaginando a cena, e Jhonatan riu também. — Mas, sim, pode sim. Tenho almofadas embaixo da cama, vou dar uma lavada, a gente afasta as poltronas, todo mundo senta no chão e foda-se.

— É, foda-se — dizia, em apoio a mim, entrando em mais um daqueles momentos que nós ríamos um para o outro e parecia que não existia mais ninguém.

Com o riso diminuindo e dando espaço apenas para um sorriso pequeno em seus lábios, Jhonatan, agora se desvencilhado do cinto, chegou o corpo para a frente, segurando meu rosto com as duas mãos e me beijando devagar, mas com uma intensidade que me desmontava inteiro.

Soltando meu próprio cinto, me aproximei e o abracei pelos ombros da forma que conseguia, no espaço limitado que tínhamos dentro do carro, enquanto sentia sua língua ficar cada vez mais urgente, à medida que pedia espaço por dentro da minha boca e deslizava sobre a minha, enroscando-a em uma sucção que, por pouco, não me fazia delirar. Entre mordidas fortes e gemidos fracos, que eu não me importava mais em lançar por entre nossos lábios, evidenciando que até os beijos de Jhonatan me tiravam do sério. Senti sua mão descendo até meu membro quase rígido e o apertando com vontade. Se eu não estava completamente duro antes, acabara de ficar, e era uma péssima hora...

Mas a imagem de minha mãe sentindo dor veio a minha mente, enchendo-me de culpa por estar demorando demais na rua, uma vez que não tinha certeza do seu quadro quase curado. Então, antes que o tesão pudesse me inundar, coloquei a minha mão sobre a sua e o impedi de continuar, fazendo-o cortar o beijo e colar a testa na minha, respirando fundo, como se tivesse acabado de correr uma maratona.

— Desculpe — pedi, quase choroso, em um tom arrastado que evidenciava que estava fazendo o contrário do que desejava. — Eu preciso ir pra casa — continuei. — Se a gente começar, eu não sei quando vamos parar, e eu, com certeza, não vou querer ficar só no carro.

Jhonatan estalou a língua, com certeza se sentindo contrariado, depois voltou a se sentar normalmente, olhando para a frente e respirando fundo.

— Tudo bem, eu entendo — ele concluiu, e mesmo que aparentasse estar puto com a situação, não parecia mentir para mim.

— Não vai durar muito, ok? — disse, tentando o tranquilizar. — Ela já quer voltar para a própria casa e já está bem melhor do que antes.

Percebendo meu tom ficar um pouco mais desesperado, Jhonatan começou a rir fraco, pegou minha mão e deu um beijo lento em seu dorso.

— Nick, eu já disse que entendo, calma. — Então, ele se aproximou de mim mais uma vez e me deu um selar rápido. — Eu tô doido pra transar de novo com você, mas eu consigo esperar, não vou morrer se não foder.

— Às vezes, parece que eu vou.

Então, ele gargalhou, daquela vez sem se conter.

— Eu gosto disso — falou, dando um sorriso pequeno, voltando a me beijar mais uma vez. — Você pode vir para o meu apartamento quando quiser também, não esquece. E me manda mensagem quando chegar em casa.

Então, abriu a porta do seu lado e, antes que pudesse sair do meu carro, selou nossos lábios umas dez vezes, não consegui contar.

Observei aquele homem gostoso e alto, pelo qual era apaixonado, ir embora e, quando ele sumiu pela fachada do seu prédio, dei partida em meu carro novamente, ouvindo o leve soar do motor ganhar vida.

Ao mesmo tempo, um idiota atrás de mim também ligou o carro, e seus faróis, estupidamente altos, quase me cegaram ao olhar pelo retrovisor.

— Babaca — resmunguei para mim mesmo, pisando no acelerador devagar e saindo da frente do prédio de Jhonatan.

Só duas ruas depois, fui perceber que o carro de trás, com os faróis altos, estava fazendo o mesmo percurso que eu. Começando a achar suspeito, entrei por uma rodovia diferente do meu caminho, uma que eu sabia não ser destino de muitas pessoas, por se tratar da via de acesso para um centro comercial que não estava aberto naquela hora. Logo engoli em seco ao perceber que, ainda assim, o carro estava atrás de mim.

Manobrando com força, pisei no acelerador, caindo na outra faixa de forma perigosa, passando pela lateral do carro e tentando observar algo em seu interior. Mas o veículo, preto e com vidros escuros, não dava nem sinais de deixar revelar quem estava em seu interior.

Segundos depois, percebi, pelo retrovisor, que o carro fez o mesmo balão que eu, traçando o mesmo círculo que eu desenhei na pista e acelerando, para que conseguisse me alcançar.

Ali, eu tive certeza. Eu estava sendo seguido.

Sentindo meu peito subir e descer com o pavor que começava a tomar conta do meu corpo e me fazia dirigir terrivelmente mal, por causa da pressão, acelerei ainda mais, costurando por entre os poucos carros que ainda estavam naquela rodovia, na esperança de despistar quem estava atrás de mim, mas sem sucesso.

Só quando caí em uma rua domiciliar com várias vielas pequenas de casas e mais casas, foi que consegui entrar por uma das milhares de pequenas entradas estreitas, escondendo meu veículo e rapidamente apagando todas as luzes, antes que o carro dobrasse a rua para me alcançar.

Segundos depois, observei o mesmo veículo passar na rua de trás, com o acelerador cantando, enquanto, provavelmente, procurava por mim. Meu coração doía, minhas narinas ardiam e meus olhos começavam a lacrimejar com o pânico que inundava todos os centímetros do meu corpo. Ainda assim, quase paralisado pelo medo de morrer que me abraçava, sabia que precisava fazer alguma coisa e sair dali antes que fosse encontrado.

— Vamos, Nicolas... você consegue — sussurrava para mim mesmo, ouvindo meu próprio tom de voz soar embargado pelo quase choro e medo crescente dentro daquele carro.

Sentindo, ainda, o coração disparado, mantive todas as luzes do carro desligadas, saí devagar daquela rua pequena, chegando na esquina, e olhando para os dois lados, para me certificar de que estava sozinho, dei partida no veículo com a maior velocidade que conseguia.

Quando cheguei em casa, graças aos céus sem ser seguido por mais ninguém, demorei o dobro do tempo tentando abrir minha porta. Sentia minha mochila pesada pender no meu ombro. A fechadura não ajudava, mas minhas mãos tremiam dez vezes mais do que o normal, e acometido por um pequeno ataque de pânico, comecei a chorar baixo por não conseguir girar a fechadura de jeito nenhum.

— Tudo bem aí? — foi uma voz conhecida que soou atrás de mim, provando que eu estava fazendo mais barulho do que imaginava.

— Tudo, Tall. — Funguei, sentindo meu corpo tremer mais do que já tremera algum dia. — Essa porta idiota. — Funguei mais uma vez.

— Nicolas, você não está bem — ele disse, aproximando-se de mim, colocando as mãos sobre as minhas e me segurando. — Meu Deus, você está tremendo e chorando! — ele concluiu, sem poupar esforços para me abraçar e colocar meu rosto em seu peito.

— Eu... — O pânico do recente acontecimento me fazia ter medo de falar o que havia acabado de acontecer, então não continuei.

— Calma, respira fundo — pediu, fazendo carinho no meu cabelo e me segurando firme.

Talles era um safado, cheio de cantadas e investidas sensuais o tempo todo, mas, naquele momento, eu sabia que era só meu vizinho bondoso que estava ali, dando-me o apoio que eu precisava.

— Não precisa falar disso se não quiser, mas tenta se acalmar — Talles continuou e ficamos assim por algum tempo.

Ele me permitiu chorar por alguns minutos, até que minha respiração ficasse mais calma e meu choro silenciasse, então baixou a mão até a minha e tomou a chave das minhas mãos.

— Foi o seu namorado? — foi a primeira vez que eu o vi fazendo uma pergunta séria.

Estava realmente preocupado.

— Ele não é meu namorado. — Funguei, justificando-me, nervoso. — Mas não, não foi ele.

E eu me calei novamente. Talles riu baixo, balançando as chaves do meu apartamento em suas mãos. Então, percebendo que eu não queria falar sobre o assunto, ele apenas as encaixou na minha porta e, milagrosamente, a abriu com uma facilidade quase sobrenatural.

— Como...? — perguntei, fungando mais uma vez e unindo minhas sobrancelhas, em total confusão a sua facilidade de abrir minha porta.

— Você não tem ideia de como eu sou bom com as mãos, meu amor — disse, rindo, o que me fez rir também, distraindo-me um pouco da merda que acabara de acontecer.

— Obrigado, Tall... — Respirei fundo.

— Vai descansar. Se precisar de alguma coisa, me grita, ok? E pode dormir na minha casa.

O tom malicioso e humorado havia voltado.

Assentindo, agradeci mais uma vez, enquanto ria, depois entrei no meu apartamento, pegando minha chave e o trancando por dentro, com aquela sensação horrível de que alguém iria me atacar a qualquer momento. Em sequenciais respiradas fundas, joguei minha mochila na poltrona e fui até o quarto checar se minha mãe estava bem.

Ela já havia voltado a dormir — sinal de que tinha conseguido tomar o remédio —, então, trocando de roupa rápido, peguei meu celular e deitei ao seu lado devagar, desbloqueando o aparelho e abrindo a caixa de mensagens.

O que eu havia acabado de vivenciar parecia uma tentativa clara de sequestro ou roubo, dessas que comumente aparecem nos noticiários, então nem minha mãe nem Jhonatan precisavam saber o que aconteceu. Não queria preocupar ninguém. Então, o que fiz foi enviar uma mensagem para o ex-delinquente e avisar a ele que cheguei bem em casa, antes de bloquear meu telefone e dormir com dificuldade alguns momentos depois.

Mas, antes de dormir, desejei com todas as minhas forças que aquilo nunca mais acontecesse.

1.2
BETA PEGASI

O sono custou a vir, e quando veio, não durou muito.

Acordado pelo sino de mensagens que chegavam para mim, dando-me conta de que fui burro o suficiente para não colocar o celular no silencioso, ouvi um resmungo da mulher ao meu lado na cama e coloquei o aparelho no mudo, afim de não a acordar.

E como eu já imaginava, as mensagens eram de Jhonatan.

Jhon:

Demorou demais pra me mandar mensagem 03:45

Já estava ficando preocupado 03:45

Eu:

Vai ficar controlando a hora que eu chego em casa agora? 03:46

Digitava sem deixar de perceber que um sorriso crescia nos meus lábios só por falar com ele, mesmo que estivesse esfregando os olhos, vez ou outra, pela inundação de sono que me acometia.

Jhonatan não era controlador, muito menos sabia com precisa exatidão todos os meus horários, só os que eu lhe contava entre nossas conversas diárias, talvez por isso era capaz de que o tatuado tivesse ficado bastante tempo naquele estacionamento, esperando-me de madrugada. Então, eu sabia que sua mensagem era só preocupação mesmo, mas não conseguia deixar de brincar com ele.

Jhon:

Não, seu grosso 03:46

Só queria saber se chegou bem, pastelão 03:47

Eu:

Cheguei, acalma seu coração, emocionado. 03:47

Me senti mal por mentir, mas não queria preocupá-lo a essa hora da manhã com alguma notícia que pudesse tirar totalmente seu sono.

Jhon:

Sou mesmo. 03:48

Obrigado pela carona... 03:48

Que eu que devia te dar, já que eu fui te buscar 03:49

Eu:

Nada, eu gostei, na verdade. Obrigado por ter ido "me buscar" 03:50

Aliás, você sabe dirigir? 03:51

Jhon:

Sim, por quê? 03:51

Eu:

Tem carteira? 03:52

Jhon:

Tenho 03:52

Eu:

De verdade ou de pilantra? 03:53

Jhon:

De verdade... 03:53

Conseguida na pilantragem 03:54

Levei a mão à boca, abafando uma risada que não podia sair de jeito nenhum, para não acordar minha mãe. Por que será que eu não estava surpreso?

Eu:

Da próxima vez você dirige então, vamos ver se você é bom... 03:55

Jhon:

Melhor do que você, com certeza eu sou 03:56

Eu:

Acabou de perder uma mamada com esse comentário, boa noite, Kauer. 03:56

Jhon:

Não!!!!!!!!!!!!!!!!!!!!!!!!!!! 03:57

Para com isso, Nicolas... 03:57

Eu lia suas mensagens sem conseguir conter o riso, enquanto me segurava para não responder àquele ex-delinquente.

Jhon:

Nick... 03:59

Volta aqui, Schumacher... 04:01

Não tem ninguém que dirige melhor do que você, meu bebê. 04:02

"Meu bebê."

Eu queria saber quando Jhonatan iria parar de revirar tudo dentro de mim apenas com as coisas que falava.

Eu:

Que desespero por uma mamada, Kauer. 04:05

Enfim, o respondi, depois de perceber que o deixara de molho tempo demais.

Jhon:

É que eu tô com saudade da sua boca... 04:05

Eu:

Acabou de me beijar. 04:05

Jhon:

Em outros lugares... 04:06

Eu, com certeza, estava com saudade da minha boca e da dele em outros lugares, mas não seria naquela hora que resolveríamos isso, então preferi me despedir, antes que continuasse aquela conversa sem vergonha, que, com certeza, ele daria seguimento pelo tempo que eu desse corda.

Eu:

Vai dormir, Jhonatan, boa noite. 04:07

Jhon:

Boa noite, fujão ❤ 04:07

Eu:

❤ 04:07

E era assim que Jhonatan, sem nem mesmo saber, me acalmava e fazia com que meu sono viesse com muito mais tranquilidade do que há momentos atrás. Porque, inegavelmente, aquele seu jeito bobão e sacana me dava paz para que eu voltasse a dormir sem dificuldades, e eu gostava disso, dessa calmaria e simplicidade que ele me proporcionava, em contraste com os dias tão turbulentos que já passamos.

Infelizmente, essa paz durou apenas até o momento que eu estava no elevador, no outro dia, balançando as chaves do carro nervosamente em minhas mãos. Quando me aproximei do meu veículo, senti o suor frio escorrer pela minha testa e mãos e precisei de um momento de coragem até conseguir enfiar a chave na fechadura da porta, girar e entrar no meu carro.

Era preciso ainda mais coragem para ligar o motor e sair da garagem do prédio, mas meu plantão esperava por mim e eu não podia me atrasar mais do que já estava atrasado.

Enquanto dirigia pelas ruas, não pude me livrar da sensação de que estava sendo seguido o tempo inteiro, mesmo que nenhum carro estivesse na minha cola. Eu não conseguia evitar de me sentir mal e em pânico com a situação que foi tão pavorosa no dia anterior.

Ao chegar, enfim, no estacionamento do hospital, saí do carro e coloquei as mãos nos meus próprios joelhos, respirando fundo por quantas vezes precisei, até estar minimamente normal. Até aquela pequena crise de pânico passar e constatar que sim, eu estava vivo, que não havia mais ninguém me perseguindo e eu não iria morrer, o que reforçava na minha cabeça que não havia, realmente, necessidade de preocupar mais ninguém com aquilo.

Passou, não?

1.3
77 PEGASI

Com o decorrer da semana, enfrentei novamente aquela mesma pequena dose de sufocamento todos os dias que precisava entrar no meu carro e ir ou voltar para o trabalho. Em uma das vezes em que ofereci carona a Jess, por Max estar de folga em casa, minha amiga percebeu todo meu nervosismo, mas, ainda assim, não contei o que havia acontecido. Já não parecia mais *apenas* medo de preocupar as pessoas ao meu redor, e sim uma trava imensa que havia criado e aumentado dentro da minha garganta.

— Você tem certeza que está bem? — ela quis saber, passando o cinto pelo corpo e o prendendo, depois de ter fechado a porta ao seu lado.

— Sim, eu estou sim — falei, apertando o volante e deslizando meus dedos sobre ele. — Eu tive uma pequena briga no trânsito, acabei ficando nervoso com isso.

— Não vai bater o carro comigo dentro, não, né? — e seu tom, mais uma vez, era daquela implicância extrema, que me fazia revirar os olhos e me esquecer do pequeno incômodo que estava sentindo.

— Não, sua palhaça — disse, ligando o carro e saindo da vaga do hospital.

Após deixá-la em sua casa, peguei meu telefone e, ainda respirando fundo, tomando coragem para poder continuar o percurso até meu prédio, vi as mensagens que Jhonatan havia me mandado, as quais eu ainda não tinha conseguido responder.

Jhon:

Eu vou sair 22h30 hoje, mas queria fugir dessa aula 21:17

Como estão as coisas por aí? 21:17

Olhei para o visor do meu celular, buscando as horas.

Ainda eram 22h10 do dia em que consegui um plantão mais cedo para, propositalmente, não deixar o ACH de madrugada. A faculdade não era tão longe e eu conseguiria chegar a tempo se saísse logo, então, movido pela saudade, por estar uma semana inteira sem ver Jhonatan, girei a chave, liguei o carro novamente e tracei o caminho até o local em que o ex-delinquente estudava.

Eu sabia onde era o campus de Jhonatan, por ele ter me falado diversas vezes com exatidão, talvez esperando que eu o fosse buscar em um dia qualquer. Ele chegava a ser sugestivo, mas eu nunca conseguia aparecer por lá, já que os horários dos plantões nunca conciliavam para que isso desse certo.

Pelo menos até aquele dia.

Então, já munido de informações o suficiente para brotar em sua universidade, estacionei o carro na entrada do seu setor, que realmente não tive dificuldade para encontrar e o aguardei pacientemente, já que faltavam menos de 5 minutos para que o tatuado fosse liberado. Eu esperava o pegar de surpresa, mas se esperasse demais, iria acabar ligando para ele, para achar o ex-bandido pela faculdade. O que, ainda bem, não foi preciso.

Não foi difícil perceber o momento em que ele saiu, porque estava acompanhado de uma garota, com o cabelo absurdamente azul, e um outro menino tão alto quanto ele, que colocava a mão no cabelo da garota e o puxava de forma implicante. Parecia que estavam saindo do jardim de infância, não da universidade.

Como se estivesse confortável em papear, os três ficaram parados em cima dos largos degraus da faculdade, enquanto riam e conversavam sobre coisas que eu não conseguia entender. Mas antes que eu pudesse perceber, estava sorrindo ao ver Jhonatan aparentemente feliz falando com os colegas. Aquecia meu coração perceber que ele estava bem com aquilo e que, depois de todas as desgraças que tinha passado, enfim havia conseguido achar um lugar ao qual pertencesse.

Como se sentisse meu olhar carinhoso sobre si, o estudante virou o rosto na direção do meu carro, do outro lado da rua, e rindo, com aquele sorriso safado e gostoso, se despediu dos colegas e chegou a correr animadamente, antes de parar ao lado da minha porta e se debruçar na minha janela.

— Ora, ora ora... — Ele riu, enfiando a cabeça para dentro do carro e aproximando o rosto do meu perigosamente, antes de sussurrar: — Nicolas Hadriel veio buscar o namorado na faculdade?

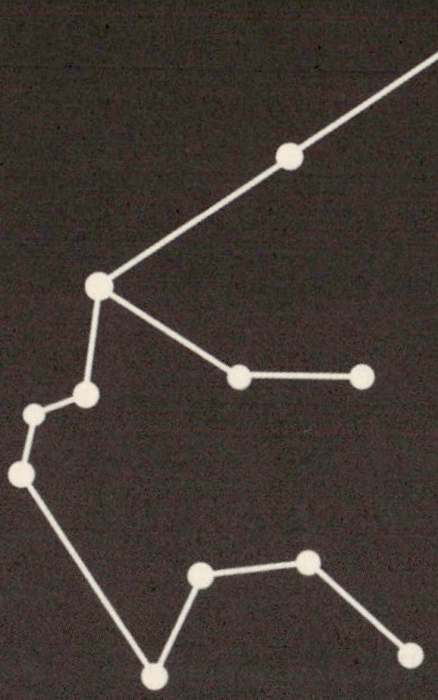

2

AQUARIUS

Jhonatan

Eu ainda estava com a cabeça enfiada dentro de seu carro e o corpo todo para fora, então era fácil ver como Nicolas ficou sem graça e arregalou os olhos com minha fala. Logo depois ficou incrivelmente sério e, engolindo em seco, começou a falar, todo nervoso:

— Não seja louco, só entra no carro.

Rindo, beijei seu rosto de uma forma que meus lábios estalaram na sua bochecha, depois saí da sua janela e dei a volta no veículo, abrindo a porta do carona e me sentando ali.

— Por que não avisou que viria? — perguntei, ao colocar meu cinto devagar, observando-o passar a mão pelo volante com os dedos trêmulos.

— Eu queria fazer surpresa — tentou parecer calmo, mas estava longe disso.

Eu queria mordê-lo.

— Eu gostei... — assegurei, sorrindo, mas ele nem sequer percebeu meus dentes à mostra, porque estava ocupado demais com aquele nervosismo exagerado.

— Que bom — foi o que respondeu, depois de pigarrear algumas vezes.

Eu poderia amenizar o clima sem comentários implicantes.

Mas é claro que eu não faria isso.

— Está nervoso por que eu te chamei de namorado? — perguntei sem rodeios, segurando-me para não começar a rir, apesar de ser óbvio no meu tom.

— Estou. Não me chame assim, é estranho — respondeu, ainda sério, o que me fez ter ainda mais vontade de rir.

— Você cuida de mim baleado, me hospeda na sua casa, cuida mais um pouco de mim, me dá receitas médicas clandestinas, eu te dou um telescópio, a gente transa o tempo todo, inclusive na sua cozinha, poltrona, banheiro e até no corredor. Também tem o fato de que a gente se pega no seu carro sempre que dá... — Vou fazendo aquela lista mental que parece não ter fim, enquanto suas mãos continuam rodeando o volante do carro. — Eu defendo você, vou te buscar no seu trabalho, você vem me buscar na minha faculdade, não conseguimos ficar nenhum dia sem trocar mensagens, você até pegou um unicórnio *roxo-caolho* pra mim na máquina dos bichos, mas é estranho eu te chamar de namorado, né? Entendi...

Eu não consegui evitar, mas eu sorria tanto quanto podia e deixava minha língua passear pelos meus dentes ao observar aquele nervosismo, que só me causava vontade de puxá-lo e beijar sua boca. Porque, no começo, eu ficava mal com as reações de Nicolas e achava que tudo aquilo era causado pela falta de reciprocidade da sua parte, mas descobri que não.

E era uma delícia perceber que o médico só ficava assim quando estava nervoso por minha causa, pelas coisas que *eu* causava. Com sua falta de resposta e seu rosto absurdamente corado, continuei rindo e balancei a cabeça em negação àquela falta de tato para lidar com todos os assuntos mais sérios que o rodeavam.

— Ok, eu vou te respeitar — foi o que respondi. — Então, vamos, *não-namorado*.

Revirando os olhos, Nicolas deu partida no carro, começando o percurso até o meu apartamento, que já sabia de cor.

Depois de, folgadamente, colocar uma música que tinha por preferência no som do seu carro, conversamos algumas coisas sobre o dia que tivemos. Eu, dormindo até tarde e fumando; ele, trabalhando o dia todo e cuidando da mãe, que ainda estava em sua casa, vendo mensagens e ligações, já que ela estava distante durante seu expediente.

Me sentia um vagabundo quando comparava minha rotina e minha vida com a de Nicolas, e até sem querer, ele me impulsionava a querer fazer algo além de apenas estudar. Eu precisava parar de ser um peso morto.

Mas sem focar nos planos que envolviam uma busca incessante por estágio no momento, ouvi pacientemente ele me dizer que sua mãe iria embora no dia seguinte e que ele estaria de folga, mas que precisava ajudá-la a limpar a casa, que já estava parada há muito tempo.

— Deve ter poeira no teto, dentro dos armários, na cama, em tudo — o médico falava, desanimado, parando o carro na frente do meu prédio e colocando as mãos no rosto, respirando fundo.

— Você quer ajuda? — ofereci, sincero, levando a mão a sua nuca e massageando o local calmamente, enquanto sentia seu corpo ficar mole sob o meu contato.

— Não, Jhonatan. Você não consegue se controlar perto de mim e eu não quero que minha mãe fique vendo você me agarrar o tempo todo.

— Eu faço isso? Que mentira — disse, rindo, observando-o baixar as mãos até suas coxas e fechar os olhos, sentindo meu carinho em seu pescoço ficar cada vez mais firme.

Sob minha mão, Nicolas gemeu baixo, respirando fundo, enquanto cruzava os braços sobre o volante e deitava a testa ali, deixando que eu perdurasse aquele pequeno toque, que causava relaxamento aos seus músculos tensos.

E só aquele pequeno gemido e o jeito como seu corpo se amolecia ao meu contato eram suficientes para que eu ficasse louco. O médico, com certeza, não fazia ideia do que causava em mim apenas por respirar.

Eu devia ser alguma espécie de cachorro louco ainda não catalogada.

— Quer subir? — perguntei baixo e calmamente, totalmente levado pela vontade de arrancar as roupas de Nicolas.

— Ah, Jhon — ele respondeu, desanimado, virando o rosto para o lado e olhando para mim, com a cabeça ainda deitada por cima dos braços. — Eu quero, mas minha mãe...

— Tá, tá. — Estalei a língua, contrariado. — Já sei. — Respirei fundo, soltando sua nuca e jogando as mãos no meio das minhas pernas.

— Você é um bebê emburrado — ele disse, rindo levemente, levando uma das mãos a minha e entrelaçando nossos dedos de forma carinhosa, então aceitei seu contato.

Mesmo que estivesse realmente emburrado, nunca conseguia dizer não para a aproximação de Nicolas.

— Desculpe — falei, olhando para ele, encostando minha cabeça no banco do carro, enquanto respirava fundo mais uma vez. — É que eu tô com tanta saudade de você. De você inteiro, Nick...

Em resposta a minha fala, ele sorriu sutilmente, soltando o próprio cinto, chegando o corpo perto do meu o tanto quanto conseguia, segurando meu rosto com as mãos pequenas, e pediu a aproximação. Eu cedi sem pensar duas vezes, unindo nossos lábios em um beijo calmo, que foi ganhando a intensidade que eu tanto queria. Que eu tanto precisava.

Não era surpresa que eu era um grande de um carente, mas o que me surpreendia cada vez mais era Nicolas ser o único capaz de suprir minhas necessidades de contato. E eu não queria nada de mais ninguém.

Apenas dele...

— Ela vai embora amanhã, tenho uma semana cheia no trabalho e logo depois vai ter meu aniversário — o médico disse, soltando minha boca e sussurrando tão perto de mim, que nossos lábios chegavam a roçar. — Aí, você dorme na minha casa, depois da minha pequena reunião, e a gente transa até precisarmos de ajuda pra andar. Pode ser?

Não consegui evitar soltar uma gargalhada alta, que ecoou por dentro daquele carro, o que o fez se unir ao meu riso, criando aquele pequeno mundo entre nós dois, no qual não existia mais ninguém.

Só Jhonatan Kauer e Nicolas Hadriel...

Então, ele fechou os olhos daquela forma que fazia quando sorria demais. Não consegui evitar de segurar seu rosto e selar nossos lábios uma porção de vezes. Foram mil selinhos brutos naquela boca beiçuda e linda.

— Eu adoro o jeito que você planeja as coisas, doutor — disse, dando-lhe mais um beijo, enquanto apertava os dois lados de suas bochechas com uma mão só, fazendo-o criar um imenso bico, que eu mordia sem parar. — Caralho, você é fofo demais. Como pode me dar tanto tesão e ser tão fofo ao mesmo tempo?

— Segredo de estado. — Ele estalou os lábios nos meus e, se desvencilhando da minha mão, deixou um sorriso bonito adornar seu rosto. Em seguida, logo voltou a se ajeitar em seu banco, colocando o cinto mais uma vez.

— Me manda... — tentei falar.

— Mensagem quando chegar, já sei — ele me interrompeu, fazendo-me rir mais uma vez.

Meu riso nunca foi tão fácil como era quando estava com Nicolas. E eu sabia que, mais do que o cigarro, estava viciado na *serotonina fácil* que o médico produzia em mim.

— Ainda bem que sabe — disse, antes de abrir a porta do seu carro e sair, dessa vez sem que entrasse no prédio antes de o vir ir embora.

Com Nicolas tendo virado a esquina, entrei, chegando no meu andar, sem muitas dificuldades, e encontrando Luca sentado no sofá, estranhamente com uma porrada de apostilas em volta de si, lendo um texto imenso que carregava em suas mãos. Aquilo fez com que eu o olhasse desconfiado, já que nunca o vi pegando nada para ler desde que fui morar em seu apartamento.

— Tá fazendo o quê? — perguntei, tirando meus sapatos e os chutando para o lado, próximos à porta.

— Estudando, tenho uma prova amanhã — respondeu, concentrado, o que me fez rir alto. — Tá rindo do quê, seu bundão?

— Nunca te vi estudando, não tem como não rir. — Sentei ao seu lado e, em seguida, jogando minha mochila no chão, me aproximei do sofá, puxei o texto da sua mão e li o título em voz alta: — *"Consciência corporal e qualidade de vida"*: que tipo de matéria é essa?

— O tipo de matéria que pode me foder, ranhento, me dá licença — explicou, pegando o texto da minha mão e o puxando com violência, depois me empurrando para que eu caísse deitado no resto de espaço do sofá.

Ainda rindo do seu quadro de desespero, já que passou o resto do tempo bebendo e não dando a mínima para a faculdade, me levantei do sofá e fui até o quarto trocar de roupa. Coloquei um short grosso de moletom, uma blusa preta e fui até a cozinha catar alguma coisa para comer.

Tentando cozinhar algo mais substancial, para não desmaiar por comer apenas comida processada e cheia de corantes, tirei uma carne do congelador para fazer com legumes e arroz, deixando o apartamento inteiro com cheiro *de janta preparada por mãe.*

Não devia estar tão boa quanto a que minha mãe fazia, mas parecia *dar para o gasto*. Tive um pouco de certeza disso quando vi Luca entrando, que nem um louco, na cozinha.

— Fez pra mim né, ranhento? — perguntou, *fungando o ar da cozinha* e já se sentando na nossa pequena mesa.

Começou a servir antes mesmo que eu lhe desse uma resposta.

— Fiz, cara — respondi, rindo, observando o esfomeado colocar tanto arroz no seu prato, que me fazia questionar quantos estômagos o homem possuía. — Lu...

— Que foi? — perguntou, agora enchendo a boca de batata cozida, sem cerimônia nenhuma.

— Tá disponível semana que vem? No sábado.

— Depende. Se for pra coisa chata, eu não tô, você me desculpe. Mas... se for pra encher a cara, eu tô.

— É aniversário do Nicolas — falei, rindo da sua cara de pau de me responder daquele jeito. — Ele deixou eu te chamar, vai ser uma social pequena só pra gente beber, comer e conversar.

— Eita, que delícia, adoro uma social pequena. Tô mais certo que o álcool da festa.

Macaco estava para banana assim como Luca estava para bebidas...

Era impressionante.

Depois de conversarmos e dizimarmos as porções de comida que fiz, mesmo que fosse uma refeição para até quatro pessoas, Luca pareceu cansado demais para continuar estudando e se arrastou até o seu quarto, precisando de pouco tempo para cair em um ronco profundo. Era complicado dormir com um *Chevette* velho no quarto ao lado, mas acabei me acostumando.

Eu, ainda sem sono, me arrastei até o meu cômodo também, mas não antes de pegar meu celular na mochila e perceber que Nicolas havia me mandado mensagem, avisando que tinha chegado tranquilo em casa. Mensagens bem mais rápidas dessa vez, o que sempre me aliviava demais.

Depois do incidente com o carro, no supermercado, conseguia sentir tudo tenso a minha volta e acabava me preocupando demais com tudo que me rodeava, com todas as pessoas, mesmo que, aparentemente, não tivesse motivos para isso.

Após respondê-lo e conversarmos por algum tempo, enquanto eu me deitava e puxava minha coberta, adormeci com facilidade, sendo acordado, horas depois, por conta do Sol forte que entrava pela janela, já que esqueci de fechá-la na noite anterior.

Aquele Sol na cara me causava uma irritação imensa, tal qual perceber que a semana passou mais arrastada do que o normal, provavelmente pela minha alta expectativa de poder ter, enfim, algum tempo com o médico que me enfeitiçou.

Porque não era normal pensar tanto em uma pessoa daquele jeito...

2.1
LIESE 849

Alguns dias antes de sua festa chegar, liguei para meu irmão, o qual eu temia rejeitar meu convite. Estava em um cagaço do caralho, porque, para chamá-lo para o apartamento de Nicolas, teria que explicar porque estava tão íntimo do meu médico...

Íntimo a ponto dele me convidar para o seu aniversário. E contando pelo telefone, não tinha como ele me bater caso sua reação fosse negativa.

Em um dos dias que cheguei da faculdade, me joguei na minha cama e observei o teto do meu quarto, para logo depois discar lentamente os números que sabia de cor.

— *E aí, pivete* — sua voz soava feliz, daquele jeito ogro dele.

— *Jhonaaaaaaa, tô com saudade!* — Ouvi, também, a voz de Cecilia ao longe, fazendo com que Samuel risse do grito da namorada.

— Tudo bem por aí? — perguntei, calmo, tentando conter o nervosismo do que iria dizer a seguir, balançando as pernas, como se aquilo fosse me poupar de ter um ataque cardíaco.

— *Tudo a mesma merda. E aí, como estão as aulas? Tá estudando de verdade ou tá fingindo?*

— Acabei de chegar da faculdade. Tô estudando de verdade, Sam, mas às vezes eu mato aula porque dormi demais... — disse, sincero, sem orgulho nenhum.

— *E você estuda de noite, né, seu porra? Teu horário deve estar uma bagunça.*

— Quem sou eu sem você pra me colocar na linha — disse, rindo, escutando sua risada em resposta a minha frase.

Aquela era a hora.

— Eu... preciso falar uma coisa contigo.

Então, respirei fundo, podendo perceber que ele notara algo estranho em mim, pois sua voz se tornou um pouco mais séria do que estava segundos atrás.

— *Desembucha, pivete* — disse, sem muita paciência.

— Eu tô... caralho, eu tô...

— *Tá o quê, merda?*

— Eu tô saindo com uma pessoa.

— *Esse cagaço todo por causa disso?* — gargalhou, implicante. — *Que pessoa? Quem é a garota dessa vez?*

Aí que morava o problema...

— Não tem garota, Samuel — falei, engolindo em seco e sentindo, mais uma vez, seu tom brincalhão morrer.

— Puta que pariu, Jhonatan, como assim não tem garota? Tá pegando um fantasma?

— É o meu médico...

Um minuto de silêncio.

Samuel o quebrou, parecendo juntar as peças do quebra-cabeça.

— Aquele que você passou dias na casa dele, se recuperando? — ele quase berrava ao telefone.

— Ele mesmo.

— Puta que pariu de novo!

Eu queria rir da reação de Samuel, mas ele quase gritava ao telefone, tomado pelo espanto de descobrir que seu irmão mais novo era adepto a coisas que ele nem sequer fazia ideia. E como em um virar de chaves, o nervosismo cômico se tornou um mal-estar que me envolvia de uma forma ruim, de maneira totalmente desconfortável, fazendo com que eu me sentisse enjoado e amedrontado.

E como se eu precisasse de mais provas de que Samuel não havia lidado bem com aquilo, ouvi o baque do telefone sendo jogado em algum lugar.

— Sam? — o chamei, diante de um silêncio que já durava mais de um minuto.

E mais de um minuto, em uma situação dessas, parecia uma eternidade de torturas. Os barulhos vindos ao longe me provavam que a ligação ainda não havia sido finalizada, então permaneci com o aparelho no ouvido, agarrado à esperança dele voltar a falar comigo, mas ele não voltou.

— Jhona? — Cecilia me chamou do outro lado, confirmando que meu irmão havia largado o celular em algum canto. *— O que você disse pro seu irmão? Ele saiu daqui meio alterado, batendo o pé no chão, como se estivesse marchando.*

— Disse que eu estou saindo com o meu médico.

— Saindo? — ela perguntou, confusa.

— Transando... mas eu não usei essa palavra.

— Imagina se tivesse usado. — Cecilia riu, mas nem o som da sua risada bonita me fazia ficar menos nervoso.

— Ele vai me odiar pra sempre, Ceci — afirmei, enquanto colocava a mão na testa, sentindo um choro idiota brotar na minha voz.

Choro esse que fiz questão de engolir, mesmo que me magoasse mais do que qualquer outra coisa.

— Ei, respira — minha cunhada pediu, claramente percebendo minha voz infantil e embargada. *— E para de falar besteira, Jhona. Dá um tempo pro Samuel entender isso tudo, ok? Eu vou falar com ele.*

Eu não queria isso. Não queria parar de falar com meu irmão de novo e odiava o jeito como tudo isso estava acontecendo. Como me machucava ter essa reação dele.

— Eu ia chamar vocês pra irem no aniversário dele, do meu médico, mas acho que meu irmão não vai querer olhar na minha cara agora...

— *Quando é?* — Cecilia perguntou, carinhosa, daquele jeito meigo que me fazia sentir em casa e me deixava um pouco mais calmo.

— Sábado que vem — disse, desanimado, ainda remoendo tristeza pela reação do meu irmão, até perceber que uma lágrima nervosa escorria no canto dos meus olhos, fazendo-me coçar a vista com certa raiva e espantar aquela infelicidade abrupta.

Não era como se eu não estivesse prevendo uma reação dessas, mas, ainda assim, doía.

— *Eu não prometo nada, mas vamos tentar estar aí, ok? Me manda o endereço por mensagem quando puder.*

— Tá ok, Ceci. Obrigado. — Respirei fundo, fechando os olhos e tentando acalmar meu coração, que batia de forma dolorosa.

— *E Jhona...*

— Sim?

— *Seu médico... ele deve gostar muito de você. Sabe? Te encobriu, cuidou de você e agora estão juntos?* — Ela riu de maneira meiga mais uma vez, me fazendo rir também. — *Estou feliz por você.*

— Obrigado, Ceci. Eu também gosto muito dele...

Foi o que consegui responder, antes de nos despedirmos e eu desligar o telefone, sentindo a estranheza de ter o apoio de Cecilia contrastado com a rejeição do meu irmão. Sentir, mais uma vez, que ele estava se afastando de mim era uma dessas coisas que eu não queria encarar nunca mais na minha vida. Mas lá estava... a dor de ter Samuel longe de novo, dessa vez não só em distância física.

2.2
ALPHA AQUARII

Tentando me desprender das sensações ruins que aquela conversa com meu irmão havia me causado, passei o resto da semana fixando a cabeça na faculdade, nas minhas aulas, nos testes que estavam chegando e, claro, em Nicolas. Quando lhe contei superficialmente sobre o ocorrido, o médico não poupou esforços e deu um jeito de me buscar na faculdade mais uma vez, levando-me em um *drive thru* em seguida.

Parecia um cavalheiro de armadura e cavalo branco. A armadura era uma blusa branca de algodão com uma calça jeans preta — roupa típica dele — e o cavalo era aquele seu carro comum, que parecia um ninho de amor aos meus olhos.

Porque, se aquele carro falasse...

— Anda, entra — ele disse, estacionando na frente do setor do meu curso, com aquele sorriso que me derretia inteiro. — Vamos assaltar uma lanchonete.

Dando uma risada alta descontrolada, entrei no seu carro, e não muito tempo depois, estávamos na fila do *drive thru*. Nós pedimos a comida, ele dirigiu até o estacionamento e começamos a comer. Só que foi na primeira mordida do hambúrguer que eu, antes sorrindo, dei uma chorada de leve. Sabe aquela lágrima vagabunda que desce, sem você mandar? Ela mesma.

— Ei... — Nicolas percebeu, levando a mão macia até meu rosto e secando minha bochecha, que se movia devagar, por estar mastigando. — Você quer me contar como foi?

Sua pergunta soava preocupada, embalada por seu tom baixo e íntimo. Eu assenti.

Mesmo sendo um assunto que me trazia certa carga de constrangimento e culpa, me sentia confortável com Nicolas para desabafar. Então, eu contei sobre a ligação, contei a reação de meu irmão e sobre Cecilia ter tentado amenizar as coisas. Depois que pus tudo para fora, Nicolas olhava para mim em silêncio, com uma expressão séria, mas calma. Ele ainda parecia absorver as informações que eu havia jogado em seu colo.

— Como você se sentiu depois que ele largou o telefone? — perguntou, segurando seu hambúrguer na mão, enquanto eu mordia o meu.

— Um merda. Senti medo, pânico... achei que ele iria entrar no meu quarto me batendo, mesmo estando tão longe — falei, com a boca cheia de pão e carne.

— Ele era violento com você?

— Acho que *bruto que nem um búfalo* é o termo certo. Ele me deu um tapa na boca quando me pegou fumando, aos 17 anos, e sempre me dava uns tapas fracos na cabeça quando eu fazia merda.

— Não é exatamente o ideal — Nicolas disse, rindo baixo, balançando a cabeça negativamente. — Mas já te socou? Bateu com objetos, cinto, corrente de cachorro etc?

— Você está sendo específico demais. — O olhei com desconfiança.

— Desculpe. — Ele pigarreou fraco. — Mas, enfim, ele fazia?

— Não. Samuel nunca foi violento comigo para me machucar. Ele é mais como um cachorro imenso e animado, que não sabe como é bruto, do que outra coisa...

— Seus pais criaram vocês bem, então.

Eu acabei sorrindo com seu comentário, mordi o hambúrguer e, em silêncio, concordei com a cabeça.

— E agora, o que você acha que vai acontecer?

Estalei a língua, sentindo-me meio merda.

— Eu acho que ele vai me odiar para sempre e nunca mais vai querer falar comigo. Acho que ele tem vergonha de mim. — Soltei o ar de forma pesada, sentindo um aperto no peito quando dizia aquilo.

Era fodido pensar que eu poderia passar por mais uma merda daquelas. Mais um tempo sem falar com meu irmão, e eu nem sequer sabia se seria definitivo ou não. Aquilo acabava comigo... Nicolas ainda me observava, em silêncio, então eu continuei falando:

— Eu tô com medo demais de perder meu irmão, Nick, e não há nada que eu possa fazer sobre isso...

— Por quê?

— Porque eu não vou deixar de te comer porque ele não gosta, porra!

Nicolas quase engasgou com o refrigerante que tomava, depois voltou a rir.

— Essa sua cunhada — ele falou no meio de uma pausa de mais um gole lento. — Eu gosto dela. Mesmo sem ter conhecido...

— É muito fácil gostar da Cecilia mesmo. — Ri baixo, concordando com sua fala, dando uma fungada rápida.

Ele concordou, com um sorriso leve, e demos nossas últimas mordidas nos sanduíches, que foram dizimados aos poucos, enquanto eu desabafava minhas dores.

— Eu nunca cheguei a falar para o meu pai que eu era gay — Nicolas começou a falar baixo, depois de ter engolido a comida, e em seguida, pegou o refrigerante novamente e deu um gole rápido. — Eu tinha medo e não me sentia confortável, mas, de alguma forma, eu acho que ele sempre soube. Porque ele sempre me batia e ficava me xingando pela casa...

Meu sangue começou a ferver, enquanto eu sentia vontade de socar a cara daquele homem mais uma vez.

A porrada que eu dei não foi o suficiente.

— Mas, por outro lado, eu também tinha medo da minha mãe saber e, ao mesmo tempo, tinha vontade de contar para ela. Era um sentimento diferente, porque ela sempre me amou muito...

— E como ela descobriu?

— Ela sempre soube. — Ele deu uma risada baixa, bebendo o refrigerante até fazer aquele barulho engraçado de quando era finalizado. — Mas teve certeza no dia que me pegou só de cueca e blusa no meu apartamento, com um cara todo tatuado e sem camisa do meu lado.

Eu dei uma risada baixa, incrédulo com o fato de que fui eu quem arrancou Nicolas do armário à força, na frente de sua mãe.

— Desculpe... — pedi baixinho, sentindo-me culpado por aquilo também.

— Não, não precisa pedir desculpas. — Ele riu, levando a mão, gelada pelo refrigerante, até minha bochecha e fazendo um carinho leve. — Não foi sua culpa, e no final, tudo deu certo.

Silenciei-me, enquanto bebia meu refrigerante, e depois de finalizado, percebi Nicolas pegando meu copo, assim como o dele, e colocando no suporte de papel no centro do carro.

— E eu sempre tive medo da minha mãe descobrir, mas, parando pra pensar, ela sempre falava que me amava e cuidava de mim. Já meu pai, faltava cuspir no meu pé quando eu passava do seu lado.

Travei a mandíbula, lembrando-me do homem cuspindo no meu coturno.

— Não foi exatamente uma surpresa que ele me odiasse e ela me acolhesse. — Ele pareceu reflexivo por um segundo, depois continuou falando: — E, claro, o seu irmão pode ser um pouco mais explosivo que a minha mãe.

— Bem mais explosivo — confessei, rindo com desgosto, e o observei levar os dedos até meu cabelo e os pentear para trás.

— Mas você sente que ele ama você? Que se importa contigo? — Nicolas perguntou, calmo, descendo a mão até as minhas e entrelaçando nossos dedos.

— Do jeito ogro dele — soltei, dando de ombros, olhando para baixo e observando nossos dedos cruzados. — Sei que ele me ama demais. Ele já fez muita coisa por mim...

— Então... — Nicolas levou a mão, livre e macia, ao meu queixo, fazendo-me olhar para ele. — Dê tempo ao tempo. O ideal seria que ele aceitasse automaticamente e falasse "ok, meu irmão beija uns caras, beleza".

— Atualmente eu só beijo um cara. E faço mais do que isso — disse baixo, fazendo Nicolas dar uma gargalhada alta e jogar a cabeça no banco.

Ele puxou minha mão na direção do seu rosto e deu um beijo carinhoso no dorso. Eu fiquei olhando que nem um trouxa, sentindo uns trecos estranhos na barriga.

Caralho, eu estava muito apaixonado...

Mesmo.

— Apesar desse ser o nosso ideal, as pessoas podem ter reações ruins, às vezes, mas... — Ele largou nossas mãos, virando-se no banco devagar e quase deitando de lado, enquanto olhava para mim com aquele rosto bonito e aqueles olhos que liam minha alma. — Ele ama você. O amor vai acabar sendo maior do que a reação merda que ele teve.

— Você acha? — perguntei, meio inseguro, olhando para baixo, e depois de soltar sua mão, estalei os dedos, meio sem graça.

— Eu tenho certeza, Jhon...

Levantei o rosto, observando o sorriso pequeno no canto dos seus lábios. Porra, como ele era bonito.

Sentindo meu coração queimar como louco, sendo inflamado por aquele sorriso sutil, naquele específico momento, aproximei o corpo do seu, chegando para a frente, no espaço limitado do carro, e o beijei. Em seguida, segurei seu rosto e continuei selando seus lábios cheios sem parar, até começar a rir e me aquecer um pouco mais com sua risada, que me acompanhava.

— Que gosto de hambúrguer — ele disse, fazendo-me gargalhar e voltar para o meu lugar.

Ficamos um minuto em silêncio, sorrindo, que nem dois bobos, olhando um para o outro. Ah, como eu amava quando entrávamos no *nosso mundo* daquele jeito...

— Obrigado por isso. Por fazer com que eu me sinta menos merda...

Ele soltou uma risada anasalada, toda fofinha. Porra, queria morder a cara dele.

— Não é nada, Jhon, e eu gosto disso — disse baixinho, descendo o olhar até um ponto em desfoque, já que parecia confessar algo que não conseguia confessar, olhando diretamente em meus olhos.

— Disso o quê? — perguntei, curioso.

— Disso. De ser seu amigo, poder contar com você... ouvir você desabafar e saber que você é meu amigo também.

Eu sorri, todo bobo. Bobo *pra caralho*. Bobão mesmo.

Ter todo aquele lance com Nicolas era gostoso demais, apesar de nós ainda não termos definido nada para nossa relação. Mas era tão gostoso, tão confortável saber que ele enxergava um amigo em mim, da mesma forma que eu enxergava nele. Porém, eu não podia deixar aquele momento fofo ficar apenas fofo.

— Nós somos amigos — confirmei. — Amigos que fodem, amigos que se chupam, amigos que enfiam...

— Cala a boca, Jhonatan Kauer! — ele gritou, enfiando a mão na minha boca e tapando meus lábios com os dedos, para que eu parasse de falar.

Nós caímos na risada, quase fazendo o carro balançar todo. Claro que eu preferia que ele balançasse de outra forma, e foi assim que eu percebi: já estava pensando em putaria desenfreada...

Nicolas havia conseguido fazer com que eu me sentisse melhor a ponto de voltar a fazer piadinhas idiotas.

Depois que ele foi e voltou correndo do *drive thru*, combatendo todas as leis de que não se pode ir a pé a um *drive thru*, o médico apareceu segurando dois sorvetes. Fazendo um malabarismo do caralho, ele dirigia enquanto tomava o sorvete, e não muito tempo depois, estávamos na frente do meu apartamento.

— Me liga qualquer coisa — disse baixinho, quando nossos rostos já estavam próximos o bastante para eu roubar selinhos de sua boca o tempo todo.

— Aí você vem correndo me encher de hambúrguer? Vou te ligar amanhã mesmo.

Ele riu, dando-me mais um beijo. Dessa vez, um gostosão.

— Muito melhor com gosto de sorvete — soltei.

Nicolas gargalhou, deixou um selar estalado e alto nos meus lábios e quase me empurrou do seu carro, mas saí rindo. Sua mãe não estava mais em sua casa, mas sabia que ele tinha que estar cedo no hospital no outro dia, então, pensando na sua rotina, que era mais fodida do que eu aguentaria, o deixei ir.

E enquanto entrava no elevador, agradeci aos céus, mais uma vez, por tê-lo comigo. Por todo esforço que ele fazia para que eu ficasse bem de novo.

Quando cheguei em casa, naquela noite específica, recebi de Luca uma caixa média do correio, do tamanho de um quadro de certificação, que sabia exatamente do que se tratava.

O presente que havia encomendado para Nicolas.

Desde que o médico havia me avisado sobre seu aniversário, corri atrás de preparar uma coisa que ele pudesse gostar, mas não foi fácil, então esperava que aquilo servisse...

Todas as minhas ideias já tinham ido embora com o telescópio e nunca fui muito criativo para presentes, nunca precisei dar muitos. Mas lá estava eu, gastando uma caralhada de dinheiro, sem poder ligar menos para isso.

Porque, se era para ele, nem me importava de usar toda a grana que tinha debaixo da minha cama.

2.3
11 AQUARII

Felizmente, o dia do seu aniversário não demorou a chegar. O seu dia.

O seu 02 de Setembro.

Abençoado seja esse dia, caralho! Caelum deveria decretar feriado!

Enfiando a caixa de papelão, com o presente dentro, uma cacetada de camisinha e lubrificante na mochila, saí de casa depois do almoço. E com almoço eu quero dizer *macarrão instantâneo* às 15h da tarde, porque estava sem saco nenhum para cozinhar e havia acordado tarde.

Mas como havia prometido ao médico, cheguei algumas horas mais cedo em seu apartamento. Já estando lá dentro, comecei a ajudá-lo a afastar os móveis e arrumar as almofadas, que ele havia lavado, pela sala. Até varrer eu varri.

Lógico que era um bosta com a vassoura, mas me esforcei para deixar tudo limpinho, a fim de agradar o médico e ganhar favores orais quando a reunião tivesse acabado. Favores orais que faria questão de retribuir, porque tenho um coração bom.

Depois de tudo pronto, com a chegada da noite, que nos fez acender algumas luzes a mais pelo apartamento, o observei preparar as refeições que ele fazia questão de montar sozinho.

— Não acha que tem comida demais? — perguntei, rindo, enquanto ele cortava o terceiro pão a metro e enchia com pastas de diferentes sabores.

— Depois que todo mundo enche a cara e começa a *larica alcoólica*, não existe comida certa, meu amor.

— Meu *amor*, é? — perguntei, implicante.

— É jeito de dizer — Nicolas soltou, revirando os olhos e voltando a cortar aquele pão imenso, o que me fez rir e me aproximar de seu corpo, colocando o queixo em seu ombro e o abraçando por trás.

— Eu acho que fiquei viciado no seu cheiro — declarei, deslizando o nariz pela lateral do seu pescoço, ouvindo suas mãos largarem a faca sobre o pequeno balcão e seu corpo, em seguida, virar até que ficasse na frente do meu, ainda dentro do meu abraço.

— Cheiro de álcool em gel, água oxigenada e látex de luva descartável? — quis saber, ao dar sorriso sutil, subindo as mãos até minha nuca em um abraço folgado, mas que se encaixava em mim sem dificuldades.

— Cheiro de cara que eu sou apaixonado — falei, percebendo seu corpo se desmanchar no meu abraço, enquanto enfiava o rosto no seu pescoço, beijando sua pele quente e macia, facilmente arrepiada, nos meus lábios.

— Não consegue esperar a noite acabar pra me atacar desse jeito? — perguntou, manhoso, com a voz soando ainda mais baixa e falhada, à medida que minha língua deslizava sobre a região, que antes apenas beijava sutilmente.

— Você tinha razão quando disse que eu não consigo me controlar perto de você. — Então, passei o rosto para o outro lado de seu pescoço, enquanto minhas mãos adentravam sua blusa, apertando sua cintura com a força que o fazia soltar aquele gemido baixinho, que me incendiava. — Como alguém se controla tendo Nicolas Hadriel por perto? Impossível...

E eu sentia que poderia arrancar a roupa de Nicolas ali mesmo com ele mostrando cada vez menos objeção a todos os meus toques e investidas. E eu gostava disso.

De perceber que não era apenas eu que enlouquecia por aquele desejo, o de senti-lo e ser sentido. Além disso, os limites sempre foram traçados por Nicolas, e quando ele ignorava a existência desses mesmos limites, eu ficava genuinamente feliz em fingir que todos eles nunca existiram.

Ainda mais do jeito que estava ali, roçando seu corpo no meu sem pudor nenhum, enquanto sentia o começo de nossas ereções surgirem juntas, à medida que sua pele esquentava ainda mais sob o meu toque, percebendo a minha, que já estava em brasa há muito tempo.

Mas parecendo que o universo todo conspirava contra minha transa com Nicolas, ouvi o interfone tocar, o que me fez me afastar dele com uma irritação imensa, xingando baixo, enquanto observava sua risada impotente, de quem não tinha como evitar aquilo.

— Que inferno, caralho. Porra! — eu rosnava, quase sentindo vontade de dar um tiro em quem estava querendo subir para o apartamento naquele momento.

— Pode mandar subir — disse para o porteiro.

— Eu abro — falei a contragosto, assim que ele colocou o interfone no gancho e foi terminar o que estava fazendo.

— Obrigado — disse, dando-me um selar leve nos lábios e voltando a se virar para o balcão.

Deixando a cozinha, arrumei minha roupa amassada, fui até a porta da sala e a abri com um puxão irritado, desfazendo a cara quando me deparei com a figura pequena, fofa e bem-arrumada de Cecilia, sorrindo para mim como se não me visse há anos. E ao seu lado...

A imagem truculenta e fechada de Samuel, segurando algumas sacolas com bebidas, que conseguia identificar como cerveja e vinho.

— Que saudade, garoto! — Cecilia disse, aproximando-se de mim e ficando nas pontas dos pés, abraçando-me com uma força que nunca havia sentido vir daquele corpo pequeno.

— Eu também, Ceci — afirmei, rindo, recebendo seu abraço e o retribuindo, mas não com toda aquela força.

— Preciso ir no banheiro, a viagem foi longa...

— Final do corredor, à esquerda, pode ir lá.

Quando ela entrou, olhei, sem graça, para Samuel, que parecia estar tão sem fala quanto eu. Ainda assim, foi ele que quebrou o silêncio entre nós dois.

— Pivete... — ele começou, parecendo mais sério do que o normal. — Desculpe pela minha reação.

Que porrada...

Boa dessa vez.

— Eu não soube como lidar com o fato de você... — Engoliu em seco, olhando para o chão, enquanto franzia tanto o cenho, que achei que as sobrancelhas estavam coladas. — De você... enfim, de você e do seu médico...

Seu jeito nervoso me fazia rir baixo, observando, mais uma vez, sua falta de tato para assuntos os quais ele queria aceitar, mas ainda não sabia direito como fazer. E eu não poderia culpá-lo, ainda era tudo muito novo, e era claro o esforço que meu irmão estava fazendo para entender aquilo tudo.

— Eu já entendi, Samuel. E o nome dele é Nicolas.

— Nicolas. — Ele pigarreou, levantando o rosto e olhando para mim, ainda sério demais, mas balançando a cabeça positivamente, como se estivesse aceitando tudo aquilo com mais facilidade por saber o nome dele. — É um nome bom.

"Um nome bom."

Não consegui evitar de rir ainda mais. Eu era péssimo com as palavras, mas Samuel conseguia ser pior.

— Bem... aqui está — ele disse, cedendo ao riso, mesmo que bem pouco, levantando as sacolas, com bebidas, e depois as empurrando no meu corpo. — Me apresenta pro cara — pediu, quase ordenou.

Segurando o riso, que não parava de crescer, entrei no apartamento e fui em direção à cozinha, guardando as bebidas.

— Você atendeu o interfone e não me disse nada, seu pilantra — falei, ao chegar naquele cômodo, colocando as bebidas na pia para que fossem guardadas depois.

— Surpresa — disse, rindo, enquanto olhava meu rosto, todo idiota de felicidade porque meu irmão estava ali.

— Vem, ele quer te conhecer — chamei, segurando em sua mão e o puxando com certa força descontrolada.

Quando chegamos à sala, coloquei Nicolas na frente de Samuel e, depois de um pigarro alto e algumas tremedeiras pelo corpo, comecei a falar seus nomes:

— Nicolas, Samuel, Samuel, Nicolas — os apresentei, totalmente sem jeito, sem fazer ideia de como fazer isso sem parecer um completo idiota.

Eu sabia que já estava sendo...

— É... prazer, Nicolas. Obrigado por não deixar meu irmão morrer — Samuel disse, daquela forma ogra dele, mas inegavelmente soando mais gentil do que eu esperava, erguendo a mão grande em direção ao médico.

— Prazer, Samuel — Nicolas respondeu, meigo, segurando a mão do meu irmão e sendo sacudido com força por ele, que mal entendia como poderia ser tão bruto.

— Vai quebrar o cara, seu búfalo! — falei, enquanto segurava a mão dos dois e soltava aquele aperto de mãos estúpido.

— Tá tudo bem, Jhon — Nicolas disse, rindo e passando a mão pelo ombro, que havia sido tão sacudido, que poderia ter sido deslocado. — E salvar seu irmão não foi nada.

— Não foi nada pra você, né, meu filho? Pra mim, foi ótimo continuar vivendo — disse, talvez soando um pouco mais afetado do que gostaria.

Enquanto todos riam, Cecilia voltou, sorrindo tão sutilmente, que percebi que ela poderia até ter ido no banheiro, mas estava com cara de arteira demais para não ter demorado de propósito. Parecia que não queria se intrometer naquele momento.

Esperta e sensata, como sempre.

Quando estava na sala de uma vez, a apresentei para Nicolas, que segurou sua mão com muito mais cuidado e afeto do que o brutamontes do Samuel fez, e fiquei feliz deles parecerem se gostar logo de cara.

Quem não gostaria de Cecilia? E quem, *em um bilhão de anos*, não se renderia fácil a Nicolas?

Não demorou muito para que Luca logo se juntasse a nós, ficando, curiosamente, apenas os convidados da minha parte no apartamento, o que me fazia ficar muito, *muito sem graça*.

Como se não bastasse, a campainha soou mais uma vez, revelando um Nataniel mais arrumado do que deveria para uma reunião que só tinha gente preocupada em comer e beber até desabotoar as calças.

— Nossa, quanto tempo, Samuel! — ele disse, entrando na sala, abraçando meu irmão, como se não houvesse mais ninguém ali.

— Você me viu ontem, palhaço — o ogro falava, enquanto ria, retribuindo o abraço que meu irmão lhe dera.

Depois disso, ele foi até Cecilia e lhe deu um abraço folgado, apertando as mãos de Luca em seguida, sacudindo-o até que risse.

Era um contrabandista muito educado.

Quando Nicolas apareceu na sala, trazendo comida, arregalou os olhos ao perceber mais uma pessoa que ele não conhecia ali.

— Desculpe — disse baixinho a ele, imaginando que Nicolas iria arrancar minha cabeça por ter chamado alguém sem seu consentimento.

— Aquela conversa sobre impulsos... *lembra?* — ele disse para mim, espremendo os olhos, enquanto parecia que ia me dar um chute a qualquer momento.

— Ah, você é o *mão-de-fada* que o Jhonatan tá de quatro, né? — Nataniel praticamente gritou assim que percebeu Nicolas chegar na sala. — Desculpe... — Ele pigarreou, olhando para o meu irmão. — Samuel já sabe, né, cara?

Cecilia e Luca começaram a rir tanto, que agradeci por já estarem sentados no chão, assim era mais fácil baterem as caras engraçadinhas no piso. Era óbvio o quanto estavam se divertindo as minhas custas.

Samuel só revirou os olhos, certamente ainda não tão confortável com o fato do irmão estar saindo com um cara, mas eu não podia cobrar que ele tivesse uma imersão abrupta a isso, já que só sua presença ali me mostrava que ele estava, sim, disposto a aceitar o que acontecia comigo.

Aí, ele soltou uma risadinha...

É. Samuel já *tava no papo*.

Quando o riso se findou, ajudei Nicolas a colocar todas as comidas na pequena mesa de centro, que mantivemos ali por comodidade, e ainda incomodado por só terem convidados meus no aniversário dele, o puxei pelo braço até que estivéssemos na cozinha.

— Desculpe, ok? Só tem a galera do meu lado, nem parece que é seu aniversário — disse, sentindo-me completamente mal com a situação.

Eu já estava constrangido *pra porra*.

— Jhon, calma... — Nicolas me tranquilizou, rindo, fazendo com que eu ficasse um pouco menos tenso. — Max, Jess e Pietro já vão chegar, e está tudo bem. Eu gostei dos seus amigos, alguns deles me dão medo — ele falava, enquanto olhava para Nataniel e Samuel juntos, conversando, pendurados na janela da sala, como se planejassem matar alguém. — Mas eu gostei.

Rindo, selei seus lábios mais uma vez, apertando-o um pouco contra a parede da cozinha, em um canto que não pudessem nos ver, e consegui sentir o leve gosto de vinho vindo de sua boca.

— Começou a beber sem mim, seu safado? — falei, rindo baixo, observando a grande taça cheia em cima do balcão.

— Você acha que eu vou esperar você pra encher a cara? Nem sonhando.

— Serve pra mim, quero beber o mesmo que você.

— Ai, tão fofinho bebendo combinado, nem parece que era um delinquente.

Balancei a cabeça negativamente, em negação ao meu próprio estado de cadelagem, e observei Nicolas ir até o armário e tirar mais uma daquelas taças grandes, igual a que usava, e encher de vinho em seguida, entregando-a na minha mão. Quando fiz menção de querer beijá-lo mais uma vez, a campainha soou, fazendo-me revirar os olhos e me afastar.

— Deve ser Pietro, ele me avisou que estava perto.

— Deixa que eu vou — disse, selando seus lábios rapidamente. — Vou ser seu porteiro hoje.

— Ok, eu vou pegar mais umas almofadas no armário e trocar de roupa. Ainda estou fedendo a atum — ele disse, batendo na roupa suja de comida.

— Quantas coisas cabem naquele armário?

— Tudo que eu quiser, é um corredor para Nárnia — ele falou, brincando e me dando mais um beijo, que eu queria que não tivesse fim, mas indo ao seu quarto em seguida.

Observando-o entrar naquele cômodo e fechar a porta, andei em direção à entrada do apartamento, pois a campainha soava mais uma vez. Quando abri, dei de cara com seu vizinho sem vergonha segurando uma garrafa de vinho bonita, adornada por um laço vermelho, que deixava claro que aquilo era um presente para Nicolas.

— O que esse fodido tá fazendo aqui? — disse, revirando os olhos, sem necessariamente me dirigir a Talles, que esperava passagem para entrar no apartamento.

— Ah, meu amor — ele falava com aquele tom safado característico seu, de quem não se abalava com nada que viesse de mim. — Eu sou muito mais de foder, quer ver?

E como se eu fosse uma cortina de miçangas, Talles me empurrou e, em seguida, entrou na sala, apresentando-se e cumprimentando a todos educadamente.

Quando me virei, o percebi sentando ao lado de Luca, dando-lhe um sorriso sutil e mais sugestivo do que eu gostaria.

A noite ia ser muito mais longa do que eu imaginava...

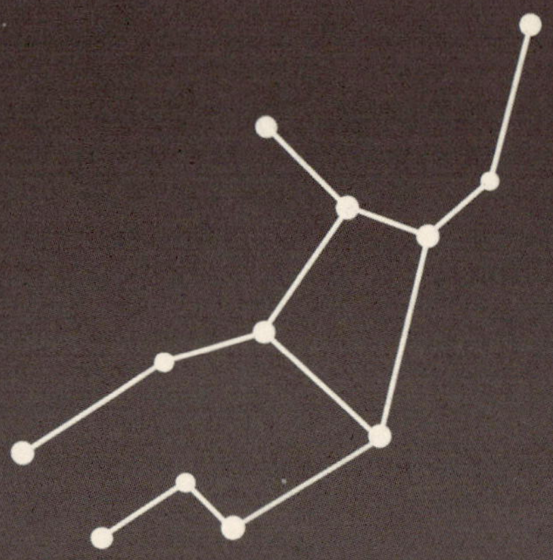

3

VIRGO

Nicolas

Contando com Jhonatan, que parecia disposto a me ajudar como porteiro da noite, fui até meu quarto, conscientizando-me de que o cheiro de patê de atum, que usei para rechear os sanduíches imensos, estava mais acentuado do que eu gostaria.

Só uma troca de roupas não ia dar certo...

Peguei uma toalha limpa e, praguejando por não ter uma suíte, andei sutilmente até o banheiro e tomei o banho mais rápido de toda minha existência, para que nenhum bêbado prematuro ficasse privado de usar o vaso sanitário. Eu só tinha uma planta na sala, recém-comprada, e não queria que ninguém mijasse nela.

Voltando para o quarto correndo, torcendo para que ninguém tivesse me visto de toalha, joguei o tecido por cima da cama, ao mesmo tempo que percebi alguém entrar sorrateiramente no local. Alguém que, com certeza, me viu seminu e molhado.

— Eu estou pelado, garoto — respondi, revirando os olhos, procurando minha cueca, que havia deixado em algum lugar.

— Foi por isso que eu vim — Jhonatan respondeu, sacana, aproximando o corpo do meu e me abraçando por trás, enquanto enfiava o nariz pela dobra do meu pescoço, inalava o cheiro do sabonete recente, que ainda emanava de mim, e sua mão leve deslizava pelo meu corpo, pegando minha bunda em cheio e a apertando com força. — Porra, Nicolas, vamos fazer agora, meu bebê...

Ele estava sendo implicante, mas eu sabia que, se desse a chance, ele aproveitaria no mesmo minuto e sem pensar duas vezes.

— Me lembra de contratar um porteiro menos tarado da próxima vez — usei o mesmo tom que ele, empurrando-o com o ombro, para poder colocar a cueca e terminar de vestir minha roupa.

— Tarado só por você — falou, dando-me um beijo na bochecha e saindo do meu quarto com cuidado o suficiente para não abrir a porta demais.

Rindo, balancei a cabeça negativamente, pensando no que fiz para merecer o cara com fogo para incendiar Caelum inteira.

Sem demorar muito, terminei de me arrumar. Coloquei uma blusa social preta, uma calça jeans meio apertada e fiquei descalço, porque não ia colocar sapatos para ficar em casa. Quando voltei à sala, Jhonatan passou ao meu lado e sussurrou algo como *"Puta que pariu, muito gostoso"*, o que me fez precisar ter forças para não corar violentamente, então me limitei a rir fraco e baixo.

Distraindo-me das suas cantadas sem fim, fiquei feliz de ver que Talles havia chegado e, acenando carinhosamente, recebi seu presente, que parecia ser tão bom quanto a fita, vermelha e bonita, com a qual ele o havia adornado. Uma garrafa de vinho suave, desses que você não sente que está bebendo e, quando percebe, é tarde demais. E eram esses que eu mais gostava.

Coloquei o vinho no congelador e voltei para a sala, mas antes que pudesse pensar em sentar, o interfone soou, anunciando que mais alguns convidados, que havia colocado na pequena lista e dado ao porteiro, estavam subindo.

Jhonatan estava na janela, conversando alguma coisa com Samuel e Nataniel, então apenas acenei, para que ele continuasse lá, e fui até a porta. Quando abri, a figura já esperada de Pietro olhava para mim com um sorriso sem graça, que logo entendi o motivo. Yan estava ao seu lado, com a cara tão torta, que parecia ter levado um murro.

Bem que poderia ter sido meu.

— É... oi, Nicolas — o enfermeiro falava, baixo e contido, claramente naquele tom de quem sabe que fez merda. — Eu...

— Eu não queria vir. Mas ele não queria ficar sozinho e eu insisti, pra fazer companhia a ele, tá legal? — Yan falou agressivamente, como se precisasse defender Pietro de todo mal que havia nesse mundo.

— Eu também não queria você aqui, seu insuportável — disse, revirando os olhos, não aguentando a petulância do cara até na minha casa. — Mas como você me deu folga de três dias, eu vou deixar você entrar.

— Eu te dei o quê? — ele perguntou, franzindo o cenho, totalmente confuso com a minha fala.

— Seja muito bem-vindo ao meu humilde apartamento, que deve ter a *metade da metade* do tamanho do seu, meu nobre diretor. — Agora foi a vez de Yan revirar os olhos. Pietro apertou seu braço, segurando o riso, e ele andou devagar para dentro da sala.

— Feliz aniversário, Nicolas — Pietro falou baixo, mas sinceramente, entregando para mim uma bolsa com bebidas que eram tão caras, que eu mal conseguia ler os rótulos.

Todas internacionais, com certeza, compradas com o dinheiro do meu chefe.

— É... feliz aniversário, Hadriel — Yan repetiu, quando já estávamos os três dentro da sala.

— Obrigado, gente — respondi calmamente, tentando me acalmar e relevar qualquer coisa que pudesse me irritar naquela noite.

Aliás, era meu aniversário e eu queria paz.

Antes que eu pudesse ir até a cozinha colocar as bebidas para gelar mais um pouco, percebi Yan parando abruptamente e olhando para Nataniel e Samuel.

Os dois o olharam de volta.

Todos com o mesmo semblante confuso e pares exagerados de sobrancelhas sendo franzidas, escancarando a estranheza daquela cena, que, provavelmente, nenhum dos três envolvidos naquele jogo de troca de olhares esperava acontecer.

Olhei para Jhonatan, confuso. Ele parecia estar mais perdido do que eu. Alguma coisa acontecia ali, e com certeza, eu não fazia ideia do que era. Então, a fim de amenizar aquele silêncio desconfortável, quebrado apenas pela música que tocava milagrosamente na minha televisão, fui até a cozinha e peguei a garrafa do licor mais forte que comprei, junto de vários copos de shots, colocando todos eles em cima da pequena mesa de centro.

Depois, me ergui e olhei para Pietro e Yan, que, ainda naquela atmosfera misteriosa, não haviam achado lugar para estacionarem as bundas.

Pensei que Yan faria uma cara estranha, por nunca ter estado em um apartamento tão pequeno, diferente de todo luxo que ele devia conhecer desde que nasceu, mas não foi o caso.

— Como podem ver, eu tenho mais penetras do que esperava — falei, não conseguindo evitar rir. — Mas ainda tem almofadas pra todo mundo, então podem pegar algumas e se sentar nos cantos, ou nas paredes, ou próximo das comidas, fiquem à vontade.

Consentindo, os dois saíram de perto de mim e não demoraram a se acomodar, comigo tendo que abrir a porta mais uma vez para o que eu acreditava serem, enfim, os últimos convidados da noite.

Por Deus, meu apartamento não aguentava mais ninguém.

Se eu soubesse que teria tanta gente, teria feito no terraço.

— *Mister* Caelum! — Jess gritava, alegre, abraçando-me como se fizesse meses que não nos víamos.

— Exagerada — falei, rindo, aceitando seu abraço e logo depois aceitando o abraço de Max, que parecia tão alegre com aquilo quanto a namorada.

— Porra, você convidou o bairro todo? — ela perguntou, quase gargalhando, quando entrou na sala e empurrou o engradado de cerveja alemã no meu peito, para que eu pudesse levá-lo até a geladeira.

— Jhonatan quis testar quantas pessoas realmente cabiam no meu apartamento — falei, sem evitar rir, porque a verdade era que, se fosse só por mim, eu não teria nem metade de toda aquela gente.

Médico demais.

Bandido demais...

O que tinha virado minha casa?

— Olha, uma da minha espécie! — Jess disse, animada, percebendo Cecilia, a cunhada de Jhonatan, sentada no chão, junto de Luca, seu amigo. — Me apresenta, Nicolas!

Rindo com sua empolgação ao ver uma outra mulher na minha casa, puxei minha amiga pela mão e a apresentei a Cecilia, que parecia adorável demais para tratar qualquer pessoa mal. Sem muita dificuldade, as duas logo estavam sentadas e conversando sobre algo que eu não consegui ouvir por muito tempo, pois havia voltado para a cozinha, para colocar mais comida na mesa de centro, já que a que eu havia posto tinha acabado.

Feito isso, levei cervejas novas para que todos pudessem beber, enchi minha taça de vinho mais uma vez e, tendo paz, enfim, voltei para a sala, sentando-me no chão, entre Luca e Talles. Percebi uma leve irritação por parte do meu vizinho pela minha escolha de local para sentar.

— Estou atrapalhando, Tall? — perguntei baixo, sussurrando para que só ele pudesse ouvir.

— Eu não sei exatamente... — Ele uniu as sobrancelhas. — Acho que ele é hétero. Tô torcendo pra ser curioso. — Deu de ombros.

Talles estava quase bufando, e um segundo depois, como se nada o abalasse por muito tempo, olhou para mim com aquele sorriso sugestivo.

— O que você e seu namorado vão fazer depois da festa?

— Por favor, se controla, Talles — disse, revirando os olhos, dando um longo e rápido gole na minha taça de vinho. — E ele não é meu namorado.

Então, Talles olhou para trás, para minha janela, onde estavam Nataniel, Samuel e Jhonatan, ainda conversando sobre algo que eu não fazia ideia. Olhei junto dele, percebendo o *exato momento* em que Jhonatan não tirava os olhos de mim.

Ele viajava em pensamentos distantes, parecia tão longe, que não consegui evitar de rir, até ele perceber que eu o olhava e rir de volta, com aquele sorriso bonito que me amolecia por completo.

Eu olhando que nem idiota para Jhonatan.

Jhonatan retribuía o olhar, abobalhado.

E Talles começou a rir da minha cara.

— Ele não é seu namorado por que você não quer, né? Tu é um tapadão, Nicolas.

Sua fala me fez olhar para a frente e virar o vinho todo na boca de uma vez, sendo essa a segunda vez que eu terminava a bebida.

Como eu ficava nervoso só de ouvir a palavra namoro...

— Mais vinho? — Olhei para Talles, perguntando mais para mim mesmo do que para ele. — Mais vinho.

Assenti, mesmo que meu vizinho não tivesse tido tempo de dar uma resposta, e voltei para a cozinha, tratando de encher a taça pela terceira vez. Já começava a sentir um suave calor acariciando meu corpo, mas não seria agora que iria parar de beber.

3.1
ROSS 128

Com o decorrer da festa, iludido de que conseguiria sentar e relaxar, fui e voltei da cozinha mais vezes do que gostaria, sentindo-me cansado por ter que ficar servindo as pessoas, que pareciam ter passado 40 dias e 40 noites no deserto, sem alimento nenhum.

Quando liguei o botão do "foda-se", me escorei em um canto, próximo à parede, e fiquei ouvindo as pessoas conversarem, estranhamente confortável com aquela atmosfera louca e inesperada no meu apartamento.

— Esse apartamento tá fedendo a macho, que cheiro de testosterona da porra — Jess falava para Cecilia, que, pela proximidade, me permitia ouvir sua conversa, o que me fez não conseguir segurar o riso.

Quando me viu rindo, me chamou para o seu lado e eu fiquei sentado entre as duas, de frente para Max, Pietro, Yan, Talles e Luca, naquele grande círculo no chão, no qual alguém já tinha tido a iniciativa de ligar minha televisão, há muito tempo, e conectar a um serviço qualquer de *stream* com músicas.

Logo percebi que o celular, que estava no centro, para qualquer um pegar e trocar de música, era o de Jhonatan.

Então, o abusadinho foi ele...

Rindo, observei o exato momento em que Pietro pegou o aparelho e trocou de música, começando algo muito, muito diferente de tudo que eu já estava acostumado a ouvir.

— Que porra... que merda é essa? — foi Samuel quem disse, franzindo o cenho com força, externando toda a estranheza que eu sentia no meu interior com aquele ritmo diferente. Só que ele era bem mais agressivo que eu.

— É pagode, caralho! — Yan falou alto, antes mesmo que Pietro conseguisse abrir a boca. — Ele gosta de ouvir. Vocês ficaram colocando um monte de bosta aí e ninguém disse nada. Deixa ele, porra!

Todo mundo que estava sentado no chão, com exceção de Yan, caiu na gargalhada na mesma hora. Principalmente eu, Jess e Max, que estávamos acostumados com a figura individualista do nosso chefe.

Vê-lo tão afetado por tudo que envolvia Pietro era, no mínimo, muito engraçado. E fofo também, eu precisava admitir. Eles mal falavam, Yan não parecia estar muito habituado a festas pequenas em apartamentos de pessoas que ele não ia muito com a cara. Porém, os dois estavam tão confortáveis entre si, trocando carícias permissivas e risadas baixas, logo não achei que meu chefe estava realmente incomodado.

Às vezes, é a pessoa que faz a situação ficar boa, não o lugar, e eu tinha a impressão que Yan podia desfrutar desse fato com meu amigo de trabalho.

Quando parei de rir sobre os dois pombinhos, senti minha cabeça tontear um pouco e, naquela matemática de bêbado, achei que ia melhorar se bebesse um pouco mais. Agarrei uma garrafa de vinho aleatória em cima da mesinha, diferente da que estava bebendo, e enchi minha taça mais uma vez.

— Vamos jogar! — a voz de Talles soou, captando minha atenção.

Ele se aproximou um pouco mais do centro e pediu, com os braços, para que todos fizessem o mesmo.

— Quem perder, vai beber — ele falava, totalmente sugestivo, enquanto abria a garrafa lacrada de licor e começava a encher os copos de shot.

— Qual jogo, seu safado? — respondi, rindo, percebendo que todos ali, sentados, até Pietro, prestavam atenção no meu vizinho.

Samuel e Nataniel ainda conversavam, encostados na minha janela. Os dois, com a minha permissão, começaram a fumar juntos, soprando a fumaça para fora. Já Jhonatan, parecia querer se juntar a nós, então, balançando a cabeça, sinalizei para que ele chegasse mais perto.

O ex-meliante poderia abrir espaço e se sentar ao meu lado, mas preferiu ficar atrás de mim e me abraçar, o que me fez deitar as costas em seu peito suavemente, respirando fundo e fechando os olhos.

Seu cheiro forte de cigarro e café me envolveu e eu senti meu corpo ficar ainda mais quente do que já estava, desejando loucamente que todas as pessoas daquele lugar sumissem. O álcool tinha efeito direto na vontade que eu tinha de enfiar a língua na boca dele naquele exato minuto.

— Meu Deus, você já está bêbado? — o tatuado perguntou, rindo, provavelmente sentindo que pesei meu corpo sobre o seu mais do que realmente achava que tinha feito.

— *Pffff*... claro que não — respondi, sem ter certeza da minha resposta.

— Parem com a boiolagem — foi Talles quem disse, ainda enchendo os dez copos pequenos de shot, enquanto eu ouvia Jhonatan bebendo uma cerveja, com a boca próxima ao meu rosto. — O jogo se chama "*eu nunca*".

— Essa vai ser boa. — Jhonatan riu de maneira sacana no meu ouvido, depois abriu a boca suavemente e deu uma chupada lenta na parte superior da minha orelha, esfregando sua língua devagar e a soltando em seguida.

Meu corpo arrepiou com violência e eu precisei respirar fundo, para continuar com os pensamentos organizados.

Língua gostosa do caralho.

E eu estava a um passo de expulsar todo mundo.

— O que é isso? — perguntei, tonto, tentando focar em Talles e não fazendo ideia do que meu vizinho descarado tinha em mente.

— Cada um fala uma coisa que nunca fez. Pode ser verdade ou mentira, tanto faz — Talles começou a explicar, terminando de encher os shots, um por um, até a borda. — Quem não fez a coisa citada, não bebe. Quem já fez, tem que beber.

No momento em que o meu vizinho explicou o plano, percebi todas as pessoas tensas, mas querendo continuar a brincadeira. Até Samuel parou de conversar e virou o corpo em direção a sua namorada, cruzando os braços e parecendo precisar ver todas as suas reações, mesmo que ele, assim como Nataniel, não fosse jogar.

— Promete que ainda vai transar comigo depois dessa brincadeira? — Jhonatan sussurrou no meu ouvido, fazendo-me rir.

— Você não pode ter feito tanta merda assim.

— Promete, Nick — ele quase implorava, o que me fazia rir ainda mais. Seu tom era choroso e ele parecia estar com medo de perder a foda da noite.

— Eu não ligo para as coisas que você já fez, Jhonatan.

— Então, promete.

— Tá, tá, eu prometo.

Então, ele finalizou a cerveja, a largou no chão, atrás de si, e apertando ainda mais o braço em volta de mim, repousou o queixo por cima do meu ombro, enquanto Talles parecia se preparar para dar início àquele show de indecência.

— Ok, eu começo — meu vizinho disse, mais animado do que eu gostaria. — Eu nunca dei beijo grego em ninguém.

Puta merda, porque eu deixei o Talles começar essa merda?

Logo, comecei a ver as mãos, uma a uma, serem esticadas por cima da mesa, para cada pessoa pegar seu shot. Com exceção de Cecilia, Max e Luca, eram todos culpados e safados.

— O que é beijo grego? — a voz de Max soou, e quando olhei para o seu rosto, ele franzia o cenho, claramente confuso.

E eu gargalhei, não aguentei, enquanto pegava o meu shot, já usado, e o de Jhonatan e os colocava por cima da mesa de novo.

Jess, corando como nunca a vi corar, chegou a boca próximo à orelha de seu namorado e sussurrou algo que todos nós já sabíamos:

A definição de um beijo grego.

— Beijo grego é o que eu vou te dar daqui a pouco — Jhonatan sussurrou no meu ouvido.

Ali, ele voltou a chupar minha orelha, estremecendo-me com segredos baixos que contava só para mim, unidos aos estímulos secretos de sua língua, que era escondida por seu cabelo grande, caído sobre o rosto, quando chegava a boca ao meu ouvido.

Cheguei a conclusão de que ele queria que a gente transasse na frente de todo mundo.

Mas tentando buscar alívio visual em qualquer coisa, foquei na reação de Max, se engasgando e arregalando os olhos assustados, em uma das memórias que eu sabia que ficaria gravada na minha cabeça.

— Nicolas — Talles falou, tentando controlar a risada pela reação do meu colega de trabalho. — Sua vez.

— Ok. — Respirei fundo, pensando por um momento. — Eu nunca fiz sexo com mais de duas pessoas no ato.

Talles, Jhonatan e Jess beberam.

— Ah, eu queria repetir isso hoje — Talles confessava, olhando para mim e para Jhonatan com um ar totalmente malicioso, enquanto engolia o shot de uma vez e depositava por cima da mesa novamente.

— Vai *pra porra*, seu oferecido — Jhonatan quase rosnou atrás de mim.

— Nicolas, segura a coleira dele com mais força, ele vai me atacar — Talles falava, implicante, procurando a próxima vítima.

Max e Jess conversavam baixo. Max, provavelmente, estava assustado por causa do histórico da vida sexual de Jess.

E olha que ainda estávamos no segundo round.

— Jess, sua vez — pediu, percebendo o potencial de minha amiga.

— Certo — ela disse, pigarreando, parecendo pensar um momento antes de falar. — Eu nunca transei no meu local de trabalho.

Jess, Max, Yan e Pietro beberam.

— Porra! — Jhonatan praticamente gritou atrás de mim, seguido de uma gargalhada alta. — Aquele hospital é um bordel!

Eu ria tanto, mas tanto, e ao mesmo tempo ficava preocupado pelo emprego de Jess e Max, por estarem confessando suas sacanagens na frente do nosso chefe.

Que também confessava as dele...

— Só falta a gente, Nick — Jhonatan sussurrava só para mim, beijando a linha entre meu lóbulo e meu pescoço. — A gente ainda vai foder naquelas macas, eu prometo.

Rindo baixo, balancei a cabeça negativamente, enquanto observava as outras pessoas controlarem suas risadas também. Aquilo não tinha como ficar mais constrangedor.

— Vai, cachorrão. — Talles direcionava o olhar para Jhonatan. — Sua vez.

— Eu nunca... — Jhonatan começou, enquanto Talles voltava a encher os copos de shot com mais licor. — Fiz sexo no primeiro encontro.

Todos beberam.

— Você faz sexo? — percebi Jhonatan virar o corpo para Luca, que mostrou o dedo do meio para ele, me fazendo receber aquele xingamento direcionado sem querer.

Jhonatan tinha, claramente, dois irmãos mais velhos.

— Menos do que gostaria — ele respondeu, rindo, mostrando não ter se afetado de verdade com a brincadeira do amigo.

— Eu posso dar um jeito nisso — Talles falou, depois bebeu seu shot, enquanto olhava para Luca, que franzia as sobrancelhas.

— Porra, você não tem vergonha nessa cara não? — Jhonatan falou, alterado, completamente afetado pelo jeito do meu vizinho. — Não consegue ficar um segundo sem cantar ninguém.

— Não sei porque você está tão irritadinho — disse, tirando o copo vazio da sua mão e colocando em cima da mesinha. — Vocês dois são iguais quando o assunto é ser descarado.

— Claro que não — o ex-meliante falou, muito ofendido. — Eu sou descarado com você, esse cara é uma metralhadora!

— Metralhadora não é precisa, meu amor — ele disse, levando um dos shots aos lábios, mesmo que não tivesse necessidade de beber naquele momento, e virando o líquido na boca antes de dizer: — E eu? Eu sou um fuzil de precisão.

— Você entende de armas? — a voz de Nataniel soou pela primeira vez depois que começamos aquela brincadeira. — Está procurando emprego?

— Próxima rodada! — Jhonatan quase gritou atrás de mim mais uma vez, o que me fez rir ainda mais.

3.2 ZETA VIRGINIS

A brincadeira continuou mais algum tempo, com o ex-meliante levantando e indo buscar mais comida e bebida para os bêbados, que enchiam suas caras sem pausas. Enquanto ele ia e voltava, eu observava seu corpo, suas mãos, seu cabelo, agora maior, que batia na testa e caía por cima dos seus olhos.

Seu braço fechado por tatuagens.

Sua tatuagem no pescoço, que era a minha preferida...

Porra, Jhonatan era gostoso demais.

Sei que o estava secando descaradamente quando ouvi a voz de Pietro me chamando pela terceira vez, tirando-me daquele transe feito pela imagem poderosa de Jhonatan. Mesmo que ele estivesse *apenas* respirando.

— Ah, oi, Pietro, desculpe...

— Limpa a boca, tá escorrendo a baba — ele falou, rindo baixo e só para mim, mas implicando comigo de uma maneira fofa.

Eu acabei rindo também, não conseguia ficar com raiva desse cara nem me sentir irritado com ele.

— A gente já vai, tá bem? — ele disse, e quando percebi, Yan estava na porta do meu apartamento, conversando com Nataniel de uma forma baixa e suspeita, para mais ninguém ouvir.

Parecia que estava sustentando o tráfico de cigarros dentro da minha casa.

— Ah, já? O Yan tá com raiva de mim? — perguntei, me sentindo meio culpado, talvez por não ter sido um bom anfitrião.

Aliás, eles foram bem agradáveis durante o tempo todo que estiveram ali. Yan também. Surpreendentemente.

— Não, Ni, a gente só bebeu demais e... — ele pareceu meio sugestivo, o que me fez rir de leve.

— O fogo subiu?

— Sim...

— Então, vocês já...

— Sim.

— Eita, seu safado.

Pietro riu. Riu muito. Aquela gargalhada gostosa e incendiária, que fazia todo mundo se sentir bem, e eu não evitei me sentir bem por ele. Ele estava feliz, logo eu também estava. Continuamos aquela pequena conversa enquanto pudemos, ainda rindo por breves momentos. Depois, eu me despedi dos dois, feliz por suas presenças.

Até que Yan conseguia ser menos pau no cu quando queria.

Não foi difícil perceber que, pelo visto, estava tarde demais e eu não tinha me dado conta, pois todos começaram a se despedir, um por um. As pessoas pareciam ter tido a deixa que precisavam com a saída do primeiro casal, dando-me mais felicitações do que eu me recordaria no outro dia.

Quando dei por mim, estava escorado na parede, em pé, observando um cara gostoso lançar algumas palavras ao seu irmão, sua cunhada e seu amigo, que foram os primeiros a chegar e os últimos a sair.

— Dorme no meu quarto com a Ceci, tá muito tarde pra vocês voltarem pra Burto — ele falava para o irmão em um tom preocupado, que era fodido, de tão fofo.

Porra, eu queria tanto agarrar aquele cara tatuado...

— Ué, tu não vai pra casa não, ranhento? — Luca dizia, começando a rir de forma debochada. — Iiiiii, vai transar.

Ah, e como ele vai...

— Cala a boca, cara — Jhonatan respondeu, sem graça, e eu controlei muito o riso, enquanto observava aquela cena.

— Eu durmo lá, aproveito pra levar esse pudim de cachaça pra casa — Samuel disse, dando um tapa nas costas de Luca. — Obrigado por ter me chamado, mas vai visitar a gente, seu porra — falou, antes de dar um abraço bruto em Jhonatan, sendo ele, agora, alvo dos seus tapas violentos, que faziam até sua cabeça sacudir. — E... — Ele pigarreava, olhando por cima do ombro de Jhonatan, na minha direção. — Feliz aniversário, Nicolas, obrigado pela festa e por ter convidado a gente.

— Nada, Samuel — respondi, educado, sorrindo levemente e me despedindo de Cecilia e Luca na sequência.

Quando Jhonatan, enfim, fechou a porta, ele mal conseguiu se virar, porque eu já estava agarrado às suas costas, beijando a região por cima do tecido, envolvendo meus braços em seu corpo e enfiando as mãos por dentro de sua blusa.

— Finalmente... — sussurrei, esfregando os dedos em seu abdômen, deslizando-os até a fivela de seu cinto.

Mas ele não deixou nem que eu começasse a tirar, porque, se virando dentro do meu abraço, rindo do meu ataque e inversão de papéis costumeiro, Jhonatan segurou meu rosto e me beijou devagar, começando uma intensidade que ele cortou apenas para sussurrar entre nossos lábios:

— Eu quero isso tanto quanto você... — começou, com uma risada baixa e humorada. — Mas ainda não, doutor.

— Ah, Jhon, para... — eu pedia, manhoso, com a voz arrastada, não tão bêbado que me sentisse apagar, mas com fogo o suficiente, aumentado pelo álcool, para querer arrastar ele direto para a cama.

Ou fazer sexo ali mesmo, em pé, não importava.

— Eu ainda tenho que te dar o seu presente — disse, soltando-me, pegando na minha mão e me levando devagar até o quarto.

Lá, enquanto eu estalava a língua, em desagrado a sua demora para começar a arrancar minha roupa, Jhonatan me sentou na cadeira, em frente ao telescópio, e pedindo para que eu aguardasse, foi até sua mochila e tirou uma embalagem marrom, fechada e sem graça dos correios.

— Essa embalagem tá uma merda, mas eu sou muito ruim embalando presente, então espero que o que tenha dentro compense.

— É leve demais para ser um livro sobre Medicina — falei, tentando começar a abrir o papelão com certa dificuldade.

— Que livro de Medicina o quê, seu sem emoção! — disse, contrariado, o que me fez rir.

Eu continuava rindo, até mesmo com ele me chamando de "sem emoção", porque era engraçado demais ver Jhonatan se soltando daquela forma comigo.

— Você tem emoção demais por nós dois, né? Aliás — falei, enquanto ainda observava a caixa. — Tem muita emoção em abrir uma pele, para ligar um tendão ou operar alguma coisa, ver sangrar e depois suturar, ok?

— Nicolas, eu vou vomitar, seu açougueiro.

Eu nem gostava de abrir pele de ninguém, mas era muito engraçado ver Jhonatan fazendo careta por causa dos detalhes que eu dava, mesmo que ainda fossem muito rasos. Eu fazia coisas muito piores no hospital.

— Me ajuda, Jhon, eu tô bêbado demais pra abrir isso. — Apesar de não estar tão bêbado assim, colocava a culpa na bebida pela minha falta de jeito de conseguir lidar com uma caixa.

Embalagem: 1.

Nicolas: 0.

Rindo, Jhonatan se abaixou ao meu lado, repousando os braços nas minhas coxas, enquanto pegava a embalagem das minhas mãos e começava a tirar as fitas adesivas de sua volta, mostrando ter muito mais habilidade do que eu em abrir aquilo.

Quando a caixa estava livre de todas as faixas que a colavam, ele entregou a embalagem para mim, ainda se mantendo abaixado, ao meu lado, passando as mãos pelas minhas coxas, em um carinho nervoso, cheio de expectativa.

Tirei a embalagem e a joguei no chão, ao meu lado, revelando um quadro meio grande, do tamanho dos diplomas que eu tinha e, na verdade, parecido com eles, com uma moldura preta polida em arabescos, muito bonita.

Estava cheio de selos oficiais importantes, inscrições em dourado e um desenho da constelação de Órion no meio, entre textos e mais textos, e um link de confirmação virtual, no final do certificado. Era um documento oficial de alguma coisa que eu fazia certa força para ler, porém de uma instituição que eu já conhecia.

"Centro Astronômico Internacional"

E eu conhecia aquele nome o suficiente para saber o que aquilo significava.

— Jhonatan... — falei, franzindo o cenho, sentindo meu coração bater mais forte, olhando para ele, muito desacreditado sobre aquilo que eu tinha nas mãos. — O que...

— Essa é Nicolas — ele falava, colocando o dedo sobre o ponto dourado em destaque, circulado em vermelho no centro daquele desenho da constelação, apontando para uma estrela que adornava o entorno de Órion.

Não parecia haver ar dentro dos meus pulmões. Era uma das estrelas que não fazia parte da constelação em si, mas que estava próxima de seu arco desenhado, precisamente próxima ao cinturão, o lugar que Jhonatan dizia ser parecido com os sinais do canto do meu rosto.

— Como assim, Jhonatan? — perguntei, não conseguindo acreditar naquilo que estava nas minhas mãos.

— Eu dei seu nome a uma estrela, Nick.

Sua voz era calma, mas seu peito subia e descia, mostrando o quanto ele estava nervoso com aquilo. O quanto seu interior devia estar se revirando em expectativa as minhas reações.

E eu nem sequer sabia ter alguma... A não ser chorar.

Chorar, enquanto olhava o documento mais uma vez e tentava ler, com mais dificuldade, as inscrições que atestavam a nomeação da estrela com o meu nome.

Porra, eu havia ganhado uma estrela. Uma estrela!

Eu ri baixo, no meio do choro, enquanto pensava sobre aquela sua atitude.

Jhonatan era louco...

Entretanto, essa sua loucura me fazia ficar cada vez mais apaixonado por ele, a ponto de sentir meu peito doer e se rasgar de dentro para fora.

De início, foram poucas lágrimas, derramadas depois que não contive meus olhos inchados pela emoção do que tudo aquilo representava para mim, mas elas estavam lá, rolando, quentes, pelas minhas bochechas.

— Me diz que tá chorando de felicidade... — ele falava, meio trêmulo, levando os polegares ao meu rosto e secando as minhas lágrimas, da forma como fazia sempre que me via chorar.

Eu balançava a cabeça positivamente, dando um sorriso tão grande, que mal conseguia enxergá-lo na minha frente. Fungando, joguei o corpo para a frente, coloquei a moldura na cadeira e o abracei com força, enterrando o rosto na dobra do seu pescoço e ombro.

Eu sorria, chorava, soluçava, mal conseguia compreender como ele gostava tanto de mim, a ponto de fazer uma coisa dessas, que estava muito além do valor físico representado pelo ato em si.

Apesar de saber que o valor físico também era caro *pra cacete.*

O valor de um carro. Ele tinha isso tudo?

Contrastando com sua brutalidade corriqueira, era a sensibilidade de Jhonatan que acabava comigo. Uma sensibilidade dos meus gostos pessoais, me fazendo enxergar que, nem em mil anos, eu teria alguém para se importar comigo daquela forma. Tão rendida e desarmada como ele fazia, sem se importar em ser brega ou apaixonado demais. Ele gostava de mim e nada o fazia ter vergonha de demonstrar isso.

Eu tinha tanto a aprender com aquele ex-meliante de 21 anos e meio.

— Obrigado, Jhon, meu Deus, obrigado — repeti, passando os braços pelos seus ombros, abraçando-o e o beijando com força, desespero, tremulação, todas as sensações livres que me inundavam naquele momento.

— Eu estava com um cagaço de você não gostar — Jhonatan admitiu, rindo, nervoso, enquanto recebia meus beijos, depositados em todo o seu rosto.

— Porra, como eu gostei, você não tem noção de como... eu... Meu Deus, Jhonatan... — mal conseguia terminar minhas próprias frases.

Mas estava rindo tanto e olhando para o seu rosto, que sorria de volta para mim.

Levantando-se primeiro, ele estendeu a mão e me ajudou a levantar. Em seguida, em um impulso só, voltei a abraçá-lo, emocionado pelo vinho, pelo presente, pelo seu cheiro que me inebriava inteiro.

— Só "obrigado" não dá. Eu não sei como agradecer você, eu não faço ideia — falei, com a cara enfiada no seu pescoço, beijando sua pele e sentindo seu arrepio brotar em meus lábios.

— Ah, mas eu sei... — ele dizia, apertando minha cintura com vontade, daquele jeito safado que já sugeria o que ele queria.

E que, céus...

Eu queria de igual forma.

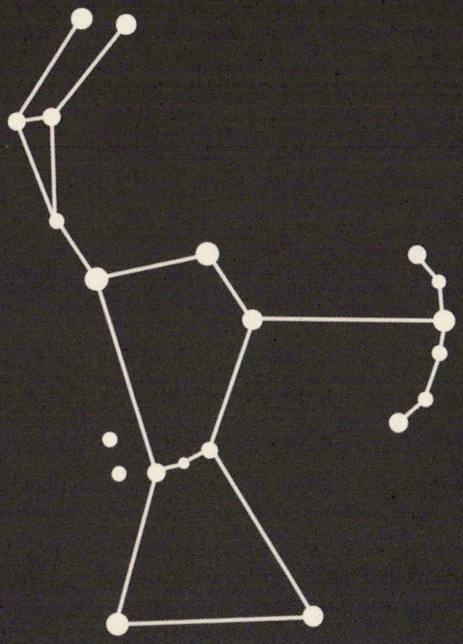

4

ORION

Jhonatan

Me dizendo que precisava beber água, para tentar ficar menos tonto por causa do álcool, Nicolas saiu do quarto.

Não sei se estava nervoso, ansioso ou se queria mesmo ficar sóbrio de verdade, entretanto respeitei seu momento e aguardei que ele retornasse. Não ia acontecer nada que já não tivéssemos feito, mas conhecia Nicolas o suficiente para saber que não precisava de muito para deixar o doutor suando frio.

Enquanto isso, me aproximei da janela aberta e, apoiando o braço no alto do seu batente, encostei a testa próximo ao meu pulso, olhando para o alto e procurando a estrela que nomeei, mas sem sucesso algum. Para mim, todas elas eram iguais, mas eu estava disposto a me esforçar por Nicolas, para identificar as que ele mais gostava. Principalmente a sua própria estrela.

Alguns momentos depois, não foi difícil perceber sua presença no quarto mais uma vez. Ouvi seus passos calmos e suaves por cima do assoalho, como se ele deslizasse pelo piso, e logo em seguida, seus braços me envolveram com carinho, enquanto ele começava a beijar minhas costas devagar.

Seus dedos bonitos se enfiaram por baixo da minha camisa de algodão e a ergueram devagar, com minha ajuda, até que ela já estivesse no chão.

Estando eu com as costas nuas, Nicolas distribuía selares gentis, mas intensos, pela extensão da minha pele, enquanto uma de suas mãos rodeava meu quadril, em um abraço suave, e a outra deslizava pela lateral do meu corpo.

— Está menos bêbado? — perguntei, rindo baixo, segurando sua mão, que me abraçava, e a acariciando, enquanto desfrutava dos vários beijos nas costas que ele me dava, sentindo minha pele se arrepiar com o seu toque, que irradiava calor.

— Acho que sim, não sei, bebedeira não se cura do nada — ele respondeu, sincero, soltando uma risada abafada sobre minha derme. —

Mas estou melhor do que há meia hora. — Sua mão continuava a percorrer meu corpo, até que ele parou, com os dedos macios sobre o tecido da parte traseira da minha calça. — Isso significa que estou bem para fazer qualquer coisa. — Então, riu safado, em um tom que eu adorava ouvir.

Nicolas apertou minha bunda com tanta força, e parecia tão enlouquecido com a parte de trás do meu corpo, que eu não consegui conter um questionamento que surgiu, enquanto ele continuava a beijar minhas costas devagar e suspirar, desejoso, sobre mim.

— Bebê... — chamei, calmo, sentindo seus dedos pequenos se deleitarem em carícias mais ousadas do que eu estava acostumado vindo dele.

Que eu, certamente, estava gostando muito.

— Oi, Jhon... — ele respondeu, manhoso, enquanto passava, agora, os dois braços em volta de mim, até suas mãos capturarem a fivela do meu cinto, que ele abria devagar.

— Você já fodeu alguém? — perguntei, sem rodeios, mas em um tom calmo, que não foi o suficiente para conter o modo abrupto com o qual ele soltou meu cinto e tirou as mãos do meu entorno.

Quando percebi seu choque com a minha pergunta, me virei devagar, segurando o riso e olhando para o seu rosto levemente assustado.

Permitindo um sorriso carinhoso, porém muito sugestivo, subi minha mão direita até sua face, segurando-a, enquanto massageava sua bochecha, deixando a outra mão percorrer seu abdômen, o tocando por baixo da sua camisa, até capturar seu mamilo, que começava a estimular com a ponta do meu polegar, esfregando devagar, em movimentos circulares, observando-o morder o lábio de forma leve.

— Eu... — Ele engolia em seco e sua voz saía falhada, já respirando arrastado ao sentir meu toque.

— Não precisa ter vergonha se não tiver feito, Nick.

— Nunca — ele respondeu, parecendo estar tranquilizado pela minha fala.

Aumentando o sorriso sugestivo, levei a mão, que estava em sua bochecha, até sua nuca de forma firme e, selando seus lábios devagar, comecei um caminho lento de beijos até que minha boca capturasse sua orelha, na qual sussurrava, só para ele:

— Quer foder?

Nicolas engoliu em seco, e quando afastei meu rosto, para que pudesse olhá-lo, vi que havia fechado os olhos, transformando a mordida em seu lábio inferior, antes leve, em um tortuoso arrastar de dentes.

— *Shh*, não faz assim... — pedi, beijando seus lábios devagar, em um pedido mudo, para que ele parasse de morder a carne sensível de sua boca. — Vai se machucar.

Então, passei a língua lentamente sobre seu lábio, antes de o beijar com certa intensidade. Nicolas ainda estava nervoso com a minha pergunta, então levei a boca novamente ao seu ouvido, falando baixinho mais uma vez:

— Se não quiser, não tem problema.

— Eu quero, Jhon — ele respondeu tão baixo quanto eu, o que me fez olhar para o seu rosto com carinho, por causa da forma meiga de falar. Eu podia segurar minhas piadas para mim, mas eu não conseguia.

— Vou ser a primeira bunda que você vai foder — disse, rindo baixo e tão safado quanto conseguia ser, selando seus lábios devagar e o empurrando calmamente até a cama. — Nunca mais vai esquecer de mim.

— Como se isso fosse possível...

Sorri com o canto dos lábios, comecei a beijá-lo devagar e, em passos lentos, o conduzi para nosso destino inevitável. Quando nossas pernas bateram juntas na cama, segurei a barra da sua camisa com calma, tirando-a com todo o carinho que o homem pelo qual eu era apaixonado precisava e merecia.

Passando o tecido pela sua cabeça, beijei seus lábios no processo, enquanto levava as mãos até o cinto de sua calça e o abria, desabotoando seus jeans em seguida, e com sua ajuda, vendo o tecido grosso deslizar pelo seu corpo. Nicolas fazia o mesmo com minha calça, com dedos mais trêmulos do que os meus, deixando-me com a dificuldade de conter um riso, que acabava saindo baixo.

Ele conseguia ser fofo até nervoso daquele jeito, e eu só queria pegar ele no colo e abraçá-lo. Talvez fizesse isso em uma outra hora, porque tinha coisas totalmente diferentes em mente para aquele momento específico.

— Calma, meu bebê — falei, abaixando o rosto até seu pescoço e o beijando na região específica que eu sabia ser sua mais sensível, e sem demora, senti seu corpo começar a se desmanchar sob o meu toque. — Eu quem deveria estar nervoso.

— Desculpe, grandão. Você me deixa assim — ele repetiu o apelido usado raramente, fazendo meu pau pulsar com uma força irracional quando a palavra "grandão" saiu de sua boca carnuda.

Além do mais, Nicolas não estava tão bêbado, mas seu corpo parecia responder aos leves estímulos lentos do álcool, o que o deixava mergulhado nessa atmosfera de manha, que era tão, tão covarde para mim.

Ele poderia pedir para comer meu cu cinquenta vezes por dia, com esse jeito amolecido, que eu deixaria sem reclamar.

Mas antes eu precisava de seu corpo e nossas peles unidas, então, abaixando as mãos, tirei a cueca de Nicolas, deixando que ele fizesse o mesmo comigo, e deitei na cama, puxando-o para que viesse para cima de mim.

Quando ele deslizou sobre o colchão, encaixou o corpo sobre o meu, fazendo-me sentir seu contato, já tão quente, tão desejoso, mesmo que nervoso. Eu já estava tão duro por Nicolas, e a sensação de prazer era absurda ao perceber que, mesmo com aquela ansiedade que tomava conta de seu corpo trêmulo, ele estava da mesma forma por mim.

Tendo a necessidade, crescente e permanente, de saborear seu gosto, o segurei gentilmente, puxando-o para mim e dando início a um beijo calmo, que começou a ganhar intensidade a partir do momento em que seu quadril começou a se ondular lentamente sobre o meu.

— Eu gosto tanto de ficar assim com você — sussurrava em meu ouvido, depois colocava a testa no meu ombro, apertando meus braços e se esfregando em mim.

Até ele levantar o rosto e capturar minha boca, em um beijo intenso, de clara paixão e sede, enquanto nossas ereções, doloridas, de tão rígidas e quentes, continuavam a ser roçadas uma na outra.

Como eu gostava de ficar assim com Nicolas também. Porra, eu poderia ficar assim com ele para sempre.

De sua boca saíam pequenos gemidos, que morriam entre nossos beijos, os quais mordiam lábios e sugavam a língua um do outro, com tanta necessidade de estarmos unidos em todos os pedaços de nossos corpos, que nossa respiração encontrava dificuldade para existir, diante do nosso desespero mútuo pelos nossos desejos tão explosivos.

— Porra, Nicolas... — a dificuldade da fala travava uma batalha contra nossas línguas, que não paravam de se enroscar e compartilhar dos gostos calorosos, que eram esfregados em meio aos nossos lábios, mas eu continuava falando, mesmo que entrecortado. — Que saudade do seu corpo, do seu cheiro, da sua pele... de você inteiro.

Minhas mãos tateavam sua cintura, que se arrepiava com as minhas palavras e continuava a ondular sobre mim, como se minha boca fosse combustível para o fogo que só crescia nele. Em nós. E essa intensidade ia aumentando a cada segundo, junto da vontade que se manteve adormecida nos últimos dias e pareceu entrar em erupção de uma vez só, em um só momento.

O pré-gozo já vazava de nossos membros, que tinham pressa, fazendo com que nossos paus deslizassem ainda com mais facilidade, quando eram apertados contra si, em uma esfregada tão gostosa, que eu gemia rouco e arrastado dentro de sua boca, dentro dos seus lábios cheios.

— Meu bebê — sussurrava entre nossos beijos, tirando a boca da sua e traçando um caminho gentil de selares pela sua bochecha.

Nicolas gemia baixo, enquanto seus movimentos não paravam, mas eu sabia que, provavelmente, ele estava sem ação para começar a fazer o que eu tinha sugerido a ele, por isso precisei conduzir tudo com um pouco mais de firmeza.

Apesar de minha vontade ser de ficar esfregando seu caralho em mim até gozar, porque, porra...

Fazer aquilo com Nicolas era gostoso em uma escala que ainda não tinha sido computada por nenhum ser humano.

— Você já deve saber o que fazer comigo, não é? — perguntei, calmo, mas sua resposta foi mais afetada do que eu esperava, com ele se erguendo sobre mim levemente, apoiando os cotovelos na cama e parando na hora os movimentos que fazia.

Aí, ele parecia mais como um bêbado ofendido, que, do nada, ficava puto no meio do bar.

— Eu sou residente, não sou urologista — ele desandou a falar, meio contrariado, o que me fazia rir e apertar seu rosto com uma mão só, criando aquele bico que eu amava morder. E foi isso que eu fiz, depois soltei sua boca para que continuasse falando. — Além do mais, eu posso conhecer a anatomia todinha do corpo, mas não tenho experiência nisso, já disse que nunca fiz. Na verdade, eu sei o que fazer, eu não sou idiota, mas não sei como você gosta...

Fofo, fofo, fofo, tão irritadinho e tão fofo. Caralho, fofo demais.

Todo nervoso e fofo porque vai me comer.

— Está preocupado com como eu gosto?

Nicolas assentiu, sem dizer nada.

— Porra, eu quero te lamber todinho, Nicolas — falava, enlouquecido pela forma que ele olhava para mim e se preocupava comigo.

Cada hora que passava eu entendia um pouco menos como alguém podia ser tão adorável, meigo, empático, gentil e gostoso *pra caralho*, tudo ao mesmo tempo.

Uma pessoa tão boa por dentro não podia ser tão gostosa, não era justo com o universo.

— Você vai me preparar, meu anjo — disse com calma, rendido a todos seus traços incertos sobre o que estava fazendo. — Pega o lubrificante e encharque seus dedos, eu gosto de usar o anelar e do meio, às vezes o indicador também quando estou com paciência — falei, sorrindo de um jeito safado, enquanto olhava para os seus olhos bonitos, que tentavam prestar atenção no que eu dizia.

— Da primeira vez que fizemos, você só usou dois — disse, esticando o braço em direção a sua mesinha de cabeceira. — Na verdade, você só usa dois o tempo todo...

— Eu sempre tô com pressa, quero te comer rápido.

Nicolas não conteve o sorriso e balançou a cabeça negativamente.

— Meu lubrificante tá quase no fim — choramingou, enfiando a testa no meu peito, com uma tristeza tão profunda, que me fez começar a rir.

— Por isso eu me precavi — falei, levantando-me e indo até minha mochila, pegando o tubo lacrado de lubrificante e colocando em cima de sua mesinha, junto de mais outras camisinhas, mas essas ele parecia ainda ter.

Nós só usamos umas 500... sobrou umas 5 e tal.

— Jhonatan... você veio preparado pra transar por um mês inteiro.

— Sim, eu vim — disse, sem vergonha nenhuma de confessar minha vontade de foder até cair morto no chão.

E nada ia dar errado nessa porra, senão eu era capaz de ir pelado até a farmácia mais próxima. Nicolas apenas riu, o que me fez rir também e voltar para a cama, sentado e encostado na cabeceira dessa vez.

— Agora vem aqui, meu bebê — falei, enquanto entregava o lubrificante em sua mão. — Faz do jeito que eu te falei, igual eu fiz com você.

Deitei na sua frente, abrindo minhas pernas despudoradamente, enquanto mantinha os cotovelos apoiados no colchão, encarando-o.

Segurei Nicolas pelo pulso com carinho, depois o puxei para que ficasse entre as minhas pernas, que o esperavam com tanta expectativa. O percebia me obedecendo e colocando lubrificantes nos dedos, depois olhando para mim como se fosse uma criança esperando o próximo passo.

— Agora enfia um só, devagar — pedi, antes de sentir seu dedo pequeno circundar minha entrada e logo me penetrar em movimentos lentos, que me faziam começar a respirar fundo.

Via, também, sua outra mão apoiada na minha coxa, apertando-me com seu nervosismo, que não parecia diminuir, apesar da sua concentração por começar a me foder com seu dedo médio.

— Agora mais um, Nick. Vai, gostoso, desse jeito que você está fazendo.

Respirando fundo e voltando a morder o lábio inferior, Nicolas penetrou mais um dedo, contorcendo-se de prazer toda vez que me ouvia gemer rouco e fraco com as suas investidas.

— Ah, Jhon... — ele falava, sôfrego, deliciando-se com o toque que me fazia. — Você é tão apertado, porra... está se fechando nos meus dedos.

— Muito tempo sem ser passivo, bebê, é normal ficar assim, você sabe... — falei, segurando em seu rosto e o puxando para mim, em mais um beijo entre gemidos, que aumentavam à medida que o ritmo ficava um pouco mais rápido. — Continua assim um tempinho... — falei, observando-o obedecer novamente e manter aquele ritmo gostoso.

Aí, sem que eu o mandasse, ele aumentou os movimentos e começou a me foder aos poucos, o que me fez começar a soltar uns gemidos baixos, sentindo a delícia que era ser tocado por ele daquela forma.

Arrastei o corpo para o lado suavemente. O suficiente para que ele continuasse me fodendo e o bastante para que conseguisse esticar o braço e pegar em seu cacete. Masturbando-o devagar, percebi o exato momento em que senti nossos ritmos se encontrarem. Ele me fodendo com seus dedos e eu bombeando seu pau sem parar, dando atenção especial à glande inchada, em uma apertada um pouco dolorosa, que fez Nicolas dar um daqueles seus gemidos sôfregos, que desordenavam tudo em mim.

Seus dedos quentes estavam sendo esfolados dentro de mim, aumentando um atrito delicioso, que se unia à rigidez de seu caralho, pulsando e querendo mais, só mostrando o quanto já podíamos prosseguir.

— Nós já estamos prontos, bebê — disse maliciosamente, chegando o rosto perto do seu e o beijando, antes de virar de bruço na cama e esperar que ele viesse por cima de mim. — Vem, Nick, enfia devagar e fode no ritmo que você achar mais gostoso.

Eu sentia meu pau, tão necessitado, sendo espremido por baixo do meu corpo, clamando por toques. Toques que não viriam naquela hora.

Porque Nicolas iria me tocar de outra forma...

Nicolas gemeu, antes mesmo de vir por cima de meu corpo. Ele gemeu apenas com as minhas palavras, e alguns segundos depois, senti suas coxas virem sobre mim, com minhas pernas sendo abertas por seus joelhos cuidadosos.

Alguns segundos se passaram, enquanto ele colocava o preservativo em seu pau, e depois senti seus dedos, lambuzados de mais lubrificante, sendo esfregados na minha entrada e depois penetrados mais uma vez. O safado estava gostando de me foder com os dedos e não fazia questão nenhuma de esconder, mas eu sabia que ele ia gostar muito mais de me foder com o próprio pau.

— Vem, Nick, eu quero sentir você.

Sem resposta, ele apenas se encaixou um pouco mais entre minhas pernas, e colocando mais lubrificante, provavelmente com medo de me machucar se não usasse o vidro inteiro daquela porra, senti a cabeça de seu pau sendo encostada na minha entrada.

— Jhon, tem certeza? — sua voz *ainda* soava trêmula e ele *ainda* parecia com medo de continuar.

— Tenho, Nicolas. Vai, me fode. É você, eu sei que vou gostar.

Eu consegui o ouvir engolindo em seco e, na sequência, empurrando seu membro contra minha entrada, fazendo com que minha bunda o engolisse inteiro, mas se contraísse involuntariamente, com meus músculos o querendo expulsar.

Nós gememos e trememos ao mesmo tempo.

Eu inicialmente por dor. Ele claramente por prazer.

— Caralho, Jhonatan... Porra, isso... isso é tão bom — sua voz era arfada e ele tirava e colocava devagar, encostando a testa no centro das minhas costas, enquanto apoiava o corpo nos cotovelos, sobre o colchão.

— É bom, não é? Fode mais rápido que fica melhor, você vai sentir.

Nicolas resmungava, choroso, de tesão, arranhando os dentes nas minhas costas, enquanto começava a aumentar o ritmo devagar.

Eu ainda sentia dor, mas o médico cuidava de mim com tanto carinho, que não demorou para que começasse a me sentir melhor e gemer, junto dele, a cada estocada, nas quais ele descobria os prazeres de foder alguém.

E me incendiava o fato dessa descoberta ter sido comigo. Me incendiava que todas as suas primeiras reações, primeiros gemidos, primeiras sensações, quando penetrava, fossem para mim e só para mim.

Quando percebeu que realmente estava gostando, Nicolas aumentou o ritmo um pouco mais, começando a socar dentro de mim seu membro, que se mostrava cada vez mais rígido, cada vez mais sedento.

— Ah, Jhonatan... — Ele tremia quando falava. — Eu queria tanto te beijar.

Atendendo ao seu pedido, virei-me na cama, puxando-o para que ele voltasse para cima de mim.

Antes mesmo que eu pudesse falar alguma coisa, Nicolas segurou seu membro, esfregando a cabeça do seu pau na minha entrada, e enfiou com tudo dessa vez, jogando a cabeça para trás, em um suspiro de prazer, enquanto eu mordia meu lábio inferior, quase revirando os olhos pela sensação de ser penetrado rápido dessa forma.

— Eu posso tanto me acostumar com isso — Nicolas disse, rindo, embargado de luxúria, aumentando o ritmo com mais facilidade por ter visto que eu estava gostando tanto quanto ele.

— Você pode me foder sempre que quiser, bebê — disse, puxando sua nuca, selando seus lábios devagar antes de intensificar um beijo que gritava pela aproximação de Nicolas, enquanto ele aumentava tanto as estocadas, que eu fechava os olhos com força, jogando a cabeça no travesseiro.

— Você é tão bonito sendo fodido e mordendo a boca desse jeito, Jhonatan... — o médico falava, mostrando um lado safado, que ficava cada vez mais confortável em aparecer para mim.

Erguendo-se um pouco mais, Nicolas enterrou seu pau dentro de mim com uma força que me fez soltar um gemido arrastado, rouco, pois ele conseguiu acertar o ponto sensível da minha próstata assim que se ajeitou sobre meu corpo.

— Porra, Nicolas, caralho... — respirava, entrecortado, levando as mãos até suas costas e apertando sua pele com força.

— Você gosta assim? — o safado perguntava, tirando o pau e acertando com tudo mais uma vez, rindo maliciosamente com a descoberta de desvendar o meu corpo com o seu. — Agora eu sei porque você gosta tanto de me ouvir gemendo pra você — Nicolas disse, estocando uma única vez contra o ponto sensível, fazendo-me grunhir um gemido arrastado, bem mais alto do que o outro. — Porque é bom demais ver você perdendo a linha desse jeito, garoto.

— Vou te mostrar quem é o garoto, Nicolas — eu falei, virando o médico na cama e me retirando do seu caralho, ainda tão duro, que continuava gritando por alívio.

Pegando o frasco do lubrificante, encharquei meus dois dedos e enfiei em Nicolas, que fechou os olhos na hora que sentiu a forma como o penetrei, bem lentamente. Mas a lentidão não durou, porque, no momento seguinte, eu estava estocando sua entrada, fazendo o médico se contorcer com o meu toque.

Ele gemia baixinho, *tão* gostoso, enquanto apertava meus braços e enfiava a cabeça no travesseiro...

— Ah, Nick — disse, tirando os dedos de dentro dele, colocando a camisinha e esfregando a cabeça do meu pau na sua entrada, sentindo, ainda, a viscosidade do lubrificante em excesso facilitar minha penetração rápida de uma vez só. — É bom demais te ver perdendo a linha também — falei, quando Nicolas gemeu alto e trêmulo por eu voltar a tirar de dentro dele e enfiar mais uma vez, com tudo, deitando sobre seu corpo e beijando seus lábios vermelhos e cheios, que voltavam a se morder.

Ali, comecei a ondular devagar sobre ele, que, se agarrando ao meu pescoço, não me deixava me erguer, mostrando uma necessidade carente de ter nossas peles coladas, enquanto seus lábios beijavam meu rosto por inteiro.

E o que eu achava que era um choro de tesão surgindo, se mostrou ser outra coisa, quando percebi Nicolas entre gemidos baixos e fungadas, enquanto lágrimas desciam por suas bochechas.

Quando olhei em seu rosto, o médico me encarou com um sorriso sutil, enquanto sua respiração continuava entrecortada pelas minhas ondulações lentas dentro de si, que iam diminuindo à medida que ficava preocupado com o que estava acontecendo com ele.

Nicolas *realmente* chorava, e aquilo mexia comigo de uma forma brutal, porque não parecia ser só um choro de tesão.

— Nick? — chamei, preocupado, baixinho, chegando o rosto próximo ao seu e beijando seus lábios devagar. — Nick, o que foi? Eu fiz algo que...

— Não para. Continua... — ele pedia, rodeando ainda mais meu pescoço e me puxando para um abraço intenso, gemendo baixinho no meu ouvido, enquanto eu voltava a estocar devagar. — Está tão bom, Jhonatan. Continua...

Ele me chamava, me fazendo dar toda atenção do mundo e colocar minha testa na sua. Deslizei a mão direita pela lateral do seu corpo e agarrei sua coxa, a puxando para mim e segurando sua carne com força, ouvindo seu gemido novamente.

E naquele momento, movido pela devoção e a emoção de Nicolas, eu penetrava sua entrada, sentindo mais do que um prazer carnal me consumir. Fui inundado por uma onda de sentimentos, que faziam meu peito queimar, do meu interior até a extensão da minha pele, porque ter Nicolas comigo era algo muito mais precioso do que eu merecia.

Então, quando abri minha boca, entre roçadas de lábios, gemidos e sussurros baixos, preenchendo-o com meu membro, que pulsava enlouquecidamente por ele, apenas disse o que meu coração já tinha certeza há semanas:

— Eu...

Respirei, entrecortado, sentindo meu coração quase explodir.

Parecia que eu ia morrer por sentir tanto.

— Eu amo você, Nicolas...

Soltei, porque não conseguia mais guardar isso só para mim. Ele gemeu ainda mais arrastado, em um choramingar que intensificava o prazer sentido e as emoções que fervilhavam também dentro de si. As palavras de Nicolas, em seguida, me pegaram tão de surpresa, que não consegui fazer mais nada, a não ser largar sua perna e o encarar, sem reação:

— Namora comigo, Jhon — ele respondeu, choroso, beijando meus lábios tantas vezes, que quase não ouvi suas próximas palavras, soando tão necessitadas quanto seu corpo, que tremia por mim. — Eu também te amo... — Nicolas sorria, chorava, suas mãos me apertavam com tanta força, que a impressão que dava era que ele não queria que eu fosse para lugar nenhum, nunca mais. — Porra, eu te amo demais. — Ele soltava uma risada leve, entre os soluços daquele choro esganiçado. — Namora comigo, meu amor.

Porra, eu ia infartar.

— Ah, meu bebê — eu disse, meigo, gastando o tempo que tinha para beijar seus lábios tão intensamente, que foi difícil me desvencilhar do seu gosto bom e voltar a encarar seus olhos bonitos. — A gente já namora, você que não tinha aceitado ainda — brinquei com ele, mas meu interior estava tão balançado pelo seu pedido, que era impossível negar o quanto aquele cara tinha influência sobre mim, sobre minhas reações e sobre meu coração tão rendido.

Tão, tão dele...

Nicolas riu, deu um tapa no meu braço e depois o segurou com força, quando percebeu que eu aumentei o ritmo das estocadas com mais força, causando nele aqueles gemidos de prazer roucos, que eram música para os meus ouvidos.

— Fala de novo que me ama — pedi, enquanto o fodia, inclinando meu corpo ainda mais para a frente, enfiando ainda mais fundo dentro do médico, que arqueava as costas e me recebia com mais gemidos arrastados e mãos fortes, que arranhavam minha pele.

— Eu te amo, Jhonatan.

Eu soquei fundo, incendiado por suas palavras.

— Diz de novo, meu amor.

— Eu te amo muito. — Ele tremia sob meu toque, fazendo-me gemer baixo pela sensação do seu carinho e do seu amor, que me abraçavam, de uma forma quente que ia muito além do prazer que dividíamos.

— Eu te amo, Nick, eu te amo demais — falei, enfiando mais uma vez, aumentando o ritmo, para encontrar o ápice que já se aproximava, intensificado pelas declarações, que funcionavam como combustão dentro de mim.

Entre mais declarações, beijos e mãos que apertavam nossas dermes, da forma necessitada, urgente e apaixonada que compartilhávamos, nós gozamos juntos e nos beijamos até o último segundo em que jorramos um para o outro.

4.1
MINTAKA

Sabendo que nossos corpos já estavam suados e cansados desde a festa e que agora tínhamos sêmen escorrendo por nossas barrigas, Nicolas respirava fundo, cansado, depois olhava para mim, rindo.

— Um banho? — sugeriu baixinho, meigo, tendo de mim uma resposta positiva, logo depois mais um selar em seus lábios.

O médico me puxou para o banheiro e ligou o chuveiro na água morna, repetindo o que fez quando estive no seu apartamento pela primeira vez. Ele encheu a mão de sabonete líquido, passou pelos seus dedos e os deslizou pelas minhas costas, cuidando de mim. Depois eu também cuidei dele.

Ao passarmos tempo demais no chuveiro, brincando, rindo e trocando carícias, Nicolas reclamou algo sobre sua conta de água estar ficando mais cara e decidimos que iríamos tentar parar com as reuniões — que as vezes envolviam sexo — no chuveiro, mesmo sabendo que era uma missão impossível.

Ao terminarmos o banho, Nicolas me secou, cuidou mais um pouco do meu corpo e me beijou como se eu fosse precioso para ele tanto quanto ele era para mim. E eu começava a me convencer de que essa era a verdade em seu interior.

Sempre de mãos dadas, sempre compartilhando contato, sempre dividindo o calor de nossos corpos, voltamos para o quarto e vestimos apenas cuecas, com Nicolas me batendo porque pedi para a gente andar pelado pela casa.

Eu queria transar até no teto se ele deixasse, mas o médico falou algo como "estar cansado", e eu acabei fingindo que acreditava nessa frase absurda. Entretanto, demoramos a dormir, porque estávamos ocupados demais compartilhando a companhia um do outro, rindo e conversando, aproveitando o início daquele namoro oficializado por um pedido que foi feito enquanto fazíamos amor.

— Eu não acredito que foi você quem pediu — disse, rindo, implicante, com o corpo por cima do seu e as pernas entrelaçadas nas suas, enquanto sustentava o peso do meu corpo nos meus cotovelos e beijava seus lábios a cada dois ou três segundos.

— Vai ficar esfregando isso na minha cara? — Nicolas fingia estar contrariado, mas eu sabia que, no fundo, parecia ser uma novidade até para ele.

— Ah, eu vou, sim. Até dias atrás, você estava todo nervoso porque eu te chamei de namorado — gargalhei, lembrando-me do seu nervosismo no carro e, logo em seguida, deixando uma mordida dolorosa em seu queixo.

— Ai, Jhonatan! — ele reclamou, deixando um tapa ardido no meu braço. — Eu tinha medo — ele fez sua pequena confissão, respirando fundo e desviando sutilmente o olhar até meus lábios.

— Medo do quê? — perguntei, franzindo o cenho de leve, observando suas feições ficarem um pouco mais tensas.

— Medo de você ir embora de novo, de me deixar esperando por você... — Então, o ar saiu pesado dos seus pulmões mais uma vez, ainda com seu olhar encontrando dificuldade em se ligar ao meu. — Eu senti tanto a sua falta, achei que nunca mais ia ter você na minha vida de novo. Eu... eu realmente me apaixonei por você, Jhonatan.

Eita, que dorzinha do caralho em ouvir ele falando assim.

Eu aproximei o rosto do seu mais uma vez, roçando os lábios nos seus, sentindo o cheiro gostoso de sua pele, enquanto o ouvia engolir em seco, por causa das confissões que segredava a mim.

— Eu não vou a lugar nenhum, amor...

Então, suas feições mudaram e ele me olhou meio assustado por eu o ter chamado de "amor", depois deu aquele sorriso fofo do caralho, que me deixava na coleira à décima potência.

— Não vou sair mais de perto de você, não importa o que aconteça. Eu não vou... — Mordi seu queixo. — Parar de... — Mordi sua bochecha. — Perturbar você. — Dei um beijo estalado nos seus lábios.

Nicolas riu do meu jeito bobo de tentar acalmá-lo quanto a uma provável fuga minha.

Fuga essa que não aconteceria novamente, nem em um milhão de anos, porque já tinha se provado, mais do que o necessário, que não tinha vício maior na minha vida do que o médico que a havia salvado. Mas tão forte quanto o vício a Nicolas, um outro menor, mas ainda latente, gritava dentro de mim, anunciando uma vontade que me incomodava, principalmente depois de álcool e sexo.

— Vou pra sala fumar.

Desvencilhando-me de seu corpo, me estiquei e andei devagar até minha mochila, caçando os maços fechados que havia levado, junto a um isqueiro de plasma preto, que havia comprado recentemente.

— Você nunca... — sua voz soou calma atrás de mim, mas era clara a forma como tinha um misto de desapontamento com uma certa tristeza em seu tom.

— Nunca o quê? — perguntei, igualmente calmo, mas me sentindo incomodado, porque imaginava o que viria a seguir.

— Nunca pensou em parar? — ele concluiu seu raciocínio, cauteloso com o tom, como se mostrava com seu corpo, que sentava na cama devagar e abraçava os joelhos, enquanto olhava para mim.

— Nunca — respondi, sincero, dando uma risada sem graça, abrindo e fechando o isqueiro, o que denunciava o meu estado nervoso por aquela pergunta, até que fiz outra. — Você fica incomodado quando eu fumo?

Eu sempre vi o cigarro como uma coisa natural minha. Um vício que absorvi quando descobri que ele me aliviava de ansiedades e pensamentos ruins sobre meus pais. Nunca fiz questão de tirar aquele vício de mim, porque, até então, não havia uma razão para não fumar.

Não achava que nada me daria forças o suficiente para isso. Até perceber que, talvez, a força que eu precisava estivesse bem na minha frente, sentado na cama e abraçando os joelhos.

— Eu sinto falta, sabe? Do cigarro... — ele disse, sorrindo sutilmente, meio desconcertado, tentando escolher as palavras certas para, possivelmente, não me magoar com um assunto que ele sabia ser delicado. — Mas eu conseguia controlar isso antes de te conhecer, eu evitava chegar perto de fumantes. Agora eu tenho sentido cada vez mais vontade de fumar.

Ele respirou fundo, olhando para os dedos dos pés, que esticava na frente do corpo, sobre o colchão.

— Eu não quero dizer que é culpa sua, Jhonatan, desculpe.

— Mas a culpa é minha, Nick — falei, fechando o isqueiro de uma vez só e baixando a mão.

Era inegável que estava sentindo um bolo ruim ser formado no meu estômago. Nunca imaginei como era a sensação de ser ex-fumante e se relacionar com alguém que fuma igual a porra de uma chaminé, mas com Nicolas falando sobre isso, era impossível não pensar o quanto era difícil para ele.

Tendo tomado uma decisão em mente, cheguei o corpo mais próximo da cama e me sentei, olhando-o de perto e segurando sua mão direita com a minha, enquanto massageava o dorso de seus dedos com carinho.

— E eu não vou te prometer que vou conseguir parar... — Respirei fundo, deixando que as palavras saíssem da minha boca da forma mais sincera que havia dentro de mim. — Mas posso tentar.

Ele retribuiu o carinho na minha mão, dando apoio às minhas palavras.

— Eu vou tentar por você — concluí.

Nicolas me deu um sorriso pincelado de amor e ternura. O sorriso que parecia me dar mais força do que qualquer suplemento vitamínico poderia.

Porra, eu me sentia o próprio Hulk quando ele me encorajava com aquele sorriso.

— Não é fácil, Jhon — ele falou, ainda carinhoso, segurou minha mão e entrelaçou os dedos aos meus. — E você não vai conseguir de primeira, mas... — Nicolas respirou fundo, chegando o rosto próximo ao meu e me beijando devagar. — Eu agradeço muito se você tentar, mas não por mim. Tem que tentar por você.

Sorri com o canto dos lábios, assentindo àquela promessa muda, e em seguida, me desvencilhei de seus toques, apenas para me levantar e guardar o cigarro e o isqueiro na mochila.

— Não vai fumar? — perguntou, confuso, provavelmente achando que eu me referia a um processo que iria dar início depois.

— Depois, amor, no meu apartamento. E com o tempo, espero que nem lá.

Eu o chamava de amor com a facilidade de quem o queria chamar assim há muito tempo...

O observei voltar a abraçar os joelhos ao dar um sorriso manhoso e meigo, que me fez quase pular na cama de novo, abraçando Nicolas e quase o jogando sobre o travesseiro.

— Você vai me fazer vomitar — ele reclamou do jeito abrupto que o puxei para a cama, mas eu não consegui parar de rir.

Nicolas era fresco demais quando queria.

— Amor? — chamei, deitando em seu peito e passando a mão devagar por sua coxa.

— O que foi?

— O que você acha da venda de órgãos de pessoas que já estão mortas?

— Meu Deus, criança de 21 anos e meio, que pergunta do nada é essa?

Eu me segurei para não gargalhar, mas um lapso da memória de já ter levado um órgão humano para ser comercializado me veio à cabeça e eu senti vontade de pedir a opinião de quem trabalhava na área. Era claro como *qualquer* opinião de Nicolas era importante para mim sobre *qualquer* assunto.

— Eu estava pensando sobre isso — falei, ainda rindo, claramente omitindo toda a problemática por trás desses pensamentos.

— Bem... — Nicolas respirou fundo, olhando para o teto, enquanto acariciava meu cabelo e minha orelha. Eu apertava ainda mais o seu corpo, naquele abraço colado e apertado. — Na minha opinião, pelas pessoas que eu já vi morrendo nas filas, todos os órgãos deveriam ser doados. Sem exceção... Isso pouparia muitas vidas e daria chance a muita gente também.

Ele ficou em silêncio por um minuto, enquanto sua mão carinhosa permanecia em mim, fazendo minha pele se arrepiar sutilmente, e quando achei que sua opinião tinha acabado, ele continuou a falar:

— Mas ainda são corpos de pessoas. Pessoas que viveram, que tiveram uma identidade, uma história, e mesmo depois da morte, a decisão dessas pessoas deve ser respeitada. Não importa se é decisão egoísta ou não. Não devíamos opinar sobre a escolha de outras pessoas quanto aos seus próprios corpos...

Eu não sabia se era possível, mas amava Nicolas ainda mais depois da sua análise sobre esse assunto tão delicado. O que fazia meu interior se revirar em um incômodo. Um incômodo grande, desses que me revirava todo, porque eu sabia o que Nataniel fazia, e mesmo que ele tivesse um discurso pró-vida que era, claramente, também embasado no dinheiro que ele ganhava, o argumento de Nicolas fazia muito mais sentido aos meus ouvidos. Parecia muito mais certo.

Tudo o que queria era me livrar dessa última aula ao garoto novo e acabar com isso de uma vez por todas, porque não queria mais estar envolvido com nada disso.

— Você está bem? — Nicolas quis saber, inclinando o rosto para mim ao parecer me notar sério demais.

— Estou, Nick, só estava pensando — respondi, tentando mudar um pouco a feição preocupada e voltando a me deitar no meu travesseiro. — Vem cá...

Segurei o pulso de Nicolas com cuidado e o puxei para cima de mim, para que fosse ele, agora, deitado em meu peito, enquanto eu acariciava seu cabelo e deslizava o polegar pela sua bochecha cheia e vermelha.

Então, deixei que outro assunto inundasse minha mente. Um bem mais importante no momento:

— Meu Deus, eu ainda não acredito que você me pediu em namoro.

Nicolas riu mais uma vez, depois deu um beliscão na minha barriga.

— Eu não acredito que você disse que me ama primeiro — tentou rebater, mas era claro como seu argumento era fraco, quando comecei a rir com vontade.

— Ah, qual é, Nicolas?! Eu praticamente uso uma coleira com seu nome, é claro que eu ia dizer primeiro.

O médico não parava de rir e se aninhar ao meu corpo, fazendo um carinho gostoso pela extensão da minha barriga e deslizando os dedos safados pela barra da minha cueca, com carícias que pareciam despretensiosas, mas que eu tinha minhas dúvidas.

— Mas, sim, eu disse primeiro e vou dizer tanto, que você vai enjoar, porque eu te amo muito, doutor. Muito *pra caralho*.

— Eu também te amo muito. Muito *pra caralho*, boca suja — ele disse, rindo, erguendo o rosto e beijando minha boca.

Até que o que eu pensava ser apenas um selar, desabrochou em uma intensidade que descarava o quanto seus dedos maliciosos na barra da minha cueca não estavam nada despretensiosos.

E ele veio para cima de mim, roçando o quadril. Sua ereção descarada demonstrava a sede sem fim de Nicolas naquela noite.

E, porra, como eu gostava daquela sede.

— Quer fazer amor com seu ex-meliante? — brinquei, sorrindo e sussurrando entre nossos lábios quentes, que pareciam existir apenas em função do nosso encaixe.

— Quero fazer amor com o meu namorado.

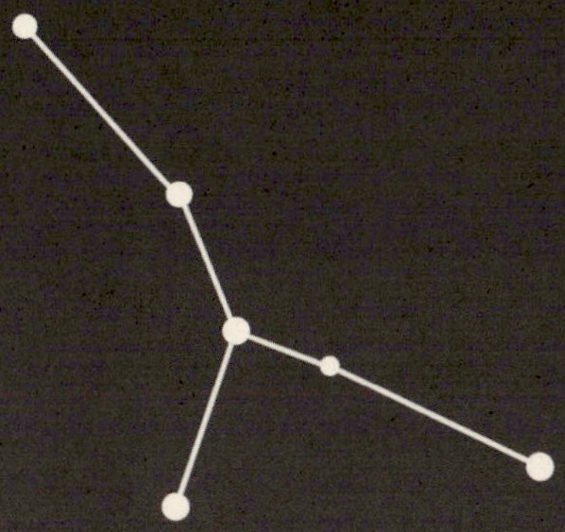

5

CANCER

Nicolas

Acordei e recomendo.

Recomendo mais ainda despertar ao lado de um cara tatuado, bem gostoso e que você pode chamar de namorado. Apesar da dor de cabeça pela ressaca do dia anterior, havia algo de muito reconfortante em acordar sendo abraçado por Jhonatan. Algo de muito certo.

Percebendo meus sons grunhidos pelo despertar lento, o *projeto de Tarantino* me apertou com mais força contra seu corpo, fazendo-me sentir sua ereção matinal sendo roçada na minha bunda sem pudor algum.

— Me dá bom dia primeiro, depois roça o pau em mim — fingi reclamar, mas o que ouvi em retorno foi sua risada sacana sendo soprada na minha nuca, antes de receber seu beijo carinhoso e preguiçoso na mesma região.

— Vem me beijar de língua — chamou em tom de exigência, com a voz rouca e baixa ainda soando atrás de mim.

— Nem ferrando, garoto. — Me desvencilhei dos seus braços, me arrastando até a ponta da cama, pondo meus pés para fora, enquanto colocava as mãos na testa. Latejava um pouco mais pelo jeito abrupto que saí de perto de Jhonatan. — Dor, dor, dor... — resmunguei, fechando os olhos com força e respirando fundo, antes de levantar meio zonzo.

— Quando você vai pra longe de mim, você fica fraco. Eu sou sua *kriptonita reversa*.

— Jhonatan, abaixa a bola — foi o que consegui dizer, antes de rir baixo e sair do quarto em direção ao banheiro.

Mas não podia dizer que ele estava totalmente errado.

Entretanto, querendo restituir minhas forças e como se tivesse colado em mim, o ex-meliante apareceu logo atrás, abraçando minha cintura e colocando o queixo ossudo e pesado no meu ombro.

Pelo reflexo do espelho acima da pia, pude ver seu rosto todo amassado e seu cabelo bagunçado, fofo e cheio cobrindo seus olhos, que mostravam sinais de dificuldade em se abrirem totalmente, pelo sono e ressaca que também moravam nele. Ele podia ter continuado na cama, mas, apesar disso, lá estava:

Agarrado comigo no banheiro em que demos nosso primeiro beijo.

— Desculpe, não consigo ficar longe do meu namorado — disse de modo arrastado, sorrindo um sorriso sonolento e fraco, mas tão poderoso em efeito no meu interior.

"Meu namorado."

Eu realmente pedi o ex-meliante em namoro...

— Ô, grude — falei, balançando a cabeça negativamente, apesar de soar com bom humor.

— Me diz que você não gosta e eu paro — ele falou, enquanto eu pegava minha escova e pasta de dentes com dificuldade, por causa do abraço de Jhonatan, que não se findava.

— Eu amo.

Foi o que respondi, antes de sentir seu abraço se apertar ainda mais e sua boca começar a beijar a lateral do meu pescoço devagar. Com muita dificuldade e quase chorando, por causa da sua tortura matinal, me desvencilhei de Jhonatan e pedi para ele sair do banheiro, para eu terminar de escovar os dentes e usar o vaso.

O garoto estava tão agarrado em mim, que era capaz de pedir para segurar meu pau enquanto eu mijava. Ele reclamou, claro que reclamou, mas saiu, e quando terminei o que tinha que fazer, ele mesmo foi fazer suas necessidades e escovar os dentes com uma escova que trouxe de casa.

Quando estava na cozinha, preparando uma jarra imensa de café e tomando uma dose forte de aspirina, Jhonatan apareceu, apoiando o corpo no batente da porta e olhando para mim.

— Com açúcar ou sem? — perguntei baixo, servindo café para ele.

— Sem, né?!

— Você deve estar morto por dentro.

— Eu não sou muito chegado em doces. O único docinho que eu como é você.

— Por que eu ainda fico chocado com o que sai da sua boca?

Jhonatan riu, pegando a caneca que entreguei a ele, junto de outra aspirina, e deu o primeiro gole. Já eu, adocei o meu café e só depois comecei a ingerir o líquido escuro.

Rimos, bebemos e sentimos o estômago, revirado pelo álcool recente, fazer com que nós dois não tivéssemos vontade de comer nada por muito tempo. Depois do nosso café simples, rodeado por falas leves, o dia passou tortuosamente mais rápido do que eu gostaria.

Rápido demais, como sempre acontece quando se está na companhia de quem se ama.

Como se todos os segundos existentes não fossem suficientes para aproveitar o tempo que tem, só porque você quer que ele se estenda mais.

Dessa forma, a noite chegou, depois de passarmos o dia todo na cama, resmungando sobre a dor de cabeça que demorou a ir embora, falando obscenidades sussurradas, trocando declarações e, claro, transando.

Jhonatan me deixou fodê-lo de novo e experimentar uma das minhas novas sensações favoritas.

A sensação de ver seu rosto, durante gemidos roucos e graves, se contorcendo para mim, enquanto eu aumentava o ritmo e ia enterrando cada vez mais rápido, sentindo sua entrada se apertando contra o meu pau.

Era lindo, porra... era lindo, era gostoso.

Nada que Jhonatan fazia era ruim. Me levava ao delírio o fato dele sempre querer me mostrar o que meu corpo era capaz de fazer com o dele.

O que meu corpo era capaz de sentir por ele.

O ex-meliante me ensinava alguma coisa diferente toda vez que fodíamos, e ele gostava disso. Gostava de mostrar que sabia, o quanto sabia. Ele nunca me diminuía por eu não ter experiência em algo, pelo contrário.

Jhonatan só se preocupava em me satisfazer com seus movimentos e posições e ter certeza de que eu estava gostando de testar as coisas novas que ele me oferecia e me deixava experimentar. Mas eu também amava quando o tatuado me fodia e percebi que, toda vez que eu falava alguma coisa que o provocava, ele me virava e invertia os papéis, fazendo-me pagar, da forma mais deliciosa existente, pela minha língua ferina.

Ele e eu encontramos, tão rápido, a simetria sexual perfeita e confortável que eu nunca tive com ninguém. Porque nunca amei ninguém. Pelo menos não romanticamente, não assim.

Não do jeito que eu o amo...

Mas nem a força desse amor era maior do que o ronco violento que saiu de nossas barrigas, quando a noite chegou e inundou o quarto que estávamos habitando, como se fosse uma gruta escondida, nos fazendo trocar risadas constrangidas.

— Eu... eu não quero cozinhar — resmunguei, enfiando a cara no seu peito e o abraçando com força.

— Vamos sair pra lanchar, ninguém precisa cozinhar, meu bebê — ele falou, passando a perna por cima das minhas e me puxando ainda mais para si, enquanto dava um beijo carinhoso na minha testa.

— Sanduíche e sorvete no *drive-thru*? — sugeri baixo, passando a mão por seu peito de forma sutil, fazendo um carinho leve.

— Sanduíche e sorvete no *drive-thru*. — Ele assentiu, rindo, dando um beijo estalado no meu rosto e se levantando da cama.

Momentos depois, estávamos arrumados de qualquer jeito, mas o suficiente para não parecermos mendigos. Ele sempre de preto e eu com uma das minhas muitas camisas brancas de algodão, segurando um moletom da mesma cor nos braços.

Ao abrir a porta do meu apartamento, saindo com Jhonatan logo atrás de mim, percebi alguém tentando sair do apartamento de Talles e depois fechando a porta com violência, assim que me percebeu aparecendo no corredor. Não sabia quem era, mas a sensação de ser uma franja conhecida — a única parte que eu consegui ver — me passou rapidamente pela cabeça, porém eu logo tratei de ignorar esse devaneio.

— Que violência da porra pra fechar a porta — Jhonatan disse, meio assustado, fechando a minha própria porta e passando a chave, depois a entregando para mim.

— Alguém que ouviu o violino dele devia estar com vergonha de aparecer — falei, rindo, andando até o elevador e apertando o botão.

— Eu hein — o tatuado resmungou, depois entrou no elevador que chegou.

Sem demora alguma, paramos no andar-garagem, que, como em qualquer domingo arrastado, estava vazio, quase deserto.

— Médico tem que usar branco até de folga? Você parece que não tem outra cor no armário — falou, implicante, batendo na minha bunda, enquanto eu andava na sua frente e ia em direção ao meu carro, destravando-o com a chave eletrônica.

— Eu estava de preto ontem e... — Olhei para ele, franzindo o cenho, arrastando meus olhos dos seus pés até sua cabeça, em uma crítica minuciosa a toda sua roupa. — Você parece que tá pronto pra um velório todo dia e quer falar de mim? Te orienta, garoto.

Jhonatan riu, empurrando o interior da bochecha com a língua e balançando a cabeça negativamente, depois andou devagar em direção à porta do carona.

— Quer dirigir? — perguntei, antes dele tentar abrir a porta.

— Quero. — Ele sorriu que nem criança, dando a volta, indo para o meu lado, abrindo o carro e entrando.

Quando entrei e sentei no banco do carona, colocamos o cinto juntos e ele deu partida.

— Cuidado pra não ficar duro por me achar muito gostoso dirigindo. Eu posso acabar confundindo a marcha com o seu pau.

Eu podia reclamar de mais uma piada sacana, mas não consegui. Só ria, balançando a cabeça em negação àquele seu descaramento sem fim.

Jhonatan era incorrigível, e eu o amava exatamente assim.

Alguns minutos depois, já estávamos na rua, e constatei que ele, com certeza, dirigia melhor do que eu, mas eu não iria dar o gosto de oferecer essa informação, então fingi que não achei nada demais.

Chegamos na lanchonete sem dificuldades, a mesma que lanchamos no dia que ele me contou sobre o irmão ter recebido mal a informação de que ele estava saindo com um cara. Naquele dia, senti meu coração doer como se fosse comigo. Como se a dor fosse minha.

Ele era só um bebê e não tinha quase ninguém para desabafar sobre essas coisas, e naquele momento, fiquei feliz em ser seu apoio, como ele sempre era o meu, não importava o que eu estivesse passando. Ele nem sequer se importava em expulsar alguém do país por mim.

Depois de termos nos resolvido e deixado claro o quanto queríamos pertencer um ao outro, Jhonatan provava, cada vez mais, que não media esforços quando o assunto era *eu*. E esperava, com todo meu coração, ser essa mesma pessoa dedicada para ele.

— Qual é? — Jhonatan falava, cheio de hambúrguer na boca, olhando para a frente e tentando ver o céu além do vidro do carro.

— Qual é o quê, Jhonatan? — disse, rindo baixo, achando engraçado ele quase lamber o vidro frontal do veículo para tentar enxergar alguma coisa no céu.

— A sua estrela, Nick, qual é? Eu sou um merdão reconhecendo elas.

Que garoto fofo até quando se chamava de "merdão".

— De dentro do carro é ruim de ver, Jhon — disse, bebendo o refrigerante devagar, olhando em volta daquele estacionamento da lanchonete e percebendo mais gente do que eu gostaria. — Vamos para outro lugar, eu vou te mostrar melhor.

Assentindo, nós dois terminamos de comer e depois Jhonatan ligou o carro, me deixando guiá-lo por algum tempo, até chegarmos em um trecho de terra que fazia uma leve subida por uma colina, ao lado da cidade.

— Nicolas, você tá me levando pro mato pra gente transar?

— Nossa, tudo pra você é transar.

— Me diz se teve uma vez, só uma vez, *só uma vezinha,* que você não queria transar comigo na hora que eu queria transar com você.

Revirei os olhos, mas não neguei.

— Vira aqui. — Apontei, enquanto o puto ria pela falta de negativa.

Era uma clareira espaçosa, no meio de árvores, pela qual o carro subiu, nos dando uma vista bonita da cidade lá embaixo e, ainda mais, uma vasta visão do céu sobre nós.

Quando Jhonatan estacionou e desligou o carro, eu peguei a chave e fui até o porta-malas, tirando de lá um cobertor velho e esquecido, que guardava para ocasiões especiais. Essas ocasiões especiais eram os dias em que eu vinha sozinho para esse mesmo lugar e acabava passando frio.

Jhonatan, parecendo sempre estar esperto ao que acontecia, saiu do carro e subiu no capô, segurando minha mão para que eu subisse também.

— Para o teto. — Sinalizei com os olhos, esperando-o subir, para depois voltar e me puxar.

Não demorou muito para estarmos deitados em cima do carro, olhando para o céu, com Jhonatan deitado sobre o braço e eu deitado em seu ombro, o que não sofreu com um tiro recente, enquanto ouvíamos o som do vento gélido passando a nossa volta e o farfalhar de algumas folhas, que roçavam as árvores e tudo que nos rodeava.

Era pacífico, gostoso. Era tão diferente da loucura com a qual havíamos nos acostumado com o passar dos dias.

 Eu poderia ficar ali com ele para sempre.

— Ali, amor — falei com tranquilidade, puxando o cobertor velho mais para cima, na altura de nossos peitorais, depois levantei o braço, apontando para a constelação que ele pediu ajuda para reconhecer.

— Onde, Nick? — ele perguntou, ansioso, soando quase infantil.

Curioso, todo fofo...

Por baixo de todas aquelas tatuagens e cicatrizes, tinha um garoto tão amável e sofrido. Era impossível não o amar um pouco mais por tudo isso, por cada uma das vezes que ele se escancarava para mim daquele jeito.

Tão desarmado, tão lindo. Tão confortável comigo e, automaticamente, me fazendo ficar tão confortável com ele.

— Ali amor, olha. — Peguei sua mão, ergui apenas o dedo indicador e apontei para a direção que eu queria.

Apontei para Órion, tão bonita naquela noite, que meu coração chegava a se aquecer.

— O cinturão dela ali e do lado...

— Nicolas. A minha estrela favorita — ele disse no mesmo tom carinhoso, beijando o topo da minha cabeça.

Eu sorri, concordando com a cabeça, enquanto me aninhava no seu meio abraço e ouvia o som da sua respiração, naquele momento aconchegante em que dividíamos o silêncio confortável de contemplarmos a estrela que levava meu nome.

— Amor... — quebrei o silêncio depois de alguns minutos, movido por um questionamento latente.

Era engraçado chamá-lo assim. E fofo. Muito fofo.

— Oi... — ele disse, rindo baixinho, parecendo feliz com a nova forma carinhosa de chamá-lo.

— Quanto custou isso? — perguntei, curioso, ainda com a impressão de que ele teria gastado mais do que deveria.

— Isso o quê?

— Ter colocado meu nome numa estrela...

— Um pulmão — ele respondeu, levando a mão à testa e ajeitando o cabelo, já caído, ainda mais para trás.

— Se foi o seu... deve ter sido barato.

Jhonatan riu, depois inclinou o rosto e mordeu minha bochecha, aproveitando a deixa para virar levemente e colocar metade do corpo por cima do meu, enquanto segurava meu rosto com certa firmeza, daquele jeito meio bruto, entrelaçando as pernas nas minhas por dentro do cobertor que nos aquecia.

— Foi caro, mas não estou tendo que dar a bunda para pagar, então não se preocupe com isso. Meu cu é só seu.

Eu comecei a rir tanto, que pude sentir minha voz espantando alguns pássaros adormecidos nas árvores a nossa volta.

— Jhonatan, o seu jeito de ser romântico é único, sabia?

Ele riu de volta, chegando o rosto perto de mim e deixando sua respiração quente pincelar meus lábios, em uma aproximação lenta que emanava carinho. Então, fui beijado devagar, como uma daquelas vezes em que existia tanta intensidade, que eu mal conseguia me lembrar da funcionalidade do meu corpo, a não ser a rendição ao seu toque.

— Desculpe se eu não sei ser assim — ele disse, depois de separar sua boca dos meus lábios, em um tom levemente constrangido.

— Assim como? — perguntei, franzindo o cenho sutilmente, subindo a mão devagar até seu rosto e acariciando sua mandíbula tão marcada e bonita.

— Romântico — continuou, fechando os olhos e se deleitando com meu carinho por alguns segundos, depois voltou a abri-los e me encarou, com aquela profundidade que só ele tinha. — Eu não sei falar coisas românticas pra você e, às vezes, fico com medo de você achar que eu só estou contigo por causa de sexo ou por que sua bunda é maravilhosa. — Então, levou a mão até minha nádega direita e a apertou forte, enquanto ria. — Ou porque você é um médico que vai me bancar.

— Deixa de ser vagabundo e vai trabalhar — fingi revolta, dando um tapa em seu braço e o olhando rir. Depois subi a mão até meu rosto, dando início a um carinho que compartilhávamos em cima daquele carro frio.

Perante seu silêncio ainda constrangido, por se sentir inseguro em sua forma de demonstrar romance, respirei fundo, olhando em seus olhos e buscando soar o mais carinhoso quanto conseguia quando comecei a falar:

— Você é romântico, Jhon... mas é do seu jeito. Com suas ações, não com suas palavras — disse, meigo, rindo baixo, enquanto sentia a bunda doer levemente, por causa do seu apertão bruto. — Mas você demonstra seu amor de outras formas e não precisa se desculpar por isso. Entende?

Ele assentiu, mas não me convenceu.

— Eu não quero que você seja *Shakespeare*, eu amo você sendo o Jhonatan bruto, descarado e boca suja mesmo.

O tatuado sorriu sutil, parecendo absorver melhor as palavras que saíam da minha boca, depois chegou o rosto perto do meu e me beijou mais uma vez, deixando aprofundar aquele contato, de início calmo.

Sua língua quente pedia passagem por meus lábios, deslizando pela minha boca e saboreando o gosto apaixonado que eu devotava a ele. Tão sutil quanto começou, Jhonatan findou o beijo, unindo a testa a minha e fechando os olhos, enquanto seu nariz roçava no meu devagar. Aproveitou que estávamos pertinho daquele jeito para confessar coisas para mim:

— Essa guerra contra o cigarro nem começou e eu já estou enlouquecendo. — Ele riu, passando a ponta do nariz no meu. — Mas eu tenho certeza que eu teria uma abstinência muito pior se não tivesse você.

 — Por que diz isso? — perguntei tão baixo quanto ele.

— Porque, de todos os vícios que eu tenho, você é o mais forte, Nicolas. — Minha respiração não parecia normal. Minha reação àquilo não tinha nome. — E o único que não me faz mal.

Eu sorri sutilmente, embalado pelas suas palavras, que amaciavam meu corpo e meu coração de uma forma tão gostosa, que eu mal acreditava estar vivendo algo assim. Então, era assim que era amar de verdade e ser amado de volta?

Porra... *que sorte.*

— Quem não é romântico aqui, Jhonatan? — retruquei, fazendo-o rir baixo.

— Às vezes, eu acho que sou louco. — Ele afastou o rosto do meu, dando um sorriso pequeno com o canto dos lábios, enquanto acariciava o caminho da minha mandíbula até minha bochecha, indo e voltando algumas vezes.

— Por quê? — consegui perguntar, depois de sentir meu interior se recuperando daquele amolecimento instantâneo proporcionado por ele.

— Por agradecer aos céus por ter tomado um tiro.

E mais uma vez, eu estava acordando os animais com mais uma daquelas gargalhadas altas, que me fazia jogar a cabeça pra trás. Jhonatan voltou a rir comigo, mas não durou muito, porque logo sua boca estava na minha bochecha, mandíbula, pescoço e todos os lugares que seus selares fofos e rápidos alcançavam.

— Eu queria ter te conhecido de uma forma que não envolvesse você sofrendo perigo de vida — concluí, sentindo, ainda, seus beijos afoitos pela minha derme.

— E conheceu... — ele disse, entre um estalo de lábios e outro.

— Você mal se lembra desse dia, amor — resmunguei, mas não chegava a ficar magoado.

— Eu lembro o suficiente — ele começou falando baixo, parando com os beijos e olhando para mim com carinho. — Lembro de ter saído pra fumar longe da multidão e lembro de ver um cara deitado na grama. Um cara tão estranho e misterioso, que eu não consegui ficar longe, tive que ir te incomodar com a minha fumaça e descobrir o que estava chamando tanto sua atenção.

— O céu, não tinha nada mais bonito do que as constelações naquele dia... até você aparecer — falei, porque era verdade.

Depois que Jhonatan apareceu para mim, me recordo de ter esquecido que estava encarando as estrelas.

— Eu não posso ter te chamado tanto a atenção assim... não com todas aquelas constelações pra você ver — ele falou baixo, passando os lábios pela minha bochecha e deixando que cada uma de suas palavras me inundasse de uma sensação gostosa e me abraçasse por completo.

— Você é minha constelação, Jhonatan.

Ele parou de espalhar seus selares sobre meu rosto e me encarou sério, enquanto respirava fundo e me olhava com tanta profundidade, que senti o tempo parar a nossa volta. Já não parecia haver vento, árvores farfalhantes, muito menos animais adormecidos ou acordados.

— Eu amo tanto, tanto você, Nicolas — ele respondeu e, como se minha fala apaixonada fosse combustível suficiente para ele entender o quanto era amado, me beijou em seguida, sem medo de ser intenso dessa vez, levando as mãos desejosas até minha cintura, adentrando-as na minha blusa e apertando minha pele, que se arrepiava, entregue a ele.

Assim como minha boca entregue a sua, em beijos costurados por respirações entrecortadas e desenfreadas, com a fugacidade que parecia gritar que o mundo estava acabando a nossa volta e, por isso, precisávamos nos beijar daquela forma. Mas para nós, tudo estava apenas começando.

E ali, em cima do teto do meu carro, com todas as estrelas como testemunhass, nós nos amamos.

Nos amamos enquanto sussurrávamos gemidos contidos, entre nossos lábios, e declarávamos nosso amor urgente, que tinha pressa de ser demonstrado em palavras, mas, ainda mais...

Que tinha pressa de ser demonstrado por nossos corpos.

Do começo ao fim, Jhonatan não poupou esforços para manifestar o carinho e o cuidado infinitos que tinha por mim, e assim como naquele momento, os dias que se seguiram foram envoltos pela mesma sensação.

Essa sensação de, sem amarras ou posses, ter noção de que pertencia e era cuidado por alguém que me amava, mesmo eu sendo uma bagunça de sentimentos e péssimo em demonstrações.

5.1
IOTA CANCRI

Ao passar dos dias, cada vez mais, Jhonatan emudecia minhas inseguranças e escancarava minhas qualidades. E tão cheio de sensações boas com aquele tatuado, eu queria poder dizer que, diferentemente das horas corridas que passaram no dia seguinte ao meu aniversário, o meu primeiro mês de namoro foi calmo e suave, como a brisa do campo, e que eu consegui aproveitar todos os dias ao lado do cara que me desestabilizava por completo.

Mas não foi nada disso.

Derugi havia me dado o final de semana de folga, mas eu não abusaria da sua boa vontade ficando segunda-feira em casa também, mesmo que ele não tivesse feito mais objeções a isso.

Eu gostava de ser abusado *pra cima dele*, mas nem tanto...

Além dos meus plantões cheios, Jhonatan continuava estudando, e cada vez mais, as matérias, os trabalhos e os estudos para os exames iam se acumulando, à medida que os dias se passavam e viravam semanas.

Mas quando o assunto era se encontrar e matar a saudade... a gente sempre dava um jeitinho, porque Jhonatan havia virado minha prioridade.

Me surpreendendo com aparições de madrugada, o ex-meliante era mestre em brotar do nada no estacionamento do hospital, quando eu saía de algum plantão noturno, e não tendo minha mãe em casa, fazíamos um caminho único até o meu apartamento.

Quando ele não aparecia, sempre que dava, eu passava na sua faculdade, e quando não tinha que trabalhar no outro dia, a gente ficava no seu quarto, no apartamento que ele dividia com o amigo.

A cama era bem menor do que a minha. Cheguei a ficar assustado quando vi o tamanho pela primeira vez. Não estava acostumado a dormir em cama de solteiro, mas não foi difícil perceber que eu não poderia ligar menos para isso quando tinha um tatuado, cheirando a café, me abraçando por trás e fazendo carinho no meu cabelo até eu pegar no sono.

Quando não conseguíamos escape para o seu apartamento nem para o meu, eram as mensagens de texto que ajudavam a amenizar nossa saudade, mesmo que tão pouco.

Jhon:

Ah vai, Nicolas... 02:11

Só uma foto, nem precisa mostrar a cara 02:11

Eu:

Deixa de ser tarado. 02:11

Jhon:

Eu tô com saudade da bunda do meu namorado. 02:12

Eu:

Você me fodeu ontem. 02:12

Jhon:

Não fala a palavra "fodeu" que eu fico com tesão. 02:14

Eu:

Copulamos ferozmente que nem dois animais no cio, que precisam saciar suas necessidades biológicas. 02:14

Jhon:

Ai continua, to quase gozando. 02:14

Eu:

Kkkkkkkkkkkkkkk. 02:15

Você é um idiota. 02:15

Jhon:

Que você ama. 02:15

Eu:

Muito.❤ 02:16

Jhon:

Eu também te amo muito, Nick. ❤ 02:16

Agora manda foto da bunda. 02:16

E entre mensagens e fugas, nossos dias passaram naquilo que se tornou o mês mais agradável que já tive, por estar do lado de um louco que fazia questão de me mimar em toda oportunidade que tinha.

No final dos trinta dias, eu me encontrava nervoso, dentro de uma loja de departamento, não fazendo ideia do que comprar para o universitário, uma vez que o conhecia tanto e, ao mesmo tempo, tão pouco. Além disso, nunca fui bom com presentes.

Poderia dar gibis, mas mal sabia os que ele acompanhava ou se já tinha todas as edições que precisava. Poderia dar uma câmera nova, mas, diferente de Jhonatan, eu não tinha grandes reservas de dinheiro, e as que tinha, eram para possíveis emergências, como algum problema com o carro ou coisa do tipo.

Em uma parte específica da sessão masculina de uma loja do centro, que parecia ter sido feita especialmente para delinquentes de alto padrão, me peguei encarando uma jaqueta de couro, que custava bem mais do que eu daria em uma peça dessas, e abaixo dela, uma fila com coturnos igualmente caros.

Diferente de Jhonatan, eu segurava meu dinheiro, mas o cara colocou meu nome em uma estrela...

Não era hora para ser muquirana.

Eu sabia que Jhonatan não ligava para marcas ou roupas caras, inclusive algumas de suas roupas pareciam gastas, o que mostrava, *claramente*, que vestimenta não era uma de suas prioridades.

Parecia que, se fosse preto e barato, ele estava vestindo. Então, talvez uma jaqueta legal e um coturno novo fizessem bem ao seu armário. Eu só esperava que ele gostasse, porque sabia que nada seria suficiente para agradecer pelo melhor mês que tive na minha vida. Com o melhor cara...

Comprei a jaqueta e o coturno em uma numeração que já tinha descoberto ser a sua, e, igual a ele, era tão merda com embrulhos, que deixei tudo nas sacolas bonitas de papel reciclado, tirando apenas a etiqueta de preço. Ele não precisava saber que gastei meio rim nessa brincadeira.

Saindo da loja quase fechada, notando a rua noturna agitada, observava meu celular em mãos e as sacolas, com as compras, nas outras. Não obtive sucesso em falar com Jhonatan desde antes de sair do meu plantão, tendo em vista que nenhuma das minhas mensagens estavam chegando a ele.

Por isso, me vi mais ansioso do que o normal, só porque estava com os presentes em mãos e queria entregá-los logo. Eu não conseguia segurar nada por muito tempo e era péssimo fazendo surpresas.

Nosso primeiro mês de namoro foi naquele mesmo dia, e eu queria ver Jhonatan, entregar seus presentes, esperar que ele gostasse e fazer amor a noite toda, se possível. Mas ele não me atendia, e isso aumentava minha ansiedade, o que acabou me fazendo entrar no carro, ciente de que, mesmo sendo 21h de uma sexta-feira e o tatuado estava na aula, eu esperaria em seu quarto, tentando fazer surpresa.

Mas, céus... esperar era agonizante demais.

Ao chegar em seu apartamento, subi sem dificuldades, por conta do porteiro já ter enjoado de ver minha cara no último mês. Ainda mais por Jhonatan ter deixado claro para o homem que eu poderia entrar e sair sempre que tivesse vontade.

Quando alcancei seu andar e toquei a campainha, entretanto, tive que segurar o riso ao me deparar com a imagem bêbada de Luca, vestindo apenas uma samba canção preta, com vários escudos amarelos do Batman. O cheiro forte de vodka bateu no meu rosto quase instantaneamente. Era meio claro que ele estava bêbado.

— Nicolas! — ele disse, meio mole, sinalizando com a garrafa, que logo vi em suas mãos. — Entra aí!

— Oi, Luca — cumprimentei baixo, ainda controlando o riso por aquela imagem engraçada. — O Jhonatan ainda não chegou, não é? — perguntei, já conformado, fazendo ideia da resposta.

— Não, o ranhento deve demorar — Lu disse, meio tonto, com o tom de humor exagerado, enquanto ia andando devagar até o sofá. — Quando Samuel e Nataniel aparecem, aquele ranhento sempre demora.

Ele repetia o apelido, ao mesmo tempo que minha cabeça começava a rodar e meu estômago revirava automaticamente.

Samuel e Nataniel?

Não...

Não podia ser.

Ele me contaria, não contaria?

— Luca... — chamei baixo e cautelosamente, me aproximando do sofá que ele se esparramava e sentando ao seu lado, enquanto o colega de quarto do meu namorado dava mais um gole na garrafa translúcida.

— O Jhonatan, ele...

Eu respirava fundo, tentando não transparecer meu nervosismo. Tentando não acreditar no que eu iria perguntar. Tentando não pensar que havia mais de três horas que Jhonatan não respondia minhas mensagens e aquilo começava a fazer meu coração doer.

— Você sabe o que o Jhonatan foi fazer?

— O ranhento foi roubar. Mas você sabe, ele não foi *"roubar"* — ele começava a tagarelar, perdendo obviamente a noção do que deveria ser segredo ou não.

E quanto mais ele falava, mais meu peito doía. Mais ficava difícil respirar. Menos eu queria acreditar que Jhonatan estava escondendo uma coisa assim de mim.

— O Jhonatan, ele não rouba, o garoto é um santo!

Sua voz tonta e embargada soava em meus ouvidos no exato momento em que eu tentava engolir um choro de medo misturado com desapontamento. Misturado com angústia. Misturado com decepção.

— Ele foi ouvir a frequência da polícia, porque ele é que nem o Batman, sabe, Nicolas? — ele dizia, achando graça e batendo nos escudos amarelos do seu short, mostrando o símbolo do herói dos quadrinhos e tentando ser amigável comigo, mas eu não conseguia rir.

Não quando ele me prometeu que nunca mais faria isso. Muito menos quando a dor da angústia de não poder falar com Jhonatan me entulhava a ponto de me levantar, fungando fortemente, tentando esconder o choro que começava a brotar involuntariamente.

— Eu vou esperar ele no quarto, ok? Obrigado, Luca — falei, virando-me de um jeito brusco e indo em direção ao cômodo.

Ao som de um *"sem problemas"* bêbado em resposta, saí dali, jogando todas as sacolas de presente sobre sua mesa de estudo e me sentando na cama.

Balançando as pernas nervosas e apertando as mãos sobre as coxas, senti mais um choro vindo, mas segurei. Segurei, porque não queria dar ouvidos àquela angústia que crescia. Mas era inevitável... Uma dor quase física inundava meu corpo naquele momento, atrelada ao pânico de não conseguir falar com Jhonatan. Dele demorar tanto para chegar em casa.

Eu queria ser forte, continuar engolindo o choro, mas quando dei por mim, estava pendurado na sua janela, olhando para a rua, na esperança de vê-lo chegar a qualquer momento, enquanto sentia as lágrimas teimosas rolarem ao ligar incessantemente para seu número.

— Atende, por favor... por favor, meu amor.

A falta de comunicação sufocava minha garganta, e naquele momento, não existia raiva. Eu não pensava no fato dele ter escondido isso de mim nem na problemática envolvida nisso. Só queria que ele estivesse bem, seguro e em casa, mas minha ansiedade latente não me permitia pensar com clareza.

Eram quase quatro horas sem notícias. Eu só queria que ele estivesse vivo, mas nem sequer conseguia ser positivo quando pensava em tudo que estava ao redor dele.

Não conseguia... sabendo que ele já havia tomado um tiro.

Largando a janela e ouvindo, por mais de dez vezes, o anúncio da caixa postal, me arrastei até a cama, voltando a sentar ali e apoiando os cotovelos nos joelhos, levantando as mãos e enterrando o rosto choroso nelas. Por isso, não vi o exato momento em que a porta foi aberta, mas ergui a cabeça ao ouvir o barulho.

E o vi ali...

Era Jhonatan, assustado.

Mas não estava assustado por medo, pânico ou algo de ruim que tivesse acontecido. Ele se assustou ao me ver ali, e isso ligou um botão dentro de mim que acionava a raiva. Porque ele havia acabado de perceber que tinha sido pego. Pego escondendo que tinha voltado a trabalhar no bando.

— O q-que você... — ele quase gaguejava.

— Onde você estava, Jhonatan? — senti meu tom desesperado começar a morrer e dar lugar para algo revoltado no meu interior.

Mesmo com minha cara ainda inchada e vermelha, banhada em choro.

— Eu estava... — Ele engoliu em seco, fechando a porta e encostando as costas nela. — Estava com...

— Com Samuel e Nataniel, roubando outra vez? — perguntei, direto ao ponto.

Ele não negou. Jhonatan nem sequer conseguia olhar para mim.

— Eu não fui roubar, Nicolas, eu fui treinar um cara — sua voz era baixa, carregada de culpa, trêmula.

— Você estava num galpão — falei, levantando, passando o dorso das mãos no rosto, secando as lágrimas com raiva. — Cheio de homens armados, ouvindo a frequência da polícia, enquanto outras pessoas roubavam? — perguntei, incisivo, quase grosso.

Ele assentiu e permaneceu quieto, ainda sem olhar para mim.

— Porra, Jhonatan! — urrei, sentindo meu interior queimar de raiva, então andei pelo seu quarto, indo até sua janela.

Ali, sentindo um misto de sentimentos ruins tomar conta de mim. Porque, apesar de saber que Jhonatan estava vivo, a sensação de pânico e dor não amenizavam no mesmo segundo, como se nunca estivessem lá.

E o alívio me inundou como uma onda violenta, mas não foi só isso. Essa onda trouxe consigo todas as nuances do desgosto e da decepção de confiar tanto em alguém. E mais uma vez, estava chorando. Estava com dor e magoado demais para entender o que se passava dentro de mim.

— Nick... — Jhonatan falava, com uma voz dolorosamente quebrada, tentando se aproximar de mim.

— Me fala que você não vai fazer isso de novo — pedi, sem coragem de encarar seu rosto naquele momento, com o ombro encostado no batente da janela, enquanto eu mirava o chão de seu quarto.

— Nick, eu preciso...

— Precisa o que, Jhonatan? — eu quase gritava, finalmente olhando em seu rosto, sentindo meu rosto queimar de raiva. — Precisa morrer pra entender que tem que sair dessa merda?

— Vai ser a última vez, Nicolas — ele dizia, sério, encarando-me e tentando se aproximar de mim, mas eu colocava a mão em seu peito e o afastava.

— Eu não aguento isso, porra! — minha voz saía gritada, esganiçada, dolorosa...

Andei em direção à porta de seu quarto e, antes de alcançar a maçaneta, olhei para trás, tentando controlar o choro aflito, que me esfaqueava o estômago, de tão doloroso.

— Você não sabe, Jhonatan... você não tem noção de como eu chorei nesse quarto. De como eu desejei que você estivesse vivo, de como eu só pensei o pior!

Eu fungava e tentava dissipar o choro, sem sucesso algum, enquanto Jhonatan se aproximava de mim mais uma vez. Fraco, não tive firmeza alguma para negar seu contato, quando ele segurou meus cotovelos e colou o corpo ao meu, depois subiu uma das mãos até meu rosto, secando minhas lágrimas desenfreadas.

— Eu te amo, Jhonatan, eu nunca amei ninguém do jeito que eu te amo — disse, soluçando, sentindo o salgado das lágrimas adentrarem pelos meus lábios, subindo os olhos marejados até encontrarem os seus. — E é por isso que doeu tanto, que eu fiquei tão desesperado! Eu preciso... — Eu balançava a cabeça negativamente. — Eu preciso pensar...

— Nick, o que você... — ele falava, amedrontado, com um tom que me doía tanto ouvir saindo de sua boca.

— Eu não quero sentir esse pânico, esse medo, achando que você vai morrer quando sair de noite por aí! — Meus soluços se intensificavam, enquanto continuava a balançar a cabeça negativamente.

— Nick, não, vai ser só mais uma vez — ele disse, segurando meu rosto com firmeza e unindo os lábios aos meus em um beijo doloroso, banhado pelas minhas lágrimas. — Nick, por favor...

— Você mentiu pra mim, Jhonatan. Eu preciso... — falei, desvencilhando-me de seus braços e o empurrando mais uma vez. — Eu preciso ficar sozinho um pouco.

— Caralho, eu não queria te preocupar, eu sabia que você ia ficar desse jeito! — ele estava em desespero, quase gritando e vindo atrás de mim.

Sem conseguir lhe responder no momento, eu só continuei andando, desejando ser uma pessoa menos idiota, uma que não chorasse em situações em que se sente profundamente magoado.

— Nicolas, não! — ele falou, alcançando-me no corredor, depois que eu saí de seu quarto e andei apressadamente, tentando chegar na porta de seu apartamento. — Doutor, fica comigo...

Ele me apertava com força, mal aceitando minha decisão de ir embora, parecendo tão abalado quanto eu no meio daquela merda toda.

— Me deixa em paz, Jhonatan — falei, puxando o braço que ele segurava com firmeza, alcançando a maçaneta. — Eu preciso pensar sobre isso tudo, eu não quero ver você agora...

— Nick, me perdoa, por favor — ele dizia, chegando ainda mais perto, abraçando meus ombros e beijando a parte traseira da minha cabeça, colando os lábios ao meu cabelo.

E eu respirei fundo, fechando os olhos com força, sentindo mais lágrimas amarguradas brotarem de meus olhos e rolarem pelo meu rosto.

— Eu não consigo fazer isso agora, Jhonatan, por favor... me deixa ir — pedi baixo, sincero, abalado demais, e como se percebesse que não poderia me obrigar a ficar, Jhonatan me soltou.

E eu fui embora e, apenas naquele momento, sem olhar para trás. Engolindo aquele gosto agressivo de amar alguém e sentir parte da sua confiança se quebrando pela primeira vez.

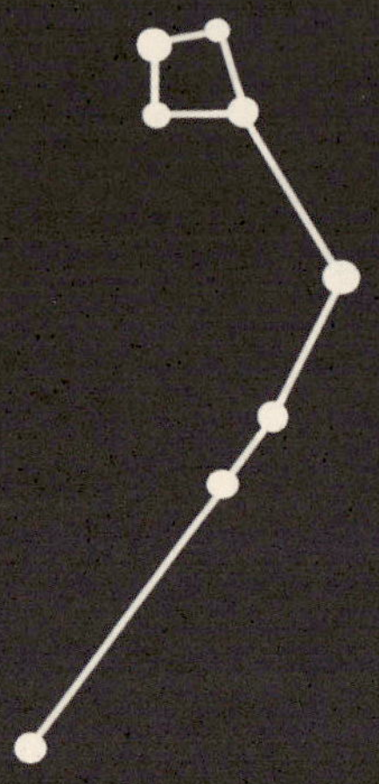

6

SERPENS

Jhonatan

Nicolas saiu, e não sendo capaz de o obrigar a fazer nada que ele não quisesse, o deixei ir. Assim que a porta foi batida, encostei as mãos na madeira fechada e respirei fundo, olhando para o chão, sentindo meu peito doer.

Queria dizer que era forte para qualquer situação, que nada me abalava, que era frio que nem a porra de um *iceberg*. Mas isso seria uma mentira tão fodida...

Porque, no mesmo minuto em que Nicolas se foi, eu já começava a fungar.

Em mim, nascia um choro pequeno e baixo, doloroso, porque só a ideia de perder meu namorado era gatilho suficiente para me desesperar. Ainda mais depois de tudo que passamos até finalmente conseguirmos ficar juntos.

Porra, eu amava tanto aquele médico, que sua distância machucava meu corpo, meu peito, tudo dentro de mim.

Porque, sim, Nicolas era o meu maior vício e o único que não me fazia mal, mas, ainda assim, o maior vício...

Que poderia me gerar a pior crise de abstinência.

Tentando controlar os efeitos negativos da distância abrupta do médico ao meu contato, soltei a porta, segurando minha respiração, para que ela não resultasse em um choro alto e infantil.

Quando virei para trás, me deparei com a imagem já vista anteriormente, de um Luca bêbado e adormecido no sofá, o que me fez respirar fundo e balançar a cabeça, chateado com toda aquela situação.

Além de estar preocupado, também, com o tanto que ele estava bebendo ultimamente. Sabia que havia sido ele a abrir a porra da boca, mas não conseguia culpá-lo nem poderia. Não quando era eu quem deveria ter tido a iniciativa de conversar com Nicolas e resolver esse mal-entendido antes que virasse a bola de neve fodida que se tornou. Não tinha necessidade de esconder nada assim, porque eu não estava roubando de novo, mas, na minha cabeça, omitir seria a melhor saída.

O que se provou ter sido a pior burrada que eu poderia ter feito.

Tendo perdido a fome, voltei para o meu quarto devagar, arrastando os pés de forma derrotada, até abrir a porta e perceber, dessa vez, sacolas em cima da minha mesa de estudos.

Estávamos fazendo um mês de namoro, e ele, provavelmente, tinha comprado coisas para mim. Eu não tinha comprado nada para ele, mas tinha passado na sua casa antes de vir para a minha, na esperança de conseguir levá-lo para sair. Sem sucesso nenhum e dando com a cara na porta, ouvi algumas piadas idiotas de seu vizinho provocador e vim para cá, querendo ligar o telefone, a fim de encontrá-lo.

O que se mostrou desnecessário, já que ele estava na minha cama, provavelmente desejando comemorar comigo o nosso primeiro mês de namoro e, no lugar disso, ganhando decepção de presente.

Porra, eu me sentia ainda pior a cada minuto que se passava.

Fechei a porta com cuidado e tirei meu moletom, jogando-o na cadeira, ficando apenas com a calça jeans preta e com meias brancas. Respirei fundo, passei as mãos pelas alças das bolsas de presentes e as olhei por alguns segundos.

Eram duas embalagens de papelão reciclável, de uma marca que eu nunca tinha sentido nem o cheiro, de tão cara. A sacola maior continha uma caixa branca, fina e comprida em seu interior, sendo a primeira que abri.

Havia uma jaqueta preta de couro, bonita *pra caralho*, cheia de fivelas e amarras laterais, dessas que só gente estilosa e com dinheiro para limpar a bunda usa. Na outra sacola havia uma caixa também grande, mas um pouco menor e mais grossa que a anterior. A abertura de sua tampa revelou um par de coturnos tão fodidos de bonitos, que cheguei a ficar levemente eufórico.

A tanto tempo não ficava tão animado assim com um presente... com roupas. E, caralho... era tudo bonito demais. Era tudo muito "eu". Nicolas acertar assim em um presente que devia ter custado bem mais do que ele deveria estar pagando, me dava ainda mais vontade de chorar.

Porra, eu era tão merda.

Quando fui guardar a embalagem dos coturnos na sacola novamente, notei um pequeno papel, branco e liso, dobrado no fundo da bolsa e,

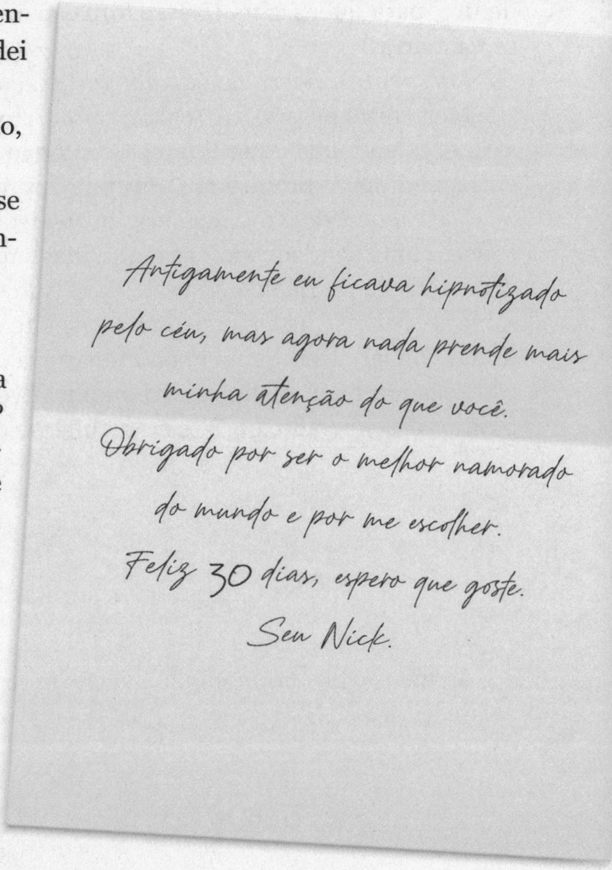

repousando as coisas novamente na minha mesa de estudos, dei atenção ao pequeno bilhete.

Eu não deveria ter lido, porra.

Não devia ter lido porque, se eu já não estava suficientemente destruído, acabara de ficar.

Porra, que dor do caralho.

Meu Nick...

E será que o dono daquela letra embolada ainda era meu?

Sentindo meu nariz fungar de novo, que nem o de uma criança, passei o dorso da mão nos meus olhos de forma bruta, devolvendo os presentes para a sacola em seguida, e andando até meu armário, guardei os dois ali.

Já o bilhete, deixei jogado por cima da mesa de estudos, sem coragem de lê-lo mais uma vez, e catando o maço de cigarros em uma das minhas gavetas, fui até a janela, acendendo um o mais rápido que meus dedos brutos conseguiam.

Em pouco tempo, já estava lá, fazendo uma coisa que eu não fazia há muito tempo: fumando e chorando...

Eu era uma figura deplorável, viciada e triste, que apoiava um dos braços no batente da janela, enquanto encarava a rua lá embaixo, deixando meus olhos se perderem entre carros que iam e vinham, banhando o asfalto com suas luzes estupidamente fortes.

E como eu imaginava, nem a nicotina, da marca do primeiro cigarro que havia dividido com Nicolas, foi suficiente para aliviar a dor que sentia naquele momento.

Tendo terminado com o cigarro, percebi que não era nada forte em momentos de tensão, porque havia acabado de quebrar meu recorde de 3 dias sem fumar com uma facilidade gritante. Saí da janela e apaguei a pequena brasa, ainda existente no cinzeiro, com o formato de pulmões que ficavam cada vez mais escuros toda vez que depositava as brasas ali.

Foi presente de Nicolas, uma lembrança de como eu ficava sujo por dentro, para que, assim, tivesse forças para parar de fumar, nem que fosse na marra.

Porra, até a porra do caralho do cinzeiro me lembrava ele.

Meu corpo pesado, carregando muito mais do que meu peso físico, fez a cama estalar um baque alto no assoalho quando caí com tudo no meu colchão, respirando fundo e me sentindo desanimado.

E eu tentei dormir, mas era impossível, porque a madrugada trouxe consigo uma saudade violenta, que machucava muito mais do que a saudade normal. Porque *dessa vez* eu não tinha certeza de nada... Nem sequer sabia se, depois que ele pensasse a respeito dessa merda toda, ele iria continuar comigo. Nem sequer sabia se estava comigo naquele momento...

Pegando meu telefone, abri o aplicativo de mensagens, sem medo de parecer desesperado, porque eu realmente estava.

E foda-se.

Eu:

Amor... 01:37

Por favor, fala comigo. :/ 01:37

As mensagens eram enviadas, ele as recebia, mas ainda não havia sinal de leitura.

Eu:

Nicolas, eu fui treinar um cara, ele vai entrar no meu lugar. 01:38

Natan e Sam precisavam de mim pra eu mostrar como eu trabalhava e ter certeza que o cara não ia fazer merda com o serviço deles. 01:39

Ele ficou *online*, mas as mensagens ainda não foram visualizadas.

Eu:

Eu juro, eu só preciso supervisionar o cara mais um dia, ele já sabe fazer tudo. 01:40

Por favor... 01:40

Deixa eu te ver. 01:40

Sabia que era um idiota quando as lágrimas começaram a rolar, silenciosas, e eu só funguei com violência, sentindo meu peito se contorcer de dor quando Nicolas visualizou as mensagens e não respondeu.

Depois voltou a ficar *offline*.

Que sensação horrível...

Eu:

Desculpe por isso tudo. 01:41

Desculpe por ser um merda, por ter feito você ficar preocupado, por não ter contado pra você. 01:41

Eu amei os presentes, você deve ter gastado muito dinheiro... 01:42

Não precisava ter gastado comigo, amor. 01:42

Mas, porra, tudo tão lindo... 01:42

O seu gosto é muito bom, Nick. Obrigado, eu vou usar todo dia, o tempo todo. 01:43

Ele voltou a ficar *online* e as mensagens apareceram todas como lidas, mas ele não me respondeu e logo ficou *offline* mais uma vez. Eu funguei com mais força, sentindo-me ainda mais destruído.

Eu:

Eu vou deixar você em paz, desculpe, eu não estou sabendo lidar com isso, então não paro de te encher a porra do saco. 01:45

Me perdoa, por favor. 01:45

Eu te amo demais. 01:46

E, então, como se não bastasse não ter dignidade, eu chorei mais um pouco. Chorei mais um pouco, fumei mais um pouco. Bebi mais um pouco...

Mais uma vez, igual meses atrás, naquela noite, encontrei no álcool a única coisa que parecia aplacar a dor da distância de Nicolas.

Eu era um bêbado ocasional e dramático, que não entendia sobre estar apaixonado sem cultivar uma dependência emocional fodida. Álcool acabava sendo a única coisa que me fazia dormir, porque fui atormentado, até ficar bêbado, por pensamentos agitados que diziam o quanto eu não merecia Nicolas.

O quanto ele ficaria melhor sem mim.

Aquela mesma vozinha irritante soava, me lembrando de que eu era só um bandido de merda, mas não queria dar ouvidos a ela. Não podia...

Então, calando minha mente, o álcool, que nunca estava em falta no apartamento de Luca, funcionou como um sonífero que não aconselho a ninguém, porque muitas horas depois, com a luz do dia já inundando meu quarto, fui acordado com uma das piores dores de cabeça que já tive.

Por chorar demais, por beber demais, por lembrar que Nicolas e eu estávamos separados.

O primeiro dia era sempre o pior ou o quê?

Arrastando o corpo, que nem uma lesma nos últimos segundos de vida, andei pelo corredor e entrei abruptamente no banheiro, mal percebendo Luca lá dentro, se arrumando e enchendo o pescoço de perfume.

— Porra, perfume é pra borrifar, caralho, não pra tomar banho — disse, mal-humorado, passando por ele e indo até o vaso mijar.

— Tá grossinho hoje, hein, ranhento? — retrucou naquele tom bem-humorado de sempre, guardando o perfume no armário do banheiro, ao lado da pia, depois ajeitando o cabelo. — Nicolas não tá te comendo direito, não?

Eu terminei de mijar, bati a tampa do vaso com força, dei descarga e saí do banheiro, indo lavar as mãos no tanque minúsculo da nossa pequena área minúscula em combinação.

— Ranhento, o que foi? — Ouvi a voz de Luca vindo atrás de mim, soando menos humorada e mais preocupada.

Ele não se lembrava...

Eu respirei fundo, abrindo o pequeno tanque, pegando o sabão de barras transparente e continuando quieto. Até perceber que ele não ia sair de lá enquanto eu não abrisse a porra da boca.

— Você se lembra de ontem a noite? — perguntei, enxaguando as mãos e depois fechando a torneira, me virando para Luca e balançando os dedos com tanta raiva, que chegava a molhar sua camisa.

— Não muito, eu bebi, vi um filme, dormi no sofá, o que faço todo dia — ele respondeu, franzindo levemente o cenho, parecendo tentar se lembrar de algo que estava deixando passar. — E aí, antes disso, a campainha tocou e... Caralho, o Nicolas...

Ele arregalou os olhos, parecendo começar a se lembrar.

— Ah, não...

Seu rosto denunciava a culpa que começava a brotar dentro do seu peito, acelerado pela respiração que aumentava.

— Porra, Jhonatan, desculpe. Desculpe, cara... porra. — Ele fechou os olhos, levantou as mãos ao rosto e balançou a cabeça freneticamente. — Eu sou um grande de um bosta — ele disse entre as mãos, de forma abafada, ainda balançando o rosto com violência.

— Para com isso, porra, vai vomitar — falei, saindo de sua frente e dando poucos passos até a cozinha, que era quase colada com aquela pequena área.

Luca baixou as mãos e veio atrás de mim, ficando ao meu lado, enquanto eu abria a geladeira e observava seu interior preguiçosamente, ainda me sentindo embalado pelo enjoo da ressaca e a dor de cabeça, que explodia.

— Vocês estão bem? — ele perguntava, preocupado, quase gritando que nem um desesperado.

— Não, Lu... — disse, respirando fundo e fechando a geladeira, quando decidi não comer nada, tirando de lá apenas uma garrafa d'água. — Mas vamos ficar — concluí, olhando para ele.

Mesmo que não tivesse certeza disso.

— Vão mesmo? — ele perguntou, com o tom de culpa ainda banhando sua voz.

— Eu não sei, mas espero que ele me perdoe — disse baixo, descendo o olhar desconcertado para as minhas mãos, que balançavam a garrafa suavemente, encarando o objeto, enquanto pensava no que havia acabado de dizer.

Eu realmente esperava que ele me perdoasse...

— Vou ligar pra ele. Vou no apartamento dele, eu vou lá, a gente vai conversar e eu vou dizer que você tinha ido na padaria comprar vinte quilos de pão, por isso demorou.

Eu ri fraco, balançando a cabeça negativamente, depois olhei para o meu amigo e coloquei a mão no seu ombro, dando alguns tapas fracos na região.

— Não quero mais mentir pro Nicolas, mas obrigado pela intenção — falei, abaixando o braço e me virando, mas, antes de sair da cozinha, olhei para Luca, dando mais uma respirada funda, antes de dizer: — Tá tudo bem, ok? Eu não estou com raiva de você...

— Desculpe mesmo, cara — ele pediu, mais uma vez, com aquela mesma cara de cachorro desesperado e triste. — Eu vou parar de beber.

Aí, eu gargalhei... e muito.

— Porra, mais fácil eu tomar outro tiro — eu disse, saindo dali, ainda rindo com a sua fala, andando arrastadamente para a sala e me jogando no sofá, observando-o vir atrás de mim mais uma vez, enquanto eu dava goles sequenciais na água, na tentativa de amenizar a dor de cabeça.

Não tinha aqueles tranquilizantes de cavalo que Nicolas tinha na casa dele, então ia tentar amenizar na água mesmo. E Lu continuava ali, na minha frente, claramente se culpando a cada segundo que se passava.

— Porra, calma, já disse que tudo bem, não precisa ficar com essa cara — falei, observando-o ter extrema dificuldade em se sentir normal outra vez.

O que fazia minha raiva pelo meu amigo ficar quase escassa. Ele realmente estava se sentindo um bosta com tudo aquilo.

— Você vai sair, cara? — perguntei, tentando fazê-lo esquecer toda a problemática que estávamos enfiados, olhando-o de cima a baixo, analisando sua roupa.

Arrumado demais para o meu gosto.

Ele engoliu em seco e pareceu se agitar um pouco, andando apressadamente até a porta e passando as chaves devagar.

— Eu vou... resolver um problema na faculdade — ele disse, mas não senti firmeza nenhuma em sua voz.

— Num sábado? — perguntei, desconfiado, segurando-me para não rir.

Era claro que ele estava indo se encontrar com alguém. E era claro que ele era péssimo em esconder isso.

— Ah, me deixa, ranhento — soltou, meio nervoso, fazendo-me rir de verdade dessa vez.

— Tá certo, vou deixar você ir transar em paz.

Minhas palavras pareciam ter ligado nele algo que o deixou ainda mais nervoso, porque lá estava meu amigo novamente, girando as chaves de forma trêmula, até conseguir abrir a porta.

— Eu volto logo... — anunciou de forma estranha.

Luca nunca me dava satisfação de onde ia ou o que ia fazer, da mesma forma que eu não o fazia, o que tornava a situação ainda mais esquisita.

— Quando eu voltar... — ele continuou, e percebi aquele tom levemente culpado retornar a sua voz. — A gente pede pizza com cerveja e vê alguma coisa na televisão?

Eu sorri com o canto dos lábios, olhando para o chão.

— Você não disse que ia parar de beber? — indaguei, segurando o riso.

— Ah, vai, é só uma cervejinha. — Ele deu de ombros, acompanhando meu riso.

Então, assenti, concordando com seu convite e vendo a cara, ainda culpada, do meu amigo. Ele claramente queria consertar suas cagadas da melhor forma que conseguia. Enchendo a cara, é claro...

Depois que se despediu, Luca foi embora, me deixando apenas com a dor de ficar sozinho naquele apartamento, que parecia ser dez vezes maior do que realmente era. Porque a saudade, a culpa, o desespero, a tristeza, todas essas coisas juntas, faziam com que eu me sentisse como se estivesse em um grande buraco úmido e escuro...

E não era nem o buraco úmido e escuro que eu geralmente gostava tanto de estar.

Era um buraco ruim, que me engolia e sufocava. Me fazia pensar que as coisas iam ficar mal e me deixava com vontade de sair pela rua, gritando e praguejando todos os palavrões que conhecia.

Mas não queria ser amarrado em uma camisa de força naquela tarde, então me contentei em ficar com a bunda no sofá, respirar fundo e ligar a televisão, buscando distração em uma das minhas séries favoritas.

Ainda sentindo meu estômago desconfortável, por causa da bebida no dia anterior, demorei a sentir fome, e quando ela veio, após ter assistido uns 10 ou 11 episódios de *Brooklyn 99* em sequência, série em que eu era viciado, quase quatro horas, depois ouvi a porta abrindo mais uma vez e revelando um Luca com a camisa levemente aberta e os cabelos bem mais bagunçados do que quando saíra.

— Transou, né, porra? — falei, sério, ainda olhando para a televisão.

— Ah, vai se foder, ranhento.

Ele saiu, batendo os pés, e foi em direção ao seu quarto. Eu fiquei ali, rindo e olhando para a televisão, esperando pacientemente que ele tomasse banho e voltasse para a sala. Quando o fez, se jogou ao meu lado e deitou a cabeça na minha perna, olhando para a televisão e respirando fundo, parecendo chateado.

— Como você soube? — ele parecia ter dificuldade para falar algo, então, ainda com os olhos na televisão, tentei estimulá-lo a falar.

— Soube o quê?

— Que o Nicolas gostava de você do mesmo jeito que você gostava dele?

— Caralho, você tá apaixonado? — soltei, levemente surpreso.

— Não sei, acho que não. Mas estou incomodado...

— A garota tá te tratando mal? — perguntei, olhando para baixo, vendo-o fechar os olhos com impaciência.

— Ninguém tá me tratando mal... eu só... — Ele estalava a língua, levando a mão direita até o rosto e massageando os olhos, então respirou fundo. — Acho que queria que fosse diferente.

— Diferente... com mais sentimento?

— É... na hora do sexo tem sentimento até demais, mas aí é a parte fácil. Todo mundo que tá trepando parece que tá apaixonado.

— Cara, nem sempre... Já fodi com gente que parecia que tava com ódio de mim, saí até com medo da casa da pessoa — disse, rindo com a memória pavorosa que veio à tona.

— Cruzes — ele soltou, sério, parecendo pensar sobre a informação que eu havia lhe passado. — Enfim, quando o sexo acaba... eu me sinto um cachorro enxotado — a voz de Luca era tão melancólica, que dava pena.

— É casual?

— É, super casual — ele falou, depois de pigarrear, não me convencendo muito de sua resposta.

Para ele não parecia tão casual assim...

— Já tentou conversar com ela sobre isso?

— Eu não tento conversar sobre nada, eu me sinto intimidado, com medo, sei lá, cara...

Ele fugia de pronomes.

Fiquei em silêncio, pensando sobre o que dizer e tentando uma forma de não ser grosseiro, enquanto Lu se distraía com uma das cenas em que o *Peralta*, um policial da série, começava a cantar uma música dos *Backstreet Boys* com os suspeitos.

— Olha... — comecei, assim que a cena terminou. — O Nicolas é um bosta se expressando verbalmente, mas ele nunca deu sinais que não me queria por perto e eu sempre me senti confortável do lado dele.

O observei virar o corpo para cima e encarar o teto, enquanto escutava o que eu dizia atentamente, ainda deitado na minha perna.

— Até quando a gente não falava nada e só queria ficar junto assim mesmo, olhando pro teto... Se a pessoa não te faz sentir essa leveza e te deixa mal, de alguma forma, não sei se é muito legal continuar.

Ele permanecia em silêncio e eu pedia aos céus para não estar sendo grosso ou para não falar nenhuma merda.

— Quer dizer... a gente transa por tesão, pra extravasar, pra se sentir bem. Se tiver transando pra ficar se sentindo mal depois... Ah, sei lá, cara, eu só namorei com o Nicolas, mas parece fodido se sentir mal com alguém, depois de transar, e querer continuar com isso, mesmo que seja só sexo. Por ser casual é que não tinha que ter problema entre vocês.

Ele se levantou do meu colo, encostando a cabeça na parte de trás do sofá, e continuou olhando para o teto.

— Você tem razão — disse, depois fechou os olhos e esticou as pernas folgadamente, com um semblante um tanto derrotado. — Vou dar um jeito nisso.

Então, voltou a ficar em silêncio, provavelmente fritando os neurônios sobre o que eu havia dito e assemelhando a sua situação.

Estava curioso para saber quem era, mas nunca fui de pressionar ninguém para contar algo sem que se sentisse confortável para dividir, então apenas continuei vendo minha série, mas continuei ouvindo o barulho da sua mente, borbulhando, ao meu lado.

Não muito tempo depois, ele sacou o telefone e pediu as pizzas com as cervejas. Apesar de gostar de passar tempo com Luca e ele sempre me animar com suas piadas idiotas, enquanto víamos um filme de comédia de tiozão que passava na televisão, eu era frequentemente inundado pelo sentimento de saudade, que aparecia como uma agulha me ferindo.

Eu respirava e pensava em Nicolas.

Eu ria e pensava em Nicolas.

Porra, apareceu a porra de um médico no filme, como não pensar em Nicolas?

As horas se arrastaram, o final de semana passou e foi reduzido a: ficar trancado no apartamento, esperando qualquer notícia do meu namorado, mesmo sem saber se eu ainda tinha esse posto.

6.1
LAMBDA SERPENTIS

Quando a semana se iniciou, dei graças aos céus por poder voltar a estudar e, assim, distrair um pouco mais a cabeça de toda aquela merda.

Depois de tomar minha dose de culpa diária, me xingar e repensar o quanto sou um merda omissor, me arrastei até a universidade, na terça-feira

— o primeiro dia de aula naquela semana —, e com a maior cara de bunda possível, cheguei na minha sala.

Ali, sentei na última cadeira, pois não queria contato com outras pessoas, entretanto não repeli Caio, quando ele também chegou e se sentou do meu lado, muito menos Wanda, quando apareceu na porta.

— O que vocês estão fazendo aqui? — ela perguntou, sem entrar na sala, com o corpo ainda no batente.

— Esperando a turma e o professor, oras — Caio respondeu, impaciente, revirando os olhos.

— Que estão na sala de cinema? Vocês não lêem os avisos do grupo, não, suas toupeiras? O professor está só esperando vocês.

— Eita porra, esqueci do filme hoje — Caio disse, apressado, levantando-se e pegando a mochila.

Eu também fiz o mesmo, porém senti meu corpo pesar e o desânimo me agarrar um pouco mais, denunciando que eu já achava uma merda ir para a aula e achava ainda pior ter que ver algum filme universitário idiota. Eu amava a faculdade e amava estudar, realmente era grato por estar fazendo algo que tanto quis a vida inteira, mas estar mal com Nicolas fazia as coisas perderem o seu brilho...

Mesmo que momentaneamente, mas eu não conseguia negar que deixava essa situação ruim me influenciar com facilidade.

E aquilo, aquela dependência, era fodida de errada.

Uma coisa errada que eu ainda não havia aprendido a controlar. Por que ninguém nunca me avisou que, quando você briga com o namorado, fica se sentindo um lixo e tudo perde a cor, simplesmente por não conseguir controlar a porra dos seus sentimentos, já que você se deixou levar pelo apego emocional à pessoa?

Essa, definitivamente, é a parte mais fodida do namoro. E definitivamente não queria que se estendesse e não queria mais passar por essa porra.

Ainda mal-humorado e tendo chegado na sala de cinema, recebi uma encarada feia do professor, diretamente para mim e Caio, depois agradeci baixo por Wanda ter guardado nossos lugares e me sentei, passando os próximos minutos calado, tentando ver o filme.

A sala estava escura demais, mas, ainda assim, foi nítida a forma como meus colegas de sala, sentados ao meu lado, pareciam a porra de dois ímãs. Não demorou muito e Wanda estava deitada com a cabeça no ombro de Caio, e o cara respirava tão rápido, que parecia que ia infartar.

A má iluminação não foi motivo suficiente para eu não perceber, também, suas mãos tímidas, as quais entrelaçavam apenas dois dedos entre si. Era fofo, mas era um gatilho da porra.

Silenciosamente, saí da sala de cinema meia hora depois do filme ter começado, quando achei que não ia mais aguentar ficar de vela. Geralmente, eu mal me importava, já fiquei em lugares tão estranhos, em que as pessoas transavam ao meu lado e eu estava pouco me fodendo, mas parecia que, naquele dia, até sorrisos trocados me destruíam.

O que dirá agarramento no cinema, me fazendo lembrar que eu e Nicolas nunca estivemos em um. A fim de dar qualquer desculpa para o professor na outra semana e já me preparando para ver esse mesmo filme em casa, andei devagar pelos corredores da faculdade, sacando meu celular e digitando o número do dono dos meus pensamentos tão desesperados.

Eu não achava que ele fosse atender, mal sabia se poderia falar, se estava no trabalho ou não, então me surpreendi quando ouvi sua voz.

Porra, eu cheguei a ficar eufórico.

— *Alô?*

— Amor?

— *Oi, Jhonatan...* — ele dizia, respirando devagar, enquanto sua voz soava cansada e arrastada.

— Você pode falar? — perguntei, parando no corredor e encostando as costas na parede fria, cruzando as pernas, enquanto olhava para o chão e sentia minha franja grande cair pela frente do meu rosto.

— *Posso... eu estou na sala dos médicos, tirando minha pausa* — ele falava baixo, fungando, o que me fez notar sua voz *suavemente* embargada.

Nicolas estava chorando, eu sabia que estava.

— Você está bem? — perguntei, sentindo meu coração doer um pouco.

Fazia apenas quatro dias que eu não via Nicolas, já ficamos períodos bem maiores sem nos vermos, mas aquilo... brigar com ele e saber que ele estava decepcionado comigo fazia com que tudo parecesse pior e transformava os dias em meses na minha cabeça desesperada.

— *Eu... eu não sei, Jhonatan.* — Ele fungou mais uma vez, respirando fundo novamente. — *Eu estou com tanta saudade, ao mesmo tempo...* — Ele parecia segurar um choro sem sucesso, porque, logo em seguida, sua voz denunciava que, bem provavelmente, seus olhos estavam cheios de lágrimas. — *Que droga, Jhonatan, eu estou tão chateado com você.*

Ele pausou a fala por mais um tempo, mal sabia o que falar em minha defesa. Eu sabia que não tinha o que defender.

— *Ainda me sinto culpado por não ter respondido suas mensagens, mas...* — mais uma pausa, de quem controla a respiração. — *Eu estava tão mal, não consegui responder, desculpa...*

— Não, para com isso, não precisa me pedir desculpas, amor...

— *Eu tive um pouco de crise de ansiedade, não tive cabeça...*

Seu tom de voz denunciava que aquele "pouco" devia ter sido "muito", o que fez com que me sentisse ainda mais culpado.

Não era preciso conhecer aquele médico por anos para saber que ele não lidava muito bem com situações de estresse.

Quando estive em seu apartamento, ele fugiu em todas as oportunidades. Quando o chamava de "namorado", antes de estarmos oficialmente juntos, ele ficava nervoso, como se estivesse arrancando a roupa dele em público.

Me doía pensar em sua dificuldade de lidar com o fato de que o namorado dele era um filho da puta omissor, que havia acabado com sua confiança.

— A gente pode se ver pra conversar?

— *Você disse que tem mais um serviço pra fazer, não tem?*

— Tenho... — disse, com medo.

— *Quando é?* — ele perguntou, e apesar de estar me cagando de nervoso, não sabendo exatamente onde ele queria chegar, respondi com sinceridade:

— Na madrugada de sexta para sábado. A última sexta foi só um treinamento, o serviço de verdade vai ser essa semana. E eu juro... eu juro, amor... é a última vez.

Nicolas ficou quieto mais alguns torturantes segundos, e apesar de esperar uma negativa ou uma xingada, depois de mais um longo suspiro cansado, ele me surpreendeu com sua resposta:

— *Consegui folga pra esse final de semana, você pode ir até meu apartamento no domingo? Sábado eu quero visitar minha mãe... fazer umas compras...*

— Que horas, Nick? — perguntei, sem medo de soar como criança.

Puta merda, meu coração ia explodir só com a ideia de chegar perto daquele médico novamente. Sabia que era a porra de um cachorro adestrado quando se tratava dele.

— *Eu te ligo quando acordar, vou tentar dormir o máximo que der...*

— Não tem conseguido dormir? — perguntei, preocupado, sentindo-me ainda mais culpado.

Caralho, eu me sentia cada vez pior, cada vez mais merda. Cada vez tendo mais noção de como meus atos inconsequentes tinham mais efeito do que imaginava. Ainda mais se tratando de Nicolas, que, enquanto eu bebia, resmungava e xingava todos os palavrões conhecidos pela humanidade, não fazia nada disso e reagia completamente diferente de mim.

Ele interiorizava tudo o que passava, e não fosse a confiança que depositou em mim, eu teria muito mais dificuldade para entender o que acontecia na sua cabeça. Só pedia a Deus para ainda haver chances de não ter perdido essa confiança.

— *Não muito, mas vai passar...*

— Desculpe por tudo que eu tô fazendo você sentir, não era pra ser assim.

— *Tudo bem, a gente conversa domingo, Jhonatan* — ele disse, ainda calmo, em um tom que me dava vontade de entrar naquele celular e abraçá-lo do outro lado da linha.

E eu fiquei calado, não querendo finalizar. Ele parecia ter a mesma dificuldade, pois consegui, ainda, ouvir sua respiração por longos segundos.

— Nick... — quebrei o silêncio.

— *Hum?*

— Eu amo você.

Ele se silenciou, mas logo sua voz soou mais uma vez.

— *Eu também amo você. Até domingo...*

Então, ele desligou. E, porra...

Meu coração parecia explodir, de tão feliz que estava. Ainda era uma situação fodida, ainda era uma merda, nós ainda iríamos conversar, e provavelmente, eu ia ouvir sermão o dia inteiro antes de conseguir agarrar aquele cara e fazê-lo calar a boca.

Mas, definitivamente, já era um começo. E saber que Nicolas ainda me amava, apesar de todas as minhas merdas...

Eu não merecia aquele médico, ainda assim, iria fazer o que tivesse ao meu alcance para consertar minhas burradas imensas. Depois que a ligação foi finalizada, desliguei o aparelho e, me sentindo um pouco mais calmo, voltei para a sala da mesma forma que saí:

Silencioso que nem um bandido de madrugada.

Wanda e Caio pareciam estar ainda mais grudados, mas aquilo não me incomodava tanto, porque agora tinha esperanças de tudo voltar ao normal no meu namoro.

Aquele mau humor do caralho parecia ter evaporado. Era impressionante o grau de dependência emocional que havia criado por Nicolas, nada saudável, nada aconselhado, nada normal...

Nadinha normal mesmo.

E eu não conseguia fazer porra nenhuma quanto aquilo, mas pelo menos consegui terminar o filme e entregar uma resenha satisfatória, escrita dois dias depois. Ainda sem resposta de Nicolas as minhas mensagens, decidi deixá-lo em paz até o dia que fossemos, enfim, conversar.

O que me deu tempo para pensar sobre tudo o que eu queria dizer...

Me desculpar, falar que eu era um merda, que não deveria ter escondido, que ele era bom demais para mim, que era muito gostoso, implorar para a conversa acabar rápido e poder transar logo.

Porque, porra, que saudade de foder até cansar, depois abraçar meu namorado e ficar ouvindo-o dizer que me ama, todo mole e sonolento, que era quando ele fazia as suas declarações com mais facilidade, porque estava bêbado de sono.

O Nicolas, bêbado de sono, era um dos meus eventos favoritos, porque sempre falava demais. Se declarava demais.

6.2
GLIESE 710

Fixo nesse pensamento e em todas as coisas que envolviam a faculdade, a semana, felizmente, passou mais rápido do que imaginava, me poupando da tortura de ter que sentir cada mísero segundo doloroso.

— *Já tô aqui embaixo, desce logo, pivete.* — Ouvi a voz do meu irmão soando no telefone, quando o relógio marcava 00h11 na madrugada do sábado que se iniciava.

— Dois minutos — respondi, desligando e depois pegando a jaqueta que Nicolas me deu.

Tendo-a enfiado nos braços e a ajeitado no corpo, já todo de preto, inclusive com os coturnos que também foram seu presente, peguei meu celular, minhas chaves e, sem precisar me despedir de Luca, porque ele não estava lá e não parecia que ia dormir em casa naquela noite, deixei o apartamento.

Quando cheguei na portaria, avistei logo o carro de Samuel e entrei sem muitas cerimônias, colocando o cinto e recebendo um soco forte no ombro, que era sua forma dolorosa de demonstrar que estava feliz em me ver.

— Caralho, perdeu o medo de chamar atenção, seu porra? — perguntou, segurando minha jaqueta e a sacudindo, fazendo meu corpo sacudir também.

— Para com isso, caralho — falei, dando um soco na sua mão. — Foi presente do Nicolas.

— Deve ser bom, né? Ter dinheiro e poder gastar sem medo de enfiarem uma arma no teu cu e te prenderem — Samuel disse, rindo, dando partida no carro depois que terminei de ajeitar o cinto. — Eu tô feliz que você vai poder ter essa liberdade agora.

Respirei fundo, pensando sobre suas palavras.

Eu queria que nós dois tivéssemos isso.

— Você também pode, Samuel. Ainda dá tempo, cara... — minha voz soava quase suplicante, enquanto via meu irmão dirigindo e aumentando a velocidade por entre as ruas, que ainda tinham um certo movimento.

— Talvez, pivete... — ele soltou, e me surpreendi com sua fala.

Samuel nunca deu indícios de que tinha vontade de largar o bando de Nataniel, e me alegrava verdadeiramente pensar que ele pelo menos estaria considerando a ideia.

— Que milagre é esse que você está considerando isso? — disse, ainda surpreso, mas inegavelmente feliz.

— Um milagre chamado seu sobrinho.

— Caralho! — eu gritei dentro do carro, não aguentei. — Porra! Como assim? Caralho! — Eu estava, definitivamente, gargalhando.

— A Ceci está grávida, pivete, eu vou ser pai. Você vai ser tio — ele disse, sorrindo um sorriso que eu nunca, nem de longe, vi em seu rosto.

Era um sorriso imenso, orgulhoso, tão feliz, que meu coração chegava a doer com a forma com a qual ele estava contente com a notícia. E era absurdo o fato de que eu não sabia que precisava de uma notícia dessas até recebê-la, porque, de uma hora para a outra, as coisas pareciam ter melhorado em milhões de níveis.

Era um pequeno ponto de felicidade naquela nossa família, que foi tão destruída. Meu irmão ia ser pai e estava pensando em largar essa merda toda. Porra. *Eu ia infartar*.

— Quando você soube? — perguntei, sem medo nenhum de soar bobo demais, porque eu estava falando tão alto e tão animado, que mal percebi a hora que comecei a dar socos eufóricos no porta-luvas. — Puta que pariu! Eu queria dar um tiro pro alto!

— Calma, caralho, tá tão feliz, que vão pensar que o filho é teu — ele disse, continuando a rir, o que me fez rir ainda mais.

Como uma criança que saiu desse mamute poderia me fazer tão feliz? Era inexplicável uma porra dessas.

— Ela me disse ontem — ele continuou, trocando de marcha e aumentando a velocidade no momento em que entramos com o carro em uma rodovia. — Minha pequena já está grávida há cinco meses, cara...

Ele balançava a cabeça negativamente, ainda rindo da informação que me passava.

— Eu sou burro, ela estava vomitando a casa toda, humor alterado, dormindo no sofá do nada, estava muito estranha.

— Por que ela não te contou antes?

— Ela descobriu com três meses, depois ficou com medo de me contar, porque achou que eu não ia gostar. Porra! A Ceci é louca. Ela me contou chorando, dizendo que não queria abortar, mesmo se eu não quisesse o filho.

— Tadinha da minha cunhada. — Balancei a cabeça negativamente, ainda soltando risadas. — É a primeira vez que eu vejo ela se assustando com a sua monstruosidade.

— Vai se ferrar, seu animal. Mas, caralho... eu amo tanto aquela garota e ela vai me dar um filho!

Ele continuou falando e dirigindo, sem medo de usar um tom de voz totalmente inédito e abobalhado.

— Acho que ela ainda não entendeu como você é um cachorro na coleira — disse, dando mais uma gargalhada, implicante dessa vez.

— Olha quem fala, seu porra, mudou até de cidade por causa do médico, caralho.

— Eu mudei por causa da faculdade — soltei, não muito seguro dessa informação.

— Me diz que o fato dele morar aqui não teve nem 10% de influência.

— Bem...

Ele gargalhou com a minha resposta indecisa, ainda com os olhos na estrada.

— Eu sou um trouxa da pior categoria quando amo alguém, mas você é igualmente otário, pivete.

Não tinha como discordar...

— Acho que tá no sangue, lembra como pai era com a mãe?

— Ela também era. Os dois eram melosos demais, que nojo, não sei como não tiveram mais uns vinte filhos — ele completou a informação, lembrando-se de muitos mais momentos com os nossos pais do que eu.

— Essa parte agora é contigo, mamute — disse, rindo, sempre gostando de toda vez que ele mencionava alguma memória sobre os nossos pais.

— Respeito, porra — ele falou, dando-me um tapa leve na cabeça e me fazendo reclamar. E rir em seguida.

E ali, naquele momento, falando dos nossos pais sem sentir dor, foi que percebi como as coisas pareciam estar, enfim, se consertando dentro de mim. O que me permitiu seguir com a noite de forma muito mais leve e menos anuviada.

Não foi preciso muito tempo a mais dirigindo para chegarmos no local combinado. Diferente de todos os outros galpões que estivemos, esse era ainda mais escuro, ainda mais sombrio.

Nas docas anexadas a uma praia bem longe do centro, em um ponto aparentemente abandonado, meu irmão estacionou o carro, e parecendo conhecer o lugar, fui guiado por ele pela grade do local, até chegar a um portão já aberto, que parecia esperar apenas por nós, porque, no momento em que entramos, Samuel passou o cadeado e nos trancou do lado de dentro.

Então, começamos a caminhar, silenciosamente e devagar, adentrando no local cada vez mais, até subirmos em uma plataforma cargueira, imensa e móvel, que balançava levemente pelas ondas noturnas e calmas.

Containers e mais *containers* estavam empilhados ali, e junto a Samuel, caminhei mais um tempo, com ajuda das lanternas de nossos celulares, até chegar em um pequeno espaço iluminado no centro daquela plataforma, rodeado por outros *containers* que nos escondiam.

— Demorou *pra caralho*. — Vi Nataniel se aproximando de nós, daquela forma que me deixava em alerta.

Ele estava tenso mais uma vez.

— O combinado era 1h, são 00h56, Natan — meu irmão respondeu, sério.

— Aconteceu alguma coisa? — perguntei, tão sério quanto meu irmão, olhando para Nataniel, que tirava o celular do bolso e digitava, nervosamente, alguma coisa para alguém.

— Ainda não, garoto — ele respondeu, sem tirar os olhos do celular.

— Já te disse, o carregamento de hoje é o mais valioso que a gente já transportou — meu irmão falou, virando para mim e observando alguns capangas entrarem em um container escuro e saírem de lá com grandes galões de insumos e outras caixas de madeira lacradas. — Nataniel está nervoso por causa disso, não é, Natan? — ele perguntou, incisivo, usando um tom meio bruto, que eu sabia que não era para confrontar nosso chefe, mas, sim, para se acalmar, tendo em vista que seu humor não ficava dos melhores quando ele se sentia ameaçado.

— É, sim — respondeu, meio distraído, bloqueando o celular e olhando pra mim. — O moleque já está lá dentro. — Nataniel apontou para um outro *containers*, com uma luz fraca vindo de seu interior. — Vai lá supervisionar ele, mas acredito que já está tudo certo.

— Tá beleza — respondi, saindo de perto dos dois.

Sem dificuldades, cheguei na grande caixa de metal e abri a imensa porta pesada pela fresta que já se encontrava aberta, dando de cara com o garoto magro e com cara de viciado em energético. Ele escutava música em fones tão altos, me admirava que ainda não estivesse surdo.

Parando ao seu lado, cutuquei seu ombro, o fazendo tirar os fones com pressa.

— Fala, chefe — ele disse, animado, com uma voz esganiçada.

— Seu chefe é o Nataniel, já disse, Yoshi. — Ele riu, dando de ombros, tirando uma imensa lata do chão e a abrindo. — Como está a frequência?

Debrucei-me na mesa em que ele trabalhava, metendo a cara nos dois notebooks ligados, um ao lado do outro, verificando os sinais que ele captava, enquanto o garoto virava, em goladas rápidas, a lata de alguma coisa que eu não identificava o que era.

— Já descriptografei e tô conferindo as frequências de rádios e *walkie-talkies* próximos.

— Particulares?

— Sim, de uso comercial e caseiro.

Impressionado, me ergui novamente, cruzando os braços na frente do peito e observando o garoto trabalhar mais um pouco.

Ele era bom, realmente bom.

Melhor do que eu. Não sabia se ficava feliz ou triste com isso. Porque me deixava aliviado saber que Nataniel ia ter alguém realmente capacitado para trabalhar para ele e um cara que, claramente, dava conta do serviço sozinho e ainda fazia mais do que eu, mas eu não deixava de me incomodar pelo fato do garoto ter a minha idade.

Talvez até alguns meses mais novo, pelo que aparentava. Só esperava que ele tivesse oportunidade de decidir por outro futuro, caso quisesse. Mas não me sentindo apto para dar um sermão sobre qualidade de vida e as consequências dos atos que tomamos, apenas fiquei o observando por mais algum tempo, ouvindo uma crescente movimentação lá fora.

Indo checar o que estava acontecendo, me deparei com a cena de mais e mais capangas de Nataniel chegando, entrando e saindo de mais três ou quatro *containers* que foram abertos, levando as caixas e insumos direto para duas lanchas ancoradas ali perto.

— Porra... — foi o que disse para mim mesmo, me assustando com o fato de que Nataniel, agora, trabalhava até com lanchas e parecia ter um número bem maior de homens.

Eu sabia que ele tinha dinheiro e que era muito. O tipo de número que você mal sabe contar, mas, aparentemente, sua fortuna vinha crescendo desenfreadamente nos últimos meses, desde que ele começou a trabalhar com os órgãos, além dos cigarros.

Mais um dos motivos de eu estar feliz por estar saindo daquela merda toda.

— Chefe! — Ouvi o garoto gritando de dentro do container.

— Não sou seu chefe, cara — repeti, entrando e me posicionando atrás da mesa novamente, olhando uma movimentação estranha nas frequências na tela do notebook.

— A polícia está perto — alertou, ignorando o que eu disse. — Aviso pro Nataniel?

— Espera — pedi, voltando a inclinar o corpo para cima da mesa e tomando um dos *mouses* da sua mão, aumentando o volume da frequência e aguardando mais um sinal da polícia soar:

"... latrocínio em um dos restaurantes da Rede Carpo. A ambulância está no local. O Gerente do estabelecimento está estabilizado e inconsciente, sendo levado para o Astra Centro Hospitalar, porém solicito reforços. Um dos funcionários veio a óbito no estoque..."

"... foi uma briga de bar, não precisa mandar outra viatura, já estamos seguindo em direção à delegacia com os infratores..."

"... invasão a um petshop próximo ao porto, a loja está revirada e explodiram os vidros. Provável crime de ódio, alguns animais foram mortos e há ofensas pichadas em todo interior. Solicito reforços..."

Era uma noite agitada demais. Talvez suspeita? Não. Já tivemos noites assim antes. Até piores.

— Pronto, tá aí o motivo das viaturas agitadas por aqui.

— Noite cheia... — o garoto falou, voltando a virar a lata na boca.

— Tá bebendo o quê? — perguntei, curioso.

— Energético. — Bingo. — Quer? Tenho mais umas 3 latas.

— Vai ter um ataque cardíaco se continuar bebendo isso, Yoshi.

— Cada um com os seus vícios, né?

Ele deu de ombros, voltando a colocar os fones e chegando o rosto perto das telas, enquanto eu voltava a me erguer. Revirando os olhos, pois seu comentário devia ser por ele notar o cheiro de cigarro na minha roupa, arrastei uma das cadeiras de metal que tinham ali, me sentando do seu lado, e enquanto esperava o tempo passar, saquei meu celular.

Automaticamente, abri o aplicativo de mensagens e fui direto no contato de Nicolas, babando, que nem cachorro, quando vi que ele havia trocado a foto. Estava deitado na sua cama, em cima de um dos seus milhares de travesseiros, com a cara inchada de sono, o cabelo bagunçado e os lábios cheios, que sorriam sutilmente.

Escrevi, antes mesmo que pudesse perceber que quebrara a minha própria regra de deixar Nicolas em paz, até que nós pudéssemos conversar.

Eu era tão rendido, que dava pena...

Pensando sobre o impulso de mandar a mensagem, respirei fundo e apaguei a caixa de texto, desistindo de enviá-la. Me lembrei de que ele estava tentando dormir nesse final de semana, mesmo que eu não tivesse certeza se ele realmente conseguiria. Achei melhor não arriscar ser xingado por ter acordado o médico.

— Pivete, vem cá. — Samuel apareceu na entrado do container, me chamando e me tirando da minha tortura de mandar ou não aquela mensagem.

Obedecendo, me levantei da cadeira, deixando Yoshi trabalhar sozinho, já que as coisas pareciam estar sob controle.

— Quer andar de lancha? — meu irmão falou, rindo quando eu cheguei do lado de fora e comecei a caminhar, acompanhando-o até o deck menor, no qual as lanchas estavam ancoradas, já totalmente carregadas.

— Tá doido, eu vou morrer — falei, com medo de verdade.

As lanchas estavam entupidas com as caixas e um tonel imenso, de algum líquido hospitalar, que eu não sabia o que era.

— É zueira, seu cagão, só te chamei pra dizer que terminamos — Samuel falou, debruçando-se no pequeno parapeito de madeira velha que havia na extremidade daquele deck.

Então, eu soltei o ar, que nem sabia estar segurando, de forma pesada, sentindo-me aliviado por ver as lanchas dando partida e indo embora dali. Depois, me debrucei no mesmo lugar que Samuel e observei as ondas calmas dançarem na luz da Lua, uma das poucas iluminações que havia naquela parte mais escura.

Ali, Samuel sacou um maço de cigarros do bolso interno de seu casaco e ofereceu um para mim, que peguei, e depois de acendermos nossos cigarros, começamos a fumar, olhando os barcos se distanciarem.

— Tem uma caixa fechada de *Tessaurus* que vou levar para o meu carro, quantos maços vai querer? — ele falou, tragando devagar.

— Um tá bom.

— Porra! Tá doente, moleque? — meu irmão soou assustado, olhando para mim e arregalando aqueles olhos pretos e cansados.

Eu comecei a rir da sua reação, porque, geralmente, eu não levava menos de dez maços para casa e, constantemente, brigávamos por causa disso. Porque, às vezes, conseguia fumar mais do que Nataniel e Samuel juntos, e meu irmão reclamava demais dos meus exageros.

— Prometi ao Nicolas que ia parar e eu tô realmente tentando — falei, observando sua expressão não suavizar, pois ele realmente parecia chocado, o que me fazia não conseguir parar de rir. — Consegui ficar três dias sem fumar, mas aí, eu tive uma recaída… — pausei, respirando fundo e voltando a olhar para a frente, ouvindo o barulho leve das ondas quebrando.

— Depois do quê, pivete?

— A gente teve uma briga, porque eu não contei pra ele que ainda estava trabalhando e ele descobriu, aí a gente tá afastado esses dias…

— Fez merda — ele concluiu, simplista e dando de ombros. — Ceci odeia meu trabalho, mas eu nunca escondo nada dela.

— É, eu sei, errei, mas agora já era… Ele tá com ódio de mim, mas a gente vai conversar.

— O engomadinho gosta de você, as coisas vão ficar bem. No dia do aniversário dele lá, o cara parecia que ia voar no teu pescoço, tava me assustando pra porra.

Eu soltei uma gargalhada alta, levando o cigarro à boca de novo e tragando rápido, depois jogando a fumaça para o alto.

— Ele fica tarado quando bebe.

— Ah, cala a boca porra, eu não pedi pra saber disso — Samuel disse, dando-me um soco no ombro, depois finalizando o cigarro, jogando no deck e pisando na brasa.

Rindo, fiz o mesmo, virando-me para trás e observando Nataniel conversar com um dos seus capangas de confiança. O que ele parecia gostar mais depois de Samuel.

— De onde vem todo esse material hospitalar, além dos órgãos? É meu último dia, acho que eu merecia saber — falei do nada, observando Samuel começar a andar e parar, poucos passos antes de chegar em Nataniel.

— Do Astra Centro Hospitalar. Natan e Yan estão com um esquema maior do que os dos cigarros.

— Porra… e como é que Nataniel conheceu o diretor do hospital?

— Yan só é diretor daquele hospital porque foi o Nataniel que colocou ele lá.

— Caralho! — Eu sabia da influência e do poder de Nataniel na capital, mas aquilo parecia um pouco maior do que a noção que eu tinha até agora. — Foi por isso que eu fui tratado lá…

— Sim, mas agora não dá mais pra ir pra lá, porque tem algum filho da puta denunciando as coisas lá de dentro, que nem denunciaram você.

— Como estão tirando as coisas lá de dentro, então?

— Yan dá o jeito dele, Nataniel ameaça algumas pessoas. Até agora tem dado certo.

Rindo, balancei a cabeça negativamente, agradecendo aos céus por ter conhecido Nicolas. Se não fosse por ele, ainda estaria com os dois pés enfiados nessa merda, sem motivação nenhuma para largar esse emprego, que, querendo ou não, me dava dinheiro demais. Me sentia bem de estar saindo disso *para valer*.

— Já sabe se é menino ou menina? — perguntei, lembrando-me da louca realidade de que, em poucos meses, eu iria me tornar tio.

— É menino, Jhonatan — ele disse, mudando mais uma vez o semblante e sorrindo que nem uma criança, fazendo-me sorrir junto dele.

Era muito engraçado como ele mudava de humor toda vez que eu falava da criança.

— Mais um pivete pra família.

— Não vai ensinar merda pro meu filho, não, hein, seu porra.

— Vou ensinar ele a cuspir, filmar, ler gibi, mangá, dar cantada direito, andar bolado na rua, com cara de brabo.

— E tu sabe fazer isso, pivete? Com essa cara de bunda?

— Ah, não fode, Samuel — disse, rindo, acompanhando os passos lentos que ele começava a dar até Nataniel.

Samuel ainda ria demais, até olhar na direção do meu peitoral e sua feição mudar *brusca e completamente*. Ele entrou em estado de pavor, e violentamente, sua mão alcançou meu ombro, que comportava uma cicatriz enorme por baixo dos tecidos. E de um segundo para o outro, meus sentidos ficaram bagunçados.

Minha respiração parou, junto ao tempo, que parecia estar sendo gravado por uma câmera lenta, registrando tudo o que passava a minha volta. Toda percepção do que estava acontecendo.

Porque meu irmão foi quem percebeu primeiro:

Havia um ponto vermelho, luminoso e trêmulo, no meu peitoral. Era a mira de um fuzil de precisão, apontada diretamente para mim.

Para o meu coração.

E houve um disparo, sequenciado por mais outros, que começavam a agitar todas as pessoas ali, fazendo armas serem sacadas e gritos soarem, regidos por ordens.

Mas no meio de todos os tiros, eu não fui atingido.

Samuel, me empurrando com muito mais força do que sua brutalidade característica, me jogou no chão, caindo por cima de mim em seguida. Os capangas de Nataniel continuavam atirando para as partes superiores dos *containers*, empilhados no escuro, buscando a fonte daqueles disparos sem fim.

Os barulhos das trocas de tiros me davam pânico. Eu não queria reviver aquilo, meu coração estava doendo, de tão rápido que batia. Queria sair dali.

Eu precisava sair dali...

Mas Samuel não saía de cima de mim.

— Caralho, levanta, Samuel! Vamos sair daqui! — minha voz era esganiçada, desesperada, então eu empurrei meu irmão para o lado com força.

E vi...

Vi seu peito estourado, encharcado pelo sangue que banhava toda sua camisa clara.

— Irmão? Samuel? — chamei, sentindo minha voz trêmula vacilar, segurando seus braços e tentando puxá-lo para o meu colo. — Sam, fala comigo! Samuel!

As pessoas corriam, os tiros ainda eram disparados, todos gritavam e xingavam, mas eu não conseguia tirar os olhos do meu irmão. Eu não conseguia me mover ou movê-lo.

Ele tossiu fraco, cuspindo sangue pela boca, espremendo os olhos e levando a mão cansada até o pano da minha blusa, o qual puxava, quase sem forças, para que eu me aproximasse de seu rosto.

— Pivete... — Cheguei o ouvido próximo a sua boca. Sua voz era quase inexistente, de tão fraca, fazendo meu coração se destruir com o peso das coisas que estavam fora do meu controle naquele momento. — Cuida... — Mais uma tosse e seu sangue sendo espirrado no meu rosto. — Cuida da Ceci. Cuida do meu filho...

— Você vai cuidar dele, Samuel! Para com isso, irmão! Você vai cuidar dele!

Seus olhos se apertavam um pouco mais, os tiros começavam a diminuir a nossa volta, meu coração não parava de doer. Eu comecei a chorar, o desespero quase me engolia naquele momento.

— Socorro, caralho! Socorro! Alguém me ajuda aqui, porra! — eu gritava, olhando para os lados, enquanto percebia Nataniel próximo a nós, também caído no chão, com o braço ensanguentado, sendo amparado por capangas fiéis, que corriam ao seu corpo primeiro.

— A Ceci... ela é que nem a gente — ele se esforçava para continuar falando, enquanto suas tossidas iam ficando cada vez mais fracas, mesmo que o sangue continuasse a jorrar pelo canto de sua boca. — Ela não tem mais ninguém. Me promete... me promete que vai... cuidar dela, eu... eu amo demais a minha pequena.

— Não! Você que vai cuidar, Samuel! — eu gritava, segurando seus ombros com força, não aceitando as palavras que saíam da boca do meu irmão.

Suas pálpebras perderam a tensão, enquanto ele tentava olhar para mim. Sua respiração começou a diminuir, seu corpo foi ficando mais pesado nos meus braços, ao mesmo tempo que sua boca abria para dizer aquelas que seriam as últimas palavras que eu ouviria saindo de seus lábios:

— Eu... *eu amo você*, pivete... — ele disse, antes de sua respiração findar e seus olhos se fecharem pela última vez.

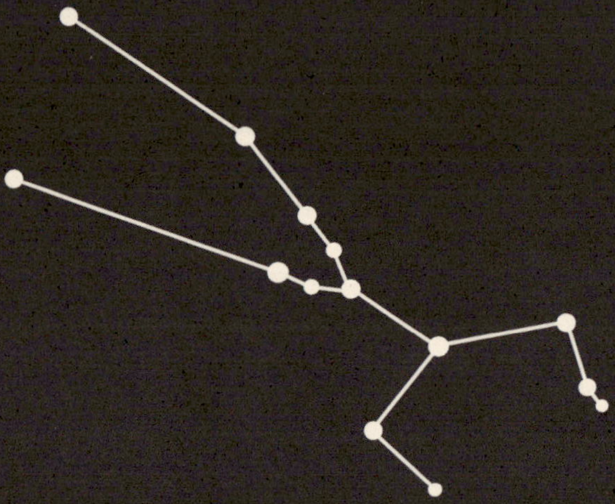

7

TAURUS

Nicolas

Depois de um dos plantões mais pesados que eu já tive, em uma sexta-feira em que todos os crimes possíveis do Distrito de Astra pareciam estar acontecendo e causando vítimas, fatais ou não, fui para casa, me sentindo fisicamente esgotado.

Ainda assim, o cansaço mental estava vencendo essa disputa.

Sentir saudade de Jhonatan 24h por dia parecia acabar com todas as minhas forças, porém era indiscutível dizer que, depois de sua ligação no meio da semana, senti meu corpo relaxar um pouco mais. Ainda estava chateado e ainda doía, eu esperava nunca mais passar por esse tipo de coisa com ele, essa quebra de confiança brutal, mas seu tom de voz desesperado e seus pedidos de desculpa desenfreados faziam amolecer tudo dentro de mim.

Eu me rendia para o ex-meliante fácil demais...

Depois de ter, finalmente, contratado um chaveiro e trocado as fechaduras de casa, entrei no meu apartamento com facilidade e, já tendo tomado banho no vestiário do hospital, apenas chutei meus sapatos sociais para o canto, joguei minha bolsa de trabalho na poltrona e peguei meu celular, me arrastando para a cama.

Eu mal tinha fome nesses dias que se passaram, por conta da saudade e da exaustão, que se uniam para destruir o meu sistema nervoso, então o que me restava era dormir. Já que, mais uma vez, eu não conseguia controlar o que eu sentia.

Talvez precisasse de ajuda...

Se aproximavam das 2h00 da manhã, então, colocando o celular no silencioso, a fim de evitar qualquer cobrança inconveniente quando o dia começasse, me larguei nos meus travesseiros exagerados e comecei a pensar sobre tudo que faria no dia seguinte, se eu conseguisse concluir meus planos de dormir que nem uma pedra.

Apesar desses planos, nada me deixava mais ansioso do que encontrar Jhonatan no domingo. E como em todos os meus dias, desde que ele apareceu, baleado, naquele hospital, o tatuado foi meu último pensamento antes de fechar meus olhos e adormecer de forma profunda.

Quando o Sol começou a entrar no meu quarto, fui acordado por uma vontade violenta de ir ao banheiro e um mau humor automático quando percebi que não tinha fechado as cortinas. Então, pulando da cama, andei até o vaso sanitário e me aliviei.

Quando retornei ao quarto, fechei as cortinas com certa raiva e me arrastei até o colchão, procurando meu telefone para checar as horas e ver quanto tempo ainda teria de sono, cheio de dificuldade, por causa dos meus olhos ainda inchados e sonolentos. Mas aquela sensação de sonolência passou abruptamente e deu lugar a um aperto no coração quando eu percebi que eram 5h58 da manhã, mas meu desespero nada tinha a ver com o horário.

Haviam 37 ligações perdidas de Jhonatan...

Trinta e sete.

Ele nunca havia me ligado tanto assim.

Jhonatan nem gostava de me ligar, a não ser que fosse urgente ou ele estivesse desesperado para falar comigo, o que raramente acontecia. E, instantaneamente, me lembrei do seu último trabalho, aquele que ele havia me dito ser o trabalho "*de verdade*".

Minha respiração parecia presa nos meus pulmões, meu peito estava dolorido e meus dedos começaram a ficar trêmulos. Alguma coisa não estava certa. Sentando na cama, com o celular em mãos, disquei seu número, sentindo ainda mais desespero quando nem mesmo chamava.

As ligações caíam diretamente na caixa postal.

A angústia que sentia agora era infinitamente maior do que a sentida quando estava em seu apartamento, no dia que fizemos um mês de namoro.

Como um "*click*", me lembrei que Jhonatan havia me dado o número de Luca, semanas atrás, caso precisasse falar com ele e não conseguisse, então, caçando o número na minha agenda, disquei para seu amigo de apartamento. Não foi necessário mais que um toque para ele atender, e seu tom evidenciava o quanto ele parecia estar com o celular na mão, em alerta.

— *Nicolas? Nicolas, é você? Nicolas, por favor, vem pra cá!* — ele falava, praticamente em pânico.

— Luca? O que houve com o Jhonatan? — perguntei, aflito, colocando a mão no joelho e o apertando de forma nervosa, sem perceber.

— *Ele está bem, mas o Samuel... Nicolas, eu não sei o que fazer com o Jhonatan, ele não para de gritar dentro do apartamento!*

— Eu estou indo, Lu — disse, levantando-me, atordoado, andando rápido até meu armário. — Você está em casa?

— *Eu tô na rua, vim comprar um calmante, mas, porra, eu não sei o que comprar!* — o tom de Luca era tão choroso, que tudo dentro de mim parecia estar sendo moído.

A falta de informação me trazia ainda mais pânico.

— Luca, volta pro apartamento, fica com o Jhonatan! Eu vou levar os remédios, por favor, fica com ele — disse, antes de me despedir e desligar.

Eu mal sabia o que Jhonatan tinha, mas sentia que ele não poderia ficar sozinho naquele momento. Me arrumando da forma mais rápida que consegui, peguei minha jaqueta jeans, celular, minha mala de primeiros socorros reserva, com meus utensílios de medicina, minha bolsa, na poltrona, com minhas coisas pessoais, e desci correndo, entrando com pressa no carro.

Não demorou para que eu chegasse lá, e subindo sem dificuldades, senti meu coração dar um salto agoniado, quando cheguei no corredor do seu andar e ouvi sua voz...

Ele gritava sequencialmente, sem pausas.

— Mas você estava ouvindo a frequência! Caralho, como você não ouviu? Como você não percebeu, moleque? Caralho! Você estava ouvindo! Os rádios particulares, porra! Você disse que sabia ouvir!

A porta de seu apartamento estava aberta em uma fresta mediana, então eu apenas a empurrei devagar, dando de cara com uma imagem que eu nunca tinha visto. A lateral do rosto de Jhonatan estava vermelha, ele esbravejava assustadoramente contra um garoto sentado no sofá de seu apartamento, e o cara, que eu não sabia quem era, estava com os braços cruzados em cima dos joelhos, com a cabeça enterrada nos membros superiores, totalmente imóvel e curvado para a frente.

Sem me perceber, Jhonatan continuava gritando e gritando, tremendo a voz.

Por vezes, derramando ódio, por vezes beirando o choro.

Aquilo me destruía.

O que estava acontecendo?

Colocando minhas bolsas no chão, ao lado do sofá, andei devagar em direção ao seu corpo e toquei seu braço. Ele se virou, assustado, quase agressivo, mas quando me percebeu... Jhonatan mordeu o lábio inferior com brutalidade, tentando manter toda sua força, toda sua raiva, todo seu ódio.

Até que eu ofereci a ele meu abraço e o homem enterrou o rosto na curva do meu pescoço, se rendendo totalmente a minha aproximação. Se desmanchando por inteiro em um suspiro que misturava alívio por me ver e as agonias do seu interior, que eu ainda não fazia ideia do que se tratavam. Jhonatan começou um choro copioso, doloroso, gritado e alto, abraçando-me de volta, mas sem muita força em seus braços.

Ele exalava dor demais para ser algo banal.

— O Sam... o Samuel, Nick... — ele tentava falar, mas os soluços não o deixavam. — O Samuel tomou um tiro...

Ele me assustou, me fazendo segurar seus braços e afastar levemente seu corpo do meu, para que eu pudesse olhar diretamente para seu rosto inchado e destruído pelo choro.

— Onde ele está, Jhonatan? Onde está o seu irmão? — perguntei, sentindo o desespero começar a brotar no meu peito.

Eu não tinha fortes ligações com Samuel, mas comecei a perceber como a dor de Jhonatan me atingia com força, como vê-lo dessa forma me deixava tão destruído. Ele balançou a cabeça negativamente, fechando os olhos, com o nariz vermelho e inchado, depois soluçou mais uma vez, voltando a chorar violentamente.

Eu sabia o que aquilo significava...

— Ah, meu amor — disse, triste, voltando a puxá-lo para o meu abraço e o enlaçando com ainda mais força quando compreendi o que havia acontecido.

Jhonatan, tão mais alto que eu, se curvava inteiro sobre o meu corpo, me abraçando e dependendo do meu abraço como se fosse uma criança, chorando um choro tão sofrido, que eu sentia uma dor física em meu interior.

E eu não sei dizer quanto tempo ficamos ali, mas deixei que ele chorasse o quanto fosse necessário, sabendo que isso iria se repetir, ainda, algumas vezes.

Uma dor dessa magnitude nunca é aplacada em um choro só.

Quando os soluços diminuíram, eu o puxei devagar até seu quarto e o coloquei deitado em sua cama, ajeitando os fios de cabelo, que grudavam na sua testa e nas laterais de seus olhos, banhados pelas lágrimas.

— Eu já volto, ok? Me espera um minuto, vou pegar minha bolsa.

Ele consentiu, deixando que eu cuidasse dele, então fungou com força e continuou chorando silenciosamente, enquanto ficava em posição fetal e agarrava um dos travesseiros sobre sua cama. Quando voltei à sala, percebi Luca saindo do seu quarto com a cara tão atordoada, que era claro como ele não estava conseguindo lidar com a situação.

— Eu saí da sala quando ele começou a gritar. Porra, Nicolas, eu não sei o que fazer, eu... caralho, eu não sei.

— Calma, Lu, vamos fazer o que está ao nosso alcance agora — disse, andando com ele, voltando para o lugar em que tinha deixado minhas bolsas e percebendo o garoto no sofá, agora mais erguido e chorando baixinho, completamente atormentado.

— Qual seu nome? — perguntei calmamente, me aproximando dele e sentando ao seu lado com cautela.

— Yoshi — ele respondeu, amedrontado, enquanto Luca ia até a janela e encostava o corpo ali, cruzando os braços e olhando para nós dois.

— Você estava trabalhando com Jhonatan? — falei, me levantando e pegando uma das minhas bolsas, a de primeiros socorros, depois tirando de dentro dela um frasco com calmantes de uso pessoal. — Luca, pega uma garrafa de água para mim, por favor? Dois copos.

Assentindo, Luca saiu da sala e voltou, enquanto o garoto começava a falar:

— Eu sou o cara que ia ficar no lugar dele — ele disse com a voz trêmula, aceitando um dos copos com água, que lhe era entregue.

— O que aconteceu? — perguntei, calmo, entregando um comprimido a ele.

O garoto analisou o remédio por alguns segundos, parecendo incerto sobre tomá-lo ou não, mas segurou a pílula com os dedos. Ainda assim, não a tomou.

— Ele é médico, cara. Toma antes que você tenha um treco aí — Lu disse, voltando a se encostar na janela, ainda com a garrafa de água e o outro copo em mãos.

— Eu bebi muito energético durante a madrugada — ele confessou, fungando.

— Então, me devolve isso aqui e bebe só a água, ok? — falei com a voz baixa, tentando soar meigo, enquanto tomava o comprimido de suas mãos.

Yosh assentiu, dando um gole no líquido transparente e, em seguida, fechando os olhos com força. Ele respirava fundo, parecendo tentar se lembrar do que aconteceu na noite anterior.

— Eu estava dentro de um container quando os tiros começaram. Só saí de lá quando Jhonatan apareceu, me puxando e me arrastando para fora. Eu não sabia para onde ir nem o que fazer, aí ele me trouxe para cá...

— Samuel e Nataniel... o que aconteceu com eles?

— Nataniel tomou um tiro de raspão no braço, mas não foi grave, ele saiu de lá acordado. Tentaram atirar, primeiro, no Jhonatan e o Samuel entrou na frente, pra proteger ele, então. — O garoto voltou a enfiar o rosto nas mãos, balançando a cabeça negativamente.

— O que fizeram com ele?

— Nataniel levou o corpo pra algum lugar, disse que ele não podia ir pro hospital comum, eu não entendi — ele começava a falar sem parar, com a voz quase esganiçada, e eu pensava que aquilo tudo devia ter acontecido porque, provavelmente, o Astra Centro Hospitalar não ia dar conta de ter mais um bandido escondido. — Eles disseram que têm uma estação clandestina para emergências, mas... foi tarde demais. Não deu tempo.

Porra, que situação horrível...

Quanta dor Jhonatan ainda precisaria enfrentar até que tivesse paz na sua vida de uma vez por todas?

— Ele vai ser cremado logo — ele continuou, respirando fundo mais uma vez. — O resto eu não sei te dizer, desculpe.

Fiquei em silêncio, entendendo tudo o que estava acontecendo. Sendo vítima de um tiro, Samuel não poderia ter o óbito fichado nem aparecer em registro nenhum. Nem do hospital que eu trabalhava nem de nenhum outro, porque isso o ligaria diretamente a Nataniel, Jhonatan e qualquer pessoa que estivesse envolvida nesse esquema.

Yan, Jess, Pietro...

Até mesmo eu.

— Por que Jhonatan estava te culpando? Os tiros vieram da polícia? — perguntei, curioso, tentando entender, também, o lado do garoto.

Tirando a pessoa que deu um tiro em Samuel, não acreditava que havia outros culpados diretos nessa história. Pelo menos Yoshi parecia abalado demais para ter feito algo de propósito.

— Foram os capangas de Donghee que atiraram — o garoto respondeu e eu o olhei confuso, depois para Luca.

— O cara que deu o tiro em Jhonatan meses atrás — Lu me explicou.

— Os homens do Nataniel encontraram os caras que atiraram, estão todos mortos agora, mas Donghee não estava entre eles. Os caras que mataram Samuel eram só peões, mas antes de tudo começar, eu mostrei pra Jhonatan que conseguia ver a frequência de rádios particulares... — sua voz falhou e tremeu, anunciando o choro impotente e agoniado, que acompanhava suas próximas palavras. — Mas eu juro, não tinha nada na frequência, eles não usaram rádios, não usaram nada. Eu não consegui prever nada daquilo!

Eu, com certeza, estava muito mais destruído por Jhonatan, mas sentia muita pena daquele garoto também.

Aquilo não era vida para ninguém...

Colocando a mão em seu ombro, tentando demonstrar o mínimo apoio, engoli em seco, balançando a cabeça negativamente e tentando processar todas aquelas informações misturadas.

— Eu só quero ir pra casa... eu quero a minha mãe. Eu... eu nunca vi o corpo de ninguém morto — o garoto disse, soluçando de forma infantil e voltando a enfiar o rosto nos braços.

Tadinho...

Se eu fosse novo, que nem ele, e tivesse estado no meio de um tiroteio, vendo pessoas mortas no chão, eu também estaria louco para ver minha mãe.

— Você sabe dirigir e tem habilitação? — olhei para Luca novamente, o percebendo assentir com a cabeça. — Está sóbrio?

— Defina sóbrio.

Meu Deus, homem.

— Bebeu nas últimas 24h? — perguntei, tentando não ser grosso, mas respirando fundo.

— Sim, mas não estou bêbado agora.

— Não importa, você pode ser preso, e a gente não precisa de mais um problema agora — concluí, franzindo o cenho e pensando em alguma alternativa rápida para levar Yosh até sua casa. — Você consegue descer com o garoto e chamar um carro pra ele? Eu pago a corrida.

— Não, deixa comigo — ele disse, descolando as costas da janela e me entregando a garrafa e o copo, enquanto eu me levantava novamente e via o garoto depositando o seu próprio copo em uma mesinha ao lado do sofá.

— O-obrigado — falou baixo, de forma quebrada, mas verdadeiramente agradecido.

Dei alguns tapinhas encorajadores em suas costas e respondi com um *"De nada"*, carinhoso, a fim de tentar fazer com que ele se sentisse acolhido, o observando sair com Luca em seguida.

Assim que saíram do apartamento, peguei o mesmo frasco de calmantes com uma mão, após ter descartado o comprimido inutilizado, enquanto a outra segurava desengonçadamente o copo e a garrafa. Quando cheguei no quarto, Jhonatan havia adormecido, franzindo o cenho de forma tão dolorosa, que eu sabia que seu sono não tinha nada de tranquilo.

Coloquei o frasco na sua mesa de estudos e depois depositei a garrafa e o copo no mesmo lugar, indo até sua janela, fechando-a, assim como as cortinas, deixando apenas um feixe pequeno iluminar o local. Em seguida, chegando perto de seu colchão novamente, desamarrei os coturnos de Jhonatan com cuidado.

Eram os que eu havia dado de presente para ele.

Estavam tão bonitos nele...

Os tirei de seus pés, o deixando só com as meias, depois coloquei o par de sapatos embaixo de sua cama. Apesar do meu cuidado, ele acabou acordando, fungando mais um pouco.

— *Shh*, pode voltar a dormir, meu amor — falei baixo, sentando-me próximo ao seu corpo, deixando que ele abraçasse minha cintura com força quando me percebeu ali.

Então, enfiei os dedos no seu cabelo e comecei a acariciá-lo, observando-o voltar a chorar.

— Eu não posso, Nick — ele disse baixo, com a voz sendo sufocada por seu rosto, que estava enfiado na lateral da minha barriga. — Eu preciso contar para Ceci... ela está grávida.

Meu Deus...

— Grávida? — Senti a dor daquilo tudo ser aumentada em milhares de níveis.

Então, Samuel não havia deixado apenas um irmão e uma namorada. Ele também havia deixado um filho.

— Sim, Nick... — sua voz parecia estar ainda mais dolorosa tocando naquele assunto. — Eu preciso... preciso ir em Burto e falar com ela.

Ele soluçou, em meio a uma suspirada profunda, me apertando um pouco mais. Eu me virei e deslizei o corpo pelo colchão, deitando de frente para Jhonatan e o abraçando, enquanto ele também fazia o mesmo comigo. O enlacei com as minhas pernas, da forma mais forte que conseguia, quando percebi seu choro voltar com violência.

— Eu vou com você, Jhon... eu te levo lá e vou ficar com você. Você não precisa fazer isso sozinho — falei, dando um beijo leve em sua testa.

— Obrigado, Nick — ele disse, enfiando o rosto na dobra do meu pescoço novamente, chorando um pouco mais.

Eu deixei que chorasse pelo tempo que fosse preciso. Por todos os minutos que ficamos ali, não parei de acariciá-lo nem por um segundo. Naquela hora, os erros de Jhonatan não importavam.

Não havia ego ferido, mágoa por decepção nem nada disso. Ajudar a amenizar a dor dele era minha prioridade.

Ele, sem sombra de dúvidas, era minha prioridade.

Eu nem queria mais dar bronca no ex-meliante nem nada do tipo, porque nada do que eu falasse parecia ser castigo pior do que aquilo que ele estava sentindo. Jhonatan entendeu, da forma mais dolorosa, o quanto uma vida errada desse jeito só traz malefícios, mesmo que estivesse tentando sair dela há tanto tempo.

Já seu irmão não teve a mesma sorte, e isso era tão doloroso para mim. Não conseguia imaginar o quanto estava sendo *tão mais* horrível e lancinante para ele.

Parecendo ter noção de que precisaria chegar a Cecilia antes que alguém falasse com ela primeiro, com anúncios que soassem completamente insensíveis, Jhonatan pediu para que eu me erguesse e se ergueu também, em seguida, sentando ao meu lado e puxando os coturnos.

— Desculpe por ter tirado de você, eu achei que você ia dormir direto — falei baixo, meio sem graça, esperando que calçasse os sapatos.

— Não tem problema, Nick. — Jhonatan respirou fundo, em meio a soluços baixos. — Eu calço rápido — completou, realmente enfiando os pés nos coturnos e amarrando com agilidade, apesar dos olhos inchados pelo choro.

Quando terminou, olhou para mim e fungou, me fazendo perceber como ele parecia sem jeito em lidar comigo, agora que a adrenalina do primeiro contato havia baixado um pouco.

E nós ainda estávamos, tecnicamente, brigados.

Tendo em mente a necessidade que eu tinha, naquele momento, de não agravar seu estado tão triste, levei a mão à frente, até o punho chegar perto do seu e entrelaçamos nossos dedos, depois puxei sua mão para mim e beijei o dorso de sua pele devagar.

Jhonatan fungou novamente e sorriu, fraco e triste, trazendo nossos dedos entrelaçados até a sua boca e repetindo o beijo, agora no dorso da minha mão. Antes que pudéssemos sair, fiquei de pé e fui até sua mesa de estudos, enchendo o copo com água e o entregando, junto a um comprimido do calmante que normalmente tomo.

— Você tomou energético de madrugada? — perguntei, calmo, mas preocupado, já que ele poderia ter dividido a bebida com o seu colega de bando.

Ele negou, fraco.

— Certo... isso aqui é um calmante — expliquei, tendo em vista sua confusão ao ver a pílula. — Se você precisar de mais, nós vamos a um psiquiatra, ok? Esse é emergencial, para você ficar um pouco melhor agora.

Ele concordou, pegando o remédio da minha mão e engolindo com a água que ofereci, depois levantou da cama e colocou o copo na mesinha.

— Vamos? Pega seu casaco. O Sol já nasceu, mas o vento está forte e gelado — concluí, ajeitando minha jaqueta no corpo e a fechando um pouco mais.

Assentindo, andamos até a sala de seu apartamento, onde ele apanhou a jaqueta que eu havia lhe dado, em cima do braço do sofá, e a vestiu. Mantendo minha bolsa pessoal ao lado do sofá, peguei apenas a pequena mala de primeiro socorros, as chaves do carro, minha carteira com documentos e meu celular.

Observei Jhonatan, deixando que ele fosse até a porta e a abrisse. Logo depois, o acompanhei, e antes que ele pudesse fechar o apartamento, a figura de Luca apareceu, saindo do elevador, vindo em direção a nós dois.

— Tudo certo com o garoto? — perguntei, preocupado, observando Luca respirar fundo e jogar o cabelo para trás, com o rosto acabado e cansado, mas parecendo, de alguma forma, aliviado.

— Tudo. Eu tô verificando pelo meu aplicativo, o cara já vai chegar na casa dele.

— Desculpe, Lu — Jhonatan, até então calado e olhando para o chão, falou para seu amigo, enquanto eu enfiava minhas coisas na bolsa de primeiros socorros e os observava.

Sua voz soou quebrada e ele parecia prestes a voltar a chorar a qualquer momento. Luca se aproximou, sem jeito, do seu corpo e afagou suas costas, em um meio abraço frouxo.

— Nada, cara, desculpe por não saber como te ajudar quando você chegou — ele disse em tom baixo, enquanto Jhonatan fungava.

— Você fez o que pôde... — respondeu, com a voz ainda vacilante.

— A gente vai dar uma saída, vamos falar com a Ceci e voltamos mais tarde, ok? — me adiantei a falar com Luca, assim que percebi o choro voltando a brotar na voz de Jhonatan.

Ele estava frágil demais para falar qualquer coisa, e eu iria tentar poupá-lo de se quebrar ainda mais por dentro, mesmo que precisasse tomar a frente de suas atitudes. Concordando com a cabeça, Luca entendeu o que iríamos fazer, e depois de nos despedirmos brevemente, descemos de elevador até a portaria do prédio, onde meu carro estava estacionado.

7.1
ALDEBARAN

Jhonatan não quis ouvir música, apenas baixou o vidro do carro e cruzou os braços em cima da janela, olhando a estrada por todo o percurso que fizemos.

Mal nos falamos no caminho, e eu não o forcei, apenas perguntei o endereço e, colocando no GPS, deixei que o aplicativo me guiasse, com

Jhonatan me indicando, muito raramente, alguma rua melhor a ser seguida para sua antiga casa.

Pelo que me contou, já fazia alguns meses que Cecilia havia se mudado definitivamente para a casa deles, por isso estávamos indo para lá. O som da estrada sendo passada com velocidade a nossa volta não emitia barulho o suficiente para emudecer as fungadas violentas e o choro baixo do tatuado ao meu lado.

Por todo caminho, seu peito tremia, subia e descia, evidenciando o quanto ele estava sofrendo a cada segundo que pensava em seu irmão. Toda vez que não precisava usar a marcha, minha mão ia de encontro a sua e eu entrelaçava nossos dedos, fazendo um carinho sutil pelo dorso de sua pele. Carinho que ele retribuía silenciosamente, segurando minha mão com certa força.

Eu respeitava seu silêncio na mesma medida que demonstrava que estava ali para ele e por ele.

Depois de, aproximadamente, uma hora de viagem, senti seus dedos se afrouxarem e, quando percebi, notei Jhonatan com o rosto caído demais em direção à janela. Tendo estado acordado há mais tempo do que poderia contar, era óbvio o seu cansaço e não me chocou que ele estivesse adormecido.

Parando o carro suavemente em um acostamento da rodovia, o acordei devagar, para que não se assustasse, e abaixei seu banco, até que ele estivesse completamente reclinado para trás e ele pudesse, realmente, deitar.

O ouvi resmungar algo, falando que não precisava, mas insisti, não o permitindo negar. Jhonatan parecia esquecer que eu era médico residente e sabia identificar sinais de esgotamento físico com muita facilidade. E os dele estavam quase extrapolando todos os limites.

Certo do meu diagnóstico, voltei a ligar o carro, e não demorou mais de 5 minutos para retornar à estrada e para que ele estivesse dormindo profundamente. Jhonatan chegava a roncar meio alto, dessa forma que se ronca quando se está tão esgotado, fisicamente e mentalmente, que seu corpo dá todos os alertas de que você precisa continuar dormindo.

Infelizmente, seu sono não parecia calmo, muito menos tranquilizador, porque, abraçando os próprios braços, Jhonatan espremia os olhos, como se algo de muito aterrorizador estivesse passando pela sua cabeça.

Eu dirigia, mal prestando atenção a toda terra montanhosa que havia a minha volta, porque olhava para o rosto do meu namorado sempre que podia, e era nítido como ele parecia ter pesadelos.

As grandes montanhas em torno do distrito de Burto faziam a região ser mais pacata e cada vez com menos casas, apesar de estarmos nos aproximando de um pedaço mais movimentado, até com prédios pequenos.

Ainda assim, o lugar era bonito, tinha um cheiro bom e me remetia a um certo conforto. Gostaria de poder visitar aquele canto com mais calma qualquer hora dessas.

Não sei se felizmente ou infelizmente, o GPS anunciou entrar em uma rua, uma subida alta, que parecia a da sua casa, então precisei acordá-lo para que me indicasse onde morava.

Talvez felizmente...

Doía demais vê-lo tendo pesadelos dessa forma.

— Jhon... — chamei baixo, repousando a mão sobre seu braço e o acariciando com calma.

Foi preciso mais algumas tentativas para que ele acordasse, e quando o fez, acabou se assustando e sacudindo o corpo, com um espasmo amedrontado.

— Calma, sou eu — falei, deslizando a palma pelo seu braço, até segurar sua mão e acariciar seus dedos devagar. — Estamos chegando, eu preciso saber onde você mora.

Jhonatan ajeitou o banco e voltou a ficar sentado normalmente, passando os dedos pelos fios de cabelo e os ajeitando para trás, enquanto pigarreava e espremia os olhos sonolentos, olhando para a rua a sua frente.

— É depois daquela árvore grande ali, Nicolas, não precisa subir muito não — ele disse, meio rouco, com a voz pincelada por um sono que não saía dele, apontando para um pinheiro negro, alto e imponente.

Seguindo suas recomendações, continuei dirigindo até que ele me falasse para parar o carro, e quando o fiz, desliguei tudo, fechando as janelas e tirando meu cinto.

Eu saí do carro, peguei minha bolsa de primeiros socorros, porque não sabia se ela seria necessária, depois dei a volta. Jhonatan ainda estava sentado no banco do carona, enfiando as mãos no rosto, respirando tão fundo, que seu peito parecia estar doendo. Ele não queria fazer aquilo, e seu sofrimento era praticamente palpável.

Abri sua porta devagar, abaixei o corpo, ficando na altura de suas pernas, coloquei as mãos em seus joelhos e olhei para ele, acariciando o tecido jeans escuro, enquanto o deixava tomar o tempo que precisasse.

Jhonatan chorou mais uma vez, fungou, soluçou, parecendo destruído de novo, mas tomando uma coragem que eu não sabia de onde vinha, ele secou as próprias lágrimas e, sinalizando que estava pronto, com um *"sim"* fraco com a cabeça, saiu do carro.

Me levantei junto a ele e, depois de fechar o veículo, deixei que fosse na frente, por não conhecer nada dali. A fachada de sua casa era bonita, mas malcuidada, provavelmente por conta de todos os anos que ele e Samuel ficaram sozinhos e não ligaram muito para decoração e coisas do tipo.

Não dando importância para nenhum aspecto físico do imóvel, o observei parar na frente de sua porta, tirar um molho de chaves do bolso, com apenas cinco chaves, e enfiar uma delas na fechadura.

— Ela já deve estar acordada — disse, respirando fundo e checando as horas no visor do celular, antes de enfiá-lo no bolso traseiro mais uma vez.

Eram 11h25 da manhã, e um leve barulho de televisão podia ser ouvido no interior do local. Abrindo a porta devagar, parecendo ter cuidado ao entrar em casa, Jhonatan segurou minha mão e me puxou para dentro.

Seus dedos entrelaçados me seguravam com tanto afinco, que pareciam um pedido silencioso de ajuda e suporte direcionado a mim. E eu daria todo apoio que ele precisasse naquele momento.

Quando entramos na sua sala pequena, quase do tamanho da minha, nos deparamos com a figura baixa de Cecilia usando uma camisa preta e imensa, que deveria ser de Samuel. Ao nos perceber ali, a menina abriu um sorriso enorme e quase pulou do sofá, correndo até Jhonatan, que largou minha mão.

A camisa larga escondia bem sua gravidez, mas conforme ela andava em nossa direção, era nítido o quanto havia uma protuberância bonita e redonda por trás daquele tecido.

— Jhona! — ela quase gritava de alegria, o abraçando. — Que saudade, garoto!

Aquilo esfaqueou o meu coração.

Mal imaginava o que Jhonatan havia sentido.

— Nicolas! — ela me percebeu, soltando Jhonatan e vindo me abraçar. — Meu Deus, o Jhonatan conseguiu te arrastar pra esse fim de mundo?

Ela sorria, sonolenta, com o cabelo para o alto, não parecendo se importar com muita coisa, mas aparentando estar genuinamente feliz em nos ver. A cada segundo, doía ainda mais...

— Oi, Ceci... — respondi, sem muito ânimo, mas tentando manter a educação, retribuindo seu abraço com a mesma força com a qual ela me abraçava, sentindo a ponta de sua barriga encostando em mim.

Ouvindo o choro de Jhonatan...

— Jhona, o que foi? — Como se tivesse um radar dentro de si, seu humor mudou totalmente ao ver o choro do cunhado. — Ele tá demorando demais hoje, cadê meu monstrão? Onde tá teu irmão?

Sua voz era confusa, me soltando e indo para a frente de Jhonatan novamente, segurando o braço dele e o fazendo olhar para ela de forma ainda gentil.

— Jhona, ele tá lá fora? Tá arrumando as coisas no carro, é isso? — sua voz ia perdendo o ânimo a cada nova palavra pronunciada.

E era perceptível o quanto ela, gradativamente, começava a entender o que acontecia...

— Jhonatan, onde está Samuel? — Cecilia soou séria.

Ela engoliu em seco e largou o braço de Jhonatan, dando alguns passos para trás, analisando o semblante destruído de seu cunhado, que voltava a chorar com violência.

— Eu não vou conseguir, Nick... por... por favor, fala pra... ela... — Jhonatan disse, entre soluços.

Se jogando sentado no sofá, ele gritou um choro que rasgava sua alma de dentro para fora, clamando por minha ajuda naquele momento.

— Fala pra ela o quê, Nicolas? — Cecilia olhou para mim, com a voz embargada por um choro que brotava fácil em seus olhos.

Porque ela já sentia...

— Ceci... — comecei, respirando fundo e me aproximando de seu corpo, enquanto Jhonatan desfalecia no sofá. — Começaram a atirar no lugar em que eles estavam ontem...

Jhonatan deslizou do sofá para o chão, enterrando o rosto no meio dos joelhos, enquanto sua voz dolorosa não parava de ecoar pela sala.

— Tentaram atirar no Jhonatan — expliquei, vendo as mãos pequenas de Cecilia sendo levadas até à boca, tentando conter um pavor que se instalava em todo seu corpo. — O Samuel, ele...

Cecilia balançava a cabeça freneticamente, negando as coisas que eu contava naquele momento.

— Ele se pôs na frente do Jhonatan... Ele fez isso pra salvar o irmão.

— Não! Não, o meu Sam não! Não, Nicolas! — ela gritava, talvez mais profunda e dolorosamente do que Jhonatan. Ou igual.

Sua voz era fina, aguda, sofrida, inundava todos os cômodos daquela casa. Inundava o bairro, a cidade...

Toda Caelum parecia sentir sua dor.

Eu a sentia, Jhonatan também. Sua tristeza jorrava por todos os poros do seu pequeno corpo, enfraquecendo seus joelhos e a fazendo não ter mais forças para sustentar o próprio peso. Seus olhos reviraram e se fecharam, e ela começou a deslizar, enfraquecida, o que me fez correr e segurá-la antes que fosse ao chão.

Jhonatan, em pânico, levantou, correndo, e me ajudou a trazê-la comigo até o sofá, no qual a colocamos deitada. Pegando minha bolsa de primeiros socorros, tirei meu estetoscópio de lá e ouvi seu coração, depois aferi sua pressão.

Sua respiração, antes fraca, agora voltava ao normal aos poucos, assim como sua pressão, não tão alarmante, então pedi para que Jhonatan trouxesse um travesseiro e a acomodei ali, sentando no chão, ao lado de seu corpo, e passando o diafragma do estetoscópio por sua barriga, percebendo as movimentações, também agitadas, de seu bebê, mesmo que não pudesse ouví-lo com propriedade.

Jhonatan, sem saber o que fazer e parecendo mais agitado do que o normal, andava de um lado para o outro, com as mãos na cabeça, respirando tão pesadamente, que conseguia ouvir o ar saindo de seus pulmões. Levantando devagar, segurei na mão do tatuado, que pareceu sair da sua prisão mental de pânico e parou na hora, olhando para os meus dedos, que se entrelaçavam aos seus.

— Ela teve um desmaio, mas parece estar bem. Vamos esperar que acorde e levá-la para o ACH, ok? Lá eu posso cuidar dela melhor. Aqui não consigo fazer muita coisa nem checar os batimentos do bebê...

Jhonatan assentiu, apertando meus dedos com força e colando o corpo ao meu mais uma vez, daquela forma exausta em que ele jogava o peso por cima de mim, encostando a testa no meu ombro e me pedindo por apoio com todos os seus poros.

Atendendo ao clamor de seu corpo, o abracei com força, sentindo seus espasmos ao respirar e soluçar ao mesmo tempo. E só ali, depois de todo tempo que estivemos juntos, no silêncio daquela sala em que eu nunca estive, foi que percebi o quanto a saudade daquele cheiro, de tabaco misturado com café, e de seu toque bruto, esmagavam meu coração.

Como eu sentia falta de Jhonatan e como queria vê-lo sorrindo mais uma vez, daquela forma descontraída e sem vergonha, que denunciava o quanto as coisas iam ficar bem, não importa o que acontecesse.

Mas, naquele momento, com aquele semblante, eu já não tinha certeza de como ele iria ficar dali em diante, só torcia, com todas as forças do meu corpo, para conseguir ser seu amigo e dar o apoio que ele precisasse.

Parecendo atento a todos os sinais de carinho que eu lhe dava, mesmo que despretensiosamente, Jhonatan roçou os lábios pelo meu pescoço, me apertando ainda mais naquele abraço, que, até então, era fraco de sua parte. Ele subiu a boca até minha bochecha, distribuindo selares calmos e sem nenhum traço de indecência, o que se confirmou quando sua voz foi sussurrada próximo ao meu ouvido:

— Obrigado por estar comigo agora, Nick. — Ele beijou meu rosto mais uma vez e voltou a me abraçar com força.

Eu quis responder e dizer para ele que eu nunca o abandonaria, mas, no mesmo segundo, um resmungo feminino e doloroso foi ouvido, e se soltando do abraço, nós dois nos viramos em direção a Cecilia, que despertou e parecia abrupta ao se levantar. Seus olhos mal abriam e ela já estava chorando novamente.

— Não, Ceci, fica deitada — disse, me aproximando, segurando sua cabeça e voltando a apoiá-la no travesseiro. — Nós vamos levar você para o Astra Centro Hospitalar, certo? Pra ver se está tudo bem contigo e com o bebê.

— Eu não... — Ela fungava, fechando os olhos e os espremendo com força, balançando a cabeça negativamente, com dificuldade de falar.

Eram quase palpáveis as dores que a rasgavam de dentro para fora naquele momento.

— Eu não tenho... plano de saúde nem dinheiro pra isso agora, ainda não recebi — sua voz saía sofrida, da forma que ainda sairia muitas vezes.

— O diretor do hospital tem medo de eu denunciar ele, então ele não vai se importar em fazer um check-up de rotina em uma gestante. Não se preocupe com isso.

Era um abuso da minha parte, mas às vezes eu precisava tirar proveito de algumas vantagens. Ela assentiu, parecendo entender que aquilo seria melhor para ela no momento.

Cecilia permaneceu sentada por algum tempo, meia hora, uma hora, não fazia ideia, mas ela precisava chorar e ainda choraria mais. Lágrimas saíam dos olhos das três pessoas naquela sala, sendo o meu choro o mais silencioso deles.

Encorajada por mim, com todo carinho e afeto que eu possuía, ela se levantou devagar e, com a minha ajuda, foi até o quarto. Jhonatan tinha infinitamente mais intimidade com Cecilia do que eu, mas assim que ela se levantou, ele se sentou, voltando a enterrar o rosto nas mãos e, provavelmente, a chorar.

Eu não poderia exigir nada dele naquele momento, então precisei tomar as rédeas da situação como nunca imaginei tomar. Nem Cecilia parecia conseguir pensar com clareza.

— Ceci, separa algumas roupas pra você passar uns dias com a gente — disse com calma, observando-a tirar uma pequena mala do seu armário que devia dividir com Samuel.

— Eu não posso, Nicolas, eu tenho... meu trabalho — ela dizia, entre soluços.

Ela estava atordoada demais com tudo que sentia e parecia se esforçar muito para manter qualquer conversa conosco.

— Eu tenho dinheiro o suficiente pra você não precisar trabalhar por um tempo — foi Jhonatan quem apareceu no quarto, parecendo ter ouvido a conversa, por causa da proximidade com a sala. — Ainda tem... toda a grana do Samuel. Você não pode trabalhar agora, pode não fazer bem pro bebê.

— Jhona, eu sou caixa, fico sentada — sua voz soava melancólica, cansada, como se estivesse travando uma batalha interna, que a estava matando.

Cecilia ainda parecia em choque, mesmo lutando para tentar lidar com a gente. Com o que pedíamos a ela.

Em conversas passadas, Jhonatan já havia me confessado o quanto a cunhada não suportava ser bancada por ninguém, nem por Samuel, e o quanto ela se sentia bem em trabalhar e ter o próprio dinheiro, mas agora a situação havia mudado...

Havia outras coisas em jogo. Uma criança.

— Eu sei que você pega até estoque pesado às vezes, Ceci... Por favor, fica com a gente um tempo — sua voz soava firme, destoando da fragilidade que o consumia momentos atrás.

Ele parecia ter tomado para si a responsabilidade de cuidar de sua cunhada e estava, claramente, mais preocupado com ela e seu sobrinho do que consigo mesmo.

Respirando fundo, Cecilia pareceu consentir com Jhonatan e, de forma calma e lenta, porém destruída, terminou de arrumar sua bolsa. Quando perguntamos sobre as coisas do seu filho, ela disse que ainda não tinha tido tempo de comprar nada, mas pegou uma pequena caixa de sapatos novos de bebê, olhando para eles de forma saudosa e dolorosa.

— Foi Samuel quem comprou. Ele comprou correndo e me deu... antes de ir pro trabalho — falou, banhada em choro, começando a ter dificuldade para respirar. — Os primeiros sapatinhos...

Suas mãos abriram a pequena caixa, revelando um par minúsculos de tênis *All Star* pretos, tão pequenos que pareciam chaveiros, de numeração que sei que só serviria no primeiro mês de vida da criança.

— Guarda na mala, vai ser usado assim que ele nascer — disse, aproximando-me dela, pegando a pequena caixa de suas mãos trêmulas e a fechando. — E ainda vamos te ajudar a comprar muito mais coisas, ok?

Assentindo e passando o dorso das mãos pelo nariz vermelho e inchado, Cecilia guardou os sapatinhos na sua mala e, logo depois, terminou de arrumar tudo, enquanto eu percebia Jhonatan escorado na parede do quarto, próximo à porta, chorando silenciosamente.

Infelizmente, ver Jhonatan chorar seria um quadro contínuo na nossa realidade até as coisas acalmarem em seu coração. Mas eu não iria forçá-lo nem o apressar a lidar melhor com isso, além de tudo ser recente demais.

Respeitar seu tempo, o tempo dos dois, era primordial naquele momento.

7.2 TAYGETA

Tendo aprontado tudo, Jhonatan pegou a bolsa de Cecilia, eu guardei minhas coisas e peguei minha própria bolsa. Saímos de sua casa depois que ela trocou de roupa, e então, ele fechou tudo. De forma dolorosa para todos, com certeza ainda mais para eles, deixamos seu antigo lar, após acomodarmos Ceci confortavelmente no banco de trás. Ela trouxe consigo o mesmo travesseiro que usou no sofá, para que não sentisse muita dor na lombar por causa da longa viagem até Astra.

Depois que liguei o carro, também liguei o som baixinho, deixei tocando uma *playlist* calma de piano, que sempre me relaxava, e momentos depois, observei um Jhonatan sonolento, ao meu lado, e uma Cecilia ainda mais sonolenta no banco de trás.

Deixei que dormissem, pois queria que descansassem o tempo que fosse preciso, para fugir da realidade de merda que era perder alguém que se amava tanto.

Aproximadamente quatro horas depois, após uma viagem que demorou bem mais do que o previsto, pelo trânsito extremamente difícil que enfrentamos, estávamos no estacionamento do hospital, onde os ânimos pareciam estar menos alterados, mas ainda inegavelmente tristes.

— Você quer vir com a gente ou prefere ficar no carro? — falei, olhando para Jhonatan, enquanto ajudava Ceci a sair do veículo.

— Eu não quero ficar sozinho, Nick — ele disse baixo, parecendo culpado em me segredar sua carência e desejo de companhia constante.

Porra, que dor infinita existia no meu coração naquele momento, vendo-o naquele estado.

— Não precisa ficar, vem comigo — soei meigo, deslizando a mão pelo seu braço, até entrelaçar os dedos aos seus, quando o carro já estava fechado.

Meu outro braço era dado a Cecilia, que o aceitava e me segurava, se apoiando em mim, enquanto andávamos devagar para dentro do hospital. Quando entramos, os levei até o saguão principal e sinalizei para que sentassem e aguardassem um momento, até que eu localizasse a pessoa que precisava.

— Boa tarde, Débora — falei, simpático, com a recepcionista já conhecida. — Você sabe me dizer onde a Jess está agora?

— Oi, doutor — ela devolveu a simpatia, olhando para tela do computador, parecendo buscar a informação que eu lhe pedia no momento. — Vou checar, só um segundo.

Enquanto a recepcionista fazia seu trabalho, olhei suavemente para trás, observando Cecilia deitada no ombro de Jhonatan, segurando sua mão, enquanto a outra coçava os olhos o tempo todo. Me perguntava se era cedo demais para dizer que também amava Cecilia e toda essa atmosfera de "família e aconchego" que ela transmitia para mim.

Eu só queria que eles ficassem bem outra vez...

— Ela está em atendimento, tem mais um quando acabar esse e depois está livre. Quer que eu a bipe? — a voz de Débora soou, fazendo-me olhar para a frente e lhe dar atenção.

— Sim, por favor, diz que eu estou aqui, a aguardando — respondi, educado, dando um aceno para a recepcionista e me distanciando de seu posto de trabalho.

Eu poderia pedir por uma médica que, realmente, fosse da área de obstetrícia, mas não queria correr o risco de ter Yan enchendo o meu saco por ter uma paciente não-pagante nos registros recentes. Se Jess a atendesse, não teria nenhum registro.

Em passos calmos, andei em direção a Jhonatan e me sentei ao seu lado, passando a mão pelas suas e as de Cecilia, que ainda estavam seguradas, e apertando as duas carinhosamente.

— Só esperar um pouco, ok? Você já vai ser atendida, Ceci.

Ela sorriu suavemente para mim, concordando de forma sutil, depois recostando novamente a cabeça no ombro de Jhonatan. Soltando as mãos dos dois, encostei na cadeira e observei o corredor lateral, esperando que ele revelasse a imagem da minha amiga o mais rápido possível.

Com a previsível demora, ouvindo meu estômago roncar com brutalidade, me levantei e fui até o refeitório do hospital, não muito distante dali, trazendo sanduíches para nós três, suco de uva para Cecilia e café para Jhonatan e para mim. Não era uma grande refeição, mas se aproximavam das 17h30 e nenhum de nós havia comido nada até o momento.

Os trabalhadores da cozinha gostavam de mim, então esse era mais um abuso de poder que eu acabava cometendo. Mas na atual situação, não conseguia me sentir culpado por alimentar uma gestante viúva, muito menos um irmão enlutado.

Jhonatan comeu tudo muito rápido e ainda pegou metade do pão de Cecilia, que, talvez pelo nervosismo, não estava com tanta fome, mas a estimulei que tomasse o suco inteiro.

As pessoas lidam com as coisas de maneira diferente, era muito claro ao olhar para os dois.

Quando todos nós já havíamos terminado as pequenas refeições, peguei todos os utensílios descartáveis e os joguei no lixo, indo e voltando do refeitório para devolver a bandeja na qual havia trazido tudo. No momento em que me sentei, notei minha amiga aparecer, apressada, vindo na nossa direção.

— Ué, *Mister* Caelum, não estava de folga? — Olhei feio para ela, em repreensão pelo apelido, já que havia várias outras pessoas no local. — Quer dizer… — Ela pigarreou, segurando o riso. — No que posso ajudá-lo, Dr. Hadriel?

Olhei para o lado, sinalizando o motivo da minha visita. A médica comprimiu os olhos, vagueando por Jhonatan e, logo após, percebendo a figura pequena da mulher que ela conhecera no dia do meu aniversário.

— Ceci? Você está bem, querida? — ela falou de forma carinhosa, aproximando-se de todos nós e dando atenção especial a Cecilia.

— Oi, Jess — a cunhada de Jhonatan cumprimentou, sem ânimo, mas com um sorriso pequeno e tentando ser educada.

— Jess, a Ceci está grávida e teve um desmaio. Ela não caiu no chão, mas eu preciso ter certeza do seu quadro. Podemos atender ela em uma das salas privativas da maternidade? Acha que consegue? — sussurrei de forma que apenas nós pudéssemos ouvir.

Sendo residente da pediatria, Jess tinha ainda mais facilidade para ir e vir da Ala da Maternidade, e fazer um exame de rotina ou uma ultrassonografia emergencial não seria nada difícil. Afinal, mesmo tendo áreas distintas da residência, a gente meio que sabia fazer de tudo naquele hospital. Era praticamente obrigatório no governo do tirano do Yan.

— Claro que sim — ela respondeu de forma suave, tomando Ceci pela mão e a ajudando a se levantar, seguindo pelos corredores.

— Vamos com elas — falei baixo para Jhonatan, levantando-me junto dele e segurando sua mão.

Ali, acariciei o dorso de seus dedos e fomos seguindo minha amiga e sua nova paciente, enquanto elas andavam em direção ao elevador que nos levaria ao andar da maternidade e obstetrícia.

Percebi alguém atrás de mim e vi que Débora nos seguia. Ela se espantou quando virei meu corpo, a encarando.

Franzi o cenho.

— Precisa falar comigo? — perguntei baixo, mas preocupado, já que alguém poderia ter me visto no hospital e deduziu que eu estava de plantão.

— N-não... — ela gaguejou. — Achei que me chamaram. Até, doutor!

Acenei brevemente e, percebendo Jhonatan abalado demais para dar atenção à situação esquisita, continuei andando. Quando chegamos ao saguão que Jess faria o atendimento, eu e Jhonatan ficamos sentados no pequeno corredor, na frente da sala de exames, e deixei que ele deitasse a cabeça no meu ombro, sem soltar sua mão por nem um segundo sequer. Até Jess aparecer, alguns momentos depois, e me chamar para entrar.

— Nicolas, vem aqui, por favor? — minha amiga chamou, colocando só a cabeça para o lado de fora da sala.

Assentindo, dei um beijo no dorso da mão de Jhonatan e me levantei devagar.

— Eu já volto, Jhon — disse, antes de perceber sua cara angustiada, provavelmente pensando que havia algo de errado acontecendo com sua cunhada.

Entrando na sala, me deparei com Cecilia na maca de exames a gestantes, daquela forma meio deitada, meio sentada. Sua barriga estava para fora, bonita e redondinha, ainda pequena, mas já definida, e o gel da ultrassonografia brilhava por cima de sua pele, enquanto Jess passava o transdutor sobre ela.

— Tudo bem por aqui? — falei, aproximando-me de Ceci, segurando sua mão e olhando o monitor ao seu lado, que revelava a pequena vida gerada dentro dela.

— Está, mas ela precisa de repouso — Jess começava de forma calma, desalarmada, mas séria. — Todo esse trauma psicológico pode atingir diretamente o sistema nervoso dela, então é melhor que ela não pegue peso, não arrume nada e descanse o máximo que conseguir — ela prosseguiu, evidenciando que Cecilia lhe havia contado o motivo de seu desmaio. — E eu preciso que você a traga pra mim se *qualquer* coisa acontecer.

— Mas... o meu trabalho... — ela voltava a dizer, segurando minha mão com força.

— Eu vou arrumar uma licença médica pra você, ok? — Jess dizia, olhando para a cunhada de Jhonatan com carinho. — Mas você precisa se afastar das suas funções agora.

Parecendo concordar com Jess, apesar de claramente relutar, Cecilia assentiu, e por alguns segundos, ficamos observando o visor da tela que mostrava os pequenos membros, os pés e as mãos, em formação.

— Eu posso... — falei, quebrando o silêncio. — Posso chamar o Jhonatan... para ver o bebê?

Fraca, Cecilia me encarou e, deixando uma pequena lágrima rolar pelo canto de seus olhos, concordou com a cabeça, percebendo o mesmo que eu. Jhonatan ainda não havia visto o sobrinho, e talvez aquilo fosse muito para o seu coração, mas eu não poderia negar a ele essa oportunidade de um primeiro contato.

Soltando os pequenos dedos de Cecilia, me distanciei de seu corpo e fui até o corredor, me colocando na frente do tatuado, que estava com aquela mesma postura arrasada, adotada involuntariamente nas últimas horas.

— Jhonatan? — chamei, fazendo-o levantar o rosto e me olhar.

— Está tudo bem com ela? — perguntou, levemente assustado, fungando mais um pouco.

— Sim, está sim — respondi, aproximando-me de seu corpo e me abaixando, até que sentasse nos próprios calcanhares e o olhasse assim, de perto. — Você quer ver, Jhon? — Ele me olhou, comprimindo as sobrancelhas, não entendendo ao que eu me referia. — Quer ver o bebê? — concluí, segurando suas mãos e acariciando o dorso de seus dedos.

Jhonatan pareceu precisar de um segundo ou dois para analisar o que eu acabara de propor a ele, mas sua resposta não tardou a vir. Com os olhos cheios de lágrimas, ele respirou fundo e assentiu, sem capacidade de verbalizar sua vontade naquele momento.

Me levantando e ainda segurando suas mãos, o puxei devagar, para que ele se erguesse junto a mim, e soltando apenas uma das mãos, fui na sua frente, abrindo a porta e entrando na sala devagar, enquanto o puxava gentilmente. Jhonatan segurava meus dedos de forma nervosa, quase tremulante, conforme nos aproximávamos de Cecilia e Jess.

— Oi, Jhona... — a voz de Cecilia soou baixa e fraca, quando ele encostou o quadril na maca e, largando minha mão, segurou os dedos finos de sua cunhada com carinho.

Eu, respeitando o momento dos dois, apenas dei um passo para trás, observando Jhonatan olhar confuso para o monitor a sua frente, que ainda não mostrava definição alguma, dado o fato de Jess estar colocando o gel novamente, a fim de mostrar o que ele estava tão ansioso para ver.

No momento em que o rostinho do bebê apareceu na pequena tela, vi Jhonatan segurar os dedos de Cecilia com força e levar a mão livre ao rosto, sacudindo o corpo, à medida que um choro brutal brotava em si, causando espasmos no seu peito.

— Esse é o seu sobrinho — sua cunhada disse, começando a chorar junto a ele.

— Ceci... ele é... — Jhonatan soluçava, não contendo o próprio choro. — Meu Deus, ele é lindo, meu sobrinho é lindo.

Sua voz dolorosa confessava a beleza daquela criança, mesmo que o que nós estivéssemos vendo ali fosse apenas um leve vislumbre de como seria a real forma daquela vida.

E assim, Cecilia e Jhonatan se encontravam envolvidos por uma atmosfera que misturava dor e felicidade, na mesma proporção: a dor de perder alguém tão importante em contraste à felicidade de ganhar outra vida da mesma importância.

Vida e morte estavam de mãos dadas.

E de forma silenciosa e contendo meu sofrimento, tão pequeno em relação às suas dores, eu também chorava. Chorava por ela, chorava pelo bebê, mas chorava, principalmente, por Jhonatan. Pela forma lancinante que seu coração batia naquele momento, por não poder arrancar todas as dores de seu peito. Por perceber que todo aquele jeitão, que tentava amedrontar, cheio de cicatrizes e tatuagens, palavrões e cigarros, era apenas fachada para uma pessoa que não aguentava mais sofrer.

Que não aguentava mais perder ninguém.

E ali, me aproximando do seu corpo, o abracei por trás, repousando a bochecha nas suas costas, enquanto sentia sua respiração, falhada pelo choro, continuar tremulando, à medida que suas lágrimas não se findavam.

Ele nada falou, apenas desceu a mão úmida, antes em seu rosto, até meu braço, que o enlaçava, e me apertou, enquanto eu continuava o abraçando e dizendo, com toda minha alma, que ele não perderia nenhuma outra pessoa.

Que ele não me perderia.

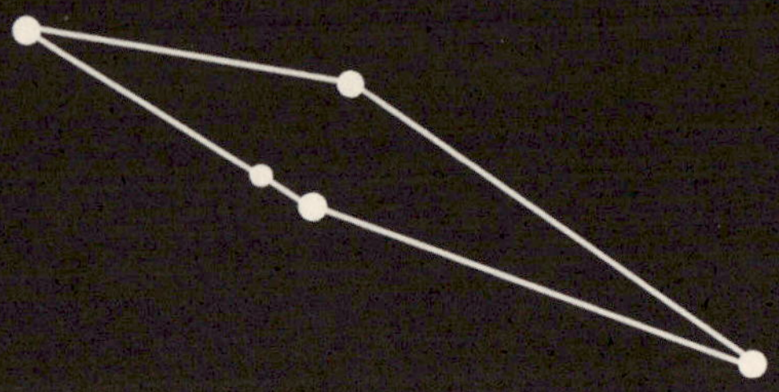

8

SCUTUM

Jhonatan

A visão no monitor esmagava meu coração. Me destruindo, me consertando.

Aquela vida mostrada ali mal sabia, mas seus batimentos me ajudavam a me lembrar dos meus próprios. Me lembravam que eu ainda estava vivo e precisava continuar, porque foi o último desejo de Samuel.

De que eu cuidasse de Cecilia... que cuidasse de seu filho.

E mesmo que meus lábios não tivessem prometido a ele, me comprometi a fazer seus últimos anseios. Sim, iria cumprir a promessa. O apoio de Nicolas, que eu, até então, não fazia ideia se iria continuar comigo ou não, era mais uma cura anexada ao meu dever para com aquele bebê, porque, sem aquele médico ali, doeria mais.

Eu sofreria mais, choraria mais...

Porra, eu estaria no chão.

Mais alguns minutos se passaram com todos nós ali, observando aquela criança agitada, que, provavelmente movido pelas emoções da mãe, se movimentava, da sua forma e nas suas limitações, dentro do ventre da minha cunhada.

Quando Jess sinalizou que o exame havia chegado ao fim, já estendendo o tempo que pôde ao nos dar aquele momento em família extenso, todos agradecemos pela sua ajuda e por ter sido tão gentil. Mas, segundo Nicolas, ela tinha pacientes para atender e não era justo que nós atrapalhássemos ainda mais seu plantão, mesmo que Jess afirmasse várias vezes o quanto não era nada e que poderíamos chamá-la caso precisássemos novamente.

Igualmente demorada foi nossa ida para casa, uma vez que passava, e muito, das 19h quando, enfim, conseguimos deixar o hospital.

Apesar de ser sábado, ainda havia muitas pessoas trabalhando e toda a porra do país parecia querer ir para casa ao mesmo tempo, abarrotando as rodovias que nos levavam até o lugar em que eu morava, mesmo que fosse tão ridiculamente próximo. Quase uma hora depois, sentindo meu humor vacilar entre raiva, tristeza e desespero, conseguimos chegar ao meu prédio, com Nicolas estacionando seu carro em uma das minhas vagas e de Luca, já que nós não usávamos.

Ao abrir a porta, me deparei com Luca vendo televisão na sala, mas, assim que nos percebeu entrar, ele levantou, todo nervoso, vindo ao nosso encontro, meio atordoado. Suas mãos se erguiam e se abaixavam algumas vezes, quando se aproximava de nós, e por fim, ele agarrou a mala da mão de Cecilia, mesmo que não entendesse o que fazer com ela.

Luca estava perdido, mas queria ajudar. E ele mostrava, nitidamente, o quanto era o amigo que eu tanto precisava perto de mim. Mais uma vez...

— Eu pedi pizza... — ele começou, com um tom trêmulo que fez meu coração doer ainda mais, porque sabia que aquela era uma tentativa de me confortar de todo jeito possível, e eu amava ainda mais meu amigo por isso. — Eu pedi... pizza pra todos vocês.

Quando meus pais morreram, Luca comprou um saco inteiro de doces e levou para mim no dia seguinte e por vários outros dias, e ele estava exatamente dessa forma: nervoso, querendo me abraçar, sem saber o que dizer, mas, ainda sim, presente e mostrando apoio.

— Já chegou, está... — Ele pigarreava, levando a mala de Cecilia até o sofá e a depositando ali, enquanto entrávamos devagar no apartamento. — Está no micro-ondas. Também comprei refrigerante, comprei chocolate e algumas coisas. Tá tudo na geladeira, ok? Pode comer tudo. Todos vocês podem.

Eu sempre posso comer tudo, ele nunca reclama de comida nenhuma, ainda assim, estava lá, querendo me fazer sentir melhor do jeito que ele conseguia. Dei um sorriso fraco, me aproximando dele e lhe dando um abraço, que foi retribuído sem jeito, com batidas leves nas minhas costas.

— Obrigado, Lu.

— Nada, ranhento — respondeu com carinho, cedendo ao meu abraço e passando a mão na minha cabeça.

Naquela hora, precisei conter o choro, que voltava a crescer na minha garganta, e então, respirando fundo, olhei para trás e vi a imagem de Nicolas abraçando Cecilia, que deitou a cabeça em seu ombro e voltou a chorar.

— Você quer tomar um banho, Ceci? Comer alguma coisa? — perguntei baixo e gentilmente, me aproximando dela e segurando suas mãos pequenas por dentro das minhas, com calma, enquanto Nicolas beijava o topo de sua cabeça e fazia um carinho sutil pelos seus cabelos.

Cecilia chorava ainda mais e deitava o rosto no peito do homem que eu amava. Ele não era íntimo de minha cunhada, ainda assim, estava ali, a consolando como se pudesse sentir sua dor.

E o seu transbordar de empatia ficava cada vez mais claro, ainda mais quando via seus olhos vermelhos marejados por toda aquela atmosfera de dor, que era estupidamente mais forte em mim e Cecilia, mas que, também, claramente, o machucava.

— Eu só quero deitar... — ela respondeu com a voz embargada, fungando alto e sem vergonha nenhuma. — Eu estou com muita dor de cabeça, só preciso dormir.

— Vamos, Ceci, eu te levo pro quarto — falei, calmo, pegando-a pela mão, depois que Nicolas beijou sua cabeça mais uma vez, e direcionei minha cunhada ao meu cômodo.

Já conhecendo meu quarto, por causa da noite que passou aqui com Samuel, no dia do aniversário de Nicolas, Cecilia foi na frente, enquanto fui ao sofá pegar sua pequena mala.

Nicolas ficou na sala, sentado com Luca, e eu levei suas coisas até ela, depositando sua bolsa sobre minha mesa de estudos e depois me sentando ao seu lado. Como já fez tantas vezes, a garota deitou no meu colo e chorou as lágrimas mais doloridas que já vi saindo de seus olhos. Talvez por entender, a cada hora que se passava, como aquilo era real.

Como era dolorosa a verdade de não ter mais Samuel conosco.

— Eu não vou aguentar sem ele, Jhona... — ela quase gritava, se engasgando em choro, enquanto eu passava os dedos grossos pelo seu cabelo, livrando seu rosto de colar os fios por causa das lágrimas que caíam. — Jhona, eu não sei o que fazer...

— Eu também não, Ceci... — respondi, sincero, sentindo o choro voltar a rasgar meu peito e brotar nos meus olhos. — Mas nós vamos... — Respirei fundo, entre soluços, percebendo que minhas lágrimas dolorosas caíam pelo seu cabelo. — Nós vamos dar um jeito, eu sei que vamos.

E eu realmente tentaria dar um jeito, por tudo que Samuel fez por mim, por tudo que ele me pediu.

— Quando vai ser — ela falava com dificuldade, claramente lutando contra as palavras que viriam a seguir — o enterro dele, Jhona? Onde vai ser?

Eu não havia conversado com Nataniel ainda, mas sabia o que aconteceria. Procedimento padrão para todas as pessoas que morriam no bando...

— Não vai ter enterro, Ceci — respondi, engolindo em seco, sentindo aquelas palavras doerem em mim, à medida que iam saindo de minha boca.

— Por que não? — ela perguntou, confusa, fungando um pouco.

Da mesma forma que Samuel me protegia de informações que eu não precisava saber, parecia fazer o mesmo com Cecilia, poupando-a de cargas que ela não precisava ter. Informações sobre enterros era uma dessas cargas.

— O corpo dele vai ser cremado numa funerária, sob comando do Nataniel, e depois nós poderemos decidir o que fazer com as cinzas.

Ela assentiu e pensou, por um segundo, sobre o assunto, antes de voltar a falar:

— Ele gostava do mar... lembra? — perguntou, soluçando e apertando os próprios dedos, enquanto se recordava das memórias que tinha com meu irmão. — Ele falava pra mim que queria comprar uma casa na praia um dia, quando parasse de trabalhar com isso tudo... Ele ia parar, Jhona.

A informação de Cecilia me acertou com força no peito, me fazendo sentir ainda mais dor.

Ele realmente gostava do mar, mas nunca havia falado isso para mim. Sobre definitivamente parar.

Não apenas sobre um "talvez".

Sobre se mudar da casa dos meus pais, sobre morar na praia e ter uma vida normal...

Eu queria tanto que ele tivesse conseguido.

— Serenitas. — Ela pareceu pensar nesse nome por um momento, enquanto passava os dedos nos olhos inchados, os coçando. — Ele queria mudar para lá...

Meu peito apertou mais uma vez. Era um distrito praiano, um pouco depois de Burto, com várias casas e pouco comércio, apesar do movimento turístico aumentar muito em épocas de férias. Um dos meus lugares favoritos no mundo, provavelmente dele também...

— Nós fomos com os nossos pais pouco antes do acidente — contei, segurando um pouco mais do choro que parecia querer ganhar vida violentamente, a qualquer custo, dentro de mim.

As memórias eram lindas, porém dolorosas. Cecilia, me percebendo enfraquecido pelas minhas lembranças, segurou minhas mãos e olhou para mim daquela sua forma carinhosa, que lhe era tão costumeira.

— Serenitas, então, Jhona. — Ela assentiu de forma fraca. Eu fiz o mesmo.

E ficamos ali, eu e ela, chorando mais um pouco pela perda da pessoa em comum que amávamos tanto e sabíamos que iríamos amar pelo resto de nossas vidas. Por um instante, levei a mão até sua barriga, acariciando aquele que viria à vida daqui a poucos meses.

Sentindo, pela primeira vez, um pequeno chute sob minha mão.

Eu não sabia quando iria conseguir parar de chorar... mas não seria tão cedo.

Momentos depois, ainda banhado por um choro silencioso, senti as fungadas continuarem esporadicamente, apesar de parecermos estar levemente mais calmos, mas apenas de forma superficial. Minha cunhada ergueu o pequeno corpo, sentando-se na cama e limpando o rosto com o dorso das mãos, depois me encarou com a cara inchada.

— Jhona, eu quero tentar dormir... — ela dizia, enfraquecida, ainda soluçando de leve.

— Licença... — Ouvi a voz baixa e carinhosa de Nicolas soar, com ele ainda à porta, pedindo permissão para entrar.

— Pode entrar, Nick — falei igualmente baixo, ainda afetado pelo choro, vendo-o entrar no quarto, segurando uma pequena bandeja com um sanduíche, um copo grande de suco e dois comprimidos sobre um guardanapo.

— Ceci — ele falava, meigo, direcionando a voz e o olhar para minha cunhada. — A pizza estava meio gordurosa, então eu fiz um sanduíche mais leve pra você. Mas se quiser comer pizza, eu volto lá e esquento, tudo bem? — ele falou, preocupado e com medo ao mesmo tempo, o que me fez rir suavemente do seu jeito atrapalhado de oferecer a comida, mesmo que ele detivesse o conhecimento necessário de qual alimento seria o certo para ela naquele momento.

Cecilia, pela primeira vez em muitas horas, também deu um riso pequeno, banhado em lágrimas.

— Aqui tem suco de uva, mas também tem refrigerante na geladeira. E esses comprimidos são um para dor de cabeça e um calmante — ele explicou, colocando a bandeja ao lado da bolsa dela e a abaixando na frente de seu corpo, segurando suas mãos. — Esse calmante é o que eu uso às vezes. Ele é forte, então só tem metade de um comprimido, não vai fazer mal a você e nem ao bebê... E só estou te dando porque sei que talvez você não consiga dormir, mas não precisa tomar se não quiser, ok? E se essa semana você sentir necessidade de continuar tomando, eu te levo no médico que me prescreveu e a gente inicia seu tratamento, certo? Esse é o melhor que eu consigo nesse momento, mas espero que você possa dormir bem.

Eu amo Nicolas...

Eu simplesmente *o amo* com todos os pedaços do meu corpo quebrado e do meu espírito dilacerado pela dor.

Porque ele cuidava de Cecilia exatamente como fez comigo mais cedo, revelando o quanto sua bondade nada tinha a ver com o fato dele ser atraído por mim.

Nicolas é humano, empático e bondoso com qualquer um, independentemente de quem seja.

Havia uma linha tênue que não me permitia sucumbir à desgraça naquele momento, e meu corpo só se agarrava à vida porque sabia que o tinha ao meu lado.

Cecilia concordou, dando um sorriso meigo e doloroso, agradecendo de coração, da forma mais sincera e machucada que ela conseguia no momento. Ela disse que iria lanchar, agradeceu mais uma vez e tomou os remédios que Nicolas lhe deu.

Quando finalizou o lanche e começou a se ajeitar para deitar, eu acendi o abajur afastado de sua cama, na luz mais fraca, beijei sua cabeça e, depois de cobrir seu corpo com o edredom que usava, saí do quarto com Nicolas. Ao fechar a porta, consegui ouvir seu choro mais uma vez e respirei fundo para não desaguar novamente.

Nicolas foi em direção à sala e passei pela porta de Luca, batendo levemente até ouvir um "*Pode entrar*" nervoso lançado por ele. Lu parecia estar alerta e trêmulo o tempo inteiro.

— Obrigado, cara — foi o que falei, colocando apenas a cabeça para dentro do quarto. — Obrigado por tudo, ok?

— Jhonatan... — Ele olhou para mim, sem saber o que dizer, mas tentando falar alguma coisa, e só aquilo era o suficiente para eu entender que ele sempre iria estar lá por mim.

— Eu e Nicolas vamos dormir na sala, tudo bem? — avisei, para ele não se assustar quando nos percebesse largados no chão.

Mesmo sem ter certeza se Nicolas dormiria comigo ou não.

— Tem um colchão — ele falou, levantando-se. — Aqui em... — disse cortado, enfiando a mão embaixo da cama e puxando um colchão dobrado com força — ... baixo.

— Não precisava, cara — falei, entrando no quarto e o ajudando a puxar o colchão não tão grosso, que estava entalado embaixo de sua cama.

— Vão dormir no chão gelado, para pegar uma doença? Deixa de ser mané — ele dizia, já tendo tirado o colchão inteiro de debaixo da cama, me ajudando a colocar no corredor. O colchão era de casal, estava dobrado e era meio fino, mas, realmente, muito melhor do que dormir diretamente no chão.

— Você tem... — perguntei, meio sem graça, mas, antes que terminasse, ele já parecia saber o que eu queria.

— Travesseiros? Tenho um sobrando ranhento, mas tem as almofadas na sala também, usem lá — ele falava, voltando ao quarto e pegando um travesseiro extra, um lençol grande e um edredom de casal de dentro do seu armário.

— Isso tá no meu armário, mas eu nunca uso... Devo estar um ano sem trocar a minha roupa de cama.

— Meu Deus, Lu... — foi o que consegui dizer, balançando a cabeça negativamente e fazendo uma anotação mental de trocar seus lençóis depois, em segredo. — Obrigado.

— Vai lá, vai descansar. Se precisar, me grita, mas eu bebi um pouco e tô com sono, então... — ele disse, bagunçando meu cabelo.

Lá estava... O álcool novamente, para qualquer situação.

Isso me preocupava.

— Vai dormir, eu me viro — falei, rindo fraco, sem cabeça para resolver nenhum problema vicioso naquela hora, antes de sair do quarto, arrastando o colchão até a sala.

Quando cheguei lá, Nicolas não estava, o que me fez afastar a mesa de centro e começar a arrumar o colchão no chão com calma, colocando o lençol esticado por cima e o travesseiro para ele dormir, se ficasse comigo essa noite.

Eu dormiria com as almofadas, já dormi com coisa pior.

8.1
ALPHA SCUTI

Com a cama pronta na sala, Nicolas apareceu, olhando confuso para o acampamento que eu estava montando, mas nada falou, apenas me pegou pela mão e me puxou até a cozinha. Lá, ele me fez sentar em uma das cadeiras e colocou pizza requentada para mim.

Me conhecia o suficiente para saber que eu, com certeza, iria preferir pizza, e também colocou um copo de refrigerante com gelo.

Nicolas se sentou na minha frente e, pondo pizza para si, afinal ele também devia estar com fome, o médico começou a mastigar, respeitando minha incapacidade de verbalizar qualquer coisa no momento. Comi em silêncio, mas minha mente vibrava com as imagens do meu irmão morrendo em meus braços, o que me fazia, rapidamente, voltar a chorar enquanto colocava a comida para dentro.

Chorar comendo era uma das piores experiências da vida...

Nicolas não disse nada, apenas finalizou sua refeição com agilidade e ficou em pé, ao meu lado, apoiando minha cabeça em sua barriga.

Enquanto eu comia, ele ficou passando os dedos meigos pelo meu cabelo, em uma carícia lenta e devota, que me fez pensar que estaria perdido se ele não estivesse comigo.

Mais uma vez, Nicolas cuidava de mim sem esperar nada em troca, apenas porque ele era um ser humano melhor do que eu conseguia compreender.

Quando terminei de comer e fiz menção de levar as coisas para a pia, ele pegou tudo da minha mão e pôs para lavar, me tomando pela mão novamente, até que eu estivesse sentado no sofá mais uma vez.

Nicolas apagou as luzes da sala e ligou a televisão baixinho, colocando em algum filme que ele achava que eu iria gostar, para me distrair, mas não fazia ideia de que a única coisa que não me fazia sucumbir era a sua presença.

— Eu preciso tomar um banho... — disse, respirando fundo e cansado, provavelmente se sentindo esgotado pelo dia puxado em que ele existiu apenas em função de estar ao meu lado, me dando apoio incondicional.

— Tem toalha limpa no armário do banheiro — falei baixo, levantando-me.

— Eu pego, não tem problema — respondeu em um tom preocupado, colocando a mão no meu peito de forma suave, sem realmente me empurrar, mas querendo que eu descansasse.

— Vou pegar uma blusa pra você — disse, percebendo-o baixar a mão.

Provavelmente, ele iria colocar as mesmas roupas e não queria me perturbar, então o vi ir para o banheiro.

Entrei cuidadosamente no meu quarto e me deparei com a imagem adormecida de Cecilia, agradecendo aos céus por ela ter conseguido dormir.

Andei até meu armário e peguei roupas limpas, para mim e para ele, já que havia uma gaveta só com coisas do médico no meu armário. Inclusive cuecas, meias, pijama...

Quando cheguei na porta do banheiro, já conseguindo ouvir o som do chuveiro funcionando, dei três toques leves na porta e, guiado por um "*tá aberta*", entrei.

Pelo vidro embaçado do box, conseguia ver apenas sua silhueta, lavando suavemente o peito e os braços, no momento em que eu entrei. Então, coloquei sua roupa em cima do aparador de toalhas, encostei na pia do banheiro e fiquei o observando por alguns segundos, enquanto respirava fundo e remoía, dentro de mim, a falta que ele me fazia.

Eu ainda sentia tanta saudade...

— Já está aqui, Nick — disse, ao me descolar da pia e seguir em direção à porta, para o deixar tomar banho em paz.

— Entra aqui, deixa eu cuidar de você.

Nicolas falou, me fazendo parar no lugar e pensar sobre suas palavras, até virar no meu próprio eixo e encarar o vidro do box novamente.

Não havia negativas. Eu queria ficar perto dele o quanto ele me permitisse.

Tirei minha jaqueta, pendurei atrás da porta e, me despindo devagar, coloquei todas as minhas roupas no cesto, erguendo a mão até o puxador do box e o abrindo. Nicolas, quando me viu entrar, segurou minha mão e me puxou com cuidado, até que eu estivesse totalmente embaixo do chuveiro.

Enquanto a água jorrava na minha cabeça e molhava todo meu corpo, ele passava por trás de mim e levava as mãos pequenas até minhas costas, subindo-as lentamente e as pousando em meus ombros, nos quais começou uma massagem lenta. Seus dedos me apertavam, me relaxavam, mas eu queria mais...

Queria seu abraço, seu contato, então levei minhas mãos de encontro as suas e o puxei para que me abraçasse.

Sem resistências, seus braços me envolveram e ele deitou o rosto nas minhas costas, acariciando meu peitoral e minha barriga devagar, enquanto deixava selares calmos na parte em que seu rosto se encostava. Foi o primeiro banho silencioso que tivemos.

Ele beijou minhas costas, me acariciou por mais um tempo e ficamos os dois, juntos, embaixo da água quente, enquanto se afirmava o quanto a presença de Nicolas me dava uma paz que contrastava com tudo que eu vivia naquele momento.

Tendo finalizado o próprio banho, ele me deixou para que eu fizesse o mesmo, mas, carente e necessitado de ficar ao seu lado, terminei rápido e desliguei o chuveiro, abrindo o box e pegando a toalha que ele me entregava. Em seguida, sequei meu corpo e o observei se vestir.

Desprezando o short, Nicolas colocou apenas a camisa preta que eu havia lhe dado, folgada e comprida, parecendo uma camisola no seu corpo, batendo no meado de suas coxas.

Nicolas gostava de dormir só de cueca ou com aquele seu short pequeno, então era normal o ver assim. Ainda assim, percebi sentir saudade até de suas coxas, quando me peguei tempo demais observando sua pele pálida, daquela região tão torneada.

Em seguida, me vesti e coloquei uma blusa de manga comprida e um moletom preto. Ao terminar, o observei, agora, secar o cabelo de qualquer jeito, com sua toalha, posicionado em frente ao espelho da pia.

Quando me percebeu o encarando, ele se virou para mim e sorriu pequeno, se aproximando do meu corpo e levando a toalha até meu cabelo, o secando devagar. Fechei os olhos, respirei fundo e deixei que ele cuidasse mais um pouco de mim.

No fim, o médico pendurou sua toalha e segurou minha mão, depois abriu a porta do banheiro e saiu, me puxando devagar para que eu saísse com ele. Nicolas não parava de zelar por mim e era clara a forma como ele parecia se esquecer da própria existência, naquele meu momento de luto, apenas para me confortar.

Eu mal sabia se continuaria vivo se não fosse o seu cuidado...

Quando chegamos na sala, Nicolas me posicionou no sofá, no qual sentei, sentindo o peito pesar mais uma vez com as lembranças de tudo que vivi na noite anterior. Os flashes voltaram a minha mente de forma tortuosa, e foi inevitável fechar os olhos com força e abaixar a cabeça, apoiando os braços nos joelhos.

Ele se manteve próximo às minhas pernas e passou os dedos pelos meus cabelos, ainda úmidos, permanecendo em pé, mas sem demonstrar vontade de sair de perto de mim ou de ficar de vez, mas eu, egoísta e necessitado como me encontrava, levei minha mão de encontro a sua, que me acariciava, e o segurei com firmeza, pedindo que ele viesse cada vez mais perto.

Nicolas não negou o meu pedido e, como aconteceu em nosso primeiro beijo, deslizou as pernas por sobre o meu colo, uma de cada lado, encaixando o quadril sobre o meu, e sentou com delicadeza.

Mas dessa vez, não havia malícia nem maldade, porque ele percebeu o exato momento em que comecei a chorar novamente e permitiu que hospedasse meu rosto em seu peito, molhando sua camisa mais uma vez com as lágrimas que não paravam de descer.

Ele permanecia em silêncio, enquanto voltava a enfiar os dedos cuidadosos pelos fios do meu cabelo e me dava seu carinho, por todo tempo em que eu, enfraquecido, abraçava sua cintura e desaguava sobre seu peito, em um choro que não era nada bonito.

Eu não chorava de forma sutil, muito menos baixo. Meu corpo sacolejava e era rasgado pela dor, a qual só me sentia confortável para soltar ali, naquele abraço que Nicolas me dava, em uma posição tão reconfortante, que minha impressão era de que ele tomaria todas as minhas dores para si se pudesse.

Na verdade, Nicolas parecia querer fazer isso com todas as pessoas que sofriam ao seu redor.

Ele queria tomar as dores de todos que amava.

— Nick, fica comigo — pedia, desesperado, mesmo que o médico nem tivesse feito menção de se levantar.

— Eu fico, meu amor, eu durmo com você — ele respondeu, carinhoso. O tom embargado provava que ele vinha chorando silenciosamente pelo tempo em que me mantive abraçado a ele ali.

— Não, Nick. — Eu descolei o rosto do seu peito e, covardemente, pedi o que queria pedir todos os dias que estive longe dele: — Volta pra mim. Eu nunca mais trabalho com nada disso, por favor, volta a ser meu namorado.

— Jhon... eu nunca deixei de ser seu namorado — ele começou, choroso, balançando a cabeça negativamente. — Eu nunca deixei de ser seu, meu amor — Nicolas dizia, dentre seu aumento de lágrimas, chegando a soluçar no meu abraço, sem forças.

Chorava porque acreditava em mim e sabia que minha dor seria combustível suficiente para que eu nunca mais me envolvesse com esses roubos. Chorava pela saudade mútua, que, apesar da dor da morte de meu irmão, ainda era presente e vívida, muito mais intensa do que no tempo que ficamos distantes um do outro pela primeira vez.

Eu levei minhas mãos ao seu rosto. Ele fez o mesmo comigo. E do nosso jeito silencioso, secamos mutuamente nossas lágrimas, com todo carinho e amor que nutríamos em nossos corações tão frágeis.

— Eu amo você, Nick — sussurrei, derramando lágrimas mais uma vez, o sentindo passar seu polegar gentil por minha bochecha.

— Eu amo você, Jhon — ele repetiu, chorando de igual forma. Dividimos aquele momento, secando lágrimas que não paravam de rolar por nossos rostos.

Estávamos ali, com nossas testas unidas, nossos corações destruídos e o carinho necessário para tentar reconstruir o que parecia não ter mais conserto.

Desistindo de limpar nossos rostos, Nicolas tirou as mãos das minhas bochechas e levou devagar até minha nuca, deixando os antebraços pelos meus ombros e me abraçando de um jeito intenso, o qual eu nunca havia sido abraçado por ele.

Retribuindo a sua intensidade, puxei ainda mais sua cintura sobre meu quadril, sentindo seu nariz vermelho deslizar sutilmente no meu e seus lábios cheios roçarem os meus, tão trêmulos.

Então, beijei Nicolas.

Calmamente, sentia o gosto salino misturado a sua saliva, à medida que minha língua adentrava pela sua boca quente e seus lábios se movimentavam em ondas leves, se encaixando novamente naquele que era o melhor beijo que eu já havia trocado com alguém.

Porque era ele, era Nicolas, era o cara que eu amava *pra caralho,* com todas as nuances da minha alma destruída.

Aumentando a profundidade daquela nossa troca de intensidades, percebi, mais uma vez, como o seu contato fazia minha mente desanuviar de todas as sensações ruins que me acometiam naquele momento.

Nicolas fazia a mágica de entorpecer meus pensamentos e me fazer distrair momentaneamente da dor apenas com os efeitos de seu corpo no meu.

Não havia nada mais poderoso do que as sensações que ele causava em mim. Na minha pele, na minha mente. Então, ansiando por mais desse torpor, implorei pela sua ajuda para aliviar toda a tormenta lancinante no meu interior, mesmo sabendo que era covarde pedir algo assim.

— Por favor, me faz esquecer, Nicolas... — pedi baixo, ainda assim, desesperado, roçando os lábios, úmidos pelo choro, na boca carnuda de Nicolas, sussurrando as palavras, enquanto o abraçava com mais força em cima do meu colo.

— Me faz esquecer da dor.

Ele confirmou com a cabeça, em um silêncio choroso, que afirmava o seu mergulhar no nosso mar de saudade e angústia. Então, Nicolas me beijou, selando os lábios molhados em cima dos meus, mais uma vez, de forma intensa, como tudo que nos rodeava no momento.

Eu deslizei as mãos pelo seu corpo até adentrar por baixo do tecido da minha camisa, usada por ele, segurando sua cintura com certa força e roçando meus polegares na sua pele, ainda quente pelo banho recente.

Nicolas gemia baixinho pelos nossos lábios, enquanto eu o apertava. Seu tom exalava saudade, exalava sofrimento. Exalava a necessidade do meu corpo, assim como eu ansiava e precisava do dele.

Enquanto uma de suas mãos segurava minha nuca, a outra descia devagar até a barra da minha calça de moletom. Ele adentrava com os dedos pequenos pelo elástico folgado e tateava meu membro, que não mostrava dificuldade em ficar cada vez mais rígido por ele. E seu toque, que misturava luxúria com amor, me distraía de todas as minhas dores. Me levava a outros lugares, como se não existisse a realidade de merda em que eu estava inserido. Como se, mais uma vez, só houvéssemos eu e ele.

Nicolas começou a me masturbar devagar, sendo eu, agora, a gemer baixo em seus lábios, enquanto nosso beijo se quebrava, vez ou outra, para respirarmos ou demonstrarmos, com a nossa voz baixa, o quanto nos queríamos.

Passando as mãos pela lateral do seu corpo, senti o tecido da cueca que usava e, a segurando com cuidado, a deslizei, com Nicolas se erguendo levemente e me ajudando a tirar a peça.

Tendo a jogado para o chão, espalmei as mãos na bunda de Nicolas e apertei dos dois lados, da minha forma bruta e agressiva de segurar aquela carne que tanto me enlouquecia.

Nicolas voltou a gemer baixinho, mordendo meu lábio inferior devagar e o puxando para si, enquanto intensificava os movimentos com os dedos em meu caralho. Passando o polegar na minha glande, ele lambuzou a região com o pré-gozo que saía de mim, me fazendo aumentar o ritmo do meu peito, que subia e descia, moldado pela minha respiração arfada.

Enfiei o rosto no seu pescoço, começando a beijar devagar a região tão sensível, que o fazia começar a se contorcer sobre o meu colo, percebendo, em seguida, ele voltar a erguer o corpo e posicionar meu pau na sua entrada, que senti tão retraída, tão apertada.

— Você... você vai se machucar — sussurrei, entre fungadas, quando comecei a sentir sua entrada sendo empurrada em cima do meu membro, que pulsava com violência naquele contato. — Não quero... não quero que você sinta dor, amor.

Beijando seus lábios, estiquei o braço até sua mochila, largada próximo ao sofá.

A mochila era dele, mas eu sempre deixava lubrificante por lá, assim como na minha bolsa, porque nós sempre usávamos em qualquer canto...

Era um comportamento malicioso da nossa parte, mas não tínhamos como prever quando queríamos um ao outro da forma que queríamos ali.

Mas sentia que, naquela hora em especial, não havia malícia, e sim, desespero. Meu corpo precisando desesperadamente do corpo do meu namorado.

Ele sentou nas minhas coxas, sorrindo um sorriso triste, ainda assim, pequeno e carinhoso com o canto dos lábios.

Nicolas me observou, quieto, por alguns segundos, enquanto eu abria o frasco de lubrificante, até ele tomá-lo das minhas mãos. Em seguida, ainda segurando meu membro, derramou o líquido viscoso em cima do meu cacete, o lambuzando, enquanto voltava a me masturbar.

Eu gemia baixinho, fechando os olhos e sentindo o gel gélido sendo derramado pela minha pele, que pulsava por ele, em seus dedos. Após terminar de usá-lo, tomei o vidro de suas mãos, o abracei e o puxei para mim. Nicolas ergueu o quadril e deitou a testa no meu ombro.

Lambuzei meus dedos com mais lubrificante e joguei o frasco para o lado, tateando sua entrada e o penetrando devagar com o dedo anelar e o do meio. Tateava suas paredes internas e deslizava para dentro e para fora, até parar e ver seu corpo, se movimentando, ansioso, pedir encaixe sobre o meu novamente.

Nicolas voltou a se posicionar em cima de mim, pegou meu caralho com seus dedos quentes e o acertou na sua entrada, descendo o quadril lentamente, me engolindo dentro de si aos poucos.

Sua carne ainda tentava me expulsar, mas ele continuava a me enfiar em si, cada vez mais. Meu corpo todo tremeu, mesmo com sua delicadeza de deslizar devagar, até que estivesse completamente sentado no meu cacete. Ali, Nicolas levou as duas mãos de volta a minha nuca, me abraçou com força e me fez esquecer que existia um mundo a minha volta, enquanto ondulava seu quadril por cima do meu, do seu jeito calmo, gemendo sôfrego e baixo.

Era a primeira vez que ele se entregava para mim daquela forma. Mais preocupado em me dar prazer e me fazer esquecer do que cuidar de si próprio.

Eu o abracei, retribuindo a força de seus braços, ainda com a testa colada na sua, sentindo sua respiração bater na minha boca, enquanto ele se movimentava devagar.

— Eu te amo demais, Jhonatan — ele sussurrava baixinho, com a voz chorosa, voltando a derramar lágrimas lentas pelo seu rosto bonito. — Eu sempre vou estar aqui pra você, meu amor. Eu *sempre estive aqui* pra você...

Ele me segredava, me fazendo me lembrar dos meses que passei longe dele, achando que o médico nunca iria querer alguém como eu, quando, no final, ele nunca deixou de pensar em mim. E de igual forma, ele também nunca saiu de meus pensamentos.

— Eu não mereço você, Nicolas — falei, chorando baixo, sentindo meu peito doer, enquanto o abraçava com força, desejando que nenhum centímetro dele se distanciasse de mim.

Nicolas retribuiu a força do meu abraço, me envolvendo com mais vigor, enterrando uma das mãos no meu cabelo, acariciando meu couro cabeludo, negando freneticamente com a cabeça, soltando um soluço em meio ao seu choro.

— Você merece, Jhon. — Ele beijava meus lábios, meu rosto, minha testa.

Nicolas continuava ondulando em cima de mim, ditando o ritmo do amor que fazíamos, em meio a lágrimas... Em meio à dor.

— Você não tem noção do quanto é bom pra mim, do quanto me faz me sentir especial — ele continuava, enquanto não parava de distribuir selares pelo meu rosto, até segurá-lo com suas duas mãos e fazer com que eu o olhasse. — Só você consegue me fazer sentir único, Jhonatan.

Então, ele soltou uma risada rápida, misturada com o choro que ainda o envolvia.

— Não aceito que... — ele continuou baixinho, sussurrando palavras, entre gemidos fracos, de quem não parava de se mover sobre o meu caralho, mas que tinha necessidade de se declarar — a pessoa que me defende e coloca meu nome numa estrela diga que não me merece, meu amor. Eu não aceito isso.

Então, voltou a unir a testa a minha, abaixando as mãos e passando os braços pela minha nuca novamente.

— Ninguém me merece mais do que você, Jhon. Ninguém...

Ele soltou, manhoso, apaixonado, aumentando o ritmo, me fazendo respirar mais rápido, mais fundo. Segurei seu rosto, como ele fez antes comigo, e não apenas selei meus lábios nos seus, como selei nossos corpos.

Como selei nossos corações...

Ali, concordei silenciosamente com a cabeça, aceitei todas as palavras que Nicolas lançava a mim e senti meu peito queimar com a certeza de que meu namorado não tinha reservas quanto a estar comigo.

Isso me enchia de um sentimento bom, arrancando aos poucos as coisas terríveis que me matavam por dentro.

Deslizando as mãos do seu rosto, percorri os dedos até a barra da minha camisa enorme, que ele usava, e de forma cuidadosa, a tirei de seu corpo, depois tirando minha própria camisa.

Desci o rosto, beijei seus ombros, sua clavícula, segurei em suas costas bonitas e o inclinei para trás levemente, enquanto baixava a boca pelo seu peito e abocanhava um de seus mamilos, esfregando minha língua quente pela região rósea sensível.

Nicolas gemeu mais um pouco, baixo, para que não acordássemos ninguém, mas tão gostoso, que me arrepiava inteiro, enquanto firmava as mãos, uma na minha nuca e outra no meu braço, me segurando e me apertando. Suas costas se arqueavam para trás, ele fincava o joelho no sofá e se enfiava em mim com mais força, com sua entrada tendo cedido um pouco mais, facilitando-o a me receber.

Observando o colchão no chão, deslizei devagar, com ele no meu colo, e o coloquei ali com calma, até que estivéssemos deitados, comigo por cima dele, apoiando os cotovelos, enquanto era eu a começar a ditar o ritmo. Suas pernas se cruzaram no meu quadril e ele continuou apertando minha nuca com uma das mãos, enquanto a outra se agarrava ao edredom embaixo de nós dois.

— Pode vir sem medo, amor, eu aguento... Eu... Eu gosto — ele disse, meigo, acariciando meu rosto, me estimulando só por existir.

Ele pediu, mandou, não sabia dizer o certo, porque seu tom oscilava entre o erótico e o carinhoso, me proporcionando mais um tipo de relação sexual que eu nunca tive com ninguém.

Quanto mais transávamos, mais tinha certeza de que nunca haveria nenhum corpo que me desse tanto prazer quanto Nicolas me dava. Porque não se limitava a isso.

Era conforto.

Uma ligação que ultrapassava qualquer tipo de laço puído com qualquer outra pessoa.

Concordando com suas palavras, comecei a estocar devagar, aumentando o ritmo aos poucos, quando percebia, nas suas feições, o abandono da dor e a completa inundação do prazer.

Ainda não tendo o tocado, sentia sua rigidez sendo esmagada pela minha barriga, deslizando suavemente pelo pré-gozo, que era cuspido pela fenda de sua glande, e fixo de que resolveria, também, a questão sobre o seu prazer, me concentrei em continuar a enfiar dentro de Nicolas.

Ele soltou as pernas no meu entorno, as deixando cair no colchão fino, assim que me sentiu atingir o ponto sensível de sua próstata, e a fim de não alarmar a casa, tapei seus lábios com a minha mão quando percebi um gemido um pouco maior sair de sua boca.

Ele sorriu por baixo dos meus dedos, percebendo meu medo de acordar alguém. Então, sorri também, deixando-me inundar de conforto pelas reações fofas de Nicolas, até naquelas pequenas coisas.

Tirei os dedos de sua boca e me aproximei dele, tomando seus lábios com os meus e o beijando da forma mais intensa que conseguia, porque eu começava a aumentar ainda mais o ritmo e seu corpo tremia sob o meu.

Socava meu caralho dentro do meu namorado, enquanto o beijava sem pausas, sentindo seus dedos pequenos serem fincados na pele das minhas costas. Ele me arranhava, me apertava, respirava fundo e entrecortado no meio dos nossos lábios, e quando percebi seus dedos fazerem minha pele arder, de tanto que suas unhas me laceravam, senti um líquido quente escorrer por entre nossos corpos, friccionando-se sobre seu pau, o estimulando sem parar.

Aquilo era Nicolas gozando, e não muitos segundos depois, influenciado por todas as nuances dos espasmos de seu corpo rendido ao meu, que gozava por mim, eu também cheguei lá, me derramando, pela primeira vez, totalmente dentro dele. Deixei meu corpo pesar sobre o seu e o abracei, passando os lábios, que ainda soltavam arfadas, pela sua bochecha.

Nicolas virou o rosto na direção da minha boca e me deu um beijo suave, com a respiração trêmula, então subiu sua mão bonita até meu rosto e me acariciou, calmo e devagar.

— Não importa o que acontecer... nós vamos superar juntos, meu amor — ele disse, ainda baixo, com a voz fraca, olhando para os meus olhos, que não faziam nada, além de admirar o homem que eu amava com todos os músculos do meu corpo.

Ele não fazia ideia, mas suas palavras começavam um conserto dentro de mim, que demoraria a ser finalizado, mas que só foi iniciado graças a ele.

Sim, Nicolas era médico, mas minha cura nada tinha a ver com sua profissão, e sim, por ele ser um humano melhor do que eu conseguia compreender.

Ele me ajudava a curar coisas, no meu coração, que seus livros de medicina não ensinavam a ninguém.

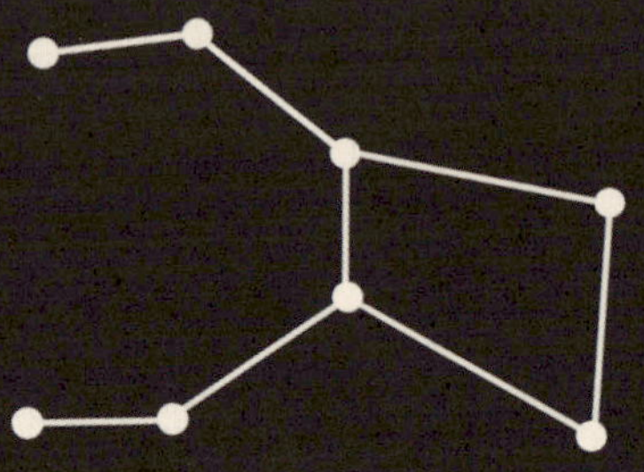

9

CRATER

Nicolas

Jhonatan acordou gritando e, quando conseguiu se acalmar, me contou, entre o choro despejado dentro do meu abraço apertado, o pesadelo horrível que havia tido com os pais. Que sempre teve com eles.

Mas dessa vez, Samuel estava junto...

Eu o abracei ainda mais apertado e ficamos deitados no chão da sala, até que ele se acalmasse.

Aquilo tudo, naquela atmosfera pesada e melancólica, me fez pensar o quanto se passavam meses de profissão e eu não conseguia me acostumar com algo tão doloroso quanto a morte. Acredito que o ser humano não foi feito para aguentar perder alguém, não de uma forma tão brutal, quando se arrancava a pessoa da sua vida, te deixando apenas com a sensação de total impotência.

E horas depois, vendo Jhonatan chorar descompassadamente na pequena cerimônia de adeus que fazíamos ao seu irmão, esses pensamentos eram completamente reforçados na minha mente.

A morte dói demais e queima demais para dizer, simplesmente, que o ser humano está preparado para dar adeus a alguém que mora no seu coração.

Porque não está, nunca vai estar...

Nataniel, ainda se recuperando do tiro recente, usando uma tipóia por baixo do sobretudo preto que vestia naquela tarde fria, alugou um iate simples, que não chamava tanto a atenção, e nos guiou, pelo mar, depois de uma viagem silenciosa e dolorosa, até a praia de Serenitas.

Quando lá chegamos, eu, Jhonatan, Cecilia e Luca, Nataniel nos recebeu, junto a mais dois homens, quase de sua altura, e uma mulher bem mais baixa, que eu não conhecia, mas que Jhonatan cumprimentou.

Deveriam ser capangas que também trabalhavam com Samuel, pois estavam igualmente tristes. O piloto do iate foi em frente e nós nos acomodamos. O motor tomou força e nos levou a alguns quilômetros distante da praia, até onde não conseguíssemos ver as pessoas com clareza.

Quanto mais nos distanciávamos, mais os corpos ao longe pareciam apenas grãos de areia.

Uma pequena urna preta e ovalada, contendo as cinzas de Samuel, foi apresentada por Nataniel, e ele foi o primeiro a falar.

Ele disse como Samuel era mais que um braço direito, como havia se tornado seu irmão também e pediu perdão por tê-lo levado por esse caminho. Ele começou o discurso com seriedade, mas terminou chorando como uma criança.

Logo depois, Luca falou, agradecendo a Samuel pelos dias de ajuda com matérias da escola e por quando assustou uns adolescentes no Ensino Médio, que o estavam perturbando e dizendo coisas ofensivas a ele, mas que pararam a partir do momento que aquele brutamontes os ameaçou.

O irmão de Jhonatan era ainda mais protetor com as pessoas que estavam na sua vida do que eu imaginava.

Luca também chorava demais e, igual a Nataniel, reconheceu Samuel como seu irmão. Jhonatan não conseguiu falar nada, apenas chorou o tempo inteiro, enquanto me abraçava por trás e descansava o queixo no meu ombro, me dando liberdade para cruzar os dedos aos seus e acariciar suas mãos. Sentia seu corpo tremer em soluços violentos, que não iam embora.

Quando Ceci deu um passo a frente, tomando a pequena urna em suas mãos, todos emudeceram seus choros e vozes, dando espaço para a menor pessoa entre nós ser a portadora da voz e mensagem mais poderosa que ouvimos naquela tarde:

— Nataniel não deve se culpar, porque você sabia no que você estava se metendo, meu monstrão — ela falava com a voz calma e carinhosa, mesmo que estivesse dando uma de suas broncas em Samuel. — Mas, mesmo sempre metido em coisa errada, você nunca me escondeu o que fazia. Nunca foi falso, nunca teve meias palavras... Você nunca demonstrou ser o que não era, pelo contrário, você era meu diamante bruto.

Cecilia, até então segurando bravamente o choro, começou a derramar as pequenas lágrimas sutis, abrindo a urna em suas mãos e começando a derramar parte das cinzas aos poucos, enquanto o iate continuava a avançar devagar pelas águas.

— E não importa o que aconteça, sei que nosso filho vai te amar e se sentir orgulhoso do pai que teve. — Ela respirava fundo, parando, um momento, para levar a pequena mão aos olhos e enxugar as lágrimas, enquanto eu sentia o abraço de Jhonatan ficar ainda mais apertado em volta de mim e suas lágrimas já molhando o meu ombro. — Não pela sua profissão ou pelas ações que você tomou, mas pelo coração imenso que você tinha e pela forma como você salvou seu irmão e a mim, sempre nos colocando em primeiro lugar.

Minha cunhada fungou, mostrando que o controle de seu choro estava cessando.

— Porque, sim, Samuel... *você sabe que me salvou.*

Cecilia começou a chorar com mais força, precisando de uma pausa para conseguir respirar e voltar a falar normalmente, segurando a urna com uma das mãos e acariciando a própria barriga com a outra. Ela buscava o apoio necessário no filho que carregava, e ele parecia ser o único motivo daquela menina não sucumbir.

Luca deu alguns passos e ficou ao seu lado, depositando um meio abraço no seu corpo, tentando dar algum tipo de suporte, que foi muito bem-vindo por ela naquele momento.

— Eu te amo hoje e sempre, Samuel — ela disse, jogando o resto das cinzas do meu cunhado nas ondas banhadas pela luz dourada do pôr do sol.

— Eu te amo hoje e sempre, Samuel — Jhonatan repetiu, ainda abraçado ao meu corpo.

Todos nós permanecemos em silêncio, observando a pequena massa de poeira se dissipar no ar e morrer de encontro às ondas. E não havia ninguém ali que não chorasse, nem mesmo eu.

Luca ainda estava abraçado a Cecilia, Jhonatan me abraçava por trás e eu segurava seus dedos com toda firmeza que conseguia. Nataniel ainda limpava o resto das lágrimas quando pediu para que o piloto desse meia-volta e nos levasse novamente à praia, no pequeno porto de madeira feito para que todos desembarcássemos.

Quando voltamos ao meu carro, após nos despedirmos de Nataniel e seus homens, deixei Cecilia e Luca entrarem no banco de trás e se acomodarem primeiro, e antes que pudesse entrar, senti Jhonatan me puxar devagar e me abraçar pela frente dessa vez.

— Como você está? — perguntei, preocupado, deixando aquele bebezão enorme se acomodar no meu abraço.

— Ainda desacreditado. Porra, não parece real, Nick — ele disse, ainda soluçando forte, emendando sua respiração em um suspiro sofrido, depois de ter parado de chorar. — Mas eu acho... eu acho que vou ficar bem... eu não sei... — Mais um soluço. — Eu espero que consiga ficar...

Me desvencilhei, segurando seu rosto e deixando que ele deitasse a testa sobre a minha.

— Você vai, Jhon. Lembra que nós vamos superar juntos, ok? — repeti as palavras que havia dito no dia anterior, deitado no chão de sua sala, depois de termos feito amor.

Jhonatan não disse nada, apenas concordou com a cabeça e me deixou um selar calmo nos lábios, para depois se distanciar de mim e dar a volta no veículo, entrando e sentando no banco do carona.

A volta para casa foi silenciosa e calma. Luca nos poupou de suas piadas, Cecilia, hora ou outra, adormecia e acordava assustada. Jhonatan parecia distante, novamente pendurado na janela, olhando para os carros e as calçadas, absorto em pensamentos que pareciam remoer tudo dentro de si, como continuou fazendo pelos dias que se passaram.

Aquele clima pesado se arrastou por um mês inteiro, se dissipando e ficando mais brando, à medida que os dias foram se passando.

9.1 DELTA CRATERIS

A primeira semana foi a mais difícil.

Jhonatan chorava o tempo inteiro, não conseguia ficar longe de mim e eu tampouco queria me distanciar dele. Eu não sabia qual ligação Yan tinha com Samuel ou se aquilo era apenas Nataniel cobrando mais um de seus favores, mas o homem me deu uma semana de folga, em respeito ao falecimento do meu cunhado, para que eu pudesse ficar em casa com Jhonatan.

Quanto mais pensava nisso, mais tinha certeza de que só o ex-chefe do meu namorado teria poder para exigir algo assim de Yan. Ele, com toda a certeza do mundo, não me daria sete dias de folga apenas por boa vontade.

Tomando para mim mais responsabilidades do que deveria, levei Cecilia ao psiquiatra, dois dias depois que voltamos da pequena cerimônia de enterro, e o médico passou um tratamento para ela, com antidepressivos que a fariam dormir melhor, e uma recomendação de parar imediatamente caso acontecesse algo com o bebê.

— Eu... — Ela respirou fundo, olhando a receita em suas mãos, quando já havíamos voltado ao apartamento de Jhonatan, com ele estando na cozinha, preparando nosso almoço. — Eu não vou tomar, Nicolas. Não vou tomar os remédios.

— Por quê, Ceci? — perguntei, cuidadoso, tentando entender o que se passava na sua cabeça naquele momento.

— Tem uma pequena chance disso fazer mal pro bebê... Eu não quero que nada aconteça com ele e só faltam quatro meses pro nascimento. Eu vou aguentar.

— A escolha é sua, mas eu fico feliz que esteja pensando assim. Existem muitas controvérsias sobre tratamentos antidepressivos na gestação, e eu não tenho um útero, não posso falar no lugar de alguém que é mãe, mas... como médico, e somente como médico, acho que é a melhor escolha.

Sorri, meigo, para ela, segurando suas mãos pequenas e macias com carinho, dando todo apoio que ela precisava, naquele momento, em suas decisões.

— Você me leva pro hospital e me *dopa* se eu precisar dormir e não conseguir? — ela perguntou, rindo fraco, encostando a cabeça no meu ombro.

— Levo... Vou te dar o mesmo tranquilizante de cavalo que a gente usava no Jhonatan — brinquei, vendo-o aparecer na sala com uma bandeja grande, cheia de potes pequenos, depositando em cima da pequena mesa de centro.

Naquela noite repetimos o que iria se tornar tão comum nos nossos próximos dias, com a companhia também de Luca, que não conseguia sentir o cheiro da comida sem vir correndo que nem criança, perguntando se tinham feito para ele também.

Da nossa forma estranha, viramos uma pequena família de quatro pessoas inusitadas para mim, frutos da minha infiltração abrupta na vida de Jhonatan.

Passada a primeira semana, perguntei para o tatuado se ele gostaria de dormir na minha casa, já que meu namorado havia cedido completamente seu quarto para Cecilia, que, graças a Jess, conseguiu uma liberação do trabalho até o nascimento do filho.

Concordando, ele ficava no seu próprio apartamento apenas pelo tempo em que eu tinha plantões longos, fazendo companhia a Cecilia e estudando, e quando eu voltava para casa, ele me encontrava e passávamos algum tempo sozinhos, o quanto podíamos.

Porque, vez ou outra, eu também ia para o seu apartamento ficar com sua cunhada. Acabei sentindo uma necessidade absurda de fazer companhia para a nossa grávida e ajudá-la da forma que conseguia.

Nesse meio tempo, Jhonatan acabou trazendo algumas coisas para minha casa, o que me fez dar um jeito de dividir o meu armário abarrotado, e depois de lotar uma caixa com coisas para doação, que não eram usadas há quase um ano, batizei o canto esquerdo como "*parte do Jhonatan*".

— Isso é quase um pedido de casamento — ele disse, rindo, sentado na cama e me observando recolocar os cabides, agora vazios, que aguardavam por suas roupas.

Já fazia alguns dias que o humor dele estava um pouco melhor, mas eu sentia tanta falta daquele seu sorriso, que apenas segurei a porta do armário e fiquei o observando sorrir. Eu devia estar fazendo a maior cara de idiota do mundo...

— O que foi? — ele perguntou, ainda sorrindo, apesar das sobrancelhas se unirem em um claro sinal de dúvida.

— Nada... — disse, fechando a porta do armário e andando em direção à cama, indo me sentar ao seu lado.

Mas ele não me deixou sentar no colchão e me puxou até que eu estivesse em seu colo, onde me abraçou e enfiou o rosto no meu pescoço, cheirando minha pele.

— Eu só... — continuei falando, enquanto sentia sua boca roçar em um caminho lento até minha mandíbula. — Gosto quando você sorri.

— Desculpe se eu não tenho feito muito isso ultimamente — falou baixo, depositando selares calmos, passando os braços pela minha cintura e me puxando cada vez mais para si.

— Não precisa pedir desculpas, você tem todo tempo do mundo pra recuperar seu humor, suas piadas...

— Minhas cantadas — ele falou, soltando uma risada nasal.

— Meu Deus, não acredito que estou com *taaanta* saudade das suas cantadas — concluí, rindo, enquanto ele parava de me beijar e olhava para mim.

— Você sempre gostou delas, doutor. Foi rindo, rindo... até que estava pelado na cama comigo.

Eu gargalhei, jogando a cabeça para trás, o que fez Jhonatan rir ainda mais e me segurar para que eu não caísse no chão.

— Era desse jeito que você conquistava todas as pessoas que você queria levar pro abate? — não resisti à pergunta.

Nós nunca falamos sobre casos antigos, mas a dúvida surgiu naquele momento.

— Quer falar dos meus rolos agora? — ele perguntou, desconfiado, tentando segurar o riso e fazer cara de sério, mas sem sucesso algum.

— Só fiquei curioso, mas acho que não quero saber — disse, voltando a sentar direito no seu colo, me ajeitando nas suas coxas.

— Eu sempre fui bem direto quando queria ficar com alguém — ele continuou ignorando o que eu disse totalmente. — Você foi o que me deu mais trabalho. Tive que gastar cantada *pra caralho* contigo...

Eu acabei rindo mais e, apesar de não saber se gostava ou não daquele assunto, deixei ele continuar a falar, porque algo em sua voz demonstrava que eu não iria me arrepender de escutá-lo. E não me arrependi.

— Mas você foi o único esforço que realmente valeu a pena.

— Ai que papinho mais clichê — disse, dando mais uma gargalhada, tentando mascarar a violência com que meu estômago revirava naquele momento.

Passavam-se meses, desde que havia conhecido aquele sem-vergonha, e ele ainda possuía o poder de, sempre que tinha vontade, me deixar sem falas. Diante da minha mudez, coloquei as mãos em seu rosto e o beijei devagar, rindo de mim mesmo, por ser tão mole com tudo que vinha do meu namorado.

— E você? — ele perguntou, depois que separamos nossos rostos minimamente, pegando meus pulsos e os rodeando em seu pescoço, me obrigando a abraçá-lo de uma forma muito próxima.

— Eu o quê, Jhonatan? — agora foi a minha vez de perguntar, desconfiado, já imaginando o que aquele safado queria perguntar.

— Seus outros rolos eram tão gostosos quanto eu? — ele perguntou, sacana, mergulhado em deboche.

Eu ri muito com aquela pergunta cretina e com o tamanho da cara de pau que ele tinha, mas mesmo sem conseguir responder, por conta do riso que não terminava, minha mente já sinalizava a resposta de forma vibrante.

Ninguém nunca chegou nem perto de ser parecido com Jhonatan, e não apenas em questões físicas.

— Eu acho que o número de pessoas que eu me envolvi deve ser o número de casos que você tinha em uma semana, Jhonatan, então seria meio impossível eu ter pego alguém que se igualasse a você. Nem se eu pegasse o mundo inteiro, pra ser sincero.

O puto riu, mordendo o lábio inferior e se deliciando com o quanto, independentemente do que eu fizesse, ele tinha um passado de cachorro no cio.

— Com quantas pessoas você já ficou?

— Jhonatan, que isso? — perguntei, descrente daquela pergunta, quase gritando, mas ele riu ainda mais.

Agora ele estava quase gargalhando, e por mais que estivesse fazendo um monte de perguntas infantis, claramente vindas de uma pessoa de 21 anos e meio, eu fiquei feliz por ele estar feliz. Por estar solto e humorado a ponto de brincar comigo daquela forma.

— Anda, Nick, responde, eu não vou ficar com ciúmes.

— Você não vai ficar com ciúmes, mas eu vou ter vergonha — falei, me soltando da sua nuca e deslizando para o lado da cama, deitando no travesseiro e olhando para o teto.

— Vergonha de quê? — ele perguntou, olhando para mim, enquanto, claramente, segurava o riso.

— De não ter sido uma metralhadora desenfreada que nem você.

— Doutor, dá um tempo... — Jhonatan disse, rindo, vindo para cima de mim e deitando aquele corpo truculento e pesado sobre o meu, me esmagando sem pena. — Eu só tô curioso.

— Eu namorei duas pessoas e fiquei com umas três ou quatro — comecei a falar desenfreadamente, o que o fez calar a boca e prestar atenção em mim. — Um cara foi no Ensino Médio, antes de eu entrar na faculdade, o outro foi um enfermeiro do ACH, mas o namoro não durou nem um mês, deve ter durado duas semanas...

Franzi o cenho com aquela memória pré-histórica, mal me lembrando qual foi o estopim para que começasse aquela relação meia-boca.

Carência, na certa.

— Depois tive uns rolos aleatórios e beijei a Jess numa festa da faculdade, há muito tempo atrás.

— Pera... — Ele me olhou assustado e eu tive que segurar o riso, porque aquilo tudo era, claramente, muita informação para sua cabeça. — Você namorou um enfermeiro? Ele ainda trabalha lá?

É claro que ele ia focar só nisso.

— Você ficou com a Jess?

E nisso também.

— Não consigo respirar — falei, sincero, quando senti seu peso ainda mais largado em cima de mim.

Jhonatan deslizou suavemente para o lado e se deitou, ainda perto demais, com o braço envolvendo minha barriga, enquanto sua outra mão sustentava a cabeça inclinada, que olhava diretamente para mim.

— Eu fiquei com a Jess quando estava bêbado. Nós entramos em uma fase estranha, que toda amizade passa, de ficar pensando *"Nós nos amamos demais e somos amigos demais. E se..."*, mas, claramente, não tinha *"e se..."* nenhum.

Eu comecei a rir, sem graça, sozinho, me lembrando de toda merda que aconteceu naquele dia e como eu não fazia noção de até onde nós tínhamos ido.

Com fortes chances de não termos ido a lugar nenhum...

Aquilo tudo era vergonha alheia demais para uma pessoa só.

— Depois me escondi em casa e a evitei por dias. Eu estava morto de vergonha, mas ela me procurou, mandou eu parar de palhaçada e a amizade continuou normalmente. — Observei seu rosto me analisando e prestando atenção a cada palavra que eu dizia. — O enfermeiro trabalhou lá pouco tempo, antes de ser transferido para outro distrito. Nós preferimos terminar o que quer que estivéssemos tendo e eu nunca mais o vi.

— Quando foi isso? — ele perguntou rápido, unindo as sobrancelhas, com o tom um pouco mais sério.

— Você está com ciúmes? — perguntei, depois apertei os lábios com força para não mostrar um sorriso que queria ganhar vida.

— Ciúme é um sentimento tóxico que destrói relacionamentos e faz os casais se distanciarem por bobeira.

— Mas você está?

— Estou.

Eu dei mais uma risada alta, mal aguentando ver aquela cena na minha frente, então segurei as bochechas de Jhonatan e beijei seus lábios, em um estalo, quantas vezes consegui.

— Foi antes de te conhecer. Com a Jess, foi quando nós ainda estudávamos, e com o enfermeiro, quando comecei a trabalhar no Astra Centro Hospitalar. Mas esse namorico besta durou tempo o suficiente pra ser insignificante.

— E eu estou durando tempo o suficiente pra significar alguma coisa pra você? — ele perguntou, ainda meio bravinho, parecendo um bebê que negaram algo.

Era uma criança de 21 anos e meio mesmo...

— Amor... no dia que eu te conheci, eu te vi pelo quê? Meia hora? Mesmo depois disso, eu ainda pensei em você várias e várias vezes. Não sei explicar que feitiço você fez comigo, mas entrou na minha cabeça e não saiu mais...

— Bateu punheta pensando em mim?

— Jhonatan!

E as coisas pareciam estar, aos poucos, voltando ao normal...

Ele voltou a rir e veio para cima de mim, me beijando e mostrando que, por mais que ele ficasse incomodado com as coisas que eu vivi com outras pessoas, da mesma forma que eu ficava quando pensava sobre o motivo dele ser tão experiente em tudo, não ia permitir que isso atrapalhasse nossa vida, nosso namoro.

E não atrapalhou.

Eu sabia que Jhonatan era ciumento, as caras feias que ele fazia para o meu vizinho deixavam isso bem claro, mas nunca fez disso um caso a ponto de nós ficarmos mal. Ele parecia preferir gastar sua energia implicando comigo e transando do que emburrado e com desconfiança...

E eu *amava* essa sua preferência.

9.2 GAMMA CRATERIS

Aproveitando de todas as coisas boas que Jhonatan proporcionava para o nosso namoro, resolvi dar uma segunda chance de "*comemorarmos nosso primeiro mês*". No exato dia que completávamos dois meses de namoro, na parte da tarde, tirei o telefone do jaleco, enquanto tinha uma pausa breve na sala de descanso do ACH.

Eu:

Vai ter aula hoje? 16:26

Perguntei, aguardando a resposta de Jhonatan, que não tardou a vir.

Jhon:

Só amanhã e só um tempo, por quê? 16:27

Eu:

Quero te levar pra jantar mais tarde... 16:27

Jhon:

Eita, que tesão. 16:28

E vai me jantar depois? 16:28

Como era fácil gargalhar com tudo que aquele sem-vergonha dizia para mim. Eu já nem fazia forças para esconder o quanto ele me fazia bem, o quanto me fazia feliz, apesar de uma enfermeira entrar na sala e me olhar franzindo o cenho, claramente me julgando com desdém por estar rindo, que nem um idiota, para o aparelho.

Mal-amada.

Eu:

Kkkkkkk, se controla, garoto. 16:28

E aí, vamos? 16:29

Jhon:

Vai vir aqui me buscar? 16:29

Eu:

Vou sair do plantão daqui a pouco, tomar banho, depois eu passo em casa, só pra trocar de roupa, e vou pra aí. 16:30

Jhon:

Preciso ir todo engomadinho? 16:30

Eu:

Kkkkkkk, não amor, não precisa. 16:31

Vai do jeito que você achar mais confortável. 16:31

Só evita chinelo e roupa rasgada demais. 16:31

Jhon:

Se minha calça não tiver nenhum buraco, onde você vai enfiar essa mão saliente? 16:32

Eu:

Esquece, vamos pedir pizza. 16:33

Jhon:

Kkkkkkkkkkkkkkkkkkk, calma porra. 16:33

Vou tomar banho, tô te esperando. 16:34

Amo você. 16:34

Eu:

Amo você, irritante. 16:34

Jhon:

♥ 16:35

Eu:

♥ 16:35

Bloqueando o celular e rindo com o quanto Jhonatan conseguia me irritar até à distância, me levantei da poltrona, deixando a mulher carrancuda para trás, e voltei aos meus poucos atendimentos do dia, que pareciam estar anormalmente tranquilos naquela tarde.

Sem muitas emergências, consegui bater meu cartão às exatas 18h e, depois de passar algumas informações para Jess, que me perguntou sobre o estado de Cecilia, tomei meu banho e fui para casa.

Fiz reservas em um restaurante pequeno, no dia anterior, e torcia para que Jhonatan gostasse de massas. Era muito difícil fazer surpresa para alguém quando envolvia comida. Ficava me perguntando se era o tipo de coisa que ele teria nojo de comer. Mas analisando o fato de que nós comíamos macarrão, caseiro e instantâneo, o tempo todo, imaginei que ele não teria muitas dificuldades em comer nada do lugar e, felizmente, acertei.

Depois de passar em casa e trocar de roupa, cheguei no seu apartamento sem dificuldades, e em poucos minutos, ele já entrava em meu carro, todo animado, que nem criança.

O tatuado nunca disfarçava o quanto ficava eufórico com as coisas e eu acabava achando suas reações muito fofas.

Jhonatan estava usando uma calça jeans preta e um moletom igualmente escuro, além dos coturnos que lhe dei de presente, o que me fazia perguntar se ele não tinha outro sapato ou se realmente gostava demais daqueles. No final, não importava, porque ele estava sempre lindo.

— Nossa, como você está cheiroso — ele disse, antes que eu desse partida no carro, vindo para cima de mim, segurando meu pescoço com firmeza e enfiando a cara na minha pele. — Vamos brincar aqui, no carro, Nick, vamos...

Comecei a rir e o empurrei, fazendo-o voltar a se sentar direito no seu banco. O safado ria de forma tão sacana, que era óbvio o quanto ele sempre se divertia em ser tão cara de pau comigo daquela forma.

— Parece que você está no cio, garoto — resmunguei falsamente.

— Eu tô e preciso de você. Me fode, Nick, me possua, me faz seu. — Ele voltava a vir para cima de mim, enfiando a boca no meu pescoço e me fazendo cócegas com os dentes. — Acaba comigo, me faz gritar seu nome pro prédio inteiro ouvir.

— Jhonatan! — falei, tentando não gargalhar, empurrando-o e o fazendo voltar para o lugar mais uma vez. — Coloca o cinto, merda!

— Você ficou todo vermelho... — ele observou, colocando o cinto e controlando o riso, enquanto eu sentia todo o meu rosto ferver.

O *hobby* do meu namorado era me fazer explodir de vergonha, e ele sempre conseguia. Tentando respirar fundo e ignorar o fato de que a boca de Jhonatan vinha tão certeira no meu pescoço, quase me fazendo ter uma ereção, liguei o carro, além do som. Deixando-o escolher as músicas, dirigi por cerca de 30 minutos, até chegarmos em um restaurante na divisa de Astra, área gastronômica bonita e muito variada.

Ao chegarmos, entrei no estacionamento e parei na única vaga que havia, em uma parte escura, debaixo de um poste quebrado.

Que sorte...

Quando desliguei e sai do carro, Jhonatan pegou na minha mão e eu o conduzi até o local, nunca antes frequentado por mim, mas que, pelo letreiro, não era exatamente difícil de encontrar.

Sinalizando por onde deveríamos entrar, demos de cara com um recepcionista de cara fechada, que olhou para Jhonatan de cima a baixo, torcendo os lábios, com feições quase agressivas e azedas.

— Posso ajudar? — ele perguntou, ríspido e com desdém, observando nossas mãos unidas.

O homem possuía uma clara vontade de nos expulsar. Expulsar Jhonatan, principalmente.

— Reserva para Nicolas Hadriel, por favor — respondi, dando graças aos céus pelo meu namorado estar distraído com as luzes e a decoração do lugar desde a hora que pisou ali.

Eu não queria que ele se sentisse mal por causa de nenhuma pessoa idiota.

— Ah... — O recepcionista parecia ter perdido uma batalha interior, porque, claramente, queria nos chutar para fora. — Mesa para dois, o garçom vai levar vocês lá. — O homem sinalizou para um dos garçons parados ao lado do aparador de pratos, que chegou a nós de forma completamente diferente.

Muito mais atencioso e bondoso do que aquele ser que nos olhava com nojo.

— Mesa 9 — disse baixo, derrotado, para o garçom, que sinalizou gentilmente que iria nos levar até o local.

— Vai na frente, amor — disse carinhosamente para Jhonatan, dando um selar calmo em seus lábios, causando um choque no recepcionista. — Vou só resolver mais um assunto da reserva.

Assentindo, ele acompanhou o garçom e me deixou sozinho com o babaca.

— Mais alguma coisa, *senhor*? — perguntou com ainda mais rispidez, me olhando de cima a baixo, em uma outra análise nojenta.

— Sim, tem sim...

Me aproximei do pequeno balcão de recepção, no qual ele estava apoiado, me apoiando também, e comecei a sussurrar perto de seu rosto:

— Eu sou médico e conheço todos os pontos fatais do corpo, então... — disse, sério, capturando a atenção do homem, que olhava para mim sem piscar. — Se você olhar pro meu namorado com esse desprezo todo mais uma vez, eu enfio um garfo na sua jugular e faço você espirrar sangue até morrer.

Eu não sabia dizer em qual momento me tornei tão defensor e protetor com Jhonatan, mas aconteceu.

O homem arregalou os olhos e mal conteve a expressão medrosa. Uma denúncia clara do quanto estava assustado com a minha pequena ameaça de morte.

— Experimenta — avisei mais uma vez, desfazendo minha cara séria em um sorriso sutil e falso. — Boa noite.

Eu nunca mataria ninguém, mas o homem parecia ter se convencido do contrário, e não fiz questão nenhuma de que ele descobrisse a verdade.

Me distanciando dali, rumei para a mesa em que o tatuado já estava sentado, deixando o recepcionista, amedrontado, para trás. Meu namorado estava acuado, encolhendo os ombros de forma infantil, enquanto usava o celular, não parecendo ser aquele homem de quase dois metros, que fazia graça comigo no carro momentos atrás.

— Amor, você está bem? — perguntei, preocupado, me sentando na sua frente e levando a mão até a sua, com medo dele ter percebido as caras nojentas do recepcionista momentos atrás.

— Eu tô todo largado, Nicolas, por que você não me disse pra me arrumar melhor? — ele falou, desconsertado, bloqueando o celular e o colocando em cima da mesa, mas ainda com o rosto baixo.

— Amor, desculpa... é que, pra mim, não importa mesmo como você está vestido, desde que você esteja confortável, entendeu? Você está tão bonito.

Acariciei sua mão mais um pouco, por cima da mesa, tentando passar algum conforto.

— É que eu tô me sentindo meio merda. — Ele torcia os lábios, claramente se sentindo mal.

— Ei, olha pra mim — pedi, então ele levantou o rosto, ainda sem graça. — Não tem ninguém mais bonito que você aqui e você está perfeito. Mas, se quiser, a gente pode ir pra outro lugar.

— Eu sou o único aqui que você quer sentar? — perguntou, ainda meio sério, apesar de me fazer rir demais com o comentário safado.

Jhonatan sempre sem-vergonha...

— Você é o único *no mundo* que eu quero sentar, meu amor.

Aí, ele sorriu daquele jeito gostoso, pegando o cardápio na sua frente e relaxando um pouco mais.

Parecia que minhas declarações sempre o faziam se sentir melhor, eu nunca tinha ideia do exato efeito que elas tinham em Jhonatan. Mas, definitivamente, era muito bom perceber o quanto eu também mexia com ele, da mesma forma que ele me desconsertava inteiro.

Depois que pedimos as refeições e depois do meu namorado ter bebido duas taças de vinho de forma exageradamente rápida, o homem já parecia totalmente diferente do cara retraído que havia entrado ali. Sentado, todo folgado, na cadeira, estava relaxadamente rindo e conversando comigo sobre coisas da sua faculdade nos últimos dias.

Ele já soava mais tranquilo e, a cada dia que passava, parecia voltar a ser um pouco mais com o Jhonatan que conheci, mesmo que, inegavelmente, seu sorriso ainda não fosse o mesmo.

Jhonatan ainda sofria pequenos flashes de memória, que, com certeza, bombardeavam imagens torturantes na sua cabeça, então era comum que ele estivesse rindo, em um momento, e no outro, mudasse a expressão instantaneamente.

Eu havia me acostumado com isso, mas naquela noite, ainda mais depois de beber um pouco, meu namorado parecia estar totalmente sem culpas por estar aproveitando o tempo que tinha comigo.

— Onde estão as colheres? — ele perguntou, confuso, vendo os talheres diferentes do que ele mais gostava de usar postos a sua frente pelo garçom, que havia acabado de anotar nossos pedidos.

— Você vai comer com garfo e faca, criança.

— Que absurdo — ele fingiu estar ofendido com aquilo e me fez rir, mais uma vez.

— Você sabe porque estamos aqui hoje? — eu perguntei, tendo em vista que ele nem tocou no assunto de termos concluído mais um mês de namoro.

— Você vai me pedir em casamento, não é? — ele perguntou, quase inocente, mas eu gargalhei. E foi alto, colocando as mãos no rosto e tapando minha boca, que queria quase gritar com aquela frase louca.

— Não, amor, não vou — falei, tentando parar de rir, enquanto Jhonatan revirava os olhos pela minha gargalhada, mas também ria comigo. — Nosso primeiro mês de namoro foi um fiasco e hoje nós estamos fazendo dois meses.

— Puta merda, eu sou uma anta! — ele exclamou alto, fazendo algumas pessoas olharem para nossa mesa.

Eu olhei para a frente e o recepcionista nem se moveu, provavelmente com medo de mim. Melhor assim.

— Fala baixo, Jhonatan.

— Desculpe.

— Enfim, estamos fazendo dois meses e não tem problema você ter esquecido, eu não ligo — falei, porque era verdade.

Realmente não ligava para datas especiais de forma sufocante, eu só queria criar uma nova lembrança com Jhonatan, e sabia que, daqui para a frente, dificilmente eu mesmo conseguiria lembrar de todos nossos aniversários de namoro.

Minha memória só funcionava quando eu achava que precisava.

— Eu só queria que a gente tivesse a chance de lembrar disso com mais carinho, então eu trouxe você aqui, mas eu não ligo se a gente só comemorar de novo quando a gente completar um ano de namoro.

— Num lugar que eu possa usar moletom, por favor.

— Feito.

— Ou num lugar que tenha piscina pra gente transar na água — ele falava, franzindo o cenho, como se estivesse pensando sobre aquilo.

— Gostei mais dessa ideia. — Sorri com o canto dos lábios, de forma sugestiva.

Sorriso o qual ele retribuiu, me olhando, mais safado ainda. Ainda compartilhando daquele nosso momento malicioso, coloquei a mão dentro da minha jaqueta, tirando uma pequena caixinha branca com algo em seu interior, que tinha sido feito dias atrás, repousando-a sobre a mesa.

— Feliz dois meses de namoro, que, *na verdade,* parecem dois anos, por todas as merdas que a gente já passou juntos.

— Ah, Nick, isso não é justo, eu não comprei nada.

— Jhonatan, eu não gastei nem 10 pratas nisso, sério.

— Meu Deus, que mão de vaca — ele disse, rindo, pegando a pequena caixinha e a abrindo.

Então, ele sorriu e mordeu o lábio inferior, parecendo meio eufórico, tirando a chave solitária de dentro da caixa e a mostrando para mim.

— Isso é uma cópia da chave... — ele disse o óbvio.

— Sim, do meu apartamento — concluí.

— Porra, você me pediu em casamento, Nicolas! — falava alto, mais uma vez, chamando a atenção das pessoas para nós novamente.

— Não pedi, você já mora na minha casa praticamente, seu sem-teto. Achei fofinho te dar a chave desse jeito — dizia, sem graça, sentindo minhas bochechas ficando quentes toda vez que ele repetia a palavra "casamento".

— Caralho, meu namorado é muito gostoso, porra! — Ele levantou, pouco se fodendo para quem estava a nossa volta, e segurando meu rosto com firmeza, beijou meus lábios, umas dez vezes, de forma estalada.

Depois, ele voltou a se jogar na sua cadeira, batendo os coturnos no chão e olhando para a chave como se fosse ouro.

— Agora posso entrar silenciosamente no seu apartamento, enquanto você está tomando banho, e deslizar pro chuveiro de surpresa, pra te pegar bem gostosinho, todo ensaboado.

— Você pensou nisso tudo agora? — perguntei, rindo, totalmente incrédulo.

— Já pensei há muito tempo, só estava esperando você me dar isso — ele disse, balançando a chave no ar.

— Meu Deus, Jhonatan...

Eu ria, desacreditado, balançando a cabeça negativamente, mas me sentindo inegavelmente feliz pela forma como ele estava animado com aquilo.

No mesmo momento, o garçom, que nos atendia, chegou, nos servindo com dois tipos de massas diferentes, que eu e Jhonatan comemos e dividimos, experimentando um da comida do outro. Eu, que constantemente chupava seu pau, sua língua, seu corpo todo, não tinha nojo de comer no mesmo garfo que ele. Essa era a última coisa que se passava na minha cabeça.

— Enfim, isso não é um pedido pra você morar comigo — falei baixo, com a boca parcialmente cheia. — Você ainda tem seu apartamento, mas quero que entenda que eu confio em você o suficiente pra deixar você ir e vir quando bem entender.

Jhonatan sorria, mesmo com a bochecha entupida de macarrão, me olhando com aqueles olhos brilhantes, que eram tão meigos, tão devotos.

— Perai — ele falou, largando o garfo no prato, depois tirando um molho de chaves do bolso traseiro, desenroscando uma das chaves e entregando para mim também. — Toma.

— Que isso, Jhonatan? — perguntei, rindo, pegando a pequena chave e a analisando.

— É uma das chaves reservas do meu apartamento. Também quero que saiba que eu confio em você.

— Jhon... — Ri, balançando a cabeça negativamente.

Menino impulsivo...

— Aceita. Você vai correr o risco de ver o Luca de cueca várias vezes, mas tudo bem.

Eu soltei uma risada baixa, olhando para o pequeno objeto metálico nas minhas mãos mais uma vez, e então, foi a minha vez de me levantar, ir até seu corpo, me inclinar e o beijar.

— Eu amo você — falei, antes de me afastar e voltar a sentar na minha cadeira, perdendo, cada vez mais, o medo de demonstrar publicamente o quanto aquele cara tinha o meu coração.

— Também te amo, marido — ele disse, completamente debochado, mordendo o lábio inferior e sorrindo para mim, totalmente implicante.

— Não começa...

O resto do jantar foi tranquilo e agradável, bem mais do que eu imaginava, se fosse analisar a forma desagradável com a qual fomos recepcionados. Jhonatan ficou mais confortável e, depois da terceira batida de frutas da casa, pela qual se descobriu viciado, especialmente mais safado.

Diria *quase* bêbado.

Suas piadas salientes aumentaram, mesmo que em sussurros, e depois que paguei a conta, Jhonatan me abraçou lateralmente, daquela forma quente, quando sua mão deslizava por minha cintura com muito mais vigor do que geralmente tinha.

Eu não podia beber, mas ele pareceu aproveitar toda a liberdade para o álcool que tinha naquela noite, o que não o deixava engraçado ou falante, mas, sim, malicioso. Ao passarmos pela recepção do restaurante, o recepcionista — com cara de cu — fez uma reverência tão exagerada para Jhonatan, que meu namorado chegou a se assustar.

— Eu hein... o cara quase bateu o nariz no chão — ele disse, ainda estranhando, enquanto eu o conduzia para o estacionamento do local, segurando o riso.

Quando entramos no carro e fechamos as portas, antes mesmo que pudesse colocar meu cinto, Jhonatan me surpreendeu, enfiando a mão na minha nuca e me puxando devagar até seu rosto. Ele não me beijou, só ficou roçando os lábios *tortuosamente* na minha boca.

Brincando comigo, sorria de forma frouxa, me fazendo sentir seu hálito quente, com aroma de batida de frutas, fluindo pela extensão da minha mandíbula, bochecha e queixo.

— O que foi, amor? — perguntei, sorrindo pequeno, sentindo meu coração palpitar loucamente com aquele contato inesperado.

Inesperado, mas tão, tão desejado...

— Eu estou louco pra te beijar — ele sussurrou, deixando um beijo lento no canto dos meus lábios. — Te beijar de verdade.

— Por que não beija? — repeti a frase falada há muito tempo por mim.

— Porque não quero fazer só isso... — ele disse, mordendo minha boca e, com a outra mão, abrindo a fivela do meu cinto devagar.

— Amor. — Fechei os olhos, respirando fundo e sentindo Jhonatan descer o rosto até meu pescoço, no qual ele esfregava a língua quente pela parte que ele sabia me deixar tão rendido.

Maldito ponto sensível. Não, bendito... *bendito ponto sensível.*

— Você sabe que me deixa louco quando se declara pra mim, não sabe? Porra, você me deu... — ele sussurrava contra minha pele, enquanto seus dedos hábeis eram enfiados dentro da minha calça, já aberta por ele — me deu a chave do seu apartamento, Nicolas Hadriel...

Então, ele deslizou os dedos quentes pelo elástico da minha cueca e capturou meu membro, começando a me masturbar devagar, dando vida a uma ereção que amava vir por ele. Naquele momento, eu agradecia mentalmente pelo estacionamento estar vazio e por, quando cheguei, só haver essa bendita vaga no ponto mais escuro do local.

Santo poste quebrado.

— Vamos... vamos p-pra casa, amor... — choramingava baixo, pedindo, mas realmente não tinha certeza se queria que ele parasse.

Não, eu não queria.

Minha mão direita segurava o volante do carro com tanta força, que os nós dos meus dedos ficavam esbranquiçados, enquanto minha mão esquerda deslizava até a nuca de Jhonatan. Enfiei os dedos em seus fios de cabelo, os puxando com certa brutalidade.

— Em casa a gente continua o que eu vou começar agora, Nicolas — falou, soltando uma risada baixa e canalha, tirando a boca do meu pescoço e abaixando a cabeça.

A distância entre o volante e meu corpo parecia ter sido milimetricamente calculada para ele meter a boca onde queria.

Vi pelo retrovisor um casal se aproximando, ao mesmo tempo que senti a boca de Jhonatan beijar minha glande devagar, antes de começar a descer o rosto e esfregar a língua na extensão do meu caralho. Tremi inteiro, minha respiração falhou e Jhonatan riu baixinho, percebendo o quanto sua língua me afetava com tão pouco.

— Porra, Jhonatan... — Gemi baixo quando senti as paredes internas de sua boca envolverem minha rigidez e começarem a succionar meu falo de forma gostosa e lenta. — Tem gente no e-estaciona... mento... — entrecortava a voz, sentindo minhas veias pulsarem na sua língua.

— E eu vou continuar — afirmou, tirando a boca do meu pau — fodendo minha boca... — Então, ele deu uma lambida lenta na cabeça inchada do meu cacete. — No caralho do meu namorado.

Eu podia jurar que nunca havia me arrepiado tanto na minha vida. A mão que estava livre subiu devagar até meu rosto, enquanto minha mandíbula era segurada com certa força. Seu polegar esfregava o meu lábio inferior, mantendo meus lábios abertos ao enfiá-lo na minha boca.

Jhonatan amava meus gemidos, precisava deles, então pedia, daquela forma silenciosa, para que eu continuasse com os lábios abertos, projetando com a voz o tanto que sentia prazer com aquilo.

O tatuado voltou a engolir meu pau e aumentou o ritmo, batendo a cabeça do meu cacete na sua garganta, enquanto sua mão soltava a base do meu caralho e entrava em contato com meus testículos, ainda por dentro da cueca, me estimulando devagar.

Eu arrepiei com o toque dos seus dedos, ao mesmo tempo que tremia inteiro, sentindo muitas sensações diferentes para dar conta. A mão, que estava no volante, subiu até o teto do carro, que eu empurrava com força toda vez que Jhonatan me chupava com um pouco mais de avidez, me fazendo perder o controle dos gemidos cada vez mais.

O casal que estava se aproximando entrou no carro ao lado do meu, e não pude evitar de olhar em sua direção, percebendo que o homem que iria dirigir arregalava os olhos para mim. Ele não estava vendo nada com clareza, mas...

Era óbvio o que estava acontecendo, apenas pelas nuances da cabeça de Jhonatan subindo e descendo tão rápido.

Arrancando o carro com desespero e, muito provavelmente, apavorado, o homem saiu com o veículo e eu fechei os olhos com força, percebendo o quanto Jhonatan não se importava nem um pouco com aquele nosso ato despudorado no estacionamento do restaurante.

— Porra, Jhonatan. — Choraminguei, sentindo sua boca certeira aumentar o ritmo, se fodendo, sem pena, contra meu cacete, cada vez mais rígido, cada vez mais dolorido de prazer. — Você é safado demais, caralho...

Jhonatan parou de me chupar e olhou para mim, ainda com o rosto abaixado, sorrindo lateralmente, totalmente malicioso.

— E você gosta mais do que deveria... — sua voz era rouca e soava grave, me fazendo engolir em seco e estremecer o corpo com tanta violência, por ser pego de surpresa por um tom tão rouco, tão fodidamente gostoso. E o pior era que ele nem sequer mentia, porque não havia nada que ele fizesse comigo, propositalmente de maneira sacana, que não me deixasse delirando de prazer. Era exatamente como eu estava naquele momento.

Gemendo um pouco mais rápido, chamando seu nome baixinho repetidamente, enquanto sentia o orgasmo começar a se acumular em mim, dei todos os sinais de que estava chegando ao ápice.

E senti a vibração da risada safada de Jhonatan bater na pele do meu caralho, que era esfolado por sua língua ágil e sua garganta, sentindo chegar ao ponto que iria me fazer gemer seu nome mais uma vez. Ele me fez gozar e tremer dentro daquele carro.

Quando subiu sua cabeça, engolindo minha porra e limpando o resto, que jorrava pela sua boca, com os dedos, Jhonatan sorria para mim, tão safado e tão cara de pau, que era claro o quanto ele adorava me bagunçar daquele jeito.

— Chupar você está na lista das coisas que eu mais gosto de fazer, sabia? E quando a gente chegar em casa — ele continuava com aquele tom mole, sacana. — Eu vou te chupar de novo.

Depois de ter ajeitado minhas roupas novamente, eu dirigi para casa que nem um louco. O ex-bandido ria demais, vendo meu nervosismo para chegar em casa, e hora ou outra, perguntava se eu queria que ele dirigisse no meu lugar.

Eu já não sabia dizer se era pior um louco para fazer sexo ao volante do que alguém que bebeu. Felizmente chegamos vivos no meu prédio e, depois dele me beijar e me apertar contra os espelhos, já no elevador, entramos no meu apartamento, batendo portas, chamando o nome um do outro e quase não passando da sala.

Jhonatan não me chupou de novo, não conseguiu, porque estava ocupado demais em arrancar minha roupa, enquanto eu arrancava a sua, e quando estávamos igualmente pelados, a única coisa que importava era lubrificante e o tanto que eu rebolei nele naquela noite.

Como sentia saudade daquela brutalidade, dele me segurando com força e me machucando ao me apertar do jeito que eu gostava. Sem exageros, mas forte o suficiente para que eu me lembrasse no outro dia.

Não que eu não gostasse de fazer amor com Jhonatan, da nossa forma calma, lenta e carinhosa, quando tínhamos necessidade de nos abraçar e gemer baixinho um para o outro, enquanto falávamos o quanto nos amávamos, mas tinha algo muito gostoso em manter um equilíbrio entre nossas transas.

Quando nossos corpos já estavam exaustos, após Jhonatan me mostrar o quanto o vigor dele não tinha fim, eu gozei mais uma vez e ele gemeu rouco e quase com raiva, quando os jatos quentes saíram de si, por estar segurando o tesão desde a hora que estávamos naquele restaurante.

Ele jogou a camisinha fora, depois me limpou superficialmente, com lenços umidecidos, e pedindo um tempo, antes de irmos para o chuveiro — o que acabou virando um *hobby* nosso, sempre depois do sexo —, ficamos conversando na cama, trocando palavras safadas e amorosas. Era um daqueles momentos só nossos em que o mundo parecia não existir.

— Se eu soubesse que uma cópia de chave ia te deixar assim, tinha feito antes — brinquei, com o rosto virado para o teto, enquanto sentia meu peito subir e descer com força, pelo descompasso de minha respiração, que ainda demorou um tempo para voltar ao normal.

— Você ainda não entendeu como eu fico louco quando você faz essas coisas — Jhonatan disse, se aproximando de mim, beijando meu rosto com carinho. — No dia que você me pedir em casamento, eu vou querer transar com você no meio da rua.

Minha gargalhada ecoou pelo quarto, enquanto eu enfiava os dedos no cabelo de Jhonatan e o puxava para mim, beijando-o, entre risadas recíprocas.

— Já pedi em namoro, não vou pedir mais nada.

— Então, eu já posso pedir?

— Não, sossega a bunda e aproveita o período do namoro.

Jhonatan riu, mordeu minha bochecha, depois se levantou e me puxou, com ele, para o banheiro, para que pudéssemos lavar todo o sêmen despudorado que escorria pelas nossas peles. Não muito tempo depois, nós caímos em sono profundo, agarrados e quase entrando um dentro do outro novamente, mas dessa vez apenas porque havíamos desenvolvido uma necessidade absurda de dormirmos colados.

Quando não era Jhonatan colocando a perna pesada sobre mim e me amassando todo, era eu enfiando o rosto no seu cabelo e abraçando seu tronco de forma apertada.

Em toda minha vida, eu nunca me imaginei tão grudado em alguém, e sabia que isso estava diretamente ligado ao fato de estar me esforçando para que ele conseguisse enfrentar todo aquele luto da melhor forma possível. Mas não podia mentir...

Eu descobri ser mais carente do que imaginava.

9.3
TETHA CRATERIS

Na mesma semana, quando precisei pegar um dos plantões de madrugada, minha cabeça só pensava no meu namorado e em quanto seria bom levá-lo para tomar café da manhã em um lugar que eu sempre quis ir, mas nunca tive companhia.

— Posso providenciar babador na ala pediátrica, você quer? — Jess disse, chegando na sala de descanso, me vendo com a cara no celular, sorrindo, feito um trouxa, enquanto trocava mensagens com o ex-meliante.

— Você devia ver a cara de otária que você faz, quando fala com o Max — disse, sem tirar os olhos da tela, rindo de uma foto que Jhonatan havia me mandado.

Era uma imagem do seu dedo com um corte minúsculo, que havia criado uma pequena ferida, com uma gota de sangue muito miúda. Eu estava rindo porque, antes de me mandar a imagem, Jhonatan me mandou várias mensagens em *caps lock*, dizendo que estava tendo uma hemorragia externa e que eu precisava ir para casa correndo. O seu exagero só evidenciava o quanto ele era tão carente quanto eu.

— Como estão as coisas? — Jess falou, se sentando do meu lado e deitando a cabeça no meu ombro.

— Bem, eu acho. — Respirei fundo, bloqueando a tela do celular e olhando para meus pés, que balançavam levemente. — Jhonatan chora todos os dias, mas tem ficado mais silencioso, até já voltou a brincar comigo.

— E a Ceci? — Jess perguntou, preocupada.

Minha amiga não era obstetra, mas sob supervisão da obstetra chefe do ACH, acabou se tornando a médica que estava acompanhando a cunhada de Jhonatan e seu bebê.

— Ceci está tentando ser forte, mas acho que não conseguiu superar nem um pouco... — disse, levemente triste, lembrando-me do último dia que cheguei no apartamento de Jhonatan e a ouvi no banheiro, vomitando, enquanto chorava de forma tão dolorosa, que quase se engasgava.

Naquele dia, eu fui apenas ajudar Jhonatan a pegar algumas coisas para levar para minha casa, mas acabamos passando a noite lá e dormindo na sala novamente, porque não queríamos deixá-la sozinha daquele jeito.

— As pessoas lidam com o luto de forma diferente, mas, por ela estar grávida, deve estar sentindo as coisas com muito mais intensidade do que sentiria normalmente.

— É, eu sei... é por isso que eu e Jhonatan estamos sempre indo lá, ver se ela está bem.

— Não pensa duas vezes em me chamar se você perceber alguma coisa estranha. Por mim, aquela garota ficava deitada vinte e quatro horas na cama. É dor demais pra alguém se recuperar...

Depois de conversarmos por mais algum tempo sobre o quadro de Cecilia, me levantei e me despedi da minha amiga, pois meu turno estava terminando e eu queria pegar a padaria ainda aberta. Ainda no vestiário, depois de tomar meu banho, peguei o telefone e disquei para o dramático.

— Vem controlar minha hemorragia, eu já inundei o apartamento todo de sangue. Espirrei sangue nas paredes, no chão, no teto, a polícia vai entrar aqui e vai achar que você me matou.

— Deixa de ser exagerado — falei, rindo. — Tira o pijama e coloca uma roupa normal, vamos tomar café em um lugar.

— Tá me levando pra sair demais. Quer me engordar pra me assar?

Comecei a gargalhar, pensando que queria comer Jhonatan, sim, mas não dessa forma.

— Só troca de roupa logo, Jhonatan.

— É pra ir com smoking? Terno e gravata?

Ele, claramente, não tinha superado o acontecido no restaurante.

— Não, garoto, é uma padaria bonitinha, com um monte de casal meloso, pode ir confortável.

— Vou pelado, então.

— Jhonatan, eu vou estacionar na frente do meu prédio e você tem 10 minutos pra descer e vir encontrar comigo. *Com roupas* — pontuei, assim que ouvi sua voz quase contestando do outro lado.

Ele desligou, e nem 20 minutos depois, estava estacionando meu carro na frente do meu prédio, exatamente como lhe havia informado. Não demorou mais do que 5 minutos para ele aparecer na portaria, do outro lado da rua, sorrindo de forma tão gostosa para mim, que todo meu interior se revirou mais uma vez.

Por dentro, eu desejava que todos os meus anos se passassem e Jhonatan continuasse me causando aquela mesma sensação de nervosismo, porque era boa demais.

Ele estava genuinamente feliz, como eu já não o via estar há várias semanas, e aquilo me contagiava de longe, mesmo que ele ainda nem tivesse atravessado a rua e vindo na minha direção. Saí do carro, encostei o traseiro na porta do veículo e repousei as mãos na janela aberta atrás do meu corpo, esperando que ele viesse até mim, para que pudesse abraçá-lo e aproveitar aquela alegria que ele estava emanando naquele momento.

Como eu queria beijá-lo...

Mas o sorriso de Jhonatan morreu no momento em que seu corpo alcançou metade da rua, vindo na minha direção. E meu coração...

Parecia quase morrer também.

Mal consegui enxergar de onde um carro, preto e com os vidros escuros, surgiu, acelerando de forma violenta e avançando em Jhonatan.

Seu corpo foi arremessado, brutal e violentamente, fazendo-o cair a vários metros de distância, batendo a cabeça com tanta força, que, até de longe, consegui ouvir o baque oco de seu crânio entrando em contato com o asfalto.

— Não, não, não — comecei a falar baixinho, sentindo meu corpo tremer e começando a descolar o corpo do carro, me sentindo fraco, em pânico.

O pior foi perceber seus olhos fecharem instantaneamente no momento em que seu corpo foi lançado para longe e caiu, inerte, no chão.

— Não! Jhonatan! — gritei desesperadamente, correndo até o corpo caído, no qual uma clara fratura acometia sua perna e, talvez, além disso, o mesmo braço que comportava a cicatriz do tiro que levou.

Sentindo meu corpo tremer de pavor, enquanto abaixava cautelosamente ao seu lado, tateei o telefone no meu bolso, discando números errados, por causa do nervosismo, enquanto checava sua pulsação ainda existente.

Eu chorava tanto e minha mente estava tão anuviada, que eu mal conseguia notar as pessoas se aproximando de mim.

Mal conseguia agir como um médico.

O pavor ensurdecia até os cochichos em coro que nos rodeavam. Enquanto a linha permanecia em espera, percebi uma massa escura e turva se aproximando de nós dois, abrindo caminho entre as pessoas curiosas, e respirei, assustado, quase me sufocando de medo, quando percebi se tratar do carro que havia acabado de atropelar meu namorado.

Era o mesmo carro que havia me perseguido, meses atrás.

Me coloquei na frente do corpo de Jhonatan, entre ele e o veículo, protegendo meu amor de qualquer outra atrocidade que tentassem contra ele, mesmo que soubesse que era tão fraco em uma situação dessas. Mesmo que eu estivesse chorando tanto e tremendo tanto.

Pessoas passavam ao nosso redor, na tentativa de entender o que acontecia, alheias ao perigo que ele ainda corria. Quando o carro parou na minha frente, o vidro abaixou lentamente, revelando a figura de um homem, que ria em escárnio, balançando a cabeça negativamente.

— Você já sabe que esse aí já foi pra vala, Dr. Hadriel. — O homem gargalhava, em uníssono, com os outros homens que estavam dentro do carro.

Eles riam, e eu me desesperava, de tanto chorar e sentir meu corpo vacilar, com medo de que eles tentassem mais alguma coisa contra Jhonatan.

Meu namorado ainda estava vivo, ainda havia chances.

O rosto do homem, que, até então, se deliciava em um humor diabólico, se tornou sério e fechado, e como se toda atmosfera de pânico que eu estava sentindo não fosse suficiente, senti um frio mortal percorrer minha espinha, ao encarar sua feição perigosa e suas palavras ameaçadoras a seguir.

— Avisa pro Nataniel que ele é o próximo — disse, antes de fechar o vidro e arrancar com o carro dali, me fazendo cair no chão, ao lado do corpo de Jhonatan, o qual eu protegia com todos os centímetros do meu próprio corpo amedrontado e desesperado.

— *Em que posso lhe ajudar... Alô? Alô... Tem alguém aí?* — a voz do telefone, que já havia sido atendido, chamava, mas eu mal havia escutado, dada a atmosfera sufocante que vivia naquele momento, até enfiar o aparelho na orelha, com desespero.

— Homem de 21 anos, vítima de atropelamento... — tentava passar as informações corretas, mas minha voz vacilava e era entregue por um choro agonizante.

Passei a mão no cabelo de Jhonatan, negando com a cabeça toda aquela merda que estava acontecendo, mas não movia seu corpo e só pedia aos céus para que ele continuasse vivo. Para que ele aguentasse.

Ele tinha que aguentar...

— Eu sou médico no ACH, solicito uma ambulância para lá, não há condições de remover a vítima agora, possíveis fraturas múltiplas por todo o corpo. Ele... — Eu soluçava, mal conseguindo completar minhas próprias frases, precisando encontrar forças para continuar aquele exame rápido. — Ele está sem sangramento aparente, mas é provável que haja hemorragia interna.

— *A ambulância está a caminho senhor, você tem como permanecer próximo à vítima?* — a voz feminina soou preocupada.

— Eu estou sentado no chão, ao lado dele, não vou sair daqui.

— *Em até 15 minutos eles chegam.*

Agradeci à atendente naquele momento, ao desligar o aparelho, mas agredeci, ainda com mais força, quando vi a ambulância se aproximando de nós dois, quando não se havia passado nem 7 minutos inteiros. Enquanto colocavam Jhonatan na ambulância, corri até meu carro, fechei e voltei, desesperado, subindo com tudo na parte de trás do veículo, na qual Jhonatan já estava imobilizado e pronto para ser levado.

— Você tem parentesco com a vítima? — um dos paramédicos perguntou, observando meu rosto, inchado pelo choro, e minha mão, que segurava a sua com força.

E ele precisou perguntar uma segunda vez, porque eu chorava demais para perceber qualquer coisa que não fosse Jhonatan.

— Dr. Hadriel? — o homem me reconheceu.

— Sim, sou eu... Eu sou namorado dele — respondi, sem conseguir encarar o paramédico, ainda fixo no rosto desacordado de Jhonatan.

O homem assentiu, gritando para o motorista da ambulância que tudo estava pronto e fechando a porta traseira, me mantendo ali. O caminho até o Astra Centro Hospitalar durou o tempo que durava, o mesmo de quando eu ia do meu apartamento para o trabalho, não levando nem mais do que 15 minutos, mas, naquele momento, o tempo parecia ser relativo.

Tudo a minha volta era uma grande massa ensurdecedora.

Os barulhos se mesclavam ao choque e ao pavor de visualizar a cena que mais tive medo de presenciar, em todos os meus dias, desde que conheci Jhonatan.

O medo palpável de vê-lo ferido era algo que me assombrava diariamente, mas aquilo, aquela imagem do meu namorado quase sem vida, sendo sacudido em uma maca de ambulância, era algo que destruía meu coração de formas que eu ainda não conseguia absorver.

A respiração em seu peito mal era notada, mas sua mão, desesperadamente segurada pela minha, ainda possuía calor o suficiente para me lembrar de que ele estava vivo.

Ele ainda estava vivo, ainda poderia continuar vivendo...

— Aguenta, meu amor, por favor — sussurrei, em meio a um choro sofrido.

Dessa forma, tentando manter todas as esperanças, que pareciam inalcançáveis naquele momento, permaneci com os olhos vidrados em seu rosto, até ouvir o barulho da porta se abrindo, anunciando que nós já havíamos chegado ao meu local de trabalho.

Quando a maca desceu da ambulância, desci junto e, segurando os ferros que levavam a cama móvel, me encaminhei pelo corredor, ajudando a levá-lo, enquanto enfermeiros e um médico gritavam ao meu lado.

Mas demorei para perceber que era Yan...

Não consegui notar em que momento ele veio para cima de mim e percebeu o que estava acontecendo. As pessoas falavam comigo e eu não entendia, não conseguia ouvir. Nunca estive tão atordoado e com tanto pânico em toda a minha vida.

— Segura ele! Ele não pode entrar na sala de cirurgia assim! — ouvi a voz do meu chefe soar firme, direcionada para alguém que eu não conseguia notar naquele momento.

Eu estava caindo em um poço turvo, e a única reação que eu sabia ter era chorar.

Até que alguém me segurou e me fez parar no lugar, enquanto eu começava a ver a imagem de Yan se distanciar, com a maca que levava Jhonatan para longe de mim.

— Não! — gritei em plenos pulmões, saindo do transe de dor em que estava inundado. — Para! Me solta! Me deixa ir... Me deixa ir com ele!

Me debatia, lutando contra as mãos firmes que me seguravam, até notar outro par de mãos tentarem me manter no lugar.

— Eu quero ir com o meu namorado, me deixa cuidar dele! — Chorava, esganiçado, sentindo meu corpo perder força, até deslizar no chão e sentar, soluçando com uma potência que fazia meu peito doer.

Quando me permiti olhar para os lados, vi Pietro e Max me segurando, parecendo usar de mais força do que eu imaginava que era capaz de produzir, por eu estar tentando me soltar

Eu batia neles, eu chorava, gritava no corredor, suplicando para que me deixassem ir.

Queria ver Jhonatan, precisava ficar com ele.

Meus olhos se comprimiam em fendas encharcadas pela água salina que escorria pelo meu rosto. Vi mais uma silhueta conhecida se aproximando do meu corpo, segurando minhas bochechas e tentando falar comigo, enquanto os meus dois colegas de trabalho ainda tentavam me manter em pé. Eu, que agora só não estava deitado no chão porque eles não deixavam.

— Nicolas, respira fundo — era uma voz, feminina e reconfortante, que me aquietava.

Que sempre esteve comigo.

— Ele é forte, vai ficar bem, meu amor. Por favor, respira comigo — Jess tentava me acalmar, e vendo que eu não iria conseguir chegar a nenhum ponto de paz sozinho, olhou para os homens que me seguravam e sussurrou algo que eu só fui entender momentos depois, quando estava deitado em uma das macas da enfermaria. Os três me levaram para tomar um calmante forte na veia, que, tendo feito efeito rápido, me causou um apagão.

Tonto, acordei percebendo tudo a minha volta girar, como se tivesse feito uso de entorpecentes muito fortes, enquanto sentia dedos finos e firmes segurarem minha mão.

— Deita, respira fundo — a voz de Jess soou, me fazendo deitar novamente quando me percebeu levantar com pressa, no susto.

— Onde ele está, Jess? — foi meu primeiro questionamento, o que não me permitia ter paz, nem mesmo submerso em tantas substâncias para me manter calmo.

— Ele ainda está na sala de cirurgia, Nicolas, por favor, fica deitado. — Minha amiga me empurrou mais uma vez, quando tentei fazer força para levantar de novo. — Nicolas, não há nada que você possa fazer agora. Por favor, não faz movimentos bruscos, você vai ficar enjoado.

— Eu posso entrar lá e ajudar, Jess! — dizia, choroso, ainda enxergando tudo turvo ao meu redor.

— Nicolas, por favor — sua voz havia abandonado toda a ternura e ela falava seriamente comigo agora, me empurrando pela última vez. — Você sabe que é proibido! Vocês são próximos! Só vai piorar as coisas...

Minha amiga estava certa, ainda assim, não consegui evitar de desaguar meu choro de forma dolorosa e sofrida, mal suportando o quanto meu coração estava doendo naquele momento. Jess, parecendo se arrepender de ter sido dura comigo, inclinou o corpo para a frente e me abraçou, me deixando abraçá-la de volta, enfraquecido, enquanto meu peito subia e descia, balançado por soluços dolorosos.

Aquilo era desgraça demais para estar acontecendo com uma pessoa só, não podia ser real. Meu Jhon não podia estar sofrendo tudo isso, não desse jeito. Ele não merecia ter que pagar com a própria vida por conta de um caminho que ele nem queria ter entrado...

Que lutou com todas as forças para sair.

Respirei fundo, sem deixar de chorar por nenhum segundo, mas silenciando os espasmos e soluços que meu peito dava, mantendo as lágrimas mudas e os pensamentos acelerados, que aguardavam por notícias de Jhonatan, enquanto minha amiga não me deixava levantar daquela maca, mesmo quando eu havia dito que me sentia melhor.

Se passou meia hora ou três horas, já não fazia ideia de como o tempo estava correndo ao meu redor, mas avistei a silhueta de Yan adentrando aquela enfermaria, rodeada por enfermeiras que cochichavam assuntos variados entre si.

— Hadriel... — me chamou com a voz grave, olhando para mim com seriedade.

Ergui meu corpo e me sentei na maca, encarando seus olhos inexpressivos e gélidos, como sempre eram quando ele falava com qualquer pessoa que não fosse Pietro.

— Sim? — respondi, fraco, engolindo em seco, temendo receber alguma notícia ruim.

— Ele sofreu um traumatismo craniano e está em estado crítico. Nós tivemos que induzi-lo a um coma...

Levei as mãos ao rosto, segurando minha boca e o grito doloroso que queria fugir da minha garganta. Olhava, petrificado, para Yan, que continuava a lançar as notícias horríveis sobre mim:

— Mas ele está estável e vamos mantê-lo em observação constante, para que possamos monitorar sua recuperação.

Yan colocou a mão no meu ombro, me fazendo olhá-lo, enquanto meu chefe respirava fundo, parecendo se dar conta de quanta tragédia havia em volta de Jhonatan, em tão pouco tempo de vida.

— Eu não costumo dar nenhum tipo de encorajamento, porque esses quadros são muito difíceis de serem previstos, mas tenho motivos para acreditar que ele vai se recuperar.

Respirei fundo, entre soluços, não entendendo se ele falava aquilo para me ver melhor ou simplesmente porque acreditava nas próprias palavras, por ter acompanhado de perto as cirurgias que precisaram ser feitas.

— Eu mandei colocarem ele no quarto 711 novamente.

— O-obrigado — agradeci, sincero, enquanto sentia sua mão dar tapinhas leves no meu ombro, depois o observei quebrar o contato físico e cruzar os braços na minha frente.

— Você não pode tratar dele, certo? — ele perguntou, mas aquela era uma afirmativa. — Pode fazer visitas em tempo integral. Só você pode, os outros familiares precisam seguir o horário convencional de visitas, mas não quero você tratando dele, por questões emocionais.

Concordei com a cabeça, me sentindo um pouco mais lúcido agora, enquanto Jess continuava a apertar minha mão com firmeza.

— Você já pode vê-lo, vou deixar vocês a sós.

— Obrigado de novo, Yan — repeti, me sentindo grato por aquela ajuda inesperada, naquele momento tão delicado.

Yan não parecia saber lidar muito bem com meus agradecimentos, então apenas assentiu e deixou a enfermaria, me fazendo olhar para minha amiga, que ainda me dava todo apoio que podia.

— Me leva lá, Jess? — pedi com a voz fraca, sentindo a garganta falhar depois de tanto choro gritado.

Jess concordou com a cabeça, se levantando e me ajudando a fazer o mesmo, até que começamos a andar em direção ao elevador, tomando a grande caixa metálica até o sétimo andar.

Quando avistei o letreiro do quarto já conhecido, me aproximei e segurei em sua maçaneta devagar, olhando para Jess antes de entrar.

— Vai lá, eu vou ficar aqui fora. Grita bem alto, se precisar de mim, e eu entro correndo, ok? — ela disse, sorrindo, e eu sorri de volta, absurdamente quebrado e vacilante.

Me virando novamente para a frente, adentrei o quarto, dando de cara com uma das imagens mais dolorosas que eu poderia ver em toda minha vida. Jhonatan estava entubado, com o mesmo modelo de roupa de hospital que usou da outra vez que esteve no Astra Centro Hospitalar, com os cabelos cobrindo seu rosto.

— Meu amor, não, meu amor... você não... — Comecei a choramingar, me aproximando do seu corpo devagar e percebendo, mais uma vez, sua pele coberta apenas por um lençol fino.

Esbravejando, entre lágrimas, fui até o armário do quarto e tirei um cobertor ensacado e lavado. Rasguei o saco, o desdobrei e o coloquei sobre seu corpo, enquanto sentia o choro e a dor voltarem a me consumir. Ele estava tão imóvel, que a única coisa que se ouvia no quarto era o monitor cardíaco, anunciando seus batimentos, junto à máquina de oxigênio, que o mantinha respirando.

— Quem vai ser minha máquina de cantadas? — minha voz saía rouca, tão fraca e saudosa.

Então, continuei aquele diálogo sem resposta, me sentindo quebrantado pelas perguntas que eu mesmo fazia, desejando, com todas as forças, que ele pudesse me responder.

— Quem vai me segurar pelo pulso e me puxar até sentar no seu colo? — perguntei, cobrindo-o devagar, me certificando de que suas mãos e seus pés não ficassem de fora, e quando dei por mim, minhas lágrimas estavam batendo em cima do tecido grosso, da coberta que começava a esquentá-lo. — Quem vai, meu amor? Quem vai me abraçar por trás e colocar o queixo pesado no meu ombro?

Quando terminei de fazê-lo, puxei uma cadeira fina, que estava ao lado do sofá daquele quarto, e a posicionei até ficar ao seu lado. Me sentei ali, segurando seus três dedos com carinho, enquanto um deles, o indicador, era pressionado pelo grampo que levava seus sinais vitais ao monitor.

— Seja forte, grandão... você ainda tem tanta coisa pra viver — continuava conversando com Jhonatan, querendo acreditar que minhas palavras poderiam fazê-lo se manter vivo. — Eu preciso ver o seu sorriso bonito de novo, por favor, aguenta firme...

Fiquei ali, fazendo carinho em seus dedos, olhando seu rosto inconsciente, por vezes beijando o dorso de sua mão com cuidado, desejando que aquele calor, que emanava de sua pele, nunca se esfriasse.

Quando não aguentava mais chorar e sentir aquela dor aguda, que me destruía de dentro para fora, tomei forças para conversar com alguém que não estava fisicamente naquele quarto. Alguém que eu só havia chamado quando pensava que iria morrer de apanhar.

Mas agora eu não pediria por mim. Pediria por Jhonatan...

— Deus, eu não sou muito bom nisso, Você sabe... — comecei, sincero e sem jeito, embargado pelo choro que gritava socorro. — Eu não o-oro muito, devo fazer tudo e-errado, mas... — Naquele momento, eu encharcava meu pescoço e a gola da camisa, de tanto que lágrimas pesadas deslizavam pela minha pele. — Por favor, ele já sofreu tanto...

Soluçava, enquanto segurava a mão do meu namorado com tanta força, que as pontas de seus dedos ficaram avermelhadas, por causa do aperto desmedido e desesperado da minha parte, enquanto terminava de orar para aquele Ser invisível, que parecia ser minha última esperança de ter Jhonatan de volta.

— Por favor, não deixa o meu amor morrer.

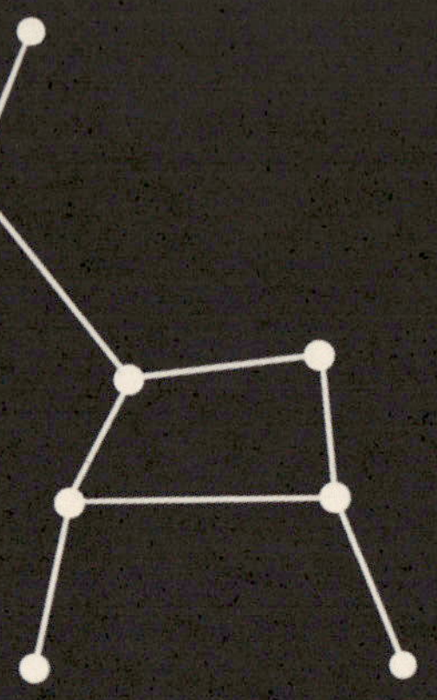

10

CAMELOPARDALIS

Jhonatan

3 SEMANAS DEPOIS...

"... a memória dele não deve ter sido afetada. O raio-x não mostrou nenhum dano grave, mas nós não sabemos o que vai acontecer até ele acordar, Hadriel..."

[...]

"... você não tá me ouvindo, mas a promessa ainda tá de pé, tá bem?"

[...]

"... e o nome do bebê vai ser Heitor Kauer Parini, Jhona... eu espero que você goste. Significa 'Aquele que protege e guarda', que nem Samuel protegia a gente... que nem você nos protegia também..."

[...]

"... e tá uma merda, né? Não existe companhia melhor pra beber, ranhento... você está fazendo uma falta do cacete..."

[...]

"... pode não ser agora, mas eu vou me vingar de todo mundo que fez você e seu irmão passarem por isso, garoto..."

[...]

"... mas, sério, acorda aí, bandidão... Meu amigo está cagado de saudade de você, tô cansada de ver ele com aquela bochecha inchada, de tanto chorar. Acorda, vai? Faz aquele reclamão voltar a ficar feliz..."

A mesma sensação familiar...

O mesmo apagão mental, torrencial, ensurdecedor.

Não sabia dizer exatamente onde estava e porque sentia meu corpo tão dormente, mas eu não me movia. Mal ouvia ou sentia, na verdade, mas a percepção de um plano real começava a me abraçar aos poucos, mesmo que meus sentidos estivessem bagunçados. Ou mal parecessem existir, aliás...

Eu estava vivo?

Essa parecia ser uma questão indesejada e constante na minha vida. A habitual pergunta da existência dos meus sinais vitais era uma dúvida que eu gostaria de não ter com frequência. Não era agradável pensar que eu estava morto o tempo inteiro, como não é agradável achar que você não viveu o suficiente...

Mas...

Algo no aroma me fazia pensar que eu ainda estava no mundo que conhecia.

O cheiro foi a minha primeira percepção, sendo o olfato o primeiro sentido que me fez notar que eu estava, sim, bem vivo. Era gélido ou refrescante, misturado a algo leve e gostoso, familiar, apenas não sabia dizer exatamente o quê, mas estava lá e estava próximo.

O tato veio em seguida, me fazendo sentir dedos macios, que seguravam os meus de forma meiga e gentil, fazendo carícias sequenciais, que iam do dorso da minha mão até minhas unhas. Eles se mexiam, pincelando minha pele naquele contato. Era bom, eu gostava daquilo.

Ainda imóvel, foi difícil não atender aos estímulos auditivos, sendo esse o terceiro sentido que começava a voltar ao meu corpo. Notei, de uma forma igualmente agradável, uma voz gostosa, que soava baixinho ao meu lado, fazendo com que, antes mesmo que tivesse forças para abrir os olhos, pudesse começar a entender um pouco do que se dizia ali.

— ... e ele fez cocô na nossa cama, foi horrível — a voz soltava uma risada, me fazendo quase querer rir também, mas não tinha forças para isso.

Ainda não.

— ... mas depois, eu limpei tudo e já está tudo cheiroso de novo, esperando você voltar pra casa, sabe? Até coloquei aquele edredom grosso que você gosta, o vermelho.

Eu gostava de um edredom vermelho... eu sabia que gostava.

— Eu sei que você vai acordar logo, eu sinto isso... — ele dizia, porque percebi ser um homem. — Mas antes que acorde, eu só queria te pedir...

Porra, como eu gostava daquela voz.

— Desculpe e obrigado...

Essas palavras eram familiares para mim.

Agora a voz soluçava, era notável, e eu percebi o exato momento em que um sentimento de tristeza inundou meu coração também. Parecia que eu sentia o que ele sentia.

Não fazia sentido nenhum. Nenhum mesmo.

— Desculpe por não demonstrar amar você na mesma proporção que você demonstrava me amar... — Ele fungava, segurando meus dedos com um pouco mais de força, enquanto meus olhos ainda se mantinham inertes e fechados, assim como todo meu corpo. — Desculpa por ter sido estúpido com você quando você teve que fugir pra minha casa...

Por que doía tanto? Eu ainda não entendia.

— Eu estava com medo por mim, medo por você, eu estava apavorado, mas, porra... eu já queria tanto você, Jhonatan.

Jhonatan, esse era o meu nome, claro que era. Combinava comigo, era o nome de um cara gostoso. Eu era gostoso? Tinha a sensação de que sim.

— Desculpe por reclamar das suas mordidas... — Ele soluçava mais uma vez, entre um choro e um riso de quem se lembrava de algo com humor, apesar das lágrimas. — Pode acordar e me morder o quanto quiser, amor. Pode morder minha cara, meus braços, minha bochecha...

Por que eu queria que ele dissesse "*bunda*"?

A voz estava chorando e eu não parava de pensar sacanagens. Quase ri de novo. Eu queria rir, mas não conseguia. Não conseguia mover meu corpo, nem os menores músculos, mas sentia que iria conseguir, a qualquer momento. Mas enquanto isso não acontecia, eu apenas continuava ouvindo o som daquela voz gostosa, que parecia ser a melhor coisa do mundo.

— E obrigado por ter aparecido na minha vida que nem um louco... — Ele deu uma gargalhada, baixa e embargada pelo choro. — Não vou agradecer por você ter tomado um tiro, eu me recuso!

Eu tomei um tiro também? Mas, que porra...

— Mas obrigado por você ter me dado a oportunidade de ter os melhores dias da minha vida, e eu te amo o suficiente pra acreditar que você vai me dar muitos outros, meu amor — o tom voltava a ser um pouco triste, à medida que seus dedos seguravam os meus com um pouco mais de força, mais uma vez. — Nós ainda vamos no cinema, você me prometeu, lembra?

Eu prometi? Não me lembrava...

Mas poderia ir para o cinema com ele, sem problema nenhum.

— Então, quando você acordar, vou escolher sua roupa, eu posso? Que nem a criança de 21 anos e meio que você é. — Ele voltou a dar mais um riso baixo. — Apesar de você não ter mais 21 anos e meio, já tem quase 22, mas eu gosto de te chamar assim.

Não gosto de envelhecer.

— E aí, você vai todo engomadinho, do jeito que sempre reclamou, mas eu deixo você usar a jaqueta que eu te dei. Ah, os coturnos também, você fica tão bonito com eles...

Aquele cara gostava de conversar comigo sem parar, isso era claro, mas me deixava surpreso que...

Quanto mais ele falava, mais eu queria que ele continuasse falando, porque sentia que sua voz era algo que eu queria ouvir pelo resto dos meus dias.

Sentindo meu corpo dar leves sinais de resposta à minha vontade de despertar, movi muito sutilmente o dedo que ele segurava e percebi sua fala se cessar, pelo susto, exatamente no momento em que o dono daquela voz bonita percebeu o que estava acontecendo.

Eu estava tentando acordar e estava conseguindo.

— Jhon? — Ouvi o som de uma cadeira sendo arrastada, e os dedos macios, antes segurando minhas mãos, agora estavam repousados sobre meu ombro de forma sutil. — Jhon, você... você?

Ele parecia ter levantado, no susto, e não conseguia falar muito. Sua voz estava embargada e ligeiramente em pânico, ou euforia, eu não sabia distinguir. Então, lentamente, abri meus olhos...

Com a demora de quem ainda não consegue controlar os movimentos nem da própria cabeça, virei meu rosto bem devagar, conseguindo encarar o dono da voz que me acalmava, momentos atrás.

Caralho... como era lindo.

Ele usava um moletom que eu tinha certeza de que era meu. Era preto e grande, muito maior que seu corpo. Seus cabelos estavam meio amassados, suas mãos estavam uma ainda no meu ombro e outra na sua boca, tentando controlar um choro sequencial, mas sem sucesso algum. Seus olhos estavam inchados e vermelhos, ele parecia estar chorando há muito tempo, e quando começou a falar comigo, suas palavras se misturavam a engasgo, choro, riso e nervosismo.

Ele estava uma bagunça. *Uma bagunça tão bonita...*

— Eu... — tentei falar, mas não consegui de primeira.

Fechei os olhos com força, sentindo uma leve ardência na minha íris, causada pela luz direta, que alcançava minha vista.

— *Shhh*, calma, Jhon — ele dizia com um tom carinhoso, paciente, enquanto sua mão pequena ainda massageava meu ombro devagar. — Não precisa falar agora, ok?

Tentando mais uma vez, voltei a abrir os olhos, encarando novamente aquele cara tão bonito. Franzi o cenho, fazendo força para pensar em algo a dizer, mas minha cabeça parecia um grande lençol branco, que era ondulado por um vento fraco.

Aos poucos, comecei a perceber pinceladas de alguma coisa nesse lençol, mas elas não vinham de uma vez só e ainda eram turvas.

— Minha cabeça... está tudo confuso — disse, voltando a fechar os olhos, respirando com dificuldade e tentando me acostumar com meus sentidos, que tentavam achar harmonia entre si.

— Para de falar um pouquinho, por favor, não precisa ter pressa, ok? Eu preciso chamar o Yan — ele falou, ainda soluçando, parecendo trêmulo.

Ele estava nervoso e feliz demais por me ver acordando, mas, mesmo falando que precisava chamar esse tal de Yan, não saiu de perto de mim, só tirou um celular de dentro do bolso grande do moletom e discou para alguém.

— Yan? — sua voz soava ainda embargada e fraca. — Ele acordou, pode vir aqui? — Dois segundos de silêncio se fizeram. — Obrigado.

Ele voltou a olhar para mim, suave e contido, baixando a mão, que estava no telefone, e levando-a de encontro a minha, fazendo mais um carinho gostoso na minha pele. Eu não entendia o que estava se passando com aquele cara, mas me ver acordado claramente o fazia feliz demais.

Porra, ele era tão familiar... eu gostava tanto de olhar para ele.

— Ele já está vindo, ok? Por favor, não fala nada agora, você precisa despertar aos poucos, não precisa forçar sua voz.

Eu não me lembrava de alguém falar com tanto carinho assim comigo há muito tempo. Aquele cara, com o moletom grande, fazia tudo dentro de mim se aquecer com tão pouco.

Em outra ocasião, eu acharia estranho *pra porra* alguém me olhando daquele jeito, chorando como se eu fosse a única pessoa no mundo, como se fosse uma pedra preciosa ou algo assim, mas, caralho, meu corpo todo se arrepiava com o jeito que ele devotava sua atenção para mim daquela forma.

Nunca gostei de manter contato visual com ninguém, sempre achei uma coisa pessoal demais, por vezes até sufocante. Mas não conseguia parar de o olhar, enquanto ele olhava para mim...

Eu gostava dele. O que eu estava sentindo era mais do que gostar, na verdade.

— Acordou, não é? — Ouvi uma voz grossa e, arrastando a vista lenta para a porta, vi um homem, de cabelo platinado, entrar, acompanhado de um outro homem, de cabelo castanho, um pouco mais alto que ele.

O cara que usava o moletom, que eu tinha quase certeza ser meu, quebrou nosso contato visual e olhou para a porta, fungando mais uma vez e tentando limpar as lágrimas do rosto.

— Você está péssimo — o platinado falou sério, olhando para o cara do moletom, que apenas deu de ombros e o observou vir para o meu lado da maca.

Ele estava péssimo uma porra, ele estava lindo.

— Qual seu nome? — o médico platinado perguntou para mim, parecendo não ser uma pessoa com muita paciência com os enfermos que tratava.

— Jhonatan... Kauer — respondi simplesmente, não fazendo ideia de como lembrava que meu sobrenome era Kauer, mas era.

O cara do moletom preto sorriu e voltou a chorar ao mesmo tempo. Eu estava quase rindo, porque aquilo era fofo.

— Quantos anos você tem?

— 21 anos e meio.

O cara do moletom soltou uma risada engasgada alta, no meio do choro, e o médico platinado olhou para ele, franzindo o cenho, não entendendo por que ele achava tanta graça da minha idade. O outro cara, que parecia um enfermeiro, ficou ao lado do cara que devia estar usando o meu moletom e começou a sussurrar alguma coisa para ele.

Estava perto demais, *que abusado*.

— Você vai pra sala de exames daqui a uma hora, vou levar você pessoalmente — o platinado dizia, ainda sério, depois se virou para o cara de moletom. — E você pode conversar com ele por enquanto. Se ele ficar confuso, fale sobre a situação, mas é como eu já te expliquei. Respira fundo, se acalme e veja até que ponto ele se lembra.

O cara do moletom assentiu, e depois dele e o provável enfermeiro conversarem mais um pouco, enquanto o médico platinado me fazia algumas poucas perguntas, eles se despediram e saíram do quarto, me deixando sozinho com o chorão beiçudo de novo.

Eu gostava de ficar sozinho com ele, mas gostava ainda mais quando ele se aproximava de mim, que nem fez assim que a porta foi fechada.

— Você está sentindo dor? — antes mesmo de estimular minha memória, sua preocupação era com o meu estado físico.

Será que ele aceitaria sair comigo?

— Eu não... — disse devagar, sentindo um leve enjoo e os sentidos levemente turvos. — Não sinto nada, só... enjoo e... — Respirei fundo, fechei os olhos por alguns segundos, depois voltei a abri-los. — Minha cabeça está meio bagunçada.

Ele fez que "sim" com a cabeça, parecendo estar a par de tudo que meu corpo passava naquela hora, então se permitiu se aproximar um pouco mais da maca e segurou meus dedos mais uma vez.

Toda vez que ele me tocava, eu agradecia aos céus.

— A sua mente, agora — ele continuou, segurando meus dedos com um pouco mais de força, parecendo um encorajamento unido à explicação que ele percebia que eu precisava naquele momento confuso —, está funcionando como um computador...

Pisquei, assentindo, deixando que ele prosseguisse.

— O computador precisa de um tempo pra ligar e trazer à tona todas as memórias... e é isso que está acontecendo com você nesse momento. Você não vai lembrar de tudo imediatamente e alguns arquivos vão demorar pra aparecer mais do que outros.

— Eu juro que... — Pigarreei, sentindo a garganta seca. — Eu excluí a pasta que tinha pornografia.

Ele sorriu, com a vista cheia de lágrimas, de forma tão sincera, que seus olhos ficaram bem pequenininhos e chorosos. Minha vontade era pegar seu rosto e beijar suas pálpebras um monte de vezes.

O que aconteceu para eu acordar tão meloso desse jeito?

— Eu... — comecei rouco, engolindo em seco e sentindo a garganta arranhar novamente, provavelmente pelo tempo que fui privado do uso das minhas cordas vocais. — Desculpe, eu não lembro o seu nome — confessei e notei, no seu rosto bagunçado, uma mistura de alívio, por ouvir minha voz, com preocupação pela minha memória afetada. Entretanto, *não saber seu nome* não diminuía o fato de que uma verdade explodia no meu peito naquele momento.

Não saber seu nome não anulava o fato de que eu sentia alguma coisa. Sentia *pra caralho*.

E, impulsivo como eu parecia ser, externei:

— Mas lembro que eu amo você.

E o seu choque foi tão grande quanto sua feição chorosa de alívio.

— Ah, meu amor. — Ele levou a pequena mão ao rosto, que voltava a se inundar com lágrimas.

Que porra de bebê chorão lindo, caralho, eu realmente era muito idiota por aquele cara.

Ele soluçou, fazendo carinho no meu ombro e tirando a mão do rosto, revelando a cara tão inchada de choro. O cara se inclinou sobre mim e encostou a testa na minha, enquanto a mão macia repousava na minha bochecha de forma amorosa.

— É Nicolas — ele disse, rindo embargado, quase em uma gargalhada. — Meu nome é Nicolas...

— Nicolas... é claro que é Nicolas. Nicolas Hadriel — falei, rindo de leve, percebendo o quanto aquele nome fazia sentido para mim e que era confirmado por ele em milhares de balançadas positivas de cabeça. — Você... é médico, não é? — Um jaleco parecia ser parte da sua vida, eu começava a lembrar vagamente.

Minha voz ainda soava baixa e rouca, fazendo certa força para falar, mas sentindo a curiosidade parecer ser combustível para o meu corpo voltar a funcionar aos poucos.

— Sou, meu amor, eu sou sim... — Ele ria ainda mais, roçando o nariz no meu, parecendo mais feliz do que eu conseguia compreender. Eu também estava feliz da mesma forma, só não tinha forças para demonstrar.

— Por que eu... — Pigarreei, franzindo o cenho, com dor, sentindo a garganta seca.

— Você quer água? — ele perguntou, preocupado, se distanciando levemente de mim, só para olhar para o meu rosto.

Assenti devagar, sentindo toda extensão da minha boca muito seca. Nicolas me deu um beijo na testa e saiu do quarto, voltando, em menos de 5 minutos depois, com uma garrafa lacrada e um canudo.

Foi o tempo de perceber como eu detestava quando ele saía de perto de mim. E foi o tempo, também, de olhar o teto, as paredes, o quarto inteiro.

Eu já estive ali.

— Tem copo descartável aqui, mas eu acho que vai ser mais fácil de canudo — ele disse, rindo, nervoso, abrindo a garrafa, depois colocando o canudo dentro e voltando a se aproximar de mim. — Bebe devagar, ok? Já tem tempo que você não ingere nada...

Ele trouxe o canudo devagar até meus lábios, e colocando na minha boca, consegui dar o primeiro gole na água, que desceu de forma incômoda no começo. Não demorou muito para que eu começasse a dar goles sequenciais, mesmo que bem lentos. Empurrei o canudo com a língua e respirei fundo, depois de ter tomado a água com mais sede do que imaginava estar.

— Estava cheio de sede, não é, meu amor? — Ele riu fraco, ainda fungando um pouco, depois colocou a garrafa em uma mesinha próxima à maca e voltou para o meu lado, segurando minha mão mais uma vez. — Se quiser mais, me pede, ok?

Assenti fraco, fechando os olhos e respirando fundo, tentando mover meus braços um pouco mais e percebendo que só conseguia movimentar o direito.

Quando olhei para o esquerdo, ele estava em uma tala preta e grossa, esticada sobre o colchão da maca. Uma das minhas pernas também estava imóvel, mas eu conseguia mover a outra.

— O que... — continuei meu questionamento, mesmo que estivesse forçando um pouco a minha voz, virando o rosto novamente para Nicolas, que me encarava, em silêncio, o tempo todo. — O que aconteceu comigo?

Ele respirou fundo, depois levou os dedos curtinhos a minha testa, tirando os fios de cabelo do meu rosto e os penteando para trás com carinho, enquanto começava a falar.

— Você sofreu um acidente, meu amor.

— Jura?

Eu era debochado assim, antes disso tudo?

Achei que Nicolas iria ficar com raiva, mas ele começou a rir, balançando a cabeça negativamente.

— Para, Jhonatan... o momento é sério, deixa eu explicar.

— Desculpe — falei, rindo pequeno, ainda fraco. — Você pode me chamar só de amor?

Nicolas riu ainda mais, um sorriso bem grandão, fazendo seus olhos ficarem tão pequenininhos, que quase entraram no seu rosto. Ele se aproximou de mim e deu um beijo na minha testa devagar, com muito carinho, depois voltou a me olhar.

— Eu não acredito que você acordou... Eu estou tão... — Ele riu nasalmente, completamente incrédulo. — Tão feliz! É claro que eu posso te chamar só de amor, meu amor.

Nicolas respirou fundo, se recompôs mais um pouco, depois continuou falando.

— Você foi atropelado por algum filho da puta desgraçado, cria do Inferno, corno e arrombado...

— Você... sempre foi agressivo assim? — perguntei, rindo fraco, me surpreendendo com todos aqueles xingamentos que saíam de sua boca.

— Não, meu amor, eu não sou agressivo... — Ele voltou a rir bem baixinho, balançando a cabeça, acompanhando sua negação. — Mas quando envolve você, eu não sei... me dói tanto, eu...

Então, seu lábio inferior tremeu muito e ele voltou a chorar, passando o dorso da mão, de forma agitada, pelos olhos, fazendo meu coração doer com aquela imagem.

— Eu tô tão feliz que você acordou, amor...

— Então, por que está chorando tanto? — perguntei, sincero, não entendendo o motivo de toda aquela dor.

— Eu tive tanto medo de nunca mais te ver, tanto medo de te perder...

Fofíssimo, caralho.

— Eu não vou a lugar nenhum — falei pela primeira vez, apertando os dedos que me seguravam.

Ele deu mais um sorriso fraco, pincelado pelo choro, e se aproximou de mim, me dando outro beijo na testa.

— Eu preciso... lavar o rosto — disse, entre um riso choroso, tentando pentear os cabelos com os dedos, depois fungando algumas vezes, tentando se recuperar de toda aquela tristeza. — Só um segundo, ok?

Nicolas saiu de perto de mim por pouco tempo, mas o suficiente para que conseguisse virar o rosto na direção em que ele andou, até o banheiro do quarto, e notasse, também, uma pequena "bagunça organizada" em cima e ao lado do sofá que tinha ali, próximo a minha maca.

Eram roupas dobradas em duas pequenas pilhas, uma mala pequena, encaixada ao lado do estofado, um carregador de celular em cima da pilha de roupas, o próprio aparelho celular, largado no sofá, um travesseiro e um edredom, que não pareciam ser do hospital, e sim, de uso pessoal.

Nicolas parecia estar acampando ali no quarto há mais tempo do que eu fazia ideia.

— O que... — comecei a perguntar, confuso, quando ele voltou para o meu lado, com o rosto um pouco mais limpo e os cabelos mais arrumados. — O que é isso tudo no quarto, no sofá?

— Eu trabalho aqui no ACH... — Até o nome do hospital fazia sentido, agora eu tinha certeza de que já estive ali. — Mas hoje eu estou de folga, e nos dias que eu estou de folga, eu fico o tempo todo com você aqui, no quarto. Acabei trazendo coisa demais e quase me mudando pra cá.

Ele riu, meio envergonhado, balançando a cabeça negativamente, provavelmente se sentindo sem graça por ter virado meu guarda-costas.

— Eu ainda vou em casa, pra regar minha planta da sala e lavar roupa — ele disse baixo, me contando um pouco mais da sua rotina. — Mas quando estava trabalhando, sempre fugia pra ficar vendo você dormir. Eu sei que parece doentio... desculpe — sua voz soava com ainda mais culpa e vergonha. — Eu só queria saber se você estava bem.

Eu não achava doentio. Na verdade, achava lindo sua preocupação comigo.

— Você me ama de verdade, não é? — perguntei, percebendo que aquilo tudo era esforço demais para uma pessoa só.

Ele sorriu sutilmente, e os olhos se encheram de lágrimas mais uma vez. Nicolas parecia sensível demais, principalmente a todas as minhas palavras.

— Sim, amor, eu te amo de verdade — ele falou, em uma risada soluçada, mantendo o carinho gostoso no dorso da minha mão, se aproximando de mim, mais uma vez, e deixando um selar meigo e quentinho na testa.

— Me dá um beijo? Na boca. Minha testa já está satisfeita — pedi, abrupto, porque, desde a hora em que abri meus olhos, queria sentir aquela boca, tão bonita, tocando na minha. Ele sorriu, como quem já era acostumado com o meu jeito de falar, depois desceu o rosto devagar, em encontro ao meu, segurando minha mandíbula delicadamente.

Sua respiração estava rápida, a minha também, parecia que fazíamos isso pela primeira vez. Quando ele tocou os lábios nos meus, guiado pelo meu desejo descontrolado de sentir sua boca inteira, o mordi de forma fraca e dei vigor a um ritmo mais intenso, deslizando a língua pela sua derme inchada.

Ele tinha calma, eu tinha pressa.

Mas essa calma, contida em si, rapidamente cedeu a minha vontade, quando ele se entregou um pouco mais ao nosso beijo e eu ouvi um gemido baixinho, que não parecia ser de malícia, mas, sim, de alívio por poder me beijar. Ele parecia preocupado demais para me arrebatar em um beijo mais intenso.

— A gente... — ele disse, depois de separar nossos lábios com dificuldade. — Vai poder fazer isso várias vezes, eu prometo...

Ele riu, envergonhado. Era tão fofo.

— Mas você precisa se recuperar primeiro.

— Eu estou bem — falei, teimoso e rouco, não gostando de quando ele tirava a boca de perto da minha.

Mas era mentira. Eu me sentia inteiramente grogue, mas sabia que não estava bem, só não queria me afastar de Nicolas.

— Não está, grandão — ele continuou, ainda meigo, me fazendo sentir um arrepio quando a palavra "grandão" saiu de sua boca. — E eu vou cuidar de você, mas preciso que você me ajude...

— E o que... eu posso fazer?

— Parar de me pedir pra te beijar, antes que eu suba em cima dessa maca e agarre você de uma vez.

— Então, me beija, Nicolas.

Ele riu, balançando a cabeça negativamente, provavelmente acostumado com o meu jeito e com as minhas cantadas, ainda assim, voltou o rosto para perto do meu e me beijou mais uma vez, devagar, não deixando que eu aprofundasse nada.

— Você não tem jeito...

Puxando a cadeira que usou antes, Nicolas sentou ao meu lado e teve conversas leves comigo até que Yan voltasse ao meu quarto.

Me dando mais um beijo na testa, o bebê chorão se despediu de mim, enquanto me observava sair dali e ir para outro andar, para fazer os exames que o platinado havia dito que eu faria.

— Ele é médico, aquele cara... o Nicolas — resmunguei baixo para o maqueiro que acompanhava Yan, enquanto eles me colocavam no elevador. — Por que ele não pode vir comigo?

— Garoto, você parece criança. — O platinado riu baixo, mas ainda estava meio sério. — Ele não pode tratar de você porque vocês são próximos, ele pode acabar fazendo besteira ou afrouxar pro teu lado. E se você não parar de falar, eu vou aumentar teu sedativo e fazer você desmaiar de novo.

Engoli em seco, calando a boca na hora. Se aproveitando do meu silêncio, enquanto eu sentia minha garganta doer um pouco, provavelmente percebendo que eu não deveria estar tão agitado, Yan continuou falando e me explicando o quanto os primeiros dias eram os mais difíceis.

Que eu não poderia falar muito, deveria evitar me mover bruscamente, e se tudo desse certo com os exames, logo iria poder voltar à rotina normal. Antes, eu precisava fazer tudo certo, para não passar mais tempo do que o desejado naquela maca.

10.1
7 CAMELOPARDALIS

Os exames duraram aproximadamente uma hora, e logo eu estava de volta ao meu quarto.

Quando colocaram minha maca na posição original, percebi que Nicolas havia adormecido no sofá do quarto, e seu sono era tão profundo, que ele não acordou nem com o barulho da porta sendo aberta.

Pensando que ele devia ter se privado de sono por mais tempo do que eu imaginava, não quis chamá-lo, pois parecia importante demais que ele descansasse. Parecia que ele só conseguia dormir em paz porque eu acordei. Mas durou pouco...

De alguma forma, ele notou que eu havia entrado no quarto e acordou, assustado, esfregando o rosto e levantando, meio tonto, vindo para perto de mim, sem nem conseguir abrir os olhos direito.

— Você pode dormir, Nick...

— Nick... — ele repetiu de forma meiga.

O médico sorriu, carinhoso, levando a mão bonita ao meu rosto e me acariciando, parecendo feliz por eu chamá-lo assim.

— Eu vou dormir quando você dormir. — Ele riu, tentando abrir os olhos com força. — Enquanto você estiver acordado, eu vou ficar acordado com você.

— Pode... — falei fraco, sentindo minha garganta ainda doer um pouco. — Pode me ajudar a lembrar de algumas coisas?

— Claro que posso, meu amor.

— O que nós somos? — perguntei, não sabendo o motivo pelo qual desejava que ele falasse "casados".

Desde quando eu tinha esse fogo no cu pra casar? Nunca quis casar, eu hein...

— Nós somos namorados, mas quase moramos juntos — ele respondeu, com um sorriso gostoso, passando os dedos na minha franja e a penteando para trás com carinho.

— Pensei que você era meu marido — quase resmunguei.

Ele riu de um jeito fofo, quase gargalhou, se divertindo com a minha resposta.

— Você tem falado muito de casamento ultimamente, mas eu não vou casar com você até você terminar a faculdade.

— Eu faço faculdade, não é? — Comecei a me lembrar das salas de aula, de uma menina de cabelo azul e de um cara que estava sempre grudado nela.

Acho que eram meus colegas de sala. Lembrei-me, também, de algumas aulas chatas, outras muito legais e do dia que saí da sala de vídeo para falar no telefone com Nicolas. Parecia ter sido recente na minha cabeça.

— Você faz — ele disse, me fazendo esquecer sobre o que eu pensava e voltando a focar em sua boca bonita, que continuava falando: — mas... — ele parecia chateado e inseguro para continuar.

— O que, Nick? — perguntei, não conseguindo deixar de ficar preocupado com o seu tom.

— Eu tive que levar a documentação para trancar o seu período, me perdoa — sua voz saía culpada e quase chorosa. — Nós sabíamos que a indução ao coma duraria aproximadamente três semanas, mas não sabíamos se você ia acordar, depois disso, e como você iria acordar... E ainda vai ter todo o período da fisioterapia, o seu braço, sua perna... Você não ia poder voltar a fazer as coisas normalmente por, no mínimo, dois meses.

Quanto mais ele falava, mais desesperado parecia.

— Então, eu tive que levar suas coisas. Você não tinha mais ninguém para te representar, eu tive que ir como seu médico, levar toda a documentação, e pedi ao reitor para trancar seu semestre. Ele aceitou, enviou suas estimas de melhoras e disse que a universidade está aguardando sua recuperação, mas me perdoa.

— Calma, doutor — falei, quase rindo, achando graça da forma com que ele ficava falando e falando sem parar. — Eu era agressivo com você? Já te bati ou te tratei com grosseria?

— Não — respondeu, franzindo o cenho, sem entender onde eu queria chegar.

— Então, por que está com tanto medo de mim?

— Ah, grandão. — Ele soltou o ar dos pulmões pesadamente. — É que você lutou tanto pra entrar nessa faculdade, eu não queria que você ficasse chateado.

— Obrigado por resolver isso tudo por mim, você não tinha obrigação de fazer nada disso. — Ri, incrédulo, pensando no quanto aquele cara se esforçava pelo meu bem-estar. — Caralho, um anjo se apaixonou por mim?

— Vou fazer tudo o que puder por você, meu amor — disse, rindo e beijando minha testa com carinho, depois descendo a boca, beijando minha bochecha e, por fim, selando nossos lábios devagar. — Eu vou cuidar de você tanto quanto eu conseguir, ok?

Assenti, absorvendo seu carinho e me beneficiando de todas as sensações boas que emanavam dele. Eu estava todo fodido, em cima de uma maca de hospital, mas era estupidamente estranho como nunca me senti tão vivo. Apenas por ser amado. Apenas por ser cuidado.

E o cuidado perdurou, fazendo com que eu me lembrasse, o tempo todo, do motivo pelo qual eu era tão enlouquecidamente apaixonado por aquele médico.

10.2 ALPHA CAMELOPARDALIS

Durante os dias que foram se passando, Nicolas devotou a mim um carinho que não era humanamente compreensível. Pelo menos eu não conseguia compreender como alguém gostava tanto assim de mim.

Achei que ia ficar com a memória comprometida por muito tempo, mas conforme eu dormia e acordava, as lembranças voltavam para minha cabeça aos poucos, cada vez mais. Parecia que eu já sabia que não tinha mais meus pais, então chorei de leve quando me lembrei deles pela primeira vez. Era um choro saudoso, mas, de certa forma, feliz, porque momentos bons vinham a minha mente.

Lembrei-me da risada da minha mãe, do jeito engraçado do meu pai. Foi reconfortante me lembrar dos dois como se eles estivessem ali, me acariciando, me dando forças.

Lembrei-me de coisas cotidianas, das minhas salas da faculdade, das pessoas do bando, de Nataniel, Cecilia. Mas quando eu me lembrei de Samuel...

Ao me dar conta de que havia perdido meu irmão, comecei a chorar naquele quarto, gritando, como se acabasse de receber a notícia, como se acabasse de vê-lo morrer.

Não foi como a lembrança dos meus pais. Eu *realmente* achava que ele estava vivo, até lembrar que não.

Até lembrar que presenciei o exato momento em que a vida do meu irmão saiu de seu corpo.

Não consegui parar de gritar, porque estava revivendo tudo.

Pietro, o enfermeiro que já tinha ficado comigo antes, entrou no quarto correndo, por estar perto dali, já que Nicolas havia voltado ao trabalho, mas ele logo mandou chamar meu namorado, que não demorou a chegar.

— Eu não sei o que aconteceu com ele, Nicolas — o cara falou, parecendo ter medo de se aproximar de mim.

Meu corpo sacolejava, meu peito doía.

— Amor? Meu amor? — Nicolas se aproximou da maca, fazendo seu jaleco ir balançando, conforme ele corria para vir mais perto. — O que foi? Do que você se lembrou? Foi *ele*, meu amor? Se lembrou *dele*?

Como era esperto e me conhecia...

Balancei a cabeça desesperadamente, concordando com sua fala.

— O Samuel, Nick... — falei, sentindo o peito doer, não conseguindo me erguer e deixando as lágrimas jorrarem pelos cantos do meu rosto — ...eu não tenho mais meu irmão...

— Meu amor... — falou, segurando minha mão, depois se virando pra Pietro — Pode ir, Pietro, obrigado pela ajuda.

O enfermeiro assentiu e saiu do quarto; depois Nicolas voltou a olhar para mim, chegou o rosto perto do meu, repousando a testa na minha.

— Ele se foi, mas foi pra proteger você, Jhon...

Concordei mais uma vez, daquela forma desesperada, sentindo o carinho de Nicolas sobre mim. Junto à lembrança de sua morte, veio a lembrança de todos os dias que Nicolas se dispôs a ficar comigo. De tudo que ele fez por mim, de como enfrentamos o luto juntos. Um luto que não lhe pertencia, mas que ele tomou para si, apenas para ser mais um alicerce na minha vida prestes a desmoronar.

— Desculpe... desculpe, Nick, eu... — Tentei respirar fundo, sentindo o choro diminuir um pouco. — Eu não imaginei que ia ter a mesma reação de novo...

Era como se eu tivesse tomado dois socos na cara, no mesmo lugar e em sequência.

— Não precisa pedir desculpas, você está lembrando das coisas aos poucos, é normal que você sinta tudo de novo desse jeito...

Assenti, mais calmo dessa vez, controlando meu choro com mais força do que me lembrava ter controlado no dia em que meu irmão morreu. Mesmo já tendo passado por isso, ainda era difícil. Mas eu passei... então, sabia que conseguia me recompor.

— Eu não gosto quando você fica fora do quarto — confessei, detestando estar nessa fase dependente de merda, em que as lembranças pareciam me nocautear a cada 5 minutos.

— Ah, Jhon. — Ele riu baixo. — Eu também odeio ficar longe de você. A minha hora de almoço é agora. Eu vou bater meu cartão, buscar minha comida e volto pra cá, ok?

Assenti, ele saiu do quarto e, quando voltou, alguns minutos depois, não voltou sozinho.

Uma menina baixa, com um barrigão de grávida, entrou no quarto, sorrindo que nem uma doida. Era Cecilia, minha cunhada, e mesmo que eu lembrasse que ela estava grávida, não lembrava que a barriga estava tão grande assim. Como poderia ter crescido tanto em pouco mais de um mês?

— Jhona, meu Deus, você acordou — ela disse, segurando o choro, chegando perto de mim e fungando. — Desculpa, os hormônios me deixam emocionada demais.

— Pode chorar, eu sei que você morreu de saudade do seu cunhado chato.

Ela riu, chegando perto de mim e estalando um beijo na minha testa, meio desajeitadamente, porque sua barriga não podia ser apertada contra a maca. Enquanto isso, Nicolas sorria, olhando para nós dois, colocando sua refeição no aparador na frente do sofá e começando a destapar os potes.

— Quer comer, Ceci? — ele ofereceu a minha cunhada.

— Acabei de comer quase um quilo de frango assado, Ni.

— Porra... por isso a barriga está desse tamanho.

Cecilia gargalhou, depois me deu um tapa fraco no ombro.

— Eu queria ter vindo antes, Jhona... mas eu fiquei muito enjoada esses dias. No dia que tentei sair de casa, vomitei o corredor todo — minha cunhada disse, meio envergonhada.

— Quem limpou? — perguntei, franzindo o cenho, segurando o riso.

— Luca...

Ri com força, quase gargalhando alto, depois senti umas fisgadas no estômago e fui parando de rir, mas era engraçado demais imaginar Lu, todo nervoso, ajudando Cecilia. Ele não pediu, mas acabou ganhando uma irmã grávida para cuidar.

— Onde aquele bêbado está?

— Lá fora, falando com alguém no telefone, parece que está discutindo.

Foi só minha cunhada falar, que Luca abriu a porta, aparecendo e dando um sorriso imenso quando olhou para mim.

— Caralho, o ranhento acordou! — quase gritou, todo feliz, andando rápido na minha direção e praticamente empurrando Cecilia para o lado com sua bunda magra.

— Calma, seu doido — Cecilia resmungou, e eu ri ainda mais.

A convivência dos dois devia ter se desenvolvido perfeitamente bem, pelo que pude perceber.

Até vômito o Lu estava limpando...

— Desculpe, Ceci — ele pediu, sem graça, e depois que ela riu, meu amigo claramente se sentiu melhor, voltando a olhar para mim. — Caralho, você esqueceu de tudo, ranhento?

— Sim e não — respondi, olhando para o teto e respirando fundo, tentando pensar em como estavam minhas lembranças naquela altura do campeonato. — Eu lembro das coisas conforme apresentam os fatos pra mim...

Nicolas comia silenciosamente no sofá, deixando que eu tivesse meu momento com as visitas do dia.

— Mas, às vezes, eu lembro de coisas do nada... Coisas boas me fazem rir muito, coisas ruins me fazem chorar que nem bebê. É meio estranho, às vezes parece que eu acabei de nascer.

— Deve ser maneiro — Luca disse, rindo.

— Deve ser assustador, a cabeça deve ficar super confusa. É muita informação — minha cunhada disse, mostrando que tinha mais sensatez.

— Lembra da primeira vez que você transou? — Luca perguntou, do nada.

Cecilia olhou para ele, chocada, mas segurando o riso, e eu acabei rindo também.

— Sim, foi com Nicolas — respondi, tentando ignorar a imagem desconfortável da minha primeira vez desastrosa, que aconteceu com uma pessoa que eu nem sabia mais se estava viva.

— Você é tão sonso, Jhonatan — a voz do médico soou, em um tom de julgamento puro.

— Não quero lembrar de nenhum sexo que não seja com você, doutor — aumentei a voz, para ele ouvir em alto e bom tom.

— Jhona, eu não tenho como tapar os ouvidos do seu sobrinho, então se controle, por favor? — pediu, colocando as mãos pequenas na barriga, como se pudesse impedir o bebê de ouvir alguma coisa. — Obrigada...

Enquanto todos no quarto riam, pedi desculpas, e assim que o horário de almoço de Nicolas terminou, ele me deixou mais um tempo com Luca e Cecilia, permitindo que passássemos uma tarde agradável, conversando.

Luca ficava me lembrando de coisas aleatórias o tempo todo, me fazendo rir, como um trouxa, de situações que às vezes eu duvidava se tinha vivido mesmo, mas que, no final, acabava lembrando.

Cecilia falou um pouco sobre Samuel, nós acabamos chorando juntos mais uma vez, e o choro continha dor, sim, em nós três, mas começamos a falar de momentos bons que tivemos com ele, e logo, não nos sentíamos tão mal assim.

Começamos a rir quando eles me lembraram do dia que eu passei na faculdade e Samuel estava mais feliz do que eu mesmo, e aquilo...

Aquelas lembranças eram as que eu queria manter dele.

Minhas visitas duravam um tempo muito maior do que o permitido no hospital, porque Nicolas fez questão de cobrar privilégios a Yan, e eu *não fiz questão nenhuma* de reclamar ou ser contra. Eu até gostava do jeito marrentinho dele ao me defender ou exigir coisas para me beneficiar.

Me dava tesão ver Nicolas tão protetor assim.

Quando o celular de Luca tocou mais uma vez, ele saiu do quarto e Ceci ficou ao meu lado, segurando minha mão.

— Eu tô muito feliz que você acordou, Jhona...

— Eu também tô feliz de ter acordado... era meio chato ficar em coma.

Ela riu baixo, balançando a cabeça, em negação as minhas piadas sem fim.

— Posso? — perguntei, levantando a mão devagar, querendo tocar sua barriga.

— Claro que pode, ele está com saudade do tio...

Cecilia pegou minha mão, colocando em cima do volume protuberante, e não muito tempo depois, senti a agitação dentro dela.

— Meu sobrinho é um alien — disse, rindo, sentindo que a criança realmente se agitava com o meu toque, me dando até um ou dois chutes. — Nossa, é normal ele ficar assim?

— Ele é bem agitado, sim — ela disse, rindo também, movimentando minha mão nas partes em que o bebê se movia com mais força. — Mas parece que ele está feliz de saber que o tio está bem.

— Vai dar trabalho *pra caralho*, vou comprar uma coleira e prender ele no pé da mesa.

— E eu dou uma paulada na sua cabeça, garoto — retrucou, se segurando para não rir, porque era óbvio que tinha achado a ideia engraçada. — O nome dele...

— É Heitor? — soltei, do nada.

Fazia sentido para mim.

— Como... — Ela olhou para mim confusa. — Como você sabe?

— Eu não sei — respondi, sincero.

— Eu vim aqui quando você ainda estava no coma... sentei do seu lado, ficamos conversando e eu falei o nome dele pra você — ela confessou, dando um sorriso meigo para mim. — Acho que você deve ter gravado isso, mesmo com a mente lerdinha...

Eu ri, concordando com tudo que ela dizia a mim. Me lembrava das vozes, da movimentação, mas era tudo muito bagunçado na minha cabeça. Não me surpreenderia se um estudo médico dissesse que, em coma, as pessoas podem absorver informações. Ou estudos espirituais, vai lá saber...

Porque eu absorvi o nome de Heitor.

— Heitor é um nome lindo, e eu sei que você também vai ser bonitão — comecei a conversar com a barriga, como se meu sobrinho pudesse me ouvir. — Ainda vou te ensinar a cuspir, pivete...

Senti a última palavra sair da minha boca de forma involuntária, lembrando-me do jeito como Samuel me chamava, e logo Cecilia me olhou, inicialmente assustada com o chamamento inédito vindo de mim, depois me dando um sorriso carinhoso.

— Heitor tem sorte de ter você como tio, Jhona.

— Eu que tenho sorte de ter ele como sobrinho e você como cunhada, Ceci.

Ela sorriu mais uma vez, e segundos depois, ouvimos a porta abrindo, revelando um Luca meio atordoado.

— Vamos, Ceci? Preciso resolver uma coisa...

— Vai transar de novo?

— Jhonatan, seu sobrinho!

— Desculpe, Ceci — falei, segurando o riso. — Você está precisando de dinheiro?

— Não... — ela sussurrou, chegando perto de mim. — O Nataniel me deu o dinheiro do Samuel, eu... — ela falou ainda mais baixo, mas eu consegui ouvir — Eu nem sei o que fazer com tanto dinheiro assim, Jhona...

— Compra uma mini Ferrari pro Heitor, um pônei, um castelinho — comecei a enumerar as coisas que eu sempre quis, quando era criança, e nunca tive.

— Se tem uma coisa que o muquirana do Samuel me ensinou, foi a não chamar atenção, garoto — minha cunhada disse, segurando o riso.

— Eu vou aparecer com isso pra ele e você vai ter que aceitar — falei, porque iria fazer mesmo.

Depois de conversarmos rapidamente, ainda rindo e trocando implicâncias sobre presentes para o meu sobrinho, nos despedimos.

Eles disseram que iriam tentar voltar em breve, mas que tinham outras pessoas querendo me ver e que iam dar oportunidade para que viessem.

Só conseguia pensar em Nataniel, mas sabia que ele não me visitaria durante o dia. Logo o enfermeiro entrou e, como todos os dias, me deu banho no mesmo horário, à tarde, pouco antes do turno de Nicolas terminar.

Nos primeiros dias, ele me dava banho na cama. Era um tipo de banho esquisito, com milhões de gazes molhadas e mãos ligeiras limpando todas as minhas regiões que o Sol não batia.

— Porra, o Nicolas não pode fazer isso, não? — perguntei, resmungando, depois de sentir o enfermeiro fazer uma limpeza profunda na minha bunda.

— Toma vergonha nessa cara — Pietro disse, sem paciência, provavelmente não aguentando mais me ouvir reclamar desde a época que tomei um tiro até hoje. — Seu namorado trabalha que nem um louco, o dia inteiro, e você ainda quer que ele te dê banho?

Engoli em seco, ele estava certo. Eu estava ficando mimado demais e acostumado demais com Nicolas fazendo tudo por mim.

Inclusive, desde que eu estava ali, ele havia escolhido horários fixos para trabalhar e não estava pegando plantão nenhum, para poder passar mais tempo comigo, então, depois que Pietro me deixou todo limpinho, ele apareceu no quarto, com o mesmo sorriso gostoso que me dava a sensação de que a vida valia a pena.

— Você fica gostoso demais com essa roupa de médico — disse, observando-o se aproximar de mim com o jaleco aberto balançando, o estetoscópio pendurado no pescoço e uma blusa azul clara de botões, perfeitamente fechada até o pescoço. — Acho que estou criando algum tipo novo de fetiche.

Ele riu, balançou a cabeça negativamente, tirou o estetoscópio, colocando em cima de sua mala de trabalho, ao lado do sofá, depois tirou o jaleco, colocou dentro do armário do quarto e começou a desabotoar a blusa, olhando para mim.

— Eu vou tomar um banho — ele disse, demonstrando clara preferência pelo chuveiro do meu quarto do que pelo chuveiro do vestiário dos residentes. — Já volto pra fazer você lembrar de mais coisas...

— Pensei que ia fazer um strip pra mim.

— Quem sabe outra hora — falou, sorrindo, e depois entrou no banheiro.

E aquilo fechava, praticamente, a rotina do que meus dias viriam a ser. Uma rotina que nunca imaginei me enfiar, porque a gente nunca imagina que vai passar quase dois meses dentro de um hospital, sem conseguir se mover, com o seu namorado tendo que se mudar para o seu quarto e quase esquecer que tem um apartamento próprio.

10.3
GAMMA CAMELOPARDALIS

Um dia depois, Pietro e eu começamos o que era uma tentativa difícil *pra caralho* para eu levantar, sentar na cadeira de rodas e ir para o chuveiro, tudo a mando de uma fisioterapeuta baixinha, mas que parecia a versão feminina de Yan.

A impressão que tinha era a de que eu iria apanhar se não tentasse me esforçar para levantar da cama.

— Essa é a Dra. Letícia, ela tem sido responsável pela sua recuperação enquanto você estava de coma — Pietro me apresentou para a mulher, que me observava, já na cadeira de rodas.

— E ae, dona?! — cumprimentei.

— E... ae?! — ela me cumprimentou de volta, meio sem jeito, o que me fez rir. — Coloca o pé dele no suporte, não deixa entrar água em hipótese nenhuma, nem na perna nem no braço, depois encaminha pro raio-x, que eu preciso checar o estágio da calcificação.

— Sim, doutora — o enfermeiro respondeu respeitosamente, observando a pequena mulher brabinha sair da sala.

— Vamos tratar ela com amor, senão ela quebra o resto dos meus ossos.

— Para de falar bobagem, Jhonatan — Pietro falou, empurrando minha cadeira de rodas para o banheiro. — Se não fosse por ela, seus ossos iam ter virado farofa, deu sorte dela estar de plantão na hora do seu acidente. Ela foi rápida demais identificando suas fraturas e imobilizando tudo.

Quando chegamos no chuveiro, ele apenas desamarrou a minha roupa de hospital, já folgada, e colocou no cesto de roupa suja. Pietro já tinha me dado tanto banho, que eu quase podia chamá-lo de mamãe.

— O que eu quebrei, afinal? — questionei, olhando para minha tala preta, que mantinha meu braço esticado, e logo depois para minha perna, inerte no suporte da cadeira de rodas.

— No braço foi uma fratura leve, você deve ficar pouco tempo com essa tala — o enfermeiro dizia, ligando o chuveiro e regulando a temperatura. — Na perna, eu não sei te dizer, mas provavelmente você vai ter que ficar andando de muleta, algum tempo, e fazendo fisioterapia.

— Porra, que merda. — Respirei fundo, já me imaginando caindo no meio do apartamento, porque não conseguia sustentar o corpo truculento em uma perna só.

— Jhonatan, o que aconteceu com você foi quase um milagre, sabe?

Pietro começava a falar, levantando minha perna no suporte elevado da cadeira de rodas, me fazendo gemer um pouco de dor, depois passando um plástico grande pelo meu braço, para não molhar a tala, nem o gesso da perna.

— Você bateu a cabeça, mas não teve coágulos nem perda de memória definitiva. Você quebrou o braço, mas foi uma fratura simples. O pior foi na sua perna, mas você vai se recuperar — ele ia listando as coisas que tinham acontecido comigo, enquanto me colocava debaixo do chuveiro. — Você deve ser um gato com sete vidas ou algo assim.

— Quatro vidas já foram, só faltam três.

Parecendo não entender sobre o que eu dizia, Pietro ficou quieto e me deu o sabonete, para que eu pudesse limpar meus países baixos sozinho, com o braço que estava bom. Percebi que queria ficar um pouco sozinho, debaixo d'água, e pedi licença. O enfermeiro não viu objeções em me deixar ali um tempinho.

Enquanto a água quente batia na minha cabeça, milhões de pensamentos bombardeavam minha mente, mais precisamente sobre as coisas que eu havia acabado de dizer.

Quando meus pais morreram, eu morri junto, mas Samuel me trouxe de volta à vida. Quando tomei um tiro, eu, provavelmente, morri também, mas foi Nicolas quem me fez viver dessa vez. Quando Samuel morreu, mais uma vida minha se foi, mas achei em Nicolas, novamente, a razão para não abraçar a morte.

E quando fui atropelado e experimentei, mais uma vez, o profundo escuro e vazio, revivi pelo som da voz daquele médico, que, se não estivesse ali, para me prestar socorro, eu, com certeza, não estaria mais aqui para contar a minha ou qualquer outra história que valesse a pena ser contada.

E mais uma vez, agradecia aos céus por ter Nicolas comigo, porque ele era, indiscutivelmente, o motivo de eu conseguir sair vivo de tantos furacões.

Me percebendo mais tempo quieto do que o normal, já que ultimamente eu vivia reclamando de dor, Pietro entrou de novo no banheiro e logo finalizou meu banho.

Já havia passado mais de uma semana que acordei, e por ordens da fisioterapeuta, aquela seria nossa rotina dali para a frente, enquanto minha estadia naquele *hotel maravilhoso* durasse.

Provavelmente, Pietro não aguentava mais me ver resmungando como um velho, então eu ia me esforçar, na tentativa de ser um ser humano melhor. Eu realmente não me dava bem com feridas e hospitais, e parecia que não havia treinamento para suportar as dores de uma forma melhor, mas eu tentaria ser menos cuzão mais uma vez, porque *eu acho* que já tinha prometido isso da outra vez que estive ali.

Quando mais um expediente de Nicolas terminou, o médico entrou no meu quarto, após às 19h, dando um sorriso enorme ao me ver. Ele sempre ficava muito feliz quando podia vir correndo para o quarto, e eu ficava que nem criança quando me dava conta de que ele iria voltar para mim. Nós dois éramos dois idiotas, isso era claro.

— Vou tomar banho, já venho te beijar.

Nicolas nunca me abraçava nem me beijava, antes de ir tomar banho.

Todo preocupadinho em não me passar nada.

— Rápido, senão eu vou morrer — fiz drama e o vi indo para o banheiro rindo.

Quando voltou, eu assistia a alguma coisa aleatória na televisão, e ele, tendo colocado o meu moletom e uma calça igualmente larga, puxou a sua cadeira e se sentou ao meu lado.

— Já comeu? — perguntei, preocupado, reparando que ele estava com mais olheiras e o rosto mais magro do que me lembrava.

— Comi antes de vir pra cá, amor. E você? — havia reciprocidade na preocupação.

— O enfermeiro abusado me deu a janta, agora a pouco.

— Ele não era medroso? Agora é abusado? — Nicolas riu, cruzando os braços em cima da maca e deitando o rosto ali, olhando para mim de baixo.

— Acho que ele perdeu o medo de mim... agora está abusado.

Rindo mais um pouco, Nicolas segurou minha mão e me deu um beijo calmo.

— Essa maca é grande pra porra, né? — falei, como quem não quer nada, mas ele entendeu o que eu queria.

— Não vou deitar com você, posso te machucar.

— Você é irritante demais quando lê minha mente.

Ele soltou uma gargalhada gostosa, depois beijou minha mão mais uma vez, mantendo o olhar carinhoso na minha direção. Mas eu não ia desistir do meu plano maquiavélico.

— Vem, Nick... deita aqui comigo? — insisti mais uma vez, começando a chegar o quadril para o lado com dificuldade, mas o suficiente para que ele pudesse vir para o meu lado.

— Eu odeio fazer tudo que você me pede, garoto.

— Não me chama de garoto, que eu fico doido pra te foder e eu não posso.

Nicolas riu mais uma vez, se levantando da cadeira e vindo deitar do meu lado, se encaixando no espaço limitado do colchão, passando a mão pequena em cima do meu peito e deitando no meu ombro devagar, com movimentos leves, que se adequavam perfeitamente ao encaixe do seu corpo ao meu.

Pegando o controle remoto da minha mão, meu namorado começou a trocar os canais, até que parou em uma versão atual do Homem-Aranha e repousou o controle na própria coxa, sabendo que eu gostava do cabeça de teia.

— Acho que estou tendo um déjà-vu — disse, rindo, lembrando que havia assistido um filme da mesma sequência quando estive naquele hospital meses atrás.

Nicolas riu baixinho, puxou o cobertor grande que estava em mim, colocando em seu corpo também, e se aninhou ainda mais ao meu lado, assistindo ao filme, quietinho ali, enquanto compartilhávamos da paz incomum de estarmos curtindo um momento só nosso dentro daquele quarto de hospital.

Quando os créditos subiram, quase duas horas depois, meu namorado olhou para mim, sorriu e me deu um beijo na bochecha, mas seu rosto continuou tão próximo do meu, que eu senti um arrepio percorrer minha nuca.

— Que saudade de deitar com você — confessou em um sussurro, passando o nariz pela minha bochecha e fazendo sua respiração quente bater na minha pele.

Virei o rosto, sentindo a pressa de aproveitar tudo que Nicolas me dava, roçando a boca na sua, até que mordi seu lábio inferior de leve, o puxando até minha ação se desmanchar em um beijo que gritava necessidade.

Mais uma vez, Nicolas gemeu baixinho por dentro dos nossos lábios, externando a saudade que tinha de me beijar, mas que segurava o tempo todo por medo de me machucar.

— Que saudade de... fazer tudo com você — sussurrei, sentindo a mão macia de Nicolas segurar meu rosto com delicadeza e acariciar a região.

— O que você lembra que fazia comigo? — ele perguntou, mordendo o lábio inferior, encostando a testa na minha e dando um sorriso pequeno, mais safado do que eu esperava.

Eu amava o fato de que Nicolas ficava cada vez mais confortável para ser um devasso comigo, apenas pelo fato de que se sentia bem o suficiente na nossa relação para isso.

— Eu lembro que você rebolava tão gostoso, que meu corpo tremia todo — comecei a pontuar as coisas que vinham na minha mente. — Lembro que o seu gemido, quando chama meu nome, é a coisa mais gostosa que eu já ouvi. — Nicolas fechou os olhos, respirando fundo, enquanto eu passava os lábios pelo seu rosto, beijando cada pedacinho de pele que conseguia. — Lembro de chupar você, no carro, e você gostar demais...

— É... — Ele riu, sacana, descendo o rosto levemente e levando a boca até o meu pescoço. — Você lembra de muita coisa — sua voz soou, antes que ele começasse a dar leves chupadas na região da minha pele.

Tirando as ereções matinais e as involuntárias, essa foi a primeira vez que meu caralho reagiu tão abruptamente a Nicolas desde o dia em que acordei. E, porra, eu não imaginava que ia gostar tanto de lembrar como meu corpo reagia ao meu namorado.

Conforme seus lábios gostosos iam chupando de leve a pele do meu pescoço, devagar, meu braço bom subia em direção a sua cabeça, fazendo carinho no seu cabelo, percebendo minha respiração ficar mais pesada.

— Nick, vam...

Alguém bateu na porta.

— Porra, mas que caralho! — Surpreendentemente, quem xingou foi Nicolas, e eu acabei gargalhando da sua reação...

— Você está ficando muito parecido comigo.

Ele riu e, choramingando, reclamão, me deu um beijo leve na boca, descendo da maca. Em seguida, Nick andou em direção à porta, ao mesmo tempo que eu puxava o cobertor, para fazer volume em cima do meu quadril, tentando disfarçar o meu pau duro, enquanto ele não abaixava por vontade própria.

— E ae, Nicolas! Cadê o garoto? — ouvi a voz de Nataniel soando e, segundos depois, ele andando na minha direção.

Eram quase ooh, o que explicava sua visita naquele horário não-convencional.

— Caralho, Jhonatan... — Nataniel dizia, preocupado, sentando na minha maca, antes ocupada por Nicolas, e olhando para o meu braço imobilizado. — Como você está se sentindo?

Se não tivesse tanta coberta em cima de mim, ele, com certeza, iria perguntar se eu estava armado.

— Uma merda, Natan — disse, sincero, respirando fundo. — Tô sentindo dor em tudo, não sei quando vou voltar a andar direito, não gosto de ficar em hospital e ainda tô com medo *pra caralho*...

E percebi que aquela foi a primeira vez falando abertamente de como aquilo me apavorava.

Mais um trauma desbloqueado com sucesso.

— Está com medo de Donghee? — ele perguntou, sério, olhando para mim, enquanto Nicolas se sentava no sofá do quarto e pegava o celular, usando-o, enquanto nós conversávamos.

— O cara quer me matar de qualquer jeito, Natan — falei, nervoso, percebendo que estava ficando puto com aquilo.

— Ele não vai conseguir. A partir de agora, vão ter pessoas vigiando você... pessoas do meu bando.

— E protegendo Nicolas também? — perguntei, preocupado com meu namorado, que levantou o rosto na hora e olhou para mim, sorrindo fraco com o canto dos lábios.

Eu retribuí o sorriso e, em seguida, voltei a olhar para Nataniel.

— Sim, vou por gente pra ficar de olho nele também.

— Nataniel... — foi a voz de Nicolas que soou, fazendo com que nós dois olhássemos na sua direção. — O carro que acertou Jhonatan...

Ele franzia o cenho, pigarreando e parecendo tomar coragem para contar algo:

— Foi o mesmo carro que me perseguiu um tempo atrás.

— Como assim, Nicolas? — perguntei, alterado, sentindo meu sangue começar a ferver.

Como Nicolas não tinha me contado uma porra dessas?

— Calma, garoto — Nataniel falou, como se eu fosse um cachorro bravo. — Como foi isso? — Meu ex-chefe cruzou os braços, virou o corpo suavemente e encarou Nicolas, aguardando sua resposta pacientemente.

— Eu tinha deixado Jhonatan em casa... — o médico começou a falar, com a voz baixa, olhando para o aparelho celular, com a tela desligada, em suas mãos. — Eles me perseguiram, depois consegui entrar numa viela escura, apaguei todas as luzes do carro e eles me perderam de vista... aí, voltei pra casa.

— Você foi esperto na forma que fugiu, mas...

— Um carro também me perseguiu — soltei, cortando Nataniel.

— Porra, Jhonatan! — Nataniel esbravejou.

— Caralho, que isso? Tava tratando o Nicolas cheio de carinho e comigo é esse cavalo? — questionei, puto, me sentindo injustiçado com aquele tratamento agressivo.

— Cara, o Nicolas é médico — ele começou, levando os dedos às têmporas e as massageando, enquanto respirava fundo e explicava tudo devagar, como se eu fosse uma criança. — Ele não tem noção de como é a vida no crime, das porras que a gente passa por roubar e marcar território, mas você... caralho, Jhonatan...

Nataniel balançava a cabeça negativamente, olhando para o chão, enquanto Nicolas olhava para nós dois, levantando as pernas no sofá e, agora, abraçando-as, colocando o próprio queixo nos joelhos de forma fofa. Mas ele estava acuado e tenso, assim como eu.

— Você já me ouviu falando sobre todo tipo de merda, você já soube de pessoas do meu bando que morreram porque estavam sendo perseguidas... Caralho, você sabe que esse tipo de coisa tem que ser reportada a mim, garoto!

Nataniel andava de um lado para o outro, era uma pilha de nervos, como se sua cabeça estivesse fumegando.

— Iria ter ajudado se o Nicolas tivesse dito isso. — Ele olhou para Nicolas. — Porque claramente o arrombado do Donghee está perseguindo vocês há mais tempo do que eu imaginava, mas você... — Então, olhou para mim. — Definitivamente tinha que ter me contado, garoto.

— Desculpe, Nataniel — foi o que consegui falar, baixo, me sentindo um merda.

Porque, por mais que eu estivesse me culpando pelo que aconteceu comigo, me sentia um merda por pensar que algo assim poderia ter acontecido com Nicolas também, e por um erro meu. Por eu ter sido uma anta lerda.

— Tá, tudo bem — o rei do crime disse, soltando o ar de forma pesada, ainda olhando para o chão e pensando, por um tempo, antes de continuar. — Esse cara vai morrer, mas, antes disso acontecer... — Ele levantou o rosto, mudando o olhar de mim para Nicolas novamente. — Vocês não podem sair sozinhos. Sempre juntos, no carro de Nicolas ou chamando um pelo aplicativo, até mesmo me chamando ou chamando o Yan, mas nunca, em hipótese nenhuma, sozinhos. Entenderam?

Não me imaginava chamando o Yan para me levar em lugar nenhum, mas tudo bem.

— Tá bem, Nataniel — foi Nicolas quem disse, assentindo, ainda de forma contida, e observando aquele bandido, de alta categoria, olhar para mim dessa vez.

— Entendeu, garoto?

— Tá, entendi — disse, estalando a boca, não gostando da ideia de ter que criar cordão umbilical 24h em alguém, apesar de que, na minha condição, não teria muita escolha.

— Beleza. Eu não pretendo voltar aqui pra não levantar bandeira, mas se precisarem, me liguem, que eu apareço...

Nicolas e eu assentimos juntos, concordando mais uma vez.

— Eu corro risco de ser preso por estar aqui? — lancei uma dúvida que me incomodava nos últimos dias, à medida que ia entendendo o quanto já estive envolvido com bandidos. O quanto, eu mesmo, já fui um bandido por anos.

— Você foi fichado como atropelamento acidental aqui, no hospital, onde o causador do acidente prestou socorro à vítima — Nataniel começou, parecendo saber mais informações do que meu próprio namorado, que trabalhava lá. — As informações falsas foram para evitar chamar a polícia para interrogatórios, e eu tenho um conhecido na delegacia central que está me mandando informações. Fica tranquilo, se te denunciarem, eu cubro.

Nunca agradeci tanto por ser mascote de bandido.

Eu definitivamente não queria ir para a prisão.

Percebendo minha tensão, Nataniel chegou perto da minha maca mais uma vez, falou mais um pouco comigo, bagunçou meu cabelo e, depois de nos despedirmos, foi embora, deixando para trás apenas uma dose um pouco maior de pânico.

Nada que nós já não estivéssemos acostumados nos últimos tempos...

Quando olhei para o lado, Nicolas estava ajeitando seus travesseiros no sofá e esticando o lençol sobre o estofado. Ainda observando o espaço ao meu lado da maca, senti a necessidade de tê-lo perto de mim mais uma vez.

— Amor — chamei, observando-o ainda arrumar seu canto para dormir.

— Oi, amor? — respondeu, quase de costas, abrindo o edredom sobre o sofá.

— Dorme aqui comigo?

Nicolas olhou para mim e ergueu o corpo, balançando a cabeça em negação.

— Não posso, grandão, eu vou te machucar.

— Nick, essa maca é enorme. A gente viu filme quietinho e a única dor que eu senti foram das minhas bolas, quando não gozei e fiquei de pau duro.

Nicolas gargalhou, se sentando no sofá e olhando para mim com carinho, enquanto segurava um dos travesseiros e abraçava em cima do seu colo. Depois ele, segurando o riso, fez aquele bico fofo lateral, que fazia sempre que estava pensando em alguma coisa.

— Eu quero demais, Jhon — ele confessou, olhando para o travesseiro em suas mãos. — Mas tenho medo de te amassar ou te apertar...

— Se você fizer isso, eu prometo que te jogo da maca.

Ele deu aquela risada gostosa mais uma vez, jogando a cabeça para trás e fechando tanto os olhos, enquanto ria que foi difícil voltar a olhar para mim.

— Vem, meu bebê — pedi mais uma vez, manhoso e covarde.

Ele sorriu com o canto dos lábios, pegou seu travesseiro e veio para a maca, voltando a se aninhar do meu lado, mais confortável, agora, por conta do seu travesseiro.

— Não vamos repetir isso, ok? Você precisa ter espaço pra descansar — ele disse baixinho, roçando a boca na minha bochecha, depois me dando um beijo carinhoso na região, então deitou pertinho de mim e fechou os olhos, respirando fundo.

Depois de um "*tudo bem*" debochado, nós conversamos por algum tempo, e com medo de sermos pegos de novo, parecia que a ideia de um boquete ou de uma punheta havia ido por água abaixo, porque a única coisa que conseguimos fazer foi prosseguir com o papo e depois cair no sono. Grudados, colados e juntinhos, do jeito que gostávamos tanto.

E eu nem preciso dizer que isso aconteceu durante todos os dias em que permaneci naquele hospital, porque era só Nicolas aparecer de noite, indo para seu sofá, que eu repetia o pedido manhoso e covarde. Começava a fingir choro, dizia que iria morrer ou me matar se ele não dormisse comigo.

Nicolas ria demais, por vezes, até caía no sofá, de tanto gargalhar com a minha chantagem descarada, mas sempre terminava dormindo ali, claro, sem deixar que ninguém soubesse, porque, mesmo que ele fosse médico, era claro que o paciente tinha que descansar.

Só que a porra do paciente era eu e sabia ser chantagista a ponto de não aceitar que Nicolas dormisse mais naquele sofá, que parecia desconfortável feito um caralho.

10.4
BETA CAMELOPARDALIS

Enquanto Nicolas trabalhava, tendo agora um pouco mais de duas semanas que eu estava acordado e recobrando memórias distantes, que vinham à cavalo para minha cabeça, eu dava curtos passeios pelo hospital com Pietro.

Ali, podia olhar todos os corredores enfeitados do Astra Centro Hospitalar. Por ser dezembro, havia umas porrinhas minimalistas colocadas nos tetos e nas paredes, com mensagens desejando um Feliz Natal e, da mesma forma, um Feliz Ano Novo, e algumas bandeiras de Caelum.

Dias depois, o Natal chegou e, consecutivamente, o Ano Novo. Passei ambas as comemorações atolado na minha maca, mas pelo menos tinha companhias legais.

O Natal eu passei com Cecilia, que trouxe muita comida proibida, e Nicolas, depois dele ter ficado um tempo com a mãe dele. Luca não apareceu, pois foi para Burto, ficar com os pais.

Eles montaram uma mesa improvisada em cima de mim, colocando as coisas de Natal sobre o meu suporte para alimentos. Nicolas ainda arrumou outro suporte e fez uma super mesona linda da porra, tinha até velas.

Ganhei até um gorro de Papai Noel, fiquei bonitão nas fotos. Todos ficamos. Cecilia colocou um gorro até no meu pé engessado...

Foi engraçado.

Já o Ano Novo, eu passei com as mesmas pessoas, mas Pietro e Yan fizeram uma visita breve e Luca ficou um bom tempo comigo, porque chegou cedo, mas, perto da 1h da manhã, ele deu uma desculpa estranha e foi embora.

Fingi que não sabia que ele estava indo transar e liberei o safadão.

Perto das 2h da manhã, Jess e Max apareceram, para roubar umas rabanadas que Ceci fez. Jess contou que só ela tinha conseguido folga, mas Max não, então ela resolveu trabalhar com ele naquela noite e tirar o outro dia livre.

Melosos do cacete. Mas eu não podia julgar...

Dois dias depois do Ano Novo, confortavelmente vendo vídeo no celular sobre lentes recém-lançadas, enquanto estava deitado na minha maca, ouvi alguém batendo à porta, e com um *"pode entrar"* alto, que me surpreendi por conseguir quase gritar, vi a figura magra, de um garoto, entrar no quarto.

Era Yoshi, totalmente acuado e com medo.

— Oi, chefe... — ele falou baixo, me fazendo rir quando me chamou assim. — Posso... posso entrar?

— Não sou seu chefe, Yoshi — repeti a frase que falava tanto para ele, sem conseguir parar de rir. — Mas, sim, pode entrar.

Ele deu um sorriso pequeno para mim e se aproximou da minha maca, colocando os braços para trás e ainda parecendo muito sem graça. Ele tinha quase a minha idade, era apenas meses mais novo, ainda assim, tinha aparência de um grande bebezão amedrontado.

— Eu queria te pedir desculpas — ele começou, depois de pigarrear. — Pelo... hum... — O garoto ficava cada vez mais sem graça, conforme tentava falar sem sucesso.

— Pelo meu irmão?

Ele assentiu, sem coragem de finalizar a frase e tocar no nome de Samuel.

— Olha, não foi culpa sua, ok? — disse, calmo, sentindo, dessa vez em mim, o desconcerto, por causa da lembrança de ter gritado com o moleque meses atrás. — Eu que tenho que pedir desculpas...

Ele olhou para mim e franziu o cenho levemente, confuso com minhas palavras.

— Desculpe por ter gritado contigo, por ter colocado a culpa em você. Você não teve culpa de nada e...

Ouvi a porta sendo batida novamente, com um enfermeiro alto entrando com o carrinho de comidas.

— Boa tarde, Sr. Kauer, meu nome é Simas Alere — ele se apresentou educadamente. — O Pietro está ocupado agora, pediu para eu trazer seu almoço no lugar dele.

— Me chama de Jhonatan mesmo — resmunguei como um velho. — Sr. Kauer me deixa com cara de velho que mija no penico.

Yoshi riu baixinho, enquanto eu, de fato, agia e falava tal qual um senhor de idade.

— Tudo bem, Jhonatan. — Simas sorriu, educado, acatando meu pedido.

Observei o enfermeiro puxar o suporte móvel para as refeições.

— Licença, por favor — ele pediu, educado, para que Yoshi chegasse para o lado, e terminou de colocar a comida ali. — Qualquer coisa, só me gritar. Boa tarde.

— Um monte de comida sem gosto de novo. — Respirei fundo, mirando o pão anêmico e depois olhando para Yoshi. — Enfim, você me perdoa?

— Não tem o que perdoar...

— Tem sim, cara — disse, tapando a comida, para não esfriar, e voltando a olhar para Yoshi. — Se você veio até aqui, com essa cara de bunda, é porque tá se culpando até hoje pelas coisas que eu te acusei, sendo que o único culpado nisso tudo é o arrombado do Donghee.

— É, verdade — ele disse baixo, passando a mão na nuca, parecendo meio sem graça.

— Então, me perdoa? Por eu ter sido um babacão contigo. Se você não me perdoar, eu vou morrer de angústia, tristeza e culpa.

Yoshi começou a rir, identificando o meu deboche mesclado a um pedido sincero de desculpas.

— Tá perdoado, chefe... — ele disse, ainda rindo, dando tapas leves no meu ombro.

Antes que pudéssemos voltar a conversar, um casal entrou no quarto, sem bater, conversando entre si, como se tivessem me visitado diariamente, cheios de folga.

Eram Caio e Wanda, abusados e sem noção, exatamente como eu me lembrava.

— Lembra de mim? — a garota perguntou, se aproximando da maca, muito séria. — Meu nome é Nadi, faço aula de nu artístico com você. Você sempre ficava pelado e era nosso modelo de órgãos genitais para a sala toda, você lembra?

Caio colocou a mão na boca, segurando o riso com muita força, e Yoshi olhou para ela, assustado, arregalando os olhos, depois olhou para mim, querendo alguma confirmação daquela informação.

— Vai pra porra, garota! — falei, gargalhando.

Que garotinha idiota...

— Ai, que saco, achei que você não ia se lembrar — ela disse, fingindo desânimo por eu não ter caído na sua brincadeira.

Enquanto ríamos um pouco, Yoshi se despediu, e logo após sua partida, dei atenção aos meus colegas de faculdade.

— E aí, cara? Como você tá? — Caio perguntou, preocupado, encostando o quadril na maca, ficando mais próximo a mim.

— Quebrado e na merda, mas vou ficar bem... E as aulas?

— A mesma chatice, mas sem você lá, pra falar uns palavrões, é mais chato.

— Prometo que, assim que eu puder, tô lá de novo, vocês pegam umas matérias comigo e tudo volta ao normal — falei, rindo, percebendo Wanda chegar perto de Caio e entrelaçar os dedos aos dele. — Que isso? Tão namorando?

— Ele é meio lerdo, eu que tive que pedir — Wanda disse, revirando os olhos.

— Ela me dá medo, cara — ele sussurrou para mim, brincando e implicando com a namorada, que acabou lhe dando um tapa no braço.

— Ela também me dá medo — confessei.

— Você está aproveitando que eu não posso te bater, mas eu vou lembrar disso — a garota de cabelo azul disse, olhando para mim, em tom de ameaça.

Enquanto eu ria, observei mais uma pessoa entrar no quarto. Dessa vez, alguém que eu queria que nunca mais saísse de perto de mim.

— Vim almoçar com... Ah, desculpe! Não sabia que tinha visitas — Nicolas falou, meio desconcertado, dando aquele sorriso bonito para os meus colegas.

— É o seu príncipe? — Wanda perguntou, se virando para Nicolas.

— Sim... é o meu príncipe — falei, observando Nicolas corar e segurar o riso, enquanto colocava a comida, que trazia em cima da sua mesa de suporte, perto do sofá.

Nicolas já havia visto os dois de longe várias vezes, sempre que ia me buscar na faculdade, e até já trocaram acenos educados de cabeça. Mas depois de apresentar o médico aos meus colegas, apropriadamente dessa vez, começamos o que pareceu uma conversa corriqueira de como estavam sendo os cuidados comigo e coisas aleatórias.

Wanda ficou fazendo um milhão de perguntas loucas para Nicolas, sobre curiosidades que ela tinha sobre Medicina, necrotério e sangue.

Continuava sendo uma garota estranha *pra porra*. Mas Nicolas parecia gostar daqueles assuntos. No final, provavelmente, era eu que não tinha estômago para aquilo tudo.

Nicolas segurou o riso o tempo todo, respondia às perguntas do jeito que conseguia, e me dando bronca, porque eu não tinha começado a comer, abriu minha comida de novo e disse que iria me fazer vergonha, dando comida na minha boca, se eu não começasse logo a pôr tudo para dentro.

— Pode dar comida na minha boquinha, eu não ligo — disse, sacana, fazendo Nicolas me xingar baixo.

Oferecemos para os meus colegas de faculdade, mas ninguém quis.

Ou foram educados demais para tirar comida da boca de um paciente e de um trabalhador. Enquanto eu e Nicolas almoçávamos, cada um no seu canto, nossa conversa com Caio e Wanda continuou pelo tempo que a pausa do doutor durou.

Quando ele se levantou, limpando sua mesa e o meu suporte móvel, jogando os restos das comidas fora, não pôde continuar a papear, então apenas se despediu e, me dando um beijo leve nos lábios, voltou ao trabalho.

Passei um final de tarde agradável, sem me sentir sozinho, e quando estava escurecendo, o casal da universidade foi embora, me deixando com Pietro, que entrava no quarto no exato momento, trazendo minha janta e falando que ia me levar para tomar banho.

De volta à maca, perto das 19h, já estava de banho tomado, tendo comido toda a janta, me sentindo que nem um grande bebê, que faz tudo nos horários certinhos.

Porra, às vezes, eu tinha até medo de me acostumar com essa mordomia toda.

Com os olhos inchados e vermelhos, Nicolas entrou no quarto alguns minutos depois, enquanto eu mexia no celular. Ele trancou a porta, como fazia todo dia, depois foi afrouxando a gravata, jogando-a no sofá, tirando o estetoscópio e dando o mesmo fim. Imediatamente, e meio atrapalhado, tirou o jaleco e colocou no armário, enquanto fungava baixinho.

— Amor, tá tudo bem? — perguntei, preocupado.

— Já falo contigo, Jhon, vou tomar banho, ok? — ele falou, ainda baixo, sem olhar para mim, depois entrou no banheiro.

Uns 20 minutos depois, ele saiu, já com o pijama, e sem fazer cerimônias dessa vez, veio direto na minha direção, subindo na maca, me abraçando com força moderada para não me machucar, então respirou fundo, deixando um soluço sair.

— Ei, o que houve, meu bebê? — perguntei, fazendo carinho no seu cabelo do jeito que conseguia, com o braço bom.

— Um paciente meu morreu agora há pouco. — Ele fungou com mais força, com a voz embargada. — Eu cuidei dele pelo tempo que você estava em coma, ele só tinha 15 anos... Eu sou... eu sou idiota, me apego demais.

— Idiota por se sentir mal pela morte de outra pessoa? — questionei, sério.

— Eu sou médico, Jhon... já devia ter parado de me apegar às pessoas assim.

— Amor, olha pra mim — pedi, observando-o levantar o rosto e me encarar, com os olhos molhados e a ponta do nariz vermelha. — Você é humano e é a pessoa mais empática que eu conheço.

Ele permaneceu em silêncio, dando pequenas fungadas entre minhas palavras, enquanto mordia o lábio inferior para segurar o choro.

— Essa sua empatia e a sua sensibilidade com as outras pessoas foram justamente o que me fizeram te amar tanto. Porra, ninguém cuidou de mim, a vida inteira, do jeito que você cuida.

Ele sorriu pequeno, não deixando de chorar um pouco mais, porém, dessa vez, silenciosamente.

— E o que me deixa mais gayzão por você é que você não cuida de mim desse jeito só porque você me ama e quer me agradar. Você faz isso com todo mundo, Nicolas. Você é assim porque você é bom, está na sua alma.

Ele deu uma risada baixa, provavelmente por eu ter usado a palavra "*gayzão*".

— Então, não, você não é idiota, nem apegado, nem sentimental... Você é bom, você é humano, e se baterem uma chapa do seu coração, vão ver que você tem o coração do tamanho do coração de uma girafa.

Aí, ele gargalhou mais ainda, deitando a cabeça no meu ombro, e depois de ter parado de rir um pouco, levantou o rosto de novo, limpando as lágrimas com as pontas dos dedos, devagar.

— Por que uma girafa? — perguntou, confuso, ainda rindo.

— O coração de uma girafa é 43 vezes maior do que o coração do ser humano... o seu deve ser assim também, bem grandão.

— De onde você tirou essa informação?

— Olha, eu posso parecer meio burro, mas eu passei pra uma faculdade, porra. Eu sei mexer em código criptografado, eu entendo de *iso*, lente, diafragma de lentes, eu...

— Calma, Jhonatan — Nicolas falou, rindo, me cortando quando percebeu que eu estava ficando mais alterado do que deveria.

Ali, eu percebi que não gostava muito quando duvidavam da minha inteligência, mas eu não lembrava que ficava tão alterado com uma coisa dessas.

Será que o coma me deixou meio brabo? Ou eu já era assim?

Ainda rindo, Nicolas colocou a mão quentinha no meu rosto, chegou a boca perto da minha e me beijou devagar, sorrindo entre os nossos lábios.

— Obrigado por ser meu namorado, eu te amo demais — ele disse baixinho, com os lábios ainda roçando nos meus. — Eu te amo demais, com todo o meu coração imenso de girafa.

Gargalhei fraco, achando aquilo tudo muito fofo.

— Caralho, você me ama muito então... — disse, inegavelmente bem, inegavelmente feliz por ter aquele médico comigo.

Ele sorriu mais uma vez, com força, concordando com a cabeça, antes de me beijar de novo, depois desceu até meu ombro e deitou ali, enquanto repousava a mão no meu peito e fazia carinho em mim.

Logo ele pegou o controle da televisão, como fazia todos os dias naquele mesmo horário, naquela nossa rotina diária, e depois de algum tempo, colocou em um filme de ação, que acabou tendo uma puta cena de sacanagem explícita, que conseguiu deixar o médico todo vermelho.

— Puta que pariu — falei, rindo, quase em choque.

— É, puta que pariu — Nicolas repetiu, mas ele estava sério, vidrado na televisão.

Aquilo me fez rir demais. Era óbvio que ele estava mais afetado pela imagem erótica na televisão do que demonstrava.

— Tem quanto tempo que a gente não faz sexo? Eu não lembro — falei, pegando o controle, desligando a televisão e olhando para o meu namorado, que largava o aspecto abobalhado, por causa da putaria, e balançava a cabeça, tentando se concentrar para me responder.

— Levando em consideração que nós transamos um dia antes do seu acidente... deve ter quase dois meses — ele respondeu, mais calmo, segurando o riso.

— Porra! Deve ter até teia!

— Não, está tudo muito bonito e super limpinho ainda — Nicolas soltou, agora brincando comigo, com um sorriso safado na boca.

— Você sempre fica olhando pra minha bunda, doutor? — retruquei, fingindo estar achando aquilo um absurdo, mas eu adorava saber que meu namorado era tarado na minha comissão de trás.

— Eu não consigo evitar. — Ele deu de ombros, rindo suavemente e olhando na região do meu peito, que voltava a fazer carinho.

— Sabe, eu acabei de tomar banho, estou todo limpinho e cheiroso...

Nicolas engoliu em seco, provavelmente ainda alterado pelo que acabou de ver na televisão, e subiu os olhos devagar, até me encarar.

— O que você quer, Jhonatan? — perguntou, meio sério, meio trêmulo.

Impressão minha ou ele estava mais ansioso do que eu conseguia entender?

Segurei seu rosto devagar e o puxei em minha direção. Nicolas, sem esforço, trouxe o ouvido para mim, porque ele sabia que eu gostava de falar bem perto, até conseguir sentir sua pele se arrepiando na minha boca.

— Quero que você me chupe bem devagar, amor — sussurrei baixinho, sentindo sua derme quente derrapar nos meus lábios. — Pra eu lembrar como é ter essa boca gostosa no meu pau...

Meu namorado mordeu o próprio lábio inferior, com suas carícias no meu peito ficando um pouco mais intensas. Até sua respiração parecia estar mais pesada.

— E depois? — ele perguntou, ansioso, no mesmo tom baixo e sussurrado, como se estivéssemos contando segredos no meio de uma multidão que não podia nos ouvir. Então, ele afastou o rosto, até conseguir olhar para mim, roçando o nariz no meu e aguardando com expectativa.

— Eu quero que você faça aquilo que você descobriu que gosta tanto...

— O quê, Jhon? — sua voz, rouca e necessitada, gritava tesão.

Porra, ele realmente queria aquilo tanto quanto eu.

— Eu quero que você me foda.

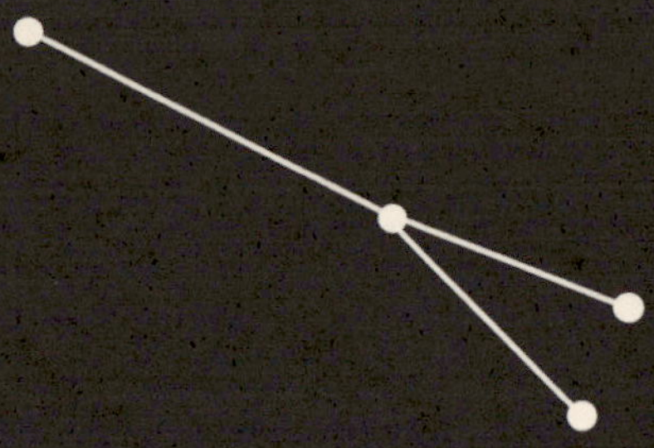

11
SAGITTA

Nicolas

Jhonatan falou, com aquela voz rouca e baixa, que fez toda minha pele se arrepiar de forma violenta. Não muito tempo atrás, ele mal abria os olhos, e agora, queria que eu o fodesse...

O cara foi atropelado, mas o fogo para transar nunca diminuiu.

E eu seria muito hipócrita de dizer que não conseguia pensar em sexo quando havia tanta coisa séria acontecendo ao nosso redor, porque eu pensava nisso o tempo todo. Morria de saudade de foder Jhonatan e ser fodido por ele. Meu corpo gritava de ansiedade toda vez que nossas peles se tocavam.

Ainda assim...

Eu tinha medo demais de machucá-lo e talvez ainda não fosse a hora certa para isso. Segurei seu rosto, o beijei devagar, cheio de amor e da intensidade que fazia morada em mim, mas...

O cuidado e a preocupação eram maiores do que o tesão.

— Amor — falei baixinho, retraído, e pelo meu tom, Jhonatan já sabia que aquela chamada era premissa de uma negativa.

— Oi, Nicolas — ele respondeu, desanimado, respirando fundo e encostando a testa na minha, ainda com os olhos fechados.

— Eu estou subindo nas paredes de tanta vontade de fazer amor com você...

— Você fala "fazer amor" de um jeito tão gostoso, que eu fico com mais tesão.

Ri, dando mais um beijo em seus lábios, depois distanciando o rosto suavemente, até que pudesse encará-lo.

— Mas eu não posso fazer nada até o médico dizer que você está liberado pra transar, Jhon — disse, quase choramingando, detestando a ideia de privar Jhonatan de sexo.

Porra, eu odiava me privar de sexo também.

— Você é médico, fala que eu posso transar, então nós podemos transar!

Gargalhei, enfiando o rosto na dobra do seu pescoço, depois passando o braço pelo seu ombro, dando-lhe um abraço gostoso, mas sem o machucar, enquanto ele enfiava os dedos no meu cabelo com o braço que estava bom.

— Nós vamos transar pra sempre, então aguenta só mais um pouquinho. Eu me sinto ética e moralmente culpado em fazer qualquer coisa agora...

— Você promete? — ele perguntou, me fazendo soltar seu abraço e encará-lo mais uma vez.

— Prometo o quê? — Franzi o cenho. — Que eu me sinto ética e moralmente culpado?

— Não. — Ele riu fraco, passando o polegar pela minha bochecha. — Que nós vamos transar pra sempre.

Eu ri mais uma vez, dando alguns milhões de beijos estalados em seus lábios, depois aconchegando a cabeça no seu ombro, ajeitando o edredom em cima de nossos corpos.

— Prometo, grandão.

Jhonatan respirou fundo, provavelmente chateado por não entrar no seu jogo sujo de fazermos sexo em cima daquela maca, mas quando ele deu um beijo carinhoso no topo da minha cabeça, eu sabia que ele não ia fazer daquilo uma guerra e respeitava o meu medo. Ele se apaixonou pelo Nicolas medroso...

Provavelmente fazia ideia de que eu não iria deixar de ser cagão do nada.

Mais cansado do que queria admitir, rapidamente caí em sono profundo, como estava fazendo todos os dias, e quando acordei, ouvindo o barulho do despertador do celular jogado no sofá, comecei aquele processo da parte mais dolorosa do meu dia: deixar Jhonatan no quarto.

Dependência emocional não é uma coisa agradável de se passar, mas o que eu tinha com o ex-meliante era uma coisa que transcendia isso. Era preocupação misturada com zelo, misturado com o sentimento de que ninguém cuidaria dele melhor do que eu, então precisava ficar 24h do meu dia com ele. E bem provavelmente, aquela obsessão pelo seu bem-estar não era saudável, mas eu não conseguia me culpar inteiramente...

Acho que qualquer pessoa, que visse o seu amor ser atropelado na sua frente, iria se sentir apavorado em sair de perto e abrir mão da supervisão ininterrupta. Mas... tendo em mente que voltar a um psicólogo caíria bem qualquer hora dessas, respirei fundo, desci da maca e desliguei o despertador, tentando mentalizar, por mais um dia, que Jhonatan seria, sim, bem cuidado, mesmo que não fosse por mim.

E focando em não deixar a ansiedade me estrangular mais uma vez, tomei um banho rápido, me arrumei e me aproximei da sua maca, a tempo de vê-lo resmungar baixinho, porque eu não estava mais ao seu lado.

— Dorme bem, grandão, eu volto na hora do almoço — falei, meigo, dando um beijo na sua testa.

— Na testa, não — Ele grunhiu, sonolento, ainda de olhos fechados.

Eu ri pequeno, depois selei nossos lábios devagar e o observei sorrir fraco, instantaneamente voltando a dormir que nem um bebê.

Deixando seu quarto tortuosamente, andei em direção ao refeitório, tomei meu café com Pietro e ouvi suas confissões sobre Yan estar falando muito sobre casamento ultimamente.

— Meu Deus, todo mundo quer casar? — perguntei, rindo, olhando para o meu pão mordido e balançando a cabeça negativamente, enquanto lembrava que Jhonatan estava doido para subir no altar.

O garoto só tinha 21 anos e não tinha vergonha nenhuma de dizer que queria se amarrar a mim para o resto das nossas vidas. Eu queria a mesma coisa, mas sabia como meu namorado era. Ele precisava terminar a faculdade, porque, impulsivo e distraído como sempre, qualquer falta de foco, envolvendo o planejamento de um casamento, poderia fazer o ex-bandido desistir ou trancar a faculdade de cinema que ele *tanto* quis fazer e que já estava pausada, por conta do tempo que ele precisaria se dedicar à fisioterapia, antes de poder ir e voltar livremente para a faculdade.

Ele era louco e inconsequente, então eu faria questão de ser a parte racional das suas atitudes.

Aliás, eu queria que dois homens com diploma subissem no altar.

— O Yan é todo romântico, tradicional, e eu também gosto da ideia, sabe?

— Tradicional... quem diria, Yan Derugi?!

Pietro e eu começamos a rir com a dificuldade de terminar aquele café sem cair na gargalhada e se entalar com algum pedaço de pão, mas, felizmente, nós dois sobrevivemos até que nossas refeições estivessem finalizadas.

A parte da manhã sempre passava rápido demais, o que me dava a impressão de que eu não tinha feito nada, mesmo que, especialmente naquele dia, houvesse realizado onze atendimentos diversos, antes que olhasse no relógio e notasse que já estava na hora de pegar meu almoço e ir para o quarto de Jhonatan.

Quando cheguei lá, me surpreendi ao constatar que meu namorado não estava sozinho, mas, sim, na companhia do meu chefe e da fisioterapeuta que ficava responsável pelo seu tratamento.

— Bem na hora, Hadriel — Yan disse, enquanto eu colocava meu almoço no suporte na frente do sofá e andava em direção à maca, dando a volta nela e ficando ao lado do tatuado, de frente para os outros dois médicos.

— Tá gostoso, hein? — meu namorado soltou, do nada, me fazendo corar e segurar o riso.

— Jhonatan... — chamei seu nome, repreendendo-o.

Ele fez uma cara contida e debochada, fingindo arrependimento.

— Como está o raio-x? Está tudo calcificado? Ele já tem seu aval? — Yan perguntava, apressado, para a fisioterapeuta, depois de ter revirado os olhos pelo comportamento descarado de Jhonatan.

— O processo está correndo muito bem. Se ele fizer fisioterapia diária, no braço e na perna, e manter uma alimentação correta, ele não precisa mais ficar no hospital.

Dra. Letícia olhava uma prancheta em suas mãos, checando informações sobre todo o processo e evolução de Jhonatan nos dias que esteve ali.

— Então, você vai ter alta amanhã de manhã — meu chefe disse ao meu namorado. — Você já me deu prejuízo demais, chega de fazer meu hospital de hotel.

E a chegada do Ano Novo havia trazido a alta de Jhonatan. Esperava que tivéssemos um resto de ano tranquilo, como Janeiro parecia estar sendo. Voltando à feição nervosa de meu chefe, eu ri baixo, tentando imaginar quanto dinheiro aquela estadia, mais longa que o normal, havia custado a Yan. Yan era meu patrão, mas Nataniel, com certeza, era quem estava no topo daquela cadeia alimentar.

— Ótimo, porque... apesar de saber que o Nicolas adora ficar olhando pra minha bunda, essa roupa de hospital me deixa com frio.

— Meu Deus, Jhonatan, se controla — pedi, envergonhado, já sabendo que o hospital todo fofocava sobre o namorado tarado que o Dr. Nicolas Hadriel tinha.

Um bando de infelizes, na minha opinião. Enquanto meus dois colegas de trabalho continuavam passando suas prescrições, eu, morrendo de fome, voltei ao sofá, depois de ter certeza de que Jhonatan já havia almoçado, e destampei minha comida, infestando o quarto com cheiro de espinafre cozido e carne assada.

— Então, é isso, tenham todos um bom dia — Yan saudou de forma exagerada, como se estivesse tentando ser agradável, mas não era muito sua cara, e saiu do quarto.

Fazendo uma reverência pequena, a Dra.Letícia tentou tomar o mesmo caminho, mas Jhonatan a interrompeu:

— Ei, doutora — ele chamou, enquanto eu terminava meu almoço e ouvia a conversa, sem sequer ter a opção de *não ouvir*.

— Fala, Kauer — ela perguntou, ligeiramente desconfiada, já conhecendo o paciente que tinha.

— Eu já posso fazer sexo?

Tossi com força, quase me engasgando com um pedaço de carne que engolia no momento.

— Tudo bem aí, amor? — Jhonatan perguntou, rindo, debochado *para cacete*, enquanto tentava me recompor.

— Isso vai depender, Kauer — a doutora respondia, séria, olhando para o meu namorado, em uma análise crítica. — Você não pode fazer esforço demais.

— Bom, dependendo do meu humor — ele disse, e só pelo seu tom, eu sabia que ia soltar mais uma das suas pérolas. — Às vezes, eu sou passivo, às vezes, ativo, então o que eu posso fazer pra não quebrar o pau e nem o resto das coisas?

Eu ia cavar um buraco no chão e enfiar minha cabeça, de tanta vergonha.

— Se for ativo — ela continuou, ignorando a minha vontade de sumir do mundo —, não pode ficar em pé nem de joelhos, em hipótese nenhuma. Nem mesmo se quiser se segurar na muleta. Eu já tive pacientes que quiseram fazer malabarismos com a perna quebrada e voltaram para o hospital.

— Droga. Nada de sexo de muleta, então...

Ri baixo, não aguentei, mas a doutora parecia estar caindo nas graças de Jhonatan, porque acabou rindo também, mesmo que continuasse a falar seriamente, em seguida:

— Só pode fazer sexo deitado e deixando o parceiro conduzir, sem que ele encoste na sua perna ou faça qualquer tipo de força sobre a sua lesão. — Ela respirou fundo, parecendo ter dificuldade em seguir com aquele assunto tão íntimo. — Agora... se você for o passivo, o ideal é que tenha relações sexuais de lado, com a perna lesionada por cima da perna boa, sem forçar nem apertar a região. É uma situação delicada.

— Então, eu já posso transar? — Jhonatan perguntou novamente, ansioso.

— Sim, se seguir essas recomendações, já está liberado.

— Porra, que delícia! — ele quase gritou, estava animado de verdade.

Eu conseguia disfarçar muito bem como fiquei igualmente feliz com a sua liberação, mas precisava ser profissional, então, enquanto a doutora ainda se segurava para não rir, ela se despediu e saiu do quarto.

— Tá satisfeito, seu safado? — perguntei, antes de dar um gole longo no suco de laranja que havia trazido comigo.

— *Pra caralho*, doutor — ele disse, genuinamente feliz, com um sorriso tão grande, que parecia que havia acabado de ganhar na loteria.

Mas o prêmio dele era só transar comigo mesmo...

Terminei de comer com calma, enquanto conversava com Jhonatan sobre tudo que ainda tinha que arrumar naquele quarto, que acabou virando uma pequena zona de guerra, de tanta roupa espalhada. Joguei todos os descartáveis usados fora, fui até o banheiro, escovei meus dentes e andei em direção a sua maca, para passar os meus últimos minutos livres com o tatuado, antes que eu precisasse voltar à trabalhar e ele tivesse que ir para sua sessão diária de fisioterapia.

Ele aguardou que eu me aproximasse apenas o suficiente para pegar meu pulso, me puxar com força e me fazer cair em cima da maca, apoiando as duas mãos no colchão, uma em cada lado de seu corpo, enquanto ele segurava meu estetoscópio e me puxava devagar, até roçar os lábios nos meus.

Céus, como eu me assustava e amava essa brutalidade repentina.

— É hoje... essa é a nossa última chance de foder numa maca — sua voz soava sacana, provocativa, enquanto ele mordia meu lábio inferior de levinho. — Porque eu não vou voltar mais pra cá, Nicolas.

Soltei uma risada baixa, depois beijei seus lábios calmamente e me ergui, após ele me soltar quando percebeu que assim eu queria.

— Eu vou pensar no seu caso — disse, antes de o ver segurar a expressão de irritabilidade, porque eu ainda não tinha cedido completamente.

Mas por dentro...

Eu já tinha aceitado fazer tudo que Jhonatan me pediu.

Saindo do quarto, tendo em vista que meu horário de trabalho ainda não havia acabado e sabendo que Yan iria me matar, a qualquer minuto, por passar tempo demais no quarto de Jhonatan, voltei aos atendimentos, em um daqueles dias normais em que parece que um avião caiu na cidade.

Correria, muito cansaço, pernas doloridas, crianças machucadas, idosos com tosse, grávidas que não param de vomitar, homens de meia-idade teimosos, que acham que não têm nada e descobrem um câncer na próstata, depois que suas esposas os obrigam a ir ao hospital.

Os meus atendimentos geralmente eram iguais, com algumas coisas muito curiosas, como um cachorro que mordeu a bunda de um homem que fazia suas necessidades no meio do mato, causando vários e vários pontos nas nádegas do cidadão. Nesses momentos, eu agradecia aos céus por Jhonatan tomar muito cuidado com a própria bunda. Porque eu realmente amava aquela região bonita e torneada...

— Como está o bandidão? — Jess falou, me tirando dos pensamentos que eu tinha sobre a região traseira do meu namorado.

Ela se servia de café, na sala de descanso dos médicos, enquanto eu tomava o meu, já no meu copo, precisando respirar, por um momento, antes de voltar ao trabalho e finalizar logo meu turno.

— Ele está bem. Acordou meio manhoso, está muito mais chantagista do que antes e fica falando sobre girafas. — Ri, balançando a cabeça em negação às últimas atitudes de Jhonatan. — Mas, definitivamente, está bem.

— Mas e você?

— Eu o quê, Jess? — Franzi o cenho levemente, movendo a cabeça de um lado para o outro, enquanto tentava me esticar e relaxar, mesmo que minimamente.

— Suas olheiras estão fundas, você está mais magro — ela começou, falando calma, de forma carinhosa, mas inegavelmente preocupada. — Eu estou com você todos os dias e sei que não tem descansado nem comido direito.

— Eu estou bem, Jess — respondi, mas não sabia se era completamente verdade.

Quer dizer, eu estava feliz de ver Jhonatan vivo. Estava aliviado de ter meu amor comigo de volta, de poder ver seu sorriso novamente e de saber que ele, dia após dia, estava se recuperando e voltando ao normal.

Estava aliviado por vê-lo fazendo fisioterapia, por começar a conseguir mover o braço normalmente, por dar os primeiros passos com a muleta, enquanto Pietro o auxiliava, para que não caísse no chão. Isso me deixava bem, não tinha como dizer que não. Ver Jhonatan se recuperar era alimento direto para a minha alma, que sofreu tanto, pensando que ele partiria...

Ainda assim, juntando os quase dois meses que ele estava no hospital, atrelado ao mês inteiro que ele passou de luto excessivo e profundo pelo irmão, com crises de choro que ainda iam e vinham atualmente, foram quase 90 dias de alerta, sem descanso.

Minha vida girava em torno de Jhonatan, e sabendo que ele não tinha mais ninguém, além de Cecilia, que estava grávida, e Luca, que sempre tentava ajudar, mas nem sempre sabia o que fazer, acabei tomando para mim a responsabilidade de cuidar do meu namorado, de todas as formas que ele precisasse.

Mas, sim, isso estava custando meu sono, minhas refeições e me gerando um cansaço mental muito maior do que o físico. Só que, no final, nada disso importava, porque eu preferia passar anos cuidando de Jhonatan do que vê-lo morto. E eu desejava, com todas as minhas forças, que aquela fase passasse, nós pudéssemos descansar e conseguíssemos, enfim, ficar em paz. Porque sabia que, mesmo com toda minha determinação em ajudar meu namorado, também tinha meus próprios limites e temia estar cruzando todos eles há tempo demais.

— Mesmo, *Mister* Caelum? — minha amiga perguntou, terminando de beber seu café e jogando o copo descartável no lixo, para depois colocar a mão carinhosa no meu braço e me fazer um carinho sutil. — Sabe que pode me pedir ajuda se precisar, não sabe?

— Sei, chatinha, obrigado por isso — disse, sorrindo, a puxando e dando um abraço apertado.

Um abraço que reforçava a gratidão por todo apoio que minha amiga me deu por todos esses dias. Todos os dias em que chorei, desesperado, no seu colo, com medo de Jhonatan não acordar do coma. Todos os dias em que ela foi buscar coisas para mim, na minha casa, até eu ter forças para deixar meu namorado no quarto e buscar sozinho.

Gratidão por ela não ser só apoio com questões físicas e por ajuda palpável, mas por ser meu alicerce quando eu mesmo estava a apenas um passo de desmoronar.

11.1
ALPHA SAGITTAE

Momentos depois da nossa pequena demonstração de afeto, seguimos, cada um, para seu devido trabalho, comigo passando pela área externa e fechada do hospital, na qual os pacientes da fisioterapia costumavam fazer alguns exercícios.

Parei na porta no exato momento em que vi Jhonatan de longe, fazendo o último exercício antes de receber alta, para, no outro dia, ir para casa.

Com o braço que estava bom, Jhonatan segurava uma muleta, com apoio no seu cotovelo, e no braço que estava se recuperando, já sem a tala e com ele conseguindo fazer movimentos moderados, Pietro o segurava, o auxiliando, enquanto a Dra. Letícia apenas observava.

Eu abri a porta de vai-e-vem e entrei na área externa, encostando as costas na parede, cruzando os braços e observando meu namorado se esforçando para conseguir andar direito com a muleta, mas eu sabia que era difícil. Eles estavam de costas, andando em direção contrária, então nenhum deles me percebia ali.

— Porra, caralho! — Ouvi Jhonatan gritar: — Eu vou cair nesse caralho!

Levei a mão à boca, tapando meus lábios e quase minha mandíbula inteira, enquanto segurava uma risada, mas meu corpo, sacudido pelo riso, denunciava que eu não estava conseguindo me conter.

— Kauer, controle a sua boca — a Dra. Letícia falava, dando bronca no meu namorado como se ele fosse uma criança.

— Foi mal, dona.

Ainda segurando o riso, fiquei os observando se distanciarem e continuarem conversando, o que me fez parar de ouví-los, dada a falta de proximidade. Quando se viraram de volta, ainda sem me perceber ali, Pietro soltou Jhonatan devagar e ele voltou andando, segurando firmemente na muleta com o braço bom, enquanto sua perna sem a tala se firmava no chão com muito mais equilíbrio.

Mesmo com muita dificuldade, ele conseguiu andar até a cadeira de rodas próxima a mim e, quando chegou nela, girou o corpo e sentou, respirando fundo. Rápido, com medo de soar sentimental demais, limpei lágrimas ralas, que se juntaram nos cantos do meus olhos, porque, sim, eu estava chorando...

Jhonatan havia ficado quase um mês em coma e eu podia vê-lo andar novamente.

Aquilo era demais para o meu pobre coração fraco, que batia apenas por um milagre, porque eu sabia que já tinha passado por aventuras demais para uma vida só.

— Ei, Nicolas! — Pietro me percebeu próximo à porta, então descolei as costas e andei até eles.

Observei Jhonatan virar o rosto e olhar para mim, sorrindo, cansado.

— Viu, amor? — ele perguntou, quando inclinei o corpo em sua direção e coloquei os fios de cabelo suados para trás. — Corri *pra caralho*, já posso até roubar a bolsa dos outros.

Ele brincava, mas eu o conhecia o suficiente para saber que seu tom denunciava o quanto ele estava orgulhoso de si, por estar conseguindo voltar a andar aos poucos. Eu ri, balançando a cabeça negativamente, depois dei um beijo rápido no seu rosto e me ergui.

— Bom você estar aqui — a Dra. Letícia disse, chegando perto de nós três, enquanto Pietro ajeitava a perna de Jhonatan no suporte da cadeira de rodas. — Ele está indo melhor do que eu imaginava.

Ela parecia estar visualmente reprovando o que Pietro fazia quando ajeitava novamente meu namorado ali.

— Eu sou atleta *pra caralho*, dona.

— Jhonatan, olha a boca — repreendi.

Uma porrada na cabeça e os palavrões duplicaram...

— Desculpe.

— Enfim... — ela falou, começando a andar devagar em direção à porta que dava acesso ao interior do hospital, junto de mim e Pietro, que empurrava Jhonatan para o mesmo caminho — ...já passei os cuidados e a orientação da fisioterapia para o seu e-mail e para a recepção. Ele não vai ser tratado por mim, mas eu gostaria de vê-lo daqui a um mês, para mais um exame.

— Pode deixar, doutora, eu trago ele aqui.

— Quero voltar, não — Jhonatan resmungou.

— Você não tem escolha, Jhonatan. — Revirei os olhos, voltando a dar atenção para a doutora.

— E, Kauer — ela começou, estendendo a mão para o meu namorado, que, mesmo franzindo o cenho, segurou e se levantou, sem dificuldade dessa vez —, chega de cadeira de rodas, agora é só muleta e pé no chão.

— Ah, não, doutora, eu vou cair — ele reclamou, quase com medo.

— Acredita em mim, Kauer, você já está ótimo — ela disse, direcionando a cadeira de rodas para o lado, enquanto Pietro se colocava ao lado de Jhonatan, mesmo que ele não precisasse do apoio dele naquele momento. — Se continuar se esforçando e andando bem assim, você já vai poder voltar pra faculdade mais rápido do que o planejado.

Ele assentiu, parecendo ter na faculdade um motivo forte o suficiente para aumentar sua resistência. Meu namorado realmente queria voltar a estudar, e aquilo me enchia de orgulho.

Depois de alguns momentos, Pietro pediu licença, e mesmo com Jhonatan segurando meu jaleco e me puxando que nem uma criança, consegui me desvencilhar e continuar conversando com a doutora, enquanto via meu amigo acompanhando o crianção tatuado de volta para o quarto.

Rindo de como ele brincava comigo em qualquer situação, o vi sumir pelo corredor e depois entrar no elevador que daria acesso ao seu quarto.

Após me despedir da doutora, voltei à pequena sala em que se posicionava o quadro de horários, com os nomes dos pacientes, e percebi que havia mais cinco atendimentos para fazer antes de ficar exclusivamente com os casos da emergência.

Respirando fundo e me sentindo cansado, mesmo que o dia ainda estivesse na metade, andei em direção à enfermaria, mas eu nem sequer consegui chegar lá, porque Jhonatan estava no corredor, se apoiando na sua muleta, me olhando com aquele sorriso bonito, enquanto sua franja batia no olho e ele ficava com aquela expressão de quem queria fugir comigo.

— O que você está fazendo aqui, Jhonatan? — quase gritei, mas de um jeito que simulava um sussurro, correndo até ele e ficando ao seu lado, direcionando-o para dar a volta e levá-lo ao elevador.

— Pietro deu bobeira, eu fugi.

O puto deu uma gargalhada gostosa, se divertindo com a situação de ter fugido do seu enfermeiro.

— Você vai ter alta amanhã, não dá pra esperar? — Tentei não rir, mas era quase impossível.

Jhonatan era impossível...

— Me leva pro almoxarifado — ele falou, antes mesmo de nós chegarmos ao elevador, andando devagar. — Vamos foder bem gostoso no meio dos papéis higiênicos de folha dupla, águas sanitárias e luvas de látex.

Como eu gargalhei naquela hora. Não consegui segurar, de jeito nenhum, a risada pelas suas palavras idiotas.

— Jhonatan, cala essa boca — pedi, ainda rindo, mas quase implorava.

Os enfermeiros e funcionários do hospital olhavam para mim assustados, porque, quando se tratava de Jhonatan, eu não conseguia me conter. Nunca consegui vê-lo como um paciente...

Por isso, era primordial que ele ficasse no quarto. Porque eu precisava ser profissional, e não conseguia perto dele.

Chegando no elevador, vi a caixa metálica abrir e revelar um Pietro assustado sair de lá, correndo, e se aliviar, instantaneamente, quando me viu ao lado do meu namorado.

— Ah, seu... — Pietro fechou os olhos e respirou fundo, se segurando para não xingar o fujão.

— Gostoso — Jhonatan completou a frase.

— Desculpe, Pietro, ele deve estar com formiga na bunda — disse, rindo, vendo o enfermeiro pegar meu namorado pelo braço e levá-lo até o elevador, já aberto.

— Tudo bem, Ni. Vou amarrar ele na cama dessa vez.

Eu tinha pena de Pietro na mão de Jhonatan, porque sabia que ele não era fácil, então nem ligava do meu amigo ter ficado mais impaciente quando tratava daquela criança de 21 anos e meio.

— Tô te esperando no quarto, amor — Jhonatan disse, totalmente malicioso, antes do elevador se fechar. Só seu tom foi o suficiente para um arrepio percorrer pela minha nuca, me fazendo respirar fundo e me lembrar do que Jhonatan queria.

Mal consegui ver a reação de Pietro a sua frase safada, porque estava ocupado demais, sentindo uma fisgada na região do quadril, que me fez começar a andar e respirar fundo. Eu estava sem sexo há tempo demais e não me masturbava mais, pelo menos não desde quando Jhonatan entrou em coma, por estar envolto de tanto estresse, preocupação e tristeza. Não sentia clima nenhum para isso. Mas ver meu namorado falando comigo daquela forma e querendo transar, só fazia meu corpo me lembrar de como era gostoso estar com ele. De como era gostoso o sentir...

E movido pelo desejo que crescia dentro de mim, a cada segundo, terminei meu turno com mais dificuldade do que imaginava.

Com ajuda de Pietro, que já foi um safado com Yan em mais cantos daquele hospital do que eu conseguia enumerar, consegui lubrificante, coloquei no meu jaleco e jantei com calma.

Sabia que Jhonatan também estava jantando e tomando banho naquele horário, então não tive pressa de voltar ao quarto, uma vez que estava nervoso como se fosse a primeira vez que iria fazer sexo com alguém.

Porque era isso...

Eu e Jhonatan iríamos, *sim,* fazer sexo em uma maca de hospital.

11.2
BETA SAGITTAE

Quando entrei no quarto, arregalei levemente os olhos ao ver meu namorado sem camisa e, muito provavelmente, completamente pelado, assistindo à televisão calmamente. Ele estava coberto com o edredom que eu havia trazido de casa, que era mais confortável do que a manta do hospital, e seu cabelo ainda estava molhado, jogado para trás de forma bagunçada.

Ele olhou para mim, sorriu com o canto dos lábios, mas não disse nada, apenas virou para a televisão e continuou assistindo. Jhonatan estava mais magro, o que era normal, dado o período que ficou em coma, mas seu peitoral ainda tinha as linhas levemente definidas, e a visão do seu braço, fechado por tatuagens, todo exposto, era uma imagem que eu não me cansava de ver. Não me cansaria nunca.

Tentando controlar meu nervoso, tranquei a porta, tirei meu jaleco, joguei no sofá e depois fiz o mesmo com meu estetoscópio, deixando para tirar o resto da roupa no banheiro, colocando tudo para lavar. Estaria de folga no dia seguinte, então nem os sapatos eu precisaria mais usar.

Depois que tomei um banho quente, ainda me senti meio tenso, mas vesti o pijama, que já deixava separado, e depois de secar o cabelo, de qualquer jeito, com a toalha, andei até a maca de Jhonatan.

Ao perceber minha aproximação, meu namorado olhou para mim, e quando o fez, abaixei o rosto e beijei seus lábios devagar.

— Como está se sentindo? — perguntei, preocupado, como sempre estava, apesar de tentar controlar o nervosismo.

— Com vontade de te beijar mais — ele respondeu baixo, segurando meu rosto e me pedindo, silenciosamente, para chegar mais perto dele mais uma vez.

Obedeci ao seu pedido, selando nossos lábios mais uma vez, entregando a intensidade que ele me pedia.

Antes que eu subisse na maca, soltei seus lábios por um momento, fui até meu jaleco, peguei o lubrificante e, dando a volta na maca, deitei ao lado de Jhonatan. Assim, seria mais confortável para que fizéssemos o que ele queria fazer.

Céus, que eu queria fazer tanto quanto ele...

O safado não conseguiu segurar uma risada satisfeita, quando viu o que eu estava segurando.

— Você quer fazer isso? — ele perguntou, vendo meu nervosismo. — Porque eu quero muito que você me foda, mas se você estiver desconfortável, nós não vamos fazer.

Apesar de estar descontraído, sua voz soava séria e ele estava realmente preocupado com o quanto eu estava bem com aquilo ou não. Coloquei o lubrificante na mesa de cabeceira, ao lado de sua maca, e como fiz tantas vezes, deitei no colchão, ao seu lado, me encaixando no espaço que eu gostava tanto de estar.

— Eu quero ter história pra contar...

Jhonatan gargalhou, segurando meu rosto e me beijando.

— O que nós vamos fazer aqui, você não vai contar pra ninguém, eu conheço você — ele disse baixinho, passando os lábios agora pela minha pele, depositando selares calmos pela minha mandíbula. — Conheço tanto, que sei que você vai me foder tão gostoso e cheio de cuidado...

Meu coração voltou a acelerar e meus olhos se fecharam, enquanto eu ouvia as palavras saírem de sua boca:

— Tão gostoso, que quem vai chorar de tesão dessa vez... — Ele segurou meus dedos, arrastando minha mão para baixo do edredom, me fazendo sentir seu caralho quente, ganhando uma rigidez que chamava por mim. — Sou eu.

Sim, ele realmente estava pelado, só esperando por mim, o que me fez engolir em seco e morder meus lábios com força, enquanto mantinha meus olhos fechados e minha respiração entrecortada.

Comecei a masturbá-lo devagar, sentindo seu membro ficar cada vez mais duro na minha mão, enquanto minha própria rigidez já ganhava vida dentro da minha calça de algodão.

— Ah, Nick. — Ele gemeu meu nome baixinho, de um jeito tão gostoso, sentindo tanto prazer com o meu toque, depois de tanto tempo, que senti em meu próprio cacete uma fisgada agressiva.

Eu já estava tão duro, que roçava o pau na coxa de Jhonatan, e ele percebeu, porque levou a mão até meu quadril e enfiou os dedos quentes dentro do meu pijama, capturando meu caralho e me masturbando devagar, assim como eu fazia com ele.

— Jhon... — Gemi arrastado, sentindo meu corpo praticamente tremer com aquele toque, do qual eu sentia tanta, mas tanta falta.

— Estava com saudade, meu amor? — ele falou baixo, se controlando para não gemer, enquanto continuava o masturbando. — Estava com saudade de ter seu namorado te masturbando gostoso assim?

O puto deu uma apertada na minha glande, que já cuspia pré-gozo, e me viu franzindo as sobrancelhas e respirando com dificuldades pelo meu pau já estar tão sensível.

— Demais, Jhon... porra... — Choraminguei, sentindo a delícia e a tortura que era ter Jhonatan subindo e descendo os dedos no meu falo, de forma tão erótica, tão certeira.

Sexualmente falando, nada havia mudado. Ele continuava tão bom, me fazendo tremer de tesão com tão, *tão pouco*.

— Me chupa, amor — ele pediu baixo, selando um beijo lento em mim, depois mordendo meu lábio inferior devagar. — Me chupa do jeito que você sabe que eu gosto... depois me fode devagar, com carinho...

Assentindo, dei mais um beijo em Jhonatan e tirei o edredom do seu corpo, revelando seu quadril nu e suas coxas, tão gostosas e torneadas. Me ajeitando na maca, para que não o machucasse, arrastei meu corpo mais para baixo, depois voltei a segurar no seu cacete, quando meu rosto já estava bem próximo. Ele gostava quando eu esfregava a língua bem devagar na base até a cabeça, então foi isso que fiz, observando sua pele toda se arrepiar.

— Porra, caralho, Nicolas — ele xingava quando minha língua quente começava a rodear a cabeça do seu cacete devagar, antes de dar leves chupadas na sua glande, que mais pareciam beijos lentos.

Abrindo a boca, enterrei meus lábios e comecei a chupá-lo lentamente, me apoiando com um braço na maca, enquanto o outro estava repousado sobre sua coxa, na qual eu também segurava seu pau. Senti seus dedos entrarem nos meus cabelos, e logo em seguida, ele segurar os fios com um pouco mais de força, como quem pedia permissão para ditar o ritmo que queria.

— Me mostra como você quer, amor — falei, tirando seu caralho da minha boca, depois voltando a chupá-lo, com ele quase rosnando ao gemer arrastado e segurar meu cabelo com ainda mais firmeza, empurrando meu rosto contra seu pau.

E eu chupei Jhonatan pelo tempo que ele quis. Me deliciei com seu gosto, que há muito tempo não sentia, que há muito tempo desejava, enquanto deixava meu namorado ditar os movimentos que me faziam foder minha boca na sua rigidez, cada vez mais fundo, cada vez mais rápido.

— Vem, Nick, vem aqui — ele começou a falar, controlando os gemidos e soltando meu cabelo, depois de me fazer parar de chupá-lo. — Eu quero gozar contigo me fodendo, meu bebê.

Voltando a deitar na maca, observei Jhonatan se virando de lado para mim, apoiando a perna da tala no colchão de uma forma que não o incomodasse nem machucasse. De forma que aquela bunda gostosa ficasse tão empinada para mim.

Antes mesmo de pensar em pegar o lubrificante, segurei seu ombro, acariciei sua pele e beijei sua derme em todos os lugares que consegui. Vi aquela tatuagem enorme de dragão, esperando para dançar para mim a partir do momento que eu começasse a fodê-lo.

Tirei minha blusa do pijama e, sem me importar naquela hora, acabei jogando-a no chão, mas não queria que nada atrapalhasse o contato da minha pele com a de Jhonatan naquele momento.

Percorria minhas mãos pelo seu quadril, massageando seu corpo, até deslizar os dedos para a frente e agarrar seu cacete, voltando a masturba-lo devagar.

— Tortura, Nicolas — ele falava arrastado, com uma risada sacana, enquanto controlava a respiração arfada. — Tortura ficar me masturbando assim, meu bebê... Enfia logo, vai?

Ele inclinava o rosto para trás, eu roçava os lábios na sua bochecha, enquanto meu próprio quadril roçava devagar sua bunda. Não imaginava que ia achar tão gostoso me encaixar assim em Jhonatan, em cima de uma maca de hospital.

Não aguentando minha própria vontade, estiquei o braço, peguei o frasco de lubrificante e lambuzei um dedo só, bem-encharcado, deixando também o líquido viscoso cair sobre a bunda de Jhonatan, escorrendo lentamente até ser absorvido por sua fenda apertada.

Ali, aproveitando-me da inclinação de seu corpo, voltei a encostar o queixo no seu ombro, roçando os lábios na lateral de sua bochecha, enquanto meu peitoral encostava no alto de suas costas e eu começava a esfregar a ponta do dedo médio na sua entrada. No mesmo segundo, o penetrei devagar, com cuidado e carinho, sabendo que nem eu nem ele fizemos sexo recentemente, então entendia que o tanto que eu estava sensível, ele também estava.

— Porra, Jhonatan. — Senti meu pau pulsar com força, de tanto sentir sua entrada tão apertada no meu dedo. — Tão apertado, meu amor... tão gostoso... — disse, então enfiei mais um dedo e os movimentos se intensificaram, em um vai-e-vem delicioso, de estocadas calmas, mas ritmadas.

— Vai, Nick... agora me fode de verdade — ele pediu, mas quase ordenava.

— Amor, ainda não...

— Vem devagarzinho, faz calmo, do seu jeito que eu gosto tanto — ele falava, se masturbando, enquanto sua voz soava rouca. — Porra, eu amo o quanto você cuida de mim até me fodendo, Nicolas.

Eu beijei seu ombro mais uma vez, carinhoso, devoto. Amei sua pele, assim como estava pronto para amar seu corpo. Atendendo ao seu pedido, tirei meus dois dedos de dentro de si, segurei meu caralho pela base e encostei a glande inchada na sua entrada, que voltava a se apertar um pouco menos agora. Quando encostei a cabeça do meu cacete na sua fenda, melada pelo lubrificante, fiquei brincando um pouco de empurrar de levinho, sentindo a respiração de Jhonatan ficar descontrolada, enquanto eu não enfiava, só ameaçava.

— Você quer me enlouquecer, doutor... — Jhonatan falou, provocativo, desobedecendo o pedido que eu fiz para que ele não me chamasse assim, de propósito, para que eu parasse com a brincadeira e enfiasse logo.

Rindo baixo, rocei os dentes no seu ombro e arranhei ali, enquanto começava a enfiar devagar, enlaçando a cintura do meu namorado e o abraçando com força, colando a testa nas suas costas e respirando fundo.

Meu coração estava acelerado, eu enfiava devagar, sentindo a carne quente de Jhonatan se comprimir contra o meu cacete.

— Porra, Nick — Jhonatan dizia arrastado.

— Nossa, Jhonatan. — Eu choramingava de novo, abraçando ainda mais seu corpo e o penetrando devagar, indo e voltando com meu quadril, sentindo-o me receber melhor, cada vez mais. — Que saudade, porra... que saudade de te foder...

O tom de Jhonatan era baixo, ainda assim, ele arfava tão gostoso para mim, tão entregue ao nosso momento, em que meu namorado gemia meu nome, enquanto eu gemia o dele.

Mesmo que eu estivesse por trás, nós nos abraçávamos do jeito que conseguíamos, com ele segurando meus braços, tremendo pelo meu contato, enquanto eu não parava de socar e socar, aumentando o ritmo aos poucos, enlouquecido pelo jeito que sua pele me deixava inebriado, em transe.

Não parava de beijar suas costas, não parava de demonstrar o quanto estava com saudade de cuidar de seu corpo, e Jhonatan, sentindo que eu não duraria muito, por conta de todo tempo que me privei de qualquer tipo de sexo, pegou minha mão, que o abraçava. Ele segurou, entrelaçou meus dedos aos seus, levou até o seu caralho e fez com que eu o masturbasse, enquanto ele continuava segurando minha mão. Então, ficamos, os dois, masturbando seu membro rígido juntos.

Porra, era tão gostoso, tão safado, ao mesmo tempo tão íntimo.

— Jhonatan... eu não vou aguentar muito. — Um quase choro saiu da minha boca, quando levei os lábios até a lateral de seu pescoço, beijando-o, entre gemidos.

— Vai, Nicolas, assim — pedia, quando cheguei em um ritmo que era tão gostoso para ele. — Eu também vou gozar, mas continua assim, meu bebê.

Continuei pelo tempo que eu consegui. Ondulei mais rápido, soquei no meu namorado, sentindo meu quadril batendo na sua bunda cheia e torneada, que eu tanto amava, até soltar seu caralho e colocar a mão no seu quadril, o segurando com força, quase com brutalidade, enquanto ele continuava a se masturbar.

Toquei, com os lábios, as suas costas, várias e várias vezes, e em um gemido arrastado e grave, denunciei a exata hora em que estava gozando dentro, derramando meu líquido quente e o melando todo.

Jhonatan, por usar o braço bom, conseguiu aumentar o ritmo, com os dedos, até gozar, soltando o mesmo gemido grave e rouco que soltava toda vez que alcançava o clímax. Nós ficamos em silêncio por alguns momentos, enquanto respirávamos fundo e tentávamos recuperar o ar, que parecia ter ido embora de nossos corpos.

— Conseguimos, amor. — Ele riu, debochado, pegando minha mão, que ainda o abraçava, e dando um beijo lento na minha pele. — Nós transamos na maca do hospital.

— Agora eu quero transar com você em casa — disse, rindo também, com ele assentindo, em concordância.

Me tirando de dentro dele com cuidado, dei mais um dos milhares beijos, também lentos, nas suas costas, e enfiando meu membro para dentro do pijama, saí da maca, indo até o banheiro, preocupado em limpar Jhonatan logo.

Quando retornei, ele estava descendo da maca, pegando a muleta, e antes que eu conseguisse pensar em correr em sua direção, ele conseguiu dar o primeiro passo, vindo até mim.

Um homem, uma muleta, uma tala no pé e nada mais.

Jhonatan estava completamente pelado, no meio do quarto, andando em direção ao banheiro, e eu só conseguia achar lindo, não sabendo se voltava a ficar com tesão ou se ficava orgulhoso dele, por estar andando com muito mais facilidade.

A que ponto eu cheguei, de estar sorrindo orgulhoso por um homem pelado estar andando sem dificuldades?

— Onde você pensa que vai, Jhonatan? — perguntei, rindo, chegando perto dele e segurando seu braço, mostrando apoio.

— Tem porra escorrendo na minha bunda, tem porra nas minhas coxas e tem porra na minha barriga... eu quero tomar outro banho.

Eu ri e, vendo que ele já havia feito esforço demais até ali, não o impedi, ajudando-o a chegar no banheiro e sentar na cadeira de rodas para banho, depois coloquei seu pé machucado no suporte e protegi, com os plásticos reservados para isso.

— Último dia de banho usando essa cadeira.

— Não conta pra doutora, por favor — ele pediu, em um tom canalha, que me fez rir, já que ela havia proibido, também, os banhos sentados.

Liguei o chuveiro e, antes que pudesse colocá-lo debaixo dos jatos fortes, regulei a temperatura e puxei sua cadeira até que a água tivesse batendo nas suas costas. Tomando cuidado para não me molhar, dei a ele o sabonete e deixei que se lavasse, feliz em ver que ele tinha muito mais facilidade para fazer isso agora do que há um mês.

Saí do banheiro por um momento, para pegar uma toalha limpa para Jhonatan, e quando voltei, dei de cara com ele de olhos fechados e a cabeça levemente para trás, deixando a água bater na testa e escorrer pelos cabelos. Encostei na porta, observando-o por alguns segundos.

A água rolava pelo seu rosto, depois pescoço e peitoral. Suas mãos deslizavam pelas suas coxas, porque ele estava ensaboando aquela área, e não importava que ele já fosse meu namorado...

Admirar Jhonatan sempre me enlouquecia.

Abrindo os olhos devagar, ele me percebeu ali, mas não se assustou, só sorriu com o canto dos lábios quando viu a grande cara de idiota que eu estava fazendo, babando por ele.

— Vem cá, meu bebê, tira essa roupa... — ele pediu, calmo, carinhoso, olhando para a minha calça do pijama, única peça que eu ainda vestia.

— Eu vim te tirar do banho — disse, tentando disfarçar o quanto seu pedido me deixava ansioso e louco para atendê-lo.

Tinha algo de muito gostoso em tomar banho com Jhonatan. Nós éramos viciados nisso e não conseguíamos mudar, mesmo que tentássemos muito. Era uma das nossas "*coisas de casais*", que não fazíamos há muito tempo.

— Melhor — ele começou, ignorando completamente minha fala. — Vai lá no quarto e pega aquele lubrificante safado, que você roubou de alguém.

— O que você... — eu comecei um questionamento, mas ele não deixou que eu terminasse.

— *Shh*, só vai, meu bebê...

Atendendo ao seu pedido, fui e voltei do quarto, pegando o pequeno frasco que estava pela metade.

— Me dá aqui, amor — ele pediu, calmo e carinhoso, então eu entreguei o objeto a ele.

Depois voltei a andar em direção à porta, porque iria molhar minha roupa se ficasse muito próximo ao meu namorado.

— Obrigado, Nick — o tatuado soltou, colocando o frasco sobre sua coxa. — Põe a toalha no aparador e tira essa calça, Nicolas.

Eu engoli em seco e senti um arrepio percorrer minha nuca quando ouvi o tom um pouco mais sério de Jhonatan, apesar de continuar calmo, porque, ainda assim, era praticamente uma ordem. E o arrepio era por querer ansiosamente lhe obedecer. Colocando a toalha limpa no gancho, levei as mãos ao elástico da minha calça e a desci devagar, percebendo que meu namorado não tirava os olhos de mim.

— Agora vem cá... — ele pediu com o mesmo tom, me fazendo perguntar quanto tempo Jhonatan ainda me deixaria tão abalado.

— Se lava, relaxa, deixa a água escorrer pelo seu corpo — ele falava, colocando as mãos nas rodas da cadeira e chegando levemente para o lado. — Eu quero ver você tomando banho.

Eu fiz o que me foi pedido. Peguei o sabonete, passei pelo meu pescoço, peitoral, molhei minha cabeça e deixei a água escorrer por toda minha pele, enquanto observava Jhonatan levar a mão ao próprio membro.

Ele começou a se masturbar devagar, enquanto olhava para mim, passeando lentamente com os olhos pelo meu corpo molhado, que era acariciado pela água quente. Minha respiração ficou mais funda, mais rápida, ele via meu peito subindo e descendo, ao mesmo tempo que meu pau fisgava, com força, por uma nova ereção ganhar vida.

Eu amava o fato de Jhonatan amar olhar para mim, amava o fato dele sentir tanto desejo pelo meu corpo, mesmo depois de tudo. Mesmo depois dele ter ido embora, de ter voltado, de nós já sermos namorados, dele ter sofrido o acidente...

Nada fazia Jhonatan parar de me desejar.

Nada me fazia parar de desejar Jhonatan.

Quando me percebeu relaxado com o banho, apesar de completamente nervoso por encará-lo, Jhonatan levou as mãos à roda da cadeira, deslizando para perto de mim, até seus joelhos tocarem levemente minhas pernas.

Ele segurou no meu pulso, me virou lentamente, depois começou a beijar lentamente minha pele, meu quadril, então segurou minha cintura e, com a outra mão, apertou minha bunda com tanta força, que eu gemi sôfrego.

— Caralho, como você é gostoso — meu namorado disse, quase em um rosnado, arrastando os dentes pela minha bunda, depois dando uma mordida tão forte, que me fez arquear as costas e gemer mais uma vez.

O puto gostava de me morder tanto quanto eu gostava quando ele era bruto assim comigo. Não havia nada que Jhonatan fizesse que eu não achasse incrivelmente excitante, a ponto do meu pau pulsar com tanta violência, que levei minha própria mão a ele, começando a me masturbar devagar.

— Você gosta quando eu faço isso, Nicolas? — ele perguntou, arranhando os dentes na minha pele, passando, agora, para a minha coxa e me mordendo mais uma vez, me fazendo gemer e me masturbar em um ritmo mais rápido, mais intenso.

— Gosto, amor... gosto demais — respondi, sentindo a água do chuveiro bater do meu quadril para baixo, ainda mantendo o banheiro quente, por causa do vapor que saía dali.

— Você quer sentar em mim? — ele perguntou, entre os beijos sequenciais que dava nas regiões que antes ele havia mordido com força.

— Tenho medo de machucar você — falei, sincero, sempre preocupado.

— Não vai, meu bebê... Vem de ladinho, senta devagar.

Eu assenti, ainda sem olhar para ele, o que foi suficiente para Jhonatan segurar minha bunda com força mais uma vez, separar minha carne e arrastar sua língua pela minha entrada lentamente, deixando sua saliva quente escorrer cada vez mais sobre a minha fenda.

— Porra, amor. — Gemi, xinguei, senti meu corpo quase desmanchar e ir ao chão, de tanto que tremi com sua língua.

Jhonatan cuspiu, me chupou devagar, depois tirou o rosto da minha bunda. Os segundos que ele demorou foram o suficiente para eu entender que ele estava pegando o frasco de lubrificante, e em seguida, quando ele esfregou a ponta do seu dedo anelar, me fodendo com os dedos melados pelo líquido viscoso, senti, na sua lentidão ritmada, que ele estava me preparando para o que queria fazer.

Ele enfiou mais um e começou a aumentar o ritmo, comigo empinando a bunda cada vez mais, louco para sentar no seu colo. Então, ele tirou as mãos de mim, e virando o rosto devagar, o vi jogando lubrificante em seu cacete, tendo cuidado o suficiente para não bater água no local.

— Vem, amor — Jhonatan chamou, tirando os dedos de mim, segurando meu quadril e me puxando devagar.

Enquanto eu sentava, ele segurava, direcionando seu caralho, e quando encaixei a bunda na direção do seu colo, senti sua glande, melada por pré-gozo, sendo esfregada na minha entrada, que já pulsava por estar louco por aquele contato. Em seguida, jogou o lubrificante no chão, e eu não dava mais uma foda para o pequeno frasco.

Depois eu pegava...

— Senta devagar, se fode em mim com calma — ordenava baixo, com a respiração quase entrecortada, enquanto eu descia mais o quadril e começava a me penetrar com seu pau, até estar todo dentro de mim. Quando engoli seu membro inteiro, todo o corpo dele tremeu.

Segurei no ombro de Jhonatan, lhe dando um meio abraço, por estar sentado de lado, no seu colo, enquanto seu pau pulsava dentro de mim, do mesmo jeito que minha entrada se contraía, de tesão, por senti-lo.

— Rebola pra mim, Nicolas — ele pedia baixo, segurando meu rosto e me fazendo chegar perto de si. — Rebola pra mim, meu bebê.

Eu começava a rebolar devagar e obedecia a tudo que ele me pedia. Nossos lábios se encostavam, ele enfiava a língua quente dentro da minha boca devagar, pedia passagem, se enroscava a minha, sugava.

Nós nos beijávamos no mesmo ritmo gostoso em que eu rebolava no seu caralho, em movimentos circulares, sentindo sua rigidez me preencher inteiro, sem pressa nem brutalidade.

A gente se movia do jeito que dava, sutilmente, se encaixando cada vez mais. Mas, definitivamente, não queríamos parar. Apesar de nós nos vermos todos os dias, nosso beijo era saudoso, necessitado um do outro. Havia sentimentos que eu não conseguia expressar nem quando envolvia meus braços no seu ombro com força ou sentia suas mãos também abraçarem minha cintura.

Precisava de Jhonatan, do seu corpo, do seu cuidado, da mesma forma que ele precisava de mim. E enquanto a água quente do chuveiro batia no perfeito centro dos nossos corpos, nós nos amávamos em uma das formas mais inusitadas que alguém pode amar. Nossa necessidade um do outro era tão sem limites, que nós estávamos transando no chuveiro do hospital, com ele de cadeira de rodas e uma perna em cima do suporte.

— Isso é tão errado. — Choraminguei entre seus lábios, movimentando o quadril devagar, sentindo Jhonatan apertar minha cintura e ir rodeando, ditando como ele queria que eu me movesse.

— Mas é bom *pra caralho*.

— Eu estou no meu local de trabalho.

— E do jeito que você está sentando em mim — ele falava, segurando minha mandíbula, distribuindo beijos lentos pela minha pele, até chegar a minha boca —, eu sei que você não dá uma foda pra isso, meu bebê.

O safado me conhecia tão bem.

Rindo baixinho, enquanto começava a aumentar o ritmo, segurei o rosto do meu namorado e lhe entreguei muito mais intensidade do que ele esperava. Claro que, se houvesse a mínima chance de alguém nos pegar, eu não teria nem pensado em aceitar tudo o que Jhonatan queria fazer, mas não tinha. O quarto estava trancado, ninguém iria entrar, ninguém iria saber.

Naquele momento, toda aquela sacanagem que fazíamos juntos, como todas as outras que já fizemos, ficariam só entre nós dois, o que me dava tesão o suficiente para beijar meu namorado, morder sua boca e saborear de sua língua, enquanto meu corpo começava a quicar devagar no seu colo. As reboladas calmas saíram, dando lugar a sentadas mais agressivas, fazendo o tatuado soltar meus lábios e franzir o cenho, enquanto mordia a própria boca, controlando a respiração.

Ele gostava...

Jhonatan amava quando eu me fodia nele, quando aumentava o ritmo, quando sentava, sem pena, no seu cacete rígido, que amava, em igualdade, me foder.

— Caralho, meu bebê... caralho, amor. — Ele gemia, segurava meu quadril fraco, porque, quanto mais eu sentava nele, mais Jhonatan tremia e começava a perder as forças. — Nick... — ele me chamou assim, com a voz necessitada, então nossos olhos se encontraram e nossas testas se encostaram.

— Nunca foi tão gostoso quanto é com você — ele dizia, passando o nariz pela minha bochecha, segurando meu rosto com carinho, arfando, por causa das quicadas que eu continuava dando, incendiado por tudo que saía de sua boca. — Nunca foi, nunca vai ser... Nunca chegou nem perto, porra, amor.

Eu quase não tinha ciúmes de Jhonatan, mas seria mentiroso dizer que suas palavras não me aqueciam e não me davam ainda mais tesão, porque davam. Elas faziam com que eu me sentasse com mais força, mais velocidade, deixando minha pele molhada bater no seu colo, igualmente úmido, enquanto a água quente escorria pelas nossas peles.

Gemendo arrastado, Jhonatan enlaçou meu quadril com uma das mãos, enfiou o rosto no meu peito, depois, com a outra mão, segurou meu membro tão rígido, tão dolorido, e começou a me masturbar na mesma velocidade em que eu quicava em cima de si.

Nossos corpos tremeram tanto, quando chegamos ao ápice juntos, que, se não estivéssemos sentados, teríamos caído no chão do banheiro.

Você fica dois meses sem transar e, quando o faz, mete logo duas vezes, sem pausa.

Não era estranho que nós estivéssemos ali, respirando fundo, com os peitos subindo e descendo, enquanto nossos lábios voltavam a se encontrar e se beijavam com carinho, com cuidado, tentando retomar o fôlego, que se arrastava de volta para nossos pulmões aos poucos.

— Nunca foi tão gostoso, Jhonatan... — repeti suas palavras baixinho, selando seus lábios devagar algumas vezes. — Mesmo se eu tivesse saído com o país inteiro, que nem você... — Eu ri baixo, Jhonatan começou a gargalhar fraco, me abraçando apertado, novamente. — Ainda assim, nunca teria sido tão gostoso. Porque eu só amei você. Eu só amo você, grandão.

— Eu só amo você, doutor.

Eu sorri, lhe dando mais um beijo lento e me levantando devagar, não sem antes receber um tapa estalado e forte na bunda, que fez o barulho até ecoar pelo banheiro. Olhando, de cara feia, para Jhonatan, que sempre batia na minha bunda assim, sem aviso, o vi segurando o riso que nem o sem vergonha que ele era.

— Desculpe, sua bunda é gostosa demais, eu não resisto.

Revirando os olhos, aproveitei-me do chuveiro ligado para lavar meu corpo, depois Jhonatan fez o mesmo, então desligamos a água e nos secamos. Eu o vesti com uma das suas blusas pretas de manga comprida, consegui até colocar uma calça de moletom, bem grande e folgada, depois o ajudei a voltar para a cama. Após aquela dose dupla de amor, que foi muito além do planejado, nós não demoramos nada para dormir. Apagamos abraçados, como dois bebês que brincaram demais.

É, nós brincamos demais...

11.3 ZETA SAGITTAE

Acordamos no outro dia, atrasados para a alta de Jhonatan, comigo praticamente caindo da maca e catando todas as roupas do quarto.

Além de toda dor na bunda.

— Bom dia... quer ajuda?

Ouvi a voz sonolenta de Jhonatan soando, enquanto ele mesmo mal conseguia abrir os olhos. Não havia muita coisa que ele pudesse fazer, mas achava fofo o fato dele querer me ajudar.

— Não, amor, eu vou terminar de arrumar suas coisas, vou na recepção, pegar os papéis da sua alta, e já volto pra vestir você.

— Isso, vem cuidar do seu bebezão.

Eu ri, andei até sua maca, dei nele um beijo rápido de bom dia e, depois de me vestir, fui até a recepção, indo falar com Débora, que já havia separado toda a papelada e as atas da alta para mim, junto dos outros pedidos de exames, remédios e prescrições de Yan.

E o pedido de levar uma injeção, que eu teria que aplicar em Jhonatan mais tarde... Demorei mais do que imaginava na recepção, o que foi o suficiente para ela rir da minha cara de sono e do meu cabelo bagunçado.

Eu estava completamente desarrumado, muito diferente de como costumava ficar no dia-a-dia, quando tinha o mínimo de decência para poder andar entre os corredores do hospital.

Depois que me despedi da recepcionista de forma educada, mas corrida, tentei voltar para o quarto, porque ele estava quase virado de cabeça para baixo, e eu não queria que ninguém visse aquela grande bagunça, que parecia ter sido palco de uma guerra nuclear.

Entretanto, um enfermeiro, que devia ser cego, me chamou em um dos corredores para tirar dúvidas sobre um dos pacientes que eu tratava.

Pelo amor de Deus, homem, eu estava de moletom, com a cara amassada de sono e o cabelo todo para o alto. Não era óbvio que eu não estava de plantão?

Mas ele não parecia se importar com esse fato, e eu, tampouco, conseguia negar ajuda a alguém, então, depois de 15 ou 20 minutos ali, explicando com carinho sobre coisas que já estavam na prancheta, consegui voltar ao quarto do meu namorado. Mas alguém estava lá dentro.

A última pessoa no mundo que eu queria que visse toda aquela bagunça.

— Mãe? — eu perguntei, assustado, meio alto.

Ainda segurava a maçaneta da porta, me perguntando se não havia ingerido um alucinógeno sem querer, pois ter a visão de Helen, sentada na maca de Jhonatan, rindo, era uma coisa aleatória demais.

Aleatória. Demais.

— Nicolas, socorro — Jhonatan falou, segurando o riso.

— Mãe, o que a senhora está fazendo aqui? — disse, quase rindo também daquela situação inusitada.

Depois de colocar os papéis e documentos em cima do meu suporte, na frente do sofá, me aproximei da maca, até estar na sua frente, e a abracei com carinho. Sempre sentindo uma saudade absurda de minha mãe, mesmo tendo a visto há poucas semanas, no Natal.

— Você não me visita mais, mal me liga, só fica mandando emoji de coração e figurinha de bom dia.

— Nossa, que brega, doutor — Jhonatan falou, zombando de mim.

— Então... — minha mãe continuou, rindo do que meu namorado havia dito. — Precisei ver com meus próprios olhos quem estava roubando meu filho de mim, pra decidir se matava a pessoa ou perdoava o seu abandono. E, você, meu filho — ela disse, olhando para Jhonatan, franzindo o cenho —, tem uma cara de meliante...

— Mãe! — eu a repreendi, com medo de Jhonatan se ofender com a falta de freio daquela senhora, que estava abalada pela saudade, mas meu namorado, sacana como sempre, começou a rir da cara de minha mãe.

— Ex-meliante, tá bem? — ele disse, mordendo o lábio inferior de forma travessa.

Ela olhou para Jhonatan, franzindo o cenho, e eu precisei começar a falar, para não ter que explicar para minha mãe que ele realmente já esteve metido no meio da bandidagem.

— Ele é brincalhão, mãe, não liga, não. — Fiz cara feia para Jhonatan, mandando-o calar a boca só com o olhar. — Ele já recebeu alta, eu vim correndo pra arrumar o quarto.

— Eu mal cheguei e você já está me expulsando, meu filho? — ela falou, quase triste, o que fez meu coração doer.

— Que expulsando o quê, sogra?! Vambora com a gente — Jhonatan começou a falar, antes mesmo que eu conseguisse abrir a boca.

— Sogra? — minha mãe e eu perguntamos juntos.

Jhonatan começou a rir.

— Tu não falou pra ela que a gente é casado, não?

Minha mãe arregalou tanto os olhos, que tive medo dela ter um ataque cardíaco ali mesmo.

Pelo menos já estávamos no hospital...

— Brincadeira, Sra. Hadriel... — Jhonatan tentou se consertar, enquanto segurava o riso, por causa da cara de espanto que minha mãe fez.

Ela sabia que nós namorávamos, apesar deles não terem sido apresentados de forma decente, mas acho que minha mãe nunca me perdoaria se eu me casasse e ela não fosse informada.

— É por isso que eu não queria te apresentar a ele, mãe... Jhonatan não tem limites.

Minha mãe acabou rindo e, mais rápido do que eu pensei, caiu nas graças do meu namorado, continuando sentada na maca, conversando com ele, enquanto eu terminava de arrumar as roupas do quarto, dobrar o edredom que eu havia trazido e guardar todas as minhas coisas pessoais, junto do meu uniforme.

Ter minha mãe ali acabou me ajudando demais, apesar de ter algo doloroso na forma como Jhonatan olhava para ela. Ele ria e seus olhos brilhavam, enquanto minha mãe contava histórias sobre mim, quando eu era pequeno.

Ele nem lembrava mais que eu estava no quarto, de tão encantado que ficou com o jeito carinhoso que Helen o tratava.

No final, eu tinha a quem puxar, por todo o cuidado e amor que emanava de mim naturalmente. Minha mãe também era assim, e depois de implicar com Jhonatan, por ele me roubar dela, só sobrava espaço para cuidado e preocupação. Ela sabia que eu amava meu namorado, então se esforçava para que ele gostasse dela também, só não fazia ideia de que seria tão fácil.

E o motivo de eu sentir dor, ao ver Jhonatan olhando para ela com uma facilidade tão grande, de sentir carinho, não era por inveja nem ciúmes, era por saber que ele foi privado, desde os 10 anos de idade, do contato com a sua própria mãe.

Ah, se ele soubesse que, se eu pudesse, faria de tudo para que ele tivesse esse contato novamente...

— Você está precisando de ajuda com ele, Nicolas? — minha mãe perguntou, agora largando o tom de brincadeira e soando daquele jeito preocupado que ela tinha, toda vez que queria ajudar.

— Ele é uma criança birrenta e trabalhosa... — falava, enquanto fechava minha mala. — Mas ele está indo pro apartamento dele. Lá, ele tem a cunhada e o amigo, que vão cuidar dele.

— Mas quanto mais melhor. Pode ir lá cozinhar pra mim, sogra.

Eu dei uma risada alta, pegando uma das almofadas do sofá e tacando em Jhonatan.

— Deixa de ser folgado, garoto.

— Se precisar, eu vou. Nenhum dos dois tem cara de que faz comida saudável todo dia — minha mãe disse, séria.

— Mãe, não, sério, não precisa.

— Mas se você quiser — Jhonatan disse, levantando as sobrancelhas, como quem aceitaria de boa qualquer banquete preparado pela minha mãe.

— Jhonatan, para de ser abusado, cara. — Taquei outra almofada e, dessa vez, ele pegou.

— Me manda o endereço por mensagem — ela disse, levantando-se, depois dando alguns tapinhas no ombro de Jhonatan. — Eu passo lá, pelo menos uma vez, pra ajudar vocês. E... se cuida, viu?

Minha mãe disse para Jhonatan, mal conseguindo disfarçar o quanto já ficava super preocupada, mesmo o conhecendo tão pouco.

— Pode deixar, Helen. Agora eu sei de onde o Nicolas puxou esse coração mole.

A mulher deu um tapa doído no ombro de Jhonatan, enquanto ria, depois se despediu de mim, dizendo que estava indo fazer compras perto do hospital e resolveu vir puxar minha orelha. A abracei com força, pedi perdão por ter sumido e depois a abracei de novo.

Ela entendeu, pois minha mãe era bondosa demais e não guardava rancor de nada, só quase me bateu, dizendo que, se eu não fosse visitá-la, ela entraria no hospital, batendo panela. E como eu sabia que ela era capaz de fazer isso mesmo, achei melhor voltar a visitá-la regularmente e evitar minha demissão por conta da minha mãe.

Voltei para o quarto a tempo de receber a ligação de Luca, me avisando que estava chegando em um carro de aplicativo, para poder me ajudar a levar Jhonatan até seu apartamento. Tendo pegado a documentação e todas as coisas necessárias, fui e voltei para o quarto mais vezes do que planejei, fazendo aquela pequena mudança para o meu carro, a fim de levar minhas coisas de volta para casa e a pequena mala de Jhonatan.

Eu estava nervoso, na verdade. Ficar quase dois meses morando no hospital havia me feito desacostumar com a rotina de ir e voltar para casa todos os dias. E como Jhonatan precisaria voltar para o seu apartamento, porque eu não estaria por perto, eu ainda não voltaria de vez para o conforto do meu ninho.

Estaria mentindo se dissesse que não sentia falta, porque eu queria demais voltar a dormir na minha cama enorme...

— Bora, ranhento! — Luca disse, entrando no quarto e assustando a mim e a Jhonatan.

— Que susto, porra! — Jhonatan reclamou, com a mão no coração.

Eu acabei rindo, depois entreguei minha última bolsa para Luca, enquanto ajudava Jhonatan a se levantar e pegar sua muleta.

— Bora, bora, bora, tenho que sair — Luca dizia, fazendo pressa fingida em Jhonatan.

— Eu vou enfiar a muleta na sua cara — Jhonatan dizia, balançando a muleta quase na cara de Lu, antes de começar a andar para fora do quarto, e seu amigo ria por ele ter caído na implicância.

Quando chegamos no carro, Luca pegou as chaves da minha mão, sem que eu lhe oferecesse, e me lançou um sorriso enorme.

— Sete dias sem beber, porra!

Ele parecia realmente animado com aquilo, o que fez com que fosse inevitável sorrir.

— Caralho, sério? — Jhonatan parecia meio chocado, mas suas feições eram felizes, enquanto seu amigo concordava com a cabeça, animado.

Luca tinha problemas com a bebida mais sérios do que eu havia notado pelo visto. Achei que era só bebedeira de jovem solteiro...

Mas a feição satisfeita do meu namorado denunciava o contrário.

— Já pode dirigir sem matar ninguém, parabéns — respondi, comemorando a situação, o vendo fazer uma dancinha muito engraçada, enquanto me ajudava a colocar todas as coisas dentro do carro e, em seguida, Jhonatan no banco do carona.

Foi difícil, mas nós conseguimos guardar todas as minhas coisas, acomodar Jhonatan confortavelmente e seguir viagem. Eu que iria dirigir, mas Luca estava tão animado por não ter bebido, que não fiz questão nenhuma de tirar o volante de suas mãos.

11.4 5 SAGITTAE

O caminho até sua casa, como esperado, foi tranquilo e curto, já que seu apartamento era apenas um pouco mais distante do que minha própria casa, então logo estávamos estacionando na vaga que eles tinham no prédio.

Eu perdi a conta de quantas vezes Jhonatan bateu em mim com aquele inferno daquela muleta.

Em todas as vezes, eu respirei fundo, controlei a dor e continuei andando, o dando apoio quando ele parecia que ia cair.

O ex-meliante estava cada vez melhor, mas se acostumar a andar longos caminhos ainda era difícil, e eu não podia exigir que ele fosse um exímio maratonista do nada.

— Caralho! Que porra de sofá enorme! — Jhonatan gritou quando abrimos a porta do apartamento, externando a reação que eu também tive, mas guardei para mim.

Era um sofá-cama cinza, retrátil, imenso, feito com material felpudo, desses que, se você senta por um minuto, nunca mais quer trabalhar nem fazer suas obrigações.

— Oi, Jhona! — Cecilia surgiu, sorrindo daquele jeito fofo. — Eu comprei pra você, você gostou?

— Ceci, você vai ter um filho e tá comprando sofá pra mim? — ele perguntou, quase brabo, andando sozinho com a muleta, mesmo com dificuldade, e se jogando no sofá. — Porra, que delícia de sofá! Obrigado por ter comprado. Caralho, ainda bem que você comprou!

Rápida mudança de expressão...

— Mas que mudança de humor — falei, incrédulo, balançando a cabeça negativamente, enquanto colocava a mala pequena de Jhonatan ao lado do sofá, vendo que bastou apenas uma sentada para ele se render.

Praticamente o que aconteceu comigo em relação a ele.

— Eu sei que você não ia aceitar dormir na cama, porque não ia me tirar de lá, então eu comprei o melhor sofá que eu consegui, pra você poder dormir confortável na sala.

— Ela perguntou se podia colocar uma cama na sala, mas eu não deixei — Luca disse, parecendo meio sério.

Ele era permissivo demais e, até aquela hora, havia cedido tudo que estava ao seu alcance, tendo seu apartamento virado um grande hostel, mas...

Uma cama na sala estava muito além do que ele parecia querer deixar.

— Esse sofá é melhor do que a minha cama — Jhonatan disse, rindo, segurando no meu pulso e me fazendo sentar do seu lado.

Era melhor do que a minha própria cama também.

— Ceci, gastou demais com isso, não foi? — perguntei, preocupado.

— Podem parar, os dois — ela pareceu ficar nervosa e começou a balançar as mãos pequenas na frente do próprio corpo, enquanto começava a nos dar uma bronca. — Vocês não me deixam pagar aluguel, água, luz, compras, nada! Eu comprei esse sofá e o dinheiro parece que continuou o mesmo!

— Caralho, me dá aí — Luca disse, rindo, segurando a manga da blusa de Cecilia e a sacudindo.

— Como se você fosse aceitar, Lu...

Ele deu de ombros, concordando com a sua fala, depois se virou para Jhonatan e eu e anunciou que tinha comprado almoço para todos nós, arrastando a mesa de centro para perto do sofá, onde seria mais fácil para meu namorado comer, depois trazendo a refeição.

Assim que Cecilia também se acomodou, Luca distribuiu todos os potes, pratos e talheres, e enquanto ríamos e conversávamos, nós tivemos, depois de muito tempo, mais uma refeição juntos.

O apartamento pertencia a Luca, mas era tão bom me sentir em casa novamente.

Com o mais velho de nós anunciando que precisava sair, depois que eu o ajudei a limpar a mesa, meu namorado, eu e Cecilia ficamos largados no sofá, tendo conversas sobre o processo de recuperação de Jhonatan e os exames de Cecilia, que apontavam que o pequeno Heitor, de quase 8 meses, estava crescendo forte e saudável dentro da barriga da nossa grávida.

— É um alien, agora eu tenho certeza — Jhonatan dizia, rindo, passando a mão na barriga grande e bonita de Cecilia.

— Se nascer do nada, você faz o parto? — ela perguntou, olhando para mim.

Jhonatan começou a gargalhar, porque o puto sabia que eu odiava fazer partos. Costurar peles, ver jorrar sangue, lidar com fraturas, meleca de criança escorrendo, queimaduras e qualquer tipo de processo de emergência, beleza. Agora, ver genitálias, de qualquer corpo...

Cruzes. Só gostava quando era com meu namorado.

— Faço, claro, com prazer — respondi, dando um sorriso amarelo e sem graça.

— Você mente muito mal, Nicolas — a cunhada de Jhonatan disse, rindo de mim, junto do meu namorado, que não parava de gargalhar, vendo minha cara sem graça.

— Vocês dois se merecem — disse, revirando os olhos, mas acabei rindo também. — Mas, sim, Ceci, eu ficaria traumatizado por você ser uma pessoa do meu convívio social, mas se não tivesse jeito, eu faria.

— Você é o meu herói, Nicolas — a baixinha disse, debochada, abraçando meu braço e deitando no meu ombro.

— O meu também — Jhonatan falou no mesmo tom, igualmente me abraçando e colocando a cabeça no meu outro ombro.

Eu comecei a gargalhar, ainda mais, com o quanto aqueles dois juntos conseguiam ser manipuladores e eu, sem reclamar, fazia todas as suas vontades. Amava Jhonatan e descobri amar Cecilia também, percebendo, a cada dia, o quanto ficava feliz de tê-la como minha família.

Daquela forma, naquela leveza que eu sentia tanta falta, nós continuamos jogados no sofá, conversando até a sala ficar escura, por causa do Sol se pondo, e eu precisar levantar para acender as luzes da casa.

Com nossos estômagos voltando a roncar, Cecilia disse que queria cozinhar, então ficou com ela a missão de fazer a comida dessa vez. Estava tudo muito bom. Jhonatan comeu como se estivesse passando fome, e depois de eu dar bronca nele, falando que ele ia acabar entalando, conseguimos terminar nossa janta, com Cecilia dizendo que estava cansada e queria dormir mais cedo.

Era normal que estivesse sentindo tanto sono, já que a barriga estava imensa e Heitor parecia estar sugando todas as suas energias.

Já que Luca não iria voltar tão cedo, nos despedimos de Cecilia, que foi tomar banho e depois se direcionou ao quarto. Em seguida, me virei em direção a Jhonatan, lhe dando uma notícia que não tinha certeza se ele acharia muito agradável...

A injeção anti-inflamatória na bunda.

— Não! Não quero! Não, Nicolas! Nem fodendo!

Eu apenas cruzei os braços e o fiquei encarando, até que ele parasse de fazer aquele show.

— Amor...

— Amor o cacete! Me chama de amor e quer enfiar uma agulha na minha bunda! Que amor é esse?

Eu coloquei a mão na boca, segurando o riso, que estava virando uma gargalhada. Jhonatan tinha tomado um tiro, sido atropelado, além disso...

Ele era fodido por mim o tempo todo, e isso configurava certo tipo de dor, às vezes, ainda mais quando eu estava bruto e com muito tesão. Aliás, seu braço era completamente fechado por tatuagens, o pescoço e as costas também...

Aquele medo era irracional.

— Amor, é sério — tentei mais uma vez, falando calmamente e dando mais um passo, ficando na sua frente.

— Eu já tomei tanta agulhada naquele hospital, mas, porra, na bunda, não, caralho. — Ele franzia o cenho, balançando a muleta para falar comigo, cheio de raiva.

Sério... eu tinha um namorado ou um velho ranzinza em casa?

— Primeiro, abaixa essa muleta pra falar comigo!

Comecei, descruzando os braços e numerando, com os dedos, cada vez que falava algum item.

— Segundo, como eu suspeitei desde a primeira vez que você ficou internado no Astra Centro Hospitalar, você tem imunidade fraca. Terceiro, não fui eu quem recomendou a injeção, foi o Yan, por ter visto algum princípio de inflamação, que precisa ser contida antes mesmo de começar.

Ele abaixou a muleta, quando eu falei o primeiro item, depois ficou me olhando, ainda brabo.

— Quarto... se você gritar comigo de novo, eu te amarro de bruço na cama, desenho um alvo na sua bunda e faço a injeção de dardo!

Eu sabia que estava perdendo a paciência...

— Mas, que porra, eu só quero te ajudar! — gritei, esgotado.

Eu levei as mãos ao rosto, esfregando meus olhos e respirando fundo.

A verdade é que eu amava Jhonatan com todas as células, poros, fios de cabelo e centímetros do meu corpo, mas eu estava cansado demais, há muito tempo, e só queria que as coisas fossem um pouco mais fáceis.

— Desculpe, Nick — ele disse baixinho, com a voz arrependida, depois de alguns momentos em silêncio.

Me fazendo sair daquele transe pessoal, em que eu estava quase enlouquecendo por estar sobrecarregado.

Nós nos olhamos por alguns segundos, então eu senti meu coração, antes coberto por irritação cansada, se acalmar um pouco, enquanto meu peito subia e descia, por causa da minha respiração rápida.

— Tudo bem, Jhon... — falei, soltando pesadamente um ar que eu nem percebi quando prendi, depois cheguei perto dele, me sentei devagar e o olhei. — Posso aplicar?

Ele assentiu silenciosamente e virou o corpo para o lado, enquanto eu pegava minha mala do hospital e tirava de lá de dentro a seringa e o líquido, armazenados propriamente na sua embalagem térmica. Ele parecia não querer me olhar preparando sua injeção.

— Vou enfiar — usei mal as palavras de propósito, para quebrar a tensão.

— Queria que estivesse enfiando o seu pau. — Ele choramingou, caindo no meu jogo.

Segurando o riso, peguei no elástico do seu moletom e o puxei para baixo, até ver o músculo bonito da sua bunda se contraindo medrosamente. Que porra de bunda linda, eu nunca iria me cansar de ver.

— Amor, relaxa, respira fundo — disse, aproximando a seringa.

— *AHHHHHHHHHHHHHHHHHH!* — ele berrou a plenos pulmões.

— Tudo bem aí? — Cecilia gritou do quarto, preocupada.

— Tudo, Ceci! — gritei de volta, tranquilizando-a. — Desculpe a gritaria!

Então, voltei minha atenção ao meu namorado, que se mostrava ser um dos piores pacientes que eu já havia enfrentado.

— Jhonatan... — O olhei, incrédulo, enquanto ele ainda estava de costas para mim. — Eu nem encostei em você.

— Eu est... Porra, caralho, porra, porra, caralho!

Eu apliquei a injeção, enquanto ele estava distraído, mas não fez com que ele xingasse menos. Quando finalizei, a descartando em uma sacola plástica própria para lixo hospitalar, apaguei a luz da sala e, depois de ligar um abajur de canto, voltei a me aproximar do sofá.

— Não doeu tanto assim — ele disse, deslizando o corpo e se deitando, enquanto eu puxava a outra parte do sofá-cama e aumentava seu espaço, para que eu pudesse me deitar ao lado dele.

— Você é um grande... — disse, ajeitando o meu travesseiro e a coberta, cobrindo nossos corpos e deitando o máximo possível grudado nele, sem o machucar — ...e enorme bebezão.

Fechei os olhos e me aninhei no seu ombro, fazendo carinho no seu peito devagar. Estava cansado demais e, apesar de não serem nem 22h, sentia todo meu corpo clamando para que eu dormisse mais cedo. Jhonatan já não parecia estar no mesmo clima...

— Nick — ele me chamou, com a voz milhões de vezes mais calma.

— Oi, amor.

— Desculpe. — Ele respirou fundo, soltando o ar em seguida, de forma culpada. — Desculpe por sempre te dar trabalho. Por ser a porra de um pé no saco e a porra de um peso morto.

Ergui o rosto em direção ao seu, segurei sua mandíbula devagar e me aproximei, beijando seus lábios calmamente.

— O que eu faço por você... você também faria por mim?

— Que pergunta?! É claro que faria — ele respondeu, franzindo o cenho e se sentindo levemente ofendido com o meu questionamento.

— Eu sei que faria, mas é pra você entender... — falei, rindo de leve e lhe dando mais um beijo lento, enquanto ele continuava com aquele bico de criança. — Eu faço porque eu amo você, do mesmo jeito que você faria, porque me ama.

— Mas você está cansado demais. — Ele suavizou a expressão, me olhando preocupado.

— Mas isso não vai durar pra sempre — concluí. — Então, não fala isso, não fica se culpando. Você não pediu pra ser atropelado, e eu prefiro cuidar de você do que te perder, meu amor.

Então, foi Jhonatan que subiu as mãos até meu rosto, me segurando com carinho e me beijando devagar, recebendo minha retribuição do seu beijo tão carinhoso e grato. Assim que nos separamos levemente, ajeitei a coberta no seu corpo e o abracei ainda mais, colocando a perna por cima da sua perna boa, o enlaçando com meu corpo, enquanto voltava a beijá-lo devagar e calmamente, curtindo mais um dos nossos momentos.

— Amor... — ele me chamou baixinho.

— Oi, grandão.

— Você colocou minha muleta no chão?

Franzi o cenho, confuso com a sua pergunta.

— Sim, por quê?

— Então, o que é esse ferro aqui?

Jhonatan levou a mão até meu pau e me apertou, me fazendo gargalhar que nem um idiota, depois dar um soco forte no seu peito.

— Cala a boca, Jhonatan! — Eu não conseguia parar de rir. Ele havia conseguido estragar todo o clima fofo em que nós estávamos imersos.

— Caralho, *Mike Tyson* — Jhonatan dizia, rindo, passando a mão pelo peito, na região que eu havia socado.

— Desculpe — pedi, tentando conter o riso, me sentindo culpado por machucá-lo, mas sem sucesso algum em tentar parar de rir, enquanto passava a mão pelo seu peito, massageando a área em que eu tinha socado. — Desculpe, amor.

— Suspende o desfibrilador do hospital, porque você consegue reviver o morto na base da porrada.

Eu ria mais ainda. Jhonatan era idiota demais e falava tudo em um tom tão leve e engraçado, que era impossível ficar sério.

— Eu te amo, pugilista — meu namorado falou, segurando meu rosto e me dando vários beijos estalados, quando meu riso demorava para findar.

— Eu te amo também — respondi, retribuindo seus beijos.

Quando, enfim, consegui parar de rir, voltei a deitar confortavelmente no seu ombro e, ao invés de abraçá-lo, fiquei passando a mão devagar em cima de sua tatuagem do pescoço, olhando sua pele, enquanto meu indicador mapeava todas as linhas grossas, do traço *old school* bem-feito.

Eu amava suas tatuagens, todas elas, mas meu coração sempre bateu forte por essa adaga florida em seu pescoço grosso e bonito. Foi a tatuagem que me fez desejá-lo, quando o vi pela primeira vez. Foi a tatuagem que me fez identificá-lo, quando ele caiu, desmaiado, na maca do Astra Centro Hospitalar, depois de ter levado um tiro.

— Doeu muito? — perguntei calmamente, com a voz baixa e sonolenta, quase entregue ao mundo dos sonhos.

— Foi a primeira e foi a que mais doeu — ele respondeu, sincero, passando a mão na minha bochecha carinhosamente, enquanto eu continuava a mapear o desenho na sua pele. — A das costas foi tranquila, eu até cochilei... a do braço ardeu um pouco. Quando pintou o cotovelo, doeu muito, mas no pescoço... eu quase pedi pra parar na metade da adaga e deixar a flor pra lá.

Dei uma risada nasal baixa, continuando a passar os dedos pela flor, depois pelo arco da adaga e pelas folhas pequenas, desenhadas ao lado da rosa.

— Você tem vontade? — ele perguntou baixo, com a voz rouca, denunciando que ele também estava ficando com sono.

— De fazer uma? — perguntei, completando seu raciocínio.

Jhonatan assentiu, esperando minha resposta, enquanto eu pensava sobre o assunto, apesar de já saber o que dizer, logo o confidenciando.

— O cara que morava comigo teria me matado se eu fizesse uma tatuagem, mas eu sempre quis fazer uma constelação... — comecei, calmo, me lembrando de todas as coisas que eu me privei por causa do homem com quem minha mãe se casou. — Depois eu comecei a estudar Medicina, e agora acho que está tarde demais pra isso.

Jhonatan ficou quieto por um minuto ou dois, enquanto eu continuava acariciando seu pescoço. Parecia que estava pensando sobre algo ou caindo no sono. Achei realmente que meu namorado havia adormecido, mas ele me provou que estava acordado quando levou a mão a minha, entrelaçou nossos dedos e virou o rosto na minha direção, fazendo com que eu buscasse seu olhar com o meu. Então, ele fez uma daquelas suas perguntas tão impulsivas, tão fofas.

Tão significativas para mim.

— Faz uma tatuagem comigo?

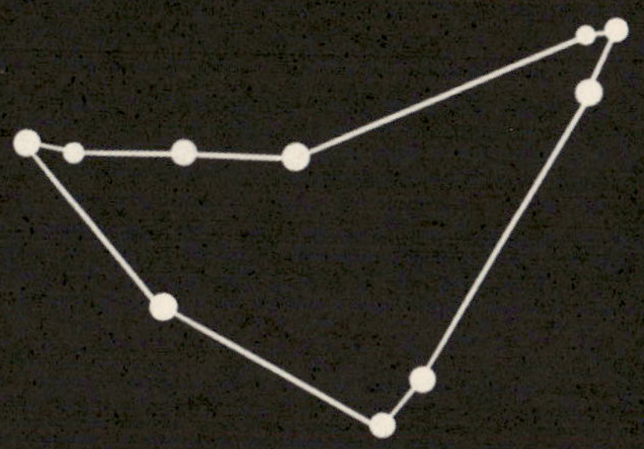

12

CAPRICORNUS

Jhonatan

— Tá maluco, Jhonatan?

Nicolas perguntou, olhando para mim quase revoltado e ofendido.

— Você não vai escrever meu nome, seu emocionado. — Revirei os olhos, por causa da sua reação exagerada.

— A primeira regra do namoro é: não faça uma tatuagem de namorados.

Meu namorado falou tão brabinho, que foi impossível não soltar uma gargalhada e depois segurar o seu rosto com força moderada, até que sua bochecha fizesse um bico grande, que eu pudesse morder, depois beijar.

— Achei que a primeira regra fosse *"tenha responsabilidade afetiva"*.

Dessa vez, ele riu daquele jeito fofo.

— Ok, então a segunda regra é sobre a tatuagem — ele falou, tentando finalizar o assunto.

— E sobre *"não trair"*? — perguntei, claramente querendo irritá-lo.

— A terceira regra, então, merda!

Dei mais uma risada, tentando controlar o tom, mas era difícil demais quando meu namorado era tão fodidamente lindo e nervosinho, tudo na mesma medida.

— Mas só porque nós vamos fazer uma tatuagem juntos não significa que precise ser tatuagem de namorados. Você vai fazer algo que sempre teve vontade e eu faço mais alguma coisa.

— O que vai fazer? — ele perguntou, curioso. Porra, como era fofo.

— Eu decido na hora.

— Nossa, Jhonatan, e o significado por trás das tatuagens? — ele parecia incrédulo, e eu segurei os lábios para não rir, mais uma vez.

— Precisa disso? — perguntei, debochado.

Mas a real é que eu nunca tatuei nada por ter significado, apenas porque achava foda, só que a cara de choque que Nicolas fazia para mim, naquele momento, provava que ele pensava muito diferente.

— Nenhuma das suas tatuagens tem significado? — ele continuava confuso.

— Elas têm, meu bebê, claro que têm — menti descaradamente.

Claro que ele não acreditou, pois riu e deu um tapa leve no meu ombro, enquanto se aninhava ainda mais no meu abraço, se ajeitando debaixo da coberta.

— Então, me fala o significado de cada uma delas, seu vigarista.

Era, obviamente, um desafio de improvisação.

— O dragão nas costas... — Pensei, por alguns segundos, no que dizer: — É a minha fome. Grande, que me faz ficar furioso e soltar fogo pela boca.

Ele comprimiu os olhos e levou os dedos pequenos até a boca, segurando uma risada bonita.

— O meu braço tem muitos tubarões, o mar, sereias... todo mundo me atacando e... — Apontei para a figura grande de um homem em pedra. — Tem o Poseidon, que significa você. O resto dos desenhos são pessoas taradas, querendo me pegar, e você veio pra controlar todo mundo e me salvar de uma vida de luxúria e pecados.

— Meu Deus, como eu sou poderoso — o médico disse, soltando uma risada gostosa, depois beijando meus lábios, com vários selares meigos. — E a tatuagem do pescoço? — Nicolas perguntou, me incentivando a falar mais.

— A adaga é mágica e ela é o seu pau... — Ele precisou enfiar a cara no meu braço, para abafar o grito que deu. — E a flor é a minha bunda. Igualmente delicada e frágil.

Dessa vez, ele não aguentou. Soltou uma risada tão alta, que precisei colocar os dedos na sua boca, mas eu estava rindo tanto quanto ele. Nicolas levantou correndo, segurando o riso com muita dificuldade, e foi até o quarto de Cecilia.

— Desculpe, Ceci — ele pedia, culpado, e eu conseguia ouvir graças à proximidade dos cômodos. — Não vai se repetir, eu me descontrolei.

Ela murmurou algo como "*tudo bem, Nicolas, eu ainda não estava dormindo*" ou "*tudo bem, Nicolas, morcego canta e voa sorrindo*".

Acho que era a primeira opção. Segundos depois, ele voltou ao sofá, entrando debaixo da coberta e me abraçando mais uma vez.

— A sua bunda enorme e musculosa... — ele começou, falando com dificuldade, por causa do riso, que não se findava — ... não tem nada de frágil, só pra você saber.

— Mas o seu pau é uma superadaga mágica, você não pode negar isso.

— Essa vai pra lista de elogios inusitados que só Jhonatan Kauer sabe fazer, mas que são estranhamente bons de se ouvir.

Eu concordei, rindo mais um pouco e aproveitando mais um daqueles nossos momentos, no qual eu segurava seu rosto e praticamente beijava seus dentes, de tanto que nós não conseguíamos parar de rir um para o outro.

O mundo existia? Parecia que não...

— Acho que vou voltar a dormir no meu apartamento e deixar você aqui. Eu vou acordar todo mundo assim — ele falou, entre selares e sorrisos que pareciam infinitos.

— Porra, não! Não, não, não, não, não e não. Não, mais não e não.

Fingi uma indignação absurda e Nicolas voltou a enfiar a cara no meu braço.

— Eles vão bater na gente logo, logo — ele sussurrou, todo meigo, chegando o rosto perto de mim e me dando um selar calmo.

— Tudo bem, eu paro com as piadas.

— Você não vai conseguir.

— Porra, que namorado incientivador que eu tenho — fingi estar completamente indignado com o seu comentário, mas sabia que ele só dizia aquilo porque me conhecia.

— Mas eu fico feliz que não consiga — disse, segurando meu rosto devagar e me dando um beijo lento, que me fazia acariciar seu braço, depois subir a mão até seu rosto.

Eu o beijava calmamente, roçando o polegar na sua mandíbula, mas ainda o pedindo que permanecesse ali, tocando os lábios nos meus.

Quando nos separamos por milímetros, unimos nossas testas, com Nicolas roçando o nariz no meu devagar, enquanto ria baixinho e respirava fundo, externando o seu cansaço físico.

— Vamos fazer, Jhon — ele disse, deixando mais um selar lento nos meus lábios.

— Um filho? Vem, me fode devagar, meu alfa, seu ômega está no cio...

— Não, idiota. — Ele riu, balançando a cabeça negativamente, depois me deu mais um beijo, enquanto ainda ria. — A tatuagem, vamos fazer.

— Sério? — perguntei, me sentindo feliz por sua decisão.

Ele assentiu, olhando para mim, com um sorriso pequeno e confortável no canto dos lábios.

— Escolhe o desenho com calma e tenha em mente que você pode desistir até o último segundo, ok? Mas depois que a agulha encostar na sua pele, já era.

— E você também vai fazer? — ele perguntou, parecendo pensar sobre o que eu acabara de lhe dizer.

— Vou.

— E vai gritar que nem um louco?

— Dessa agulha eu gosto *pra caralho*, Nick.

Ele riu mais uma vez, depois voltou a me beijar, se agarrando no meu pescoço e me abraçando como podia. Nós acabamos aproveitando os momentos acordados, antes de adormecermos praticamente ao mesmo tempo.

O dia havia sido cansativo, e ainda pior para ele, então não foi surpresa quando eu acordei, ouvindo o barulho de alguém fazendo comida na cozinha, e ele ainda estava ressonando baixinho no meu peito, dormindo que nem um bebê. Eu fiquei fazendo carinho no seu cabelo, enquanto observava o Sol tentar entrar pelas frestas da janela fechada da sala.

Enquanto sentia, depois de muito tempo, uma vontade gritante de fumar.

Respirando fundo, a lembrança dos maços, que eu costumava engolir, antes de começar a namorar Nicolas, vieram à tona. Havia dias em que eu fumava dez cigarros, às vezes um maço, e quando estava nervoso demais, já cheguei a consumir até dois maços por dia.

No dia que fui embora do apartamento de Nicolas, eu fumava e bebia tanto, com saudade do médico e com medo de ser um merda e não passar da universidade, que não tinha percebido a dependência, quase sem saída, que o cigarro havia me causado.

Depois que Nicolas pediu para que eu diminuísse, eu me surpreendi com o quanto consegui ficar dias sem fumar, tendo pequenas recaídas e depois tentando de novo.

Focando em não desistir, mesmo que tropeçasse no caminho. E eu me mantive bem, até nós quase terminarmos e, logo em seguida, Samuel morrer. Os cigarros que eu fumei, durante as minhas crises de choro, não foram reprimidos por Nicolas.

Devia ser difícil *feito o caralho*, mas ele deixava que eu fumasse e ainda ficava do meu lado, segurando minha mão, enquanto eu desmoronava, de tanto chorar, e tinha na nicotina um alívio de segundos.

Aquele gesto dele, indo contra a necessidade de saciar a própria vontade de fumar, apenas para me apoiar, foi o suficiente para entender que eu deveria parar, não importava como.

Porque nenhum vício é maior do que o amor que eu tenho por Nicolas.

12.1
ALPHA CAPRICORNI

Depois daquela específica semana, em que o médico me deu apoio incondicional, mesmo sendo ele um ex-fumante, eu parei.

Segurava fundo, bebia água, usava gomas de mascar, tudo que eu pudesse fazer, para aliviar a necessidade brutal de colocar um cigarro na boca, e por muitas vezes, eu achava que iria enlouquecer. Então, me lembrava do meu namorado e buscava forças de lugares dentro de mim que eu nem sabia que existiam.

Mas não era por isso que a vontade de fumar iria morrer, porque, de fato, ela parecia uma pessoa que andava de mãos dadas comigo.

Uma pessoa que eu estava louco para jogar de um precipício.

Não muito tempo depois de eu acordar e tentar controlar minha vontade de fumar, Cecilia passou na sala, andando que nem um pinguim, com uma caneca imensa de alguma coisa quente, pois saía até fumaça.

— Bom dia, Jhona — ela sussurrou baixinho, chegando perto de mim e fazendo carinho no meu cabelo, depois bebeu o que tinha na sua caneca.

— Dia — respondi, preguiçoso e tão baixo quanto ela, tentando fazer com que Nicolas não acordasse.

— Você está bem? Precisa de alguma coisa?

— Mijar — disse, segurando o riso.

— Então, vai mijar, criança — Nicolas falou, provando para mim que havia acordado em algum momento.

— Não queria te acordar — falei, me sentindo culpado, enquanto ele saía de cima do meu peito e me dava um beijo sonolento na bochecha, virando-se para o outro lado em seguida.

— Precisa... de ajuda? — ele falava, resmungando de sono, enquanto eu erguia o corpo e pegava a muleta no chão com dificuldade, mas sucesso, antes que Cecilia pudesse abaixar e pegar para mim.

— Acho que... — falei, firmando o pé bom no chão, depois me levantando sozinho e, então, apoiando a muleta. — Consigo ir de boa.

Ele não respondeu, só voltou a roncar baixinho. Eu ri e olhei para Cecilia.

— Você quer vir pra sala ver televisão? — perguntei, preocupado de estar privando seu lazer, que já parecia ser tão escasso, naquele apartamento sem emoção.

— Eu estou vendo séries e filmes no seu notebook, Jhona... tem problema? — ela parecia culpada de usar meu computador sem meu prévio consentimento.

— Vai cagar, claro que não.

— Você é tão delicado... mas obrigada. — Rindo, ela fez um carinho gentil no meu braço, depois voltou para o quarto, me deixando sozinho para eu travar a minha primeira batalha contra o vaso sanitário de casa.

Andando devagar com a muleta, ainda sentindo que iria cair a qualquer momento, consegui entrar no banheiro e fechar a porta, depois mijar. Mirei no vaso e *acertei que foi uma beleza*. Quase comemorei aquela mijada, depois de ter parado de ir de cadeira de rodas para o banheiro. De uma forma estranha, ter autonomia para fazer minhas necessidades básicas me deixava feliz.

Me sentia com 5% a mais de dignidade.

Depois de lavar minhas mãos e escovar meus dentes, ajeitei a muleta de novo e, andando que nem uma tartaruga velha, saí do banheiro, deitando no sofá-cama devagar, me ajeitando na coberta e abraçando Nicolas, que estava com aquela bunda gostosa toda empinada.

— Gosto tanto de fazer amor de manhã — ele sussurrou baixinho quando me sentiu ali, segurando meu braço e o puxando, até que minha mão estivesse em cima da sua ereção matinal.

Provavelmente louco de tesão e grogue, como ficava toda vez que estava sonolento, Nicolas começou a esfregar a bunda no meu pau.

Segundos...

Ridículos segundos foram o suficiente para que eu ficasse duro por ele.

— Porra, amor... para com isso... — quase supliquei, em um sussurro, pensando em Cecilia, que havia acabado de sair da sala, e na porta do meu quarto, que estava aberta.

Eu continuava sofrendo de tesão, enquanto sentia seus dedos se entrelaçarem aos meus e apertarem sua rigidez.

Para, Nicolas.

Porra, não para, não.

Ouvi sua risada nasal baixa, e logo em seguida, ele virando o corpo para mim, abrindo os olhos devagar e me encarando.

— Não é você que gosta de provocar?

— Então, ok — falei, enfiando os dedos dentro do seu short e capturando seu membro, mesmo que por baixo da coberta, começando a masturbar Nicolas devagar e de maneira certeira, enquanto esfregava o polegar na sua glande. — Vamos fazer amor de manhã.

— Jhon. — Ele colocava a testa no meu peitoral, segurando meu braço com força, enquanto eu fodia os dedos no seu pau. — Amor... ah...

Ele gemia baixinho para mim, mas, parecendo sair do seu transe de tesão, lembrando que não era a melhor hora para fazermos isso, me empurrou, colocando o membro para dentro da calça e levantando do sofá-cama.

— O que foi, Nick? — perguntei, cínico, completamente canalha. — Atiça, mas não sustenta, não é?

Ele revirou os olhos, mas antes de sair, o percebi sorrindo, com o canto dos lábios, um sorriso que ele segurava com todas as forças. Eu estava de pau duro, mas 10 minutos de meditação, tempo que Nicolas demorou no banheiro, foram o suficiente para minha rigidez ir para o país das brochadas. Já ele, parecia tranquilo demais, então quase perguntei se tinha batido uma, mas guardei o questionamento sem-vergonha para mim.

— Tarado — ele falou, rindo, depois foi em direção à cozinha, sumindo da minha vista.

Eu ri, incrédulo, balançando a cabeça por ele ter a cara de pau de me chamar de tarado, quando foi ele quem começou aquela quase-putaria, mas, como eu sempre era o safado da história, não vi problema em ganhar a culpa também dessa vez.

Não muito tempo depois, ele voltou à sala, com uma bandeja de café da manhã contendo torradas, geleia de morango e queijo, além de café, disposto em duas xícaras grandes.

Agradeci umas dez vezes, depois puxei seu rosto, beijei seus lábios e começamos a comer do nosso jeito desgrenhado, com cara inchada e roupa amassada, ali, em cima do sofá. Depois de Nicolas limpar todos os farelos do estofado e das cobertas, ele voltou para perto de mim, me abraçou e deitou a cabeça no meu peito, achando o controle da televisão e a ligando em seguida.

Eu queria dizer que o segundo dia da sua folga foi animado e que nós tivemos altas aventuras, mas eu tentei, ao máximo, fazer com que Nicolas ficasse deitado naquele sofá, relaxando o quanto conseguisse. Sabia que sua rotina estava exaustiva demais e que ele merecia cada segundo que pudesse descansar.

Durante o dia, Cecilia se juntou a nós e almoçamos, depois, quando Luca voltou para casa, jantamos todos juntos e, de noite, voltamos a nos acomodar, cada um no seu canto.

As horas foram absurdamente calmas, quase tediosas, mas eu estava tão feliz de ter voltado ao meu apartamento, e ainda mais feliz de ter meu namorado comigo, que sentia prazer naquela paz. Era bom ficar em casa sem sofrer nenhum acidente, para variar.

Mas é claro que a folga de Nicolas não duraria para sempre, o que me fez vê-lo saindo de casa, no outro dia, antes mesmo do Sol nascer, porque seu plantão começaria às 6h da manhã e ele precisava pegar carona com Jess e Max.

As ordens de Nataniel ainda estavam valendo e ele se esforçava para não andar sozinho. Quando não tinha carona, um motorista do meu ex-chefe o levava e trazia do trabalho. No começo, foi estranho, mas depois ele se acostumou.

Nesse caso, o chofer era por segurança, não mordomia. E eu sempre pensava como era *uma porra* que as pessoas precisassem trabalhar, ao invés de ficarem agarradas com quem elas amam no sofá.

Eu já estava acostumado com seu trabalho, o problema era minha carência infernal, que havia piorado no tempo que eu fiquei internado, e saber que eu passaria tantas horas sem ver meu namorado, porque ele havia voltado aos plantões de 24h, não era uma coisa que eu ficava feliz de vivenciar.

Entretanto, eu nada poderia fazer, além de o apoiar e tentar zelar pelo seu descanso.

Até sua mãe zelava pelo seu descanso, porque, sem aviso, em um dos dias que se passou, a mulher apareceu no meu apartamento, enquanto eu via um filme muito louco de elefantes zumbis.

Cecilia atendeu, quase tapando a entrada inteira com aquela barriga imensa, em que Heitor implorava para pular fora.

Sério... eu tinha certeza de que ela iria explodir a qualquer momento.

— Pois não? — minha cunhada perguntou, confusa, não reconhecendo a mulher.

— Aquele menino com cara de bandido, mas que não é bandido, mora aqui? — Ouvi a voz conhecida soar e me engasguei em uma risada.

— O... quê? — Cecilia, claramente, estava ofendida com a pergunta, então, antes que elas pudessem brigar, por minha cunhada ter um espírito de leão para defender as pessoas que ela amava, eu intervi.

— Sogra? — chamei, segurando o riso.

— Ah, é sua sogra, Jhonatan? — Cecilia perguntou, olhando de mim para ela. — Pode entrar, senhora.

— Pode me chamar de Helen, menina — ela falou, entrando devagar e olhando para mim no sofá. — Vim cozinhar pra vocês e deixar comida pronta pra um mês.

A mulher falou, largando duas bolsas grandes no chão, com o que eu imaginava serem carnes e legumes.

— Nós temos comida, senhora — Cecilia falou baixo, tentando não soar abusada.

— Senta, minha filha, descansa! — minha sogra disse, segurando Cecilia pelo braço e a forçando a se sentar no sofá, ao meu lado.

Depois olhou para mim, curiosa e levemente confusa.

— Onde está o meu bebê? — ela perguntou, franzindo o cenho, mas seu tom soou carinhoso.

— Eu tô aqui — respondi, sem-vergonha, fazendo a mulher rir.

— Não, meu filho, meu outro bebê — ela disse, chegando perto de mim e passando a mão na minha cabeça, de um jeito meigo e carinhoso.

— Ele está de plantão hoje, sogra.

— Ah, aquele viciado em trabalho — ela disse, balançando a cabeça negativamente e estalando a boca. — E, você, como está, garoto?

— Igual no dia que você me viu, sogra — disse, rindo, quase debochado. — Mas agora eu já consigo mijar sozinho.

— Bom, muito bom — ela falou, não segurando uma gargalhada alta, igual a que Nicolas dava, depois pegou as sacolas, para fugir do meu palavreado baixo. — Vou cozinhar, logo tudo fica pronto.

Ela falou, antes de sair da nossa frente e entrar na cozinha.

— Meu Deus... — Cecilia sussurrou para mim, segurando o riso.

— Do nada, né? — falei no mesmo tom sussurrado. — Mas deixa ela. Ela não tem marido, fica sozinha em casa e eu roubei o filho dela. Ela deve estar se coçando pra cozinhar pra alguém...

— Agora tá dando pena da mulher, Jhonatan.

— E você também não pode ficar muito tempo em pé, cozinhando, né, cabeçuda? — Ela revirou os olhos, jogando as costas no sofá. — Aproveita esse anjo que eu chamo de sogra.

— Amém.

Nós continuamos rindo e ficamos assim por algum tempo, então peguei o controle e coloquei no canal de jornal local mais famoso. Pouco tempo depois, Luca apareceu na sala, com a cara amassada, uma cueca, com estampas de rodelas de tomate, e meias em um tom roxo neon.

— Nicolas tá na cozinha? — ele perguntou, bocejando, ouvindo os barulhos que não paravam.

— A mãe dele... — falei, simples.

— Eita porra! — Luca disse, voltando, correndo, até o quarto.

Dois ou três minutos depois, ele voltou, usando uma blusa branca folgada e um short azul, mantendo as meias roxas. Com vergonha de ir até a própria cozinha para tomar o seu café da manhã, porque tinha uma mulher que ele não conhecia lá, Luca se enfiou no sofá, entre mim e Cecilia, e ficou usando o celular, aparentemente conversando com alguma pessoa. O safado estava de conversa mole com alguém há tanto tempo, que estava quase o obrigando a me contar quem era.

Mas, beleza, não iria forçar ninguém por aqui.

Ao todo, a senhora Hadriel demorou cerca de cinco horas na cozinha. Quando ela terminou, o meu estômago e o de Luca roncavam em coro, já que ela havia vindo e dado pequenas refeições, para Cecilia não ficar com fome.

— Grávidas precisam comer de duas em duas horas — ela disse carinhosamente, entregando um pote, com inhame amassado e caldo de carne, para Cecilia.

— Meu Deus, eu tô morrendo de fome, eu tô grávido também! — Luca resmungou, quase definhando do meu lado.

— E você é...? — minha sogra perguntou, confusa, mas sem soar grossa, apenas curiosa.

— Luca. O dono do apartamento, que vai comer esse sofá.

— E eu vou comer com ele — disse, enquanto me levantava devagar, pegava minha muleta e voltava ao banheiro.

Segurando o riso, a senhora Hadriel saiu da sala e, momentos depois, voltou com uma bandeja com comida para mim e para Luca, quando eu já tinha dado minha mijada de novo e lavado as mãos bem direitinho.

De volta à cozinha, como se estivesse fazendo refeição para quinhentas pessoas, ela continuou lá, até que tivesse cozinhado tudo que queria. Luca e eu exterminamos toda a refeição em pouco tempo.

— Eu quero que ela venha aqui cozinhar pra sempre. Que comida boa da porra — Luca falou, comemorando pela refeição servida, enquanto passava a mão na barriga em movimentos circulares.

Nicolas, Lu, Cecilia e eu sabíamos cozinhar bem, mas aquilo... aquilo estava muito além dos nossos pobres dotes.

Satisfeita por ver que apreciamos sua comida, Helen se despediu de todos, e querendo mostrar gratidão, levantei para levá-la na porta.

— A senhora não precisava ter feito isso tudo. Parece até o Nicolas, quando põe na cabeça que vai pegar um monte de plantão.

— Está no sangue, meu filho — ela disse, rindo, gentil, ajeitando a bolsa que carregava no seu ombro. — Obrigada por me deixar cozinhar pra vocês, eu... — Minha sogra respirou fundo, com um ar saudoso. — Eu estava com saudade de fazer isso. Cozinhar para várias pessoas...

A mulher estava agradecendo por ter trabalhado que nem uma louca, o dia inteiro, em pé, cortando legumes e fatiando carne.

E eu me sentia inegavelmente triste.

— Eu sei que você fez comida pra um batalhão do exército e que não vai acabar tão cedo... — disse, rindo, o que a fez dar uma risada baixa. — Mas venha aqui quando quiser, entendeu? Não precisa ser só pra cozinhar, pode ser pra passar um tempo com a gente.

Ela deu um sorriso grande, que comprimiu seus olhos, da mesma forma que acontecia quando Nicolas sorria daquele jeito. Então, minha sogra me abraçou de um jeito carinhoso, que fez meu coração se aquecer, e meu braço disponível retribuiu da forma que dava, enquanto o outro segurava a muleta.

Ela estava grata por ajudar. Eu estava grato por sentir esse cuidado de mãe mais uma vez. Nos despedimos, voltei para o interior do apartamento e, indo até a cozinha, já que a sala estava vazia, dei de cara com os rostos chocados de Cecilia e Luca, dizendo que não iríamos precisar cozinhar nunca mais.

Rindo, vi que Helen havia separado todas as comidas em potes, com etiquetas em cima, que discriminavam os nomes de todos os alimentos.

Quando Nicolas chegou, na manhã do outro dia, após o seu plantão ter findado, ele tomou muito cuidado para não me acordar, mas eu estava com tanta saudade, que foi inevitável não despertar, só para ficar mais um tempo com ele, antes dele vir dormir mais um pouquinho comigo.

Ele se chocou, depois que eu contei sobre a visita da sua mãe, e em seguida, gargalhou, dizendo que a mulher era louca, mas que ele queria ter passado esse tempo com ela.

— Eu disse pra ela voltar... Depois liga e fala o dia que você vai estar de folga, amor.

Ele concordou, me abraçou e, sem dificuldades, caiu em um sono profundo, claramente exausto pelo plantão em que ele só dava leves cochiladas nas horas de descanso. Eu dormi também, e quando acordamos, aproveitamos o banquete que sua mãe havia feito.

12.2
BETA CAPRICORNI

A nossa rotina foi se repetindo durante os dias que se passaram, entre consultas necessárias, plantões do meu namorado, fisioterapia e várias muletaladas em todo mundo.

Com toda aquela comida feita, não era dificuldade alguma esquentar, e sempre que dava, deixava tudo pronto para Nicolas comer, já que não queria que ele tivesse trabalho em casa, além do trabalho no hospital.

Quando ele me disse que havia escolhido o desenho da tatuagem, liguei para minha amiga tatuadora, com a qual havia feito todas as minhas tatuagens, e marquei um horário no turno da noite.

— Sete horas da noite, Jhonatan? Isso é hora de fazer tatuagem? — Nicolas resmungou no sofá, um dia antes de irmos ao estúdio.

— O estúdio funciona 24h, e a Samyra diz... — eu falei, franzindo o cenho e me lembrando das palavras da tatuadora — ...que a madrugada é cheia de gente bêbada e inconsequente querendo fazer tatuagem, então ela costuma ganhar bastante dinheiro nesses turnos...

— As pessoas não voltam, no outro dia, querendo o dinheiro de volta, não? — Nicolas disse, parecendo chocado com a informação que eu passei.

— Bem... — Eu dei uma risada baixa. — Sim, mas aí ela mostra o documento que ela faz eles assinarem, antes de se tatuarem, dizendo que não faz devoluções do dinheiro.

— A garota está muito à frente do tempo dela. — Ele riu igualmente baixo, encostando os pés gelados na minha canela.

— Caralho, amor! — resmunguei, sentindo meu corpo todo arrepiar. — Enfiou o pé num balde de gelo?

— Desculpe. — Ele desencostou os pés, se sentindo culpado.

— Ai, porra, não... — Eu estava me sentindo mais culpado ainda. — Coloca esse *iceberg* aqui, vamos esquentar essa tora de gelo.

Então, puxei seus pés de volta, o fazendo rir, e ajeitei a coberta para ele se aquecer também, porque desconfiava estar namorando o *Abominável Homem das Neves*.

Nós colocamos um filme de terror para ver, mas Nicolas achava ridículo e ficava reclamando do sangue falso, dos cortes mal-feitos na pele e dizendo que, nas regiões que o vilão cortava as pessoas, não existiam veias que fizessem esguichar sangue daquela forma.

Eu estava me cagando de medo, enquanto meu namorado só conseguia pensar em termos médicos. É lógico que ele dormiu primeiro e eu fiquei segurando minha muleta com força, achando que o homem da serra elétrica ia entrar no meu apartamento e me matar.

Mas não antes de eu dar uma muletada bem na fuça do fodido. Vencido pelo cansaço, eu acabei desmaiando de sono, acordando no outro dia sem meu doutor agarrado no meu peito, o que achava um absurdo, pois, na minha cabeça, nós éramos grudados. Ele logo apareceu, trazendo meu café em uma bandeja, para que nós dois pudéssemos comer juntos.

— Eu quem devia estar fazendo seu café da manhã, você parece meu escravo desse jeito.

— Você fala merda demais — ele disse, balançando a cabeça negativamente, enquanto passava manteiga no meu pão e me entregava. — Você precisa entender que, se eu não quisesse fazer, não ia fazer e pronto.

— Você jura, Nick?

— Juro. Aliás, você vai ter muito tempo pra me recompensar...

— É, porque a gente vai casar, viver junto pra sempre e transar até morrer.

Nicolas gargalhou, depois mordeu seu pão, fazendo força para mastigar, enquanto queria continuar a rir.

— Morrer transando não deve ser uma coisa agradável... Imagina levarem seu corpo pelado na ambulância — ele falou, parecendo pensar demais sobre o assunto.

— Eu não vou estar vivo pra me preocupar, então foda-se.

— Não me surpreende — concluiu, rindo.

Cecilia chegou, poucos minutos depois, e buscando seu pão na cozinha, veio sentar com a gente e comer no sofá. Luca não demorou a fazer o mesmo.

Era engraçado como nós gostávamos de estar juntos e comer juntos, não importava a refeição. Era agradável a forma como todos nós havíamos nos encaixado, em uma espécie de família incomum, mas suficiente entre nós. Todos nós nos ajudávamos, da maneira que conseguíamos.

Surpreendentemente... *sem brigas*. Acho que, depois de tantas desgraças, perdas, mortes e quase mortes, ninguém mais tinha forças para discutir.

Com o término do café da manhã, acabamos todos passando o dia largados no sofá e, na hora do almoço, mal fizemos esforço, já que estava tudo congelado, feito pela Sra. Hadriel. Então, só precisamos esquentar e fazer as saladas na hora.

Cecilia ficou sentada, o chefe da vez foi Luca, e depois de colocarmos em um canal com desenhos animados, me surpreendi com o quanto só tinha criança naquela sala. Até Nicolas, que geralmente é o mais responsável e sério, riu, que nem um bebê, em diversas cenas da animação. Era gostoso demais de ver, e por várias vezes, eu esqueci que estávamos vendo televisão e fiquei hipnotizado apenas pela sua risada.

Porra, como era lindo.

Lindo para um senhor caralho.

Nós dormimos agarrados, como todos os dias. Acordamos com a cara inchada, tomamos café juntos, e quando a tarde chegou, depois do almoço já ter sido servido, partiu dele a iniciativa de sairmos de casa mais cedo.

— Quero comprar umas coisas pro Heitor. — Ele estava em pé, ao meu lado, então se inclinou, sussurrando para mim.

Falava baixinho, para que Cecilia, no quarto, não pudesse ouvir seus planos de compras secretas.

— Sei que ela ainda não comprou tudo, então quero completar o enxoval. Ela está quase completando os nove meses, vai ser a qualquer momento.

— Claro — falei, segurando Nicolas pelo pulso e puxando-o, até que caísse, sentado, no meu colo.

Achei que iria se assustar, mas parecia agradecer por eu tê-lo puxado assim.

— Porra, como eu senti falta disso — ele disse, rindo baixinho, passando o nariz na minha bochecha, depois selando meus lábios devagar.

Instintivamente, enfiei as mãos por baixo de sua blusa folgada e segurei sua cintura com força, sentindo sua respiração ficar um pouco mais pesada sobre minha boca. Era certeza de que seu plano não era aprofundar nada daquilo, mas nosso beijo se intensificou, com meu namorado se movendo muito sutilmente em cima do meu colo.

— Ranhento, você... Porra, vão pro motel! — Luca gritou, quando apareceu na sala.

— Eu estava tirando uma sujeira do rosto dele — Nicolas disse, segurando o riso e saindo devagar do meu colo.

— Com a língua, seu safado? — Luca já estava rindo, enquanto eu cobria meu colo com uma almofada e via meu amigo olhando para mim, incrédulo. — Ficou duro, porra?

— Vou beber água — Nicolas disse, já de costas para mim, provavelmente fugindo daquela cena constrangedora.

— Ele também ficou duro. Vocês não tem vergonha na cara...

Ergui as sobrancelhas, apertando os lábios, para não soltar uma risada alta, e dei de ombros, porque não tinha como fugir da culpa daquele momento, que saiu um pouco dos limites. Quando voltou da cozinha, Nicolas tomou banho, e eu em seguida, entrando no banheiro enquanto ele ainda estava no chuveiro. Ele me ajudou a colocar a proteção no gesso, mesmo que eu já conseguisse sozinho, depois me deu um beijo e saiu. Menos de uma hora depois, estávamos no carro de Nicolas, prontos e indo em direção à área do estúdio de tatuagem.

Como ainda tínhamos um tempo, a pedido do médico, ele estacionou o carro na frente de uma loja de roupas infantis, pegou minha muleta e veio na minha direção, para me ajudar a descer. Sem dificuldades, saí do veículo e comecei a andar, como andava dentro do meu próprio apartamento. Bem mais rápido e sentindo pouca ou nenhuma dor. Quando olhei para trás, Nicolas estava com aquela cara de besta, me olhando e sorrindo, como se eu fosse uma criança dando os primeiros passos.

— O que foi de novo? — perguntei, rindo, já fazendo ideia da sua resposta.

— Toda vez que você mostra que está melhor, eu fico meio mole, sabe? — ele falou, no meio de um sorriso gostoso, que me dava vontade de agarrá-lo no meio da rua. — Estou tão orgulhoso do seu progresso.

— Ah, Nick, vem cá... — O puxei, segurando seu rosto e lhe dando um beijo leve. — Para de ser fofo assim, senão a gente vai foder no meio da rua, meu bebê.

Ele gargalhou, jogando a cabeça para trás, daquela forma exageradamente bonita, depois voltou a me olhar, com os olhos pequenininhos, por causa do riso que não conseguia controlar.

— Vamos, tarado... — meu namorado disse, rindo, entrelaçando os dedos nos meus e andando devagar ao meu lado.

Ele estava respeitando o meu ritmo, que estava começando a ficar bom, mas ainda não podia me considerar o *Usain Bolt*.

Ao entrarmos na loja de roupas infantis, vi, junto a Nicolas, a seção de roupas de bebê, e nos direcionamos para lá devagar, dando de cara com filas e filas de macacões, pijamas, calças, blusas, sapatos e diversas outras coisas que eu não sabia para que serviam.

Uns babadores esquisitos de plástico, que pareciam uns baldes curvados?

Que porra era aquela...?

— Por que... — Franzi o cenho, caçando entre as peças coloridas. — Não tem nada preto?

— Você quer comprar roupas pretas pro Heitor, Jhonatan? — Nicolas perguntou, rindo, olhando duas calças jeans na sua mão.

Elas eram minúsculas, pareciam calças de bonecos.

— Se não for pra ele andar que nem um delinquentezinho, eu não quero.

— Para de falar merda! — Nicolas ria ainda mais, mas socou meu braço.

Eu ri, mas assim que ele saiu da minha frente e foi ver outras roupas, fiz uma careta sofrida, porque doeu *pra porra*.

Porra de homem delicado e fofo, mas com uma mão pesada do caralho.

— Posso ajudar? — Uma mulher nova, provavelmente da minha idade, apareceu ao meu lado.

Ela sorria com o canto dos lábios e enrolava o cabelo no dedo, me olhando como se quisesse me lamber.

— Não, eu... — Franzi o cenho, dando um passo para o lado, porque a mulher estava quase em cima de mim. — Não preciso, não, dona.

— Dona? — ela deu uma guinada aguda, que eu acho que foi tentativa de risada. — Devo ser mais nova que você, gato.

Gato? Breguice do caralho.

— Você realmente trabalha aqui? — perguntei, mas não olhei para a garota.

Continuava me equilibrando na muleta, enquanto olhava uns macacões tão amarelos, que meus olhos doíam.

— Trabalho, mas posso trancar a loja a hora que eu quiser — ela começou a sussurrar, chegando ainda mais perto de mim. — A loja é da minha mãe e tem um sofá bem grande nos fundos.

Nicolas estava longe, quase no meio da loja, distraído com sapatinhos que pareciam chaveiros. Eu estava quase gritando socorro.

— Não estou interessado no seu sofá, valeu a *"ajuda"* — disse e comecei a bater a muleta no chão, andando na direção de Nicolas e deixando a mulher para trás.

Caralho, que pessoa descarada.

Será que eu era assim?

Quando cheguei perto do meu namorado, repousei o queixo no seu ombro e fiquei o observando escolher os calçados pequenos, que eram tão fofos.

— Heitor já tem um *All Star* preto — ele disse, meigo, se lembrando do sapatinho que Samuel havia comprado. — Acho que ele precisa de um vermelho e um azul.

— E um roxo — completei, colocando mais um par minúsculo de sapatos nas suas palmas.

Meu namorado deu uma risada baixinha, se divertindo com as pequenas peças em suas mãos. A cada minuto que passava, eu descobria que era possível amar Nicolas um pouco mais.

Quando ele terminou de separar os sapatos, eu olhei a parte das blusas e, felizmente, achei alguns modelos para mais de seis meses. Todos pretos e com estampas de caveiras. A roupa perfeita para um bebê.

Quando entreguei para Nicolas, ele deu uma risada alta e disse que não acreditava que eu tinha encontrado esse tipo de roupa por ali. Eu ri, sacana, e dei um beijo demorado e carinhoso no seu rosto.

— O ex-meliante encontra tudo, meu amor.

— Eu sei que encontra — ele disse, malicioso, e eu balancei a cabeça negativamente, rindo baixo.

Safado.

Depois de pagar as compras, que dividimos metade para cada, Nicolas recebeu uma ligação do trabalho, sobre algum dos seus pacientes, e foi andando em direção à porta, enquanto eu pegava as sacolas, que estavam sendo embaladas pela atendente descarada.

— É seu namorado? — ela perguntou, parecendo levemente irritada.

Que porra...?

— Meu marido — respondi, curto e grosso. Estava mentindo, mas foda-se, no meu coração já éramos casados. Ela me deu as sacolas e, quando eu as peguei, as continuou segurando, me fazendo encará-la.

— Eu acho que eu posso te dar bem mais coisas que ele — a garota falou, quase subindo em cima do balcão da loja, vindo na minha direção.

— Ah, minha filha — comecei, quase rosnando. — Vai tomar no seu cu, vai. Não fode, aprende a respeitar o relacionamento dos outros, sua sem caráter do caralho — falei e depois arranquei as sacolas da sua mão com um puxão só, quase me desequilibrando e caindo, mas girando no meu próprio eixo e voltando a bater a muleta no chão, enquanto saía o mais rápido que podia dali.

Fui estúpido, *mas foda-se*.

— Vamos, vamos, vamos, anda — apressei Nicolas, porque, apesar de estar com a razão, tinha medo da garota chamar a polícia e inventar qualquer merda de mim.

E eu, definitivamente, não poderia ser pego pela polícia.

— Mas o que... — Nicolas disse, confuso, pegando metade das sacolas da minha mão e tentando me acompanhar.

Eu era um homem de muleta, com uma tala, sacolas e correndo que nem um louco. Me sentia patético...

Nicolas veio para cima de mim, tentando me ajudar a entrar no carro, mas antes que ele pudesse me alcançar, eu já havia aberto a maçaneta e entrado, enfiado a muleta, de qualquer jeito, e enganchando-a no volante, enquanto jogava as bolsas no banco de trás.

— Você está fugindo da polícia? — Ele riu, tirando a muleta do volante e ajeitando no meio das minhas pernas.

— Talvez.

Nicolas franziu o cenho, porque eu estava falando sério, mesmo que não fosse uma situação de real pânico. Ele fechou a porta ao meu lado, deu a volta e entrou no carro em menos de um minuto, dando partida e saindo dali.

— Para ali na frente... o estúdio é ali — falei, depois de termos seguido por três ou quatro quadras, não muito distante.

Ele estacionou calmamente, desligou o carro, tirou a chave do volante e olhou para mim, respirando fundo. Nicolas ficou me encarando, enquanto eu sentia a respiração pesada sair das minhas narinas.

Eu ainda estava puto pelo descaramento da atendente, praticamente ofendido.

— Vai me contar o que aconteceu? — ele disse, colocando a mão na minha perna e fazendo carinho na minha coxa.

— A atendente da loja deu em cima de mim, falou que podia fechar a loja e nós podíamos ir pros fundos.

O carinho na minha perna parou por um segundo, mas logo continuou. Nicolas riu, nervoso, mas era óbvio que ele ficou desconfortável.

— Desculpa — pedi, virando o rosto na direção dele.

Ele riu, balançando a cabeça negativamente, achando graça do meu pedido de desculpas, mesmo que eu estivesse sério e com as sobrancelhas unidas.

— Está se desculpando por terem dado em cima de você? — ele perguntou, naquele tom meigo e compreensível, mesmo que estivesse claramente incomodado.

Ele lidava com ciúmes de uma forma absurdamente melhor que eu, era óbvio, mas não fazia com que ele deixasse de sentir.

— Não queria ver você se sentindo mal com isso, Nick, ao mesmo tempo não acho legal esconder essas coisas...

Antes de Samuel morrer, ele havia me dito que não escondia nada de Cecilia. Era mais um dos ensinamentos dele que eu absorvia, porque, no final, ele tinha razão. E eu já tinha passado por merda o suficiente com Nicolas, para saber que essa parada de esconder as coisas da pessoa que você ama não é muito legal.

— E não é, você fez certo — ele disse, procurando minha mão com a sua e entrelaçando os dedos nos meus. — Mas você não tem culpa, não precisa se desculpar pelo que outra pessoa fez. Mas... e você? Está se sentindo mal?

— Estou, garota abusada da porra... Mas vai passar.

— Qualquer coisa eu enfio um garfo na jugular dela...

— Porra, que isso? — Gargalhei, jogando a cabeça para trás e batendo--a no estofado.

Nicolas me dava tesão quando me defendia desse jeito. Novidade eu ficar com tesão por ele de qualquer forma...

— Vamos? — ele disse, segurando o riso de forma fofa e tentando fingir que não tinha sido altamente agressivo há poucos segundos.

— Ainda temos alguns minutos...

Soltei meu cinto, cheguei o corpo um pouco mais perto do seu, segurei seu rosto e ele, querendo da mesma aproximação que eu, aproximou o corpo do meu, facilitando meu trabalho.

Ali, dentro do seu carro, nos beijamos devagar. Aproveitamos que a noite estava começando a surgir, o interior do veículo estava escuro e a rua vazia. Não íamos fazer nada demais, mas me impressionava, de forma positiva, o quanto nós tínhamos a mesma necessidade latente de trocar carinho.

Eu e Nicolas nunca cansávamos dos lábios um do outro, não importava o lugar, tampouco a hora.

— Você acha que... — ele falou, engolindo em seco e separando nossos rostos por milímetros. — Poderia dormir lá em casa hoje?

— Quer transar, safado?

Nicolas gargalhou, soltando meu rosto e voltando a se sentar confortavelmente no seu banco, depois encostou a cabeça no encosto, virou o rosto para mim lentamente e balançou a cabeça positivamente, mordendo o lábio inferior.

— Nossa, doutor, que tarado — fingi reprovação, pegando minha muleta e abrindo a porta do carro.

Mas por dentro... caralho!

Por dentro eu estava era soltando fogos.

Já estávamos na terceira semana em que eu havia retornado para casa, e desde que voltei do hospital, Nicolas e eu não fizemos mais nenhum sexo que envolvesse penetração, e por mais que eu adorasse todas as outras formas de trocarmos estímulos silenciosos, eu estava com saudade.

Saudade de ser agressivo e barulhento, sem me preocupar em acordar minha cunhada grávida ou meu amigo de infância nos quartos ao lado. Quando Nicolas trancou o carro, eu saquei meu telefone e disquei o número que iria resolver meu problema de preocupação naquela noite.

— Lu? Vai dormir em casa hoje?

— Vou, ranhento, por quê?

— Quero ir pro apartamento do Nicolas, mas não posso deixar Ceci sozinha, a barriga dela vai explodir a qualquer minuto.

Ele gargalhou do outro lado da linha, enquanto Nicolas fazia a mesma coisa ao me olhar falando com meu amigo, ao mesmo tempo que caminhávamos devagar para o letreiro neon vermelho, que piscava, adornando a palavra "*Tattoo*".

— *Pode ir transar em paz, eu vou ficar de olho. Se o braço do moleque sair pra fora, eu te grito.*

— Se o braço do moleque estiver *saindo pra fora*, você vai precisar fazer o parto.

— *Cruzes, tá amarrado. Se ela bater o dedo mindinho do pé numa mesa, eu te ligo.*

Eu ri, depois me despedi do meu amigo e dei um beijo no rosto do meu namorado.

— Se prepara, porque hoje eu vou te deixar fraco, doutor.

Nicolas riu e ficou vermelho na hora, o que me fez soltar uma risada canalha e satisfeita, segurando a maçaneta do estúdio de tatuagem e entrando, com meu namorado vindo logo atrás.

— Ah, seu trombadinha, demorou *pra caralho* pra voltar — Samyra, a tatuadora, falou para mim, se levantando da sua mesa de desenhos e correndo na minha direção. — E ainda voltou de muleta!

Ela me abraçou com força, me dando uns socos nas costas. Nunca foi muito delicada.

— Você deve ser o cara que pirou o cabeção do trombadinha — ela falava sem modos e alto, dando uns tapas no ombro de Nicolas. — Ele é bonito demais pra você, Jhonatan... — disse, olhando para mim. — Se liga, hein?

— Vai cheirar tuas drogas, Myra — disse, revirando os olhos, mas segurando o riso.

— Diz ae. — Ela se virou para Nicolas de novo. — Ele fez chantagem contigo? Tá te obrigando a namorar com ele?

Nicolas riu e negou, todo meigo.

Caralho, que raio de homem fofo.

Enquanto conversava com Nicolas, a garota o segurou pelo braço e o sentou no banco em frente a sua mesa de desenhos, enquanto eu ficava analisando o interior do estúdio, levemente alterado.

Ela ficava lhe perguntando coisas aleatórias sobre mim e contando coisas que sabia sobre meu passado.

Felizmente, Samyra era sensata o suficiente para não falar nada sobre as pessoas que eu fiquei, pois tinha noção de que isso poderia causar um mal-estar desnecessário entre mim e meu namorado.

Ela só contava coisas vergonhosas, como quando eu fiquei bêbado, na rua, e conversei, por 30 minutos, com um cachorro que estava dormindo e sobre quando fomos a uma festa juntos e ninguém conseguia me achar depois, porque eu tinha dormido debaixo da mesa do bar, no escuro.

Coisas da vida...

Depois de rir tanto, Nicolas estava tão relaxado, que mal parecia que iria marcar seu corpo pela primeira vez.

— Já sabe o que vai fazer, bonitinho? — Myra perguntava para o meu namorado de forma carinhosa, apesar de sua voz soar meio rude, porque era o seu jeito.

— Isso aqui... — Nicolas disse baixo, e quando ergueu o celular na direção da tatuadora, vi que sua mão tremia levemente.

Acho que o nervosismo, pela hora da tatuagem estar se aproximando, estava começando a abraçá-lo.

— Órion, não é? E essa estrela aqui, em destaque, faz parte da constelação?

— Não. Essa é Nicolas, o Jhonatan deu pra mim — ele falava, animado, confirmando com a cabeça, enquanto as palavras saíam de sua boca, depois olhou para mim, sorrindo, todo orgulhoso. Fofo, eu casaria com ele ali mesmo.

— Bacana, Jhonatan tá de coleira *pra porra* — ela disse, gargalhando.

Depois a tatuadora se virou para mim, enquanto eu me sentava devagar em um dos estofados perto da porta.

— E você, criminoso, o que vai fazer?

— Vou decidir ainda, Myra, faz a dele primeiro.

— Amor... — Nicolas me chamou, com a voz levemente trêmula.

— O que foi, meu bebê? — perguntei, preocupado.

— *Cês* são melosos assim mesmo ou é impressão minha?

— Não ferra, Samyra.

— Desculpe — Nicolas disse, rindo baixo. — Geralmente eu me seguro mais, mas é a minha primeira tatuagem, eu estou meio cagado de medo.

Minha amiga riu, depois levantou e guiou Nicolas até a maca preta de tatuagem, para que ele pudesse se sentar, ficando na sua frente em seguida.

— Jhonatan, senta aqui do lado dele, arrasta a cadeira e segura a mãozinha dele.

— Já ia fazer isso.

— Onde você vai querer o desenho, Nicolas? — ela perguntou, calma, começando a preparar a máquina, retirar os utensílios esterilizados da bandeja ao lado, já preparados, e enfileirar três batoques, mas encheu apenas um, com tinta preta.

Enquanto isso, eu puxava a cadeira com certa dificuldade, colocava ao lado de Nicolas e sentava. Mas eu sentei de um jeito totalmente malcalculado e enfiei a muleta na bandeja que ela preparava, derrubando o rolo de papel-filme, o batoque com tinta e sua máquina de tatuar, que ficou suspensa pelo fio, sem chegar ao chão de fato.

— Ah, seu desgraçado! — Samyra disse, me dando uma cacetada de tapas no braço — Enfia o raio dessa muleta no cu, Jhonatan!

— Ei, ei, ei, deixa de ser cavala, sua grossa. Foi mal!

— Manchou o chão todo de tinta, seu animal.

— Vou procurar outra tatuadora — disse, fazendo bico e estalando a boca, ajeitando minha muleta ao lado da cadeira, enquanto minha amiga arrumava tudo por ali.

— Pra fazerem merda contigo? Vai porra nenhuma.

A única reação de Nicolas, no meio daquele caos todo, era rir de nós dois. Myra e eu nunca fomos exatamente amigos meigos e carinhosos.

Parecíamos duas crianças que sempre caiam no soco pelo último biscoito dentro do saco.

Mesmo que não tivesse biscoito nenhum, a gente dava um jeito de se socar e se xingar. A garota até parecia que tinha sido criada comigo e com Samuel, que, inclusive, também foi amigo dela, sendo meu irmão o motivo de eu tê-la conhecido.

Eles tiveram um lance, dois ou três anos antes de Samuel conhecer Cecilia. Acho que não deu certo porque os dois eram que nem dois tratores que queriam demolir um ao outro.

Apesar disso, Samyra foi uma das poucas pessoas que me mandou mensagem, após o falecimento do meu irmão, me prestando sentimentos e dizendo, em uma das suas raras demonstrações de meiguice, que eu poderia contar com ela se precisasse.

E realmente pude, porque estava ali, fazendo tatuagem de graça em mim e em Nicolas.

— Voltando ao que eu falava, antes do Jhonatan resolver jogar sinuca com a muleta, na minha mesa — ela falou, virando-se para Nicolas mais uma vez —, onde você quer fazer, bonitinho?

— Eu quero um lugar que seja visível, ao mesmo tempo discreto, então... — Ele levou os dedos até a orelha, depois os arrastou até um ponto atrás dela, indo um pouco para baixo, quase na lateral do pescoço. — Acho que aqui eu vou poder me gabar dela... — Ele riu baixinho. — E não vai ficar tão chamativo.

— Não pode chamar atenção com tatuagem? — ela perguntou, enchendo novamente o batoque com tinta preta.

— Eu sou médico, mas estou no meio da residência e meu chefe não vai me demitir nem se ele quisesse muito.

Soltei uma risada alta, porque não aguentei. Nicolas batia de frente com Yan com tanto abuso, que era gostoso de ver. Não que tivesse algo de certo em alguém ser abusado com seu chefe, mas eu gostava de ter um namorado que era cagão no seu estado natural, mas valente quando precisava ser. E isso incluía levar Cecilia para fazer exames de rotina no hospital ou, junto a Nataniel, me internar em um quarto particular.

— Ótimo — Samyra disse, ignorando minha risada alta. — Deita de bruço, com o rosto virado para mim. Fecha os olhos e relaxa. A agulha vai arrastar na sua pele, mas como o seu desenho é pequeno e não tem que pintar, se você ficar quieto, eu acabo rapidinho.

Antes de Nicolas concordar, eu já estava ajeitando a cadeira de uma forma que pudesse ficar confortável, para que ele segurasse minha mão e não atrapalhasse minha amiga a trabalhar.

A garota loira imprimiu o desenho, fez o decalque e, em seguida, colou na pele de Nicolas, ajustando no exato lugar em que ela julgava ser o melhor. Buscando a aprovação de Nicolas, Myra pegou um espelho, mostrou para ele o rascunho azulado da tatuagem e perguntou se estava bom. Ele aprovou e o procedimento seguiu.

Minha nuca se arrepiou com o som que saiu da máquina de tatuagem ao ser ligada.

Porra, como eu adorava aquele barulho.

Quando a agulha tocou a pele de Nicolas pela primeira vez, ele apertou meus dedos com força, e foi nítido vê-lo respirar fundo assim que Samyra começou a arrastar a agulha por sua pele. Mas o aperto foi perdendo forças, e logo meu namorado passou a conversar com a gente normalmente, como se estivessem fazendo carinho na sua nuca.

Pouco menos de 40 minutos depois, a tatuagem estava completa e Nicolas levantou, pegando o pequeno espelho de minha amiga e olhando o desenho na sua pele em seguida.

Então, ele deu *aquele* sorriso.

Aquele sorriso imenso, que fazia seus olhos ficarem minúsculos e depois o deixava sem enxergar nada, porque ele estava tão feliz, que mal conseguia parar de sorrir. Aquele sorriso que me fazia amá-lo um pouco mais, cada vez que saía de seus lábios. Então, ele olhou para mim, e foi impossível não sorrir da mesma forma.

Ele realmente tinha gostado. Realmente estava feliz.

— Você gostou? — meu amor perguntou, em expectativa, virando a lateral do pescoço e tombando-o levemente para o lado, para que eu pudesse ver o desenho melhor.

— Ficou lindo, Nick... você está lindo.

Nicolas, sem aguentar, chegou perto de mim e me deu um selar rápido nos lábios, enquanto Samyra fazia o processo de esterilização de todo o material, descartando a agulha de Nicolas e colocando uma nova, para poder fazer meu desenho em seguida.

Enquanto Nicolas ia ao banheiro, ficar fazendo contorcionismo para conseguir ver a tatuagem melhor no espelho maior, Samyra se aproximou de mim e sussurrou baixinho:

— Vai ser isso mesmo? — ela perguntou, já sabendo o que eu tinha em mente.

— Sim, manda bala — disse, me levantando e subindo na maca de tatuagem, me deitando de bruços com dificuldade, da mesma forma que meu namorado antes estava.

— Você já tomou um tiro, seu cavalo, não devia usar essa expressão.

Eu ri, balançando a cabeça negativamente, porém concordando com sua fala, enquanto observava Nicolas voltar e sentar na cadeira que eu ocupava minutos atrás.

— O que vai fazer? — ele perguntou, curioso.

— Você vai ver, relaxa aí.

Myra riu baixo, ligou a máquina e se aproximou de mim. Na hora que a agulha encostou na minha pele, eu soltei um gemido de prazer alto, quase gritado.

— Que delícia! Que saudade! Caralho, que coisa maravilhosa!

Nicolas e Samyra riram em conjunto, e meu namorado estava tão incrédulo com a minha reação, que me olhava em choque, mesmo que estivesse rindo.

— Você chorou por causa de uma injeção na bunda e está feliz desse jeito por causa da agulha da máquina?

— Amor, não se compara... Vai, Myra, rabisca essa porra!

Concordando com a cabeça e ainda rindo, minha amiga voltou a me tatuar, enquanto eu observava, de relance, uma shilueta preta e pequena andando pelo chão do estúdio.

— Ô porra, de onde saiu isso? — perguntava, ao ver o animal se arrastar pelos pés de Nicolas e esfregar a cabeça na sua perna.

— O que... — Samyra virou para trás, até identificar o que eu falava, e voltou ao trabalho. — Ah, é o gato.

— Qual nome dele? — Nicolas perguntou, enquanto o animal ainda usava sua perna para se acariciar.

— Penumbra, trevas, soturno, escuridão, pirata, tigre, pantera — Samyra respondeu, com uma risada baixa, enquanto continuava a me tatuar. — Depende do meu humor.

— Você adotou? Nunca soube ter bicho, sempre matava os animais que tinha.

Ela forçou mais a agulha na minha carne e eu dei um berro.

— Desgraçada!

— Ops, desculpa... — disse, debochada, enquanto Nicolas só ria e fazia carinho na cabeça do gato preto. — Ele não é meu. Ele vem aqui, mas não me pertence...

— Mas que brisa é essa...?

— Ele some durante o dia, só aparece de noite. Não deixa ninguém se aproximar dele. Só fica deitado em algum canto, e às vezes, eu coloco leite e comida pra ele. Ele come quando quer, mas às vezes parece não estar com fome.

— E por que você deixa ele ficar aqui? Nem sabe de onde esse bicho saiu.

— Já viu o olho dele? Ele parece que está me protegendo, me sinto bem com ele.

Quando ela falou sobre esse detalhe, virei o rosto, encarando os olhos do bicho. Eram azuis, profundos e intensos. Anormalmente intensos. Ele olhava para mim como se conseguisse ler a minha alma. O gato possuía uma cicatriz vertical no olho direito, o que o deixava ainda mais estranho, mesmo que ainda fosse bonito.

— Cruzes, o bicho parece que entende o que a gente está falando.

— Eu também tenho essa impressão, às vezes... — minha amiga falou, rindo baixo, enquanto o gato preto saltava para o colo de Nicolas e se acomodava ali.

Minha amiga percebeu a movimentação e olhou para trás, franzindo o cenho em confusão.

— Ele não gosta de pessoas... que estranho.

— É, mas o Nicolas não é uma pessoa. É um anjo.

Meu namorado riu baixinho, olhando para mim com carinho, enquanto passava os dedos bonitos pelo corpo do gato. que me olhava como se estivesse me desafiando.

Abusado da porra.

Não, eu não podia estar com ciúmes de um gato.

Me distraindo do felino largado no colo do meu namorado, o qual, agora, ronronava preguiçosamente, graças às carícias infinitas do médico, minha amiga me chamou, dizendo que havia finalizado.

— Pronto, peste.

Eu levantei, sorrindo, felizão, pegando o espelho de mão e olhando a região da minha nuca.

— Você fez Órion? — Nicolas perguntou, incrédulo, mas era nítido o quanto ele estava surpreso, de uma forma feliz. — Você fez exatamente a mesma tatuagem que eu? No mesmo lugar? Jhonatan! Falei pra não fazer tatuagem de casal!

Ele estava me dando uma bronca, só que mais ria do que conseguia brigar de fato.

— Fiz — disse, mordendo a língua, com um sorriso safado, enquanto o olhava e sentia Myra limpar os resquícios de tinta da minha pele. — Não tem o seu nome e Órion foi a primeira constelação que eu aprendi a enxergar no céu.

Peguei minha muleta, andei na sua direção e abaixei o corpo levemente, segurando seu rosto e o beijando devagar.

— A gente nunca vai se separar, mas se isso acontecesse, numa realidade fodida, não é algo que me causaria arrependimento. Essa tatuagem também é pra mim.

Ele me observava, com aqueles olhos pretos e profundos, que pareciam ler toda a minha alma sem-vergonha.

— Agora eu também dou valor pras estrelas, Nick... — essa frase eu disse baixinho, com o rosto próximo ao seu.

Nicolas deu o sorriso fofo que me arrebatava, fechando os olhos e concordando com o que eu disse. Sem pensar que não estávamos sozinhos, ele esticou o pescoço e me deu um beijo. Um beijo feliz, daqueles que a gente quase beijava os dentes um do outro.

— Tá bom, caralho, vão inundar meu estúdio com tanta baba — Samyra dizia, segurando o riso, dando um tapão na minha bunda.

Nicolas não se incomodou, porque só sabia rir.

— Quanto eu te devo? — perguntei, me erguendo e olhando para minha amiga, que começava a guardar todo o material que havia usado e descartar o que deveria ir para o lixo.

— Já disse que é de graça, criminoso. — Ela franziu o cenho, parecendo pensar sobre o assunto. — Mas...

— Quer cigarro, né, tatuadora de cadeia? — perguntei, rindo, vendo Nicolas fazer carinho no gato pela última vez, depois se levantar devagar.

— Se você tiver... — ela falou, sorrindo de leve, arqueando as sobrancelhas, como quem não quer nada.

— Vou pedir pro Nataniel passar aqui depois e deixar uma caixa lacrada pra você.

— Valeu, trambiqueiro, você é o melhor — ela falou, dando um tapão nas minhas costas, quase me desequilibrando e me fazendo cair no chão.

Myra passou pomada no meu pescoço e no pescoço de Nicolas, falou sobre o processo de cicatrização, que eu já conhecia, mas Nicolas também, por ser médico, e disse que não poderia prescrever pomadas, mas indicou algumas para serem compradas.

— Prescrever coisas não é problema pra mim... — Nicolas riu.

— É, tem que ver as pomadas de maconha que ele arranja.

— Caralho, quero.

Nicolas gargalhou e fingiu que não estava entendendo o que nós dois estávamos falando, depois deu tchauzinho, abraçou Samyra, em gratidão, e saiu do estúdio, claramente fugindo.

— Ele melou nossa pomada de maconha...

Nos despedimos, rindo, depois demos um abraço daquele jeito bruto e sem jeito, então eu deixei o local, encontrando Nicolas na esquina, o qual andava em direção ao seu carro. Quando chegamos lá, encostei nele, antes mesmo que ele conseguisse abrir a porta do carro, e prendi seu corpo com o meu. Ele sabia que eu gostava de fazer isso.

— Agora eu tenho um namorado tatuado — falei, rindo baixinho, passando os lábios devagar no seu pescoço, na parte que não tinha sido tatuada recentemente.

— Devo confessar que é uma experiência muito boa — soltou.

Eu ri, subindo os lábios até os seus, encaixando as pernas no meio das suas e levando a mão até seu rosto, enquanto ouvia o barulho da muleta cair no chão, mas eu não estava realmente preocupado com isso.

Em um beijo calmo, no meio daquela rua pouco movimentada, senti meu corpo se arrepiar com a sensação gostosa de, cada vez mais, pertencer a alguém que me fazia tão bem. Não tendo o mesmo cuidado que eu, Nicolas enfiou a mão no meu pescoço, em cima da marca que eu acabara de fazer, e senti um ardor quente feito um caralho, que me fez segurar sua mão na hora e tirar de cima da pele recém-tatuada.

— Desculpe. — Ele olhou para mim, esbugalhando aqueles olhos culpados e bonitos, sabendo que tinha feito merda, enquanto eu ainda segurava seus dedos. — Desculpe, amor, desculpe. Eu sempre faço isso...

Nicolas choramingava, se sentindo horrível, o que me fez rir e beijar sua boca, que não parava de falar "*desculpe*".

Como se eu conseguisse ficar com raiva dele por mais de um segundo.

— Você é meio distraído, mas sei que não é de maldade — disse, apoiando-me no carro, fazendo menção de pegar minha muleta, mas ele foi mais rápido e abaixou, pegando-a para mim.

— Vai saber quando for de maldade — ele disse, malicioso, e eu dei uma baita de uma gargalhada imensa.

Era impressionante o poder da convivência.

12.3
RHO CAPRICORNI

Entrei no carro sem dificuldades, depois Nicolas entrou, em seguida, e o ligou, dando partida para o seu apartamento. Quando chegamos, sem grandes problemas pela falta de trânsito, tudo no interior do seu apartamento estava com um cheiro estranho e azedo.

— Mas o que... — Nicolas disse baixo, fungando pelos cantos até achar o foco daquele mau odor. — Merda, o lixo! Esqueci de tirar da última vez...

Ele grunhiu, enquanto eu andava em direção à janela da sala, a abrindo com dificuldade, por causa da falta de equilíbrio, enquanto me apoiava na muleta.

— Não, amor, vai cair aí... — Nicolas correu até mim, me empurrando para que eu sentasse na poltrona, enquanto ele abria a janela sozinho.

— Não sou um inválido, Nicolas — reclamei, estalando a língua.

— Se você cai no chão, eu não tenho força nenhuma pra te levantar, sossega essa bunda.

No final, ele tinha razão, então eu só o observei tirando o lixo, depois o levando para fora do apartamento, e segundos depois, o ouvi conversando com o seu vizinho saliente.

— Obrigado por ficar com o Koda, nem consegui agradecer... — Ouvi a voz do violinista safado soando, próximo à porta de Nicolas.

Parecia um pouco menos safado...

Um pouco menos saliente.

— Eu vou voltar pro meu apartamento definitivamente em breve, pode deixar ele sempre aqui quando precisar, eu gostei muito dele — Nicolas disse, carinhoso, e depois de se despedirem brevemente, fechou a porta.

Foi até seu quarto, ouvi o barulho das janelas sendo abertas, e segundos depois, apareceu, segurando um aromatizante com cheiro de lavanda, o qual esguichou na sala toda.

— Gostou muito de quem, seu safado?

— Do cachorro novo do Talles, é um filhotinho — ele disse, rindo, balançando a cabeça negativamente. — Ciúme de gato, de cachorro... Do que mais você tem ciúme?

Eu até ia responder, mas comecei a espirrar que nem um louco, fazendo Nicolas gargalhar e pedir desculpas de novo, colocando o aromatizante ao lado da televisão.

— Desculpe, desculpe, desculpe, desculpe... — ele disse, indo até o banheiro, voltando com um rolo imenso de papel higiênico e, depois, me entregando o papel.

— Eu tô... — Espirrei de forma violenta. — Espirrando. Não me cagando no... — Espirrei de novo. — Sofá — falei, puxando seu pulso, para que ele se sentasse no meu colo, enquanto ele ria e tirava os pedaços de papel higiênico para soar o meu nariz. Minha nareba já devia estar vermelha, e ele me ajudava a limpá-la toda vez que eu espirrava com mais força.

— É um ranhento mesmo... — meu namorado disse, rindo, sem se importar em me fazer de bebezão e deixar meu nariz limpo.

Eu o olhei por um segundo e, mais uma vez, no meio de todo aquele carinho que Nicolas depositava em mim, não consegui entender a sorte que eu tinha. Ele percebeu meu olhar bobo e apaixonado, pois sorriu daquela forma meiga e, no segundo seguinte, aproximou o rosto do meu, me beijando devagar.

O clima esquentou, nossas mãos ficaram mais ávidas, nosso beijo ficou mais intenso, mesmo que nós estivéssemos compartilhando calmaria. Não tínhamos pressa, mas não conseguíamos parar.

E aí, eu voltei a espirrar que nem um louco...

Nicolas voltou a rir, levantou e me puxou até que eu estivesse deitado na cama.

— Fica aqui, o cheiro está melhor no quarto...

Comigo já confortável no colchão, o médico foi até a sala e voltou para o quarto, com todas as sacolas que continham as roupas de Heitor. Começou a tirá-las, esticando as pequenas peças em cima do edredom, ao lado do meu corpo, e enfileirando os sapatinhos que compramos.

— Porra, quanta coisa — disse, surpreso, porque não fazia ideia de que tinha comprado tanto assim.

Eram quase cinquenta peças, entre meias, calças, blusas, macacões e o resto de coisas miúdas e minúsculas, que eu duvido que caberiam em uma criança. Eram, com certeza, roupas de boneco.

— Seu sobrinho vai ficar lindo — meu namorado disse, meigo, esticando a última blusinha, a preta com caveiras que eu havia escolhido.

— Nosso sobrinho — o corrigi.

Ele olhou para mim, sorrindo com o canto dos lábios, meigo e lindo que *só o caralho*.

Nicolas parecia feliz, encarando todas nossas aquisições para o pequeno pivete, que estaria entre nós a qualquer momento. Mas seu sorriso se desfez, quando ele pegou um cartão em mãos e revirou tanto os olhos, que eles quase não voltaram para o lugar enquanto lia o conteúdo no seu interior.

— Que foi? Que é que tá escrito aí? — perguntei, segurando o riso, já fazendo ideia do conteúdo no seu interior.

A infeliz da vendedora devia ter colocado aquela porra de bilhete na sacola, antes de eu mandá-la tomar no cu.

— *"Me liga ou passa aqui de noite. Beijos, Lia."* — ele leu com voz de zombaria, imitando o tom de alguém muito irritante. — Vai ligar pro Capeta... — ele disse com raiva, rasgando o cartão em milhares de papéis picados, como se ele fosse o próprio *Edward Mãos de Tesoura*. Eu não aguentava mais segurar o riso e comecei a gargalhar tanto, que Nicolas olhou para mim, ainda mais enfurecido.

Ele veio para cima de mim, certamente para me mandar parar de rir e brigar comigo, porque, dessa vez, não estava conseguindo controlar sua reação enciumada, mas ele mal teve tempo de abrir a boca. Segurei seu pulso com força, puxei ele para cima da cama e girei o corpo por cima do seu, o prendendo na cama.

Santa perna boa, que me possibilitava fazer essas graças.

— Me solta, eu tô com raiva! — Ele grunhiu, o que me fez rir ainda mais.

— De mim? — perguntei, descendo os lábios até seu pescoço e o beijando devagar, sentindo seus músculos amolecerem a partir do momento que comecei a chupar sua pele lentamente.

— N-não... — respondeu, respirando fundo, segurando meus braços com força, mas, conforme eu ia lambendo sua pele devagar, seus dedos perdiam um pouco da firmeza em me segurar. — Daquele... ser humano sem... nenhuma vergonha na cara...

— Você é tão gostoso com ciúme — disse, sacana, sobre a sua pele.

— Eu não estou com ciúme, eu estou puto com a... — Mordi seu pescoço com um pouco mais de força. — Ah, Jhon...

— Continua falando. — Ri baixinho, enfiando a mão debaixo da sua blusa e apertando sua cintura, enquanto arranhava os dentes devagar, até sua clavícula exposta pela blusa de gola larga e baixa.

— Eu estou... estou puto com...

Mas ele não conseguia falar mais, porque segurou meu rosto e me beijou com raiva. Senti o interior do meu corpo todo pegando fogo instantaneamente.

Nicolas tirou minha roupa, enquanto esfregava o corpo no meu, me apertava, totalmente agressivo, e eu achava que poderia gozar só com a sua atitude bruta e gostosa. E não demorou para eu experimentar da delícia, mais uma vez, de ter ele me fodendo com raiva, enquanto me beijava sem pausas, mas a brutalidade mal durou...

Ele terminou, tremendo e sussurrando para mim, mais uma vez, o quanto me amava, tendo nas minhas palavras reciprocidade para sua fala. Tarado que nem eu, nunca se saciava, e ainda estava com a mesma saudade de transar comigo que eu estava de transar com ele.

Namorado perfeito da porra.

Quando finalizamos, ele foi, voltou do banheiro e nos limpou. Momentos depois, estava sentado na cadeira do seu telescópio, em frente ao presente que eu lhe havia dado há algum tempo.

— O que está vendo aí? — perguntei, pelado e de bruços na cama, com o cotovelo apoiado no colchão e a mão segurando meu rosto, enquanto observava o amor da minha vida colocar um dos olhos no visor do telescópio e sorrir de forma carinhosa.

— A constelação que eu tatuei... e Nicolas.

— Dá pra ver?

Nicolas assentiu brevemente, como se estivesse se sentindo culpado por sentir falta de olhar o céu. Ele olhou para mim e inclinou a cabeça para o lado, com um sorriso leve e constrangido.

— Vem cá — chamei, observando seu corpo bonito se levantar devagar e andar lentamente até mim.

Diferentemente de mim, que estava completamente pelado, Nicolas já havia colocado seu short preto e fino habitual, mas queria que ele estivesse sem roupas, porque eu não me importava de ver nada balançando. Até gostava.

— Você sente falta, não sente? — perguntei, enquanto ele se acomodava na cama e deitava no meu peito, com o rosto virado para o teto.

— Do quê, exatamente? — ele perguntou baixo, respirando com calma e passando a mão no meu peito devagar, em um carinho lento.

— De tirar um tempo pra deitar na grama, olhar o céu — falei, levando o polegar até o final da linha da sua mandíbula, acariciando a parte em que ele tinha três sinais, idênticos ao Cinturão de Órion. — Ficar hipnotizado pelas suas estrelas...

— Eu sinto, sim — ele confessou, passando o indicador devagar pelo meu peito nu, desenhando linhas ondulares imaginárias pela minha derme.

— Quando eu voltar a andar normalmente, Heitor tiver nascido e as coisas estiverem mais calmas — comecei, entrelaçando os dedos aos seus, fazendo um carinho leve sobre o dorso da sua mão —, vou te levar pra um lugar tranquilo e nós só vamos sair de lá depois que você tiver contado todas as estrelas do céu.

— É. — Nicolas riu baixinho. — Eu vou morrer contando estrela.

Ri, dando um beijo no topo da sua cabeça, depois abracei seu tronco com mais força, fazendo-o vir para cima de mim, até que seu rosto estivesse quase colado ao meu.

— É sério, Nick... não quero que você deixe de gostar ou fazer alguma coisa por mim.

— Não é por você, amor — ele disse, calmo, dando um beijo carinhoso e estalado no meu queixo. — O meu trabalho não é fácil, eu sempre estou cansado, isso vai além de nós dois e da nossa relação.

— Cala a boca, que eu sei o quanto eu te dou trabalho e como as coisas ficaram mais pesadas pra você desde o meu acidente, senão vou te dar um socão.

— Você não teria coragem.

— É, não teria.

Nicolas riu, me dando mais um beijo, dessa vez na boca.

— Mas eu falo sério. Você vai voltar a fazer as coisas que gosta, vai voltar a admirar o céu com calma.

Ele sorriu, meigo, segurando meu rosto com carinho e depositando selares lentos, que acarinhavam meus lábios, enquanto sua respiração quente batia no meu rosto.

— Obrigado por se importar com as coisas que eu gosto, ao ponto de fazer disso uma prioridade pra você.

— O que tem importância pra você, também tem importância pra mim, Nick — falei baixinho e em um tom mais infantil do que gostaria.

— Meu Deus, como você é fofo — ele disse, gargalhando, amassando meu rosto inteiro e me enchendo de beijo.

Mas não menti, porque eu não queria apenas compartilhar a rotina com Nicolas. Queria compartilhar de seus sonhos e de suas vontades como se fossem as minhas próprias. Porque eram, assim como ele fazia tudo para que eu alcançasse meus próprios objetivos.

Se aninhando no meu peito, daquele jeito que ele gostava tanto, nos abraçamos e, não muito tempo depois, acabamos adormecendo juntos, como de costume.

12.4
MU CAPRICORNI

Ouvi, horas depois, quando o despertador tocou, e senti quando a cama se movimentou, porque Nicolas estava indo trabalhar. Não gostava disso, dele ter que trabalhar, mas estava me acostumando novamente, sabendo que, hora ou outra, eu também teria minha própria rotina de trabalho.

Na verdade, estava ansioso por isso, porque não aguentava mais me sentir inútil, apesar de saber que não havia muito o que eu pudesse fazer naquele momento.

Ele me deu um beijo no rosto, eu resmunguei, então ele beijou meus lábios. Eu ri, sonolento, sem nem conseguir abrir os olhos, me despedi do meu namorado e depois ouvi o som das chaves tilintando ao longe e, em seguida, o barulho da porta se fechando.

Sem dificuldades em voltar a dormir, apaguei, acordando, horas depois, com o Sol aparecendo, de um jeito forte, nas frestas da janela. Coloquei os pés para fora da cama, sentindo uma dor leve quando minha perna recém-machucada bateu, sem jeito, no assoalho.

Pegando a muleta que Nicolas devia ter deixado em pé, ao meu lado, me levantei devagar, indo até o banheiro e mijando tudo o que tinha para mijar. Graças aos céus, sem acertar o chão, senão o médico iria me esfaquear.

Quando estava lavando as mãos, vi uma pomada na pia, fora do lugar, que devia ter sido colocada ali de propósito, já que Nicolas era meio chato com a arrumação do banheiro e dos remédios que deixava no armário.

— Valeu, amor — falei sozinho, lavando a região ardida do pescoço com água e sabão, depois passando a pomada.

Estava com preguiça de tomar banho, então aquilo ia servir. Ainda preguiçoso, me arrastei até a cozinha, sentindo o estômago cantar tanto, que eu desconfiava haver uma ópera inteira dentro da minha barriga. Não apenas o *Pavarotti*.

Antes que eu conseguisse andar até lá, ouvi meu celular tocando em algum canto do apartamento, e rindo pela minha safadeza, do dia anterior, com Nicolas, nas poltronas, o encontrei onde eu e meu namorado começamos os primeiros amassos antes da crise de ciúme.

O aparelho ficou lá, abandonado, porque, quando estava com o médico, claramente não ligava para mais nada a minha volta.

— Alô? — atendi, meio sério, o que era comum quando reconhecia um número desconhecido e não fazia ideia de quem estava do outro lado.

— *Bom dia! Falo com Jhonatan Kauer?* — uma voz masculina e aparentemente idosa soou do outro lado da linha.

— Ele mesmo — confirmei.

— *Olá, Sr. Kauer!* — a voz estranha falava estranhamente animada e carinhosa.

Parecia até meu pai no telefone...

— *Meu nome é Horácio Mori, eu sou reitor da Academia de Cinema de Astra, na qual você está matriculado.*

— Ah! — Porra, o reitor! E eu tratando o cara como se fosse me matar. — Oi, senhor... tudo... tudo bem contigo, moço?

Eu claramente não sabia falar com pessoas de status social maior que o meu. O homem deu uma risada contida e baixa, o que me fez ficar ainda mais nervoso. Eu estava sendo um panacão.

— *Tudo, meu jovem* — ele dizia de forma respeitosa. — *Espero que com você também!*

— Sabe como é, né...?! Tô indo do jeito que dá...

— *Que bom! O motivo do meu contato* — o homem começou, claramente tentando segurar o riso, por causa da minha falta de etiqueta — *é por conta da sua vaga. Eu não costumo ligar para os alunos, a não ser em casos de extrema urgência, mas o seu médico tratou diretamente comigo e o seu caso é uma dessas situações delicadas que eu preciso tratar pessoalmente.*

Amo tanto meu namorado.

— *Então* — o homem continuou, enquanto eu sonhava acordado com Nicolas —, *gostaria de saber como está o processo da sua recuperação no momento.*

— Eu tô andando de muleta, mas já tirei o gesso. Tô só com a tala. Só que vou demorar um pouco pra andar normalmente, sabe? Com o pé no chão... Mas já estou fazendo tudo sozinho, sabe? Tomando banho, trocando de roupa, cagand...

— *Opa, que bom, meu jovem!* — o homem me cortou, com uma risada nervosa.

Se meu curso fosse de Relações Internacionais, eu estaria perdendo minha vaga no exato momento em que soltasse a palavra "cagando".

— *Você consegue um laudo médico, dizendo que consegue fazer atividades normalmente, mesmo que de forma limitada?* — ele perguntou, voltando ao tom encorajador. — *Eu sei que existem matérias práticas e em campo no seu curso, onde você terá que fazer visitas técnicas e séries de exercícios ao ar livre, mas, se você conseguir esse laudo médico, eu consigo reestruturar a sua grade e colocar as matérias práticas apenas para o final do curso. Acredito que até lá você tenha mais mobilidade.*

— Isso quer dizer que eu...

— *Que você já pode voltar a estudar quando conseguir o laudo com a liberação.*

— Puta que pariu, que maravilha!

O homem ficou mudo.

— Desculpe... desculpe, Sr. Mori, fiquei animado...

— *Tudo bem... um pouco de animação é comum entre os jovens* — o reitor respondeu, novamente segurando a risada.

— Eu consigo, sim, moço. Consigo pegar o laudo com o meu na... com meu médico.

Eu sabia lá se o cara era preconceituoso, achei melhor não dar ainda mais com a língua nos dentes.

— *Perfeito, Kauer!* — ele respondeu, animado. — *O ACS estará esperando você ansiosamente! Até breve!*

— Até!

Nós desligamos e eu joguei o celular na poltrona, dando um uivo alto, que nem um lobo que está chamando a matilha.

Não sei porque fiz isso, mas precisava extravasar. Estava feliz *pra caralho* de poder voltar aos estudos. Mas ainda estava com fome. Com um sorrisão imenso na cara, de quem não conseguia segurar a felicidade, peguei minha muleta e andei em direção à cozinha, dando de cara com um bilhete de Nicolas na geladeira.

Tem refrigerante na geladeira,
mas, por favor...
Tenta beber o suco de uva
integral, ok?
Amo você.
Seu Nick.

Rindo de como ele cuidava de mim até à distância, abri a geladeira, peguei a garrafa de suco de uva e me servi, guardando-a, em seguida, e fazendo um sanduíche para mim. Tirei uma foto do copo cheio de suco e mandei para ele.

Eu:
Sou seu cachorro, faço tudo que você mandar. 11:45

Levei o lanche, um item de cada vez, para a mesa em frente às poltronas, depois me sentei, comecei a comer e liguei a televisão, mas mal comecei a assistir e o sino de mensagens tocou.

Nick:
Vou comprar uma coleira pra você com o meu nome. 16:57

Eu:
Depois bate na minha cara e me manda ser um bom menino. 11:57

Nick:
Para Jhon, vou ficar excitado no trabalho. 11:58

Eu:
Enquanto eu empino a bunda e falo o quanto você é um bom mestre... 11:58

Nick:
Eu vou te arregaçar quando chegar em casa. 11:58

Eu:

Ai, meu bebê, vem me arregaçar, vem. 11:59

Nick:

Kkkkkkkkkkk, idiota. 11:59

Amo você, come direito. 11:59

Eu:

Também te amo, bom semi-plantão. ❤ 12:00

Nick:

❤ 12:00

Bloqueei o aparelho, sorrindo que nem trouxa.

Troquei de canal, até que estivessem passando desenhos, e depois de me espreguiçar, comi e fiquei rindo para uma animação já conhecida, que contava sobre um garoto que tinha uma cabeça de bigorna e uma garota loira, que fingia que odiava ele, mas, na verdade, o amava.

Hey, Arnold.

Já havia visto aquele desenho várias vezes quando era moleque, mas o formato da cabeça daquele garoto ainda me espantava. Além de todo o drama envolvendo a relação amorosa da garota nervosa.

As pessoas são meio otárias quando gostam dos outros...

Nunca consegui fazer esse tipo de jogo, sempre cheguei e "*Ei, já é ou já era?*", sem rodeios. Mas como as pessoas no desenho eram crianças, essa não era uma opção muito viável. Ainda assim, o desenho era bom e me deixou distraído por muito tempo, como deixava quando era mais novo.

Quando terminei de comer, repousei o copo e o prato na mesinha e, segundos depois, ouvi o telefone tocando.

— Fala, seu safado — atendi, já conhecendo o número.

— *E aí, moleque, como você está?* — Nataniel falou, de forma animada, parecendo feliz, apesar de toda merda que nos rodeava ultimamente.

— Recém-atropelado. — Dei uma risada baixa. — Mas tô bem e você?

— *Tô de boa. O reitor te ligou?*

Gargalhei alto. Então, foi o Nataniel...

— Foi você, seu pilantra? O cara me ligou todo alegre, porra! Bem que eu estranhei...

— *Quando eu falo que sou dono desse país, você não acredita* — disse, com uma risada baixa, nada modesta.

— Ele ligou, sim... disse que já posso voltar a estudar. Caralho, cara, obrigado. Eu estava sentindo falta pra porra, tô me sentindo tão merda sem fazer nada...

— *Calma, criança. Tudo no seu tempo. Tem coisas que você não consegue controlar, coloca isso na sua cabeça.*

— Eu sei, eu sei. — Respirei fundo, pensando na minha ansiedade em lidar com as coisas e com o tempo que estava perdendo. — Mas não deixa de ser uma merda.

— *Sim, é foda, mas as coisas vão voltar pro lugar aos poucos* — ele disse, daquele jeito incentivador e bruto, mas que era o que eu conhecia por normalidade. — *Você e Nicolas estão saindo totalmente sozinhos?* — ele perguntava, preocupado, porque, apesar das coisas estarem aparentemente calmas, Donghee ainda estava por aí, em algum lugar, e até que soubéssemos da sua morte, ele continuaria sendo um risco.

— Não... ele só sai com o carro dele quando eu estou junto. Quando está sozinho, ele pega carona com os amigos do trabalho ou chama o motorista particular que você mandou.

— *Perfeito. Se precisarem de qualquer coisa, me liguem, está certo? Tô sempre por perto.*

— Tá bem, Nataniel... obrigado mesmo, cara. Ah! Sabe a Myra?

— *Samyra? Ex do Samuel?*

— Ela mesma... Ainda está com o estúdio, no mesmo lugar, e eu fiz uma tatuagem nova com ela... Será que...

Nataniel deu uma risada nasal, do outro lado.

— *Passo lá depois e deixo o Tessaurus.*

— Valeu, tu é pica.

Meu ex-chefe soltou mais uma risada e acabamos nos despedindo, sem muitos rodeios. Desliguei o celular e logo fiquei pensativo.

Sabia que Nataniel gostava muito de mim e havia nutrido um carinho enorme pelo novato, que resolvia tudo para ele, quando eu era do seu bando, mas me perguntava se aquilo tudo também tinha a ver com a culpa que ele sentia pela morte de Samuel.

Novamente, os desenhos voltaram a me distrair e não foi exagero dizer que passei duas ou três horas na frente da televisão. Sabendo que o meio-plantão de Nicolas só terminaria às 18h, não me importei em ficar vendo coisas idiotas e coçar o meu saco de forma despretensiosa.

Não que eu não fizesse isso na frente dele, mas evitava. Não era uma cena muito bonita...

Passei alguns minutos no telefone com Cecilia, para ter certeza se estava tudo certo, e não tendo controle nenhum do meu sono, mal vi a hora que fechei os olhos e comecei a roncar, no meio da sala, acordando no susto quando ouvi o som de um tiro alto.

Era na televisão.

Havia começado um filme de perseguição criminal, no qual bandido e policial estavam trocando disparos entre si, o que fez meu coração acelerar e sentir um aperto ruim no peito.

— Isso é pior que filme de terror — resmunguei, trocando de canal e colocando em outro lugar que estivesse passando desenhos animados do *Homem-Aranha* dessa vez.

Mas o incômodo no meu peito não cessou, porque não foi difícil perceber que a noite já tinha chegado e não havia nenhuma notícia de Nicolas. Olhei o visor do celular e, junto à percepção de que minha bateria estava começando a acabar, vi que já eram 18h57.

Atrasos na vida de Nicolas, para chegar em casa, eram normais, já que ele era residente na área de Urgência e Emergência, e não importava o final de seu plantão, se uma pessoa entrasse morrendo, ele ia correndo atender, porque, na sua cabeça de anjo, uma vida valia muito mais do que as horas dos seus dias.

Levantei, fui até o banheiro, para me aliviar, lavei exageradamente minhas mãos e depois fui até a cozinha, preparar minha janta, que deveria ser almoço, mas, quando eu estava sozinho, sempre pulava as refeições por preguiça.

Depois de fazer arroz com legumes e um resto de frango, que achei congelado, comi na cozinha mesmo e, quando estava ingerindo o último pedaço de batata, ouvi meu celular tocando mais uma vez, lá na sala.

Estava fazendo *cosplay* de telefonista naquele dia. Peguei a muleta e saí correndo, quase caindo, porque a ligação iria cair a qualquer momento e eu tinha certeza de que era meu namorado dizendo que estava vindo para casa.

Talvez perguntando se eu queria alguma comida da rua? Mas não era nada disso...

— Yan? — perguntei, confuso, depois de ler seu nome na tela, já que o homem nunca havia me ligado e eu só tinha seu número por questões emergenciais, já que Nataniel havia me forçado a salvá-lo.

— *Garoto, vem pro hospital agora.*

— O quê? — Engoli em seco, sentindo o suor frio começar a brotar na minha têmpora e um bolo medroso e amargo se enrolar no meu estômago. — O que houve, porra?

— *Pegaram o Nicolas.*

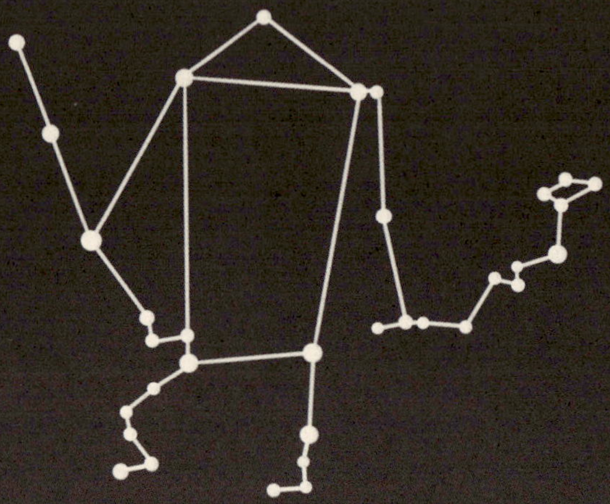

13

OPHIUCHUS

Nicolas

Acordei antes mesmo do Sol nascer, sentindo um leve ardor na região lateral do pescoço. Diferentemente de Jhonatan, que parecia completamente acostumado com a dor após o processo, eu sentia até meus músculos da região tensionarem, por causa dos rabiscos feitos pela agulha no dia anterior.

Fui até o banheiro, tomei banho, fiz minha higiene, depois olhei a região suavemente vermelha e, não identificando nenhum tipo de inflamação, passei uma pomada dermal de cicatrização, que já tinha em casa.

Fechei o tubo e deixei para Jhonatan, torcendo que ele visse o frasco quando acordasse, sabendo que conseguiria mais no hospital. Arrumando minha bolsa extra, já que havia deixado todas as minhas coisas no apartamento de Jhonatan, demorei um pouco mais do que o habitual para sair de casa, além de ter pausado, por alguns minutos, só para deixar um bilhete para meu namorado se alimentar direito.

Se deixasse, o criançāo bebia refrigerante de manhã, de tarde e de noite, isso quando não trocava por café, pelo qual, depois de parar de fumar, tinha picos de consumo excessivo.

Encarando a pior hora do meu dia, já estando pronto para sair de casa, entrei no quarto novamente, me aproximei dele e, dando um beijo no seu rosto, o vi murmurar de forma gostosa, pedindo para que eu beijasse seus lábios. Tinha medo de começar a beijá-lo e não conseguir trabalhar, então só deixei um selar rápido na sua boca tão irritantemente gostosa e deixei o apartamento.

O caminho até meu trabalho foi idêntico a todos os outros dias em que não acontecia nada de muito emocionante, com a diferença de ter um motorista particular a minha disposição, como se eu fosse um presidente ou algo assim.

Cheguei no ACH, fui até o vestiário dos médicos, peguei um jaleco limpo e coloquei meu segundo estetoscópio no pescoço, já que o mantinha lá, de reserva. O principal, e bem mais caro, sempre ficava na minha bolsa, a que estava na casa de Jhonatan.

Nunca sabia quando ia encontrar uma pessoa passando mal pela rua ou ouvir alguém gritando: *Tem algum médico aqui?*

Até aquele dia, não havia acontecido nada que me fizesse gritar *"Eu! Eu sou médico"* e salvar alguém de forma teatral e heróica, mas, além de me preocupar com pequenas emergências e com as pessoas que faziam parte do meu convívio social, eu já me sentia preparado para socorrer pessoas na rua também. Às vezes, ansiava por isso e começava a me perguntar em qual parte da minha vida eu comecei a *realmente amar* ajudar a poupar vidas.

Ainda não amava Medicina...

Não podia dizer isso de coração aberto, porém eu gostava, sim, de atuar na Urgência e Emergência e fazer a diferença na vida das pessoas que precisavam de mim. Ainda que, mesmo que o tempo passasse, eu continuasse sentindo a dor de cada vida que se esvaía pelas minhas mãos.

Mas salvar pessoas era uma coisa que, sim, começava a fazer meu coração bater de forma diferente. A Medicina começava a fazer parte de mim, mesmo que eu nunca, verdadeiramente, tivesse esperado por isso. E isso começou quando vi, muito de perto, a diferença que fiz na vida de Jhonatan e como ele *realmente* era grato por estar vivo.

Dando continuidade a minha rotina, que eu abraçava cada vez mais, andei preguiçosamente até o refeitório de funcionários do hospital, avistando Jess e Max sentados lado a lado, sussurrando coisas entre si e rindo de forma fofa. Todos já sabiam que eles estavam juntos. Deram bandeira o suficiente até que o hospital inteiro não falasse de outra coisa, então não havia mais sentido esconder.

— Bom dia, casal de novela.

— Só não fala casal de *Greys Anatomy*, porque senão algum de nós dois vai morrer.

Jess disse, enfiando um pedaço de pão enorme na boca, depois mastigando como se fosse um animal irracional.

— Pelo amor de Deus, fecha essa boca pra comer — falei, colocando a mão no seu queixo e fazendo minha amiga fechar a boca.

Max apenas ria de nós dois juntos, como habitual.

— E você, cardiologista? Consertando muito coração por aí?

— Sim. O meu está todo costuradinho — Jess disse, fazendo com que nós dois ríssemos da sua breguice.

— A taxa de cura desse mês foi boa — ele começou, parecendo orgulhoso do próprio trabalho. — Peguei alguns pacientes que não foram teimosos e fizeram o tratamento direito...

— Raridade — comentei, enquanto bebia meu café, tão quente, que quase queimou minha língua. — Os meus são todos desobedientes. Aparecem morrendo, na emergência, eu passo os remédios e depois voltam, morrendo, de novo, dizendo que esqueceram de tomar...

— Dá um tapão na nuca deles — Jess disse, como se violência física fosse um procedimento muito comum na Medicina.

— Não quero ser demitido logo agora que estou aprendendo a gostar do meu emprego, sua louca.

Ela riu, debochada, depois terminamos de comer, enquanto continuávamos conversando sobre aleatoriedades que atingiam nossos dias. Até minha amiga perceber uma coisa diferente em mim.

— Quem rabiscou seu pescoço com canetinha? — ela perguntou, franzindo o cenho, olhando para minha tatuagem.

Eu ri, balançando a cabeça negativamente e levando o último pedaço de pão à boca.

— Eu fiz... — Mastigava devagar, colocando a comida para o lado da bochecha, na tentativa de falar com mais clareza. — Uma tatuagem com o meu namorado.

— Eu disse que você ia se unir à bandidagem, eu disse — ela falou, implicante, com aquele tom de falso julgamento, deitando no ombro de Max e olhando para mim.

— É... eu pego na pistola do Jhonatan o tempo todo.

Max tossiu, Jess deu uma gargalhada alta. Nem eu consegui segurar o riso. Imperceptivelmente, eu absorvia o humor do ex-meliante sem fazer esforço nenhum, mas gostava disso. Gostava de perceber que ele fazia parte de mim a ponto de compartilharmos até nossas manias e jeitos.

Ainda rindo, terminamos nossas refeições, e quando cada um tomou o rumo de suas próprias obrigações, andei devagar até o corredor, no qual um enorme quadro continha os nomes de todos os pacientes tratados por mim, os que receberam alta e os óbitos.

Mais uma vez, como se eu nunca fosse me acostumar com isso, meu coração doeu quando percebi que havia perdido uma paciente nessa madrugada. Ela não tinha nem 40 anos, deu entrada no hospital após um acidente de carro, no meu plantão, e depois de passar alguns dias entubada, era claro como sua resistência não foi o suficiente para manter sua vida.

Havia outros dois óbitos, de ex-pacientes meus, marcados, que me causavam incômodo o suficiente para me entristecer pelas vidas perdidas, mas em um gesto atípico, respirei fundo, pensando nas outras pessoas que dependiam de mim. Pessoas pelas quais eu ainda podia fazer a diferença.

Talvez eu estivesse começando a aprender...

Buscando forças no meu interior para enfrentar coisas que eu não podia mudar, andei em direção ao primeiro paciente do dia, para acompanhar sua melhora.

Antes mesmo de conseguir chegar ao quarto do paciente em questão, vi, ao longe, Pietro andando rápido e limpando o rosto com força, o que deixava claro que ele estava chorando, parecendo ter saído da sala de Yan recentemente.

Adiando um pouco mais o meu atendimento, corri atrás do meu amigo e, sem dificuldades, consegui avistá-lo entrando na sala do almoxarifado. Antes que o enfermeiro pudesse perceber, eu estava lá dentro com ele, e sua cara poderia ser de susto, em circunstâncias normais, mas ele parecia ver em mim exatamente o que precisava, no momento, para auxiliar em seu desabamento interior.

— O que houve, Piê? — perguntei, preocupado, enquanto via meu amigo escorar as costas nos armários metálicos e deslizar até que estivesse sentado no chão. Também escorei minhas costas e me sentei ao seu lado.

— O Yan... — Ele estalou a boca, contrariado. — O Yan, ele...

Então, soltou um resmungo, choroso, que misturava frustração, medo, tristeza e raiva.

— Ele fez mal a você? — questionei, me sentindo mal por sua reação.

Pietro tirava um pacote pequeno de lenços, já usado pela metade, do seu bolso direito, destacando mais um lenço de seu interior, guardando a embalagem novamente na sua calça.

— Não, ele... — O enfermeiro soava o nariz com força, parecendo estar com o tom ainda mais fraco. — Ele... Ah, que merda, eu não sei se posso contar!

Ele cruzou os braços em cima dos joelhos e os apertou de encontro ao corpo, deitando a testa ali, parecendo lutar contra a vontade de vomitar tudo para mim.

— Bom. — Respirei fundo, pensando sobre seu medo racional. — Considerando o fato de que eu sei muita merda que envolve Yan, Jhonatan e Nataniel... acho que você pode me contar. Mas se não estiver confortável, não precisa...

— Eu quero contar! — ele resmungou, erguendo e encostando a cabeça no armário metálico, olhando para cima, completamente triste. — Ele... porra! Ele está vendendo órgãos!

Arregalei tanto os meus olhos, que achei que eles iam saltar do meu rosto e sair rolando pelo chão do almoxarifado. Minha vista até doeu, mas minha reação foi totalmente apavorada.

Até...

Lembrar-me da pergunta louca que Jhonatan me fez, meses atrás, quando questionou minha opinião sobre vendas de órgãos. Ele sabia.

— Parece que você também não sabia — ele disse, soltando uma risada sem humor algum, quase amarga.

— Como... — estava confuso e levemente apavorado. — Como você descobriu e como ele faz isso?

Não havia desculpas para vender órgãos como se o hospital fosse a parte frigorífica do supermercado, ainda assim, torcia para que os procedimentos não fossem feitos de forma cruel.

— Eu não sei, Nicolas. — Ele fungava, ainda naquele tom choramingado e desesperado. — Eu vi uns papéis na sua mesa sobre extração e entrega de órgãos... Havia números, ordens de pagamento... Eu perguntei se era o que estava pensando, ele não disse nada, só afirmou com a cabeça. Eu... eu...

Ele deu um grito cansado, curto, como se não estivesse acreditando naquilo.

Documentação para crimes?

— Eu não tive reação! Eu só joguei os papéis nele e saí de lá correndo...

Me levantei na hora e estendi a mão para ele.

— Eu preciso entender isso — disse, decidido, o vendo me olhar confuso, fungando mais um pouco e passando um lenço no nariz.

— O que você quer fazer?

— Provavelmente Jhonatan também estava envolvido nessa merda. Eu preciso saber como isso acontece... como isso funciona.

— E vai fazer diferença?

— Sim, pra mim, vai. E você precisa se impor.

Ele fungou de novo, mas concordou, então segurou minha mão e se levantou do chão, me acompanhando para fora do almoxarifado, até chegarmos na frente da sala de Yan. Eu queria bater, mas Pietro só abriu a porta e entrou, me puxando.

Yan estava sentado na sua grande poltrona de couro, segurando um papel em sua mão e usando um óculos de armação fina com lentes retangulares, que o faziam analisar o documento com mais propriedade. Ele abaixou o papel quando nos percebeu ali, mas apenas levantou o rosto, depois que colocamos nossos corpos na frente da sua mesa.

— Pois não, Hadriel? — me perguntou, sério, parecendo não conseguir encarar Pietro naquele momento.

— Que história é essa de vender órgãos, Yan? — perguntei, quase esganiçado, mas realmente revoltado.

— Caralho, fecha a porra do caralho da porra da porta! — ele quase me socou, só com suas palavras raivosas, e se levantou na hora, em alerta.

— Fala assim de novo comigo, mais uma vez — comecei, sério e calmo — , pra ver se eu não denuncio você para o Conselho de Medicina.

Yan fechou os olhos e respirou fundo, enquanto Pietro ia e voltava, após ter trancado a porta.

— Eu quero saber, Yan — foi a voz trêmula do enfermeiro que soou.

Meu chefe abriu os olhos devagar, suavizando completamente o rosto e parecendo se arrepender de ter sido tão duro até agora.

— Pietro — ele amoleceu o tom, como um cachorro na coleira, que vai receber carinho na barriga. — Eu não faço mal a ninguém, acredita em mim.

— Como você faz, então? — perguntei, quase nervoso.

— As pessoas morrem e eu retiro os órgãos, que estão bons, para serem transplantados, depois vendo para pessoas que estão morrendo e podem pagar por eles. É só isso.

Revirei os olhos, não acreditando que ele resumia seus atos antiéticos a uma coisa tão simples.

"É só isso."

— Você força a morte de alguém? — Pietro questionou, quase voltando a chorar.

— Não, meu amor, eu não forço. Eu espero o curso natural e depois eu só...

— Você vai parar com isso.

A frase poderia ter vindo de mim, porque eu compartilhava do mesmo sentimento de revolta, mas ela veio de Pietro, em uma fala tão séria e firme, que me perguntei como ele teve uma alteração de humor tão abrupta.

Yan não parecia favorável ao seu pedido, ainda assim, não falava nada, apenas o encarava. Os dois ficaram assim por alguns segundos sufocantes. Eu observava, não sabia se conseguiria falar algo, e aquilo parecia uma cena tensa demais para que eu me metesse.

— Você está colocando em risco a sua carreira e a carreira de todas as pessoas que estão dentro deste hospital — ele começou, nas palavras mais duras que eu já vi saindo de seus lábios. — Você está zombando da escolha das pessoas, enquanto brinca de ser médico.

Minha vontade era de comemorar a atitude de Pietro, mas permaneci quieto e sério, porque o clima estava realmente ruim. Yan travava a mandíbula, cruzava os braços, ainda assim, nada falava, porque Pietro não iria deixá-lo abrir a boca naquele momento.

— Você pode soltar frases de falso moralismo pra mim, dizendo que está fazendo isso para salvar vidas, mas o dinheiro que você ganha, enquanto vende esses órgãos, me prova que não tem ética nas suas ações, só ganância.

Parecendo um ultimato, Pietro se virou e fez menção de ir embora, mas segurou na maçaneta da porta e olhou para Yan uma última vez, antes de sair.

— Eu não consigo ficar com alguém que acha que é Deus e que pensa que pode decidir sobre o que faz ou deixa de fazer com órgãos de pessoas. Não tem espaço pra mim na sua vida enquanto você trabalhar com isso — ele falou e, logo em seguida, bateu a porta, deixando meu chefe e eu sozinhos.

— Você está satisfeito? — Yan lançou para mim, com o tom amargo e quase com ódio.

— Yan, vai brincar com o bisturi em uma casca de banana, vai — falei, revirando os olhos, e observei o homem platinado voltar a se sentar, enquanto esfregava o rosto de forma cansada e jogava o corpo na sua poltrona, que fedia a dinheiro. — Você que começou essa merda e o Pietro está certo! Comeu merda quando era criança? Em nenhum momento, você pensou o quanto isso poderia ser problemático? — perguntei, claramente absorto em um estágio de amnésia sobre uma hierarquia que eu deveria respeitar.

Mas desde que encobri um certo paciente baleado, cagava para essa cadeia alimentar.

— Hadriel, sai da minha frente — ele disse, ainda com as mãos no rosto e a voz abafada pelas suas palmas.

Eu o encarei por alguns segundos, mas sabendo que tinha trabalho a fazer, saí e deixei que se consumisse sozinho em seus problemas. Ele claramente travava uma batalha mental naquele momento, se questionando se queria o enfermeiro ou preferia o dinheiro da venda de órgãos.

Por mais que eu soubesse o quanto pessoas que ganham dinheiro só querem cada vez mais dinheiro, eu torcia para que ele percebesse o quanto Pietro valia mais do que um trabalho que poderia estragar sua vida no futuro.

13.1
WOLF 1061

Sem ter noção de onde meu amigo estaria naquele momento, mesmo que tivesse o procurado rapidamente, sem sucesso algum, dei início ao meu plantão, percebendo que não havia chamados para mim, então eu poderia atender meus pacientes regulares, que precisavam das consultas avaliativas de rotina.

Mostrei meus atendimentos e medicações ministradas em alguns pacientes para um médico superior, que passava pelo corredor, e depois de receber alguns sermões e elogios, para cada caso diferente, prossegui com meus atendimentos.

O primeiro era Isaac, um menino de 16 anos que havia tentado suicídio, há pouco mais de três dias, e agora se recuperava, em estágio de observação. Ele ingeriu remédios o suficiente para quase conseguir, mas o efeito letárgico das medicações, unido ao aparecimento de seu pai em casa, assim que o garoto desmaiou, fez com que ele chegasse ao hospital a tempo de receber o atendimento de socorro mais rápido e eficiente que eu já havia feito em alguém.

Então, para a minha felicidade e a de seus pais, que eu avistava sentados, ao chegar no corredor de seu quarto, ele sobreviveu.

— Bom dia — disse, educado, observando o casal de meia idade, que possuía olheiras fundas e rostos cansados.

— Bom dia, doutor, bom dia! — a mãe do rapaz me cumprimentava, de forma ansiosa e, claramente, desestabilizada. Seu sorriso era pequeno e trêmulo e suas mãos, tão geladas, seguravam as minhas e me sacudiam devagar.

— Ele está bem, doutor? — o pai de Isaac me questionava, colocando a mão grande no meu ombro e me dando leve tapas de preocupação.

— Aparentemente, o físico dele será totalmente recuperado em poucas semanas, mas agora eu vou entrar e conversar com ele por um segundo, tudo bem?

Os dois confirmaram com a cabeça, fazendo menção de voltarem a se sentar em seus assentos.

— Ele é menor de idade, então vocês devem acompanhar a consulta, seguindo a Lei de Caelum — informei, já que os dois, claramente, pareciam atordoados demais para se lembrarem desse fato.

— Doutor — a mãe de Isaac disse, contida, se aproximando de mim novamente e segurando minha mão mais uma vez. — Conversa com o meu filho, por favor... ele não... — Ela fungou de forma pesada e dolorida. — Ele não fala com a gente... Por favor, descobre porque ele fez isso.

— Vocês querem que eu entre sozinho e converse com ele? — perguntei, calmo, processando seu pedido.

A mulher confirmou algumas vezes, depois o pai concordou com a esposa, balançando a cabeça de igual forma.

— Certo — disse, respirando fundo, sentindo os dedos trêmulos da mulher me soltarem. — Eu já volto e venho conversar com vocês, tudo bem?

A mulher sorria pequeno, voltando a chorar, de forma fraca, e agradecendo. Sem querer me estender ali, porque era facilmente influenciado pelo choro dos outros, assenti e entrei no quarto, avistando Isaac já acordado.

O garoto tinha cabelos castanhos claros, levemente ondulados, que batiam nos olhos. Suas bochechas eram gordas e coradas, porém seu queixo era fino. Ele era bonito e tinha um aspecto gentil demais, mas sua beleza apenas me lembrava o quanto aparência, por diversas vezes, só servia para esconder demônios internos, que não conseguimos colocar para fora.

Ele estava quieto, observava a janela, em silêncio, e respirava calmamente, como se não tivesse passado pelo maior trauma da sua vida há poucos dias.

— Bom dia, Isaac — disse, gentil, me aproximando da sua cama e pegando a prancheta que continha informações sobre seus exames mais recentes. Ele estava praticamente pronto para deixar o hospital, pois sua melhora era aparente. Pelo menos a melhora física.

— Dia — ele respondeu, simples, respirando fundo.

— Como está se sentindo hoje? — perguntei, mantendo o tom meigo, me aproximando dele. — Posso sentar aqui? — pedi, apontando para a parte vazia de sua maca, porém mantendo certa distância considerável e respeitosa. Ele assentiu, então me sentei, quase próximo a sua canela.

— Vazio — ele respondeu, mas não entendi na hora.

— Perdão?

— Me sinto vazio...

Eu assenti novamente, conhecendo bem a sensação.

— Existe alguma coisa que possa completar esse espaço vazio? — perguntei, observando o menino virar o rosto devagar, até estar me encarando, cansado e apático.

— Talvez tenha, mas não sei se vale a pena. Não sei se minha vida significa o suficiente para me esforçar nisso — ele disse, descendo os olhos até os próprios dedos, que se entrelaçavam devagar, enquanto sua voz lançava um desabafo melancólico e esgotado.

— Não acha que sua vida tem valor? — usei um tom ameno, expulsando qualquer traço de julgamento da minha voz.

— Não consigo ver sentido nela — ele respondeu, sincero, parecendo confortável comigo, apesar da conversa extremamente sensível. Eu o analisei por alguns segundos, antes de buscar memórias internas que pudessem tentar ajudá-lo naquele momento.

— O apartamento que eu moro tem um armário embutido muito grande em toda parede do canto do meu quarto... é o meu guarda-roupa.

Ele voltou a levantar o rosto, me olhando fraco, mas franzindo o cenho levemente. Entretanto, sua suave expressão séria não diminuía a curiosidade que tinha nas minhas palavras lançadas de forma aleatória. Mas eu tinha um ponto naquilo tudo...

— Quando eu me mudei para esse apartamento, eu limpei tudo sozinho. Todos os cômodos, sala, banheiro, cozinha, inclusive esse armário imenso. Lá dentro, eu achei um papel, muito antigo, do antigo senhor que morava lá antes de falecer...

Continuei falando, me sentindo feliz em perceber que ele estava positivamente interessado nas coisas que eu dizia.

— O papel era uma carta dobrada, muito bonita e profunda, mas tinha uma frase que me chamou atenção e dizia: *"Uma vida perdida é um futuro desperdiçado"*.

Pausei um momento, lembrando-me da dor que senti lendo aquela carta, na época, mesmo que não conhecesse a pessoa que a escreveu.

— Essa frase ficou ecoando na minha cabeça por um tempo. Eu já quis me matar, quando meu pai me espancava. Eu queria seguir carreira no mundo da dança e não tinha para onde ir, mas eu consegui me manter firme.

O menino abaixou o olhar novamente até a própria mão, dessa vez, mexendo levemente no cateter sem, verdadeiramente, fazer movimentos bruscos.

— Não julgo quem tira a própria vida, porque ninguém sabe a dor de ninguém. Não doeu em mim da forma que dói em você e vice-versa, mas se eu não estivesse aqui, eu não teria salvo tantas pessoas.

Eu não teria salvo Jhonatan nem zelado pela sua recuperação.

— Eu não quero ser médico — ele falou, fungando, agora olhando para os próprios dedos, apertando seus nós. — Eu não consigo ver sangue...

Ele começava a chorar, de forma tão contida, que só percebi quando a primeira gota caiu no dorso de sua mão.

— O que você gosta de fazer? — perguntei.

Ele respirou fundo e me respondeu baixinho, com vergonha, mas eu ainda consegui ouvir sua resposta e fiquei feliz com ela.

— Eu gosto de escrever histórias...

— Você tem noção do que pode fazer com as palavras? — Ele levantou o rosto devagar, me olhando, curioso, mais uma vez. Então, negou com a cabeça, enfraquecido.

— Suas histórias também podem salvar pessoas...

— Não vejo como — disse, desanimado, voltando a apertar os nós dos dedos.

— Pessoas buscam se conectar com coisas que as façam se sentir vivas — continuei, me ajeitando na sua cama, mesmo que ainda longe, e falando com a voz calma: — Seja um filme, uma série, um livro. Existem histórias que fazem as pessoas esquecerem da realidade de bosta em que vivem.

Ele riu fraco, pela minha forma de falar, então levantou o rosto mais uma vez, me encarando com um sorriso bonito, mesmo que pequeno. Era a primeira vez que eu o via sorrir. Era bonito demais, e eu esperava que ele fizesse isso muitas outras vezes.

— A Medicina não é a única forma de salvar vidas...

Era uma frase curta, que pareceu girar uma chave em Isaac.

Alguns segundos de silêncio se seguiram, então ele concordou sutilmente com a cabeça, depois desceu o olhar até o lençol azul da sua cama, brincando com o tecido por mais algum tempo.

Parecia pensar sobre as minhas palavras e me deu a impressão de que ainda não tinha coragem de formular uma frase, até me surpreender:

— Você acha... acha que... — ele claramente tinha dificuldades de por isso para fora. — Eu poderia escrever um livro?

Sorri de verdade. Um sorriso grande, que quase fechou meus olhos por inteiro.

— Acho que você pode escrever quantos livros quiser — o incentivei.

Ele me lançou mais um daqueles sorrisos pequenos, só que um pouco mais animados dessa vez, e isso pareceu o suficiente para eu entender que ali, naquele momento, uma pequena fagulha havia se acendido no interior de Isaac.

— E quando... — Me levantei, entrelaçando meus dedos e os esticando para frente, alongando meu corpo. — Você lançar o seu primeiro livro, eu quero ele autografado e quero que você traga aqui pra mim, no hospital.

O garoto soltou uma pequena risada chorosa, suficiente para fazer seu peito se mover, então mais uma pequena lágrima foi derramada no canto dos seus olhos. O que se passava no seu interior era muito maior do que eu, de fato, conseguia compreender.

— Obrigado, doutor — ele disse baixo, passando os dedos esbranquiçados no canto dos olhos.

Aquele agradecimento não era apenas pelo meu atendimento médico. Ia além.

Sorri carinhosamente, assentindo, e depois de uma breve despedida, deixei o quarto, dando de cara com seus pais no corredor. Não consegui perguntar o motivo que levou a sua tentativa de suicídio, iria deixar isso para as consultas do psicólogo e do psiquiatra, mas me senti feliz em saber que, talvez, o garoto tivesse mais motivos para querer levar a vida adiante. E seus pais precisavam entender suas motivações e apoiá-lo nessa jornada.

A mãe estava desesperada, não conseguiu controlar as lágrimas desde a hora em que eu entrei no quarto, mas pedi para que fizessem silêncio e os encaminhei para o corredor ao lado.

— Ele está bem, estável, e não corre mais nenhum perigo. — Seus pais suspiravam juntos, de alívio. — Mas estamos falando apenas do seu físico...

Os dois concordaram, parecendo preocupados e ansiosos sobre o que eu ainda tinha a dizer.

— O Isaac ainda precisa de outros cuidados, e é primordial que vocês o acompanhem em um psicólogo e psiquiatra. — Ambos concordavam com suas cabeças. — Eu tenho alguns para indicar que atendem na idade dele, mas não é só isso. Ajudem o filho de vocês a achar uma paixão que possa o manter vivo. Vocês podem ter a vida corrida de vocês, trabalharem, não pararem em casa — dizia, com base nas breves informações que seus pais já haviam me dado previamente, assim que seu filho foi internado. — Mas uma mensagem no meio do dia, perguntando o que ele fez hoje, um questionamento sobre o que ele quer fazer da vida. Até pagar um curso rápido ou dar um presente que tenha a ver com o que ele gosta... são coisas pequenas, mas que ajudam a fazer a pessoa ter vontade de viver, entendem?

Os dois concordavam mais uma vez, com as lágrimas rolando não apenas do rosto da mãe, mas também do pai, que provavelmente via na minha fala uma chance de recomeçar com seu filho.

— O Isaac gosta de escrever — confessei, sentindo o coração doer com a forma com a qual seus pais me olharam surpresos.

Aquilo, infelizmente, era uma novidade para eles.

— Então, vocês não precisam pedir pra ler o que ele escreve, porque isso pode ser invasivo, mas digam a ele que estão disponíveis para acompanhar o que ele permitir mostrar, tudo bem? Perguntem se ele precisa de alguma coisa, alguma ajuda, mas deixem que ele se abra como precisar, sem imposição. As tarefas de casa e obrigações diárias são coisas diferentes, nisso vocês precisam ser firmes, mas quanto às coisas pessoais e de cunho artístico, é ele quem deve dizer o quanto quer compartilhar ou não, certo?

— Você é médico ou psicólogo? — a mãe de Isaac perguntou, com um riso engasgado, enquanto tentava parar de chorar.

— Só médico — disse, rindo junto a ela. — Mas sei como é ter um processo artístico invalidado ou destruído. Entretanto, vocês devem seguir o que eu prescrevo em receitas médicas, mas os meus conselhos são opcionais.

Os dois assentiram, e após uma breve conversa sobre o futuro de seu filho, enfatizando o quanto o tratamento de depressão era para ser levado a sério, nos despedimos quando meu telefone começou a soar com mensagens. Era Jhonatan me avisando que estava comendo tudo conforme eu havia pedido.

Rindo, conversamos por mais alguns minutos por mensagens, mas eu não pude ficar muito tempo no telefone, então logo tivemos que parar. Só não esperava que, assim que eu bloqueasse o telefone, ele começasse a tocar, e por um segundo, achei que fosse meu namorado cheio da sua carência costumeira que eu gostava tanto.

Era um número desconhecido, e eu geralmente não atendia ligações desse tipo, porém, desde que Nataniel havia se responsabilizado pela minha segurança e de Jhonatan, essas chamadas eram comuns. Na maioria das vezes, era apenas ele avisando que o motorista particular já estava disponível e perguntando se eu iria precisar dos serviços do cara.

Era estranho demais estar em contato constante com um chefe do crime. Não conseguia me acostumar.

— Sim? — atendi, andando até a sala de descanso dos médicos para ter certa privacidade.

— *Olá, doutor* — uma voz completamente desconhecida soou do outro lado, me fazendo franzir o cenho em confusão.

Havia entrado na sala dos médicos, estava vazia, porém eu não consegui me sentar. Estava incomodado com algo que nem sequer sabia o que era.

— Quem é? — perguntei, tenso, mas sério e tentando me manter firme.

— *Alguém que só quer conversar* — a voz, masculina e sombria, dizia, com um leve traço de crueldade.

— Eu estou trabalhando, não posso conversar. Com licença.

Antes de conseguir desligar, ouvi um grito muito alto de uma mulher mais velha. Não podia ser.

— *Você ainda está na linha, não é?* — A voz masculina soltou uma risada baixa. — *Talvez... porque não queira que sua mãe apanhe até morrer*.

Mais um som de golpe, mais um grito alto e sofrido.

— Pelo amor de Deus, para com isso! — pedi, em pânico, sentindo meu rosto todo esquentar e meus membros tensionarem de pavor.

Minha voz já estava embargada e eu não conseguia disfarçar o quanto já chorava abruptamente.

— O que... o que você quer? — perguntei baixo, com o tom trêmulo, levando os dedos até a testa e penteando meus cabelos para trás, mas mal percebia o que fazia. Eu estava sentindo quase uma dor física, apenas em ouvir aqueles gemidos, familiares e agonizantes, do outro lado.

— *Escute bem, porque eu não vou falar duas vezes, e se você cometer qualquer erro, ela morre.*

Travei, horrorizado, esperando que o homem completasse sua fala.

— *Você vai deixar o hospital agora, não vai trocar de roupa e nem pegar nada. Você vai sair pelos fundos, andar pelo estacionamento dos funcionários e deixar o lugar. Vai andar dez metros à esquerda e virar à direita, quando chegar na esquina.*

— E o que... — Minhas mãos tremiam, segurando o telefone. — O que mais?

— *Vai descobrir quando chegar lá, doutor.*

Concordava freneticamente com a cabeça, mesmo que ele não pudesse ver.

— *Ah, doutor* — o homem disse, de forma arrastada e entediada. — *Se qualquer pessoa souber disso, ela morre. Você morre. Estão todos mortos!*

O sádico filho da puta terminava as frases rindo, como se fosse uma grande brincadeira.

— *Eu vou saber se você mandar mensagem pra qualquer pessoa. Entendido? Eu tenho olhos em todos os lugares, até dentro do hospital.*

Eu emudeci, pensando na hora em contactar Jhonatan. Mais uma porrada e mais um grito de pânico foram ouvidos ao fundo, me dando quase a certeza de que uma mordaça estava na sua boca.

— *Entendido?* — ele repetiu.

— Sim, entendi, para de machucar ela, por favor. — Eu quase soluçava, sentindo o coração doer com o som da minha mãe apanhando tanto.

O telefone desligou. E o pânico foi combustível para meus músculos se moverem em direção à saída daquela sala. Enquanto andava, atordoado, sentindo o pavor me ensurdecer e causar uma dor febril ao meu corpo, alguém me chamou, mas eu nem sequer consegui atender.

Continuei andando, ainda de jaleco, com o estetoscópio batendo no meu peito, quase se enroscando ao fio do meu crachá. Meus pés alcançaram o estacionamento, continuei seguindo em frente, saindo dali e andando à esquerda, como o homem havia me ordenado, até que aconteceu tudo rápido demais. Mal percebi quando um furgão preto parou ao meu lado, dois homens mascarados colocaram um saco preto de pano na minha cabeça e me puxaram, com força, para dentro do veículo.

Eu estava sendo sequestrado e não conseguia nem me defender.

A partir dali, eu me lembrava apenas da dor de uma pancada forte na cabeça e nada mais.

Ficou tudo escuro e desconfortável...

13.2
IUTA OPHIUCHI

Não sabia dizer quanto tempo levou para que eu acordasse, mas meus olhos se abriram com dificuldade e senti a dor de cabeça mais forte que já tive em toda minha vida.

Não foi difícil perceber porque meu corpo não se movia. Minhas mãos estavam amarradas atrás das minhas costas, na cadeira, e meus membros inferiores, igualmente amarrados, estavam presos nos pés da madeira velha. Eu não estava mais com o saco preto na cabeça, mas ainda estava vendado, além de estar usando uma faixa apertada na boca, que machucava meus lábios.

— Ah, o doutor está acordando. — Ouvi uma voz debochada soando.

A mesma voz que falava comigo no telefone. Ouvi um estalar de dedos. Alguém começou a tirar minha venda, sem nenhuma delicadeza, e em seguida, a faixa da minha boca.

Então, eu vi... Era ele, o mesmo homem que atropelou Jhonatan na minha frente.

O filho da puta do Donghee.

— Desgraçado, filho da puta, babaca. — Comecei a grunhir com dificuldade, me lembrando de tudo que esse homem fez ao meu namorado.

Lembrando-me de toda dor que ele causou a Jhonatan e de tudo que arrancou dele. Mas meus olhos se arregalaram com força quando notei alguém do seu lado. Alguém que já conhecia. Alguém que eu tinha levado para a minha cama.

Bruno.

O cara que não conseguia deixar a camisa fechada, o que conheci no bar no dia que Jess e Max começaram a namorar.

— Bruno... o que... como você...? — estava confuso, tentando entender o que ele estava fazendo ali.

— Você é tão fácil, Hadriel. — Donghee deu uma risada alta. — Nada disso estava nos meus planos, entende? — ele falou, se colocando ao lado de Bruno.

O homem, que eu já havia colocado dentro do meu apartamento, engolia em seco, olhando para baixo. Parecia arredio demais e sem coragem de me encarar.

— Mas o Bruno — Donghee disse, dando um tapa forte na nuca do homem mais alto. — É um animal irracional, que não consegue controlar o próprio pau.

Ele soltava as palavras de forma azeda, claramente não se alegrando do comportamento sexual do seu subordinado.

— A função dele era apenas te vigiar desde que soube que você tinha acobertado o Kauer na sua casa, mas, não, esse idiota tinha que pensar com o seu maldito caralho, não é? — ele falava, se virando para o homem e desferindo tapas e mais tapas na cara de seu capanga.

— Perdão, senhor — Bruno respondia, acuado.

Um homem daquele tamanho, com medo de um cara troncudo e baixo, mas que parecia não ter reservas quanto a matar ninguém.

— Tudo bem, Bruno — Donghee disse, rindo suavemente e mudando completamente a forma que o tratava. — Sua experiência carnal serviu para mostrar que o nosso doutor tem seus momentos de falta de lucidez, e aqui estamos com nossa isca perfeita.

Sua mudança de humor me causava um arrepio ruim. Ele era dessas pessoas imprevisíveis, que você não conseguia entender se atiraria no teto ou ligaria a televisão em um programa de comédia, se existisse alguma ali. Se iria rir ou te matar.

— Onde está minha mãe? — perguntei, sentindo minha garganta doer, ainda fechando os olhos com força e tentando ajustar minha vista à claridade do local.

— Sua mãe?

Ele deu uma gargalhada idiota, depois virou o rosto de um lado para o outro, esticando os músculos e os estalando.

— Na casa dela.

— Mas... — falei, confuso, franzindo o cenho e tentando entender o que acontecia. O homem deu mais uma risada idiota, andando na minha direção, até parar na minha frente.

— Você, Hadriel — sua voz se tornou mais séria. — É emocionado demais.

Engoli em seco, com medo dele me agredir, pois sua postura se tornou assustadoramente mais ameaçadora. Havia dois homens perto de mim, um de cada lado, e até suas posturas pareciam ficar mais arredias quando o tom de seu chefe ficava mais sério.

— Bastou apenas uma ligação, com uma gravação de uma mulher mais velha apanhando, pra você achar que era sua mãe. Você sequer tentou ligar pra ela?

Como eu podia ser tão burro?

— Não... não ligou — ele continuou, naquele tom amedrontador. — Porque você é um bom menino, não é? Então, fez tudo que eu mandei que você fizesse. É obediente e burro que nem um cachorro.

— Cala a boca! — gritei, começando a sentir o incômodo da raiva bater na minha garganta.

Estava me sentindo tão idiota, tão mal por ter caído nessa. Por ter sido cegado pelo pânico de perder minha mãe.

— Que isca arisca... — Ele soltou uma risada.

— Por que você precisa de mim, seu babaca?

Ele soltou mais uma risada abafada, trocando o peso do corpo, enquanto mexia em seus anéis. Aparentemente todos de ouro, com mais de um anel em cada dedo. Aquilo era para esbanjar dinheiro ou para torturar alguém.

— Samuel matou meu irmão... o plano era matar o irmão dele, mas o imbecil se colocou na frente do filhote de cachorro e morreu — seu tom era manso, lento como se ele estivesse falando sobre algo trivial. — Eu até achei que me sentiria feliz em ver o corpo estourado de Samuel, mas eu ainda... — Ele estalava a boca, frustrado. — Ainda não cheguei lá, sabe?

Balançou a cabeça negativamente, como se estivesse incomodado pelo fracasso de seus planos.

— Nataniel ainda está vivo, mas, principalmente... — Ele soltou uma risada enviesada, sádica. — O filho da puta do Jhonatan ainda está respirando, e assim que esse viadinho morrer, eu vou sentir que consegui dar a vingança que meu irmão merece. Matando o irmão de seu assassino, assim Samuel vai agonizar no Inferno.

Eu cuspi na sua cara. Ele soltou uma risada baixa, largou meu cabelo, se ajeitou e limpou o rosto. Depois ergueu o braço e desferiu um tapa, pesado e estalado, na minha cara, tão forte e ardido, que me deixou zonzo por alguns segundos, com um leve zunido no ouvido. Já havia tomado tapas mais fortes de meu pai.

— Pela sua sobrevivência — ele dizia, se aproximando de mim, segurando minha franja mais uma vez e puxando meu cabelo para trás com força, me fazendo respirar fundo, por causa da dor. — É melhor você não me ofender.

Meus olhos lacrimejavam pela ardência, que só crescia, e pela dor aguda no meu couro cabeludo, e mesmo que eu ainda sentisse vontade de ofendê-lo, assenti brevemente da forma que deu, o fazendo me soltar.

— Muito bem, bom menino — Donghee disse, com escárnio, se erguendo devagar e batendo as mãos uma na outra, como se tivesse as limpando, depois virou de costas e saiu da sala.

Bruno olhava para mim, em uma mistura de preocupação, por causa da violência sofrida por mim, e com medo de seu chefe. Mas ele nada fez, apenas balançou a cabeça negativamente e deixou a sala, seguido pelos dois capangas truculentos, que estavam ao meu lado.

O último, um homem com a careca que brilhava como o Sol, bateu a porta com tanta força, que a luz falhou por alguns segundos, antes de voltar a se estabilizar. Sozinho, espremi os olhos com força, sentindo meu rosto ainda arder e minha cabeça ainda doer, depois os abri devagar, respirando fundo e tentando me acalmar, mas a sensação era horrível.

Era horrível sentir que eu iria morrer, que as coisas não iriam acabar bem. Era pior ainda pensar que, talvez, eu nunca mais visse Jhonatan. Tentando recobrar a calma, comecei a vasculhar o local com o olhar, buscando qualquer coisa que pudesse me ajudar a fugir dali, mas era em vão.

Donghee era inteligente o suficiente para me deixar em uma sala mal iluminada e completamente limpa, sem nenhum gancho para cortar as cordas nem ferros, muito menos qualquer esperança de fugir.

Só havia paredes com tintas lascadas, uma janela pequena e alta, um chão terroso e empoeirado, uma lâmpada, eu, minha cadeira e as cordas que me amarravam a ela. Meu jaleco havia sido arrancado de mim, eu não tinha mais meu estetoscópio nem meu celular.

Estava apenas usando minha calça social preta, minha blusa branca de botões e mangas compridas, junto aos meus sapatos finos, os que usava no trabalho, igualmente pretos como a calça.

— Inferno! — xinguei baixinho, respirando fundo e sentindo meus pulsos doerem.

Deixei minha cabeça tombar para a frente, completamente exausto e sentindo o corpo latejar de dor, não apenas minha testa e toda região, que continuava doendo como nunca havia doído.

A falta de líquidos, seguida por tontura, fez com que eu não aguentasse muito mais do que três ou cinco horas sozinho. Acabei adormecendo, mas parecia muito mais um desmaio do que o sono propriamente dito.

Ainda me sentindo zonzo, ouvi uma voz, conhecida e baixa, soar perto de mim, e quando abri os olhos, vi a imagem de Bruno abaixado na minha frente, segurando uma bandeja pequena com um sanduíche e algo amarelo em um copo de metal amassado. O lugar estava completamente escuro, mas eu não estava usando vendas. Ele parecia estar ali, escondido, na penumbra.

— Oi — ele disse baixo, pegando o copo de suco e levando até minha boca.

O homem continuava usando aquelas camisas totalmente abertas no peito, completamente desprovido de pudor.

— Vai me envenenar? — perguntei, virando a cara, não aceitando a bebida.

— Por favor, bebe isso — ele pediu, ainda com o tom contido. — Eu não posso te dar nada, mas sei que você precisa comer.

Eu o olhei e franzi o cenho, percebendo o medo na sua voz.

— Bruno, por que está aqui?

Ele não quis me dizer, apenas voltou a empurrar o copo de metal nos meus lábios, comigo aceitando a bebida dessa vez.

— Eu devo muito dinheiro ao Donghee... — ele disse, engolindo em seco, enquanto eu dava longos goles no suco. Estava com mais sede do que imaginava. — Ele vai matar meus pais se eu não trabalhar pra ele... se eu não pagar a dívida.

— Você acha que ele iria tão longe?

Bruno riu de forma amarga, olhando para baixo e colocando o copo na bandeja, então pegou o sanduíche.

— Eu já vi ele matando pessoas com tanta facilidade — disse, pegando o pão e levando até minha boca. — Às vezes ele mata quem responde ele de forma errada ou de um jeito que ele não gosta.

— Monstro filho da puta — quase rosnei, abrindo a boca e aceitando o sanduíche que ele me dava.

Bruno concordou, enquanto eu enchia a boca com o pão recheado de presunto, queijo e, provavelmente, alface. Se tudo estivesse envenenado, eu iria morrer, porque estava sentindo mais fome do que achava, por isso não conseguia mais parar de comer.

— Você foi pra minha cama — disse, antes de aceitar a comida mais uma vez. — E era capanga de Donghee.

Ele me olhava confuso, mas curioso.

— Mas quem está no Astra Centro Hospitalar? Quem é o informante dele? — perguntei, incisivo.

Ele estalou a boca, contrariado.

— Débora.

— A recepcionista? — quase gritei, assustado.

Bruno precisou enfiar uma das mãos na minha boca e me calar, enquanto a outra fazia malabarismo com as comidas na bandeja.

— É, porra — ele falava baixo, quase sério. — Mas ela não deve nada a Donghee. Ele ameaçou matar a filha dela e enviava partes de pessoas mortas, todo mês, pra ela não esquecer.

Arregalei os olhos, não sabendo exatamente se queria continuar comendo. Ainda assim, Bruno tentou colocar o sanduíche na minha boca, mais uma vez. Precisei de alguns minutos, para associar todas essas informações, e ainda assim, não consegui digerir nada.

Ela sempre parecia ansiosa, mas, no mundo atual, todos parecemos ansiosos o tempo inteiro, então não era nada que eu prestasse atenção a ponto de lhe causar um inquérito. Se antes senti ódio da pessoa que dedurou Jhonatan e desejei que ela se fodesse várias vezes, naquela hora, sabendo da verdade, só conseguia sentir pena.

O que eu faria se mandassem partes de pessoas mortas a minha casa e ameaçassem alguém que amo de morte?

— Eu não posso te tirar daqui, mas pelo menos posso te dar comida escondido — Bruno falou, assim que eu abri a boca, ainda em choque, mas aceitei mais um pedaço do sanduíche.

— Ele disse pra não me alimentar? — perguntei, com a bochecha cheia.

Bruno ficou quieto, olhando para o pedaço de pão mordido em sua mão.

— Tudo bem, não precisa falar. Já abriu a boca pra quase tudo mesmo, não quer me falar sobre comid...

— Ele planeja matar você, Nicolas — Bruno me cortou. — Principalmente o Jhonatan, mas qualquer pessoa que ajude ele...

Engoli a massa de forma dolorosa, sentindo-a descer rasgando minha garganta com a fala brutal de Bruno.

— Então, por que eu ainda estou vivo? — perguntei, tentando não demonstrar o quanto estava com vontade de chorar.

Bruno colocou o pão na minha boca, me fez morder mais uma vez. Depois que engoli, ele voltou com o copo aos meus lábios e, ao me ver bebendo, se levantou, saindo daquela sala suja e fechando a porta com cuidado. Ele não queria me contar nada além do que eu pudesse saber, porque, no final de tudo, a vida dele também parecia estar em jogo.

Entretanto, Bruno era, aparentemente, minha única chance de sair daquele lugar vivo, e eu não conseguia aceitar que morreria naquela sala nojenta tão fácil assim. Não antes de ver Jhonatan.

Pelo menos uma última vez...

13.3
RHO OPHIUCHI

Fiquei atento e acordado o quanto consegui ficar. Ouvia poucas vozes indo de lá para cá. Por vezes, até o tom de Donghee, que passava gritando e xingando palavrões. Nas poucas frases que conseguia captar, ele estava nervoso por algo estar indo contra seus planos, e em uma das vezes, consegui ouvir o nome de Nataniel.

Aproximadamente 24h haviam se passado desde o meu sequestro, e era claro que o ex-chefe de Jhonatan estava se movendo da forma que conseguia. Horas e horas sozinho, acabei cochilando pouco antes do Sol começar a entrar pela fresta da janela estreita que havia no topo da parede, a minha esquerda, à medida que ele ia descendo no horizonte.

Quando acordei, a pequena sala suja estava abafada. Sentia tanta vontade de ir ao banheiro, que meu quadril inteiro doía, e quando achei que ia me mijar todo, a porta abriu com violência, revelando um Donghee assustadoramente animado. Parecia um demônio prestes a açoitar alguém.

— Nosso doutor está acordado! — ele disse, com um sorriso imenso, sádico e parecendo descontrolado.

— Eu preciso ir ao banheiro — disse, entre dentes, sentindo um gosto amargo na minha boca e meus olhos ainda embaçados pelo sono recente.

— Bruno! — ele gritou, como se falasse com um escravo, fazendo o outro bandido aparecer correndo na porta. — Leve o nosso querido doutor ao banheiro. Coloque o cano da arma nas costas dele, e se ele tentar qualquer coisa, atire.

Respirei fundo, torcendo para que Bruno não interpretasse minha simples necessidade de me aliviar como um ato de possível rebeldia.

Bruno assentiu e, vindo na minha direção, baixou tanto os olhos, de uma forma contida, que quase parecia pedir licença para colocar as mãos em mim. Era tão estranho vê-lo assim, já que conheci uma versão sua completamente diferente. Ele desamarrou meus pulsos e meus pés com tanta facilidade, que me senti burro por continuar atado.

Segundos depois, me arrepiei ao sentir o cano gélido de sua arma encostando nas minhas costas e, em seguida, suas mãos segurando meu ombro, me empurrando para que eu começasse a andar. O banheiro fazia com que a sala nojenta, que eu estava, parecesse o *Palácio de Buckingham*. Aquilo não era um banheiro, era uma latrina nojenta.

Sentindo os pulsos arderem, massageei os dois, antes de os levar ao cinto e começar a abri-lo devagar. Mas eu estava sendo mais observado do que deveria.

— Me dá licença? — disse, ofendido, a Bruno, quase com ódio.

Era compreensível que meu humor não estivesse dos melhores, ainda mais com seus olhares descarados.

— Nada que eu já não tenha visto — ele falou, dando de ombros.

— Mas não quero que veja mais, porra!

Bruno riu, parecendo bem mais o cara sem-vergonha, que me encurralava no *pub*, do que um bandido que era açoitado. No entanto, ele me respeitou, então virou de costas para mim, enquanto sua arma continuava apontada na direção do meu corpo.

Era difícil mijar com alguém do meu lado, pelo menos alguém que eu não tinha intimidade, mas era isso ou fazer minhas necessidades na minha roupa, então tratei de me aliviar de forma rápida.

Quando consegui lavar as mãos, em uma pia totalmente precária, porque nem sabonete havia no local, Bruno me levou de volta ao quarto sujo, e eu me senti minimamente grato por não estar respirando aquele ar fétido de esgoto.

— Amarra ele de novo — Donghee ordenou, ao passo que Bruno voltou à antiga pose medrosa e, sem muito jeito, me fez sentar na cadeira de novo.

Ele me amarrou com maestria, fazendo com que, em poucos segundos, eu já estivesse dolorosamente imóvel, sentindo os pulsos voltarem a arder. Até minha nuca, na região da tatuagem, ardia levemente, gritando pela pomada cicatrizadora, que eu devia ter passado horas atrás. Eu poderia morrer a qualquer momento, mas desejava, irracionalmente, que o desenho não inflamasse.

Ainda tinha esperanças de sair dessa...

— Está apertado demais — reclamei, me segurando para não choramingar.

— Foda-se — Donghee respondeu. — Amordaça ele.

Bruno coçou a nuca, sem jeito, depois fez o que o chefe pediu, voltando a enfiar aquele tecido grosso e áspero na minha boca, então andou devagar até estar atrás de seu chefe.

Donghee, sério e tensionado, deu alguns passos na minha direção, tirando um celular do bolso de trás e fazendo uma ligação que colocava no viva voz. O número começava a chamar.

— Quero que você fale com uma pessoa que está morrendo de saudades — ele disse, sorrindo com o canto dos lábios.

— *Quem é, porra?* — a voz de Jhonatan soou do outro lado, com um tom inundado de ódio que eu ainda não conhecia. Meu coração acelerou tanto, que a velocidade causava dor física. Minha respiração era quase nula, meu corpo estremecia.

Queria tanto falar com ele.

Queria tanto ver Jhonatan.

— Queria saber como você continua vivo — Donghee disse arrastado, estalando a língua.

— *Seu filho da puta maldito do caralho! Onde está o Nicolas?* — Jhonatan quase gritou, então Donghee colocou o telefone na minha frente.

E com a mão livre, infestada de anéis, me deu um tapa tão forte, me fazendo dar um grito que transcendeu a faixa que segurava meus lábios.

— *O que...* — Jhonatan parecia apavorado. — *O que está fazendo com ele?*

— Cada ofensa no telefone é um golpe.

Meus olhos lacrimejavam e eu mordia o tecido na minha boca com força, sentindo a dor do tapa desferido com os anéis exageradamente grossos que Donghee tinha em todos os seus dedos.

— *Por favor, para! Para com isso! Que porra você quer?*

— Eu quero que você venha pegar seu namorado...

Eu começava a entender aquilo tudo. Donghee queria me usar para afetar Jhonatan e, logo, afetar também Nataniel.

Eu nunca fui o alvo. Eu realmente era a isca.

Uma isca para matar algo muito maior. Jhonatan iria morrer se viesse atrás de mim. Nataniel também.

— *Me deixa falar com ele.*

Donghee riu, balançando a cabeça negativamente, porém suas ações foram contrárias. Ele chegou mais perto de mim, levou o celular até minha boca e segurou a faixa com força, a arrancando dos meus lábios, me fazendo gemer baixo pela dor.

— *Nick? Meu amor?*

— Jhon, eu tô bem... meu amor, eu tô bem, não vem atrás de mim... Por favor, não ve...

Outro tapa forte e ainda mais pesado no meu rosto.

— Cala a boca, seu arrombadinho do caralho! — Donghee gritou, perdendo completamente a postura centrada de momentos atrás.

— *Para caralho! Para de bater nele!* — Eu não sabia dizer se Jhonatan chorava ao telefone, mas ele estava desesperado a ponto de seus gritos quase não serem compreendidos. — *Por favor, para!*

— Fim da ligação. Até breve, Kauer — o desgraçado disse, dando um sorrisinho cínico.

Donghee desligou, depois olhou para mim, colocou a mão no próprio rosto e me analisou por alguns minutos.

— Você deve estar muito desesperado para sequestrar um médico que, diretamente, não tem porra nenhuma a ver com Nataniel — disse com raiva, cuspindo no chão e vendo minha saliva, misturada com sangue espesso, bater na camada grossa de poeira no piso.

— Você é tão burrinho — ele falou, olhando para os aneis dos dedos e limpando alguma sujeira que eu não conseguia enxergar. — Não vê que o Nataniel é completamente idiota e sentimental com as pessoas que estão com ele? Um filho da puta que trata o bando como família? — Deu uma gargalhada azeda e horrível.

— Ele vive em depressão porque Samuel morreu... O gosto deve ser tão bom, sabe? Eu provei por meses, agora é a vez de um Kauer passar por isso.

Falava com um brilho estranho nos olhos, como se realmente gostasse daquilo.

— E não bastasse matar os irmãos, agora o filho de Samuel também não vai ter pai. — O desgraçado deu mais uma gargalhada alta. — Que pena...

Quanto mais ele falava, mais eu me sentia enjoado.

— Agora Nataniel quer fazer de tudo para que o Kauer menor, que vai ser o próximo a morrer, se sinta um pouco menos merdinha.

E, infelizmente, eu via sentido em todas as suas palavras. Nataniel mantinha um motorista particular para mim e se preocupava com a minha segurança o tanto quanto se preocupava com a segurança de Jhonatan. Ele não era apenas um "rei do crime", do qual Donghee tentava, desesperadamente, tomar o posto. As pessoas que entravam na sua vida pareciam ser suas protegidas ou suas inimigas. E eu, definitivamente, estava dentro do primeiro grupo, sem nem mesmo pedir por isso.

— Além do que... — Ele colocou a mão no quadril, trocando o peso do corpo e olhando diretamente para mim. — Jhonatan sempre foi um filho da puta, que atrapalhou minhas invasões e denúncias à polícia com aquela merda de sistema de hacker fodido que ele desenvolveu e usava no bando. Se eu não o matasse por vingança, precisava matá-lo de qualquer forma.

Sorri, não consegui conter. Meu namorado era realmente bom em tudo que fazia. Mas Donghee não gostou disso.

— É bom te ver sorrindo — disse de forma debochada, inclinando o corpo para a frente e segurando minha franja mais uma vez, forçando meu rosto para que eu o encarasse. — Vamos ver se vai conseguir rir quando eu mentir sobre meu plano para o Nataniel e acabar matando seu namorado na sua frente.

Ele me soltou com força, quase me fazendo virar a cadeira para trás, tamanho a violência com a qual me empurrou. Esbocei um gemido pequeno de dor e susto, depois engoli em seco, o percebendo dar as costas e sair da sala, acompanhado por Bruno e seus capangas que haviam entrado com ele.

13.4
SIGMA OPHIUCHI

Não vi Donghee por alguns dias, e o tempo foi passando de forma lenta e tortuosa. Com o decorrer da semana, havia perdido um pouco a noção, porém sabia que já era o quinto dia em que eu estava naquela sala.

A cada momento que se passava, menos tinha esperanças de sair dali vivo, e o comportamento de Donghee, cada vez mais agressivo, me fazia acreditar que ele iria enfiar uma bala na minha cabeça a qualquer momento.

Ele entrava na sala com os olhos vermelhos e vidrados, certamente após fazer uso de algum tipo de entorpecente, depois me perguntava coisas sobre a minha vida ou Jhonatan e, ao dar uma resposta que o desagradava, me batia.

Nunca apanhei tanto. Já estava ficando pior do que as surras que eu recebia de meu pai...

Eu já sentia meu olho inchado e o gosto de sangue se tornou habitual. Meu corpo estava fraco, e apesar de saber que eu era muito mais forte do que aparentava, entendia meus próprios limites. Não sabia até onde aguentaria...

— Bom dia, doutor! — a voz falsamente animada de Donghee soou, entrando na sala de forma tão violenta, que a porta bateu com força na parede, causando um estalo agudo e irritante.

Sonolento e fraco, mas vivo graças ao Bruno, que continuava vindo de madrugada me alimentar e me levar a latrina nojenta, quando eu precisava, abri os olhos com dificuldade e dor, erguendo a cabeça e o encarando, mas não aguentando muito e logo voltando a abaixar a nuca.

Todo meu corpo doía. Não aguentava mais ficar sentado naquela cadeira e meus pulsos estavam tão assados, que temia que estivessem em carne viva.

— Sua estadia no nosso magnífico hotel vai terminar hoje — disse, com um sorriso no canto do lábio.

Meu coração acelerou, um gosto amargo desceu pela minha garganta e senti todos os músculos do meu corpo, doloridos e machucados, se contraírem em pânico, mesmo que tão fracos. Minha liberdade estava condicionada a minha morte ou às mortes de Jhonatan e Nataniel. Nenhum desses quadros era bonito, e cada segundo mais, eu entendia que algum destino horrível iria me atingir. Só não sabia exatamente qual.

— Chefe... — Bruno entrou, curvado, na sala, com a voz amedrontada.

Ele, com certeza, trazia alguma notícia ruim.

— Onde estão Dieter e Mario? — Donghee quase rosnou, parecendo premeditar o que estava acontecendo.

— Eles foram pegos...

— Por quem, caralho? — Donghee gritava, virando o corpo totalmente na direção de Bruno e indo para cima dele.

— Pelo Nataniel. Foram pegos pelo Nataniel... Não sobrou... não sobrou mais ninguém.

As palavras saíram da boca de Bruno de forma amedrontada, porque, para seu chefe, as coisas iam de mal a pior. Pelos dias que fiquei ali e pela movimentação sempre agressiva de Donghee, que constantemente passava xingando Nataniel e dizendo coisas que estavam acontecendo com o seu bando, foi fácil notar o quanto o ex-chefe de Jhonatan estava fazendo algum tipo de operação diferente.

Ele localizava e neutralizava todos os capangas de Donghee, um a um, como se aquilo fosse uma série de batalhas superarquitetadas, com planos de ação e inteligência de ponta. Eu suspeitava de que fosse, e nesse caso, o bando do homem a minha frente era o que estava perdendo a guerra.

Soltei uma risada amarga, balançando a cabeça negativamente.

— Você sabe que o seu bando... já foi pra vala, Donghee... — repeti as mesmas palavras que ele disse quando tentou assassinar Jhonatan. Minha voz saiu fraca, ainda com a cabeça baixa, sem força nenhuma no pescoço para sustentar nenhum peso por muito tempo, porém seus passos, em rápida aproximação, foram notados sem dificuldade.

Ele desferiu um soco forte em mim, fazendo com que meu rosto fosse em direção ao chão e eu experimentasse a textura empoeirada do piso batido com a minha bochecha. Minha boca, mais uma vez, tinha gosto de sangue. Tudo rodava, e eu achava que iria vomitar a qualquer momento.

De forma turva, consegui ver seus pés andando em direção à porta e, logo em seguida, observei as pernas de Bruno se aproximando, me ajudando e me colocando sentado novamente.

— Por favor, Nicolas, cala a boca — ele quase suplicava, segurando o encosto da minha cadeira e me deixando perfeitamente equilibrado mais uma vez. — Por favor... você vai morrer hoje se não calar a boca!

Seu tom era quase choroso, era praticamente palpável o quanto ele estava incomodado comigo sofrendo daquele jeito. Comigo quase morto.

— Por que... — comecei, cuspindo sangue mais uma vez. — Você se importa?

Estava revoltado, chateado, com sono, com fome...

Com tanto medo.

Queria tanto poder abraçar minha mãe mais uma vez e agradecer por ela ter sido tão boa na minha vida.

— Eu nunca quis que você morresse, Nicolas, por favor... eu só quero pagar minha dívida!

Ele tirava a camisa aberta e passava devagar no meu rosto, limpando meu pescoço, bochechas e testa, da forma que conseguia. Fechei os olhos, tombando o rosto para a frente e respirando fundo.

Precisava me manter vivo.

Assenti de forma fraca, torcendo para que o homem entendesse que eu iria tentar calar minha boca, e alguns minutos depois, ele saiu da sala, fechando a porta devagar.

Seu retorno aconteceu horas depois, quando o galpão em que eu acreditava estar estava completamente silencioso e escuro, sem nenhum sinal de vida. Só que dessa vez Bruno não trazia consigo nenhum alimento, e meu estômago roncou em dor.

— Vou te tirar daqui.

Meu coração ainda fraco, porém vivo, palpitou violentamente com a sua fala. Eu não conseguia acreditar.

Não podia ser real... Ele ia me libertar? De verdade?

— E seus... — Engoli, sentindo minha garganta e todo meu corpo doer. — E seus pais?

— Eu vou dar um jeito, Nicolas. — Ele sorriu de forma desanimada. — Eu sempre dou um jeitinho — seu tom era debochado, mas seu corpo tremia.

Ele estava tentando fingir que estava tudo bem, mas claramente não estava. O cara se posicionou atrás de mim e começou a desatar os nós dos meus pulsos devagar.

— Bruno, não... eu não quero que você...

A porta se abriu com um barulho estrondoso.

— Seu filho da puta traidor do caralho! — Donghee gritou em fúria, tirando a arma das costas, andando em passos rápidos na direção de Bruno, que percebi se levantando, espantado, atrás de mim. Então, houve o disparo, e segundos depois, ouvi o baque estrondoso de algo caindo no chão: o corpo de Bruno.

— Te vejo no Inferno, seu desgraçado — Donghee disse, indo para trás de mim e chutando algo inerte, que eu sabia ser o corpo do homem que me ajudou durante todos aqueles dias. Então, meu peito doeu, em pânico, ao mesmo tempo que todo meu corpo sofria de espasmos pávidos, porque aquilo não era justo. Aquela morte não era justa. Bruno só estava me ajudando...

Comecei a chorar, soluçando e descontrolado pela angústia de alguém ter morrido por minha causa, ao mesmo tempo pelo sofrimento de ser atingido por uma verdade lancinante. Eu era o próximo e nunca mais veria minha mãe. Nem Jess, Pietro, meus colegas de hospital, Luca, Cecilia.

Nunca mais veria Jhonatan.

Donghee, provando-se tão psicopata quanto eu acreditava que era, terminou de desamarrar as cordas que Bruno já havia começado a desatar.

Quando eu estava livre das amarras, meu corpo quase caiu, mas o homem segurou meu pescoço com força, me forçando a ficar de pé. No mesmo segundo, senti o cano de sua arma, ainda aquecido, tocar minhas costas e ser enfiado na minha carne sem nenhuma pena.

Ele me forçava a andar e eu nem podia olhar para trás, para ver Bruno, porque a forma como me machucava era aviso o suficiente de que ele dispararia, sem pena, se eu fizesse qualquer coisa que fosse contra sua vontade. E eu podia facilmente gemer de dor, mas não tinha forças nem para isso.

— Vamos, doutor — ele falou, dando uma risada nojenta.

Nem parecia que havia acabado de matar um homem.

— Hora de encontrar seu namorado. Hora do meu irmão ser vingado...

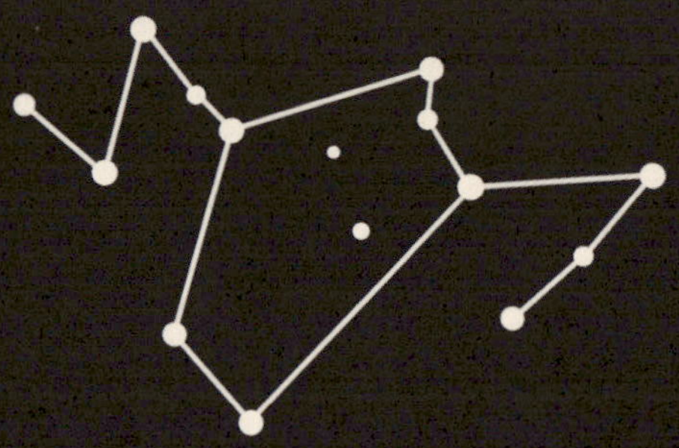

14

PHOENIX

Jhonatan

Minha respiração acelerou, junto ao gosto amargo do pavor, que, automaticamente, se instalou no meu peito.

— Como assim, caralho? Porra, como assim? — Eu segurava na muleta para me equilibrar, mas quase caía no chão, dado meu nervosismo.

— Ele foi sequestrado, eu te explico melhor quando você chegar aqui.

— Sequestrado? Onde? Yan! *ONDE, PORRA?* — eu gritava ao telefone, meu coração palpitava, meus pulmões doíam. Aquilo tudo era por minha causa...

— Garoto, só vem pra cá. Não vai adiantar ficar gritando no telefone — Yan dizia, sério, porém centrado e muito mais lúcido do que eu.

Insensível do caralho. Engoli em seco, sentindo minha mão no telefone tremer, mal conseguindo me controlar.

— Onde... onde está o Nataniel? — perguntei, amedrontado.

— Foi tentar resolver, pediu pra eu ligar pra você, mas você precisa vir pra cá. Ele logo vai voltar e precisa que você esteja aqui.

A falta de informações me deixava cada vez mais apavorado.

— Estou indo — concluí, desligando o telefone em seguida. Um homem de muleta não podia fazer muita coisa em uma situação como essa, mas, como era a vida do meu namorado que estava em jogo, até esqueci que estava tão debilitado.

Correndo da forma que conseguia, fui até o quarto de Nicolas. Aproveitando-me da minha parte do armário, troquei de roupa, jogando um moletom preto qualquer por cima de uma regata preta, e com dificuldades, enfiei uma calça de moletom, igualmente escura.

Não tinha roupas de outra cor ali, tampouco me surpreendia com isso.

Um pé com a tala e o outro com um pé de chinelo de couro qualquer, que encontrei pelo caminho, porque eu não tinha tempo de pôr um tênis, nem cabeça para isso.

Chaves e celular na mão, chamei pelo elevador, rezando para o santo dos cabos de aço trazê-lo cada vez mais rápido. Graças a essa divindade, a caixa metálica surgiu, e nos segundos seguintes, eu já estava no saguão, pedindo um carro no aplicativo, que me levou para o hospital em menos de 20 minutos.

— Olá, Kauer! — a doutora Letícia me comprimentou, sendo o primeiro rosto conhecido que vi, quando entrei no saguão e saí andando, que nem um louco, corredores adentro. — Veio tirar a tala?

— Oi, dona, hoje não — respondi de mal jeito, não prestando muito atenção a ela. — Você sabe... — Eu respirava com dificuldade, graças a minha entrada abrupta no hospital. — Sabe onde é a sala do Yan?

— Do diretor? — ela perguntou, franzindo o cenho, enquanto eu afirmava com a cabeça. — Sei, mas você precisa fazer um exame e tirar essa tala, já passou da hora.

— Doutora, por favor, é urgente — falei, tentando manter a calma e não ser estúpido, mas, inegavelmente, eu não estava normal, e ela percebeu, então, sem me prender por mais tempo, me explicou como fazia para chegar na sala em que eu nunca estive, mas precisava ser meu destino o quanto antes.

No momento seguinte, depois de bater minha muleta pelos corredores do hospital, estava quase esmurrando a porta que continha o letreiro metálico escrito *"Dr. Yan Derugi — Diretor Geral do Astra Centro Hospitalar"*.

— Entra! — Ouvi a voz tensamente enérgica do chefe de Nicolas soar, e logo em seguida, estava dentro da sua sala assustadoramente imponente e diferente de todo o resto do hospital.

Fechei a porta com calma e no segundo seguinte já estava entregue ao desespero novamente.

— Onde ele está? Cadê... cadê meu namorado? — Andei, apressado, da forma que consegui, até sua mesa, sentindo o suor escorrer pelo meu rosto.

— Kauer, senta.

— Eu não quero sentar, caralho! Cadê o Nicolas?

Yan respirou fundo, olhando para mim como se eu fosse o verme mais inferior do mundo, depois virou o rosto lentamente para a tela do seu monitor. Ele alcançou a tela ligada, virou-a para mim e, logo em seguida, apertou uma única tecla no seu teclado, dando *play* em uma cena gravada da rua. A cena, que vi ali, foi o suficiente para enfraquecer todo meu corpo e me fazer sentar na cadeira, que Yan me ofereceu minutos atrás.

Eu não tinha mais força nas minhas pernas, não tinha mais força em lugar nenhum... A imagem mostrava Nicolas andando, apressado, aturdido, e logo em seguida, um furgão preto grande parando ao seu lado, enfiando um saco preto na sua cabeça e o colocando com violência dentro do veículo. Ele ainda usava seu jaleco e aparentava ter saído correndo do hospital, da forma como trabalhava, por um motivo que eu não tinha conhecimento.

— Por que ele foi correndo pra rua? Como descobriram? — perguntei, tentando controlar o choro, tentando engolir o tom embargado da minha voz a qualquer custo.

Aquilo era aterrorizante demais, e eu só queria que ele estivesse vivo.

— O... Pietro o viu sair correndo do hospital, tentou chamá-lo, mas ele não respondeu — ele começou, de forma cansada e parecendo tenso em tocar no nome do próprio namorado. — Depois, ainda foi atrás do Nicolas, porque viu que ele não aparentava estar normal, então, quando conseguiu ver pra onde ele ia, viu também esse carro parando do lado, mas foi tarde demais. Ele não conseguiu nem correr para alcançá-lo.

— E como você tem essas imagens? — perguntei, tentando respirar fundo, mas, porra... era difícil demais.

Viver estava se tornando difícil a partir do momento em que criei consciência do sofrimento de Nicolas.

— O ACH tem câmeras em todas as ruas anexas e nos quarteirões adjacentes. Em qualquer lugar que eu queira, na verdade.

— Nataniel? — perguntei, vendo apenas nele a razão de Yan ter tantas câmeras.

Ele assentiu. E foi só tocar em seu nome que ele abriu a porta, a fechando em seguida e vindo até nós dois.

E Nataniel era uma das únicas pessoas, considerada família, que eu ainda tinha na minha vida, então era muito difícil não desabar como uma criança que se machuca e guarda a dor para si mesmo até avistar a mãe.

— Pegaram o Nicolas, Natan... — eu disse, não conseguindo segurar o choro absurdo, me levantando com dificuldade e andando até Nataniel. — Pegaram ele, cara... O Nicolas é pequeno, é... — Eu já soluçava, era feito de descontrole. — Ele sabe se defender, mas olha isso! — Apontei para o monitor, tremendo meu braço. — São vários, encapuzaram ele... Isso é covarde, caralho!

— Jhonatan. — Nataniel colocou as duas mãos nos meus ombros, um de cada lado, olhando para mim pacientemente, enquanto eu tinha uma crise de ansiedade fodida. — Respira fundo. Nós vamos dar um jeito.

— Como vamos dar um jeito, porra? Você sabe pra onde ele foi? — eu estava sendo nervosamente estúpido e grosso.

— Não, mas vamos descobrir, e eu e meus caras já começamos a trabalhar. Eu sei que você está desesperado, mas, por favor — ele falava, levantando a própria blusa folgada e esfregando na minha cara, como se fosse um irmão mais velho muito bruto —, você precisa se acalmar.

— Como você quer — falava chorando, sem reserva alguma —, que eu tenha calma, porra?

— Pelo Nicolas. Tenha calma pelo Nicolas — disse, tentando me conscientizar de que Nick precisava que eu estivesse bem. Pelo menos bem o suficiente para ajudá-lo.

Eu funguei com força, confirmando com a cabeça e tentando me recompor, mas aquilo era fodido de difícil.

— Até onde conseguiu acompanhar o carro? — Nataniel quis saber, virando o rosto para Yan, depois de soltar meus ombros e me encaminhar para que eu voltasse a me sentar na frente daquela enorme mesa de mafioso.

— Eles foram para o sul — Yan começou, enquanto eu ficava fungando baixinho na cadeira. — Só consegui acompanhar o carro até pegarem a rodovia principal, depois acabou meu alcance.

— Eu consigo o resto das imagens — Nataniel disse, simplesmente, depois colocou a mão no meu ombro. — Preciso que você venha comigo.

Funguei, depois ergui a cabeça, o encarando. Não entendi no que, exatamente, poderia ser útil naquele momento, mas apenas assenti e, com a dificuldade costumeira, me equilibrei naquela muleta e me levantei.

— Fica atento — Nataniel pediu, olhando para Yan. — Acho que está na hora de você tirar Anúbis da gaveta.

— Anúbis está sempre comigo — o médico respondeu.

Quem diabos era Anúbis?

Sem ânimo algum de verbalizar meu questionamento, apenas vi Nataniel concordar, e logo em seguida, deixamos o Astra Centro Hospitalar. Entramos na sua *pick up* grafite, estacionada nas vagas de funcionários do hospital.

Quase meia hora depois, em uma viagem seguida pelo meu silêncio choroso, em que eu fungava o tempo todo, desesperado por não saber sobre Nicolas. Nataniel respeitou minha decisão de me manter calado e apenas falou algo quando chegamos ao local que eu já conhecia tão bem.

Seu escritório clandestino no porão de um açougue, que funcionava de fachada daquela organização criminosa para lavagem de dinheiro e ficava localizado embaixo de um sobrado. Apesar de que, mesmo que as carnes fossem estúpidas de caras, a loja nunca estava vazia. Sempre com moradores locais, que preferiam a compra rápida e fácil a ir até o mercado, um pouco mais distante dali.

Muito dinheiro entrava. Não era difícil disfarçar e Nataniel quase não precisava, na verdade, já que possuía influência o suficiente em toda Astra para que fizessem vista grossa a todas as suas falcatruas.

— Vamos — ele disse, calmo, saindo do carro e sendo seguido por mim.

De forma furtiva, andamos pelo corredor lateral do lado de fora da loja e, tendo entrado nos fundos, descemos as escadas escuras, mesmo devagar e com dificuldade, por causa da minha perna, até chegarmos no famigerado porão.

O lugar era enorme, do jeito que eu me lembrava. Havia, aproximadamente, vinte homens, dos quais eu conhecia a metade, andando de um lado para o outro, falando ao telefone, polindo fuzis, metralhadoras e pistolas, usando o computador, para coletar dados, e em uma sala anexa, organizando caixas lacradas de *Tessaurus*. A imagem dos cigarros, unida à saudade e preocupação por Nicolas, me causou uma necessidade agressiva de fumar.

Mas eu não podia. Por ele...

Pelo meu namorado, eu iria aguentar. Aliás, ele iria sobreviver, não iria? Mesmo que Nicolas nunca julgasse meu vício, eu ainda queria dar orgulho a ele.

— Descobrimos onde é o galpão. — Um dos seus capangas, dos quais eu não conhecia, se aproximou, falando diretamente com Nataniel.

Meu coração acelerou, meus olhos ardiam, porque, que nem uma criança, eu não conseguia controlar as emoções. Queria Nicolas comigo. Porra, como eu queria meu namorado.

— Vamos lá! Vamos agora, porra! — disse, exaltado, quase pulando com uma perna só, tamanho a minha euforia, mesmo que eu não conseguisse sorrir. Estava em um estado ansioso de pânico.

— Qual a situação, Nero? — Nataniel perguntou ao homem, colocando a mão no meu ombro, como um dono que acalma, silenciosamente, seu cachorro louco.

— São cinco homens de guarda numa casa próxima ao galpão, sete homens do lado de dentro, quatro na entrada e mais quatro nos fundos — o homem, alto e magro, falava, enquanto eu percebia uma cicatriz em forma de "x" no seu queixo pontudo. — Esses são os fixos, e o bando dele parece que não tem mais pessoas de sentinela.

— Estamos matando esses filhos da puta há tempo demais, claro que não tem mais pessoas. — Nataniel respirou fundo, olhando para o teto por um segundo, parecendo pensar sobre a informação. — Quantos ficam colados nele?

— Três. Um cara que parece um cachorro com medo, chamado Bruno, e dois capangas enormes, que estão no bando dele há pouco mais de um mês: Dieter e Mario.

— Devem estar desesperados — Nataniel soltou, calmo, para si mesmo, depois assentiu, agradecendo e liberando Nero daquele pequeno inquérito.

Então, apoiou a mão na minha nuca devagar e me direcionou para sua sala, até que eu pudesse estar sentado em uma cadeira em frente a sua mesa. Enquanto ele se sentava devagar, eu observava o imenso quadro atrás de sua cadeira. Uma pintura estranha, que ia do chão até o teto, formando um quadrado perfeito, porém enorme.

Sempre esteve posicionada no mesmo lugar. Alguma guerra era travada na pintura. Tinham muitas armas, pessoas mortas e outras lutando por suas vidas. Parecia, em uma analogia, um retrato do meu dia a dia.

Então, ele se sentou e, antes de abrir a boca, me analisou por alguns segundos. Estava preocupado com minha perna, mas ainda parecia precisar de mim.

— Não podemos nos afobar, Jhonatan — disse com a tranquilidade de quem tinha tudo sob controle. — Donghee quer matar a nós dois. Mais eu do que você, entretanto, se sairmos entrando e atirando, pode ser que tenham mais de duas mortes computadas. E Nicolas estará entre elas.

Eu neguei com a cabeça, não aceitando aquilo.

— Então, vamos pensar antes de agir — ele continuou, fazendo daquela conversa um início de destrinchamento de plano.

Pelos 20 ou 30 minutos que se passaram, Nataniel falou o que iríamos fazer e *como* iríamos fazer. Disse que Yan seria seu braço direito, muito além do que eu esperava que fosse, e para saciar ao menos um resquício da minha ansiedade, me confirmou que iríamos começar a trabalhar no dia seguinte... Porque antes de encontrarmos Donghee, havia algo que ele precisava me ensinar.

— Vem — disse, levantando-se e saindo da sala.

Ainda com toda dificuldade de agilidade, consegui levantar *quase* rápido e ir atrás dele, vendo meu ex-chefe andar até os fundos daquele porão, diretamente para o corredor abafado e selado, à prova de sons, feito especialmente para uma finalidade.

Treinar tiros.

Tendo apenas uma porta frontal, o espaço era um longo corredor, com uma parede ao longe e um alvo de papel, perfeitamente novo, em seu centro. Nataniel o fez móvel para que os ganchos que seguravam as miras pudessem ir para a frente e para trás, conforme a necessidade de treinar sua pontaria. Mas é claro que eu já estive naquela sala diversas e diversas vezes com Samuel...

Meu irmão era absurdamente bom usando qualquer tipo de arma, e estar ali só aumentava a falta que ele me fazia diariamente.

— Por que estamos aqui? — eu quase resmunguei, tentando segurar o choro de novo.

Pensar em Samuel, enquanto estava desesperado por Nicolas, parecia um coquetel de angústia que eu tomava de uma vez só.

— Você vai... — ele dizia de costas, enfiando o cartucho, cheio de balas, em uma arma que segurava — aprender a atirar hoje.

Então, Nataniel se virou para mim e entregou o revólver: uma *Ikarus ZX 22*.

Era Dalila...

— Por que está com a arma de Samuel, porra? — Meus olhos marejados eram impossíveis de conter, mas eu só fungava e esfregava os dedos gelados no rosto, tentando desfazer o choro.

Nataniel não parecia se importar com meu estado alterado.

— Ele sempre quis que ficasse com você, se alguma coisa acontecesse, só que eu nunca vi uma oportunidade certa pra te entregar. Mas acho que não há hora melhor que agora...

— Eu estou de muleta — falei, me sentindo ridículo.

— É por isso que vai aprender a se apoiar na muleta e atirar com uma mão só — Nataniel soava sério, provando que não estava disposto a abrir mão desse tipo de ensinamento.

— Nataniel, caralho. — Eu estalei a boca, contrariado. — Eu vou cair, vai dar tudo errado.

— Você não vai estar na frente do tiroteio, Jhonatan, mas se alguém vier pra cima de você, você precisa saber se defender. Se cair, caia atirando em quem quer matar você.

Engoli em seco, imaginando todas as formas do mundo em que isso poderia dar errado. Mas sabia que precisava encarar aquela merda, porque não se tratava apenas de mim.

Eu tinha que salvar a porra do amor da minha vida.

Respirando fundo, me posicionei onde Nataniel me indicou e, levantando apenas uma das mãos, completamente trêmulo, tentei mirar no alvo a minha frente.

— A Dalila é pequena e o recuo dela não é agressivo. Se você firmar a perna boa direito e... — Ele colocou as duas mãos no meu ombro, ajeitando minha postura. — Manter os ombros alinhados, você quase não vai sentir impacto.

— Certo — disse, soltando o ar pelas narinas de forma pesada, enquanto fechava os olhos e tentava me acalmar.

— No seu tempo, mas já pode atirar, está destravada.

Concordei sutilmente.

Segurando a arma, que pertencia ao meu irmão e visualizando um alvo que estava perto, tomei meu tempo, até achar que a pistola estava suficientemente alinhada à mira que eu desejava. Então, puxei o gatilho.

— Porra! — a voz era de Nataniel, ele comemorava, e eu estava mudo. Bateu nas minhas costas algumas vezes, estava feliz com meu progresso, mesmo que eu achasse que aquilo era sorte de quem tentou pela primeira vez. Porque a bala atravessou, em cheio, o centro da testa do alvo de papel.

Nervoso e sentindo meu corpo tensionar, via Nataniel acionando o comando que fazia com que o alvo se afastasse mais alguns metros. Ele me mandava disparar mais um pouco, e ficamos nisso até que o alvo estivesse tão longe, que eu mal conseguia ver onde já havia acertado. Continuei atirando e atirando. Nataniel continuava a me encorajar e aplaudir, como um pai que vê sua criança se dando bem nos exames finais.

Um tipo estranho de comemoração.

A munição de treino acabou, ele trouxe o alvo até que estivesse perto de nós dois, então eu consegui ver os tiros que dei. Vários na cabeça, alguns na clavícula, peito, pescoço e rosto.

Eu, com todas as forças do meu corpo, desejava não precisar matar ninguém, mas o faria, se necessário. E o faria da mesma forma que fiz naquele alvo de papel: certeiro.

— Você é bom como seu irmão era — a voz de Nataniel soava baixa quando ele se aproximava de mim.

Seus olhos estavam orgulhosos. Um bandido feliz pelo seu pupilo atirar bem, era a cara dele.

— Os primeiros tiros que ele deu foram em garrafas de cerveja. Não errou nenhum disparo.

Nataniel falava de Samuel com um sorriso saudoso no canto dos lábios, se lembrando das coisas que faziam juntos.

— Mas você está de muleta e atirando com uma mão só. — Ele olhou para mim, colocando a mão no meu ombro e me dando tapas leves de encorajamento. — Já ganhou dele.

O rei do crime saiu daquele corredor de tiros, me deixando sozinho, enquanto encarava a arma descarregada nas minhas mãos. A arma que Samuel usou para me defender quando Donghee me deu um tiro no ombro.

Passava por uma mistura de sentimentos, entre querer jogá-la no fundo de um lago escuro ou mantê-la para mim, porque era uma das poucas lembranças que eu possuía de meu irmão. Sentindo um pesar no coração, porque nada daquilo era fácil, enfiei a arma no bolso do meu moletom e saí dali, indo diretamente ao encontro de Nataniel, que falava, ao telefone, com pessoas que eu não conhecia. Ele se despediu brevemente e voltou a me dar atenção.

— Vá para casa. Durma. — Sua respiração era pesada, seu rosto era sério e suas próximas palavras não conseguiram me acalmar: — Porque amanhã teremos um dia cheio e precisaremos de você.

Concordando, sem mais nenhuma escolha, tentei devolver Dalila para ele, mas Nataniel apenas a pegou, a recarregou e voltou a me entregá-la, dizendo que eu não poderia ficar desarmado agora.

Pedindo para que um de seus capangas me levasse em casa, cheguei, sem dificuldades, no apartamento de Nicolas, porque não queria ir para minha casa. Não queria falar com Cecilia nem com Luca, porque eles eram duas das poucas pessoas no mundo que sabiam desvendar minhas feições, e seria tão fácil que descobrissem o que estava acontecendo.

Eu não conseguiria fechar a porra da minha boca, mas falar qualquer coisa traria consequências. Cecilia poderia dar à luz Heitor, por susto, e gerar complicações. Luca teria outra crise de ansiedade e descontaria tudo na bebida. Eu precisava guardar aquilo só para mim.

E foi o que fiz, entrando na casa do meu namorado, trancando tudo e, em seguida, chorando desesperadamente na cama, enquanto sentia sua falta por toda madrugada. O cheiro de Nicolas estava impregnado nos corredores, nos cômodos, em todos os lugares, mas, principalmente, estava impregnado nos lençóis em que fizemos amor, na noite anterior, e no seu travesseiro favorito. Agarrei aquele travesseiro com todas as minhas forças e dormi abraçado a ele, sentindo, em segundos ilusórios, que o médico responsável por salvar minha vida tantas vezes estava ali comigo.

Mas acordei assustado, tendo sensações fodidas quanto a Nicolas estar sofrendo, pedindo aos céus, ininterruptamente, que aqueles sentimentos não transparecessem a realidade.

14.1
GLIESE 915

Dormi horas quebradas e apavoradas, mas quando consegui pegar no sono, acabei apagando, até ser acordado pelo telefone incessante que tocava. Era Nataniel avisando que passaria na portaria em uma hora, para me buscar.

Já passava das 17h, o que não me assustava, pois eu me lembrava de ter conseguido dormir para valer apenas muito tempo depois do Sol nascer. Me levantei, tomei um banho desajeitado e rápido, me vesti e depois comi um macarrão instantâneo, que Nicolas pedia para que eu evitasse.

Foi a primeira vez que engoli um miojo chorando de ansiedade, mas eu não conseguia me acalmar...

Já havia anoitecido quando entrei na *pick up* de Nataniel. Achei que íamos voltar para o porão do açougue, porém entramos em uma rua pouco movimentada, próximo ao Astra Centro Hospitalar, e não muito tempo depois, alguém entrou e se sentou no banco traseiro.

— Trouxe Anúbis? — Nataniel perguntou, sério.

— Está sempre comigo, já disse — Yan respondeu.

— Que porra é Anúbis? — perguntei, confuso e nervoso. Muito mais nervoso do que o normal.

— Minha arma, garoto — o diretor do hospital falou para mim, enquanto o via pelo retrovisor. Ele estava todo de preto, com um boné que escondia todo seu cabelo penteado para trás. Parecia um dos bandidos de Nataniel.

— Por que diabos você tem uma arma? — minha pergunta saiu mais agressiva do que deveria.

Mas eu não me culpava, eu estava nervoso *pra* porra. E a cada hora que se passava, eu ficava mais...

— Por que eu não teria uma arma? — ele perguntou, sério.

O silêncio se instalou no carro, porque, claramente, aquilo não era a resposta que eu queria. Yan respirou fundo e tentou responder mais uma vez:

— Eu tenho uma arma porque, antes de ser diretor do ACH, eu era o médico das estações clandestinas de Nataniel.

— Mas é claro que ele não trabalhava só como médico — Nataniel disse, enquanto girava a chave, ligando o carro.

— Era desperdício deixar alguém com a minha mira fora dos trabalhos pesados.

Meu ex-chefe concordou com a fala de Yan, apertando o acelerador, e em seguida, saiu daquela rua escura. Até eu perceber um outro carro, preto e rebaixado, bem na nossa cola.

— Nataniel... tem um carro... — falei, preocupado, olhando pelo retrovisor.

— Relaxa, estão comigo.

— E para onde nós estamos indo?

— Precisamos enfraquecer Donghee antes de entrar no galpão.

— O que quer dizer?

— Se matarmos os homens dele, ele não vai ter pra onde fugir, então vai ficar mais fácil de resgatar o Hadriel — Yan disse com a voz arrastada, como se não tivesse muita paciência em me explicar seus planos.

Engoli em seco, quase me cagando todo com a ideia de um confronto armado. Era fodido de ruim levar um tiro, e eu não queria repetir aquela experiência.

Mas por Nicolas...

Porra, por ele, eu estava disposto a enfrentar um *exército inteiro*.

O caminho foi longo, e quando chegamos até um determinado trecho, tanto Nataniel quanto o carro de trás, que nos acompanhava, desligaram os faróis, porque estávamos chegando a um certo ponto estranho.

Os veículos pararam. Todos, inclusive eu, desceram, e me assustava o fato do armamento estar tão pesado. Eram fuzis e metralhadoras, transpassados por faixas nos ombros, junto a pistolas em cintos e outras armas que eu desconhecia os nomes.

— Vamos andar 700 metros ao sul, até chegar à primeira casa — Nataniel começava a explicar baixo, enquanto todos os homens, cinco no total, e uma mulher, formavam um círculo ao redor dele. — O galpão, onde Nicolas está, fica 2km mais à frente.

— Por que não vamos logo pra lá, porra? Caralho!

Inferno. Eu não conseguia me acalmar...

— Você é burro ou idiota? — Yan quase rosnava, falando comigo.

Era muito nítido que ele não nutria nenhum tipo de paciência comigo.

— Você não sente porra nenhuma por ninguém, por isso está tão calmo, filho da puta! — o respondi, quase enfiando a muleta na sua bunda.

— Quem não sente nada é o meu pau. Cala essa boca, caralho!

— Chega! — Nataniel tentava não gritar, mas era difícil.

Quando o olhamos, ele estava com os olhos fechados, respirando fundo e levantando apenas uma das mãos, fechando o punho com tanta força, que eu tinha certeza de que queria socar alguém. Estava se controlando...

— Vocês parecem que esqueceram, mas eu vou refrescar suas memórias — meu ex-chefe dizia baixo, segurando e puxando meu ombro, para que eu fechasse ainda mais aquele círculo.

Os outros também se aproximaram e fecharam o cerco.

— Nós só temos uma estimativa, mas os homens de Donghee podem estar descansando na casa ou podem estar próximos daqui. Vamos parar de brigar, que nem crianças, e prestar atenção aos sinais a nossa volta.

Todos concordaram com a cabeça, até Yan, mesmo que parecesse contrariado.

— Jhonatan, você vem comigo e com Suri. — A mulher baixa e séria concordou. — Yan, você vai...

— Sozinho — Yan rebateu, parecendo desfavorável à ideia de ter alguém junto consigo.

Nataniel revirou os olhos, depois continuou falando:

— Baco, Vander e Oscar, vão juntos.

Os outros três homens concordaram, balançando suas cabeças em coro.

— O foco é neutralizar e dar baixa, sem deixar ninguém nos locais — a voz de Nataniel soava mais sombria do que eu gostaria. — Lembrem-se: são eles que irão matar vocês amanhã, se não forem mortos hoje.

Odiando o fato de que aquela era a realidade que eu estava mergulhado, já que o bando de Donghee estava em frequente disputa com os homens de Nataniel, sendo um de seus peões o causador da morte de Samuel, concordei com sua fala, mesmo que não fosse adepto a nenhuma daquelas práticas.

Enquanto os homens começavam a andar devagar, Suri terminava de ajeitar as próprias armas e Nataniel olhava para mim, preocupado.

— Dá conta de andar por 700 metros ou prefere ficar no carro?

— Eu dou conta.

Eu não sabia se, realmente, daria conta...

Mas a ideia de ficar no carro parado, enquanto eles iam defender a vida de Nicolas, parecia absurda demais na minha cabeça. Eu mal conseguiria respirar se ficasse para trás, apenas esperando boas novas.

Concordando, Nataniel começou a andar devagar comigo e Suri se juntou a nós. A muleta batia diretamente na terra, conforme íamos adentrando um terreno distante, com a mata ficando levemente mais fechada, mas algo chamou nossa atenção, o que fez com que parássemos.

Uma casa, iluminada por luzes fracas, era vista ao longe, no meio de absolutamente nada, o que fez com que nós nos aproximassemos devagar, enquanto esperávamos que os outros já estivessem circulando o terreno, assim como fazíamos.

Nataniel, fazendo sinal para que nós abaixássemos, puxou um pequeno rádio do bolso interno de seu casaco.

— 15, 23, 31 e 09, posições.

— 15, 23 e 31, norte.

— 09, leste.

— 07, 12, 11, sul — ele respondeu, o que me fez chegar à conclusão de que nós éramos aqueles números. — Movimentação?

— Norte, nula.

— *Leste, presente* — a inconfundível voz de Yan soou mais uma vez.

— Especifique, 09.

— Porta lateral aberta, três homens jogando cartas enquanto bebem. No interior da casa estão mais três ou quatro, é impossível dizer com precisão.

— Anúbis está com o silenciador?

— *Positivo.*

— Faça o que tem que fazer.

— *Copiado.*

— 15, 23, 31, aproximação ao leste, porém não apareçam. Ao meu sinal, entrem na casa.

— *Copiado* — a voz do seu outro capanga soou.

— Andando — Nataniel disse baixo, apontando a direção em que devíamos seguir.

Aparentemente, era para o mesmo lado em que Yan já estava, porque, quando demos mais alguns passos à frente, conseguimos ver uma cena muito rápida, que me fez parar no lugar.

Três homens, sentados em uma pequena varanda de terra, caíram, como sacos de batata, no chão. Eles mal tiveram tempo de reagir ao primeiro impacto da bala, que acertou o primeiro de seus homens, porque Yan era assustadoramente rápido com seus tiros abafados pelo silenciador.

Entretanto, o último homem, que caiu morto, arrastou consigo todas as garrafas de cerveja da mesa, fazendo com que os vidros caíssem, um em cima do outro, no chão, se espatifando e criando um ruído que chamou mais atenção do que deveria.

Foi rápido, mas consegui ver a silhueta furtiva de Yan voltar a se esconder no meio dos arbustos, enquanto eu, Nataniel e Suri continuávamos abaixados atrás da pequena parede de moitas fechadas.

— Que porra está... — Um homem apareceu na varanda, se assustando completamente ao ver seus colegas neutralizados ao chão. — Caralho! — ele gritou, apavorado. — Tassio! Jardo! As armas, porra!

Ele saiu correndo para dentro da casa, mas foi burro o suficiente para nos avisar quantos estavam lá com ele, o que fez Nataniel dar as próximas ordens no seu pequeno rádio de comunicação.

— Todo mundo entrando, com cuidado, agora.

E os passos lentos começaram.

Devagar, todos nós começamos a andar, ainda abaixados, em direção à casa, que, claramente, parecia se preparar para um confronto, dado os movimentos silenciosos, porém, notáveis, em seu interior. Minha muleta continuava batendo no chão de terra, causando um tilintar, que, mesmo baixo, ainda era presente. Isso foi o suficiente para Nataniel virar para mim e me olhar, preocupado.

— Fica aqui, destrava a arma e grita se alguém se aproximar da casa.

Eu concordei, enquanto o via, junto de Suri, adentrar no local. Logo também entraram Yan e os outros homens, sendo eu o único a ficar do lado de fora. O único a me cagar todo sozinho, porque os tiros começaram e eu não sabia o que fazer, a não ser abaixar e rezar para que ninguém da gangue inimiga saísse correndo de lá, atirando em mim.

Dois, quatro, doze tiros de uma vez só...

Um silêncio absoluto pairou na casa, me fazendo agonizar por dentro. Até eu ouvir um grito. Era um dos caras de Nataniel, e estava perto demais para que eu não fizesse nada.

Batendo a muleta no chão, tirei Dalila do bolso e destravei a arma, enterrando o dedo no gatilho e entrando na casa, apontando o revólver trêmulo para ambos os lados, a fim de identificar de onde aquele som vinha.

Era uma sala bagunçada, sem muitos móveis, apenas com uma televisão velha ligada no mudo. Porém, o eletrodoméstico passava *"A Lista de Schindler"*, um filme preto e branco, com pequenos detalhes de objetos em vermelho, o que foi o suficiente para captar minha atenção por um milésimo de segundo. Um milésimo de segundo que custaria minha vida.

— Abaixa a arma agora — uma voz esganiçada gritou, enquanto eu sentia um cano gelado sendo raspado na minha nuca, e ao mesmo tempo que eu descia Dalila até o assoalho de madeira, sentia também um braço grande envolver meu pescoço.

O homem estava me segurando com força, praticamente me enforcando.

— Vou terminar o serviço de Donghee — ele dizia, nervoso, me sufocando cada vez mais, enquanto a arma deslizava da minha nuca até minha têmpora.

Eu estava sendo estrangulado. Até acontecer um disparo que não me tinha como alvo. Entretanto, foi perto o suficiente para respingar sangue na lateral inteira do meu rosto.

— Porra! — gritei, nervoso, sentindo meu corpo tremer, em pânico, com o fato de que eu quase havia morrido. *Mais uma vez.* Enquanto tentava raciocinar sobre o recém-ocorrido, sentindo meu coração disparado, passei a mão em meu pescoço dolorido.

— Mais um desgraçado direto pro submundo, Anúbis. — Yan apareceu na sala, colocando a arma, que havia acabado de usar, no suporte do seu cinto.

— Ele poderia ter me matado, porra! — reclamei, limpando o sangue do meu rosto com a barra do meu casaco, vendo Nataniel e o resto do bando entrar na sala, observando mais uma discussão entre nós dois.

— Claro que podia, porém não com a arma. Ele estava mais preocupado em te estrangular do que te dar um tiro, garoto — ele dizia, sem paciência, em tom de sermão. — Dedo pra fora do gatilho, desatenção total ao redor, completamente cego para quebrar teu pescoço...

Eu silenciei, ainda me sentindo nervoso e com a cara fechada por ter passado por mais um episódio traumático.

— Vamos embora — Nataniel disse rápido, me provando que havia acabado o trabalho por ali.

— Isso! Vamos pegar o Nicolas! — quase gritei. Estava nervoso feito um caralho.

— Agora não, Jhonatan — meu ex-chefe respondeu, pegando Dalila no chão e entregando para mim.

— Porra, vai tomar no cu! Caralho! Puta que pariu! Vamos agora! — Nataniel apenas observava minha crise de nervos, sem falar nada, enquanto continuava estendendo a arma para mim. — Ele precisa de ajuda, caralho! Ele precisa... — Sentia meu peito doer, acompanhado de uma ardência na vista e uma falta de ar.

Era isso, eu estava tendo uma crise de ansiedade daquelas bem fodidas. Porque eu precisava fazer alguma coisa. Eu precisava salvar Nicolas!

— Senta ele — Nataniel ordenou, então um dos capangas pegou uma cadeira de plástico, bem vagabunda, e colocou nas minhas pernas, depois meu ex-chefe segurou meu ombro e me forçou, até que eu estivesse sentado.

— Porra, Natan, caralho, cara... ele não... ele não merece essa porra! Vamos logo lá pegar ele!

— Se você não se acalmar, em 10 minutos, e nós não conseguirmos sair daqui, vão ter tantos homens nos encurralando, que você nunca vai mais ver o Nicolas — sua voz soava no tom mais sério e cortante que ele já havia direcionado para mim, porém continuava baixa, como se ele quisesse que apenas eu ouvisse seu sermão.

Engoli em seco, tentando me acalmar, mas meu coração parecia que ia explodir a qualquer momento. Ainda assim, eu lutava contra meu próprio sistema nervoso para conseguir acabar com aquilo.

Dez minutos respirando fundo foram o suficiente para que eu conseguisse me pôr de pé novamente, com a ajuda de Yan, que olhava para mim tão seriamente preocupado, que chegava a me incomodar. Preocupação com os outros não parecia ser um costume seu.

Andando sorrateiramente, conseguimos voltar aos carros, depois de Nataniel ter enfiado Dalila no bolso do meu moletom, e quando estávamos todos encostados em seus devidos veículos, o dono daquele bando fez um sinal para que fizéssemos um círculo novamente.

— Seis já foram, faltam 18. Assim que eles descobrirem os corpos, estarão todos mais alertas, então nós precisamos ser cautelosos.

Todos concordavam com a cabeça, inclusive eu.

— Todo mundo dormindo no porão do açougue hoje.

Eu parecia ser a única pessoa incomodada com isso, porque, como cães fiéis, não houve nem sequer uma sutil expressão que demonstrasse vontade de fazer algo contrário à ordem de Nataniel.

— É perigoso demais nos separarmos agora e — ele continuava falando, olhando para os lados, na tentativa de perceber algum movimento suspeito — já mandei segurança para todas as suas famílias.

— Ceci e Luca? — perguntei, quase gritando de nervoso.

— Coloquei dois homens plantados no corredor do seu apartamento. Não podem ir para lugar nenhum sem escolta.

Sabia que eles ficariam preocupados uma hora ou outra, mas me sentia aliviado de saber que, pelo menos naquela hora, eles estavam protegidos, principalmente Cecilia. Porque, tanto quanto Nicolas, Heitor era meu maior foco de preocupação. Enquanto pensava sobre a guarda, Yan fazia um barulho esquisito com a garganta, tentando chamar atenção de Nataniel.

— O quê? — o rei do crime respondeu a Yan. — Não consigo te escutar.

— Pietro, porra! — Yan disse, contrariado, estalando a boca. — Ele está bem? Está a salvo?

— Claro que sim — Nataniel disse, praticamente ofendido por Yan ter colocado à prova sua rede de proteção. — Tão escoltado quanto todos os outros.

— Obrigado — disse baixo, em um sussurro contido e com uma feição de claro alívio.

E ali eu vi que havia cometido um erro. Yan se preocupava, sim, com alguém.

— Vamos, mexam-se! — Nataniel ordenou, fazendo com que todos nós voltássemos ao veículo em que chegamos, e em poucos minutos, estávamos no caminho de volta ao centro de Astra.

14.2
PSI PHOENICIS

Eu mal percebi quando, antes mesmo de chegar no centro, ele estacionou a *pick up* grafite na frente do açougue, fechado pela hora avançada, porque, o percurso todo, não conseguia parar de pensar no quanto queria estar com Nicolas.

Nós saímos do carro, entramos pelos fundos e logo estávamos no dormitório improvisado, já preparado para todos. Não sei como, mas até uma mochila minha, com minhas roupas e escova de dentes, estava sobre meu colchão de espuma grossa, no meio dos outros colchões enfileirados.

Era a mochila preta que Nicolas havia me dado no dia em que fiquei escondido no seu apartamento, quando nos beijamos pela primeira vez. Conseguindo milagrosamente tomar um banho, na intenção de tirar todo aquele sangue que não era meu, vesti um conjunto de moletom surrado e velho. O preto havia desbotado tanto, que já estava cinza.

Depois, sem ânimo de falar com ninguém, praticamente me joguei no colchão, sentindo o estômago roncar de fome, mas sem vontade alguma de, realmente, me levantar e comer. Mas alguém parecia mais preocupado com o meu estado de miséria do que eu mesmo.

— Toma, garoto, trouxe pra você — Yan falou, se sentando no colchão ao lado do meu e me entregando um pote branco com algumas coisas dentro.

Eu peguei, mas permaneci em silêncio. Tinham sanduíches, biscoitos, bananas e uma garrafa de refrigerante de limão — meu favorito.

— Obrigado — disse, olhando para o pote, engolindo em seco, sentindo a vontade de chorar me nocautear de novo.

— Nada, qualquer coisa... — ele dizia, com a boca cheia, já na metade do seu sanduíche — tem mais lá na copa.

— Não — o cortei, fungando rápido, enquanto enfiava a mão no pote e pegava uma das metades cortadas do sanduíche. — Obrigado por ter salvo minha vida mais cedo.

Yan parou de mastigar, me olhando, sério.

— E desculpa por ter brigado com você antes e falado que você não sente porra nenhuma por ninguém...

Podia jurar que Yan estava segurando o riso.

— Você sente. — Levantei o rosto, o encarando. — Pelo enfermeiro, não é?

— *Pra caralho* — ele confessou, de boca cheia, soltando o ar dos pulmões pesadamente.

— Então, desculpa. Eu to muito nervoso com isso tudo, porra. — Funguei mais uma vez, dando uma mordida grande no sanduíche e soltando as próximas palavras com dificuldade, por causa da boca cheia: — Eu aguento... aguento um tiro até no meu cu...

Foi baixa e contida, mas dessa vez, tive certeza de que Yan deu uma risada.

— Mas o Nicolas... porra, o Nicolas, não. O Nicolas não aguenta... ele...

— Desculpe, mas... — Yan me cortou, enquanto engolia seu pão e falava com mais clareza. — O Hadriel é um dos meus funcionários mais resistentes, apesar de ser tão bebê chorão.

— Ele é — disse triste, pensando em quanto ele estava sofrendo ou até mesmo chorando na frente dos outros.

— Mas ele ser chorão não muda o fato de que ele já passou por coisas dentro daquele hospital, que nem eu, com mais experiência, já aguentei. Então, garoto — ele dizia, pegando a garrafa de refrigerante perto do seu próprio pote e a abrindo devagar —, você deve estar nervoso agora, mas se parar pra pensar, vai lembrar o quanto Nicolas é forte. Ele aguenta...

O barulho do gás escapando da garrafa, que era aberta pelas mãos habilidosas do bandido e cirurgião, não era o suficiente para distrair meus pensamentos, que, graças a Yan, ganhavam um pouco de esperança.

Nicolas era forte.

Era nisso que eu precisava me apegar para não surtar. Afinal, ele precisava de mim bem e não tendo um ataque de pânico, a ponto de ser sedado. Porque faltava bem pouco para isso acontecer.

— Obrigado de novo — disse baixo, também bebendo meu refrigerante, enquanto finalizava minha refeição e colocava o pote ao lado do colchão, não sentindo mais tanta fome assim.

— Hadriel me tira do sério. É abusado, manipulador e usa o conhecimento dele contra mim para fazer qualquer tipo de merda dentro daquele hospital, principalmente conseguir consulta de graça para pessoas que você não deve nem saber que existem.

Ele respirava fundo, e agora era eu que estava com vontade de rir.

Meu namorado era a porra de um anjo...

Entretanto, fiquei quieto e observei aquilo que parecia ser um desabafo desenfreado de Yan.

— Mas eu gosto dele e sei que ele vai sair dessa. Vivo.

Assenti, agradecendo mais uma vez por Yan estar se esforçando para me ajudar naquela hora.

Porra de coisa estranha.

Mas era exatamente o que eu precisava...

14.3
BETA PHOENICIS

Graças a ele ou não, eu consegui dormir um pouco melhor, acordando apenas duas ou três vezes de madrugada, assustado e com saudade de Nicolas, ao invés de quinze ou trinta. No outro dia, ninguém foi acordado à força, mas todos pareciam alertas demais para continuarem em colchões, então, pouco tempo depois do Sol raiar, já estávamos todos em pé, recebendo novos alimentos e novas ordens para serem executadas quando o Sol se fosse.

Mas, antes mesmo que qualquer ordem fosse realmente posta em prática, recebi uma ligação no meu celular que fez com que todo aquele porão clandestino entrasse em alerta.

Era Donghee.

Mais do que isso... era Nicolas, e ele estava apanhando tanto do filho da puta, que minha reação não foi outra, senão ter mais uma crise nervosa e, agarrando minha muleta, sair correndo dali, dizendo que iria dirigir e pegar o filho da puta.

Mas é claro que eu não consegui nem chegar perto da porta. Tentaram me impedir, pediram para eu não sair, mas não ouvi. Soquei algumas pessoas, enfiei a muleta na barriga de um e na cara de outro, também acho que mordi alguém, mas tudo acabou ficando turvo e silencioso.

Nataniel, ordenando para que me segurassem, mandou que me jogassem em um dos colchões, e Yan, carregando alguma porra, que parecia tranquilizantes de cavalo, injetou alguma coisa em mim e aquilo me fez apagar. Só acordei quando todos eles tinham ido embora, horas e horas depois.

Soube, por um de seus capangas, que não quis me deixar sair nem por um caralho, que Nataniel estava com medo de que eu tivesse mais uma crise de pânico, porque, claramente, eu não sabia lidar com aquela merda toda, mas me deixou com Dalila carregada, quando percebi a arma no meu bolso, e um de seus rádios de comunicação, que tinham um alcance absurdamente surreal.

Eu queria gritar com todos eles, porque a voz de Nicolas apanhando ainda vibrava com tanta força no meu ouvido, mas tentava controlar aquela vontade absurda de fazer tudo sozinho, porque sabia que não daria conta nem de correr, quanto mais defender Nicolas de algo.

Todos eles voltaram de madrugada, quando eu estava mais alerta do que nunca, me contando quantos mais homens Donghee havia perdido. Depois, xinguei Nataniel de todos os nomes possíveis e lhe dei um soco no braço, por ter me deixado sozinho e me imobilizado. Ele não esboçou reação nenhuma e apenas esperou que minhas crises de raiva passassem.

Crises de raiva no plural, porque eu tive algumas, durante os dias, que se sucederam, em que Nataniel não me deixava ir com eles para aniquilar os enviados do Inferno.

Se preocupando com meu estado, ele tinha medo de que aquilo que aconteceu na última casa de vigia ocorresse de novo.

Tinha medo de, da próxima vez, não ter Yan para me salvar tão rápido.

Eu fui contra todas as vezes em que eles saíram sem mim, mas, no final, não havia muito o que fazer, a não ser sentar, que nem um idiota, e esperar a porra do tempo passar, até alguém chegar com alguma novidade de quanto tempo faltava para aquela desgraça acabar.

— Agora só faltam os mamutes, que andam com ele, e o Bruno — a voz de Suri soou amarga, como se ela tivesse algo pessoal contra Donghee.

— Ele vai começar a se desesperar — Nataniel disse, preocupado, olhando para um ponto desfocado a sua frente, ruminando pensamentos estratégicos em sua mente, mas que não me segredava.

— Amanhã finalizamos tudo — Yan disse, sério, recebendo a confirmação de Nataniel.

Cada dia que passava, eu me encontrava mais nervoso, mais apreensivo, sabendo que Nicolas tinha cada vez menos chances de sair vivo daquela teia de emboscadas.

Mas eu me prendia às palavras de Yan para não enlouquecer.

"Ele é forte, ele aguenta..."

Foi com a notícia de que os últimos homens de Donghee haviam sido neutralizados, que Nataniel entrou, levemente ansioso, no porão, fazendo sinal com as mãos para que todos os envolvidos, inclusive eu, se aproximassem de seu corpo, pois ele queria passar algum tipo de mensagem.

Principalmente para mim.

— Agora só restou o Donghee e Bruno — disse, apreensivo.

— Certeza, chefe? — a voz de Suri soou mais uma vez, em destaque.

— Ninguém mais quer se juntar a ele — Yan foi quem respondeu. — Todos estão com medo do Nataniel e aquele fodido não tem mais nada para oferecer. Ele está sozinho e está usando o Nicolas para tentar escapar.

— Mas ele não vai conseguir — a voz de Nataniel era séria e firme, a ponto de eu, apesar de todo nervoso, sentir mais uma fagulha de esperança de ter meu namorado bem comigo outra vez. E aquela foi a última reunião que tivemos antes de nos encontrarmos com Nicolas e Donghee.

Perto da meia-noite, nos encaminhamos para a mesma casa em que vi Yan ser pistoleiro. Porém, conseguimos apenas observar todas suas luzes apagadas e, diferente daquele dia, não paramos. O carro continuou por mais algum tempo, até que vi, pela primeira vez, o galpão sujo e caindo aos pedaços, que fazia com que eu sentisse um aperto violento no coração.

Nicolas estava lá dentro.

— Jhonatan, fica no carro — Nataniel disse e, antes mesmo que eu pudesse reclamar, bateu a porta e deixou o lugar, indo na frente com Baco, enquanto os outros se distanciavam.

Mas assim que eles entraram no galpão e sumiram de vista, eu desci do carro e andei em direção ao lugar. Nicolas estava ali. Eu não aguentava mais esperar.

Entrando como um cachorro que fareja comida, batendo a muleta no chão com força, mal percebendo minha própria pressa, não demorei a encontrar Nataniel, Yan, Suri e Baco parados na frente de uma porta, olhando para um ponto específico. Seus rostos não tinham feições agradáveis.

— Falei para ficar no carro, porra — Nataniel rosnou, impaciente com a minha desobediência.

— O que vocês estão vendo? — perguntei, nervoso, apressando o passo, até empurrar todos e ver o que tanto os chocava. Por um segundo, paralisei, achando que era Nicolas morto no chão, mas aquele cara era alto demais para ser meu namorado.

Entretanto, a imagem não deixou de causar um gosto horrível na minha boca.

— É Bruno... — Suri disse baixo, enquanto eu observava a feição sem vida de um homem que não me era estranho. — Eu conhecia ele.

Ela respirou fundo.

— Não era um cara ruim, só estava envolvido com muita merda — ela soou desolada.

— Cadê o Nicolas, porra? Cadê ele? — perguntei, nervoso, ignorando as informações da mulher sobre o defunto. Eu estava quase enlouquecendo.

— Não sabemos ainda, mas vamos descobrir — Yan respondeu, atrás de Nataniel, tentando ver a sala com dificuldades, por trás do homem tão mais alto que ele.

— Caralho, Donghee matou um cara do próprio bando? — Baco disse com o tom praticamente ofendido.

— Ele trata as pessoas que nem cachorro — Nataniel falou, travando a mandíbula. — Sempre tratou, não sei como conseguiu manter tantos homens por tanto tempo.

— O dinheiro era bom — Suri falou baixo, passando a mão devagar sobre uma cicatriz imensa que carregava no braço direito.

Seu tom era culpado e seus olhos já não tinham tanta firmeza.

— Mas não tem valor que pague a honra que é trabalhar do seu lado — ela disse, olhando para Nataniel.

Eu estava atrapalhando alguma coisa?

Nataniel sorriu de canto, assentiu e depois entrou na sala, andando diretamente em direção ao corpo caído no chão. Eu, tentando ignorar aquele momento estranho, entrei devagar na sala, acompanhado de Yan, que vinha logo atrás de mim. O médico passou na minha frente, abaixando e levando a mão até o pescoço de Bruno, para checar seus sinais vitais, que, claramente, não existiam.

— Ué — ele disse, confuso.

Ou eu pensava que não.

— Hum... — o morto resmungou.

Mas que porra...

— Nataniel, o filho da puta tá vivo!

— Mas que trabalho extra é esse que eu não pedi? — meu ex-chefe comentou, respirando fundo.

Ele olhou, por um segundo, para Yan, que retribuía o olhar da mesma forma intensa. Os dois pareciam estar se comunicando por telepatia.

— Consegue? — Nataniel perguntou, sério.

— Posso tentar — Yan respondeu, tão sério quanto ele.

— Baco, Suri, acompanhem Yan, ajudem a tirar Bruno daqui.

Todos concordaram, e foi questão de tempo, menos de 10 minutos, na verdade, para que o corpo daquele cara, que mais parecia um zumbi, fosse retirado da sala. O peito cheio de sangue foi o suficiente para eu sentir uma sensação horrível. Uma sensação de lembrança de quem já havia vivido uma situação como aquela. Yan teria que fazer um verdadeiro milagre para manter aquele cara vivo.

— Você está bem? — Nataniel perguntou, preocupado, se aproximando de mim.

— Estou, eu... — Engoli em seco, balançando a cabeça negativamente, tentando afastar os pensamentos ruins de ter vivenciado a morte do meu irmão nos meus braços. — Lembrei de Samuel...

— Chefe, achei isso!

Nataniel abriu a boca para me responder, mas não conseguiu falar nada, pois Oscar entrou na sala, seguido por Vander.

Eles seguravam um jaleco de médico, um estetoscópio e o celular de Nicolas. O aparelho estava tocando.

— O que diz no visor? — perguntei, negativamente ansioso.

— Desconhecido — Oscar respondeu, mas Nataniel se apressou, pegando o aparelho de suas mãos e atendendo. Então, colocou no viva-voz.

— Pronto — falou, ao atender.

— *Nossa, vocês chegaram rápido demais* — a voz debochada de Donghee soava do outro lado.

— Cadê meu namorado, seu filho da puta? — gritei, quase batendo em Nataniel.

Eu não estava pensando direito. Nataniel me olhou, como se fosse me matar, e eu emudeci.

— *Comigo.* — Ele riu nasalmente. — *Você não acha que eu iria te dar o gosto de me encurralar como um rato, não é, Nataniel?*

— Não seria estranho, já que você é um — meu ex-chefe disse.

— *Acho que já posso matar o doutor e ir embora...*

— Poderia... — Nataniel falou baixo, concordando levemente com a cabeça, mas sua fala fez meu coração doer. — Mas não é ele quem você quer, não é? Além de saber que existem homens meus em todo o entorno.

— *Esperto.*

— Então, o que você quer, Donghee?

— *Eu quero sua área. Eu quero a exclusividade dos carregamentos de Tessaurus...*

Era a primeira vez que ouvia a voz de Donghee tão diabolicamente alterada. Quase descontrola, quase gritada.

— Você terá.

— *Não brinque comigo, Nataniel... também tenho homens aqui para furarem você inteiro.*

— Se manter o médico vivo, você terá.

— *Lhe mando o endereço e as condições por mensagem. Te vejo em meia hora.*

A ligação foi desligada e Nataniel olhou para mim, colocando o celular no bolso e movendo o peito lentamente, com uma respiração funda tão aparente.

— Como assim, porra? Como assim você vai dar a área e o carregamento pra ele? — minha voz estava revoltada, e os outros dois homens ali olhavam para ele inconformados, de forma igual.

— É mentira. — Ele deu de ombros.

— O que é mentira? — foi Oscar quem perguntou, tão ansioso quanto eu estava.

— É mentira que ele tem homens a mais ao lado dele, tanto quanto é mentira que eu vou entregar qualquer coisa que seja minha.

Sua mandíbula travou, ele a movia de um lado para o outro, enquanto o celular anunciava uma mensagem chegando. Em total silêncio, enquanto nós o observávamos, Nataniel lia o texto recém-recebido e, entregando o aparelho para mim, olhava para os dois outros homens.

Desconhecido:

Depósito de ferro velho perto das docas, vocês tem trinta minutos, senão eu vou embora. 01:11

E Nicolas fica. Morto. 01:11

Engolindo em seco, bloqueei a tela do celular e coloquei no meu bolso. Chegando perto de Oscar, peguei o jaleco de Nicolas e o coloquei sobre meu ombro, depois seu estetoscópio, o pendurando no meu pescoço.

Fazia tudo de forma desengonçada e quase caindo, mas não conseguia deixar nada daquilo para trás. Eu ainda precisava devolver as coisas do meu namorado para ele. Ele ainda ia usar aquilo tudo.

Eu sabia que ia... Ele tinha que usar.

— Vamos, temos pouco tempo para chegar lá — Nataniel disse, fazendo sinal para que os outros caras e eu andássemos.

14.4
ETA PHOENICIS

Deixamos o galpão, seguindo as ordens explícitas de exigências de Donghee, até chegarmos ao lugar indicado por ele: um depósito podre de carros, com carcaças e mais carcaças de veículos velhos e empilhados, uns sobre os outros.

Com milhares de possibilidades de fugas.

Com milhares de possibilidades de mortes.

O lugar estava vazio, silencioso, a não ser pelo barulho de carros que passavam muito ao longe, em uma rodovia movimentada. Mas ali estávamos praticamente em um ponto cego, abandonado e empoeirado. Antes de deixarmos a *pick up* de Nataniel, ele tirou o telefone do bolso e apertou apenas um botão, como se chamasse um número recente, ligado há pouco tempo.

— Já estão aí? — falou baixo.

Seus olhos vagavam a sua frente, procurando qualquer ponto suspeito ou perigoso.

— Terraço, prédio da farmácia. Não sejam pegos e nem vistos — falou, dando ordens a pessoas que eu desconhecia. Mas aquela ligação não me importava.

Porque, na hora em que percebi o carro de Vander e Oscar estacionar ao lado do nosso, vi uma movimentação estranha a vários e vários metros de distância. Era Donghee, andando praticamente no escuro, enquanto passava o braço pelo pescoço de Nicolas, quase o enforcando e o forçando a andar cada vez mais para trás, enquanto forçava seu revólver na cabeça do meu namorado.

— O Nicolas! — falei alto, apontando para o que via, sentindo minha voz embargar e se enfurecer na hora.

Não sabia mais o que sentir naquele momento. Pânico, dor, ansiedade, medo. Eu só queria poder beijar meu namorado e dizer que tudo iria ficar bem...

— Dalila na mão, vamos — Nataniel falou, desligando o telefone e descendo do carro junto dos seus dois homens, que faziam o mesmo no outro veículo.

Saí da *pick up*, tirando o revólver do meu irmão do bolso interno do meu casaco, depois coloquei o jaleco e o estetoscópio de Nicolas cuidadosamente no banco em que estive sentado.

Porque eu iria salvá-lo e tudo precisava estar bem guardado.

Começamos a andar devagar, todos os quatro, lado-a-lado, enquanto nos aproximávamos do homem que desgraçou todas as vertentes da minha vida. Mas eu só conseguia olhar para Nicolas. Lágrimas saíam dos olhos do médico. Ele negava com a cabeça, estava tão em pânico quanto eu, tomado por desespero e medo daquilo não acabar bem.

— Meu amor — sussurrei, olhando diretamente nos seus olhos chorosos, que refletiam o mesmo estado dos meus próprios. Sua camisa, sempre perfeitamente branca, estava suja em várias partes.

Além de muita poeira, Nicolas carregava manchas de um sangue que escorregou pela sua boca, queixo e bochechas, pingando no seu colarinho e depois fazendo um caminho vinho e envelhecido, que gritava o quanto ele havia sofrido nos dias que ficamos longe um do outro. Seu lábio superior estava inchado, preso por uma mordaça tão apertada, que fazia com que sua boca vibrasse em um vermelho vivo, um vermelho que denunciava dor. A maçã direita do seu rosto estava roxa, seu olho esquerdo estava da mesma cor.

Ele estava tão machucado, tão destruído. Ainda assim, estava ali, negando minha aproximação. Pedindo com os olhos para que eu não tentasse nada. Consegui ler seus olhos, que imploravam para que eu desistisse daquilo. Porque, até quando sua vida estava por um triz, Nicolas fazia de mim sua prioridade.

E era hora de mostrar o quanto ele também era a minha.

— Esse viadinho — Donghee falou, sacudindo ainda mais meu namorado, apertando mais o braço ao redor do pescoço dele, o fazendo tossir e arregalar os olhos — deve valer muito pra vocês.

Nunca senti tanto ódio em ouvir a risada de alguém.

— Entrega ele, Donghee — Nataniel falou, quando notei as figuras de Oscar e Vander se colocando ao seu lado. — Aí, a gente acaba logo com isso.

Eram homens fiéis, prontos para protegê-lo da mesma forma que outros também estavam no dia em que tomei um tiro no ombro.

— Eu entrego, vocês me matam — ele dizia, ainda rindo e balançando a cabeça negativamente. — Não estou vendo vantagens nisso.

— Eu sei que você está sozinho — meu ex-chefe pontuou, fazendo o sorriso do filho da puta diminuir até sumir.

— Se você entregar o Nicolas, eu deixo você ficar com a área, com o Tessaurus. — Os olhos de Donghee brilhavam, enquanto ele continuava enfiando o revolver no rosto de Nicolas, que choramingava baixinho. — Só deixa o médico vivo, pra que você possa sair vivo daqui também. Ninguém precisa morrer.

— Eu estou sozinho, Nataniel — ele confessou, colocando meu namorado na frente do seu corpo ainda mais, como se fizesse dele um escudo. — Mas eu consigo reunir homens com a rapidez de um lince. Se você não me der o que está prometendo, eu juro que o mato. Mato Cecilia, mato Luca, mato Pietro... mato a vagabunda da Suri.

Conforme ele ia citando os nomes das pessoas importantes em nossas vidas, eu engolia em seco, sentindo uma sensação ruim. Mas Nataniel, o tempo todo, se mantinha firme.

— Tenho conhecimento desse fato — ele respondeu, sério, me fazendo acreditar que realmente estava prometendo coisas a Donghee que iria cumprir. — Astra é sua, só deixe Nicolas vivo.

A intensidade de suas palavras me incomodava, mesmo que ele tivesse me segredado que as promessas eram mentirosas. Eu estava enlouquecendo. Me sentia burro, encurralado. Com medo.

— Vem pegar seu namorado, garoto — Donghee falou com uma malícia diabólica, esfregando o cano da arma na têmpora de Nicolas com ainda mais força.

— Eu vou — Natan falou alto, querendo ir no meu lugar.

Donghee soltou uma risada irônica, balançando a cabeça negativamente.

— Eu quero o garoto.

Nicolas tentou falar algo, mas Donghee torceu a mordaça, fazendo-o chorar de dor mais um pouco.

— Eu tô indo, porra! Para com isso! — falei, sentindo meu peito o doer com o tanto que ele estava sofrendo.

— Cuidado — ele sussurrou para mim, chegando o corpo perto do meu. — Donghee é sádico, não sei o que ele irá fazer.

O homem nos olhava, mantendo o sorriso infernal no rosto, não conseguindo ouvir nossa conversa e não parecendo se abalar com esse fato. Engoli em seco, olhando do filho do Inferno para Nataniel, sentindo meu peito doer com a respiração pesada e rasgada que meu pulmão produzia naquele momento.

— Vai, Jhonatan — meu ex-chefe disse, seguro demais de uma situação que eu tinha certeza de que iria ter um final horrível.

Dei o primeiro passo, mas ele balançou a cabeça negativamente, soltando mais uma risada nojenta.

— Ainda não, acha que eu sou idiota?

Parei no lugar, tentando entender o que aquele filho da puta queria.

— Pega a arma do Nataniel, dos dois idiotas do seu lado e a sua. Trás pra mim — Donghee completou, quando eu estava dando o primeiro passo. Nós estávamos fodidos.

— Anda, moleque, é pra hoje! — Donghee me apressou.

Retornei, eles me entregaram as armas, com Nataniel assentindo calmamente. Sua postura era serena, mas eu não deixava de pensar o quanto aquilo estava estranho. Tinha algo que eu não sabia.

Andando devagar, sentia o coração ser esmigalhado, ao perceber, agora com mais clareza, Nicolas intensificar o choro apavorado. A região lateral do seu rosto estava ainda mais inchada, porque aquele filho da puta o estava machucando com o cano da arma, e eu nunca havia sentido vontade de matar ninguém como sentia naquele momento.

— Muito bom, garoto — ele falava, como se eu fosse um cachorro. — Agora joga as armas nos meus pés, menos a sua.

Eu não sabia o que aquele filho da puta estava aprontando, mas apenas joguei a arma de Oscar e Vander, em seguida Perseu, com muito mais raiva do que conseguia controlar. Estava louco para a arma disparar e acertar um tiro no cu do desgraçado.

— Você é meio descontrolado, não é? — ele disse, soltando mais uma daquelas suas risadas nojentas. — Agora vem cá, na frente do seu namoradinho, pode chegar bem perto.

Travei minha mandíbula com ódio, vendo Donghee segurar Nicolas pela barriga e esfregar a mão nele, eroticamente, enquanto meu namorado fechava os olhos com força e choramingava baixo.

Nicolas não merecia passar por nada daquilo...

— Ótimo, agora — Donghee disse, levando a mão, antes na barriga de Nicolas, até a mordaça que ele usava, segurando-a com força e a arrancando de sua boca até que repousasse em seu pescoço. — Destrava a arma.

— Pra quê, porra? — perguntei, agressivo, mas não deveria ter feito isso.

Minha pergunta fez Donghee destravar a própria arma e deitar o dedo no gatilho, quase o apertando *para valer*, enquanto repousava a mão no pescoço de Nicolas e o apertava, ensaiando o sufocar.

Nicolas tossia, lacrimejava, me olhava com pavor, mas não me pedia nada. Meu namorado não me pedia ajuda, ele parecia saber de algo que eu não sabia, pois seus olhos eram tão amargamente tristes, que me inundavam de uma sensação ruim.

Parecia que me segredava algo apenas com o olhar. Algum de nós dois não iria sobreviver...

Ou nenhum de nós.

— Tá, caralho! Para de machucar ele! — gritei mais uma vez, destravando Dalila.

— Agora entrega pro fodido do seu namorado — sua voz soava melodiosamente demoníaca, como se estivesse sentindo prazer em toda aquela merda.

Assustado com o quanto Donghee voltava a enforcar Nicolas com uma mão e, ao mesmo tempo, empurrar o cano da arma em sua têmpora, entreguei o revólver em suas mãos amarradas, observando-o segurar com dificuldade.

— Perfeito, doutor — o escroto começou a falar, enquanto descia a mão livre até as mãos de Nicolas e o ajudava a empunhar o revólver na minha direção, até que seu cano encostasse no meu peito, dada à proximidade em que estávamos.

— Não, por favor, não — o médico implorava baixinho, chorando como nunca o vi chorar.

— Agora atira.

Nicolas olhava para mim, balançando a cabeça negativamente, em um desespero silencioso que me causava uma dor física, enquanto sentia o cano da arma tremular e arranhar meu abdômen.

— Se você o matar, doutor — Donghee falava tudo naquele tom de deboche doentio, chegando a boca próximo ao ouvido de Nicolas —, eu vou mudar de ideia e deixar você viver. Eu só quero o Jhonatan morto mesmo.

Nicolas engoliu em seco e continuou negando com a cabeça.

— Mas... — O desgraçado apertava a arma tão forte contra Nicolas, que sua cabeça sacolejava o tempo inteiro, com violência — Se você não puxar o gatilho, é você que morre primeiro.

— Você prometeu que ia entregar ele, seu fodido! — disse com ódio, sentindo minha voz tremer de raiva, de desespero, assim como todo meu corpo mal conseguia se sustentar em pé.

— Da mesma forma que o Nataniel mentiu que eu iria ter a área dele, eu menti dizendo que queria essa área. Meu foco nunca foi esse.

— Então, o que você quer, porra?

— Quero que o irmão do assassino do meu irmão morra.

— Samuel? — Eu olhava dele para Nicolas, atordoado, sentindo um aperto no peito que me sufocava.

— Bingo. — Ele deu um sorriso enviesado.

Um momento de silêncio se fez, enquanto tentava pensar em uma forma de sair daquela situação. Mas como?

— Não, eu n-não vou... então me mata — a voz de Nicolas quebrou o silêncio.

— Nicolas — interrompi meu amor, chamando-o baixinho.

Assim como segurei o isqueiro trêmulo de seus dedos, quando nos vimos pela primeira vez, segurei também o revólver de suas mãos. Ali, o fiz ter firmeza o suficiente para segurar o cano da arma com precisão no meu coração, porque já havia tomado minha decisão.

— Eu só sobrevivi por sua causa em todas as oportunidades que eu tive... — disse baixo, olhando nos olhos, chorosos e em pânico, do homem que tinha meu coração. Do homem que sempre o teria, mesmo depois de morrermos.

— Está na minha hora de retribuir o favor.

— Não, meu amor, não, por favor — ele pedia, desesperado, enquanto eu apertava seus dedos e forçava a arma cada vez mais contra o meu corpo. — Eu prefiro morrer, meu amor... Jhon, eu não posso... Jhon, não... não faz isso comigo, meu amor.

— Você ainda vai salvar muita gente, meu bebê. Assim como foi meu anjo, você vai ser o anjo de muitas outras pessoas. Vamos... atira, Nick.

Donghee se deliciava com a cena. Se deliciava a ponto de sorrir.

— Anda, doutor, cinco — ele começou uma contagem, fazendo Nicolas arregalar os olhos e soltar um choro esganiçado de puro pavor.

Ele continuava balançando a cabeça com força, negando o que ele teria que fazer comigo.

— Quatro...

Minha respiração pesava, doía, mas eu estava decidido.

— É a minha vez de te salvar, Nicolas.

Segurei as mãos do meu namorado com mais força, pressionei seu indicador, que estava sobre o gatilho, e comecei a apertá-lo.

— Três...

— Eu amo você. Eu sempre vou amar você, em todas as minhas vidas.

— Dois...

— Não, Jhon, não... por favor, não... não, meu am...

Houve um disparo.

Entretanto, mesmo que houvesse um tiro, a contagem não foi finalizada, porque nem eu nem Nicolas fomos atingidos.

No momento em que Nicolas implorava para eu não o ajudar a me matar, um tiro violento atravessou a cabeça de Donghee, o fazendo tombar os braços, os joelhos e cair no chão, enquanto Nicolas gritava, apavorado, me machucando com o revólver, que não parava de enfiar no meu peito, e chorando ainda mais.

Até o meu choro foi liberado, de forma intensa e assustada. Estava pronto para morrer, e no momento que Donghee recebeu o tiro, achei que era eu quem estava dando adeus a essa vida. Achei que era mais uma bala atravessando meu corpo.

Mas, mais uma vez, fui poupado.

Abraçando Nicolas com força, o tirei de perto de Donghee, que, pela cabeça estourada, jorrava uma imensa poça de sangue no chão e eu não queria que nenhum de nós dois se sujasse com aquilo, além da imagem ser assustadora e terrível.

Eu não aguentava ficar olhando, mesmo sabendo que ele merecia aquilo. Segurando as mãos de Nicolas, que ainda chorava de forma pávida, quase sufocante, tirei Dalila devagar de seus dedos.

Mesmo destruído por dentro, tentava ser firme o suficiente para que ele não apertasse o gatilho devagar, mas seus dedos pareciam pedras, dado seu estado de pânico.

— Tudo bem, meu amor — falava baixinho, chegando o rosto perto do seu e retirando a arma devagar de suas mãos. — Tudo bem, já passou, meu bebê... já passou.

Ele concordava com a cabeça, mas não parava de chorar, enquanto entregava Dalila para mim. Eu a enfiei no bolso do moletom, depois de travá-la novamente.

Então, segurando seu rosto, o fiz olhar para mim e, respirando fundo, tentei fazer com que ele voltasse ao mesmo ritmo de respiração que eu.

— Amor... amor, por favor — pedi, segurando seu rosto com ainda mais firmeza. — Respira, meu amor, meu bebê. — Meu choro descontrolado tomava ainda mais força, ainda assim, queria muito que Nicolas não morresse do coração.

— Jhonatan, eu... amor — sua voz saía de forma esganiçada, em um pânico doloroso, enquanto ele balançava a cabeça negativamente. — Eu nunca quis te matar, amor, me perdoa.

— Não, meu amor, por favor, você não teve culpa de nada. — Eu beijava seus lábios devagar, rápido, eu mal sabia controlar meu próprio corpo. — Por favor, Nick, porra, não se culpa...

— Eu te amo tanto, eu... — Ele emudeceu, soluçando com força, enquanto eu soltava seu rosto e ia com as mãos em direção as suas, desamarrando-as com pressa.

Quando as cordas finas foram ao chão, Nicolas me abraçou, com uma força que eu não sabia ter nele, e me puxando sem delicadeza, para que eu me curvasse ao seu abraço, enfiou o rosto na dobra do meu pescoço, ficando nas pontas dos pés, enquanto seu choro parecia quase um grito.

Quando nosso abraço perdeu força, segurei seu rosto mais uma vez e nós nos beijamos. Nos beijamos com todo nosso amor, que era violento, como uma correnteza derivada de um dilúvio e tão profundo como as partes não descobertas do oceano.

Vasto e infinito, como o próprio universo.

Nosso corpo enfraqueceu ainda mais, nossos joelhos penderam ao chão. Nós permanecemos ali, abraçados, chorando, tremendo. Agradecendo aos céus por estarmos juntos. Por estarmos vivos. Depois de um momento, que pode ter sido um minuto ou uma hora, eu não sabia dizer, ouvi a voz de Nataniel urgente, em um grito só.

— Temos que ir embora agora!

Concordando juntos, nos levantamos devagar, depois entrelaçamos nossos dedos, pegamos as armas no chão e voltamos, caminhando com dificuldade até onde Nataniel e seus capangas estavam.

Porque, mesmo querendo desfrutar do resto do tempo com Nicolas, um tiro foi dado e nós precisávamos sair dali o mais rápido possível. Mas algo não estava certo, as coisas ainda não se encaixavam. Nenhum dos dois estava armado, e por mais que Nataniel tivesse armas reservas no porta-malas do carro, ele não havia trazido nenhuma tão precisa assim, porque sabia que, em um combate corpo-a-corpo, só lhe serviriam os revólveres que ele estava usando e as armas maiores guardadas.

No entanto, eu sabia que nenhuma delas tinha a potência e assertividade de tiro igual a que fez o rombo no crânio do fodido.

A ligação no carro era para Yan? Ele foi o atirador?

A polícia devia estar chegando, nós todos íamos ser presos. Meus pensamentos ainda estavam bagunçados e eu mal conseguia raciocinar direito.

Quando nos aproximamos dos dois, antes mesmo que eu pudesse erguer as mãos e entregar os revólveres para Vander, Oscar e Nataniel, um corpo truculento e conhecido começou a surgir por entre os carros, enfileirados e empoeirados.

O corpo de quem havia neutralizado Donghee.

Eu derrubei todas as armas no chão.

Sentindo meu coração parar com a visão impossível que meus olhos me proporcionavam naquele momento, quase estrangulava os dedos de Nicolas, por segurá-los com tanta força.

Mas tive, na voz que se direcionou a mim, a confirmação de que aquilo não era uma miragem. Era um homem que carregava o mesmo sangue que eu, falando baixo e de forma contida, enquanto trazia consigo um fuzil de precisão recém-usado, apoiado no ombro direito.

— Oi, pivete — Samuel disse, a poucos metros de mim.

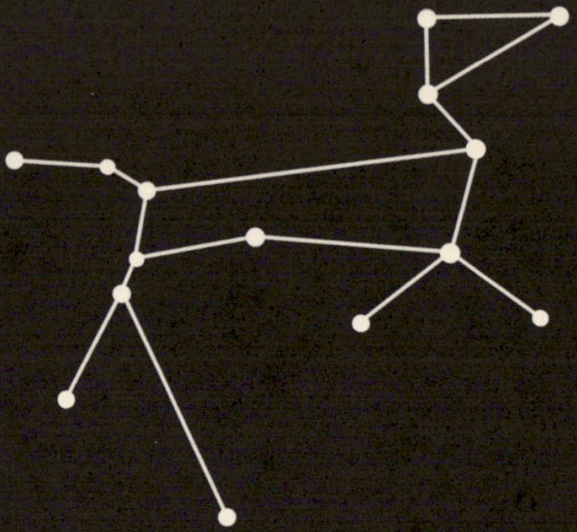

15

CANIS MAJOR

Samuel

Dizem que sua vida passa diante dos seus olhos quando você está prestes a morrer.

Ou morrendo...

Por um momento, eu não sabia dizer se havia atravessado a porra do portal até o Paraíso ou se estava dando a mão para o Capeta e sendo arrastado até o Inferno.

Era difícil entender. Mas essa parada de ver a vida diante dos seus olhos...

Cara, foi fodido de real.

Lembro-me de ver minha mãe, com uma barriga imensa, falando que eu teria que aprender a trocar fraldas de um pivete que estava chegando. Meu pai ria, com aquele jeito bobo e animado, mas não tirava a razão dela.

— Vai limpar a bunda dele, ele vai até mijar na sua cara...

— Que nojo, pai!

Minha versão de 9 anos reclamava, resmungava e ficava realmente pistola só de se imaginar limpando fraldas.

E a princípio, eu fui contrário a toda aquela ideia absurda de ter um bebê em casa. Já tinha eu! *Para quê* outra coisa remelenta que ia quebrar todas as minhas coisas?

Aí, o pivete nasceu. Era isso que ele era. Um pivete chorão. Roubou minha mãe, roubou meu pai, roubou o dinheiro daqueles coroas que nem recebiam direito para nada.

Minha mãe, coitada, trabalhava com filmagem e fotografia de alunos em escolas e meu pai era contador em um pequeno escritório chato de administração. A gente tinha pouco, mas nunca passamos fome.

Só que eu achava que a gente ia passar fome, sim, a partir do momento que aquele moleque crescesse, porque, quando era bebê, era tão gordo, que causava dor nas costas da minha mãe. Mas era fofo, raios, como era fofo.

Ele aprendeu a engatinhar, depois a andar, e irritantemente, vinha correndo, pedir colo para mim, sempre que me via chegando da escola.

— Sai, pivete, sai daqui — dizia, segurando sua testa grande e o empurrando.

— Samuel! — minha mãe gritava da cozinha, enquanto preparava o almoço. — Já mandei parar de chamar seu irmão assim!

— Mas você é um pivetinho — sussurrava para a criança de um ano, que gargalhava, enquanto eu segurava sua testa protuberante.

A pedido de minha mãe, parei de chamar o moleque daquele jeito, pelo menos na frente dela. O tempo foi passando, e eu realmente tive que aprender a trocar fralda suja, e xingava, que nem um louco, quando o moleque apontava aquela mangueira e mijava na minha cara.

Aconteceram três malditas vezes, e eu quase engoli mijo em uma delas.

Minha mãe precisou voltar a trabalhar e meu pai ficava cada vez mais preso no escritório, ainda mais depois que seu problema de visão piorou e ele precisava de um tempo maior para ler e revisar todos os documentos, porque nunca acertava no grau das lentes, que ficava comprando de vendedores ambulantes, já que não tinha dinheiro para fazer um óculos sob encomenda.

Então, eu, depois da escola, era quem tomava conta do garoto. Jhonatan foi um sobrevivente na minha mão, porque eu mal sabia o que estava fazendo. E, constantemente, ainda tinha aquela sensação de estar sendo trocado por aquela máquina de bosta.

Com uns 12 ou 13 anos, não lembrava direito, tive um pesadelo envolvendo minha família toda, que me fez acordar assustado e chorando no meio da noite e correr para o quarto dos meus pais.

Quando abri a porta, minha mãe dormia profundamente, meu pai roncava do seu lado, com os óculos falsos tortos na cara, e o pequeno pivete de, na época 3 anos, estava com aquela boca chorona fechada, chupando uma chupeta imaginária, que fazia seu bico se mover devagar.

Eu estava aliviado por todos eles estarem vivos, então, segurando o choro, funguei baixinho e agarrei a maçaneta para sair do quarto. Aí, ouvi o ronco do meu pai parar.

— Samuel? — ele falou, calmo, com a voz rouca, ajeitando os óculos, que deveria ter tirado antes de cair no sono. — O que foi, meu filho?

Minha mãe continuava dormindo que nem pedra, do lado do pequeno pedregulho de 3 anos.

— Eu tive... — Solucei fraco. — Um pesadelo, pai, mas já passou.

— Oh, meu filho, vem cá — ele disse, se ajeitando na cama e dando mais espaço.

Ele queria que eu deitasse no meio deles.

Sem coragem nem vontade de negar, me igualando ao bebê que estava sobre o colchão, me acomodei sobre a cama grande de casal, abraçando o pequeno fazedor de bosta com cuidado, para que não acordasse. Ele não acordou, mas minha mãe abriu os olhos devagar.

— Sam? — disse, sonolenta, voltando a fechar os olhos e colocando a mão no meu cabelo, me acariciando devagar, enquanto Jhonatan estava no meio de nós dois e meu pai deitava na cama com calma, atrás de mim, virando sua barriga para cima. — O que foi, meu amor?

— Eu tive um pesadelo, mas tá tudo bem, foi o pai que mandou eu deitar aqui.

— E você não queria deitar? — ela dizia, e sua voz saía como um resmungo sonolento, mas ela ria.

— Queria — confessei baixinho, apesar de estar com vergonha.

E ouvi meu pai roncando do meu lado. Dormiu tão rápido, que me assustava.

— Que bom que veio. Você também é o nosso bebê, Sam — ela disse, sorrindo com o canto dos lábios, mesmo que seus olhos permanecessem fechados pelo sono.

Eu confirmei com a cabeça, me aninhando no espaço apertado, colocando a mão em cima da pequena barriguinha cheia do meu irmão.

Os dedos finos de minha mãe continuaram entrando por dentro dos meus fios, me acariciando, em um movimento preguiçoso, até que sua mão parou em cima da minha cabeça, porque ela havia adormecido, com o braço esticado, enquanto fazia carinho em mim.

Peguei sua mão com cuidado e dei um beijo em sua pele, no dorso de seus dedos, então ajeitei seu braço em cima de seu tronco, para que ela pudesse dormir mais confortavelmente.

Ali, me sentindo seguro, amado e completo, eu também adormeci.

15.1
ALUDRA

Dias, meses e anos se passaram.

Se pudesse resumir minha vida nesse período, diria que acabei virando um garoto problemático, que vivia brigando na escola e levava meu mau humor para dentro de casa.

Me apaixonei por uma garota, aos 16 anos, e a desgraçada fez o que queria de mim, até me roubar, além de colocar um belo par de chifres na minha cabeça imensa. Como eu nunca soube me expressar direito, eu não conseguia falar para ninguém o que acontecia, e conforme os anos passaram, isso só piorou.

Meus sentimentos viraram uma bola de neve, só que, ao invés de neve, eram correntes e cadeados que o adolescente idiota não deixava ninguém abrir. Pouco antes de meus pais morrerem, eu estava tão fechado e sério, que nem com eles eu conseguia conversar direito.

Era tão novo, tão dramático e tão babaca.

Deixei que alguém de fora quebrasse, dentro de mim, a coisa mais delicada e preciosa que eu tinha: a sensibilidade do contato com outras pessoas. Com meus pais. E antes mesmo que eu pudesse entender o quanto estava sendo imaturo e fechado, os cacos de vidro desse contato quebrado foram ainda mais estilhaçados, praticamente virando areia, porque meus pais morreram sem que eu nem sequer pudesse me despedir deles, sem que pudesse pedir perdão, e carreguei essa culpa por muitos e muitos anos, não sabendo ao certo se um dia conseguiria tirá-la dos meus ombros.

Deixado para trás, com um garoto de 10 anos para cuidar, me vi desesperado, a ponto de me trancar no meu quarto e beber até o álcool me derrubar. Até tudo ficar turvo, embaçado, indecifrável e, por fim, escuro. Porque eu não aguentava sentir, não aguentava viver. Mas algo, no meio daquela merda toda, fazia com que eu me segurasse aos resquícios de vida que eu ainda tinha.

Algo...

Alguém.

— Sam? — um moleque, fungando, empurrava a porta do meu quarto devagar, com a cara inchada de choro, ao mesmo tempo que possuía olhos tão amedrontados. Ele era tão parecido com meu pai, que me dava ainda mais vontade de chorar.

— O que foi, pivete? — perguntei baixo, virando o corpo na direção da parede e abraçando um travesseiro grande na minha cama.

— Tô com fome — ele disse, fungando de novo. — Só tem um pacote de feijão na dispensa e água na geladeira... Eu... — Sua voz chorosa me irritava, ao mesmo tempo que me quebrava por inteiro. — Eu não sei fazer feijão.

Já fazia quase trinta dias que meus pais haviam falecido. Em todo esse tempo, nós sobrevivemos com o que tínhamos em casa e com coisas que os vizinhos mandavam, e mesmo que eu tivesse um pouco de dinheiro, porque era o que meus pais tinham no banco, sabia que não duraria para sempre.

Respirando fundo, me levantei da cama e fui até meu armário, tirando um moletom preto surrado, enquanto olhava para a jaqueta de couro falso que meus pais haviam comprado para mim, que foi achada na mala do carro, no dia do acidente.

Eu não conseguia usar aquilo...

Colocando o moletom de qualquer jeito, passei por Jhonatan, batendo o braço no seu, e pegando meu cartão, saí de casa, caminhando devagar até a mercearia mais perto, no final da rua.

Já no local, coloquei meu cartão no caixa eletrônico e visualizei o saldo: 1.500 pratas para passar o resto da vida. A casa era própria, estava no nome da minha mãe e havia herdado de seus pais. Mas tínhamos luz, água, internet, televisão e comida para pagar. Aquele dinheiro duraria, no máximo e com muita economia, dois meses. Ainda precisava pagar as passagens de Jhonatan até a escola e a mensalidade da minha própria faculdade.

Caralho, a minha faculdade...

Não... não ia dar para continuar.

Gastei o mínimo possível naquela mercearia, mas tentei comprar o suficiente para que eu e meu irmão sobrevivêssemos por aquela semana. Tendo chegado em casa, preparei silenciosamente uma refeição que deve ter ficado uma merda, porque eu não sabia cozinhar, mas Jhonatan comeu com tanto gosto e tanta pressa, que, assim que ele me agradeceu e foi para o quarto, eu chorei.

Chorei porque o pivete estava com fome há mais tempo do que ele me confessou e eu não sabia cuidar dele.

Chorei porque eu não sabia o que fazer.

Chorei porque eu não sabia cuidar nem de mim mesmo...

O que eu faria com Jhonatan?

Jogado na minha cama, com uma garrafa de vodca pura na mão, bebericava o líquido como se fosse água, não sentindo mais ardência nenhuma quando a bebida descia pela minha garganta. Eu já estava anestesiado. Tonto, demorei a entender que meu telefone tocava, e quando o alcancei, no chão, eu caí, batendo o rosto no assoalho.

— A... porra! — Cuspi sangue sobre o chão amadeirado. — Alô?

— *Samuel?* — uma voz masculina soou do outro lado da linha, mas eu não reconhecia quem era.

— Quem... — Tudo rodava, o gosto ferroso do sangue ainda estava presente em minha língua, enquanto eu tentava levantar devagar. — Quem é, porra?

— *É o Nataniel...*

Ah...

Meu melhor amigo da escola. Um maconheiro que vendia drogas depois das aulas.

Apesar de traficante, eu gostava muito dele, parecia um tipo de irmão pra mim. Ele deu umas porradas em uns caras quando começaram a me chamar de corno pelos corredores.

— Oi... — Respirei fundo quando levantei do chão e sentei na cama, ainda completamente tonto. — Oi, Nataniel.

— *Eu fiquei sabendo do que aconteceu* — ele dizia, calmo, do outro lado da linha, porém seu tom de voz era levemente preocupado. — *Desculpe não ter ligado antes, eu estava ocupado com algumas coisas.*

— Tudo bem. — Abaixei o rosto, colocando o cotovelo sobre a perna e, em seguida, esfregando meus olhos com força, sentindo as vistas doerem. — Obrigado por ligar.

— *Eu sinto muito pelo que houve. Como você está?*

— Não consigo dizer que estou bem — confessei, sem ânimo.

— *Consigo imaginar. Você está precisando de alguma coisa?* — sua voz continuava preocupada.

Nataniel e eu não éramos do tipo que compartilhávamos segredos profundos e sentimentais, apesar dele ter ciência das merdas que eu passei com a garota na escola. Assim que terminei os estudos, aos 18 anos, logo entrei na faculdade, e nosso contato não morreu, mas era praticamente escasso, com trocas de mensagens de meses em meses. Ainda assim, me senti bem por ele demonstrar que ainda se preocupava comigo.

Da galera da escola... ele foi o único que ligou.

— Por enquanto, estamos bem — confessei, sem conseguir abrir totalmente minha vida naquele momento.

— *Por enquanto?* — sua voz era quase incisiva.

— É... tenho um pouco de dinheiro, mas dá pra um tempo ainda. Eu tenho que sustentar o meu irmão e vou procurar um emprego, logo eu consigo alguma coisa.

— *Entendo* — ele disse.

Então, Nataniel emudeceu por alguns segundos, em um silêncio um pouco incômodo. Porém, quando abri a boca para tentar prosseguir com o assunto, ele quebrou aquele silêncio.

— *Estou trabalhando com uma carga nova. É mais segura que a maconha e me dá mais dinheiro.*

— O que... — Franzi meu cenho, com o tom de voz julgador já quase o esfaqueando pelo telefone.

— *O dinheiro é fácil e rápido. Não estou te obrigando a trabalhar comigo, mas você é uma das poucas pessoas em que eu confio.*

Sua confiança devia vir do fato de que eu nunca o dedurei e até o encobri algumas vezes.

— Não faço essa porra, Nataniel. Quer me foder?

— *Já disse* — ele falou, respirando fundo, provando ter mais paciência do que eu esperava. — *Não estou obrigando você, e o dinheiro é rápido e fácil. Me ligue se estiver precisando de trabalho.*

— Já deu seu recado, obrigado pela ligação.

E desliguei o telefone, nervoso, mal acreditando que o cara tinha, realmente, me sugerido uma porra daquelas.

Porra, Nataniel estava louco.

15.2
IOTA CANIS MAJORIS

Após a fatídica ligação, os dias passaram.

A comida da semana acabou, eu precisei comprar mais e, tendo pagado as contas de luz, água e internet, observei o dinheiro se esvaindo, sem nenhuma esperança de reposição. Eu tinha uma tia distante, que não tinha dinheiro nem para se manter.

Tinha um vizinho, que vinha quase todo dia com alguma besteira ou doce diferente, para que ele e Jhonatan pudessem comer e distrair a cabeça. Eu agradecia aos céus por aquele garoto, alguns anos mais novo que eu, visitar Jhonatan e, por algum milagre, arrancar dele algumas risadas.

Eu já não sabia quando iria conseguir sorrir de novo, mas tinha algo de reconfortante em saber que o pivete tinha alguém para ajudá-lo nisso. Um pivete maior, que, com o tempo, acabou sendo, também, meu protegido.

Sem saída e sem esperanças de continuar estudando, fui até a faculdade, tranquei meu curso de Química e, no mesmo dia, fui até uma fábrica, no centro da cidade, que estava com vagas de emprego para trabalhar na produção de peças de borracha para carros novos.

Eu deveria ter me sentido triste por ter perdido minha bolsa parcial, por ter trancado meus estudos, por sentir que eu nunca mais voltaria a estudar, mas nada conseguia me deixar mais no fundo do poço do que eu já estava, pelo desespero de colocar comida na boca do meu irmão.

Nada... a não ser uma demissão prematura.

Quando completei um mês de serviço, tendo ganhado meu primeiro salário, que dava apenas para pagar as contas da casa e tirar alguma grana para comida, um dos supervisores me chamou na sua sala, dizendo que minha produção era boa, mas os funcionários estavam reclamando de mim.

Eles diziam que eu era assustadoramente sério e que parecia um psicopata. Era o motivo mais idiota possível. Não podia ser verdade uma porra daquelas!

Eu reclamei, briguei, gritei. Precisava daquele emprego com toda a minha vida, precisava alimentar meu irmão. Entretanto, gritar e me enfurecer parecia ter sido a cartada final para que eles me demitissem com propriedade.

Uma semana depois, consegui vaga em um restaurante como garçom, mas eu era um merda, que não conseguia equilibrar bandejas, e depois da terceira ou quarta vez dando prejuízo à casa, derrubando coisas pelo caminho, o dono do restaurante me pagou o equivalente a duas semanas de trabalho e me mandou embora.

Eu estava começando a entrar em desespero. Sentado no chão da sala, enquanto usava o celular, estando em casa mais cedo do que o esperado, vi Jhonatan chegando da escola e jogando a mochila pesada no sofá, depois correndo até o banheiro para mijar.

— Põe a mochila no teu quarto, pivete.

— Já tô indo — ele resmungou, voltando do banheiro e catando a mochila, para depois ir até o quarto e jogá-la sobre a cama.

— Tem ensopado de batata com frango na pia da cozinha — falei baixo, enquanto sentia minhas costas deslizarem, quase deitando por completo no chão.

O garoto foi até a cozinha com pressa, parecendo estar com fome, já que ele não havia levado lanche para o intervalo naquele dia. A gente estava economizando e o máximo que conseguíamos comprar era a comida para ser feita em casa.

Voltando com um prato maior que a cara dele, se largou no sofá, jogando um pouco de arroz por cima do corpo, com um movimento brusco, e por consequência, deixando alguns grãos caírem sobre a minha cabeça.

— Caralho, senta direito!

— Desculpe, Sam — o fedelho de 10 anos e meio disse, já com a boca cheia, enfiando uma porrada de arroz e frango para dentro. — Eu tô morrendo de fome.

Toda vez que Jhonatan evidenciava o quanto estava com fome, algo dentro de mim se partia.

Liguei a televisão, comecei a passar os canais, e quando passei por um desenho de um moleque com uma cabeça de bigorna enorme, o pivete pediu para que eu deixasse lá.

Acatando seu pedido, respirei fundo e observei aquela cabeça anormal, quase rindo com as gargalhadas infantis que a criança, cheia de arroz na boca, dava atrás de mim. Passado pouco mais de uma hora, o garoto levantou, levou o prato até a pia, depois o lavou e voltou para a sala.

— Tava muito gostoso, Sam... obrigado — ele agradeceu, daquela forma fofa irritante, e saiu da sala, depois de me dar um aceno breve com a cabeça.

O pivete era todo engomadinho e educado nessa idade, nem parecia que ia crescer e se tornar um cavalo boca suja. Um cavalo boca suja que nem eu.

Respirando fundo mais uma vez, pensando na minha demissão de mais cedo, levantei do chão, com a rapidez de uma lesma, e me arrastei até meu quarto, vendo, na garrafa de vodka pela metade, uma amiga naquele fim de tarde.

Meus dedos grossos agarraram o gargalo gélido, fazendo com que, ao mesmo tempo que meu corpo batia contra o colchão ralo, meus lábios fossem de encontro com o vidro úmido, que derramava álcool para dentro da minha boca em seguida.

E eu dei um, dois, três goles. A sensação se repetia.

A bebida rasgava, queimava, ardia e, momentos depois, já não causava efeito nenhum. Mas o torpor vinha e, junto dele, as lágrimas desesperadas. Era mais um dia bêbado, chorando atônito, enquanto sentia falta dos meus pais. Enquanto não sabia o que fazer da minha vida. Enquanto achava que iria matar meu irmão de fome e, consequentemente, me matar em seguida.

Encurralado como um rato, que se espreme em um cano entupido e a única saída é voltar para onde um gato esfomeado o espera, peguei meu celular. Nele, disquei um dos números que havia me ligado, há mais de um mês, com plena consciência de que a decisão que eu iria tomar, no momento seguinte, não era nada mais do que momentânea.

— *Alô?*

— Uma vez só, Nataniel. — Engoli em seco, tentando parecer sóbrio. — Preciso trabalhar só por uma noite e eu caio fora.

— *Certo* — disse, sério.

Percebia-se uma pequena movimentação ao fundo da ligação, mas o aspirante a *Al Capone* não pretendia me deixar ouvir por muito tempo.

— *Hoje, meia-noite, na área abandonada no porto, você sabe onde é* — soltou, de forma objetiva.

E ele desligou, me deixando apenas com um horário e um endereço.

— Porra — xinguei, me arrastando na cama até ficar sentado, colocando a garrafa de vodca no chão e balançando a cabeça negativamente. Eu realmente estava fazendo aquilo.

15.3
Z CANIS MAJORIS

Nervoso, senti as horas se arrastando, enquanto ouvia Jhonatan de volta à sala, esparramado no sofá e vendo seus desenhos novamente.

Quando se aproximou das 22h, ele me deu boa noite, e sem muita demora, seu ronco baixo podia ser ouvido pela casa, já que o pivete dormia de porta aberta, assim como eu estava tentando fazer. Nós gostávamos da sensação de sempre podermos chamar um ao outro, caso precisássemos.

Faltando 30 minutos para a meia-noite, olhei o garoto, que babava no travesseiro, em um sono profundo e aparentemente calmo. Não tive coragem de acordá-lo para avisar que iria sair, então deixei um bilhete colado na televisão, dizendo para ele não se preocupar, que logo estaria de volta, caso acordasse para mijar e não me visse por lá.

Fui até meu armário, para pegar meu moletom surrado, e quando abri as portas caindo aos pedaços, dei de cara com a mesma jaqueta de sempre, que eu ignorava de propósito, parada no canto.

Respirei fundo...

Levei meus dedos ao couro sintético, segurei o tecido surpreendentemente confortável e, tomando minha decisão, tirei a peça do cabide. Pela primeira vez, coloquei no meu corpo, olhando para o espelho pequeno, no interior do armário, e vendo como aquilo ficava bem em mim. Minha mãe sempre soube escolher bem minhas roupas. Eu nunca precisei estar por perto para que ela acertasse meu tamanho e gosto.

— Se eu morrer hoje — falei, sentindo o peito pesar —, encontro vocês já usando a jaqueta.

Então, saí de casa usando uma bicicleta velha do meu pai, pedalei até o local, chegando lá e sentindo as pernas queimarem *pra caralho*, porque não fazia isso há muito tempo. Mas era minha única opção se não quisesse chegar atrasado.

— Veio de bicicleta, é? — Ouvi a voz conhecida se aproximar de mim, com um toque de humor no tom.

— Não tem ônibus a essa hora e... — vacilei. — O carro dos meus pais... — Pigarreei, sem graça, tentando passar a corrente da bicicleta em uma das grades do arame, que circulava parte das docas abandonadas.

A expressão de Nataniel ficou mais séria, enquanto ele se aproximava de mim.

— Vamos dar um jeito no teu transporte na próxima vez — ele disse, decidido, com a autoridade que sempre vi nele, porém, naquela noite, parecia um pouco mais acentuada.

— Não vai ter próxima vez, Nataniel — disse, decidido, me erguendo, depois de ouvir o *"click"* do cadeado, e encarando meu antigo colega de sala. — Eu vou fazer o serviço que você me passar, pegar a grana e meter o pé.

Nataniel me observava, ameno, mas algo em seu olhar denunciava o quanto ele duvidava de minhas palavras. Eu não conseguia imaginar porque ele estava tão seguro assim de que essa não seria a minha única vez trabalhando nisso.

— Certo — disse, quebrando o silêncio entre nós dois. — Vamos, o trabalho já vai começar.

Então, ele começou a andar comigo o acompanhando logo ao lado.

Nós andamos em silêncio por algum tempo, até entrarmos em uma fenda aberta, daquele muro de grades deterioradas, estando, enfim, no interior do porto quieto. A única coisa que se ouvia era o barulho do mar próximo, quebrando nas pedras e nas embarcações abandonadas, enquanto nossos pés, antes no concreto, agora tocavam as tábuas, quase apodrecidas de madeira por causa da água salina.

Caminhávamos com cuidado sobre um caminho largo, que, antes de carga e descarga, agora só possuía um certo tipo de musgo, sendo cada vez mais fechado e estreito por entre caixas de madeiras.

Mas depois que passamos por um corredor estranho, que parecia ter sido feito propositalmente daquela forma, nos deparamos com um cenário totalmente inusitado. Escondido e envolto de *containers* estrategicamente arrumados, ali estavam dois homens, armados até os dentes, possuindo tatuagens e cicatrizes tão evidentes, que eu poderia facilmente dizer que fizeram uma viagem ao Inferno e voltaram.

— Estes são Dane e Carlo.

Com um aceno breve de cabeça, me posicionei na frente dos dois e esperei qualquer comando que fosse.

— Senhores, o trabalho de vocês esta noite... — Nataniel andava calmamente até um container fechado atrás dos dois capangas. — É levar todas essas caixas para o caminhão estacionado no caminho atrás daquelas rochas.

Então, ele apontou para outro lado, mostrando um corredor estreito, no meio de pedras, que parecia mais um tobogã da morte, de tão perigoso que o lugar estava. Aí, ele abriu o container.

— Puta que pariu! — não aguentei e soltei, quando vi a carga no interior.

Caixas. Caixas *pra caralho*. Caixas que abarrotavam o interior do container.

Os caras, Dane e Carlo, começaram a rir com suas vozes grossas e assustadoras, e Nataniel, tentando segurar o riso, se colocou na minha frente.

— Pode ir embora se quiser...

— Pro caralho. Eu disse que ia trabalhar e vou trabalhar.

— Perfeito — sua voz soou satisfeita, então ele começou a erguer as próprias mangas e andou novamente em direção ao container. — Vamos começar.

Eu não esperava que Nataniel colocasse a mão na massa, mas, igual a nós três, ele trabalhou a noite toda, carregando caixas pelo mesmo caminho perigoso que todos nós fazíamos. As caixas, todas feitas de madeira, eram pesadas demais, então nós trabalhamos em duplas. Eu com meu ex-colega de classe e os carrascos do Capeta entre si.

Foram três horas exaustivas, nas quais eu quase caí, em uma das idas até o caminhão, percorrendo aquele caminho tenebroso. Sendo ajudado por Nataniel, me livrei de um traumatismo craniano fodido. Ele preferiu salvar minha cabeça do que uma das caixas, que, por sorte, não abriu quando foi jogada às rochas.

— Valeu, cara — disse, respirando rápido pelo susto, voltando a pegar a caixa com ele e retomando o caminho de antes.

— Acho que sua cabeça aguentaria a porrada — ele falou, rindo baixo. — Mas achei melhor não arriscar.

Acabei rindo com o seu comentário, mesmo que de forma breve e mesmo que minha cara voltasse a ficar fechada no minuto seguinte, mas trabalhar com Nataniel era menos desagradável do que eu imaginava. Mesmo no meio de todas aquelas pedras assassinas.

Quando o caminhão estava cheio e não havia mais nada no porto abandonado, Carlo e Dane entraram no veículo, deram partida e sumiram de nossas vistas.

— Acabou? — perguntei, exausto, colocando as mãos sobre o joelho e respirando fundo, enquanto sentia o peito queimar, por causa do trabalho braçal excessivo.

— Se você quiser, sim. Se quiser ir para a segunda parte do trabalho de hoje, eu dobro o dinheiro que eu ia te dar — Nataniel dizia, levando a mão direita até o cabelo e o penteando, com os dedos, para trás de forma preguiçosa.

Estalei a língua, porque não queria continuar trabalhando, estava cansado feito um caralho, mas lembrei de Jhonatan...

E foi o suficiente para tomar minha decisão.

— Já estou aqui, então vamos.

— Me dá um minuto. — Sorrindo de forma encorajadora, Nataniel deu um tapa nas minhas costas e deu alguns passos, até virar a pequena curva fechada, sumindo da minha vista.

No segundo seguinte, faróis foram ligados, e em seguida, um carro parou a minha frente. Era uma *Saveiro* cinza antiga, que parecia cair aos pedaços.

Depois que Nataniel abaixou os vidros escuros e fez sinal para que eu entrasse, sentei no banco do carona e notei que o interior do carro era absurdamente diferente do seu exterior. Por dentro, parecia que eu estava em um conversível.

— Que porra. — Franzi o cenho, passando o olho por toda a extensão do painel robusto e modificado.

— Viva no luxo, mas não chame a atenção, Samuel — ele me aconselhou, dando partida no carro e começando a rodar devagar.

Naquele momento, eu mal sabia que levaria aquele conselho para toda minha vida.

Só que eu evitava até a parte de viver no luxo.

— A bicicleta do meu pai — lembrei, quando Nataniel estava fazendo a curva para deixar aquele local.

Entendendo minha fala, ele deu a volta e dirigiu por alguns breves minutos, até que estivéssemos na frente da grade em que eu a havia deixado. Seguindo seu pedido, a coloquei na caçamba da *Saveiro* e voltei ao carro, deixando que ele me levasse onde pretendia.

O destino era um galpão pequeno, em outra área remota que eu não conhecia. Parecia ainda ser Astra, mas era algo como a divisa, eu não sabia dizer com exatidão.

O segundo trabalho da noite era tirar as malditas caixas do caminhão e colocar no galpão, enfileiradas e sobre *pallets*, para que não tocassem no chão. Não sabia o que havia em seu interior, mas descobri, quando eu e Nataniel colocamos a última unidade na frente de todas as outras, já dispostas e organizadas.

Carlo e Dane usavam pés de cabra para abrir o caixote de madeira, revelando pequenos pacotes pretos, com inscrições douradas, no seu interior.

Eram cigarros de uma marca chamada *Tessaurus*. Eu nunca tinha ouvido falar, mas parecia caro *pra caralho*. Fedia a dinheiro.

Nataniel pegou dois deles, jogou um para cada capanga, enquanto eu ouvia suas risadas grossas soando.

— Valeu, chefe — os homens mais velhos diziam, mostrando um respeito anormal a alguém que era tão mais novo que eles.

Aquilo era fodido de estranho.

— Pagamento na conta pela manhã. Boa noite, senhores.

Assentindo, os dois saíram do local juntos, segurando suas pequenas trouxas de cigarro, enquanto trocavam palavrões entre si e reclamavam sobre coisas cotidianas.

— Você ainda fuma? — Nataniel perguntou, fazendo com que eu me lembrasse das ocasiões em que fumávamos juntos. Às vezes, coisas que iam além dos cigarros comuns.

Então, ele pegou uma das pequenas trouxas pretas, abrindo-as e tirando de lá um maço de cigarros, igualmente preto, com as mesmas inscrições douradas na frente. Tinha um emblema de um dinossauro segurando um baú do tesouro. Era uma logo engraçada.

— Às vezes... mas já faz tempo que só tenho bebido.

— Experimenta esse — disse, dando um tapa leve no fundo do maço, fazendo com que apenas um cigarro se elevasse.

Então, esticou o braço, oferecendo-o para mim. Peguei o cigarro, levando-o aos meus lábios, e em seguida, observei Nataniel se aproximando, tirando um isqueiro prateado de seu bolso e girando a roda que o acendia.

Chegando o objeto prateado perto do meu rosto com maestria, meu antigo colega de classe acendeu o cigarro que estava na minha boca, depois acendeu o seu próprio e, em um único movimento, fechou a tampa do isqueiro, provocando um tilintar agudo na peça que ele voltava a colocar no bolso.

— Porra — disse, após sentir o toque aveludado chegar a minha língua.

Eu nunca havia fumado um cigarro tão *fodidamente* bom. Nataniel sorria com o canto dos lábios, enquanto levava o próprio cigarro à boca, tragando com a lentidão de quem desfrutava o paladar fino que aquilo proporcionava.

— É bom *pra caralho*, não é? — ele perguntou, antes de soltar a fumaça devagar pelos lábios.

Eu apenas afirmei, enquanto voltava a fumar.

— Aqui — disse, tirando um envelope gordo e pequeno do interior da jaqueta e entregando para mim. — Seu pagamento pela noite.

Dando uma última tragada, mesmo que não houvesse finalizado por inteiro, andei alguns passos até a porta do galpão e joguei o cigarro fora, pisando em sua brasa, então voltei ao interior do local, abrindo o envelope devagar.

Em uma madrugada só, eu fiz o equivalente a um salário de um mês da fábrica em que fui demitido.

— Tem dinheiro demais — falei, franzindo o cenho e olhando para Nataniel com desconfiança.

— Essas caixas valem mais do que o seu traseiro e esse carregamento é exclusivo meu — ele dizia, calmo, terminando de fumar seu cigarro, para depois jogar a guimba no chão e pisar sobre ela devagar.

Tudo era misterioso demais e talvez eu não devesse me meter, mas eu não conseguia ficar quieto.

— Como elas chegaram no porto abandonado? — perguntei, curioso, colocando o envelope com o dinheiro dentro da jaqueta.

— Antes de você chegar, uma barcaça velha as trouxe para mim. São cargas extraviadas que vem de uma fábrica em Tagarraz.

— E como conseguiu isso, Nataniel? Você só trabalhava com maconha adulterada, cheia de orégano e terra!

Nataniel soltou uma risada baixa, balançando a cabeça negativamente e andando até um dos caixotes fechados, se sentando ali e cruzando as pernas, enquanto olhava para mim.

— Antes de terminarmos nossos estudos, há um ano, eu trabalhava para um tio meu. Ele morreu, assassinado com um tiro na cabeça, e o motivo foi esse carregamento.

Arregalei os olhos.

— Caralho! E você quer que eu trabalhe com isso?

— A pessoa que matou meu tio não está mais viva...

Arregalei ainda mais os olhos com a informação que ele me passava e com tamanha calmaria em sua voz.

— No entanto, a carga ainda existe e o fornecedor também, então alguém precisa continuar o serviço.

Levei minhas mãos ao rosto, esfregando a região cansada, enquanto bufava um ar pesado dentro de minhas palmas.

— Você só tem 19 anos, caralho — soltei, em um tom de reprovação misturado à culpa por estar ali.

— Você também... e não é por isso que não passou por merdas que pessoas da nossa idade não deveriam passar. Não é?

Eu não conseguia concordar nem negar, apenas respirava fundo e encarava o olhar calmo, porém firme, de Nataniel. Ele estava muito certo do que fazia, de seus riscos, mas, principalmente, das recompensas que tinha por escolher aquele caminho.

Vendo que não teria mais nada de mim, porque eu simplesmente não conseguia formar uma opinião sobre tudo o que ele me confessara naquela noite, mostrando que confiava em mim além da minha compreensão, nós deixamos o galpão pequeno, com Nataniel trancando tudo.

Logo em seguida, voltamos a sua *Saveiro*, então Nataniel me deixou em casa, e tirando minha bicicleta da caçamba, a coloquei na garagem velha e vazia.

Quando entrei em casa, olhei Jhonatan por alguns momentos, roncando da mesma forma que roncava quando o deixei, depois andei, me arrastando, até meu quarto. Tirei minha jaqueta, a coloquei, cuidadosamente, no armário novamente, depois me joguei na minha cama, respirando tão fundo, que sentia a porra do meu peito doer.

Segundos depois, repousei a mão sobre o bolso da minha calça, sentindo uma protuberância retangular ficar em evidência.

Enfiando os dedos ali, tirei do bolso um maço preto, com as inscrições douradas. A porra do cigarro mais caro que eu já tinha visto. Era um *Tessaurus* lacrado que Nataniel havia me dado.

Com a janela do quarto aberta e já pouco me fodendo para qualquer coisa, estiquei o braço até a escrivaninha, peguei meu isqueiro velho e voltei a me jogar na cama, catando um cigarro e o acendendo. Enquanto eu tragava e observava a fumaça rala se dissipar lentamente, pensava sobre o que havia feito na última noite.

Participei de um contrabando.

Não era isso que meus pais queriam para mim.

Jhonatan não merecia um irmão com esse futuro.

15.4
BETA CANIS MAJORIS

Os dias foram passando.

O dinheiro foi acabando novamente, eu continuei tentando emprego nos lugares que apareciam para mim, mas todas as poucas oportunidades que conseguia pagavam muito menos do que Nataniel me pagou em apenas uma noite.

A sedução do dinheiro fácil venceu, pouco a pouco, o corpo do cara que já estava quase entregue ao desespero.

E eu me entreguei.

Me entreguei às noites de contrabando, ao bando de Nataniel. E quando eu me dei conta, já não havia volta, porque eu tinha até ganhado uma arma.

— Não sei usar essa porra. — Grunhi, segurando o revólver gelado, o balançando para cima e para baixo, sentindo seu peso.

— Não é pra bater punheta com a arma, Samuel — a voz de Nataniel soou séria, mas eu apenas revirei os olhos, mandando-o *tomar no cu* em seguida. — Provavelmente não vamos usar armas, pelo menos eu espero que não — ele continuou calmamente, se colocando ao meu lado e puxando o próprio revólver, guardado na parte traseira do cinto, escondido na sua jaqueta jeans preta. — Mas é melhor saber atirar. Confie em mim.

Assenti, mesmo que não soubesse nem onde enfiar o dedo, observando as garrafas de cerveja que Nataniel havia enfileirado na nossa frente, em distâncias diferentes.

Cinco metros, dez metros, vinte, trinta e cinquenta metros.

— Aquela última lá — disse, olhando para uma garrafa azul, quase neon, no final daquele bosque escondido nas divisas de Astra. — Se foder, longe demais.

— Calma — meu colega-chefe disse baixo, levantando a própria arma e a empunhando. — Primeiro as próximas.

Respirei fundo, imitando seus movimentos.

— Essa arma que está na sua mão é um *Ikarus ZX 22*. Você é grande, não deve dar muito recuo, mas mantenha a postura igual a minha — ele dizia, ajeitando o corpo e posicionando os ombros de forma linear. — Se ficar de qualquer jeito e não tiver firmeza nas mãos, a arma vai voltar na sua cara estranha e quebrar seu nariz.

— Cara estranha é o meu pau — resmunguei.

Nataniel soltou uma risada baixa, depois voltou a falar.

— A arma está carregada, então você só precisa se preocupar em atirar. Destrava — ele falou, fazendo o comando que eu imitei. — Agora dedo no gatilho.

Com o dedo no arco que daria o tiro, olhei totalmente para a frente, me concentrando nas garrafas que eram os alvos. Ele havia até pendurado duas delas, estavam na altura da cabeça de um ser humano.

Porra... eu estava sendo preparado para a guerra?

— Alguém vai ouvir — disse, nervoso, mas não por alguém realmente ouvir. Eu ia errar e dar um vexame do caralho.

Minha mira sempre foi muito boa, mas para acertar coisas na cabeça de Jhonatan, bolinhas de papel na cabeça dos garotos da minha antiga sala de aula ou pedaços de giz na careca dos professores. Nos jogos de tiro eu também era bom. Mas isso era irrelevante, eu sabia que, na prática, a porra toda era diferente.

— Quando quiser — Nataniel soltou, na tranquilidade, tirando o dedo do gatilho, abaixando sua arma e voltando a colocá-la na parte traseira de seu cinto.

Respirei fundo, fechei os olhos por um segundo, depois voltei a abri-los e, como pedido, mirei na garrafa mais próxima, uma verde. Fiz meu primeiro disparo, mantendo a postura para o recuo não ser muito agressivo, e consegui me posicionar bem.

Mas o mais surpreendente mesmo foi ter acertado.

— Boa, caralho! — Nataniel vibrava do meu lado.

Ele parecia gostar muito dessa coisa toda de atirar e ensinar a pegar em armas, estava animado de um jeito que eu nunca vi.

— Agora as mais distantes. Respira fundo, fica frio... toma teu tempo.

Eu assenti e, voltando à concentração antiga, tentei o segundo tiro e acertei de novo. Assim como acertei todos os outros e tomei umas porradas nas costas, toda vez que Nataniel comemorou meu sucesso.

— Imaginei que você era bom — ele disse, tirando um maço de Tessaurus de dentro da jaqueta escura e oferecendo para mim em seguida. — Mas, caralho, *sniper*...

Eu ri, mas foi um riso incrédulo, porque aquilo era surpresa até para mim. Quer dizer que atirar giz de quadro negro, com precisão, exatamente no meio da careca do professor, me ajudou, todos esses anos, com a minha pontaria?

Quem diria...

Eu aceitei o cigarro, e enquanto olhávamos para o vidro estilhaçado a nossa frente, Nataniel acendia nossos cigarros, em um momento de silêncio em que aproveitávamos apenas o gosto mortal do objeto caro.

— Toma — falei, entregando o revólver para Nataniel.

— É sua — ele disse, simples, tragando com lentidão e, em seguida, inclinando o rosto para o alto, soltando a fumaça devagar.

— Eu posso dar um tiro na sua bunda sem querer — disse, sério, mas eu estava meio cagado de medo de realmente fazer isso.

Nataniel soltou uma gargalhada rápida.

— Seria engraçado, mas fodido... Imagina? Morrer por causa de um tiro na bunda.

— Morrer com um tiro, em qualquer lugar, não deve ser nada legal — falei, abaixando a mão e mantendo o revólver baixo, enquanto nós continuávamos fumando.

Nataniel ficou em silêncio, olhando para algum ponto desfocado, enquanto pensava sobre algum assunto que eu não conseguia adivinhar com minha bola de cristal imaginária.

— No que está pensando? — perguntei, desconfiado.

— Em nada... vamos?

Sei...

Naquele momento, senti o peso da arma me incomodar, então toquei nela.

— Isso é caro, caralho — disse, voltando a tentar entregar o revólver para Nataniel.

— Considere como um presente de aniversário.

— Não é meu aniversário.

— Por todos que eu não te dei — ele concluiu, baixando o rosto e olhando para mim, enquanto ria suavemente. — Agora tem que dar um nome.

— Coisa brega do caralho. — Grunhi, prendendo o cigarro com os lábios, enquanto colocava a arma na parte de trás da calça, escondendo-a com a jaqueta.

— Faz parte do bando... se tem arma, tem nome. Assim, a gente fala em códigos, se precisar.

Pensei por um momento, mas a primeira coisa que me veio à cabeça foi o nome de minha ex-namorada. Se essa arma destruísse pessoas do jeito que ela me destruiu, deveria ter o nome da desgraçada.

— Dalila — soltei.

— Nome maneiro — ele caçoou.

— E qual é o nome da sua arma, seu fodido?

— Perseu — ele disse, simples, dando a última tragada, jogando o cigarro no chão e pisando em seguida.

— É mais legal — confessei que nem criança.

— Sim, é. — Então, girou no próprio eixo, andando devagar. — Vamos, Sansão.

Balancei a cabeça, deixando uma risada nasal no local e logo seguindo Nataniel.

15.5
TAU CANIS MAJORIS

Os dias se passaram e, com eles, as semanas também, mas é claro que meu chefe não ia querer que eu ficasse apenas com o treinamento da floresta. Não muito tempo depois, estávamos em uma sala estreita, feita com o mesmo propósito daquele bosque esquecido pelo governo.

O propósito de treinar tiros.

A sala estreita, ainda sendo construída, era debaixo de um açougue, lugar que Nataniel havia comprado há meses, já que precisávamos de algum canto escondido, além dos galpões. Um lugar mais seguro, com isolamento acústico para que pudéssemos esconder armas e tratar de logística criminal.

Quem diria que precisaríamos, praticamente, de um escritório de contabilidade e administração para gerir todos os contatos, dinheiro e negócios em geral.

Ali, eu treinei... treinei mais do que gostaria de admitir. Porque, no final, eu descobri que gostava de atirar. E descobri que era bom *pra caralho* naquilo.

Melhor até que Yan Derugi, um médico-bandido que Nataniel mantinha na manga e chamava toda vez que fazíamos trabalhos pesados. O cara era novo, talvez tivesse a minha idade, mas entendia tanto de procedimentos médicos e cirurgia, que me embrulhava o estômago. Ele estudava Medicina, fazia várias residências, parecia cada vez mais focado em ser foda na sua própria área, mesmo tão novo.

Também era muito bom com armas, o que era estranho *pra caralho* na minha cabeça.

As coisas foram mudando, os serviços crescendo, tomando outras proporções e os anos passando.

E eu fui ficando rico.

Comecei a esconder dinheiro dentro do sofá da minha casa, debaixo da minha cama, no meu armário.

Eu já não sabia onde colocar a grana que sobrava, me certificando de depositar umas duas mil pratas, por mês, em uma conta com meu nome e a mesma quantia em uma conta com o nome de Jhonatan.

Em um país com diversas profissões não regulamentadas, não era anormal que quantias aleatórias entrassem mensalmente na sua conta, mas eu não podia colocar mais do que isso, senão chamaria atenção demais, mesmo que, todo mês, quebrasse os valores e os diferenciasse dos depósitos anteriores.

Como se fosse um dinheiro calculado por um chefe que conta todas as suas horas extras e faltas. Eu precisava ter esse cuidado...

Jhonatan já tinha os pais mortos, não precisava ter o irmão preso, então eu tomava cuidado com a única coisa que ainda tinha controle nas minhas mãos.

Depois dos 15 anos do pivete, as coisas começaram a ficar difíceis no bando. A polícia apertou o cerco. Alguns homens nossos foram presos, nós paramos de trabalhar por uns dois meses, mas sempre com dinheiro, nenhum de nós se preocupou em passar fome ou algo do tipo.

Só que Nataniel precisava manter o carregamento ativo, e logo voltamos ao trabalho. Dessa vez, com menos homens.

— Só você, Carlo, Dane, Vander e Oscar — ele dizia, sério, enquanto olhava seu notebook, que continha informações que eu não entendia.

— Mas nós éramos mais de vinte, cara — resmunguei, olhando o carregamento de Tessaurus dez vezes maior do que na primeira noite em que trabalhei.

Sabia que toda aquela merda iria sobrar para mim.

— Alguém denunciou a gente, cara... eu sei disso — Nataniel dizia, cansado, fechando o notebook e o colocando dentro de seu carro. — Eu só confio em vocês e vou precisar fazer alguma coisa para recrutar gente que fique do nosso lado, eu só não sei como.

Naquela noite, eu fui para casa, pensativo, e lutando contra mim mesmo, me joguei no meu colchão, que ficava cada vez mais velho. Talvez a polícia não me prendesse se eu o trocasse.

No dia seguinte, comprei um colchão novo para mim e para Jhonatan, e enquanto via o moleque feliz, pulando nas molas ensacadas como se tivesse 5 anos, senti meu peito doer com o que estava prestes a fazer.

Mas ainda não era a hora...

Passou um ano inteiro até que eu tomasse coragem para chamar Jhonatan. Foi com 16 anos que resolvi mostrar a ele o que eu fazia e o coloquei para trabalhar da mesma forma, porque sabia que ele era inteligente.

Eu fui covarde, mas eu tinha medo de perder aquela fonte de renda. Eu já tinha tanto e, mesmo assim, queria mais. Queria que Jhonatan tivesse mais e, caso alguma merda acontecesse comigo, queria que o pivete tivesse o suficiente para se virar sozinho.

Desse jeito, ele entrou para o bando e, porra...

O moleque era bom. Bom de uma forma que me surpreendeu.

Era óbvio que aquela cabeça imensa serviria para alguma coisa, eu só não imaginava que, justo meu irmão, conseguiria descriptografar dados da frequência da polícia com a facilidade de quem joga *Tetris*.

Mas o garoto conseguiu e subiu na cadeia alimentar, dentro do bando, mais rápido do que os capangas que já estavam com Nataniel há anos. Além de desenvolver relacionamento com o meu *colega-chefe*, se tornando o mascote pessoal do cara, Jhonatan também desenvolveu relacionamento com os cigarros. E quando eu o peguei fumando pela primeira vez, porra...

— Pivete, você tem um... Porra, caralho! Desgraçado! — Entrei no seu quarto, sem bater, e quando abri a porta, o garoto estava na metade de um cigarro.

Avancei com raiva e dei um tapão na sua boca, fazendo o cigarro voar até a parede, bater e cair no chão.

— Vai tomar no cu, Samuel! — ele gritava, andando até o cigarro e o apagando com o pé.

— Você só tem 17 anos, seu resto de porra! — eu gritava ainda mais alto. — Se eu pegar você fumando de novo, eu te desço no soco!

— Não posso fumar, mas posso contrabandear? — Ele vinha para cima de mim, balançando aquele cabelo cheio, todo ensebado, porque naquela época não tomava banho direito. — Seu hipócrita do caralho!

— Não, seu projeto de bosta! Não pode fumar, caralho! — Então, dei um tapa na sua testa.

Ele ficou furioso e veio para cima de mim, querendo me bater, mas antes que ele pudesse me atingir, eu segurei seus pulsos e o joguei na cama.

— Escuta aqui! — comecei a falar com raiva. — Você só tem 17 anos, não quero você enchendo o cu de cigarro antes dos 18!

Eu brigava com meu irmão como se não tivesse começado a fumar aos 16...

Era hipócrita, eu sabia, mas não aguentava ver o garoto, tão novo, já fumando. Chegava a doer assistir àquilo.

— Depois dos 18, você pode engolir um canhão se você quiser, eu tô pouco me fodendo, mas se eu pegar você fumando de novo, vou entortar sua mão até você não conseguir segurar nenhum cigarro, você ouviu?

— Sai do meu quarto, seu filho da...

— Não ouse.

Ele emudeceu. "*Filho da puta*" era um xingamento que não rolava entre nós dois.

Naquela hora, vi que ele estava realmente com ódio, então só o olhei mais uma vez e deixei o quarto, respeitando seu momento, para que ele não se arrependesse depois de tomar alguma atitude descompensada.

É claro que, após os 18 anos, o garoto voltou a fumar. Ou já fumava escondido, mas fazia de tudo para eu não descobrir. Eu nunca iria saber.

Aos seus 20 anos, nós chegamos até a fumar juntos, mas eu sempre brigava com ele, porque era óbvio como ele era ainda mais viciado em cigarro do que eu. Jhonatan tinha algum problema com descontrole, impulsividade e ansiedade. Acabava descontando tudo no cigarro, e eu, metido em tanta merda, mal conseguia dar atenção ao garoto e perguntar se ele precisava de ajuda com seus vícios descontrolados.

15.6
GAMMA CANIS MAJORIS

Com o passar do tempo, meu foco, que já era exclusivo da criminalidade, só foi ficando cada vez mais denso. Eu não tinha vida social, mal conseguia ver nada na televisão e raramente saía de casa para coisas que não envolvessem as batidas.

Mal tinha relacionamentos, porque tinha medo que as garotas me dedurassem depois que descobrissem o que eu fazia, então sempre deixava claro que queria transar e meter o pé, sem envolvimentos.

Alguns rolos duravam o suficiente para eu transar umas três ou cinco vezes, que nem o *caso-quase-namoro* que tive com uma tatuadora muito nervosa, mas o medo de ser entregue para a polícia ou de arrumar uma garota chantagista era maior que qualquer vontade de me amarrar em alguém.

Preferia ficar entocado em casa mesmo, sempre alerta. Era por isso que Jhonatan e eu quase entrávamos na porrada toda vez que algum de nós tinha que ir ao mercado. Porque eu simplesmente não queria sair de casa em plena luz do dia.

— Caralho, eu fui ontem! Anteontem e antes de anteontem! — o pivete gritava, com raiva, jogando a mochila no sofá em uma das raras vezes que ele voltava da escola, já que começou a faltar mais do que o aconselhado.

Tive até que dar um jeito na sua reprovação, meses depois. No final de tudo, o moleque se formou. Tudo certo.

— Mochila no quarto, pivete — falei, virando uma garrafa de cerveja nos lábios, enquanto olhava para a televisão.

Jhonatan pegou a mochila, jogou no quarto e depois voltou.

— Eu tô trabalhando tanto quanto você — ele reclamava, com razão. — Então, acho que você também podia ir ao mercado, porra!

Então, voltou para o quarto e bateu a porta.

— Ô, porra — resmunguei, depois levei a garrafa de cerveja até a boca e bebi tudo, repousando o vidro verde no chão.

Resmungando ainda mais, me levantei, me arrastando devagar até meu quarto, e peguei minha jaqueta preta, que, de tanto uso, já começava a ficar surrada. Porque, assim que eu tive coragem de colocar ela pela primeira vez, não quis tirar nunca mais.

A sensação de ser abraçado pelo tecido comprado pelos meus pais, como se fossem eles me cobrindo, era uma das coisas mais preciosas que eu tinha.

Era louco... mas era meu ponto de conforto.

Coloquei um boné preto, sempre tentando não chamar a atenção, e saí de casa, me arrastando dois quarteirões abaixo, até a mercearia mais próxima. Quando cheguei lá, comprei umas besteiras, biscoitos, carnes para a semana, massas, arroz e legumes, porque o pivete precisava se alimentar direito. Não me espantei, quando cheguei no caixa e o notei vazio, e pela demora, quase peguei tudo e fui embora, mas eu não era ladrão.

Contrabandista, sim, ladrão, não. Se é que isso fazia sentido.

Longos minutos de espera me fizeram xingar baixo, o que fez uma garota baixa, de cabelo preto e curto, aparecer, carregando caixas de leite que deviam ter o dobro do seu peso.

— Ah, foi mal... eu estava organizando o estoque — ela disse, colocando as caixas de leite no chão e andando, apressada, até o caixa, se sentando ali.

Respirei fundo, observando as mãos que passavam os meus produtos um por um, em uma habilidade notável. Eram mãos bonitas...

Bonitas, rápidas e machucadas, com cortes laterais e pequenos hematomas. Mãos de quem fazia trabalhos demais.

— 88,50 — a garota disse, enquanto embalava minhas compras ainda mais rápido.

Parecia uma máquina trabalhando.

Eu tirei uma nota de 50, algumas notas quebradas e as entreguei para ela, sabendo ter o suficiente para pagar a conta.

No entanto, quando segurei todas as sacolas, sua voz soou mais uma vez:

— O dinheiro está errado — ela disse, calma, enquanto eu ouvia as moedas batendo em sua mão.

— Eu dei o suficiente, porra — resmunguei, irritado, visivelmente estúpido, sentindo as sacolas pesarem nas minhas palmas.

Eu claramente não sabia falar com as pessoas, só faltava relinchar.

— Deu dinheiro demais, seu monstro.

Arregalei os olhos e fiquei alguns segundos encarando aquela garota agressiva. Realmente não esperava que ela rebatesse meu humor péssimo de igual para igual, então acabei rindo.

— Você não tem medo de ser demitida, não, garota? — perguntei, descendo meus olhos até a mão que ela segurava o troco. O troco que ela separou, enquanto me chamava de monstro.

— Eu abro e fecho esse lugar, arrumo o estoque, fico no caixa, lavo e seco o chão, ainda tenho que lidar com cliente estúpido que nem você. Então, não, não tenho medo de ser demitida, porque o dono não vai achar alguém que faça isso tudo, recebendo a esmola que eu recebo.

— Mas o cliente não tem sempre razão? — Sabia que estava começando a soar irritante.

— Sim, até o cliente me tratar que nem um cavalo.

Enfiando a língua por dentro da bochecha, tentando conter o riso, porque não era possível que uma coisa tão pequena fosse tão nervosa, eu balancei a cabeça positivamente, concordando com seu discurso.

— Pode ficar com o troco, pitbull. Compra um *band-aid* para as suas mãos.

Então, me virei com as sacolas na mão, antes mesmo que aquela menina pudesse voar no meu pescoço. E eu só percebi que vim o caminho todo sorrindo quando entrei em casa e Jhonatan olhou para mim, franzindo o cenho.

— Que cara de besta é essa? — ele perguntou, vindo até mim e me ajudando a pegar as sacolas.

— Nada, pivete, toma conta da sua vida. — Voltei a ficar com as feições fechadas, retornando ao humor de sempre.

Mas quando deitei na cama, tarde da noite, depois de ter cozinhado qualquer merda e visto Jhonatan ir dormir, eu ri. Foi inevitável. Inevitável não me lembrar da garota com cabelo preto curto, que não ligava para minha cara de psicopata e me respondia como se estivesse pronta para voar no meu pescoço.

Uma semana depois, Jhonatan reclamou que precisávamos de manteiga, e quando estava indo vestir seu casaco, eu levantei.

— Deixa que eu vou — falei, colocando meu boné preto.

— Ih, o que foi que te deu, hein, porra?

— Não fode — disse, pegando minha carteira e batendo a porta.

No mercado, quase entrei dentro do freezer para decidir qual manteiga levar, demorando mais do que o normal, porque eu simplesmente não conseguia fazer uma tarefa simples, como escolher entre a manteiga sem sal, com sal, de ervas ou de oliva.

— Você quer ajuda, senhor? — Ouvi uma voz atrás de mim, e quando eu me virei, a pessoa respirou fundo, impaciente. — Ah, é o monstrão...

Revirando os olhos, ela girou o corpo no próprio eixo e saiu de perto da sessão fria daquela pequena mercearia, andando devagar até seu caixa.

— E minha ajuda? — perguntei, implicante.

— Você consegue sozinho — ela cantarolou, provavelmente tão implicante quanto eu.

Catando uma manteiga qualquer e depois mais algumas coisas que eu estava dando falta em casa, como refrigerante de limão, que sabia que o pivete adorava, fui até o caixa e joguei tudo sem jeito.

Com menos empenho do que da primeira vez, ela começou a passar os produtos e jogou a sacola por cima deles, para que eu mesmo embalasse.

— Dia ruim? — perguntei, observando-a bater o último produto, o refrigerante de Jhonatan.

— Mais perfeito impossível — respondeu, desanimada. — 45,70.

Após embalar minhas compras, entreguei a ela uma nota de cinquenta e, momentos depois, recebi seu troco. Só que tinha bem mais do que 4,30 ali.

— Agora quem me deu dinheiro a mais foi você — falei, observando as cédulas sobrando.

— Eu não preciso da sua esmola, cara — ela disse, impaciente. — Aí está seu troco e o dinheiro que você deixou aqui da outra vez.

— Não era esmola. Não sabe receber ajuda?

— Eu pedi por essa ajuda?

Caralho, como assim?

Queria disfarçar minha cara, mas aquele jeito dela me deixava pessoalmente ofendido.

— Quando eu encontrar o dono da mercearia, ele vai saber o quanto a empregada dele é abusada. — Eu estava realmente irritado.

Não era esmola, caralho. Eu só queria ajudar...

— Boa tarde, senhor. — Ela deu um sorrisinho implicante, me dando tchau em seguida.

E dessa vez, eu não saí de lá rindo. Enfiei o dinheiro no bolso da calça, peguei as sacolas e fui, bufando, para casa, não entendendo como uma coisinha tão pequena conseguia me deixar tão irritado.

Ainda fiquei irritado por dias, evitando, a qualquer custo, ir até a mercearia e encarar aquela coisa.

15.7
EPSILON CANIS MAJORIS

Passaram-se semanas, batidas e contrabandos.

O trabalho ficou mais pesado, eu quase não parava em casa e só comia na rua, o que fez com que a comida durasse mais um tempo.

Quando Jhonatan saía para fazer compras, ele preferia ir até o mercado mais longe, porque dizia que tinha mais opção de comida e outras marcas. Eu não ligava para nada, então acabava indo na mesma mercearia pequena de sempre.

Mesmo que, dessa vez, eu não quisesse ir, porque estava cansado demais para me irritar com a garota abusada de lá. Mas com Jhonatan tendo uma caganeira que não acabava mais, fiquei com medo do pivete se cagar no meio da rua, então fui no seu lugar, preocupado também em comprar alguma coisa que segurasse alguma comida no seu estômago, antes que ele enchesse a casa toda de merda.

Eu não costumava sair de casa com Dalila, mas dessa vez, a tirei da almofada grande, embaixo do sofá, e enfiei na parte de trás da minha calça, porque o meu *sentido aranha* estava apitando. Estava mais para *"sentido cavalo"*, mas beleza.

"O que segura caganeira?"

Foi o que pesquisei no meu celular, enquanto descia minha rua, a caminho da mercearia.

"Maçã e frango sem gordura"

Era a resposta que eu lia, enquanto entrava na mercearia, observando o interior, sem surpresa alguma, vazio.

A atendente irritadinha não estava no caixa, a área refrigerada estava vazia, assim como os dois pequenos corredores, que davam acesso à área de trás, com os produtos de limpeza.

— Isso aqui vai ser roubado qualquer hora dessas — resmunguei, indo para a parte das frutas, que mais parecia *"A colheita maldita"*.

Com sorte, consegui tirar *sete maçãs boas* no meio de um mar de podridão.

Em seguida, fui até a parte dos congelados, pegando um quilo de frango fechado, e, é claro, catei umas porcarias para mim: lasanha pronta, hambúrguer, biscoitos industrializados, todo tipo de merda que o pivete não podia comer, sabendo que eu teria que comer escondido para não deixar o garoto passando vontade.

Quando joguei tudo no caixa, observei um senhor entrando na loja, verificando algo na prateleira estreita de grãos e, em seguida, saindo do mercado, porque, provavelmente, não tinha o que ele queria. Respirei fundo, me perguntando onde a garota estava, porque aquela demora me deixava ainda mais impaciente do que o normal.

— Caralho, será que foi embora e largou o mercado aberto? — soltei baixo, olhando em volta do lugar silencioso.

Mas não tão silencioso assim. Ao fundo, vindo da entrada de funcionários, uma vassoura caiu, me fazendo ficar alerta. Espremendo as sobrancelhas, larguei as compras no caixa e andei devagar até a entrada de onde o barulho veio.

— Ei? — chamei de qualquer jeito, porque não sabia o nome da garota. — Quero passar minhas compras!

Um silêncio total, em que eu fiquei, por mais de um minuto, em pé na porta que tinha uma cortina grossa de plástico separando a entrada e a saída. Até enfiar a cabeça ali e, ao fundo, ouvir uma voz masculina.

— Quietinha, que ele já vai embora — a voz grave e rouca dizia ao fundo, enquanto uma feminina, parecendo quase estrangulada, choramingava.

Que porra estava acontecendo?

Andando silenciosamente, a ponto de não conseguir ouvir meus próprios passos, ouvia os sussurros masculinos ficarem cada vez mais fortes e o choramingo parar no exato momento em que consegui visualizar a cena.

Eu ainda tentei fazer alguma coisa, mas não precisei nem levantar a mão. A garota de cabelo preto jogou a cabeça para trás, com uma força do caralho, acertando um homem um pouco mais alto que ela, com um aspecto de bêbado e acabado.

Ele se curvava para tentar falar em seu ouvido mais uma vez, mas ele se fodeu, porque isso só fez com que a cabeçada, que ela deu no cara, tomasse ainda mais impacto. O homem, antes a segurando com força pelo ombro, largou o corpo da garota e deu três passos para trás.

— Caralho, meu nariz, sua vagabunda! — ele gritava, levando as mãos ao rosto e tentando estancar o sangue que saía dali.

— Vagabunda é a sua mãe, seu filho da puta! — ela falou, indo para cima dele com toda força e acertando uma joelhada em cheio no pau do cara.

Eu queria fazer alguma coisa, mas minha única reação foi arregalar os olhos e continuar presenciando aquela cena. O cara caiu no chão, então a garota pegou a vassoura, também no chão, a que eu devia ter ouvido cair, e começou a bater nas suas costas sem parar.

— Sai... do... mercado... agora... seu... verme... do... caralho... resto... de... aborto!

Cada palavra, uma porrada. Eu já conseguia ver a alma do cara deixando seu corpo.

— Tá bom, você vai... matar... o ca... — falei, chegando perto da garota, tentando pegar a vassoura de sua mão, mas ela não deixou.

Em uma arrancada brusca, ela levantou a vassoura com raiva, apontando para mim, e quase me bateu.

— Ei, calma! Sou eu... sou... o monstrão...

Seu peito subia e descia com a violência de quem estava traumatizada, mas, por um breve momento, eu senti que ela relaxou ao me ver. Mas não... não era relaxamento exatamente o que ela parecia sentir.

No segundo seguinte, ela largou o cabo de vassoura no chão e soltou um choro que parecia preso, correndo e se enfiando mais ainda nos fundos daquela área de funcionários, como um rato que se enfia em qualquer buraco para se esconder.

Eu não a segui, deixei que fosse, porém observei o homem, que resmungava de dor no chão, com as duas mãos apalpando o meio das pernas, na região da virilha.

— Seu merda — rosnei, segurando o fodido pela gola.

Eu arrastei o cara até a frente do mercado, mas não o joguei na rua. Não antes de aproximar seu rosto machucado do meu e falar com ele, sussurrando baixo:

— Eu posso ser um merda com qualquer coisa, mas eu sou bom *pra caralho* gravando a feição das pessoas. E eu já gravei o seu rosto.

— Não fode — o cara falava com ódio, tentando se desvencilhar de mim e socando meu braço.

Até eu dar um passo para trás, ainda o segurando pelo colarinho e o puxando para dentro da loja novamente. Então, tirei Dalila do meu cinto e arrastei o cano gelado até seu pescoço.

— Não, cara, que isso... Não... não faz isso. — O rato começou a tremer, vendo o perigo real que corria.

— Eu não quero ver você rondando por aqui.

Ele choramingava, espremendo os olhos e fazendo "sim" com a cabeça.

— Mora na vizinhança?

O homem amedrontado assentiu.

— Se mude.

— Ah, qual é cara?! — O cara tentava se desvencilhar de mim, enquanto eu enfiava mais ainda o cano de Dalila na sua pele. — Tá, tá, já entendi...

Eu o soltei, empurrando-o com tanta força, que ele caiu na rua.

— Eu não aviso duas vezes. Sai da minha frente — disse e, no segundo seguinte, observei o homem baixo levantar com dificuldade e começar a andar, mancando e gemendo de dor. Então, eu me virei, na intenção de procurar a garota e ver como ela estava, mas tomei um susto da porra quando a vi parada atrás de mim, de braços cruzados.

— Sai daqui — ela disse, esfregando o rosto com força e limpando as lágrimas trêmulas, que ainda rolavam dos seus olhos.

— Mas eu... — Franzi o cenho, enquanto colocava Dalila na parte de trás da calça.

— Sai daqui, eu não quero gente armada aqui. Sai da mercearia.

— Eu acabei de te ajudar!

— Eu não pedi ajuda! — Da sua garganta, brotava um grito doloroso.

Um grito doloroso que era seguido de um choro tão quebrado quanto. Ainda assim, seu posicionamento endurecido não se desfazia, ela estava irredutível.

Então, foda-se essa merda!

Soltando o ar de forma pesada, fui até o caixa, ensaquei minhas compras com raiva e joguei uma nota de 100,00 sobre o balcão. Não dava uma foda se ela não queria ficar com o troco, eu só saí de lá com raiva e fui embora, levando as coisas para tentar ajudar o pivete a parar de cagar. Chegando em casa, entreguei as maçãs para ele, o mandei comer e fui fazer o frango.

Foi o frango mais sem graça que eu já fiz na minha vida. Era um treco desfiado, com pouco sal, que eu entreguei para ele e quase o obriguei a engolir.

— Eu quero a lasanha que você comprou — ele reclamou, enquanto passava o garfo no frango sem graça.

— Quer cagar as tripas? Cala a boca e come o frango!

Ele continuou reclamando, mas comeu tudo, depois reclamou mais um pouco e foi para o quarto, com uma maçã na mão. Peguei uma cerveja, respirei fundo e depois sentei no chão, porque gostava de sentar ali.

Liguei a televisão, fiquei passando de canal em canal até achar um filme qualquer de ação, com muito tiro e cenas mentirosas de uma metralhadora rolando os degraus de uma escada e atirando sem parar.

O filme começou, acabou, eu já estava na terceira cerveja e nada do clima, na minha própria cabeça, amenizar. Sem nada para fazer, continuei passando os canais, achando, agora, uma série de romance, que eu não fazia ideia de qual era, exatamente na exata hora da cena de putaria.

E, geralmente, eu gostava de ver qualquer coisa que tivesse a ver com sacanagem explícita, mas meu humor estava uma merda, depois do acontecimento no mercado, e nem para as fodas alheias eu tinha saco.

Respirando fundo, dei goles sequenciais na cerveja, como se fosse água, sentindo o líquido gelado descer, com a certeza de que aquilo me faria passar mal depois. Mas eu não tinha fome e, se continuasse a beber daquele jeito, sem comer nada, iria antecipar meu estado de miséria.

Levantei, fechei a porta do quarto do cagão e fui para a cozinha, colocar a lasanha no micro-ondas. Não queria que o cheiro fosse até o quarto dele, porque ele não podia comer. Peguei a lasanha pronta, coloquei sobre a pia da cozinha e cruzei os braços, esperando o alimento esfriar, mas foi o suficiente para minha cabeça viajar na figura enfezada e assustada que me expulsou do mercado.

— Porra — xinguei baixo para mim mesmo, enquanto me lembrava dela segurando o cabo de vassoura e batendo nas costas do cara, com tanta raiva e tanta força, que me perguntava que tipo de vida a garota levou para ter um comportamento tão agressivo assim.

Ela tinha razão de ser agressiva, aliás, tudo que aquele cara sofreu foi pouco, mas geralmente as vítimas que eu conhecia eram acuadas, retraídas e, com o tamanho dela, mal conseguiam se defender sozinhas.

Me espantava *pra caralho* ela ter toda aquela atitude. Me espantava e assustava, porque eu sabia que ela não teria noção de como se defender sozinha se não tivesse passado por algo que a obrigasse a aprender aquilo.

Estalando a língua, sem conseguir tirar as imagens de mais cedo da cabeça, peguei a lasanha quase queimada, coloquei-a em um prato, virando o conteúdo inteiro direto no vidro, e fui sentar no chão novamente.

Comi tudo, vi mais televisão, depois vi o pivete saindo do quarto, indo na cozinha e voltando, correndo, com um saco de biscoitos salgados e um copo imenso de refrigerante.

— Você não pode comer iss... — comecei a gritar.

Ele bateu a porta e trancou.

— Pivete ramelão do caralho... se cague todo, então, seu porra!

Virei meu rosto novamente para o aparelho televisor, percebendo outro filme começar, mas que eu não estava com vontade nenhuma de ver.

Quando olhei pela janela, a claridade já começava a ir embora, dando lugar a tons de laranja que anunciavam a chegada da noite logo, logo.

Ao olhar para o visor do celular, vi que faltavam quase 10 minutos para a mercearia fechar. Com anos e anos indo na mesma mercearia, acabei aprendendo a hora que fechava, para sair desesperadamente e comprar alguma porra, que poderia ter comprado durante o dia, mas deixava para a última hora.

E sabendo que a loja fecharia, xinguei baixo mais uma vez, me levantando e me sentindo superputo, mas supercorajoso e revoltado. Tanto que tirei Dalila do estofado do sofá mais uma vez e enfiei atrás da minha calça. Peguei meu boné, coloquei a jaqueta novamente, bati a porta e, depois de enfiar os sapatos de qualquer jeito, saí colocando minha jaqueta, enquanto descia a rua até parar na frente da mercearia.

A garota baixa dava um pulo curto, fazendo com que ela segurasse a porta da garagem, escondida por trás da fachada da mercearia, e a abaixasse com força, até que a peça pesada, de encaixe, chegasse ao chão.

Eu não sabia como ela conseguia fazer aquilo tudo com tanta habilidade, mas a força do ódio parecia transformá-la em uma pequena versão feminina do *Hulk*. Então, ela se virou para ir embora, tomando um susto do caralho quando me viu, de braços cruzados, na sua frente.

— Porra! — sua voz nervosa soltou, com ela franzindo tanto o cenho, que achei que fosse correr na minha direção e me dar um soco. Mas sua feição agressiva também estava meio destruída.

Ela usava um moletom preto dessa vez, um pouco maior do que o corpo, e o capuz exagerado a fazia parecer um bebê embalado, porém seus cabelos estavam bagunçados e seu rosto, exausto, acompanhava um nariz vermelho e inchado, de quem chorava há algum tempo.

Ainda assim, ela exalava muita raiva.

Estava prestes a me mandar tomar no cu, isso era claro, e eu não conseguia parar de achar a garota fofa.

— O que você quer, caralho? — ela quase cuspiu as palavras enquanto falava.

— Te acompanhar até sua casa — soltei baixo, apesar do tom firme inflexível.

— Vai tomar no seu cu! — e realmente mandou, em um grunhido, enquanto enfiava as mãos nos bolsos e mantinha o olhar revoltado sobre mim.

— Não gosto.

Ela revirou os olhos e começou a andar, caminhando devagar na direção da minha casa, subindo minha rua. Ela também morava para lá?

— Não preciso de guarda-costas. — Grunhiu mais uma vez, já estava começando a pensar que ela era um bicho ou algo assim.

Balancei a cabeça negativamente e comecei a andar atrás dela. Cinco minutos depois, ela virou o rosto para trás, vendo que eu a seguia, então parou abruptamente e veio na minha direção.

— Se você não parar de me seguir, eu vou chamar a polícia! — ela se esforçava muito para não gritar, mas, claramente, tinha dificuldade.

Eu parei, cruzei os braços e respirei fundo.

— Eu moro aqui — disse, enquanto apontava para o portão velho da minha casa, onde eu, ironicamente, havia parado, no momento em que ela me percebeu ainda em seu encalço.

Ela travou por um minuto. Seu rosto tinha uma mistura de fúria com culpa, eu não sabia dizer ao certo.

— Mas eu queria te levar até sua casa — insisti, não percebendo o quanto, naquele momento, eu estava disposto a fazer de tudo para protegê-la.

Eu nem sequer entendia o porquê precisava tanto ter certeza de que nada de mau aconteceria a ela. Só precisava saber que ela ficaria bem...

— Por que quer fazer isso? — a garota me perguntou, com o tom mais baixo do que o esperado, movendo as mãos por dentro do bolso do casaco, enquanto permanecia com os olhos duros sobre os meus.

— Tenho medo daquele cara aparecer de novo e tentar alguma covardia contra você — meu tom era baixo, mas sincero, porque eu realmente estava preocupado.

Infelizmente, eu vivi o suficiente para conhecer pessoas que faziam qualquer tipo de covardia. Não importava o lugar, muito menos com quem fosse.

— Eu acho que ficou claro que eu sei me defender — ela respondeu, agora descendo os olhos até um ponto qualquer no meu peito, mantendo o olhar sério, porém desfocado.

— Não tenho dúvidas disso... mas você sabe se defender de um cara. Não tenha tanta certeza que vai conseguir fazer o mesmo com dois ou três.

Ela respirou fundo nos segundos que gastou olhando para mim. Longe de estar calma, porém estranhamente amena e séria, girou o corpo no próprio eixo, começando a andar devagar.

Esperei tempo suficiente para que ela ficasse a uns quinze metros de mim, depois voltei a andar, naquele meu serviço pessoal de escolta. Não era a primeira vez que eu fazia algum serviço de guarda, mas era a primeira vez que tentava proteger alguém tão arisco.

Subimos mais uns três ou quatro quarteirões acima, depois viramos à direita e, depois de subir mais um pouco, fomos para à esquerda.

Eu queria dizer que tinha o melhor porte físico do mundo, mas não estava acostumado a subir tanto morro, e mesmo que conhecesse a área, porque cresci naquele bairro a vida toda, não era comum que eu subisse nenhuma rua muito além de onde ficava minha própria casa.

— Porra, você mora numa casa ou numa torre? — disse, meio esbaforido, sentindo as pernas queimarem.

Ela, ao contrário, parecia não estar cansada, completamente habituada ao percurso.

— Não pedi pra você vir aqui — sua voz soou alta, a vários passos de distância.

Respirei fundo, pronto para continuar subindo o *Monte Everest*, mas ela deu mais uns três passos, parou e se colocou na frente de um portão enferrujado e vazado. O portão era pequeno, mas, enquanto ela olhava para ele, algumas pessoas entravam e saíam, dando boa tarde educadamente, mas não demonstrando muita intimidade.

Era uma vila, com casas pequenas e humildes.

— Você não vai embora? — ela perguntou, ainda arisca, deixando para falar apenas quando as pessoas, as que passaram pelo portão, estavam longe.

— Só quando você entrar.

— Por que você faz isso? — Ela soltou o portão, virando para mim.

Eu havia andado um pouco mais, no momento em que vi homens se aproximando dela, mas não havia percebido. Foi algo instintivo, como se eu sentisse que tudo a sua volta fosse uma ameaça.

— Porque eu me preocupo...

Ela franziu o cenho, não entendendo sobre o que eu falava. Nem eu conseguia entender, mas vê-la fazendo tudo sozinha no mercado, ao mesmo tempo lutando tanto para se defender, depois fechando a mercearia sem mais ninguém...

Tudo que envolvia aquela garota parecia sofrido demais, trabalhoso demais. Até que eu percebi: ela era que nem eu.

Completamente quebrada por dentro.

— E eu não sei nem seu nome — soltei, enquanto olhava para o chão e unia as sobrancelhas, percebendo que não conseguia nem a chamar, caso precisasse.

A não ser que eu a chamasse de pitbull. Pequena, bruta e forte, igualzinha a uma pitbull.

Ela virou o rosto em direção ao próprio ombro, fazendo com que eu conseguisse visualizar seu perfil. Respirou devagar, mordeu o lábio inferior, indecisa, e em seguida, olhou para mim.

— Meu nome é Cecilia Parini — disse, mesmo que sua voz estivesse trêmula e transpirasse desconfiança.

— Cecilia — repeti, soltando uma risada nasal baixa. — É um nome bom.

Então, ela fez algo que eu não esperava. Mesmo que de forma contida e pequena, Cecilia soltou uma risada com a minha resposta desengonçada, olhando para o chão e tentando esconder o quanto se segurava para não aumentar aquele sorriso.

E eu senti meu peito queimar como se houvesse a porra de mil fogos de artifício explodindo dentro de mim. Sem falar mais nada, entrou no seu portão e olhou para mim uma última vez, enquanto o fechava. Esperei que ela sumisse da minha vista e voltei a descer a rua, me sentindo eufórico como um filhote de cachorro que acaba de ver o dono.

Era isso que eu era... um maldito cachorro filhote.

Um cachorro filhote com cara de monstro. Um monstrão.

Rindo do apelido que a garota havia me dado, repeti seu nome que nem um idiota.

— Cecilia Parini... Porra, que nome bonito — falei sozinho, enquanto continuava descendo a rua e entrava em casa. Quando abri a porta, abruptamente, peguei o pivete no sofá, enchendo o cu de sorvete, e eu nem sabia de onde ele havia tirado. Não tinha sorvete em casa quando eu saí. — Seu resto de porra do caralho! — gritei com ódio. — Eu não vou fazer mais frango nenhum pra você, espero que você cague até morrer!

Enquanto eu gritava e corria atrás dele, Jhonatan deslizava por baixo de mim, me dando a porra de um *olê* e se fechando no seu quarto, passando a tranca com a velocidade de um bandido vigarista, como ele era. E se trancou com o pote de sorvete...

Balançando a cabeça negativamente, soltei o ar, de forma cansada, e caminhei até meu quarto, me jogando na minha cama e me sentindo nervoso pelo meu irmão não conseguir ficar *um fodido dia de merda* sem comer besteira.

Onde ele arrumou a porra daquele sorvete?

Mas eu estaria mentindo se dissesse que fiquei com raiva por muito tempo, porque não rolou isso. Eu ainda estava me sentindo um filhote de cachorro eufórico, então, como um imenso trouxa, comecei a rir, olhando para o teto.

Só porque a garota perturbada me disse seu nome e riu para mim.

Eu puxei meu celular, fui resolver uns problemas do trabalho, falar com algumas pessoas e, um pouco mais tarde, acabei saindo com Nataniel para supervisionar uma batida e ajudar com a carga.

Deixei o cagão em casa, porque era coisa simples. No outro dia, acordei tarde, mas quando deu a hora da mercearia fechar, eu peguei minha jaqueta e desci a rua. Levei Cecilia para casa de novo.

Daquela vez, ela só revirou os olhos quando me viu, mas veio andando do meu lado, mesmo que em total silêncio todo o caminho. No outro dia, eu fiz a mesma coisa. E no outro, no outro, no outro e no outro...

Até perceber que o mesmo instinto de proteção que tinha com Jhonatan, de não aceitar que nada fizesse mal para ele, eu estava *realmente* nutrindo por ela.

E aconteceu... sem que eu pudesse controlar. Sem que eu nem tentasse lutar contra isso, porque eu estava lá, todo dia, levando-a para casa depois do trabalho.

No terceiro dia, ela puxou assunto e subimos aquele morro até o céu conversando, mesmo que não fôssemos falar demais. Apenas o necessário e poucas palavras trocadas.

Na segunda semana, ela ria, gargalhava, toda vez que eu contava alguma história engraçada sobre como eu lidava com Jhonatan em casa. Às vezes, ela fazia umas perguntas sobre meu irmão, mas eram perguntas preocupadas, como se eu estivesse falando de um menino de 5 anos, e não de um pivete de 21 anos e meio no lombo.

Ela era cinco anos mais velha que o pivete, tinha a idade do remelento lá, do Luca, mas dizia tanto, com tanta maturidade, que parecia comportar uma senhora de 50 anos em seu corpo. Uma senhora braba e bem boca suja quando queria.

No segundo mês, ela me contou sobre seus pais. Nesse dia, eu sentei na calçada da sua casa e ela sentou do meu lado.

— Não sei o nome deles, não sei nada sobre eles — confessou, brincando com pequenas pedras que haviam na rua, no meio dos paralelepípedos que formavam o chão daquela parte do morro. — Eles só me deixaram no orfanato e meus pais foram a Sra. Danielle e a Sra. Tori.

— Duas mães? — perguntei, confuso.

— As diretoras do orfanato — ela falou, rindo, esticando a mão até o chão e pegando uma pedra preta, do tamanho de um dedão, depois jogando do morro abaixo. — Mas quase minhas mães mesmo. Aliás, eram casadas. São até hoje.

— Ah, sim.

Nós observamos a pedra rolar por tempo demais, em silêncio, até ela parar embaixo de um carro vermelho e surrado, abandonado na rua há anos. Então, meu coração gelou e meu estômago deu uma cambalhota da porra.

Cecilia encostou a cabeça no meu braço, respirando fundo e parecendo levemente melancólica com a conversa que estávamos tendo. No entanto, não se privou daquilo, daquele contato, e eu agradecia internamente por ela ser corajosa a ponto de não ter medo de se aproximar de mim. Mesmo que eu não conseguisse nem me mover.

Imenso, brabo, bandido, agressivo, nervoso, atirador...

Mas naquela hora, não passava de um frango com tremelique.

— Você... — Pigarreei, tentando, com muita força disfarçar meu estado. — Tem vontade de encontrar eles?

— Nenhuma — ela respondeu rápido demais.

— Posso perguntar porquê? — disse, calmo, mas curioso.

Eu daria tudo para ter meus pais de novo. Tudo... daria até minha própria vida.

Então, não conseguia entender essa parte. Não conseguia entender Cecilia.

— Se eles quiseram me largar num lugar e nunca procurar por mim, é porque eu valho para eles o mesmo que, depois de muito tempo, eu descobri que eles valem para mim: nada.

Fiquei em silêncio por um segundo, mas ela continuou:

— Então, não, Samuel. — Tirou a cabeça do meu braço, se esticando e voltando a ficar em pé. — Eu não tenho vontade alguma de me encontrar com eles, porque fiquei 18 anos no mesmo lugar e eles sempre souberam onde eu estava, mas nunca voltaram.

Continuei olhando para o chão, pensando sobre as coisas que ela falava. E começava a entender um pouco mais...

Porque meus pais nunca me abandonaram, então não era justo questioná-la sobre isso e achar que ela deveria sentir falta da família, porque eu só tinha a minha régua para medir a situação.

— Foi mal se eu... — Levantei devagar, enfiando as mãos no bolso e mantendo o olhar baixo. — Ofendi você falando desse assunto.

— Não ofendeu, monstrão — ela falou, me fazendo rir quando usava esse apelido. — Tá tudo bem.

— Então, amanhã eu posso te buscar no mercado? — pedi, vendo-a gargalhar, enquanto andava em direção ao portão.

— Agora você pede? Que avanço...

Mais uma vez, ela não se despediu de mim, só olhou nos meus olhos, com aquele sorriso bonito no canto dos lábios, enquanto fechava seu portão vazado, então entrou.

15.8
THETA CANIS MAJORIS

Continuei levando Cecilia para casa nos dias que se seguiram. Ao fim do terceiro mês, enquanto estávamos no meio do caminho, uma chuva agressiva, já anunciada, começou a cair. Tão dolorosa, que suas gotas pareciam uma porrada de pedras sendo atiradas em todo mundo que passava na rua.

— Ai, caralho, porra! — gritei, enquanto via uma Cecilia encharcada rir da minha cara.

Correndo um pouco mais do que o normal, chegamos em sua casa e logo nos colocamos embaixo de uma marquise, esperando que a chuva amenizasse um pouco. Mas não amenizava, parecia que estavam lavando um freezer lá em cima, no céu.

— Puta merda. — Eu olhava para a rua, vendo o amontoado de água descer, tornando tudo muito perigoso e escorregadio.

Eu ia armar acampamento naquela calçada mesmo.

— Entra.

Franzindo o cenho, virei o rosto lentamente na direção da garota, que tinha os cabelos pretos e curtos colados no rosto.

— Minha casa é perto, eu posso esperar a chuva passar — respondi, sério, fingindo firmeza, mas a verdade era que eu estava nervoso *pra caralho.* Já Cecilia, parecia estar segura do abrigo que queria me dar naquele momento. Pelo menos aparentava segurança.

— Por favor — sua voz soou calma, contrastando com o meu interior violentamente agitado. — Entra...

Seus olhos eram quase suplicantes, seu tom, convidativo, suas mãos, inquietas. E por algum motivo, tive a impressão de que a garota não queria apenas me proteger da chuva. Assentindo, vi o momento em que Cecilia tirou as chaves de dentro de seu moletom e abriu o portão pequeno.

O empurrou e, esperando para que eu passasse, o fechou atrás de mim, seguindo, andando, para seu destino. Apesar de estar ali na frente todos os dias, nunca percebi como, centralizado naquela vila, havia um pequeno corredor com casas e mais casas em volta, portas e mais portas enfileiradas, umas ao lado das outras.

O local era muito mal dividido e, mesmo com a chuva alta, era possível perceber algumas famílias gritando entre si, o que me fazia ter certeza de que, em dias sem aquele dilúvio, aquele não devia ser um ambiente muito calmo para se viver. Cecilia, entretanto, não morava na parte térrea daquela vila.

Ao chegarmos ao final do corredor estreito, nos deparamos com uma escada em caracol, sem proteção nenhuma, o que fez com que nós subíssemos correndo e logo visualizássemos um corredor com mais algumas portas, parecendo ter casas ainda menores e mais precárias naquela parte.

— Desculpa, o lugar é horrível — ela dizia, sem graça, chegando na frente da quinta porta.

Eu silenciei, sem coragem de julgar lugar nenhum, porque minha própria casa, depois que meus pais morreram, conseguia ser pior do que um ninho de rato às vezes. E a casa dela era completamente simples e com pouquíssimos móveis, mas não tinha nada de horrível. Entrando, eu nem consegui prestar atenção na decoração por muito tempo...

Fechei a porta atrás de mim e fiquei observando Cecilia, que, tirando seu moletom grosso e encharcado, revelava uma camisa preta e igualmente molhada, grudada no seu corpo. O tecido se colava, delineando toda a sua pele, fazendo com que eu me sentisse errado ao encarar por muito tempo.

Porra...

Olhando para baixo, me sentindo, pela primeira vez *na porra da minha vida,* nervoso com a situação, mesmo que estivesse disfarçando, com a cara mais séria e fechada que eu tinha, mal percebi quando Cecilia se aproximou de mim...

Mas vi seus pés pequenos tocarem os meus.

Subi o rosto mais um pouco, encarando suas feições absurdamente calmas, mas absolutamente inexpressivas. Não entendia o que ela queria. Só sabia que suas mãos estavam se movendo.

Com a mesma calma que emanava de seu rosto, Cecilia levou as mãos pequenas a minha jaqueta aberta, fazendo menção de tirá-la. Mas eu segurei seus dedos com força. Não gostava que encostassem na minha jaqueta...

— Você não quer? — ela perguntou, com a voz culpada e levemente arrependida. — Desculpa, eu...

— Não gosto que toquem na minha jaqueta — a cortei baixo, com a voz rouca, arrastada, enquanto olhava para minhas mãos, que ainda seguravam as suas com firmeza. — Foi a última coisa que meus pais me deram.

Ainda não conseguia encarar a garota, ainda mais depois daquela confissão que eu nunca havia feito para ninguém.

— Prometo que não vou... — ela dizia, em um tom tão estupidamente reconfortante, que fez com que eu, sem perceber, começasse a soltar seus dedos devagar — fazer mal a ela.

Empática a ponto de entender meu zelo por uma jaqueta...

Eu mergulhei no conforto que Cecilia me proporcionava, me afogando nele, sem nem mesmo querer emergir.

Então, soltando o peso de meus braços e abaixando as mãos, a observei enfiar os dedos dentro do couro sintético, ainda pesado, e no momento seguinte, segurar com cuidado, ao tirar do meu corpo.

Cecilia girou no próprio eixo devagar, para colocar a jaqueta cuidadosamente na cadeira ao nosso lado, depois voltou a me encarar, baixando os olhos para o meu peitoral e minha blusa, ainda mais encharcada do que a sua, pelo fato da minha jaqueta ter estado aberta durante a chuva.

Suas mãos foram em direção à barra da minha camisa, e sem nenhuma relutância minha dessa vez, tirou a peça com a minha ajuda, mesmo que ela precisasse ficar nas pontas dos pés para isso. Só que eu me curvei, para deixar que ela tirasse o tecido por inteiro, e quando o fiz, não queria me erguer novamente. O meu rosto estava tão próximo do seu, que eu conseguia até sentir o cheiro gostoso de sua pele molhada.

E ali, tão perto... nosso magnetismo foi urgente.

Meus braços abraçaram seu corpo, enquanto os seus envolviam o meu pescoço. Nossos lábios, famintos e necessitados, se entregaram um ao outro, em um beijo que gritava um desespero quase triste, quase saudoso.

Mas do que tínhamos saudade, se essa era nossa primeira vez tocando um ao outro?

Segurando Cecilia no colo, enquanto apertava sua coxa com uma força que eu não conseguia controlar, a levei para seu quarto, sendo guiado por sua voz cada vez mais baixa, cada vez mais contida.

Ela só tinha um colchão de solteiro no chão, uma janela pequena, fechada naquele momento, um travesseiro e um cobertor, mas é claro que eu só consegui perceber aquilo depois, porque, naquela hora, nosso foco era despir o corpo um do outro.

E nós nos despimos.

Desesperadamente, tiramos o restante das peças molhadas um do outro, colamos todos os centímetros de nossas peles, enquanto eu encaixava meu corpo ao seu e deixava meu peso bruto pender sobre o dela.

Cecilia estava trêmula, com a respiração tão entrecortada quanto a minha, mas não parecia com medo. Seus olhos me encaravam em um desejo ansioso, como se ela precisasse daquilo tanto quanto eu sentia um desespero urgente em tê-la para mim.

E enquanto eu começava a penetrá-la, a garota de cabelos curtos envolvia meus ombros, me puxando para que nossos corpos não se distanciassem. Para que nossas peles ficassem unidas. Cecilia não gemia meu nome, não gritava, muito menos emitia som algum, mas ela me beijava.

Me beijava com carinho, me beijava com necessidade. Me abraçava com tanta força, enquanto fincava as unhas nas minhas costas, que eu quase parei tudo que fazíamos para perguntar se ela estava bem.

Mas ela não estava. Nenhum de nós dois estávamos.

Nós dois éramos taças quebradas, que não tinham mais serventia para ninguém, mas estávamos ali destruídos, juntando os cacos, bebendo um do outro.

Nos apegando aos míseros minutos em que ficávamos perto, porque eram os momentos mais felizes que tínhamos, no meio de uma vida tão desgraçada. A porra dos momentos em que passávamos juntos eram os que me causavam uma nova motivação para viver.

E eu queria mais. Eu queria sempre.

Aquela foi a primeira vez que eu transei com uma mulher olhando diretamente nos olhos dela. Foi a primeira vez que eu senti alguém acariciando meu rosto enquanto me beijava. Foi a primeira vez que eu, que sempre vivi para proteger quem é importante para mim, me senti cuidado e protegido. E foi a primeira vez de muitas em que, no nosso silêncio, nós dizíamos tudo o que precisávamos.

Nós dormimos juntos no menor colchão que eu já havia deitado na minha vida, mas eu, simplesmente, não conseguia pensar em sair de perto dela.

Cecilia, que aparentava ser uma pessoa tão sozinha, tão carente, tão necessitada de carinho, enxergou em mim exatamente o mesmo que eu via nela.

E nós não nos julgamos. Pelo contrário, começamos a nos ajudar da forma que conseguíamos.

15.9
W CANIS MAJORIS

Com o tempo, as visitas ao mercado se tornaram diárias.

O sexo, que já era paixão, virou amor. E não foi difícil chegar nesse patamar...

Cecilia começou a não subir tanto o morro e passou a ficar pela metade do caminho, porque eu a queria segura na minha casa e ela gostava de estar segura comigo.

As brigas iam e vinham constantemente, porque ela não aceitava as porras preconceituosas que eu falava, muito menos a vida que eu levava. Aquela mulher me deu um esporro atrás do outro.

Se tivesse um chicote, com certeza teria marcado minha bunda até eu gritar, de tanta chicotada...

Mas ela via potencial em mim para me tornar um cara melhor, e graças a ela, eu podia dizer que dei uma melhorada. Não muito, só o suficiente para deixar de ser um completo babaca e virar apenas meio babaca.

O tempo passou e as coisas começaram a ficar anormalmente tensas. O pivete tomou um tiro, eu me vi em desespero mais uma vez, porque não aguentaria o perder.

Não aguentaria perder meu pivete.

Mas ele ficou vivo, e depois disso, eu o perdi, mas foi para a faculdade e para um médico engomadinho, que cuidava dele bem melhor do que eu. Isso me assustou para a porra no começo, eu achei que meu irmão era um hétero babaca que nem eu, mas não...

O moleque sempre foi mais evoluído, eu sabia disso.

O trabalho com Nataniel ficou mais intenso, porque deixamos de receber cargas apenas de cigarro. Depois de uma briga fodida com meu chefe, acabei aceitando o destino da venda de órgãos, mesmo sendo completamente contra essa porra.

Não era certo. Não podia ser. Se fosse certo, ele faria isso de graça, mas o cara estava recebendo mais de 500 mil pratas por órgão. Não tinha como lavar esse dinheiro todo e estava chamando atenção demais.

Nataniel não era ruim, mas estava perdendo a noção do limite de poder que ele deveria ter. Estava querendo ir além. Além do que deveria.

Um dia, voltando do trabalho, completamente estressado, estacionei o carro, que tinha comprado uns anos atrás, na calçada em frente a minha casa. Ele era igual ao primeiro carro de Nataniel em que eu andei: uma bomba por fora, uma jóia por dentro.

Xinguei uns palavrões, tentando fechar a porta, e logo em seguida, subi os pequenos degraus que davam acesso à porta de entrada. Lá, encontrei minha namorada, que não tinha me percebido ali.

Ela usava uma blusa minha, de mangas compridas, e seus joelhos estavam dentro do tecido, fazendo com que o seu corpo todo estivesse dentro da roupa. Ela cruzava os braços em cima do joelho e olhava para a televisão, mas, desfocada, mal parecia ver as imagens.

Não percebi quanto tempo fiquei ali, observando seu pequeno corpo encolhido, mas, no segundo seguinte, ela fungou com violência e não foi difícil notar o choro escorrendo de suas bochechas.

— Minha pequena? — falei baixinho, para não a assustar, mesmo assim ela deu um pequeno salto no sofá, se chocando com minha presença.

— Oi, monstrão — disse, fungando mais um pouco e usando a barra grande da camisa para limpar o rosto. — Eu tô... tô resfriada.

— Não tá, não, Ceci — falei, jogando as chaves do carro em cima da mureta que separava a sala da cozinha, depois andando em direção a ela. — Que foi que houve?

Ela olhou para mim, mordeu o lábio inferior com força e, no segundo seguinte, começou a chorar de maneira destrambelhada, como se eu tivesse acabado de dar um socão na sua cara, mas eu só encostei nela para me ajoelhar no chão, bem na sua frente, e segurar suas mãos, mais geladas do que o normal.

— Caralho, Ceci — falei, assustado pela sua reação. — O que foi? O que foi minha pequena? O que fizeram contigo?

— Eu não me importo se você... — Ela soluçava com violência, sem conseguir olhar nos meus olhos. — Se você não... se você não quiser...

Eu não fazia a mínima ideia do que ela estava falando, o que me fazia ficar cada vez mais assustado.

— Eu vou ter sozinha, eu vou embora, Samuel! — ela quase gritava, tremia tanto, que eu temia que estivesse tendo algum tipo de crise ou ataque. — Mas eu vou ter! Porra, eu não vou tirar!

Então, segurei seu rosto com força, lhe causando um susto pelo movimento abrupto. Mas eu não sabia o que fazer, precisava que ela parasse para respirar. Precisava que ela olhasse para mim.

— Respira, Cecilia! — quase gritei.

Ela arregalou os olhos com a minha palavra bruta, depois voltou a chorar ainda mais.

— O que foi, minha pequena? — falei, soltando seu rosto e colocando no meu peito. — O que aconteceu, porra?

Um momento de silêncio, enquanto ela segurava meus braços com brutalidade, quase igual ao seu choro agressivo, e apertava meus braços, me causando até dor moderada. Mas ela, definitivamente, não estava bem.

— Eu estou... — Mais soluços, as palavras quase não saíam. — Estou grávida, Samuel...

Minha reação foi completamente súbita. Eu a afastei e olhei para o seu rosto, e ela achou que aquilo, aquele mínimo afastamento, era qualquer premissa de negação ao nosso filho.

— Eu sabia! — ela gritava de dor, em pânico.

Por um momento, pude visualizar a mesma garota que, meses atrás, saía correndo para os fundos da mercearia, depois de quase ter sido abusada.

Ela estava desesperada *pra caralho*.

— Eu não vou tirar, Samuel! Eu vou ter sozinha!

— Cecilia! — eu gritei. Tive que gritar...

Não sabia o que fazer para ela calar a boca naquele momento. Cecilia se assustou mais uma vez, tremendo todo o corpo, então me encarou, enquanto mordia o lábio inferior e voltava a chorar, silenciosamente dessa vez. Segurei seu rosto com carinho e comecei a limpar suas lágrimas, uma por uma, mas elas não paravam de jorrar.

— Eu não quero que você tire... Caralho, Ceci! Eu te amo, porra! Eu quero essa criança tanto quanto você quer!

E aí, ela voltou a chorar ainda mais, é claro...

Mas seu choro cuspia alívio, enquanto ela me abraçava e se encaixava no meu peito mais uma vez, dessa vez me deixando cuidar dela e de toda aquela sua crise nervosa.

— Eu pensei que você não quisesse... Eu... eu não podia abandonar o bebê. — Soluços e mais soluços denunciavam o furacão de angústias que preenchiam o seu interior. — Eu já fui abandonada, ele não pode... não quero abandonar meu filho.

— Ninguém vai ser abandonado, meu amor. — A apertava forte dentro do meu abraço, passando a mão no seu rosto e sentindo sua bochecha molhada. — Não nessa família.

Ela assentiu devagar, movendo a cabeça sutilmente no meu peito, enquanto continuava aninhada no meu abraço. E eu a deixei chorar por mais algum tempo, até me dar conta de que, quando soltava suas palavras doloridas, Cecilia disse algo que me chamou a atenção.

— Ele? — perguntei baixo e calmo, tentando não a alarmar ainda mais. — Filho?

Minha namorada descolou o rosto do meu peito e olhou para mim com aqueles olhos enormes e marejados, confirmando com a cabeça.

— Porra, outro pivete que vai mijar na minha cara! — disse, rindo, fazendo com que Cecilia caísse em uma gargalhada chorosa, mas eu estava feliz demais. Como ficaria da mesma forma se, ao invés de pivete, o bebê fosse uma pitbull que nem a mãe. Mas nós ainda teríamos tempo para aumentar essa família.

— Caralho, eu tô tão feliz que eu queria fazer amor com você, Cecilia Parini! Enquanto solto fogos de artifício e jogo panelas na parede!

Ela deu mais uma gargalhada baixa, com o nariz mais vermelho do mundo, enquanto tentava limpar os traços de ranho e de choro da sua cara inchada e linda *pra caralho*.

— Não quero barulho, Sam — disse, ainda segurando riso. — Mas eu li que fazer sexo na gestação pode ser bom...

— Porra, meu pau não vai bater na testa do moleque, não, né?

— Seu pau não tem um metro e meio, Samuel.

— Acho que medi errado...

Era tão gostoso arrancar risadas dela, o que me fez rir junto, depois segurar seu rosto mais uma vez, com carinho, e beijar seus lábios, com todo amor que existia no meu corpo imenso e truculento. E ela me retribuiu da mesma forma, também com todo seu amor.

Tendo o dobro de cuidado, a peguei no colo e, enquanto trocávamos beijos calmos e entregues, andei devagar até minha cama, que já era nossa há muito tempo. No nosso silêncio, na nossa troca de olhares, na sincronia da minha brutalidade carinhosa com a sua bagunça meiga, nós nos amamos mais uma vez. E depois que tudo terminou, mesmo que o quarto tivesse ficado escuro e a janela aberta desse passagem para o vento gélido, que não parava de entrar, as horas passaram, mas nós não conseguíamos sair da cama.

Igual à noite da nossa primeira vez... nós precisávamos um do outro.

Cecilia ficou deitada com a cabeça no meu peito, acariciando minha barriga, enquanto eu fazia carinho no seu cabelo e arrastava o pé imenso no seu, tão pequeno, que chegava a ser engraçado.

— Um dia você e a criança vão dividir sapatos — dizia, passando o dedão naquele pezinho.

— Cala a boca, Samuel.

— E nem vai demorar... capaz dos seus tênis já caberem no pé do bebê agora.

Ela beliscou minha barriga, me fazendo rir, porque aquilo fazia cócegas. Então, ela respirou fundo e sua mão parou de me acariciar. Era muito fácil entender quando ela estava pensando em algo que tinha vontade de externar, mas não sabia como começar o assunto. Porque ela sempre ficava assim, calada, pensativa, implodindo pensamentos na sua cabeça pequena e torta.

— O que é que você está pensando? — quebrei o silêncio, percebendo minha namorada voltar a fazer carinho na minha pele, assim que ouviu minha voz, como se tivesse sido despertada de um transe.

— No futuro, monstrão...

— Futuro? — perguntei, relaxadamente curioso.

— Eu queria que o bebê tivesse paz. Queria que nós tivéssemos paz, enquanto criamos ele, Samuel...

Eu silenciei, pensando sobre suas palavras que não paravam de martelar minha mente.

Paz é o completo oposto de ser contrabandista.

Sempre adiei a decisão que Cecilia me pedia tanto para que eu tomasse. Mesmo querendo largar tudo, mesmo sabendo que eu já tinha dinheiro suficiente para passar a vida inteira sem trabalhar. Mas, ainda assim, não sabia como encarar isso, como largar o bando, como abandonar Nataniel. Porém, eu teria que dar um jeito.

Porque não era só sobre mim, era sobre a minha mulher, era sobre meu bebê.

— Ele vai ter paz, minha pequena — falei, virando o corpo devagar na sua direção, pegando sua mão macia e levando até meus lábios, em um beijo lento e carinhoso.

— Você vai...? — seu tom de dúvida soava ansioso.

— Vou largar tudo isso, vou largar o contrabando. Vou ficar com você e com nosso bebê.

A sua reação foi completamente confusa. O espanto em seu rosto acompanhava sua boca aberta, que logo se fechou, enquanto seus olhos, antes arregalados, agora começavam a se encher d'água.

— Você está... — sua voz embargada soava com dificuldade e tremulação. — Está falando sério?

— Eu já tenho dinheiro pra sustentar você e a criança pro resto da vida...

— Eu... — Ela fungava, passando a ponta dos dedos nas pequenas bolsas inchadas abaixo dos olhos. — Eu trabalho, Samuel... eu consigo me sustentar...

— Não disse que não, mas quando eu largar isso tudo, seria melhor que nós nos mudássemos para algum lugar longe daqui.

— Outro país? — ela perguntou, assustada.

— Não precisa tanto. — Ri baixo, esfregando o polegar na sua bochecha e colocando seu cabelo preto, um pouco maior naquele tempo, para trás de sua orelha. — Mas outro distrito, talvez.

Ela ficou pensativa, enquanto usava apenas o dedo indicador para desenhar círculos infinitos na minha barriga. Até sua voz soar, poucos minutos depois:

— Quando?

— Tenho um carregamento importante essa semana, o último que o pivete vai participar, não posso deixar Nataniel na mão com essa carga.

— E depois?

— Depois eu vou falar com ele.

Ela se ergueu, se aproximando de mim e virando devagar seu corpo, olhando diretamente nos meus olhos, quase colando o nariz no meu.

— Você promete, monstrão? — perguntou, com aquela voz meiga que derretia tudo dentro de mim até eu virar um homem mingau.

— Prometo, minha pequena.

Então, segurei seu rosto devagar e beijei sua boca com calma, a soltando em seguida, para que voltasse a deitar a cabeça no meu peito.

— Eu devia ter engravidado antes...

Comecei a gargalhar, fazendo sua cabeça sacolejar, por estar deitada em cima de mim, mas logo ela estava rindo também, o que me fez aproveitar para tirar o corpo debaixo do dela, deslizar pela cama e colocar a cara na frente de seu quadril. Ali, levantei sua blusa e comecei a beijar sua barriga sequencialmente, *bobamente, alegremente*.

Eu estava feito um trouxa beijando aquela pequena protuberância. Eu era muito burro. Como não havia percebido aquilo? Mesmo por trás das blusas imensas que ela vinha usando...

Eu deveria ter notado antes. Mas agora notava... notava e beijava como um louco.

— Tem algum lugar... — sua voz interrompeu minha sessão de beijos, enquanto eu erguia o rosto, a olhando — que você gostaria de ir?

Repousei a bochecha na sua barriga, pensando, por um segundo, na sua pergunta. Sim, tinha sim...

— Serenitas.

— Aquele lugar com praia? — ela perguntou, franzindo o cenho.

— Lá mesmo.

— Por que tão decidido e com o nome na ponta da língua? — Minha namorada riu baixo, sorrindo com o canto dos lábios e continuando a passar os dedos pelo meu cabelo.

— Meus pais gostavam de me levar lá. Levavam eu e o cabeção sempre que podiam...

Ela soltou mais uma risada leve quando chamei Jhonatan de cabeção, então permaneceu em silêncio por mais alguns segundos.

— Fica a algumas horas daqui — pontuou. — E é outro distrito — pontuou de novo.

Eu assenti.

— Eu também gosto da praia... Vai ser bom para o bebê, lá parece ser mais calmo.

Meus lábios se curvaram em um sorriso satisfeito, então eu demonstrei minha felicidade dando um beijo estalado e longo na sua barriga, causando cócegas em Cecilia.

— E você? — falava com aquele pequeno caroço protuberante. — Gosta de praia, seu sem-vergonha?

Claro que o bebê não me respondeu, mas eu continuei falando como se ele pudesse me entender.

— Eu só queria te avisar que, com praia ou não, você vai ser um garoto com dois pais brutos e marrentos. — Então, beijei de novo. — E sua mãe é mais bruta e marrenta que eu.

Então, Cecilia soltou uma risada alta, balançando a cabeça negativamente.

— Que mentira descarada.

— Mas a gente te ama muito e vamos dar o nosso melhor, pra você crescer feliz e em paz.

E depois de mais alguns beijos sequenciais, abracei a barriga da minha mulher, permanecendo em silêncio, enquanto sentia seus dedos meigos continuarem a fazer carinho na minha cabeça.

Nós dormimos ali, com a felicidade inesperada de, depois de tantas perdas, começarmos a sentir que estávamos ganhando. Ganhando um filho, ganhando a esperança da nossa família, tão quebrada, voltar a se consertar, com a promessa de termos paz.

É... eu queria paz.

No outro dia, eu acordei cedo, deixei Cecilia dormindo mais um pouco e fui até o centro da cidade. Sem conhecimento nenhum de tamanho de roupas, fui até uma loja de coisas de bebê e comprei uma coisa que achei que teria menos chances de errar. Uma coisa que eu usava muito quando era moleque.

Um *All Star* preto tão pequeno, que parecia um chaveiro.

Voltei para casa a tempo de pegar Cecilia ainda dormindo. Aliás, ela estava dormindo muito nas últimas semanas, e agora eu entendia o porquê. Entrando no quarto devagar, olhei para a minha mulher dormindo de boca aberta e roncando baixo, com o cabelo todo jogado na cara, parecendo uma boneca que foi sacudida até vomitar. E mesmo assim, ela ainda continuava sendo a mulher mais bonita da porra do mundo inteiro.

Rindo do seu estado, andei devagar e sentei na cama, tirando o cabelo do seu rosto e a observando despertar devagar com a minha chegada.

— Onde... você... foi? — ela resmungou lentamente, completamente lerda.

— Fui comprar um presente pro bebê — disse baixinho, ainda ajeitando seus fios de cabelo, que pareciam ter ganhado vida da noite para o dia.

Minhas palavras a despertaram, porque ela abriu os olhos e me encarou confusa, se erguendo devagar e ficando sentada, repousando as mãos sobre as coxas. Então, peguei a sacola, com a pequena caixa dentro, e a entreguei nas suas mãos. Sem demora, Cecilia desembalou tudo, estando, em poucos segundos, com os sapatinhos em suas mãos.

— Samuel, que coisa linda — disse, enquanto analisava o presente.

Então, voltou a chorar, enquanto ria e quase se engasgava com o próprio choro.

— D-desculpa... eu tô muito sensível.

E abriu um berreiro imenso. Eu tinha um bebê na barriga da minha mulher e um bebê na minha própria mulher. Sem saber exatamente o que fazer, muito menos conseguir controlar o riso, cheguei mais perto dela e a abracei com força, depositando vários beijos no topo da sua cabeça.

Teria que aprender a lidar com as mudanças de humor da minha pequena.

15.10
Y CANIS MAJORIS

Cecilia e eu passamos por momentos calmos e agradáveis antes que eu precisasse voltar a trabalhar. Na noite daquela que desejava ser minha última carga, peguei o pivete em casa e contei que ele ia ser tio. O garoto ficou tão eufórico, que parecia que era ele quem ia ser pai. Fiquei feliz pela sua reação.

Na normalidade do nosso trabalho anormal, a noite se seguiu. Jhonatan foi auxiliar o pivete novo, eu fui carregar e supervisionar cargas, e depois de três lanchas cheias com insumos hospitalares e cigarros, o serviço estava feito.

Tudo bem sucedido e, mais uma vez, sem polícia. Afinal, aquele era o porto escondido, o lugar em que eu fiz minha primeira carga com Nataniel. Ninguém conhecia aquele pedaço de madeira podre, que era tão perfeito para enviar e receber cargas para outros distritos.

Peguei aquela lembrança saudosa, que me causava certa culpa, por ter sido quando iniciei minha vida no crime, ao mesmo tempo alívio, por nunca ter deixado nada faltar para Jhonatan, e vi na imagem serena de Nataniel a oportunidade de falar o que eu precisava...

Ele fumava calmamente, enquanto observava as lanchas organizarem as cargas.

— Nataniel — chamei baixo, vendo o homem soltar a fumaça pelos lábios, com a calma de quem é dono da maior máfia contrabandista de Caelum.

— Solta, cara — ele disse, sempre com aquele jeito de me tratar como seu igual. Até mesmo como seu irmão.

— Cecilia está grávida.

Nataniel arregalou os olhos, dando um sorriso imenso em seguida.

— Caralho! — Nataniel soltou, ainda rindo, dando um tapa forte nas minhas costas. — Parabéns, porra! A criança vai ter um *dobermann* como pai.

— Obrigado. — Uma risada nasal foi minha reação.

— Quando vamos comemorar? Já posso dar presente? Não tenho criança na minha família, não sei como funciona.

— Eu vou deixar essas coisas de comemoração e presente na mão da Ceci, até ela me ensinar sobre as minhas responsabilidades, porque eu tô perdido *pra caralho* e não sei o que fazer. Na verdade. — Respirei fundo, levando em conta que nós estávamos no mesmo barco. — Ela ficou tão desesperada e com medo, que acho que nem ela sabe...

— Sabe que, se você deixar tudo nas costas dela, ela te mata enquanto você dorme, não é?

— Eu sei, mas não vai acontecer. Eu sou babaca, mas nem tanto — falei, soltando mais uma risada fraca.

Então, o riso cessou, ele terminou seu cigarro, e perdido no mar calmo a minha frente, formulava mentalmente o que eu diria a seguir. Mas não foi preciso que eu tomasse uma atitude, porque Nataniel sempre foi muito perspicaz.

— Não era só isso que você queria me contar, não é? — ele perguntou, calmo.

— Eu sei que eu sou importante pra você, pro bando, mas porra... — Sentia o peso da ingratidão pesando nas minhas palavras.

— Você vai ter um filho.

Assenti, sem coragem de prosseguir.

— Está tudo bem, Samuel — Nataniel falou, segurando meu ombro e me balançando de leve para que eu pudesse encará-lo. — Se você não pedisse pra sair, eu ia te aposentar à força.

Soltei uma risada de completo alívio, misturado com incredulidade.

— O que você vai fazer sem mim?

— Tá se achando o fodão...

Aí, eu soltei uma gargalhada de cavalo meio alta.

— Brincadeira. — Ele também riu, soltando meu ombro e cruzando os braços na frente do peito, ficando meio pensativo. — Você ainda pode trabalhar comigo um tempo? Mesmo processo do Jhonatan. A gente analisa o bando e vê quem eu posso colocar no teu lugar... Tem que ser alguém aqui de dentro e precisa ser alguém que eu e você confiamos. Então, você está livre.

— Beleza, tudo bem — concordei, achando aquilo mais do que justo.

Nos silenciamos mais uma vez, enquanto olhávamos para a água com pequenos pontos de reflexo, por causa das luzes ao longe.

— Se eu não for o padrinho, eu te denuncio pra polícia.

Aí, eu dei um socão no braço dele.

— Sem denúncias por aqui...

Ainda rindo, em um clima leve que eu não estava acostumado, no meio de uma troca de carga daquelas, fui buscar Jhonatan para avisar que já havíamos terminado e já podíamos ir para casa.

Homens e mulheres andavam de um lado para o outro, alguns riam, outros xingavam baixo, mas todos se preparavam para deixar o local, enquanto eu avisava para o pivete que ele seria tio de um menino e Nataniel, ao longe, conversava com Baco.

E meu irmão, mais uma vez, parecia feliz como um tio trouxa babão. Tudo estava bem, nós estávamos em paz. Eu, Nataniel e todo o bando estávamos tranquilos.

Nós relaxamos.

E foi esse o nosso erro...

Enquanto conversava com Jhonatan, meus olhos, alertas em qualquer situação, perceberam um ponto, vermelho e luminoso, em seu peito, exatamente sobre seu coração.

E mais uma vez, meu instinto de proteção foi a coisa mais forte em mim. Eu não conseguia mais falar, não conseguia mais ver, não entendia o que estava acontecendo ao meu redor. Meu único foco era colocar Jhonatan atrás de mim e eu o fiz, sentindo, em seguida, o impacto mortal do tiro espalhado que atingiu meu peito.

Eu caí por cima do meu irmão, e quando ele tentou me tirar de cima de si, percebeu que eu estava morrendo. Consegui falar com ele uma última vez. Consegui pedir a ele que cuidasse de Cecilia, que cuidasse do meu filho. Consegui dizer que amava meu irmão. E então, meus olhos se apagaram e eu não via nem sentia mais nada.

Eu caí em um sono eterno.

Porra, eu *achava* que era o sono eterno.

— Acorda ele, caralho! Acorda ele, Yan!

Vozes conhecidas gritavam, não sei quanto tempo depois, em um lugar que eu não reconhecia. Meus olhos se abriam devagar, mas tudo que eu via eram borrões. Borrões de luzes estranhas na minha cara.

— Caralho, eu não sou necromante, filho da puta!

— Você disse que ele tem sinais vitais! Se ele morrer, eu te mato!

Era, definitivamente, Nataniel quem gritava. E continuava gritando e gritando, em um ambiente tão caótico, que eu realmente acreditava estar no Inferno.

Porra, eu fiz tudo isso para salvar meu irmão...

Deus, isso não tem nenhuma validade aí no céu, não?

Eu apaguei mais uma vez, ficando nessa putaria de *morre-não-morre* que estava começando a me emputecer. Então, acordei definitivamente, alguns minutos depois.

— Nataniel! — uma mulher magra e baixa, um pouco mais alta que Cecilia, gritou do meu lado, largando as armas em cima de uma mesa metálica e saindo dali correndo.

Eu a reconheci como Suri, uma garota que tinha entrado para o bando há poucos meses, com informações tão valiosas sobre Donghee, que Nataniel achou melhor mantê-la perto.

Mais perto do que o normal, eu diria, apesar dela não aparecer muito, quando todos estávamos reunidos, para não chamar muita atenção, mas isso estava prestes a mudar. Ainda grogue, com um gosto horrível na boca, tentei me levantar, mas senti uma mão pesada segurando meu ombro e me fazendo voltar a encostar a cabeça em um travesseiro.

Estava começando a perceber onde eu estava.

E entrei em pânico, porque eu estava no Astra Centro Hospitalar. Eu não poderia estar lá, eu seria pego, preso e, provavelmente, morto, por conta de um informante que estava rondando por aí. Mas, porra... aquele lugar era diferente.

Não era o ACH.

Era um quarto grande de um apartamento em um local remoto, onde estava a estação clandestina de tratamento que eu e Nataniel montamos, com a supervisão de Yan, para atender casos graves, se fosse preciso.

Lá havia tantos aparelhos de ponta, ar-condicionado, refrigeradores com medicações e bolsas de sangue, duas macas de última geração, monitores de batimento cardíaco...

Por isso a minha confusão. Eu ajudei a montar aquela porra de lugar, seguindo ordens meticulosas do diretor do hospital, para que tudo ficasse perfeito, como se fosse um centro cirúrgico e uma UTI ao mesmo tempo.

Eu só não imaginava que aquilo serviria para mim...

— Fica frio aí, Samuel — a voz de Nataniel soou, então eu percebi que a mão imensa era dele.

E consegui abrir os olhos um pouco mais. Meu chefe usava uma tipoia no braço e Suri, a garota que saiu correndo, porque estava me vigiando, agora estava do seu lado, olhando para mim preocupada.

— Que porra — resmunguei, levando as mãos até meu tronco, sentindo uma leve ardência vinda do lugar.

Meu peito estava completamente enfaixado. Um cateter de soro era ligada diretamente à veia da minha mão direita e eu estava...

Porra! Eu estava pelado, caralho!

Por baixo do cobertor que eu usava, estavam apenas o curativo com faixas no meu peito e nada mais. Apenas coisas que me ajudavam a não me cagar todo. A porra de uma fralda e um cano saindo de mim. Tinha o caralho de um *canudo de pau* no meu caralho!

Puta merda, que situação...

— Eu achei... — Nataniel parecia arrasado, enquanto soltava o ar de forma pesada e olhava para mim com olhos de dor, de culpa. — Achei que a gente ia perder você, cara... caralho, Samuel...

— O que aconteceu? — perguntei, confuso, sentindo minha garganta arder.

— Atiraram em você, no peito, mas não atingiu teu coração... só que foi o suficiente pra quase te foder de vez. Você ia morrer, perdeu sangue demais, mas chegou aqui, com sinais vitais, e o Yan, puta que pariu.

Ele respirava fundo, provavelmente sentindo todas as emoções, vividas na hora em que eu quase morri, voltarem à tona.

— Você ia morrer, cara...

Aquilo estava sendo mais traumático para Nataniel do que eu imaginava que fosse.

— O Yan te salvou, ele é a porra de um cirurgião mágico.

Salvou meu irmão, com Nicolas... agora me salvou. Eu devia mais a ele do que conseguia pensar naquele momento.

— Por que eu tô pelado? — reclamei, sentindo o incômodo de não estar usando nada por debaixo daquela roupa. — E de fralda?

Nataniel segurou uma risada e Suri virou o rosto para o outro lado, também segurando o riso.

— Sua roupa tinha muito sangue, tivemos que cortar...

— A minha jaqueta! — comecei a gritar. — Caralho! Cadê a minha jaqueta?

— Samuel, fala baixo, porra! Tem gente no andar de baixo! — Nataniel suplicava. — Tiramos a sua jaqueta, mas ela tá com furo de bala... Não cortamos ela, dá pra costurar.

— Inferno do caralho! Filhos da puta!

Meu amigo apenas assentiu, visto que não havia muita coisa para ser feito.

— E um enfermeiro subornado do Yan precisava te limpar, dar banho, fazer coisas que a gente não sabe fazer, nos dias que você ficou desacordado, então achamos melhor você ficar sem roupa, mas ninguém deixou você peladão aqui, não, caralho, você estava sempre com esse cobertor aí, ninguém abusou de você.

Pera...

Puta que pariu.

Dias?

Puta que pariu de novo.

— Nataniel... — meu tom era baixo, mas tão trêmulo, que estava quase desesperado.

Meu amigo me olhou preocupado.

— Há quanto tempo eu estou aqui?

Ele hesitou por um segundo, antes de responder, porque sabia que minha reação seria agressiva. E realmente foi.

— Dez dias.

Mas que porra...

— Caralho! Cadê Cecilia? Cadê Jhonatan? — dizia, tentando levantar abruptamente, levando os dedos até os canos de soro e tentando arrancá-los com força.

Mas Nataniel colocou a mão no meu ombro e me segurou na maca.

— Porra, fica frio, Samuel!

Era notável o quanto ele não parecia normal, e Suri, ao seu lado, estava igualmente tensa. Eu ia fazer mais força para sair dali e correr, pelado, para fora, mas alguma coisa não estava certa. Então, parei devagar, olhando de um para o outro.

— Cadê minha mulher e meu irmão? — repeti baixo, sentindo o peito queimar, assim como minha garganta.

E a dor começou. Latejando, ardendo, repuxando tudo. Eu levantei o cobertor e percebi pequenas manchas, vermelhas e úmidas, crescendo na parte enfaixada. Voltei a deitar, sentindo tudo rodar, respirando fundo, como se fosse voltar a desmaiar. Meu corpo todo doía, enrijecia, eu sentia que poderia cair no chão a qualquer momento.

— Caralho, para de fazer esforço! — Nataniel começou a gritar, vendo o meu estado e se aproximando de mim.

Então, ele puxou o cobertor para baixo e viu o que estava acontecendo.

— Enfermeiro! — sua voz soou, projetada na direção da pequena porta, aos fundos daquele super hospital clandestino.

Em menos de dez segundos, um homem alto e magro entrou, correndo na minha direção.

— Apaga ele agora! — Nataniel ordenou, enquanto o enfermeiro confirmava com a cabeça, de forma séria.

— Não, caralho! Não me apa... não me...

Tarde demais. Fui apagado.

15.11
KO CANIS MAJORIS

Algum tempo depois, eu não fazia ideia de quanto, comecei a abrir os olhos de forma lenta, voltando a sentir o mesmo gosto horrível de merda na minha boca.

Não que eu já tivesse comido merda, mas, porra, que gosto horrível.

Dessa vez, Nataniel estava sentado do meu lado, em uma cadeira de plástico. Ele mantinha os cotovelos sobre as pernas, enquanto os dedos de suas mãos estavam cruzados e ele escondia a boca com aqueles dedos, enquanto me analisava sério. Eu o olhei por um segundo, depois voltei a fechar os olhos, me sentindo tonto.

— Estava tentando pensar num jeito de desovar meu corpo, porra? — Grunhi.

— Estou pensando num jeito de falar com você sem que você levante correndo, que nem um idiota, e foda tudo o que a gente conseguiu fazer com a sua saúde.

— Você não me respondeu sobre Jhonatan. — Rangi os dentes, sentindo uma fisgada no peito. — Nem sobre Ceci... como esperava que eu reagisse?

— Como um praticante de meditação. Calmo e tranquilo.

— Vai tomar no cu.

Ele permaneceu em silêncio, enquanto eu respirava fundo, ainda de olhos fechados. E mais alguns momentos passaram, até que, enfim, tivesse forças para soltar o questionamento que me matava:

— Eles... morreram? — perguntei, vacilante.

Sentia a dor interna do meu coração ser mais explosiva e pesada do que os próprios ferimentos estilhaçados que a bala causara dias atrás. Era fodido de sufocante apenas *pensar* nessa possibilidade.

— Não foram eles que morreram — seu tom continuava sério.

— Quem morreu?

— Você.

Abri meus olhos, assustado, e virei o rosto em sua direção. Nataniel tirou as mãos do rosto, levantou devagar, veio na minha direção e se sentou na minha maca.

— Se você ficar apavorado e fizer eu gritar o enfermeiro de novo, eu juro que te apago com minhas próprias mãos.

Queria dar um soco na sua cara, mas, ao contrário disso, fiquei quieto e o deixei falar.

— Quando os capangas do Donghee entraram, atirando, no galpão, eu fui atingido. Inclusive, tirei minha tipóia ontem, porque não aguento mais ficar com aquela porra.

Ele balançava o braço devagar, contorcendo o rosto, como se ainda estivesse sentindo algum tipo de dor.

— O próprio babaca não teve coragem o suficiente para dar as caras, então mandou os homens dele. Foram todos mortos, só sobrou um cara que caiu atirando, tentando matar Suri, mas ela conseguiu apagar o fodido na gravata.

Ele contava o acontecimento com certa raiva na voz, principalmente quando tocava no nome de Suri.

— Quando pegamos o cara — continuou, olhando para os dedos, que estalava lentamente —, o deixamos em uma sala trancada e, depois de ter certeza que você estava bem, depois de acordar do desmaio, fizemos ele falar o que queríamos.

— Como conseguiram isso?

— Do jeito que você sabe que fazemos. O *nosso* jeito.

Assenti, já conhecendo os métodos de tortura de Nataniel, apesar dele não ser adepto à violência, assim como eu e Jhonatan. Só quando era necessário...

— Ele contou que Donghee estava planejando me matar depois de todo mundo, pra pegar minha área, mas principalmente queriam matar o Jhonatan, porque ele sempre ajudava demais o bando. Porque ele era seu irmão e queria fazer você pagar...

— Pagar pelo quê, porra?

— Por ter matado o irmão dele. Então, queria que você sentisse o mesmo que ele...

Sua respiração profunda denunciava um certo tipo de desconforto, que ele não iria admitir.

— Puta merda, que babaca do caralho! Arrombado, pau no cu! Eles que começaram a atirar na gente, caralho! Queria que eu ficasse parado, vendo Jhonatan tomar um tiro na testa? Vai tomar no cu! — disse, me alterando bem mais do que podia.

Tudo doía. Meu corpo doía. Minha respiração doía. Eu me sentia mal por qualquer pessoa dali, por Nataniel. Mas principalmente por Jhonatan... Por pensar que fiz dele um alvo.

— Ele sempre foi um psicopata do caralho.

— E o que aconteceu com o homem que vocês interrogaram?

— Nós ainda não tínhamos decidido o que fazer com ele. Ele falou demais, podia ser útil para o bando. Talvez fosse que nem Suri... sabe? — Nataniel passou a mão na nuca, enquanto respirava fundo, esgotado. — Ela se mostrou leal, foi útil para mim com informações.

— Não só com informações.

Nataniel soltou uma risada nasal baixa, mas não disse nada sobre meu comentário.

Eu sabia o que acontecia entre eles dois, mas também sabia o quanto meu chefe e amigo era reservado quanto a suas relações pessoais, a ponto de não deixar claro, para ninguém, o que fazia nem com quem fazia.

Eu sabia apenas o que ele me deixava saber, porque confiava em mim, mas não exigia mais do que isso, porque não era da porra da minha conta.

— Mas — ele continuou o assunto, tentando parar de rir e conseguindo em seguida, porque seu rosto ficou sério. — Quando um dos capangas foi levar o almoço para ele, o homem tinha conseguido escapar e, quando alcançaram o cara, estava estrangulando Oscar na garagem, pra tentar pegar um dos carros.

— Mataram ele?

— Não tivemos escolha. Era ele ou Oscar.

Eu fiquei quieto por um momento...

Aquilo sempre foi paradoxal na nossa vida. Éramos bandidos, contrabandistas e perigosos. Já batemos em muita gente e fizemos muita coisa errada, além dos roubos de carga, lavagem de dinheiro, clonagem de documentos e diversas outras coisas que nos dariam centenas de prisões perpétuas. Mas matar era foda.

Sempre deixava nossas bocas com um gosto amargo e nosso peito carregado de culpa.

Só havia uma pessoa que eu queria matar. Uma que eu já atirei uma vez, mas sobreviveu. E eu sabia que só poderia viver em paz se ele morresse.

— Por que você disse que eu estou morto? — perguntei, sério, quebrando aquele silêncio pesado.

— Eu precisei tomar uma decisão, Samuel — disse, sério, com a voz em um tom que me causava agonia.

Engoli em seco. Eu sabia do que ele estava falando.

— Eu tive que anunciar sua morte... — confirmou meus pensamentos.

E... caralho. Nunca senti tanta dor por estar certo.

Meus olhos se arregalaram e meu peito voltou a se mover com violência. Pensei em Jhonatan, eu pensei na dor que ele devia ter sentido ao saber da minha morte. Eu pensei em Cecilia e em como isso afetaria minha mulher, em como afetaria meu filho.

— Caralho, Nataniel, não — minha voz já estava fodidamente embargada, porque um choro desesperado e sufocante rasgava minha garganta de dentro para fora. — Porra, o Jhonatan perdeu meus pais... a Ceci... caralho, ela tá grávida!

Nataniel se aproximou de mim e segurou minhas mãos com força, enquanto eu voltava a me debater, querendo levantar, mas ele me forçava a ficar deitado.

Eu precisava sair dali, precisava dizer a eles que eu estava vivo.

— Samuel... Samuel! — Nataniel voltava a gritar, ele sabia que eu teria essa reação novamente, porque foi rápido em me imobilizar na maca. — Eles não podem saber!

— Eles estão sofrendo, caralho! Você não entende, porra! Eu preciso... — Eu forçava ainda mais o corpo contra o seu, tentando me levantar, mas ele não deixava. — Eu preciso contar! Jhonatan... Jhonatan precisa saber que não me perdeu também! Porra!

— Eles não podem saber! — Nataniel gritou com ainda mais vontade, me fazendo perder as forças instantaneamente e voltar a deitar na maca improvisada.

Eu não conseguia sentir meus músculos, pois os havia jogado na maca, enquanto meus olhos fechados choravam lágrimas brutas, grossas e silenciosas, de quem não aguentava lidar com uma situação fodida como aquela.

— Se eles souberem, correm perigo. Donghee não quer só você. Você está me entendendo? — ele dizia, ainda segurando minhas mãos com força, com o corpo curvado sobre o meu, tentando ter certeza de que eu não levantaria novamente. — Você, morto, deixa de ser uma corrente de alvos. Agora ele tem outras coisas para focar!

— Onde eles estão, cara? — perguntei fraco, contrariado, me sentindo um merda.

— Seguros! — Ele me soltou devagar, vendo que meu cansaço me fazia desistir de tentar lutar. — Eles estão seguros! Eu estou de olho neles, o tempo todo!

— Ceci está sozinha... a Ceci está longe... caralho...

— Ela se mudou para o apartamento de Jhonatan. Está com ele — Nataniel disse rápido, tentando me fazer ficar calmo.

E eu olhei para ele, com o coração dolorido, sentindo, pela primeira vez, um leve batimento mais aliviado.

— Então, ele... — Minha respiração desritmada tentava voltar ao normal. — Ele manteve a promessa — concluí.

— Que promessa? — Nataniel já havia me soltado por completo, agora sentado na maca, me observando.

— Eu pedi pra ele prometer pra mim que ia cuidar de Ceci e do bebê... e ele já colocou os dois na casa dele. — Caralho, quando eu ia parar de chorar?

Nataniel assentiu, observando o enfermeiro entrar e vir direto até mim, para, silenciosamente, checar meu curativo, medir minha pressão e dar os remédios que eu precisava tomar.

Enquanto isso, pensei sobre tudo o que meu irmão e minha namorada estariam passando. Eu pensei na vontade absurda de vê-los, de saber como estavam.

Queria tanto estar com eles...

Mesmo no contraste de meus pensamentos estrondosos, ficamos calados até o enfermeiro ir embora, após um aceno breve e educado.

— Quem é esse cara? — perguntei, observando Suri entrar com uma bandeja.

Era comida para todo mundo, então ela sentou na cadeira em que Nataniel esteve, colocou as coisas em uma outra cadeira, ao seu lado, e foi passando a comida e as garrafas com suco para ele.

Nunca imaginei que Nataniel ia dar comida na minha boca. E eu sabia que aquela gororoba gostosa não era própria para um doente... mas foda-se. Eu não estava em um hospital, apesar de parecer muito com um.

— O nome dele é Simas. Yan ofereceu uma grana alta para ele e também disse que ia demiti-lo e depois matá-lo, se ele abrisse a boca.

— É — falei, bebendo o suco devagar, com a ajuda de Nataniel. — Bem convincente.

Nataniel riu, depois ficou ali, me ajudando a terminar a refeição. E ele, Suri, Simas e, por incrível que pareça, até Yan, que tinha um temperamento péssimo igual ao meu, me ajudaram pelos dias que se passaram, porque só eles sabiam que eu estava vivo.

Depois descobri que Yan queria colocar o namorado, que também era enfermeiro, para cuidar de mim, mas Nataniel tinha medo do cara contar para Nicolas, que era amigo dele. Se a informação chegasse ao meu cunhado, era questão de segundos até que Jhonatan soubesse que eu estava vivo.

15.12
LX CANIS MAJORIS

Meu tratamento continuou...

Com porradas de remédios, antibióticos e anti-inflamatórios, e várias vezes, Yan tomando o lugar de fisioterapeuta, porque não podíamos ter um, mas ele parecia saber o que fazia.

Nataniel, quando percebeu meu progresso e que eu conseguia andar, às vezes me colocava na sua *pick up* grafite e me levava para dar umas voltas, rapidamente, em lugares onde ele sabia que Jhonatan ou Cecilia passariam.

A primeira vez que eu vi Cecilia na rua eu chorei que nem um bebê.

— Calma, cara — ele dizia, batendo na minha perna devagar. — Isso vai durar pouco.

— Olha o bucho dela. — Eu fungava, vendo a minha pequena com uma blusa mais curta, deixando a barriga aparente, agora bem mais visível. — Vai lá mandar ela tampar a barriga, porra, o garoto vai pegar um resfriado...

Nataniel tentou se segurar, mas não aguentou. Ele começou a rir dentro do carro, porque eu estava completamente trouxa com aquela situação. Mas o pior de tudo era que, mesmo um mês depois, o que doía mais não era ter o contato com Cecilia proibido, e sim ver sua cara inchada e seu nariz vermelho, como se ela não parasse de chorar nunca.

No dia em questão, ela estava com Luca. Da outra vez que a vi na rua, estava com Nicolas. E na primeira vez que vi Jhonatan, estavam os dois juntos.

Aí, não deu...

Eu quase tive uma crise de pânico, saudade, depressão, tremor, calor e insuficiência renal, tudo junto, dentro daquele carro.

— Calma, porra! — Nataniel precisou gritar, então ligou o carro para irmos embora.

— Não! — disse, quase suplicando. — Só mais um pouco, por favor... — eu dizia, vendo seus corpos de costas, andando em direção a algum lugar que eu não sabia onde. Então, eles viraram e, logo em seguida, sumiram da minha vista.

Sendo essa sempre a pior parte quando Nataniel me levava para ver os dois na rua, nós fomos embora no outro segundo. Quando Yan me deu alta, mantendo apenas as ordens de continuar com as medicações, eu fui levado para debaixo do açougue, lugar onde Nataniel me escondia quando tudo estava vazio.

Lá, eu entrava dentro do quarto secreto, atrás do quadro imenso que o cara mantinha na sua sala, e dormia em uma cama de casal no canto, que eu suspeitava já ter sido palco para coisas obscenas do meu amigo-chefe.

O quarto era todo cimentado, sem nenhum acabamento fino, mas era estranhamente confortável. Tinha um banheiro limpo, assim como o resto do local, ventilação por tubos de ar, além do ar-condicionado.

Também tinha um ventilador, caso eu não quisesse ligar o *"modo Alasca"*, uma geladeira cheia de comida, televisão, uma mesa com baralho, computador, meu celular e internet.

Se eu não tivesse mulher, filho, nem irmão, poderia morar naquele buraco secreto a minha vida toda, sem nem me importar em socializar com mais ninguém.

Então, ali eu fiquei por meses escondido, intocado e entocado. Recebia comida proveniente de *fast-food*, trazida por Suri ou Nataniel, quando eles podiam me ver.

Tinha também a visita do enfermeiro, quando ele precisava checar meus pontos, tirá-los ou me dar alguma bronca sobre eu não comer direito ou fumar demais, o que ele dizia atrapalhar no processo de cicatrização.

Da mesma forma, eu continuava saindo que nem um rato, quando meu amigo me avisava que a casa estava vazia.

Eu mal via a luz do Sol. Eu mal podia ver a luz da Lua também. Mas quando eu soube que Jhonatan foi atropelado...

— Eu vou matar ele agora! — comecei a gritar, empurrando Nataniel com tanta força, que ele bateu as costas na parede.

— Não vai!

Quem me segurou foi Suri. A garota pegou um dos fuzis da casa, meteu o dedo no gatilho e empurrou o cano gelado na minha coxa, pressionando com tanta força, que me machucava.

— Nataniel gosta de você, ele é mole contigo! Eu tô pouco me fodendo para o que você quer ou deixa de querer, mas se você estragar o plano de matar o Donghee, eu te coloco numa cadeira de rodas pra sempre! — ela gritava em ódio, enquanto segurava a arma pesada com a habilidade que poucos homens daquela gangue tinham.

— É o meu irmão. — Rangi entre dentes, enquanto minhas lágrimas desciam, queimando, pela minha bochecha.

Mas eu fiquei parado, porque a garota não brincava. Pelo seu histórico violento, eu sabia que ela *realmente* me daria um tiro.

— Agora foi o seu irmão, mas adivinha: se você aparecer do nada e foder com tudo, a próxima vai ser a tua mulher e o teu filho! — ela quase gritava, enquanto Nataniel observava quieto e sério, de braços cruzados, apenas analisando a cena.

Eu dei um passo para trás, levando as mãos ao rosto e esfregando minhas bochechas e olhos com força, gritando dentro das minhas palmas. Foi um grito longo e impotente. Suri não relaxou. Ao invés disso, levantou o fuzil e apontou para a minha cabeça.

— Abaixa essa porra! — gritei.

— Senta! — ela ordenou, e por um segundo, me perguntei se Nataniel havia passado a coroa da criminalidade para ela.

Empurrei o interior da bochecha com a língua, segurando uma risada odiosa, de quem, muito contrariado, obedece ordens que não quer obedecer. Andei devagar até a cama daquela sala escondida e deixei meu corpo cair sobre o colchão, não apenas sentando, mas deitando e olhando para o teto.

— Espere lá fora — a voz de Nataniel soou calma, mas era uma ordem para a mulher.

Não vi quando Suri saiu dali, mas ouvi os sons suaves da alça do fuzil sendo colocada no ombro dela e, logo em seguida, a porta sendo aberta e fechada. Os passos de Nataniel denunciavam que ele estava chegando perto de mim.

— Quanto tempo faz isso? — perguntei, sentindo o gosto amargo da impotência rasgar minha garganta. — Quanto tempo faz que ele foi atropelado?

— Uma semana.

— Você gosta de me dar as notícias atrasadas por tesão ou algo assim? — quase cuspia as palavras, dado o ódio que estava sentindo.

Nataniel respirou fundo e se sentou na cama, ao meu lado, colocando as mãos em cada lado do corpo, no colchão, e olhando para mim.

— Precisava saber do estado dele, antes de te passar qualquer informação que pudesse fazer você ter esse tipo de reação.

Eu olhei para ele e me ergui, ficando sentado.

— Como ele está? — perguntei, sério, com medo da resposta.

— Em coma induzido. — Me joguei na cama de novo, sentindo um peso cruel preencher meu peito. Eu não conseguia nem ficar sentado, eu estava ficando louco.

— Mas ele vai ficar bem. Yan me disse que não sabe como será a recuperação dele, mas tem motivos para acreditar que não terá danos. Talvez fique mancando para sempre.

— Eu só quero ele vivo, Nataniel... não importa como — falei, levando os dedos grossos e ásperos aos olhos, esfregando e tentando tirar a umidade.

— Ele vai ficar. E nós precisamos trabalhar... você se lembra da sua posição agora? Lembra do que precisa fazer?

Assenti em silêncio, olhando para o teto, mesmo com a vista embaçada. Eu me lembrava exatamente da minha posição.

— Mortos não matam ninguém — disse baixo o mantra que comecei a repetir para mim mesmo, a fim de lembrar que, se estivesse morto, ninguém esperaria nada vindo de mim.

Nataniel concordou, em silêncio. Mas eu continuava agoniado, continuava em pânico.

— Por favor — supliquei, segurando o choro que socava meu coração com violência.

Nataniel apenas olhou para mim, de forma serena e séria, porém dando a atenção que eu pedia.

— Eu preciso ver ele. Ver de perto... por favor, Nataniel.

Meu chefe soltou o ar de forma pesada, olhou para o chão, balançou a cabeça negativamente e deixou o quarto secreto, sem falar comigo por dois dias.

Nesse meio tempo, recebi apenas a visita de Suri, com as refeições, e de Yan, uma vez só, para verificar se eu não estava morrendo. Nataniel apareceu novamente e, dessa vez, jogou uma trouxa de roupas azuis em cima do meu colchão.

— Veste isso. Touca e máscara também. Agora.

Era uma das poucas ocasiões em que eu o via ser rude, porém sabia que ele só ficava assim quando estava extremamente nervoso ou com medo de algo. Obedecendo, troquei de roupa e coloquei todo uniforme que ele me passou. Era um uniforme de enfermeiro, completamente coberto, desses que você usa em casos de pandemia hospitalar, então a única coisa visível do meu corpo eram meus olhos.

— Vamos — disse sério.

Sem questionar, o segui por todo aquele caminho até os fundos do açougue, onde nossos carros estavam dispostos, para saírem pela rua lateral. Não muito tempo depois, encostamos na parte de fora do estacionamento dos funcionários do Astra Centro Hospitalar.

Caralho, nós realmente estávamos onde Jhonatan estava.

Nataniel sacou o telefone de dentro de sua jaqueta, discou um número e, segundos depois, iniciou uma conversa.

— Já. E agora? — ele dizia para alguém que eu suspeitava ser Yan. — Você é um ator do caralho. — Nataniel dava uma risada nasal, balançando a cabeça. — Certo, Samuel está indo.

Então, desligou e enfiou o telefone de volta por dentro da jaqueta.

— Você vai sair do carro. — Olhou para mim com seriedade. — Vai entrar pela saída de funcionários, aquela ali do estacionamento.

Eu assenti, já conhecendo o caminho.

— Quando passar pela porta, Yan vai aparecer com uma prancheta, te explicando coisas aleatórias, como se você fosse funcionário do hospital.

Assenti mais uma vez. Caralho, eu estava começando a me cagar de nervoso.

— Ele vai andar com você até a porta de Jhonatan. Entra, vê teu irmão e cai fora.

Parecia um ultimato.

— Você tem 20 minutos, se demorar mais que isso, eu vou embora e você começa a trabalhar no hospital de vez.

Eu ri baixo, mas concordei e, no segundo seguinte, saí do carro. Entrando no lugar, encontrei Yan e, exatamente como Nataniel havia me dito, fui guiado pelo assassino platinado até o quarto de meu irmão. Eu já sabia qual era o quarto, mas ele precisava me escoltar para não levantar suspeitas.

Se tinha um cara andando com o diretor, não devia ser ninguém estranho...

— Nicolas está fazendo um parto, eu mandei — ele sussurrou baixinho. — Mas ele faz partos rápido demais, eu não sei por que porras.

Me segurei para não rir.

— Então, vai rápido, porque ele parece uma gosma, não desgruda do Jhonatan. Se ele te vê aí, você tá fodido!

Já era hora de me cagar?

— Eu não tenho nenhum enfermeiro tão imenso e truculento que nem você e o Nicolas é esperto, então, pela porra dourada, não demora.

Assenti mais uma vez, *em nome da porra dourada*.

Assim que Yan saiu da minha frente, eu entrei no quarto em silêncio e, quase correndo, com o desespero que senti, ao ver o estado de Jhonatan, me coloquei ao seu lado.

— Porra, pivete. — Não tinha motivo algum para controlar o choro, então ele brotou que nem uma cachoeira, enquanto eu segurava sua mão.

Estava quente... Caralho, eu nunca senti tanto alívio em segurar uma mão quente. Ele tinha um braço quebrado, uma perna no mesmo estado, olheiras fundas e o rosto ossudo. Tudo nele estava tão diferente. Ainda era meu irmão, mas numa versão tão destruída que eu não consegui deixar de me culpar mais um pouco.

— Eu sou um merda de irmão. — Fungava, puxando uma cadeira e sentando do seu lado, arrancando a máscara em seguida. — Provavelmente vou ser um merda de pai também.

Eu chorava que nem uma criança que tomou um *pescotapa* de um valentão.

— Mas, caralho. — Uma fungada violenta, que poderia inalar até os lençóis daquela maca. — Eu juro... eu juro que, quando você sair dessa e quando meu filho nascer... eu vou tentar.

Eu esfregava as mãos no rosto com violência, tentando limpar o impossível, porque eu ainda chorava *pra caralho*.

— Eu juro que vou melhorar... juro que nunca mais vou deixar vocês passarem por nada disso... nem que a gente tenha que se mudar pra outro planeta, você tá me ouvindo?

Ele não respondeu. Eu dei mais uma chorada esganiçada.

— Não, você não tá me ouvindo. — Balançava a cabeça negativamente, várias e várias vezes. — Mas a promessa ainda tá de pé, tá bem?

Então, baixei o rosto devagar, levando os lábios até sua mão áspera, de tanto trabalho pesado que fez durante a vida, e dei um beijo longo na pele de meu irmão.

— Eu te amo *pra caralho*, pivete... eu te amo pra porra mesmo.

Tinha como resposta apenas o som do apito do monitor de batimentos cardíacos ao seu lado, soando no meio do quarto escuro.

— Isso tudo foi culpa minha, mas eu vou consertar, tá bem? Deixa com teu irmão mais velho.

Então, eu me levantei, com medo de topar com Nicolas ali dentro do quarto e ter que dar uma desculpa absurda para um enfermeiro estar beijando a mão de um paciente.

— Fica bem, pivete. — Abaixei a cabeça, dando um beijo na testa do garoto adormecido. — Fica bem, que você ainda tem que dar um soco na minha cara, valeu?

Ciente de que, mais uma vez, eu não teria nenhuma resposta, limpei o rosto do jeito que dava, recoloquei a máscara e deixei o quarto.

Yan estava fingindo averiguar a tintura do corredor, então, quando me notou, me escoltou novamente até a porta dos funcionários no andar da garagem.

A passos rápidos, voltei para o carro de Nataniel, tirando a máscara e a touca quando já estávamos algumas quadras longe dali.

— Como foi? — ele perguntou, curioso, mas calmo.

— Ele tá muito fodido, Nataniel — disse, sentindo o coração doer.

— Eu sei — meu chefe concordou, com pesar na voz.

— Mas isso me deu mais força...

Meu amigo olhou para mim, enquanto segurava o volante com apenas a mão esquerda.

— Mais força pra lutar por essa porra toda. Pra deixar ele a salvo.

Então, ele assentiu, concordando com o que eu dizia, e voltou a olhar para a estrada vazia. E nós seguiríamos com o plano. Iríamos vingar Jhonatan. Iríamos acabar com aquilo de uma vez por todas.

15.13
SIRIUS

A partir daquela noite, os dias passaram como um borrão. Nós repassamos nosso plano diversas e diversas vezes. Encontramos dicas de onde eram os galpões, que eram as tocas de rato de Donghee, mas ainda não sabíamos com precisão como o filho da puta sabia apagar rastros tão bem.

Faltava também achar a casa que sabíamos que ele mantinha, a alguns quilômetros de distância, como uma das suas bases de proteção. Tínhamos ciência de que ele não possuía mais nada.

Donghee costumava ser o rei da área dele, mas sua ganância e a forma como humilhava e matava as pessoas do seu bando, fez com que ele se tornasse a porra de um mendigo.

Não sobrou muita coisa.

Conseguimos fichar vários de seus homens e mulheres, descobrir passado, membros da família e até os motivos de terem se juntado ao fodido.

Faltavam alguns nomes, mas era questão de tempo até que descobríssemos. Então, Jhonatan teve alta e eu consegui ver de longe o pivete andando com uma muleta.

Chorei que nem um bebê, mas fiquei feliz por ele estar vivo. E com capangas e Nataniel em cima dele e de Cecilia o tempo todo, não parava de receber vídeos e fotos deles dois.

Vídeos e fotos de Cecilia e sua barriga imensa também, mostrando que sua pança parecia querer explodir a qualquer momento. Até me contaram que o nome do pivetinho ia ser Heitor...

Caralho, eu chorei mais ainda. Quem estava grávida era Cecilia, mas era eu quem estava sendo o sensível da história.

Heitor Kauer Parini. Era um nome bom *pra caralho*. Que nome lindo.

Depois de tudo isso, nós nos decidimos. Marcamos a noite que iríamos traçar as rotas, para descobrir o paradeiro de Donghee, e se tudo desse certo, aniquilar o máximo de seu bando.

Mas aí...

Nicolas foi sequestrado um dia antes de colocarmos nosso plano em prática. E porra! Nicolas era família tanto quanto Jhonatan era. O engomadinho do caralho era meu cunhado e era uma das pessoas que mais havia ajudado meu irmão nessa vida. Se era importante para Jhonatan, era importante para mim.

Eu tinha mais um motivo para matar Donghee. Eu tinha mais um motivo para matar o desgraçado, que, louco por poder, entregou as últimas cartas de bandeja.

Entregou sua localização e deixou rastros o suficiente para que descobrissemos o exato ponto de sua casa de vigia e do galpão em que ele mantinha meu cunhado. Fiquei sabendo que Jhonatan queria correr de muleta pela rua até encontrar o cara, então eu quase apareci do nada, mandando ele sossegar a bunda. Mas eu precisava ficar frio, a gente só ia ter uma chance.

Ali eu vi que a impulsividade corria no nosso sangue, de igual forma.

Nataniel chamou Jhonatan, eles ficaram no galpão por um tempo, e um dia, eu consegui ouvir o pivete gritando tanto, que quase arrombei a porta para ajudar meu irmão.

Mas Nataniel tinha deixado um monitor para mim, para que eu pudesse ver o que acontecia lá fora, lá nas salas, então vi exatamente quando o moleque tentou enfiar a muleta na cabeça de todo mundo, e...

Porra. Vi até quando ele mordeu um dos caras.

Yan brotou do nada, com uma agulha, e deu bem na bunda do moleque. Foi trágico.

Eu ri na hora, mas depois fiquei agoniado, porque sabia que o pivete estava desesperado. Ele estava sofrendo. Eu só queria dizer que estava ali do lado dele, abraçar ele. Mas faltava tão, tão pouco para isso.

O dia de buscar Nicolas chegou. Todo mundo deixou o porão, e uma hora depois, quando vi que tudo estava vazio, eu saí, porque o rei do crime tinha deixado ordens claras para todo mundo ficar de vigia, fora do porão.

Era especialmente para eu poder deixar o local, sem que ninguém soubesse que estive ali nem tivesse ciência da existência daquele quarto secreto.

Peguei as chaves que Nataniel tinha deixado para mim, peguei um dos carros que ele havia separado e, depois de checar o armamento na mala, junto ao carregamento das balas, fui para o endereço que recebi por mensagem.

Quando cheguei no local, um beco escuro e sem movimentação nenhuma, estacionei, saí do veículo e, sentando no capô do carro, aguardei. Olhava ratos gordos passando no chão, enquanto sentia a agonia de saber que, a qualquer momento, eu teria que agir.

Uma moto se aproximou e estacionou perto do meu carro parado.

— Já chegou? — a voz entrecortada, feminina, se aproximava de mim como se tivesse corrido o mundo.

— *Tava* numa maratona? — perguntei a Suri, observando a garota descer da moto, sem capacete, tirar a pistola de trás das costas e ficar alerta, com o dedo no gatilho.

— Bruno sobreviveu à tentativa de assassinato de Donghee — ela dizia, respirando fundo e olhando em volta, pronta para atirar. — Tive que ajudar Yan a levar o cara pra estação hospitalar.

— Natan quis ajudar o cara?

Suri assentiu.

— Ele acha que é Cristo — pontuei.

Suri riu, balançando a cabeça negativamente com meu comentário, mas seu riso cessou no momento em que recebi uma ligação. E nós sabíamos de quem era.

— *Já estão aí?* — Nataniel soou sério do outro lado da linha.

— Suri acabou de chegar — respondi, vendo o olhar atento da garota sobre mim. — Vamos para qual andar, de que loja? A padaria parece baixa demais — dizia, enquanto passava os olhos pelos prédios, de aparência abandonada, a nossa volta.

— *Terraço, prédio da farmácia. Não sejam pegos e nem vistos.*

— Copiado — respondi e ainda esperei mais alguma ordem de Nataniel, mas a única coisa que ouvi foi a voz desesperada de Jhonatan, do outro lado.

"O Nicolas!"

Era hora de agir.

— Vamos. — Olhei para Suri e desliguei o telefone, colocando-o dentro do bolso da minha calça jeans.

Peguei o fuzil na mala do carro, enfiei a alça nas costas e andei rápido em direção ao pequeno prédio da farmácia que Nataniel havia ordenado. A escada lateral de incêndio, nos permitiu estar no terraço em pouco tempo, mesmo com a dificuldade da distância, no final do último lance. Mas eu era alto, então consegui alcançar a sacada, mesmo com o fuzil nas costas, depois ajudei Suri a tomar impulso e a puxei.

A passos rápidos, andamos até a beirada, olhando, ao longe, uma movimentação estranha que envolvia Nataniel, Jhonatan, Nicolas e...

O fodido do Donghee.

Por algum motivo, ele mandou Jhonatan se aproximar dele.

— O que esse puto quer? — falei baixo, posicionando o fuzil no parapeito e enfiando o olho no visor da mira.

Suri tirou seus binóculos do bolso de sua calça e, igual a mim, se apoiou no parapeito.

— Ele não está... — ela parecia chocada.

— Está, porra!

O nervosismo estava tomando conta de mim.

Jhonatan colocava o revólver na mão de Nicolas, e a qualquer minuto, ele poderia disparar contra meu irmão, porque Donghee estava quase afundando o cano do revólver na têmpora do meu cunhado.

Eu precisava agir. Mas não era tão simples. Um tiro errado e Nicolas morreria, provavelmente levando Jhonatan consigo.

Respirei fundo, ignorei os barulhos à minha volta. Lembrei de todas as vezes em que treinei com aquele fuzil e de todos os tiros que acertei. Lembrei, também, de todas as vezes que não eram treinos e que, mesmo assim, meu alvo foi aniquilado. Lembrei que, dessa vez, era a vida do meu irmão que estava em jogo.

Eu precisava de apenas uma oportunidade...

E a tive.

Donghee tirou o dedo do gatilho, enquanto ria e se distraía com a tortura que causava nos dois garotos a sua frente.

E aquele foi o meu momento.

Respirei fundo, senti meu coração bater, ouvi o som do vento ao meu redor...

Atirei.

E igual a garrafa de vidro, explodida com meu primeiro tiro...

Eu acertei.

Acertei em cheio, na cabeça de Donghee. A visão do corpo caído no chão foi a certeza de que meu tiro havia sido bem sucedido.

Estava terminado. Donghee estava morto.

— Porra... que tiro lindo — a garota falou baixo, em uma comemoração contida.

Eu conhecia todos os traumas que ela havia passado, enquanto fazia parte da gangue do fodido, então não a julgava por estar comemorando a morte de alguém. Ele tentou matá-la mais de uma vez. Era questão de tempo para que conseguisse.

Tirando o olho do visor da mira, ainda com o olhar completamente desfocado, precisei tomar um tapa nas costas para soltar o ar que estava congestionado dentro`de mim.

— Vamos, está na hora — ela falou, provavelmente percebendo o quanto eu estava nervoso.

Eu dei um passo, mas ela fez com que eu parasse.

— E desculpa — pediu, com sua voz marrenta soando quase suave dessa vez. — Desculpa por ter enfiado o fuzil na sua perna e por ter quase te matado. Eu... — Ela claramente não sabia pedir desculpas de uma forma normal.

Nem eu era muito bom com as palavras, então dei uma risada baixa.

— Tudo bem, Suri — disse, dando uns tapas pesados em seu ombro. — A gente queria a mesma coisa e conseguimos. Mas se apontar o fuzil pra mim de novo, eu quebro seus dentes.

— Você pode tentar, seu babaca. — Ela riu, revidando os tapas em meu ombro.

E meu riso perdurou por um breve espaço de tempo, porque outra coisa entrava na minha mente naquele momento. Estava nervoso feito o caralho, pois a morte de Donghee fazia uma coisa se aproximar:

Meu encontro com Jhonatan.

Me ergui, colocando a alça do fuzil nas costas e, em seguida, desci pela escada de incêndio, ajudando Suri mais uma vez. Sentindo o fuzil balançar demais, o apoiei no meu ombro e, tendo noção que o lugar estava completamente vazio, andei a passos rápidos para o ponto onde eles estavam, deixando os veículos estacionados para trás. Não precisaria deles naquele momento.

Ao longe, via Jhonatan e Nicolas se abraçando, chorando que nem duas crianças e, conforme ia me aproximando, começando a andar pelos carros. Os dois vinham na direção de Nataniel.

Na minha direção.

E foi questão de segundos...

O pivete me notou.

E mesmo que outras pessoas também me olhassem com espanto, até mesmo Nicolas, Vander e Oscar, o rosto mais apavorado era do meu irmão. E eu só conseguia focar em Jhonatan naquele momento, então eu dei mais alguns passos e parei, antes de me aproximar demais, ainda com medo de sua reação.

E ele me encarava como se eu fosse a porra de um fantasma. Seu corpo inteiro tremia.

Segurei o choro e projetei minha voz, esperando, com todas as foças do meu corpo idiota, que aquele amor que ele declarou uma vez, depois de uma briga no sofá da nossa casa, ainda existisse.

— Oi, pivete — foi o que soltei, clamando para todos os céus que ele pudesse me perdoar por ter fingido a minha própria morte.

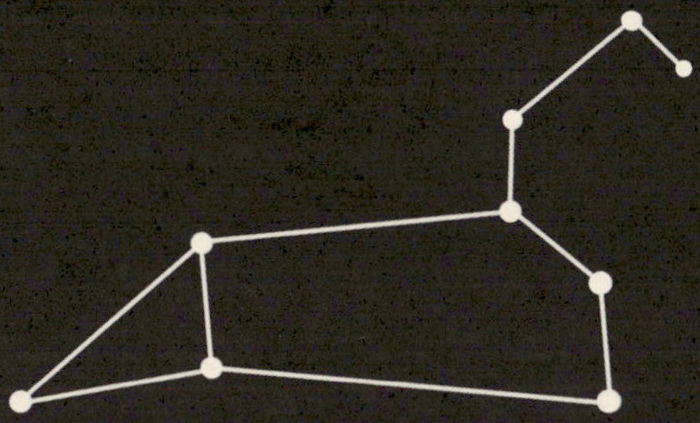

16

LEO

Nicolas

Eu estava quebrado. Psicologicamente, claro, mas tudo indicava que fisicamente também. O corpo doía, e mesmo que estivesse praticamente apático, depois de possivelmente ter tido o momento mais traumático de minha vida inteira, não consegui deixar de me chocar com o que via à minha frente.

Nem havia tido tempo para organizar pensamentos, muito menos assimilar tudo o que havia se passado.

Meu coração acelerou, meus olhos pareciam me trair...

Quando eu havia começado a ver fantasmas?

Mas apesar do meu espanto, nada nesse mundo parecia se comparar com a reação que Jhonatan estava tendo. Seus olhos se arregalaram tanto, que eu quase pedi licença para poder tocar seu pulso e checar seus batimentos. Sua respiração parecia não existir. Ele havia deixado os revólveres caírem em seus pés e, mesmo tendo se machucado com o ferro pesado batendo em suas pernas, não proferiu som algum.

— Oi, pivete...

— Caralho, puta que pariu! — os capangas de Nataniel gritavam juntos. — É o Samuel!

Não parecia ter sido uma coisa que muitas pessoas tinham conhecimento...

Realmente, aquele "Oi, pivete" havia sido dito por Samuel, mas era tão difícil de acreditar que ele, de fato, estava ali. Ainda mais depois de todo luto que Jhonatan sofreu. Que Cecilia sofreu...

Entretanto, meus próprios devaneios pareciam não acompanhar meu namorado e suas ações impulsivas, mas compreensíveis.

Momentos depois que Samuel, que deveria estar morto, falou com ele, Jhonatan se distanciou de mim, começou a rastejar os pés pelo chão empoeirado e, com o medo e cuidado de quem parecia não acreditar no que via, ficou na frente de seu irmão.

Sua impulsividade gritava violência, e por um momento, eu achei que o tatuado iria socar o cara com o fuzil nas costas, depois derrubá-lo no chão, mas Jhonatan sempre me surpreendia...

Ele ergueu, centímetro a centímetro, sua mão, que tremulava em total pavor, contra todas as suposições que eu fiz para esse momento. Andei poucos passos para o lado, porque minha ansiedade de presenciar o momento era maior que a dor no corpo, que me atingia, e consegui captar seu exato semblante.

Olhos inchados, que já haviam chorado tanto, voltaram a se encher mais. Lábio inferior tão mordido, respiração tão pesada. Seu rosto gritava pânico, sim, mas gritava também esperança. Gritava um clamor para que aquilo fosse real.

Jhonatan estava desesperado. Desesperado para provar a verdade. Então, ele tocou o rosto de seu irmão e gritou. Gritou o choro mais esganiçado e doloroso que eu já ouvi saindo de seus pulmões.

E foi o tempo apenas de Nataniel ser perspicaz o suficiente para pegar o fuzil de Samuel, porque senão tudo iria ao chão, como a muleta de Jhonatan, que realmente caiu.

O que veio em seguida foi uma sequência de abraços brutos, apertos fortes e tapas nas costas tão monstruosos, que pareciam socos. Mas os dois não paravam de se abraçar, não paravam de gritar palavras desesperadas um ao outro, porque aquilo não era mais um choro.

Choro era o que saía dos meus olhos naquele momento, porque meu coração doía ao ver o quanto Jhonatan sofria com aquilo. O quanto, contraditoriamente, Jhonatan também se alegrava.

— Como... como Sam — sua voz cortada mal conseguia formular uma frase inteira. — Como você está... vivo, irmão...? C-como...

Meu namorado enfiava a cara molhada no peito do meu cunhado, que o apertava tanto, sem se importar nem um pouco com a camisa toda encharcada de choro.

— Eu sobrevivi, mas eu... eu não podia... — Eu já não sabia dizer quem estava chorando mais. — Eu não podia aparecer... eu precisava ajudar você, precisava ajudar Ceci, meu filho.

Era engraçado ver como o choro bruto e pesado dos dois era praticamente igual. Pareciam a mesma pessoa, com alturas diferentes.

— Mas por... por que você... não falou nada? — Jhonatan se engasgava com as palavras. — Eu podia ficar do seu lado, irmão! Eu podia... — Um soluço grosso. — Eu podia te ajudar!

Jhonatan socava o peito de Samuel agora, parecendo começar a sentir raiva misturada com chateação. Mesmo assim, Samuel segurou sua cabeça, a enterrou de volta em seu peito e voltou a abraçá-lo.

Jhonatan não tinha força nenhuma para negar aquele abraço.

Ele queria. Céus, como ele queria abraçar o irmão. Parecia que o abraçaria para sempre.

— Agora acabou — o Kauer maior dizia, entre soluços. — O fodido morreu e agora estamos juntos de novo. Eu precisava matar ele, Jhonatan... pra gente... pra gente ter paz!

— Samuel, que porra. — Os braços do meu namorado ganhavam ainda mais força e ele parecia que iria chorar para sempre. — Eu senti tanto a sua falta, caralho!

Então, ele se distanciou minimamente, olhando para o irmão.

— Eu quase me caguei todo, de tanto chorar, porra! Eu chorei que nem um louco! Você não tem noção, seu porra!

— Olha o respeito — Samuel repreendeu.

Os dois ficaram em silêncio por um segundo e, depois de uma risada completamente sofrida, voltaram a se abraçar. E choraram mais.

— Eu tenho noção, sim, eu vi tudo. E por isso achei que você fosse me odiar, pivete — meu cunhado confessou, enquanto passava a mão no cabelo bagunçado de Jhonatan. — Sair correndo e nunca mais falar comigo.

Ele tinha um tom tão triste que doeu ainda mais meu coração. Todos estávamos em silêncio, todos observávamos os dois. Era o momento deles.

Entretanto, parecendo perceber meu estado debilitado, Nataniel veio até o meu lado e, me segurando com calma pelos braços, me guiou para que eu sentasse na frente do capô do carro de dois homens que estavam com ele, porque era mais baixo que sua *pick up* grafite imensa.

Eu agradeci em um aceno simples, mas por dentro estava quase ajoelhando em glorificação pelo seu ato de bondade infinita. Eu estava quase caindo no chão, pela fraqueza do meu corpo, mas estava distraído demais com a cena para perceber minhas próprias debilidades.

Ainda assim, continuamos a observar o que acontecia ali. Continuamos a ouvir, tão de perto, o que eles ainda conversavam. O que Jhonatan dizia, ainda com tanta dor em seu tom:

— Te odiar? — Meu namorado balançava a cabeça negativamente, com tanta força que iria ficar tonto. — Eu prefiro aproveitar que você tá vivo. Caralho, eu te amo, Samuel... você tá vivo porra! — Então, deu um soco forte no seu peito. — Eu não perdi você, seu ótario, babaca, idiota! Sua besta enjaulada!

— Agora eu sou uma besta livre... e viva. — Os dois voltaram àquele riso choroso, enquanto Samuel passava a mão pelo peito, porque Jhonatan não parava de socá-lo.

Mesmo assim, ele não reclamava. Deixava o irmão extravasar toda sua raiva contida naquele momento. Mas nessa raiva, claramente misturada com mágoa, também continha alívio.

A forma como eles se amavam de verdade era motivo suficiente para que eu acreditasse que aquilo, aquela mágoa contida pelo engano, iria se dissipar com o tempo.

Entretanto, Nataniel, provando que não possuía esse tempo agora, se colocou ao lado dos dois.

— Cena muito bonita, mas os caras têm um corpo pra cremar e precisamos levar as armas para o açougue.

Franzi o cenho, não entendendo aqueles códigos da criminalidade que ele usava. Então, Samuel e Jhonatan assentiram, se desfazendo de mais um abraço, enquanto eu observava uma mulher baixa chegar perto de Nataniel.

Eles sussurraram algumas coisas entre si, pareciam colocar algum outro plano em ação ou discutir sobre coisas que precisavam fazer. Era uma das capangas de Nataniel, isso estava claro, mas não era só isso, porque, no momento seguinte, Nataniel segurou o rosto dela, se inclinou e beijou seus lábios.

A garota riu, bateu na bunda dele e sumiu entre os carros, voltando pela mesma direção que Samuel havia vindo. Não sabia quantas outras coisas mais iriam me surpreender naquele dia.

Samuel pegou a muleta de Jhonatan do chão, riu do irmão e fez alguma piada idiota, que o fez receber mais um soco, depois eles começaram a andar em direção aos veículos. Os dois pararam na minha frente. Samuel voltava a ficar sem graça, soltando um pigarro longo, de quem busca as palavras:

— Oi, Nicolas... eu... você... bem... — Mais um pigarro, Jhonatan começou a rir, sentando no capô do carro ao meu lado. — Obrigado por ter ajudado meu irmão no tempo que eu sumi. Eu sei que você fez muito por ele.

— No tempo que você sumiu não, no tempo que você se fingiu de morto, seu palhaço! — Jhonatan socou a barriga de Samuel, que era o que ele alcançava naquele momento.

— Se você já está fazendo piadas, é porque já aceitou — disse, rindo baixo para o meu namorado com minha voz fraca.

Entretanto, Jhonatan negou com a cabeça. Não era tão simples assim.

— É que eu... — O bico de Jhonatan era imenso, enquanto ele olhava para os dedos empoeirados. — Eu sempre sonhei com isso. Sempre quis ele vivo...

Eu sorri com a cena. Já Samuel, quase chorava mais.

Com dificuldade, me levantei devagar, e o semblante incrédulo de meu cunhado denunciava o quanto ele não esperava meu contato, mas eu o abracei. O abracei e respirei, aliviado, porque o processo do luto de Jhonatan foi a coisa mais dolorosa que eu já havia passado em toda minha vida.

Depois da morte dos seus pais, uma parte de Jhonatan havia morrido também, mas ali, com Samuel de volta, meu namorado parecia recuperar um pouco do que lhe fora arrancado com o tempo. E aquilo era o suficiente para que eu também ficasse feliz.

— Obrigado por não ter morrido — soltei no meio do nosso abraço, fazendo meu cunhado rir. — Obrigado por ter salvado a gente também. Por ter me salvado.

O abraço se desvencilhou, ele olhou para mim e ficou confirmando com a cabeça por alguns segundos.

— Você é da família, Nicolas.

Meus olhos, já marejados, ficaram ainda mais cheios d'água e eu sorri, um sorriso de quem estava sentindo o corpo inteiro explodir de dor, mas um sorriso *realmente* feliz.

— Caralho, vocês realmente estão afim de ser presos, não estão? — a voz de Nataniel soou, e olhando para o lugar em que eu e Jhonatan estávamos, percebemos que seus capangas já haviam feito o trabalho sujo.

O corpo não estava mais lá. E eu tampouco queria saber para onde foi.

— Vamos — Samuel disse, segurando o riso pelo estado alterado de Nataniel, mas se distanciando de nós dois.

Eu me levantei, Jhonatan fez o mesmo, e batendo a muleta no chão de terra, senti seus dedos se entrelaçando aos meus, me puxando o suficiente para eu entender que ele queria falar comigo a sós, no nosso mundo, daquele jeito que só nós dois podíamos participar. Então, ele encostou a testa na minha e respirou fundo, enquanto as pessoas a nossa volta pareciam trabalhar e o carro, que antes estávamos sentados, ligou.

— Você acredita nisso, Nick? O Sam... — Ele fungava, voltando a chorar baixinho, porque era muito claro a forma como ele tinha um porto seguro em mim. — O Sam tá vivo... meu irmão, Nick.

Sua voz sussurrada era tão dolorida, mas tão inegavelmente feliz. E apesar das piadas, era claro o quanto ele ainda não havia processado a informação da não-morte de seu irmão por completo.

Quem processaria? Era uma confusão de sentimentos tão real, tão compreensível.

— Eu não acredito — disse fraco e baixinho, mas causei em Jhonatan uma risada que acompanhei. — Eu ainda vou ter que beliscar ele algumas vezes, para ter certeza.

— Eu dei logo um socão. — Mesmo todo quebrado e quase desmaiando no chão, Jhonatan conseguia arrancar risadas fáceis de mim.

— Ei, casal de Astra, entrem logo. — Ouvimos a voz de Nataniel mais uma vez, um pouco mais séria, indicando que entrássemos na sua *pick up*. Assentindo, andamos devagar, cada um com a sua dificuldade, e entramos no carro.

Meu corpo parecia que iria explodir assim que fiz o movimento para subir na *pick up* e me sentar, mas eu apenas fechei os olhos e respirei fundo, porque não queria preocupar Jhonatan, que já parecia tão abalado com tudo que estava acontecendo. Mas ele notou sem que eu precisasse dizer nada.

— Tudo bem, amor? — sua voz soou apreensiva, enquanto ele se sentava ao meu lado, encaixava a muleta no chão e entrelaçava os dedos aos meus.

— Tudo — menti, fazendo uma careta involuntária, que me entregou.

— Tudo porra nenhuma, Nick, não depois do que você passou — ele falou, mas com a voz tão chorosa, que até seu palavrão soava fofo. — Você está muito ferido?

— Só estou com um pouco de dor — confessei, me segurando para não rir muito da sua forma de falar.

— Onde? — ele perguntava, enquanto víamos Nataniel entrando no banco do motorista e Samuel ocupando o lugar do carona.

— Em tudo, mas o ombro é o que dói mais — falei, sentindo o lugar fisgar no momento em que o mencionei.

— Nós vamos no hospital depois, ok? — ele falou, segurando minha mão e dando um beijo no dorso.

— Não precisa, Jhon... eu só... — Respirava fundo, tentando controlar a dor, que só aumentava. — Preciso de analgésicos e repouso.

— Um médico que não quer ir ao hospital? — Nataniel soltou uma risada nasal, enquanto ligava o carro. — Essa é nova...

Então, ouvi um pigarro sem graça e, logo em seguida, percebi o corpo truculento e desajeitado de Samuel se virando no banco do carona e olhando para mim.

— Hum — ele parecia constrangido, mais uma vez. — Nicolas, fiquei sabendo que você ajudou a Ceci... eu queria agradecer e...

— Puta que pariu, porra, caralho! — Jhonatan gritou, assustado. — A Ceci sabe?

Samuel olhou para baixo, negando silenciosamente.

Que situação...

— É... — Nataniel continuava rindo, achando tudo muito engraçado. — É melhor vocês ligarem as câmeras.

Ele dizia, dando partida no veículo e seguindo pelo caminho de volta ao centro de Astra.

— Nataniel — a voz de Jhonatan soou, antes mesmo que Samuel pudesse falar algo sobre sua mulher grávida.

— Sim? — o homem respondeu, mantendo os olhos na estrada.

— Você sabia que Samuel estava vivo?

Um silêncio mortal no carro.

— Fui eu quem escondeu ele esse tempo todo, Jhonatan.

— Caralho! Porra! Cu! — Jhonatan gritou, inconformado, se sacudindo no banco e sacudindo a muleta junto. — Você é um ator, Nataniel! Você é um ator do caralho! Você chorou, porra! Chorou no enterro, seu desgraçado! Você é um cuzão!

Acho que Jhonatan gritou xingamentos por mais de 10 minutos, e toda raiva que ele parecia não querer depositar em Samuel estava depositando em Nataniel. E todos nós apenas ficamos em silêncio, esperando que ele esvaziasse todas aquelas emoções.

— Você já acabou? — a voz de Nataniel soou, quando Jhonatan parecia sem ar para continuar xingando.

— Por enquanto! — meu namorado gritou e eu precisei segurar o riso.

— No dia que fizemos o enterro... — Nataniel começou a narrar sua versão da história, enquanto dirigia pela rodovia levemente ensolarada pelo dia que estava começando. — Seu irmão ainda estava desacordado e eu estava destruído.

O silêncio no carro ressaltava o quanto todos estavam apreensivos por suas palavras pesadas. Se tornava óbvio o quanto ele também havia sofrido no processo.

— Eu realmente achei que ele fosse morrer, então nada do que eu disse foi mentira.

Samuel virou para Nataniel, parecendo tão surpreso quanto nós dois. Eu não sabia se o ex-chefe de Jhonatan era homem de fazer declarações dessa forma, mas, a julgar pela atenção redobrada dos irmãos Kauer sobre ele, achava que não.

— Eu queria seguir com o plano, mas eu não tinha esperanças que Samuel fosse sobreviver. Ele perdeu sangue demais e eu estava me sentindo culpado *pra caralho.* — Nataniel respirou fundo, apertando o volante com força. — E eu sabia que tudo isso era culpa minha. Eu que coloquei teu irmão nessa vida, logo eu coloquei você também.

— Não, porra... você não me forçou. Eu entrei porque eu quis — Samuel disse, tentando amenizar a culpa na voz de Nataniel.

O carro continuava correndo dentro da rodovia, sem que nenhum outro veículo nos acompanhasse, já que a estrada estava vazia e o carro dos capangas de Nataniel havia ido por outro caminho.

— Eu podia ter te dado emprego numa floricultura, então nada disso teria acontecido.

Samuel estalou a língua, soltando uma risada curta.

— Você tinha uma floricultura, palhaço?

— Naquela época, não.

Samuel acabou rindo, enquanto balançava a cabeça negativamente. Jhonatan ainda estava tenso, seus dedos amassando os meus provavam isso, mas eu estava quieto. Pelo menos, de todas as dores que eu tinha, minha mão não era foco delas. Quer dizer, talvez fosse, depois que meu namorado terminasse de apertar ela com tanta força.

— Onde vocês trataram ele? — não aguentei a curiosidade.

Para tratar algo assim, eram necessárias bolsas de sangue, material esterilizado, um lugar apropriado. Um hospital, praticamente.

— Nós construímos uma sala hospitalar, o mais profissional possível, em um apartamento perto do ACH — Nataniel respondeu, enquanto fazia uma curva leve para a direita.

— Eu só não sabia que a sala seria para mim — Samuel disse, soltando uma risada amargurada.

Nataniel acompanhou seu riso, e logo o silêncio se instaurou no carro. Com o cessar das vozes, meus pensamentos ganharam volume na minha cabeça, onde eu, silenciosamente, lembrava das coisas que aconteceram comigo antes de ter sido sequestrado.

A ligação, a voz de Donghee... Aquilo foi suficiente para meu coração palpitar com força e meu corpo tremer. Até lembrar de mais uma coisa.

Minha mãe.

— Eu posso — falei, inseguro, tentando controlar meu nervosismo e minha pequena crise de ansiedade.

— Sim, você pode tudo — Jhonatan disse, me fazendo dar uma risada baixa.

— O que foi, Nicolas? — foi a vez de Nataniel perguntar.

— Queria ligar para a minha mãe... saber se ela está bem. — Por mais que eu soubesse que Donghee não havia sequestrado Helen, não ter certeza sobre sua condição me deixava apavorado.

Não era algo que eu conseguisse controlar, eu só precisava ouvir a voz dela.

— Ela está bem — Nataniel disse com segurança.

Não me surpreenderia se ele dissesse que seus homens estavam a vigiando o tempo todo.

— Meus homens estão vigiando ela. O tempo todo.

Bingo.

— Mas o seu celular está aqui — ele falou, enfiando a mão por dentro da jaqueta e puxando um aparelho. — Pode ligar pra ela.

Peguei o aparelho, sentindo uma dor aguda no ombro, quando levantei a mão, mas tentei não demonstrar demais.

Afinal, cresci tentando disfarçar as dores que sentia, depois das porradas de meu pai.

— Obrigado — disse baixo, discando o número que já havia decorado.

O telefone tocou algumas vezes, mas ninguém atendeu. Tentando controlar o nervosismo, eu tentei de novo.

— Alô? Meu filho? — a voz sonolenta atendeu do outro lado.

Soltei o ar com tanta força que eu, descontroladamente, senti os olhos marejarem. Ouvir a voz da minha mãe era um alívio que machucava.

— Oi, mãe! — disse feliz, segurando a vontade de chorar ainda mais.

Essa coisa, essa necessidade de sentir um colo, só de ouvir a voz da minha mãe, só de saber que ela estava bem... Eu só tinha isso com ela e com Jhonatan, e tendo os dois comigo, sabendo que os dois estavam bem, senti como se várias facas tivessem sido arrancadas das minhas costas.

— São 6h15 da manhã, meu filho — ela resmungava, com a voz arrastada. *— Você está bem?*

— Estou, mãe, estou ótimo. Nunca estive melhor — dizia, rindo, passando o dorso das mãos pelos olhos.

As pontas dos meus dedos estavam sujas demais, então eu tinha medo de enfiar na vista e ter algum tipo de infecção. Todos no carro estavam sorrindo, pelo fato de eu dizer que nunca estive melhor. Eles viam o meu estado deplorável, por isso era engraçado.

— Então, por que não vai perturbar aquele delinquente, que parece que engoliu uma pilha, e deixa sua pobre mãe dormir, meu amor?

Eu gargalhei baixo, sentindo dor no braço ao fazer isso, mas não conseguia conter a risada. Ela estava bem demais, era isso que importava.

— Sim, mãe, desculpe por ter te ligado. Eu precisava ouvir sua voz.

— *Tudo bem, meu amor* — ela disse, rindo também, com a voz fraca, antes de soltar um bocejo longo. — *Vem me ver essa semana, tá bom?*

— Eu vou, mãe, vou sim...

— *Traz o projeto de bandido... eu amo ele...*

Eu gargalhei, não conseguia me controlar. Jhonatan olhava para mim confuso.

— Tudo bem, mãe. Eu amo você.

— *Amo você, meu filho.*

Então, nós desligamos e Jhonatan continuou olhando para mim com aquela cara de curioso.

— O que ela disse?

— Te chamou de projeto de bandido.

— Ah, que mulher. — Ele apertou os lábios, se segurando para não xingar minha mãe.

— Depois disse que te ama.

— Amo ela também, ela é uma linda. — Como eu iria me recuperar, se não parava de rir?

— Realmente é um projeto de bandido — Nataniel disse com humor, quando percebi o carro perdendo força. — Um projeto de bandido que não deu certo.

— E eu fico feliz com isso — Samuel falou, virando no banco e encarando o irmão.

Era um zumbi orgulhoso.

16.1
7 LEONIS

Como imaginado, estávamos chegando em algum lugar. O carro estacionou devagar, o que me fez respirar fundo e deitar a cabeça no ombro de Jhonatan.

A dor não diminuía, mas era suportável. Eu nunca fui de lamentar, então apenas senti o carinho do meu namorado em meus dedos e observei Samuel e Nataniel abrindo as portas do carro.

— Preciso ir? — Jhonatan perguntou, ansioso.

Não parecia querer deixar o carro.

— Pode ficar aí com o engomadinho — Samuel disse, o que acabou me fazendo rir.

Mesmo que eu continuasse sentindo dor com as risadas. Enquanto observava os dois deixarem o carro, senti a mão gelada de Jhonatan tocar meu rosto, numa carícia que me fez erguer a face e olhar para ele. Em seguida, sua testa colou na minha e ele suspirou, parecendo tirar um peso de seu peito.

— Eu nunca mais vou sair do seu lado — ele tinha a voz embargada, trêmula. — Você tá me entendendo?

— Vai trabalhar comigo? — brinquei, fechando meus olhos e aproveitando seu carinho.

— Vou. Acabei de começar a faculdade de Medicina, a partir de agora eu vou trabalhar com você.

— Vou amar costurar as pessoas do seu lado, meu amor.

— Porra, que nojo, Nicolas. — Ele gargalhou baixo, balançando a cabeça negativamente. — É, não vai dar pra trabalhar contigo não.

Eu ri baixinho, depois retribuí o selar leve e carinhoso que ele me deu.

— Mas não estranhe caso eu fique um pouco mais grudento.

— Mais do que você já é?

— Você não gosta? — ele parecia ofendido.

— Eu preciso disso, Jhon.

Então, sorriu, satisfeito, carinhoso.

— Eu também, Nick — ele disse, enquanto concordava com a cabeça, com uma risada abafada, seguida de mais um beijo lento, mas sem muita profundidade.

Quando nossos lábios se separaram, voltei a deitar a cabeça no seu ombro, olhando para o local lá fora. Queria que Samuel e Nataniel voltassem logo. Eu precisava de um banho...

O carro havia parado na frente de um açougue, mas, provavelmente pelo horário, o lugar estava fechado. Ao lado do estabelecimento, havia um corredor escuro, caminho por onde Nataniel e Samuel entraram, e do outro lado, uma escada pequena e curta, que dava acesso a um sobrado.

Olhando para lá por alguns segundos, observei uma mulher bonita, usando um vestido amarelo longo, descer as escadas devagar, enquanto segurava o tecido do vestido, para não cair. Nos seus braços havia uma criança. Era um menino de, provavelmente, 1 ano. Ele era fofo, tinha bochechas grandes e seu cabelo preto era cheinho e cacheado. A mulher sorria, beijava a bochecha do menino e gritava alguma coisa com alguém atrás de si.

— Não esquece o baldinho dele, amor! — ela dizia para um homem alto e truculento, meio sério, que descia a escada atrás deles.

Ele bateu a mão na testa e voltou correndo. A mulher terminou de descer as escadas, andou devagar até a calçada e mordeu a bochecha do filho com carinho, quase não apertando os dentes. O garoto deu uma gargalhada, depois segurou o rosto da mãe, mordendo ela também. Tinha mais baba do que mordida, era claro.

O pai chegou, com um baldinho vermelho e algumas coisas de praia dentro, e trouxe também um chapéu, bonito e grande, colocando na cabeça daquela que devia ser sua esposa. Enquanto eles riam entre si e trocavam beijos, a criança olhava na direção do carro.

Eu levantei a mão e dei tchau para o menino. Ele riu, depois enfiou a cara no decote da mãe, envergonhado.

— Aposto que o Heitor não vai ser tímido assim — Jhonatan, que observava a cena, disse, enquanto víamos a família andar pela calçada mais a frente e, em seguida, entrar em um carro.

— O garoto nem nasceu ainda — falei, rindo baixo.

— Mas vai puxar ao tio.

Jhonatan estava cheio de confiança, mas aquela conversa sobre Heitor me deixava apreensivo.

— Como será que a Ceci vai reagir?

Meu namorado deitou a cabeça no encosto do carro, soltando uma respirada funda e arregalando os olhos, enquanto pensava no assunto.

— Eu estou com medo de descobrir...

— Com medo de descobrir o quê? — a voz de Samuel soou, por ele estar entrando no carro, na hora que meu namorado me respondia.

— Nada não — Jhonatan soltou.

Logo em seguida, a porta abriu, Nataniel entrou e, fechando a porta, ligou o carro.

— Hora de encarar a leoa.

— Deus... sou eu de novo — Samuel soltou.

Eu e Jhonatan não conseguimos segurar o riso, mas nós emudecemos rápido, porque o pavor dentro daquele carro estava quase palpável. Mas não era só medo da reação de Cecilia. Era medo do seu estado físico e de tudo que a envolvia naquele momento delicado.

16.2
ICARUS

Quase meia hora depois, chegamos ao lugar já tão conhecido por mim.

Com Nataniel estacionando na calçada, Jhonatan se mostrou muito habilidoso em descer do carro, mesmo com a muleta e a tala. Tinha medo de perguntar a ele o que ele tinha feito nos últimos dias para parecer praticamente um acrobata de muletas. Estava com dificuldade para fazer grandes esforços, então Samuel, percebendo minha fraqueza, abriu a porta para mim e me ajudou a descer.

— Vamos, engomadinho — ele disse, rindo, e me ofereceu seu braço.

— Para de chamar ele de engomadinho, seu boca de esgoto — Jhonatan me defendeu que nem um cachorro brabo.

— Tudo bem, Jhon, eu acho engraçado.

— É, *Jhon*, ele acha engraçado — Samuel disse, implicando com o irmão.

— Vocês já estão bem, né? — Nataniel pontuou, andando devagar em direção à recepção do prédio. — Não calam a boca.

Eu ainda estava em choque por Samuel ter retornado e estar realmente vivo. Não sei quanto tempo isso ainda iria me surpreender, e com certeza, ele ainda iria sentar e contar para nós tudo o que havia acontecido nos meses que fingiu sua morte, mas era inegável...

Mesmo chamando o irmão de "boca de esgoto", havia um brilho nos olhos de Jhonatan, tão infantil, tão puro, misturado com as risadas que ele dava, em seguida, e até mesmo nos abraços brutos, seguidos de socos.

Jhonatan também não acreditava que aquilo estava acontecendo, mas estava tão feliz, que meu coração doía.

Menos de 10 minutos se passaram, depois que estacionamos, e nós já estávamos no andar do apartamento de Jhonatan. O que nos chocou não foi ter alguém acordado, e sim, alguém tentando entrar naquela hora.

— Lu? — Jhonatan chamou, assustado. — Ficou trancado pra fora de casa?

— Eita! — ele disse, percebendo aquele pequeno aglomerado se aproximando. — Não... eu só... eu precisava fazer... — ele parecia nervoso, quase envergonhado. — Eu estav...

E ele percebeu alguém atrás de Nataniel. Alguém que segurava meu braço.

Luca deixou as chaves caírem no chão. Andando devagar em nossa direção, o amigo de Jhonatan arregalou tanto os olhos, que eu achei que eles fossem saltar das cavidades e quicar pelo piso acarpetado.

— Sam... — a voz engasgada se mesclava ao apavoramento contido em seu rosto. — Samuel? Não...

Ele fez a mesma coisa que Jhonatan: tocou o rosto de Samuel, mas sua reação era muito mais agitada e seus olhos muito mais arregalados.

— Sou eu, pivete maior... tô vivo.

— Seu puto desgraçado! — Ele deu um soco no peito de Samuel.

— Vamos evitar bater no peito de Samuel? — Nataniel falava calmamente. — Foi bem aí que ele tomou o tiro. Obrigado.

— Desculpe, eu... — Luca começava a chorar. Um bebê igual a Jhonatan. — Porra, o que é isso?! Como você tá vivo? Caralho, Samuel! Eu bebi uma garrafa com vidro e tudo, eu tomei tanta vodca. Caralho! — ele disse, desolado, o que fez meu cunhado largar o meu braço, por um momento, e abraçar o garoto, quase tão alto como ele.

— Desculpe, cara. Não era pra ter sido assim — ele disse, passando a mão bruta na cabeça de Luca.

Era uma cena engraçada, mas dolorosa. Como tudo o que envolvia Samuel naquele momento.

— Você me perdoa? Pode me perdoar? — meu cunhado pedia, quase suplicando.

Luca balançava a cabeça positivamente, mas não parava de chorar. Eles precisaram de uns 15 minutos para se recompor. Luca ainda estava assustado, Jhonatan observava a cena e voltava a chorar. Até eu voltei a chorar.

O único que se mantinha firme, porque estava com Samuel esse tempo todo, era Nataniel, parecendo respeitar o tempo de cada um de ter suas devidas reações. Pelo menos quando nós não precisávamos sair correndo de uma cena de crime.

Luca via Samuel como um irmão, então era completamente normal que reagisse dessa forma. No final de muitos choros, soluços e socos, no braço dessa vez, eles acabaram combinando de beber juntos para que Samuel contasse tudo que aconteceu. Porque havia outra pessoa para encarar. Uma cuja reação era uma completa incógnita na minha cabeça.

Pegando a chave no chão, Luca abriu a porta, e não aguentando meu próprio corpo, fui o primeiro a me arrastar até o sofá, me sentando ali e recostando a cabeça com calma, para não me machucar mais.

— Quem vai falar com ela? — a voz trêmula de Luca soou.

Nós éramos cinco homens com medo de uma mulher baixinha e grávida.

— Samuel vai para o quarto? — Jhonatan perguntou.

— Tá louco? — Samuel sussurrou. — Se ela acorda e me vê do lado dela, ela morre do coração.

— Acho melhor você ir chamar ela, Jhonatan — Natan sugeriu. — E nós esperamos aqui.

— Mas on...

Ouvimos o barulho de vômito. Todos pararam de falar e observaram uma movimentação vinda do banheiro.

Ninguém havia checado se Cecilia realmente estava dormindo. Porque, aparentemente, ela estava bem acordada, vomitando no banheiro.

— Caralho! Porra, cu, buceta, filho da puta, porra, porra de novo, caralho! — Samuel sussurrava um milhão de palavrões, começando a andar de lá para cá.

— Calma, porra! — Nataniel falou, quase com raiva. — Fica ali! — Ele apontou para o canto, ao lado do sofá.

Obedecendo, Samuel andou e ficou na minha frente, apertando tanto as próprias mãos, que parecia que iria arrancar os dedos.

— Jhonatan, bate na porta e pergunta se ela está bem — Nataniel disse baixo, guiando meu namorado novamente.

Ele parecia ser a única pessoa consciente no meio daquilo tudo. Luca, que não sabia o que fazer, andou até o sofá e se sentou ao meu lado. Parecia nervoso demais para ficar em pé ou não queria que sobrasse para ele. Talvez as duas coisas.

Jhonatan, assentindo a ordem de Nataniel, andou devagar até a porta do banheiro. Antes que ele chegasse lá, ouvimos o barulho da descarga e, em seguida, a pia sendo aberta. Jhonatan bateu na porta devagar.

— Ceci? — chamou, contido, claramente nervoso. — Você tá bem?

A porta foi aberta, então conseguimos ouvir o som da água caindo na pia e os dois conversando no corredor. Cecilia não conseguia ver a sala dali, o que tornava a situação ainda mais angustiante.

— Oi, Jhona! Você tá aqui? — ela disse, meiga, com uma voz que misturava sono com enjoo.

— Cheguei agora, com Luca — ele disse, pigarreando. — Aí, ouvi você vomitando. Você tá passando mal?

— Heitor me chutou tanto. — Ela ficou calada, a água parecia estar sendo remexida. — Eu acho que ele amassou meu estômago.

Samuel, à minha frente, chorava silenciosamente. Era só uma lágrima, descendo devagar na sua bochecha, mas ele nem sequer conseguia segurar a ansiedade. Estava apavorado. Todos nós estávamos, mas não se comparava com o estado dele.

Ele era o namorado, zumbi e pai ao mesmo tempo. É claro que seria o mais nervoso.

— Tem... — a voz de Jhonatan voltou a soar devagar, com cautela. — Tem uma pessoa aqui que quer ver você.

— Visita a essa hora? Quem é o inconveniente? — ela disse, rindo, e logo após ouvimos a porta do banheiro ser fechada.

A muleta batida no chão denunciava a aproximação de Jhonatan, logo denunciava também a aproximação de Cecilia.

— Mas eu tô toda descabe...

Silêncio total.

Um silêncio completo, como se não houvesse nem sequer um ser humano naquela sala, nenhuma alma. E no meio daquela cena, eu pensava sobre as reações que cada um teve quando descobriu que Samuel estava vivo.

Jhonatan sentiu um pavor desesperado, misturado com choque e esperança.

Luca teve uma reação estridente de susto, tristeza e alívio.

Mas Cecilia estava séria.

Séria, calada e imóvel.

Após segundos seculares, sua primeira reação foi levar a mão direita ao centro de sua barriga, parecendo precisar segurar o feto gerado ali.

Em seguida, sua mão esquerda ia de encontro à boca, em choque, onde uma respiração pesada ganhava vida. Ela parecia precisar controlar as reações que começava a ter.

Eu tinha medo dela não colocar para fora, medo dessa internalização. Mas para espanto de todos os homens mudos daquela sala, Cecilia começou a andar devagar, indo até Samuel, que, completamente ansioso, abaixou o corpo em direção a sua mulher.

Nós parecíamos assistir à cena de um filme. Um filme que eu não fazia ideia do desfecho.

A mulher levou as mãos pequenas ao rosto do homem, que deveria estar morto, e ele, não se preocupando em segurar mais o choro, apenas fechou os olhos, sentindo as carícias que esperou receber por tantos meses.

— Me diz que não é mentira — ela falava tão baixo, que quase não ouvíamos.

Jhonatan arrancava as peles em volta das unhas com os próprios dentes. Luca balançava as pernas ao meu lado, mas seus olhos estavam fixos no casal à nossa frente, assim como eu estava. Nataniel, com os braços cruzados, mantinha as costas na porta do apartamento, observando, quieto.

— Não é mentira — Samuel soltou fraco. — Eu estou aqui... realmente estou aqui.

As mãozinhas de Cecilia puxavam o rosto de Samuel, até sua testa ser encostada na dela. Ela respirava tão fundo, que até sua barriga se movia com violência.

— Você não morreu? Você... — ela mal conseguia formular palavras.

— Não, minha pequena... eu estou vivo, eu voltei pra você.

Mais alguns segundos se passaram, enquanto nós observávamos os dois ali, quietos. Cecilia parecia ainda não acreditar que aquilo era real. Até a hora que acreditou.

Porque se afastou o suficiente, para aproveitar que Samuel estava abaixado, e deu um soco diretamente no seu olho.

— Desgraçado! — ela gritou tão alto, que meus ouvidos doeram. — Você é um desgraçado! Por que você fingiu que estava morto? Por quê? Seu puto, babaca! — ela gritava ainda mais e continuava socando Samuel.

Ela socava seu rosto, seu ombro, seu peito, seus braços.

— Eu chorei por você! Eu vi o seu corpo cremado! Eu quase morri junto! Samuel! — Mais violência, mais choro. — Eu gritei por você, eu me despedi de você no mar, seu desgraçado!

Cecilia batia em Samuel de uma forma que me assustava completamente. Eu não fazia ideia de que ela tinha tanta força. Eu não fazia ideia de que ela batia tão bem.

— Por que você fez isso comigo, seu infeliz? Por que... — seu grito era mesclado de choro, era mesclado de dor, de ódio, de pavor, de desespero.

— Por que me deixou sozinha? Eu quase perdi nosso filho de tanta dor que senti! Você... seu idiota!

Samuel não tinha coragem de reagir. Ele apenas a deixava bater nele, não fazia nada, mas alguém reagiu por ele.

— Cecilia, por favor. — Nataniel apareceu por trás da garota, que tinha os cabelos pretos batendo abaixo do ombro, mais longos do que quando eu a conheci.

— Você sabia? — ela gritou com Nataniel, se virando abruptamente e o encarando com ódio.

Nataniel não disse nada, mas assentiu.

Arregalei meus olhos, ao mesmo tempo que Jhonatan e Luca abriam a boca, em choque. Porque ela deu um soco ainda mais forte no olho de Nataniel. Eu, com todas as minhas dores, levantei e fui tentar segurar Cecilia.

Ela não parava. Gritava com Nataniel, gritava com Samuel, chorava a ponto de eu ter certeza de que sua garganta iria doer como o inferno no outro dia.

— E você! — Ela tentou ir na direção de Jhonatan, mas eu não deixei — E você, Jhonatan? Você... você também sabia?

— Ceci, não... ele não sabia — eu disse, desesperado, tentando segurar a mulher, que só deixava que eu me aproximasse dela. — Nem ele, nem eu, nem Luca...

E quando ela percebeu que acusou Jhonatan injustamente, seu corpo perdeu as forças e seu choro se tornou doloroso, culpado, tão forte quanto sua voz, que era gritada há minutos. Então, eu a abracei e ela chorou no meu peito, com o corpo virado lateralmente, pela barriga enorme, enquanto ninguém mais ali tinha coragem de chegar perto dela. Estávamos todos com medo de que ela desencadeasse mais uma de suas reações.

— Não vou pedir para você se acalmar — pedi baixinho, enquanto afagava seu cabelo e sentia seu choro agressivo no meu peito. — Porque isso é impossível, mas, por favor, respira, Ceci, respira fundo.

A grávida concordava, sem coragem de levantar o rosto nem abrir os olhos para olhar para ninguém ali. Então, eu a senti voltar a tremer, mas dessa vez, não por raiva. Ela parecia apavorada.

— N-Nicolas — Cecilia chamou baixinho, apertando meu antebraço com tanta força, que eu me perguntava se ela estava tendo outra crise nervosa. — Nicolas, eu... Meu Deus... Nicolas.

Então, seu rosto baixou para suas pernas, e com certeza, ela não conseguia enxergar com clareza, por causa da sua barriga de nove meses, mas eu conseguia. Seu moletom estava encharcado na altura da virilha.

A bolsa de Cecilia havia estourado.

— Porra! — soltei, sentindo meu coração bater com a força de um caminhão. — Pro hospital, agora! — ordenei.

Samuel, mais apavorado do que eu, tentou se aproximar de nós dois, mas não foi uma tentativa bem-sucedida.

— FICA LONGE DE MIM! — a mulher gritou a plenos pulmões, provando que ainda conseguia usar sua garganta na máxima potência por mais um tempo.

Samuel congelou, e eu pude ver, exatamente, a hora em que o homem enorme quase voltou a chorar. Não julgava a reação de Cecilia, ela mal sabia o que havia acontecido, e eu, que participei de grande parte do seu luto, imaginava como estava sendo difícil para ela. Ainda assim... a feição desolada de Samuel destruiu meu coração.

— Luca, p-por... por favor — ela suplicava, chamando o amigo de Jhonatan. — Tem uma bolsa branca, de maternidade, no meu quarto — falava com dificuldade, provavelmente sentindo a garganta doer. — Está escrito "Heitor" na frente, com letra de mão... em azul bebê.

Samuel estava fungando.

— Por favor... já está tudo lá — Cecilia continuava pedindo.

Ela parecia ter deixado a bolsa pronta, porque sabia que iria ter o bebê a qualquer momento. Antes que Cecilia pudesse pedir mais uma vez, Luca concordou com a cabeça e foi correndo até o quarto. Quando voltou, eu passei o peso de Cecilia para Luca e os observei andando devagar em direção à porta.

Mas meu ombro doeu com a movimentação e pareceu que estavam arrancando meu braço. Sentei no sofá imediatamente, espremendo o rosto com tanta dor, que não me assustei ao ouvir a voz de Jhonatan.

— Nick? — Ouvi sua muleta vindo rápido na minha direção, já que estava com os olhos fechados pela dor — Nick, o que foi? O que foi meu amor? O que você tem?

— Meu ombro, Jhon — falei baixo, tremendo, enquanto ouvia uma discussão acalorada vindo do corredor, fora da porta. — Tá doendo demais, amor.

Cecilia continuava gritando para que Samuel não lhe encostasse. Nataniel dava ordens. Estavam os quatro indo para a *pick up* de Nataniel, enquanto eu e Jhonatan ficávamos para trás.

— Levanta, Nick, vem! — ele gritava, pegando na minha mão do ombro que não estava doendo e me puxando — Vamos para o hospital agora!

Eu não conseguia recusar e, depois da dor aguda, sabia que não poderia ficar em casa. Concordando, fui levantado pelo homem de muleta, que, se provando ainda mais forte do que eu tinha ciência, segurou na minha cintura e começou a me conduzir para fora dali.

— Vamos, Nick, a gente consegue — ele dizia, me encorajando, enquanto eu conseguia fechar a porta, e em seguida, andávamos até o elevador.

Os outros já haviam conseguido descer com pressa, então esperamos o próximo chegar, o que demorou mais do que o normal.

Claro, nada é tão ruim que não possa piorar. Chegando no térreo, ele me colocou sentado em uma das cadeiras e, em seguida, puxou o celular.

Até poderíamos ter ido com os outros, mas não havia vaga no carro, e eles, com certeza, já haviam arrancado com tudo, porque não tinha nenhum sinal da *pick up* de Nataniel ali na frente. Só que tudo acontecia muito rápido.

Não se passaram nem 10 minutos inteiros para que ele estivesse me ajudando de novo e me levando em direção à entrada do prédio, porque Jhonatan havia chamado um carro por aplicativo e ele já estava lá.

— Você vai ficar bem, meu amor — ele falava, enfiando a muleta no banco de trás e se sentando ao meu lado. — Esse ombro vai ficar bom de novo, você vai bater na minha bunda outra vez.

Ele me fazia rir, mesmo quando meu corpo gritava de dor.

16.3
REGULUS A

A chegada no Astra Centro Hospitalar foi rápida, e com os funcionários já me conhecendo, meu atendimento foi mais expresso do que com qualquer outro paciente.

A Dra. Letícia, vendo todo meu sofrimento, pareceu precisar me passar algum apoio. E quando eu já estava no quarto, com a sensação de que havia acabado de acordar, não sabendo exatamente que horas eram, ela entrou, mais como uma amiga do que como uma colega da área da saúde.

— O que você aprontou? — perguntou, carinhosa, mesmo que preocupada.

— Eu fui sequestrado — tentei resumir. — Apanhei um pouco.

Ia tentar não falar sobre todos os traumas e o quanto ainda estava sentindo medo.

— Meu Deus, Nicolas — ela parecia tensa e seu tom era completamente empático. — Eu não sei como seu psicológico está, mas, enquanto seus exames de urina e sangue não chegam, posso falar um pouquinho do físico, tudo bem?

Eu assenti.

— Você teve uma fratura leve no ombro, mas vai ficar bem. Só que, mesmo sendo leve, ainda assim, é uma fratura e por isso estava doendo tanto.

— Agora eu não sinto nada — disse, rindo fraco, olhando para a bolsa de soro, mesclada a medicamentos, que era ligada a um cateter direto na minha veia. — Estou até bem demais.

— Está drogado, praticamente. — Ela ria, já que meu tom era completamente mole. — Eu não sei quem é o seu médico, mas vim só te tranquilizar e tranquilizar seu namorado, porque sei que ele estava preocupado demais com você e eu conheço aquela peça.

— Eu agradeço, doutora — disse, rindo pequeno com o canto dos lábios.

Eu realmente estava me sentindo dopado, enquanto observava as paredes daquele quarto que eu já conhecia. Estava de volta ao 711, mas dessa vez, como paciente.

— Aliás, cadê ele? — ela perguntou, o que me fez olhar em volta do quarto, procurando um tatuado de muleta que deveria estar ali, mas que, desde a hora que eu entrei para fazer o raio-x, eu não encontrei mais.

E por um segundo, eu esqueci do evento que estava acontecendo naquele dia, como se boa parte das minhas horas fossem apagadas da minha mente, mas Jhonatan me lembrou, no momento em que entrou gritando:

— Amor! Amor! — Seu rosto estava vermelho. — Nick!

Ele parecia ter corrido uma maratona com aquela muleta.

— O Heitor nasceu!

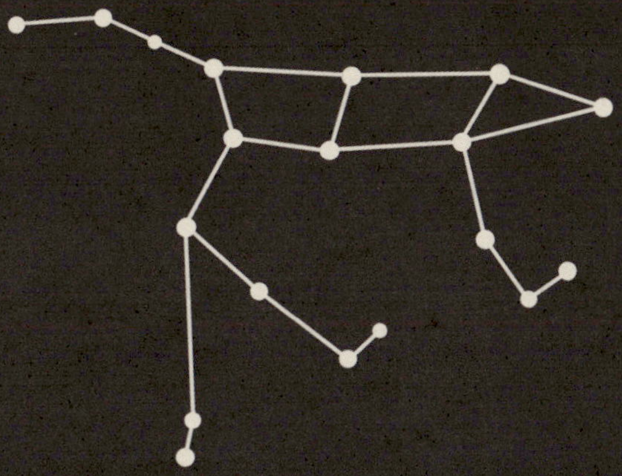

17

URSA MAJOR

Cecília

Eu havia acabado de socar dois criminosos e estava no elevador com eles. Com minhas pernas molhadas, meu cabelo bagunçado e sentindo dor até para respirar. As contrações haviam começado e estavam espaçadas.

Mas quando elas vinham...

Ah, quando elas vinham, parecia que iriam me matar.

— Porra! — gritei, choramingando, segurando os dedos magros do meu amigo com tanta força, que precisaria me desculpar depois.

Luca segurava a bolsa de maternidade ao meu lado. Ele tremia, suava frio, parecia não saber o que fazer, mas não saía de perto de mim. Continuava me dando sua mão, me dando seu apoio. Já Nataniel e Samuel estavam atrás de nós dois, parados como pedras enormes.

Eu estava os detestando naquele momento em que não controlava nenhuma partícula da minha crise nervosa, mas quando a dor vinha, eu não conseguia pensar em nada. Nem percebi a mão de Samuel nos meus ombros, quando ele tentava me dar algum tipo de apoio, junto a Luca. Até notar...

— Me larga! — gritei, depois dei outra guinada de dor.

Respirava e inspirava, controlando a respiração, no meio de toda aquela tortura, como Jess havia me ensinado.

As portas do elevador abriram e nós saímos, como se eu estivesse sendo escoltada até a calçada. Quando percebi que chegamos a *pick up* grafite de Nataniel, balancei a cabeça negativamente, sentindo o suor tomar conta do meu rosto, quase por inteiro.

— Luca, chama... — Eu respirava fundo, apertando ainda mais a mão do meu amigo. — Chama um carro... chama um carro pra mim.

Luca nem pôde me responder, porque Samuel interveio, pela primeira vez, após eu ter lhe dado um soco.

— Você pode me odiar, você pode me bater de novo, você pode me matar enquanto eu estiver dormindo, mas você só pode fazer isso depois que entrar nesse carro e deixar a gente te levar pro hospital, antes que você tenha o nosso filho aqui, na porra dessa calçada!

Nunca pensei que um homem morto teria argumentos tão convincentes.

Em nome do meu filho, motivo pelo qual eu me anulei em muitas coisas nos últimos meses, eu me anulei mais uma vez. E eu me anularia ainda outras mais, porque a maternidade era, e é, uma eterna anulação, independentemente de quanto amor você sinta pelo seu filho. Nunca deixei que me convencessem do contrário.

Engolindo em seco, como se estivesse engolindo todo o meu nervosismo, pânico, desespero e dores, eu não assenti nem concordei com a fala de Samuel, mas aceitei ser guiada por Luca, que abria a porta da *pick up* e me ajudava a entrar.

— Ai, porra — choraminguei mais uma vez, sentindo meu ventre contrair na hora que coloquei o pé no degrau e entrei no carro. — Porque a porra de um carro tão alto, caralho?

Luca riu baixo, mas logo segurou o riso. Ele não estava acostumado a me ver xingar tanto porque ele não me conheceu anos atrás, quando eu era uma máquina de mandar as pessoas irem tomar no cu. Mas já havia meses que eu tentava me controlar, que eu queria ser mais calma, que eu só queria passar paz para o bebê.

Paz... era só isso que eu queria. O que eu sempre quis.

— Senta no banco da frente, pivete — Samuel mandou, praticamente agarrando Luca pela gola e o puxando para fora do banco.

Então, entrou no carro e se sentou do meu lado, olhando para mim com aquela cara de guarda-costas. A mesma cara que fazia toda vez que ia me buscar na mercearia, quando nos conhecemos.

Ele realmente estava ali?

Ele realmente estava vivo?

Quando essa vontade de socar sua cara mais uma vez ia passar?

— Luca, volta pra cá — eu disse entre dentes, observando o garoto, que estava ao lado de Nataniel e já colocava até o cinto.

— É melhor você parar de falar, se não quiser ter nosso filho no assoalho do carro — Samuel disse, sério, fungando e com o nariz vermelho.

Ele achava que Heitor ia escorregar de mim e quicar pelo chão?

Agora, tão perto, eu conseguia perceber o quanto os olhos de Samuel estavam molhados. Mas não queria dar atenção para isso. Não podia. Ia doer muito, já estava doendo. Eu virei para a frente, segurei na trava da porta e no encosto do banco do motorista, enquanto sentia todo meu corpo parecer em alerta.

Nataniel deu partida e todos ficamos em silêncio.

Chegar no Astra Centro Hospitalar foi fácil, porque o hospital era perto, mas o difícil estava sendo descer do carro, com medo de ter outra contração, enquanto eu chorava baixinho e tentava guardar para mim todas as coisas que estava sentindo.

Eu também estava com medo de olhar para o lado... e não ser real.

Samuel estava realmente ali?

Luca, parecendo entender o meu estado nervoso, desceu correndo do carro e se colocou ao lado da minha porta, abrindo e, em seguida, pegando na minha mão.

— Eu não posso ficar aqui, Samuel — Nataniel dizia para o pai do meu filho, depois que ambos desceram do carro. — Tenho as coisas do... — Ele soltou um pigarro. — Tenho coisas pra resolver.

— Eu te ligo depois. Obrigado, Nataniel.

Os dois se abraçaram e trocaram mais algumas palavras, mas eu nem sequer tinha forças para revirar os olhos ou me zangar com aquilo. Estava mais focada em respirar fundo e continuar andando devagar. Tentando não ter contrações antes que me sentasse ou estivesse numa maca. Mas sabia que não dependia de mim. Se as desgraçadas quisessem vir, elas viriam.

— Sei que está com raiva de mim. — Ouvi a voz calma e séria de Nataniel se colocar ao meu lado, andando devagar comigo, antes que eu conseguisse chegar à porta.

Eu parei por um momento, tentando respirar fundo e prestar atenção nele, sem socar seu outro olho.

— Mas eu espero que você tenha uma boa hora.

— Parece... — fiz uma careta de dor, no meio da fala — ... uma velha falando.

— Uma velha que se preocupa com você. E uma velha que sabe que você tem todos os motivos do mundo para estar assim, mas acredito que você vai me perdoar depois. Principalmente, vai perdoar Samuel.

Apertei os dedos de Luca com mais força, enquanto concordava com a cabeça. Não tinha mais forças para brigar com ninguém, só queria continuar andando.

— Tudo que ele fez foi para proteger essa criança que você está colocando para fora — ele falou e, no momento seguinte, como se não tivesse medo da morte, segurou minha cabeça e beijou o topo. — Tudo vai ficar bem.

— Que isso? — A voz estridente, familiar, soava a minha frente. — Você está parindo?

Jess, que estava bebendo café com um homem de jaleco, na frente do hospital, e conversando alguma coisa, olhou para mim, em espanto, e correu na minha direção, enquanto eu tentava dar mais alguns passos cautelosos.

As contrações ainda estavam espaçadas, mas eu estava com medo demais. Medo da preocupação de Samuel se tornar real e a criança escorregar de dentro de mim e sair deslizando pela rua.

— Acho que... — Respirei fundo mais uma vez, soltando um sorriso nervoso. — Acho que sim, Jess.

— Puta merda! — ela gritou, entrando correndo no hospital e aparecendo em seguida, com uma cadeira de rodas enorme.

Parecia um sofá com rodas.

— Senta aqui, não é hora pra papo, não, minha filha! *Vambora* ter esse filho! — Apesar de suas palavras apressadas, ela me sentou na cadeira com cuidado.

Em seguida, instruiu Luca para que a seguisse.

— As contrações estão espaçadas, Jess — disse, tentando não a preocupar.

— Mas é melhor não ficar em pé no meio do estacionamento, não é? — ela falou, rindo, me fazendo soltar, também, uma pequena risada, concordando com o que ela falava.

Samuel, após a partida de Nataniel, permaneceu calado ao meu lado. Parecia querer brigar comigo apenas para que eu chegasse no hospital o mais rápido possível.

Deus...

Ele realmente estava ali?

Eu não parava de me perguntar isso. Voltei a chorar.

Estava com dor, estava suando, estava em pânico, iria dar à luz uma criança cujo pai, que eu acreditava estar morto, voltou exatamente no dia em que eu entrei em trabalho de parto. Eu começava a me arrepender de ter socado sua cara. Eu chorava ainda mais.

Entre todas as coisas que planejei para minha gravidez, com certeza, ter uma crise nervosa, no meio do processo do nascimento de meu filho, não estava nos meus planos, mas ter Samuel comigo, de igual forma, também não foi algo planejado. E eu não estava sabendo lidar com aquilo.

Enquanto era empurrada na cadeira de rodas, já dentro do hospital, olhei para o lado, observando sua feição séria e focada no caminho a frente, andando, silencioso. Ele percebeu que eu o olhava e desceu o rosto na direção do meu, me encarando.

Deus, de novo...

Ele realmente, realmente, realmente estava ali?

Meu coração doía mais do que a contração que eu começava a sentir. Respirando fundo, segurava os braços da cadeira com força, enquanto espremia os olhos e me concentrava para não gritar, porque eu queria começar a berrar no meio daqueles corredores.

— O que houve? O que é? — a voz de Samuel soou preocupada e ele andou, inclinado, porque parecia que queria praticamente me pegar no colo, além de estar apavorado.

Eu ainda não conseguia lhe responder. Por que ouvir sua voz doía tanto? Eu sabia o motivo...

Porque eu estava com medo de não ouvir mais. Estava com medo de estar alucinando pela dor. Estava, até mesmo, me sentindo horrível, pelo roxo aparente e instantâneo em seu olho.

— Deve ser uma contração — Jess lhe respondeu, me direcionando até o elevador.

Nós — eu, Jess, Samuel e Luca — entramos, e ali, acabei soltando um gemido de dor que não consegui segurar. A contração estava passando, mas eu ainda continuava segurando a cadeira com força. Se colocando na minha frente, Jess apertou o botão do elevador que nos levaria até o quarto em que eu ficaria.

Entrando no lugar, não conseguia prestar atenção em mais nada que não fossem meus joelhos e os fios de cabelo que eram jogados na minha cara, porque eu permanecia olhando para o chão, me concentrando apenas em respirar fundo.

— Eu preciso falar com a obstetra de plantão hoje — Jess falou, se abaixando na minha frente e colocando as mãos sobre as minhas, que estavam repousadas nos meus joelhos. — Você tem ficha no hospital, mas precisa levar seus documentos novamente até a recepção, e aposto que não vai pagar pelo parto.

— Mas não vai mesmo! — Samuel disse, nervoso, apesar do tom de Jess comigo ser brincadeira.

— Quem é vo... — a amiga de Nicolas soava completamente revoltada, mas quando levantou o rosto e encarou Samuel, sua face foi de total espanto. — Puta que pariu! É o morto? — Ela olhava para Samuel. — É o pai morto? Porra! — Então, olhou para mim, buscando alguma confirmação.

Sim, era o pai morto. Que não estava tão morto assim. Fechando os olhos e respirando devagar, apertei meus lábios suados e assenti, calmamente, me segurando para não gritar e ter mais um acesso de raiva que me envolvesse batendo em Samuel e perguntando, novamente, porque ele havia fingido a própria morte.

Jess só havia visto Samuel uma vez e estava bêbada a maior parte do tempo, logo achei normal que não o reconhecesse de primeira.

Luca continuava ao meu lado. Mudo. Tenso.

Quem não ficaria tenso em uma hora dessas?

— Você fingiu a própria morte? — Ela começou a me defender, mais revoltada do que eu esperava, ainda segurando minhas mãos. — Você tem ideia do que essa mulher passou? Não teve nenhuma consulta em que ela não chorasse! Nenhuma!

Samuel permaneceu em silêncio. Eu mal tinha forças para falar alguma coisa. Luca parecia que não iria se meter. Jess se levantou, colocou a mão na cintura e, com o rosto totalmente sério, voltou a enfrentar Samuel.

— Esse roxo no olho? Foi ela? Espero que tenha sido! — Samuel nem teve tempo de responder. — Eu não sei porque você fez isso, mas eu só quero que você saiba que essa mulher deixou de tomar antidepressivos para poder seguir com uma gestação saudável pro filho de vocês! Mas ela precisava dos antidepressivos! Então, você nem pense em brigar com ela em momento nenhum! Você sabe o que é depressão pós-parto? — Ele balançou a cabeça negativamente. — Nem queira saber! Então, faça sua parte para evitar que ela passe por isso!

Jess poderia estar sendo dura nas palavras, mas em todo tempo que estivemos juntas, foi ela que me ajudou nas consultas, segurou minha mão, quando eu chorava, e até me levou para tomar café, só para poder me ouvir falar sobre a saudade que eu sentia de Samuel.

Tirando Jhonatan, Nicolas, Luca e Nataniel, ela foi a pessoa que mais me viu chorar. Acima de todos eles, foi a pessoa com quem eu mais desabafei. Foi, surpreendentemente, uma amiga inesperada no meio do tsunami que estava destruindo minha vida, e parecia que ela defendia muito os amigos, da mesma forma como estava fazendo comigo naquela sala.

Com o silêncio instaurado, a médica voltou a se abaixar e segurar minhas mãos, olhando para mim com carinho, enquanto eu chorava silenciosamente. Meu peito doía, minha respiração estava pesada.

Samuel estava vivo.

Ele ia continuar vivo, não ia?

Ele iria morrer de novo? Eu iria passar por tudo aquilo mais uma vez?

Minha cabeça estava confusa. Quando eu ia conseguir lidar com aquilo?

— Vem — disse, me fazendo levantar com dificuldade e, em seguida, me ajudando a deitar na maca. — Você precisa estar deitada aqui, para que eu te leve até a sala, quando estiver pronta, tudo bem?

Eu apenas assenti, absorvendo suas informações.

— Vamos cuidar de você, da sua roupa, fazer a higiene necessária, mas, enquanto isso, você deita — ela falava, enquanto minha cabeça repousava no travesseiro com cuidado. — E tenta respirar fundo.

— Obrigada, Jess — disse, não tentando mais segurar o choro, que brotava livre de meus olhos.

— Não precisa agradecer, meu amor — sua voz doce me acalmava. — Você vai ficar bem? Eu preciso sair e achar a obstetra de plantão, para prepararmos sua sala — sua voz ainda soava carinhosa, preocupada e, comigo, muito mais contida e baixa.

— Eu vou, sim, pode ir, Jess — falei baixinho, fungando e assentindo.

Ela deu um beijo na minha testa, se levantou e foi até Samuel.

— Me dá seu telefone, anda. Anda homem, vai — disse, fazendo um sinal com as mãos, para que ele se apressasse.

Com aquela cara séria, de cachorro de guarda, Samuel tirou um aparelho, que eu não conhecia, do seu bolso de trás, e entregou para a médica.

— Se as contrações começarem a ficar muito rápidas e eu ainda não tiver chegado — ela falava, enquanto digitava alguma coisa, que eu acreditava ser seu número. — Você vai me ligar imediatamente. — Então, devolveu o celular para Samuel, com certa brutalidade. — Você está me entendendo, seu zumbi de araque?

Ele assentiu em silêncio, porém respirava fundo e impacientemente, enquanto Luca se sentava no sofá do quarto, enfiando o rosto nas mãos e respirando fundo. O quarto era idêntico ao quarto que Jhonatan havia sido internado. Mas, ao invés de um girassol no quadro, em cima do sofá, havia tulipas lilases.

— Ótimo — Jess disse e olhou para Luca. — Você!

Ele olhou de volta, assustado.

— Pegue a documentação dela e leve até a recepção agora. Se ela não tiver uma ficha nova, eu vou ser demitida.

Meu amigo assentiu e, com a minha ajuda, encontrou a pasta com meus documentos dentro da bolsa de Heitor. Após o uso, depositou sobre a pequena mesa de cabeceira ao lado da maca.

Como se fosse um lince, Jess e Luca saíram, apressados, do quarto, cada um para um lado. Um longo momento de desconforto se fez no local. A única coisa que denunciava a presença de humanos no quarto eram os passos nervosos de Samuel, para lá e para cá, e quase em sincronia, minha respiração agitada, que eu nem sequer conseguia controlar.

Me salvando daquele clima pesado e angustiante, Luca apareceu, me informando que estava tudo certo e que minha ficha já estava feita. Meu amigo se jogou no sofá, enterrando as mãos no rosto, parecendo derrotado e cansado.

Estiquei meu braço, na direção da bolsa que Luca havia colocado ao lado da cama, mas não consegui pegar. Neguei bruscamente com a cabeça quando Samuel fez menção de me ajudar, então ele parou no lugar.

Eu ainda não conseguia. Não conseguia interagir com ele.

— Luca? — chamei baixo, vendo meu amigo levantar o rosto e me encarar. — Pode me dar a bolsa de Heitor, por favor?

Ele assentiu, pegando a bolsa branca na mesinha, se levantando e colocando sobre minhas pernas.

— Luca — chamei de novo, fazendo-o parar no lugar, antes de voltar a se sentar. — Desculpe estar exigindo tanto de você. — Eu fechei os olhos, respirando fundo por sentir um incômodo no quadril, mas logo voltei a abri-los. — Mas obrigada por estar sendo meu amigo todo esse tempo.

— Vou ter que limpar seu vômito de novo? — ele perguntou, fazendo uma careta.

— Eu acho que não. — Ri fraca.

— Então, tá tudo bem — disse, chegando o rosto perto do meu e depositando um beijo na minha cabeça, — Eu tô feliz em te ajudar, na verdade... eu só não sei o que fazer às vezes, Ceci.

— Você faz o suficiente, Lu — disse, me controlando para não parecer uma bebê chorona, de quem arrancaram o doce. Eu estava chorando demais.

Depois que ele voltou ao sofá, vi de relance, enquanto remexia na bolsa, Samuel chegar perto dele e dar uns tapas encorajadores nas suas costas. Ele sussurrou algo ao garoto e eu pude jurar que também era um *"Obrigado"*.

De volta à bolsa, usei o tempo que ainda tinha para separar a roupa que eu queria que colocassem no meu filho quando ele nascesse. Era um conjunto inteiro branco, das meias até a touquinha, porque, mesmo que não fosse muito fã de simbolismos, clamava, com todas as minhas forças, que a primeira roupa que ele usasse trouxesse para sua vida algum tipo de paz.

Eu estava rogando, em todos os cantos do mundo, para todos os ventos da Terra, que meu filho não sofresse o que eu sofri.

Que seu tio sofreu.

Que, muito provavelmente, apesar de toda a minha raiva e mágoa, seu pai também sofreu.

Após terminar de esticar seu pequeno macacão praticamente sobre meu corpo, senti mais uma contração vir. Violenta, dessa vez.

Agarrei as grades da maca com força, levantando meu corpo até que estivesse sentada, e antes que a bolsa da maternidade pudesse ir ao chão, senti a mão de Luca a tirando do meu colo e, logo em seguida, outras mãos segurando meu ombro.

Era Samuel, me massageando e me passando apoio, enquanto eu gemia de dor. Queria gritar para que tirasse as mãos de mim, ao mesmo tempo que estava chorando por medo de nunca mais ter a oportunidade de sentir seu toque outra vez.

Aquilo era mesmo real?

Passada a contração, sentia meus cabelos se colando a minha testa e minha respiração pesada. Mas o tempo entre uma contração e outra estava ficando cada vez menor, então, preocupado, Samuel sacou o telefone.

Antes que pudesse ligar para Jess, a médica apareceu na porta da sala, me salvando daquele silêncio agonizante, no qual apenas meus gritos eram ouvidos, porque as vozes de Samuel e Luca permaneciam mudas.

— Tudo pronto, minha princesa barriguda — ela disse, em um misto de ânimo e preocupação, entrando na sala junto a um outro homem, um maqueiro trazendo outra maca. — Vamos? Vamos por esse boneco pra fora?

Eu ri baixinho, sentindo o incômodo da última contração ainda presente.

— Puta merda, vamos. — Gemi, sentindo o que parecia ser meu quadril querendo se arrebentar todo, de dentro para fora. — Vamos logo.

Com cuidado, fui passada de uma maca para outra e, de relance, vi o corpo de Samuel me acompanhar com os olhos, em alerta. Luca estava distraído no celular, e apavorado como estava desde a hora que chegamos no hospital, eu não o culpei por não perceber o que estava acontecendo naquele exato momento.

Ele era assim. Às vezes, ficava completamente alheio à realidade, mas, naquela hora, eu não pensava em chamá-lo. Concentrada apenas em não parir no meio do corredor, percebi que não teria o filho naquela hora, porque, enquanto o maqueiro me levava pelo hospital, a contração diminuía totalmente, me fazendo respirar com mais alívio. Samuel permanecia andando ao meu lado, mesmo que eu não houvesse o chamado.

Na frente de uma entrada larga, com duas portas de vai-e-vem, o maqueiro virou minha maca o suficiente para que a base dela começasse a empurrar a porta, mas seus movimentos cessaram e eu entendi o porquê.

Era Samuel, segurando o braço do maqueiro e olhando para Jess.

— Eu posso ir junto? — ele perguntou a ela, com um tom tão suplicante, que era doloroso de se ouvir.

Eu fechei meus olhos e respirei fundo, franzindo meu cenho. Não sabia o que responder, não sabia se queria ele lá dentro. Não sabia se todas aquelas emoções, de raiva e mágoa, fariam bem ao bebê justo no momento em que eu daria à luz a criança.

— Não sou eu quem decide isso, Samuel — a médica respondeu firme, sinalizando ao maqueiro que continuasse.

Eu estava entrando totalmente em outro corredor, mas ainda consegui ouvir as palavras que soltou ao pai do meu filho, antes dela vir atrás de mim.

— É ela quem tem que decidir. Aguarde sentado aqui, por favor.

17.1
CHI URSAE

O bater das portas e passos apressados eram ouvidos até que visse a imagem de Jess novamente ao meu lado, mas a médica não soltou nenhuma palavra. Lá dentro havia mais algumas pessoas trabalhando, ajeitando coisas e fazendo procedimentos que eu não entendia nem ia questionar.

Com cuidado, fui transferida de um colchão para o outro, mais uma vez, e segundos depois, vi o maqueiro levar aquela maca de transporte embora. Jess não saiu do meu lado e, quando eu estava devidamente confortável, segurou minha mão, olhando para mim com um sorriso carinhoso nos lábios, enquanto uma mulher baixinha e de óculos retangulares se colocava ao nosso lado.

— Essa é a enfermeira Beatriz. Eu chamo ela de Bea, ela gosta.

A enfermeira riu.

— Oi, Bea — disse, fraca, com um sorriso fungado. — Meu nome é Cecilia, mas pode me chamar de Ceci... eu gosto.

Estávamos todas rindo, e aquilo fez com que eu me sentisse um pouco menos apavorada.

— Oi, Ceci — a enfermeira disse, com o mesmo carinho com que Jess falava comigo.

— Como você é um *caso especial* — Jess frisou o "caso especial", o que me fez entender que ela estava se referindo ao fato de eu ser alguém que faria tudo de graça, já que Yan estava diretamente ligado às falcatruas de Nataniel e, sendo assim, eu tinha meus privilégios em estar ali. — Eu convoquei apenas pessoas de confiança para estarem nesse quarto, tudo bem?

Assenti, feliz com sua preocupação, o que me fez dar mais uma leve chorada com o canto dos olhos.

— Eu confio na Bea e em todos os outros profissionais que estão aqui, principalmente na obstetra que irá fazer seu parto.

— O quê? — Engoli em seco, sentindo meu corpo tremer. — Não é você que vai fazer?

— Eu não sou obstetra ainda, meu amor, apesar de querer ser futuramente. — Ela riu baixo, deixando clara a sua predileção por tudo que envolviam partos. — Por enquanto, minha residência é na pediatria, mas eu vou ficar aqui, segurando sua mão o tempo todo, tudo bem? A obstetra me permitiu ficar como aluna, para observar.

— Ela permitiu mesmo? — perguntei, com medo de que ela fosse embora.

— Eu quase implorei, mas ela já está acostumada comigo pedindo para ver partos — Jess disse, rindo baixo.

Eu concordei devagar, enquanto via a enfermeira acenar com a cabeça, educadamente, e tentar voltar a fazer seus procedimentos de separação de materiais que, provavelmente, usaria na hora. Mas eu não deixei.

— Bea — chamei, fraca.

— Sim? — Ela voltou, me dando atenção abrupta.

— Aqui. — Segurei a roupa de Heitor, que ainda estava ao meu lado, praticamente em cima da minha coxa. — Coloca isso nele, ok?

— Vou levar ao berçário, tudo bem? — ela falou com carinho e eu assenti, observando-a se afastar dali.

Antes que eu pudesse voltar a reclamar e pedir para que Jess fizesse meu parto, mais uma contração chegou, fazendo com que fosse cada vez mais difícil segurar a dor. Eu segurava as barras da maca com força e me contorcia, enquanto ouvia a médica, ao meu lado, pedir para que eu respirasse fundo.

A contração foi embora e, algum tempo depois, voltou. O tempo começava a diminuir, enquanto, apressadamente, as pessoas à minha volta me preparavam para a hora que se aproximava cada vez mais.

Trocaram minha roupa com cuidado e colocaram um avental de paciente, do mesmo tipo que Jhonatan usou quando esteve internado ali. Prenderam meu cabelo, colocaram o cateter na minha veia, mediram minha pressão, batimentos cardíacos, minha temperatura, além de umas faixas estranhas na minha barriga, que, segundo Jess, eram para saber como estava o coraçãozinho de Heitor.

Devo ter passado duas ou três horas naquela sala, não sabia dizer direito, porque parecia que a hora ainda não tinha chegado. Parecia que ainda não tinha dilatação o suficiente, parecia que eu precisava esperar mais.

Quanto tempo aquela tortura iria durar?

Eu estava começando a ter outra contração quando uma mulher com uma touca vermelha entrou na sala de parto, completamente vestida, equipada e pronta para trabalhar. Sabia que era a obstetra, nem precisava ser apresentada a ela para ter noção disso.

Entretanto, Jess fez uma apresentação curta e disse o tempo das contrações, o que fez com que a outra médica sinalizasse que havia chegado a hora de fazer força. E eu fui cautelosamente erguida por aquela médica que eu já podia chamar, claramente, de amiga.

— Ela já tem dilatação o suficiente — a obstetra afirmou, se colocando na frente dos meus joelhos, depois que Jess havia me posicionado para que eu tivesse o bebê. — É hora de empurrar, menina.

Eu iria ter o bebê. Sozinha. Como mãe.

Apenas eu, como acreditei que estava esse tempo todo.

Eu entrei em pânico.

Balancei a cabeça negativamente e comecei a chorar. Chorava de nervoso, chorava de mágoa, chorava de medo, mas, principalmente, chorava de saudade. Apesar de todo apoio que recebia das pessoas ao meu redor e da mão que segurava a minha com tanta força, faltava algo.

Alguém...

Faltava Samuel.

— Você viu, Jess? — perguntei à médica ao meu lado, com a voz embargada num choro sofrido. — Você viu ele de verdade? Ele realmente está vivo? — minha pergunta, antes totalmente mental, foi, enfim, projetada pela minha voz.

— Ele quem, meu amor? — ela perguntou, não entendendo meu questionamento. — O Samuel? — Até entender.

Eu balancei a cabeça positivamente várias vezes, com tanta força que meus olhos se comprimiram violentamente e minhas lágrimas brotavam sem dó.

— Ele está lá fora, está vivo de verdade, Ceci...

— Chama ele... eu quero ele...

— Tarde demais para colocar qualquer pessoa aqui dentro, menina — a obstetra disse, com a voz endurecida. — Preciso que faça força, agora!

— Eu quero o pai do meu filho! — eu quase gritava, chorando com a mesma força que a criança, que iria sair a qualquer momento, também choraria. — P-por favor... traz ele pra mim.

— Menina, se concentra aqui! Hora de fazer força!

— Eu vou buscar o zumbi! — Jess quase gritou, soltando minha mão e andando a passos pesados em direção à porta.

A obstetra respirou fundo, revirando os olhos e, em seguida, voltando a dar atenção para mim.

— Os residentes desse hospital são tão abusados. — A mulher quase cuspiu as palavras, depois olhou diretamente em meus olhos. — Independente de você tê-lo aqui ou não, se você não fizer força agora podemos ter complicações. Vamos!

Assenti, mesmo chorando como se fosse morrer.

Mesmo sentindo dores no meu coração muito maiores do que as minhas dores físicas, porque aquele momento iria passar e eu me arrependeria amargamente de não o ter chamado antes. De não ter deixado Samuel ver o nascimento do filho.

— Vamos, mais forte! — a mulher gritava. — Você consegue, vamos!

Eu fazia cada vez mais força, sentia cada vez mais dor, mas antes mesmo que pudesse, de fato, estar parindo, eu senti...

Senti as mãos fortes no meu ombro. As mesmas mãos que me seguraram no dia que tentaram me fazer mal na mercearia em que eu trabalhava. As mesmas mãos que me seguraram momentos atrás, quando estava tendo uma das contrações.

E nessas ocasiões, eu quis afastá-lo. Eu queria ficar sozinha. Eu queria lidar com meus medos, dores e angústias apenas por mim mesma. Mas naquela hora não. Naquela hora, eu queria suas mãos, seu apoio, seu carinho...

Naquela hora, eu precisava do seu amor.

— Você está vivo de verdade? — perguntei, liberando o choro esganiçado que saía da minha boca para um Samuel completamente empacotado, como se fosse funcionário do hospital.

Ele usava roupas e máscara colocadas apressadamente, propícias para estar naquela sala, mas, assim que chegou ali, ele abaixou a máscara, trazendo o rosto para perto do meu.

— Eu estou vivo, minha pequena. — Samuel chorava, tanto ou mais que eu. — Eu estou vivo e vou continuar... eu estou aqui.

A obstetra olhava para nós dois, absolutamente confusa.

— Os dois estão vivos, agora empurra, menina!

A mão que segurava a minha agora era a de Samuel. E ele ficou do meu lado, me segurando por todos os longos minutos que passei ali. Os longos minutos que eu xinguei milhares de palavrões e amassei sua mão como se fosse uma esponja, mas ele não reclamou. Ele continuava ali, em pé, beijando o topo da minha cabeça, sussurrando palavras no meu ouvido para me acalmar.

Provando que estava vivo. Provando que estava comigo.

Até que, no momento que parecia que eu iria morrer, de tanta dor que estava sentindo ao fazer aquela força toda, nós ouvimos um choro que foi maior que tudo.

Foi maior que a minha dor.

Foi maior do que a minha mágoa.

Foi maior do que a minha raiva.

Era um choro que parecia curar todos os pedaços quebrados dentro de mim, todos os cacos, todos os estilhaços. E quando eu fui colocada na maca novamente, para deitar, Samuel continuou ao meu lado, enquanto o dono daquele choro era trazido para o meu colo.

— É um menino que berra muito, mas parece estar super saudável — Jess disse, rindo, colocando Heitor sobre meus seios, onde eu o segurava com carinho.

E foi a primeira vez que nós vimos o seu rostinho. Enrugado, nervoso e... tão lindo.

Eu olhei para Samuel com os olhos tão cheios de lágrimas, que mal conseguia enxergá-lo, mas o vi o suficiente para perceber que ele não conseguia tirar os olhos do seu filho.

— Você conseguiu, pivetinho — ele dizia, soluçando, enquanto olhava para o bebê. — Você nasceu forte que nem sua mãe, Heitor.

Ele falou o nome dele? Ele disse. Disse o nome do nosso bebê...

— Você... — Eu funguei com força, tentando me controlar para conseguir falar uma frase inteira sem chorar ainda mais. — Sabe o nome dele?

Samuel assentiu.

— Eu estava cuidando de vocês esse tempo todo, minha pequena.

Eu desci o olhar até o bebê no meu colo, que não fazia ideia do que acontecia. Da merda que havíamos passado. De tudo que aconteceu até estarmos, os três, tendo aquele momento só nosso.

Nem eu compreendia...

Mas olhar para o meu filho me fazia entender que a única certeza que eu tinha na minha vida era de que eu amava Heitor com todo o meu coração, da mesma forma que nunca deixei de amar Samuel. E ele estava ali.

Ele estava ali de verdade.

— Eu vi sua barriga destapada, Ceci. — Samuel soluçou, levando os lábios até a cabeça do bebê, que passou a dormir um sono profundo, como se tivesse acabado de lutar uma guerra de 9 meses, e depositou um beijo leve. — Eu acompanhava você andando na rua, eu sempre estive aqui, sempre zelei por vocês.

Claro que voltei a chorar, enquanto assentia, já que não conseguia dizer nada.

Antes que eu pudesse entrar num estado de colapso nervoso, por todas as informações absorvidas, a enfermeira, Bea, veio até nós, pegou Heitor do meu colo e disse que precisava encaminhar ele para as vacinas, os primeiros exames e que ele iria ser colocado no berçário, junto dos outros bebês, para que os parentes pudessem vê-lo. Foi pedido para que Samuel deixasse o local, e eu senti meu coração doer quando ele olhou para mim uma última vez, antes de deixar a sala de parto.

Eu iria vê-lo novamente, não iria?

17.2
LALANDE 21185

Sem muita demora, me levaram de volta ao quarto.

Mas foi só quando me colocaram na maca novamente, que senti uma descarga de adrenalina profunda e percebi o quanto estava cansada. Jess veio até meu quarto, conversou um pouco comigo e, percebendo como o local estava frio, colocou um cobertor mais grosso no meu corpo, ajeitando o cateter, meu soro e tomando todos os cuidados possíveis, como se fosse da minha própria família.

— Obrigada por tudo, Jess... eu não... — Respirei fundo, me sentindo fraca.

— *Shh*, tenta descansar, ok? — ela pediu com carinho. — Você me agradece depois.

Eu assenti, mas precisava fazer uma última pergunta.

— Onde está... Samuel...?

— Babando no vidro do berçário, junto com outras pessoas da sua família.

Quem seriam as pessoas da minha família que estavam lá? Minha família não era muito grande...

Eu ri fraco, assentindo, e logo em seguida, vi a médica se despedir de mim, para voltar ao seu trabalho e aos seus atendimentos, me deixando sozinha no quarto.

Passou algum tempo.

Eu mal havia dormido de madrugada, e depois de tanto esforço, não foi surpresa que, sozinha no silêncio e no frio, acabasse adormecendo contra minha vontade.

Não sabendo quanto tempo havia se passado, acordei sentindo dedos grossos sendo enfiados pelos meus fios de cabelo, antes colados ao rosto. Eles eram penteados, cuidadosamente, para trás, com tanto carinho que eu não me surpreendi ao perceber quem estava ali.

Samuel olhava para mim sério, com a feição muito mais fechada do que normalmente ficava, talvez porque ainda estivesse apreensivo. Provavelmente com medo de eu lhe dar mais um soco, no outro olho dessa vez. Mas minha vontade era tão diferente disso...

Diferente a ponto de eu, pela primeira vez, me arrepiar com o seu contato cuidadoso. Eu desejei seu toque por tanto tempo, que, quando tive, ainda parecia irreal.

— Quanto tempo eu dormi? — perguntei, sentindo minha cabeça doer um pouco e provando um gosto levemente amargo nos lábios.

— Já anoiteceu — ele respondeu, ainda sério, com a voz baixa, mas em momento nenhum, parou de acariciar meu cabelo.

— Onde... — Percebi estar sozinha com Samuel. — Onde está Luca?

— O pivete maior ficou por um tempo, mas teve que ir para casa.

Assenti brevemente, entendendo o lado de meu amigo. Depois precisaria me desculpar por quase ter quebrado seus dedos e agradecer mais algumas milhões de vezes por tudo que ele fez por mim.

— Que horas... — Franzi o cenho, balançando a cabeça negativamente. — Foi o parto?

— Ele nasceu às 11h11h.

— Ele precisa comer! — Arregalei os olhos, levantando meu corpo, a fim de sair correndo pela porta do hospital. — Heitor precisa...

— Ceci. — Samuel segurou meus ombros, me fazendo voltar a me deitar. — Ele está bem ali.

Eu olhei para o lado, dando de cara com um carrinho pequeno, em acrílico transparente, com um bebê tão empacotado que parecia um boneco. Aí, como se não fosse surpresa para ninguém, meus olhos se encheram de água mais uma vez.

Como era lindo o meu pequeno boneco com cara de joelho.

— Me dá ele, Samuel... por favor, me dá ele — pedi, chorosa, implorando.

Samuel deu a volta na minha maca, foi até o bebê e, depois de ter um breve momento o segurando no colo e admirando seus traços tão inchadinhos, fungou, andando na minha direção e entregando o pequeno pacote a mim.

— Ele tem que mamar agora, não tem? — perguntei, completamente desesperada e sem saber o que fazer. — Ele... meu Deus, o que eu faço, Samuel?

Samuel riu fraco, balançando a cabeça negativamente. Ele também não sabia.

Desesperada, apertei o botão vermelho do lado da minha cama, umas cinco ou dez vezes. Samuel não contestou, apenas voltou a sua antiga posição, se colocando ao meu lado e esperando algo acontecer.

E uma enfermeira chegou, mais rápido do que o imaginado. Era Beatriz, a mesma que estava comigo na sala em que eu tive meu bebê.

— Por favor, me ajuda. — Eu estava quase chorando de novo. — Ele não tem que mamar? Ele desmaiou? Ele... meu Deus... ele está bem? O que eu faço?

A mulher começou a rir e Samuel estava segurando sua risada.

— Calma, meu amor — ela disse, chegando perto de nós três, olhando o bebê completamente adormecido. — Ele tomou uma fórmula agora há pouco e daqui a duas horas vai precisar mamar, então é super necessário e importante que você tente dar leite a ele, ok? O certo é ele tomar do seu leite, exclusivamente, pelo máximo de tempo que conseguir. E o colostro, o primeiro leite, é cheio de coisinhas que vão ajudar seu bebê a criar anticorpos.

— E se eu não tiver bico? E se ele não gostar? E se ele não mamar? — eu, realmente, estava desesperada.

— Vamos tentar um passo de cada vez, que tal?

Confirmei, apesar de não ter tanta certeza da minha afirmação. Por mais que eu desejasse Heitor com todos os poros do meu corpo, tudo sobre ter um filho parecia pavorosamente frágil.

Eu saberia ser mãe? Samuel saberia ser pai?

Meu Deus, meu filho ia ter um pai de verdade...

Os questionamentos que me atormentavam eram o suficiente para que eu mal percebesse a enfermeira se despedindo, fazendo com que minha mente só fosse despertada no momento em que ouvi o *"click"* suave da porta sendo fechada.

Parecendo querer que eu descansasse, ela havia pegado Heitor e colocado no pequeno berço de acrílico antes de sair dali. Eu estava hipnotizada, olhando Heitor dormir, no momento em que me dei conta de que estava sozinha, novamente, com Samuel.

Engoli em seco, porque, mais uma vez, não sabia como conversar com ele. Mas, sim, ele estava ali.

Ele realmente, realmente estava ali.

Eu parecia uma louca, afirmando isso mentalmente o tempo todo. Mas eu já havia me acostumado com o fato de que nunca mais o veria.

— Posso sentar na sua maca? — Samuel perguntou baixo, tentando uma aproximação.

Movendo o olhar até minhas mãos, observando o cateter que saía do dorso de uma delas, assenti, o permitindo. Ele se moveu devagar e, no momento seguinte, se sentou, olhando para mim.

— Obrigado por ter me deixado ver o parto. Eu achei que não fosse conseguir ver meu filho nascer, mas nunca te culparia por isso. Mesmo assim, obrigado.

Sua confissão me quebrava inteira. Eu era feita de vidro novamente.

— Eu me arrependeria pelo resto da minha vida, se não deixasse você ver seu filho nascer — também fiz minha confissão.

Me sentia aliviada pela decisão que tomei, apesar de ainda não compreender o motivo de Samuel estar ali, vivo, na minha frente.

— Como... — tentei soltar o questionamento preso, que me machucava, mas era difícil.

Respirei fundo.

— Como você está vivo, Samuel? — Não me surpreendi por meus olhos marejarem na hora em que soltei o questionamento e ergui o rosto, o encarando. — Por que deixou que eu sofresse esse tempo todo? — Eu balançava a cabeça negativamente, sentindo meus cabelos bagunçados balançarem, enquanto apertava os nós dos meus dedos com força, pelo nervosismo. — Por que não me deu um sinal de que estava vivo? Eu quase... quase morri de saudade de você, Samuel...

— Me perdoa, minha pequena, por favor, me perdoa — ele disse, arrastando o corpo pela maca até que se sentasse ao lado das minhas coxas.

Eu permiti que viesse, não pedi que se afastasse, muito menos demonstrei que não queria seu contato. Então, Samuel pegou minhas mãos, sempre machucadas, e colocou dentro de suas palmas, mais machucadas ainda. Me acariciava, enquanto sua voz voltava a ser projetada:

— Tinha tanta coisa em jogo — ele continuava se explicando. — Porra, você não sabe, mas... — Uma respiração funda. — O Nicolas foi sequestrado.

Arregalei os olhos, sentindo meu peito se comprimir com a informação.

— Onde ele está? Samuel, onde ele está? Nicolas está bem? — minha voz alta se exaltou a ponto de Heitor resmungar baixinho e, no momento seguinte, voltar a ficar quieto.

— Calma, minha pequena — ele pediu, intensificando as carícias no dorso da minha mão, me dando uma paz que eu não compreendia. — Ele está aqui no hospital, em outro quarto, com Jhonatan. Se machucou um pouco, por isso precisou ficar internado, mas ele está bem, foram ferimentos leves. Vai ter alta amanhã.

Eu chorava ainda mais só de imaginar Nicolas passando por qualquer coisa ruim. Ele, definitivamente, era minha família.

— Mas eu matei ele, Ceci — Samuel confessou, sério, descendo o olhar endurecido até minhas mãos, sem conseguir encarar meu rosto. — Eu matei o fodido que atirou em Jhonatan e que o atropelou. Eu matei o homem que foi responsável pelo meu tiro. Eu matei o homem que quase fez com que Heitor não tivesse pai nem tio.

Ele permaneceu em silêncio, parecia não ter forças para falar depois de ter confessado que havia matado um homem. Mesmo com toda a ameaça que ele significava para nossas vidas.

Porque Samuel foi criado com tanto amor, não foi feito para matar ninguém. Era quase palpável o alívio misturado à sua dor.

Ergui minha mão sutilmente e coloquei sobre a sua, acariciando sua pele da mesma forma que ele fazia comigo momentos antes. Percebendo a primeira vez que o toquei, por livre vontade, o pai de Heitor ergueu os olhos e me encarou com aquele olhar suplicante e arrependido de volta.

Ele começou a chorar, apertou os lábios e ficou em silêncio. Aquilo era demais para nós dois. Eu estava acabada, mas podia ver em seus olhos, podia ver que não fez aquilo por vontade própria. Que não fez por mal. Meu monstrão estava igualmente destruído.

— Por favor, Cecilia Parini, me perdoa — ele implorou baixo, com a voz engasgada. — Me perdoa por tudo que eu fiz você passar, porra, me perdoa, por favor.

Meu choro se igualava ao seu.

— Eu estou apavorada, Samuel... eu tenho... — As lágrimas quentes rolavam, sem que eu nem sequer tivesse controle sobre aquilo. — Eu tenho medo de você morrer de novo, eu...

Ele entrelaçou nossos dedos, enquanto meu peito era refém de um sacolejar intenso.

— Eu não vou aguentar, Samuel. Eu não vou aguentar te perder de novo.

— Não vai perder, acabou. Acabou, Ceci. Tudo o que eu fiz, tudo o que aconteceu — sua voz embargada denunciava o quanto aquilo estava sendo absurdamente difícil para ele também. — Foi para proteger Jhonatan, você e Heitor. Eu fiquei louco pra porra quando soube que Nataniel preferiu me manter "morto", porque eu não queria que vocês sentissem o que eu senti quando perdi meus pais.

Eu continuava em silêncio, apenas chorando em soluços sequenciais. Tentando, por tudo que era mais sagrado, não acordar nosso filho, que dormia ali, ao nosso lado.

— Mas se não fosse assim, se não acontecesse daquele jeito, eu nunca ia conseguir te dar o que você tanto queria. Nós nunca teríamos paz...

Ainda não parecia real. Nós realmente iríamos ter paz. E Samuel ainda lutou contra a própria morte para manter sua promessa.

"Ninguém vai ser abandonado, meu amor, não nessa família."

Ele não me abandonou. Não abandonou nosso filho.

Mentiram feio para mim quando disseram que adultos não choram, porque nós estávamos acabados, e antes que nosso choro cessasse, mesmo depois de muito tempo em que respiramos fundo e limpando as lágrimas um do outro, um novo começou. Dessa vez era Heitor.

— Pega ele pra mim? — pedi baixinho, vendo Samuel quase correr para pegar o menino, que berrava como se estivesse morrendo.

— Meu Deus, meu filho, você engoliu um megafone? — Samuel perguntava, assustado, trazendo a criança para mim com pressa.

Foi a primeira vez que eu ri com algo que Samuel disse, e porra... que saudade de rir de todas as suas bobeiras. Não demorou para que Heitor parasse de gritar, porque eu consegui fazer com que ele mamasse.

— Caralho, isso, porra! — Samuel comemorou que o filho estava conseguindo se alimentar, como se tivesse acabado de ganhar na loteria. — Anticorpos do colostro!

— Para de falar palavrão perto dele! — eu repreendi, falando sério demais.

Mas eu queria *tanto* rir...

Acabei fazendo com que Heitor se assustasse e levantasse as mãozinhas.

— Desculpa, meu filho, desculpa — falei, passando o dedo indicador sobre as sobrancelhas ralinhas, vendo meu filho voltar a mamar de novo, em uma alimentação meio sonâmbula.

— Desculpe, Ceci — ele disse, contido, culpado pelos palavrões, depois olhou para o filho, falando ainda mais baixo. — Desculpe, Heitor.

Samuel voltou a se sentar devagar na maca e ficou passando o polegar, bem lentamente, sobre os fios profundamente pretos do neném, que, naquela hora, parecia mais dormir do que mamar.

— Samuel — sussurrei, fazendo o homem truculento levantar o rosto e me encarar com expectativa. — Eu perdoo você. — Respirei fundo, me controlando para não voltar a chorar. — Eu perdoo você e você ainda vai ter que me explicar tudo o que aconteceu e vai ter que me contar todos os seus dias.

Ele sorriu, e diferente de mim, aquele homem enorme não segurava as lágrimas ralas que brotavam no canto de seus olhos.

— Eu conto, minha pequena, eu vou contar tudo que você quiser...

— Mas tem uma condição.

Ele continuou me observando, com ainda mais expectativa. Só que quem voltou a chorar fui eu.

— Me perdoa... — Dei uma leve soluçada. — Me perdoa por ter socado seu olho.

Ele gargalhou baixo e, sem que pudesse se segurar, segurou meu rosto com carinho, se aproximou e, com tanta saudade recíproca, beijou meus lábios. Com um braço eu segurava Heitor e, com o outro, envolvia o pescoço de Samuel e o puxava, quase com desespero, sentindo o gosto que achei que nunca mais sentiria. O gosto do meu amor, do meu monstrão.

Nosso beijo continha lágrimas, sofrimento, mas também continha riso, amor e, pela primeira vez, em muito tempo, esperança. Esperança de que eu tivesse, finalmente, a paz que sempre quisemos ter.

Mesmo com a porta se abrindo e um barulho denunciando que havia intrusos entrando no nosso quarto, muito depois do horário de visitas, atentando contra essa paz. Samuel descolou os lábios dos meus e virou para a porta. Heitor já havia parado de mamar e caído no sono, e ajeitando o sutiã, tapei meu seio bem a tempo de perceber quem entrava ali.

Nós, realmente, não podíamos receber visitas naquela hora, só no dia seguinte, mas ter um concunhado que trabalhava no hospital nos dava certos tipos de privilégios, e não foi difícil perceber que eram Nicolas e Jhonatan, entrando pé ante pé no quarto.

Muleta ante cadeira de rodas, na verdade, porque meu cunhado dava um jeito, não sei como, de andar com aquela muleta, enquanto empurrava Nicolas com uma mão só, que, com um braço livre e outro na tipóia, girava a roda da sua cadeira de rodas.

Os dois juntos não davam um homem inteiro, coitados, mas nem suas condições físicas foram impedimento para que viessem até meu quarto, como dois bandidos escondidos, para verem de perto o bebê que acabara de nascer.

— Olha, Nick, olha como é lindo — Jhonatan falava baixinho, tentando empurrar a cadeira de Nicolas com dificuldade.

— Ainda não consigo ver, Jhon. — Nicolas soltou uma risada abafada, fraca.

Nunca pensei que ficaria tão aliviada por ver Nicolas bem. Era como se um peso enorme saísse do meu peito. Samuel, vendo a cena engraçada, se levantou com pressa e foi ajudá-lo a trazer o médico para perto, até que a cadeira estivesse ao lado da minha maca.

— Coloca ele no colo do Nicolas, Sam — sussurrei.

Jhonatan e Nicolas olhavam para nós dois, franzindo o cenho. A última vez que nos viram juntos, eu estava socando aquele homem enorme e não o chamando por apelidos carinhosos.

Suas reações eram esperadas, na verdade.

— A gente deu uma pausa nos socos — falei, segurando o riso e dando uma fungada de leve, porque havia acabado de parar de chorar.

— Eu vou deixar cair, tô com um braço só funcionando. — Nicolas riu, mas seu tom era medroso.

— Você consegue, engomadinho — Samuel falou, pegando Heitor com cuidado e depositando, calmamente, sobre o colo de Nicolas.

Com carinho, ele recebeu meu filho no colo e, fazendo as próprias pernas de colchão, segurou o bebê, hipnotizado por ele, da mesma forma que eu estava segundos atrás.

— Que cara de joelho mais lindo do tio — Jhonatan soltou, com a voz embargada de quem estava muito mais emocionado do que eu esperava, tentando abaixar para ver melhor.

— Senta aí, pivete, vai acabar caindo. — Samuel grunhiu, fazendo com que o irmão sentasse no sofá, e em seguida, empurrou Nicolas até que seus joelhos tocassem os joelhos de Jhonatan.

E eles ficaram ali, cochichando coisas entre si, rindo dos traços de Heitor, amando cada pedacinho de pele inchada e vermelha que meu bebê ainda tinha. Fazendo planos futuros, falando que iam sequestrar nosso filho qualquer dia desses. E eu não duvidava de nada disso...

Nicolas e Jhonatan quase me fizeram chorar novamente, porque sorriam como loucos, como bobos, cheios de orgulho.

Sorriam como tios.

18

ARIES

Jhonatan

Poucas coisas me deixavam mais desesperado do que ver Nicolas sentindo dor. Tentando sempre não preocupar ninguém a sua volta, ele nunca gostava de demonstrar fraqueza, seja por se machucar fisicamente ou por qualquer incômodo psicológico.

E ali, no carro de aplicativo, ele gemia baixo, se contorcia e fechava os olhos, os apertando com força. Para Nicolas estar daquela forma, era porque as coisas estavam muito piores do que ele aparentava. Meu bebê realmente estava sentindo muita dor.

— Você vai ficar bem, meu amor — falava, nervoso, enquanto enfiava a muleta no carro e sentava ao seu lado, vendo suas lágrimas escorrendo pelo canto de seus olhos. — Esse ombro vai ficar bom de novo, você vai bater na minha bunda outra vez.

Nicolas soltou uma risada curta com o meu comentário, mas logo voltou a contorcer seu rosto. E eu nunca agradeci tanto por morar perto de um hospital. Não demorou para que nós chegássemos e, com todos conhecendo Nicolas, demorou menos ainda para que o enfiassem em uma cadeira de rodas, quando ele entrou agonizando no local, e o enviarem para o atendimento de urgência.

— Espera aqui, por favor — uma enfermeira falou, indicando para que eu me sentasse num banco, na frente da sala que ele havia entrado, já que eu quase fiz escândalo para ir junto.

Eu queria entrar com ele, porra! Mas tinha que ficar quietinho, na minha, balançando as pernas como se minha vida dependesse daquilo.

— Jhonatan? — a voz conhecida soou, quando eu estava desoladamente com a cabeça enterrada por cima de meus braços. — Está acompanhando Nicolas?

Aquele cirurgião necromante do caralho era muito fofoqueiro com o namoradinho dele. Já devia até ter mandado mensagem, contando o que aconteceu. Eu não podia julgar, na verdade, porque eu e Nicolas também éramos bem fofoqueiros um com o outro.

Não vale a pena namorar se você não se sentir confortável para dar uma fofocada com o seu próprio namorado.

Levantei a cabeça devagar, dando de cara com a imagem questionadora de Pietro, que segurava um copo enorme de café, enquanto balançava a cabeça, confirmando sua pergunta.

— Tu não arruma um desses pra mim, não? — disse, descarado, nervoso, olhando para o copo na mão de Pietro como se fosse ouro.

— Toma, eu ainda não bebi — ele falou, me entregando seu copo e se sentando ao meu lado. — Pode ficar com o meu, eu pego outro. — Seu tom era preocupado e seu rosto ainda se franzia em desconfiança.

Achando que ia morrer se não bebesse café, já que cigarro estava fora de cogitação, dei um gole grande no líquido, quase queimando a língua, mas não dava uma foda.

— Você vai me contar o que houve ou eu vou ter que ler a sua mão?

Soltei uma risada nasal, negando com a cabeça, enquanto bebia mais um pouco do café.

— Obrigado, cara — agradeci, e ele assentiu. — Aconteceu muita merda, mas, basicamente...

Respirei fundo.

O que seria básico nessa história?

— Você viu quando Nicolas foi sequestrado, não viu? E agora já deve saber que resgatamos ele...

Ele confirmou com a cabeça, provando minha teoria de que Yan era um boca de sacola.

— Ele tá aí nessa sala. — Apontei com a cabeça, para a porta na minha frente. — Mas tá todo quebrado, chegou no hospital chorando de dor, teve uma semana completamente fodida, num buraco que era o seu cativeiro, agora entrou nessa sala aí pra fazer não sei o quê. Tá com a roupa toda cheia de sangue, parecendo um mendigo, que nao come há 78 dias, e ainda tem a cara de pau de dizer que tá tudo bem, quando a porra do braço dele estava praticamente caindo!

Silêncio absoluto.

Pietro arregalou os olhos, completamente estático, enquanto eu continuava a beber o café que parecia cada vez menos quente. Mas, apesar de chocado, seu rosto também estava cheio de preocupação.

— Ah! — Lembrei de um fato importante. — Meu irmão voltou dos mortos.

Mais um momento de silêncio.

— Outra informação importante? — ele disse, franzindo o cenho e tentando raciocinar sobre todas as informações que eu havia jogado no seu colo.

— Ceci deu um socão no olho de Samuel e aí ela entrou em trabalho de parto. Aposto que o pivetinho estava gritando na barriga dela *"Isso, mãe! Boa! Dá mesmo!"*.

— Meu Deus...

Pietro, parecendo desoladamente em choque, encostou a cabeça na parede, olhando desfocado para algum ponto à sua frente. Ele não era da nossa família e, com certeza, era mais amigo de Nicolas do que meu, mas isso não foi motivo para que ele não se abalasse com as informações. Sua respiração parecia mais acelerada e ele levou a mão à testa, arrastando os cabelos para trás.

— Você está bem? — perguntei, vendo que havia algo além de preocupação com Nicolas naquele meio.

— Estou, eu — ele começou a falar, engolindo em seco. — Yan não fala comigo há uma semana, desde que brigamos. E, com certeza, ele estava envolvido nisso tudo... Ele pode quase ter morrido e eu não sabia... eu não sabia de nada disso, só que Nicolas foi sequestrado e ele me ligou há pouco tempo, avisando que conseguiram pegar meu amigo de volta.

— Olha, ele não parecia correr perigo não, aquele cara parece o *Exterminador do Futuro*. Mas ele... hum... ele salvou minha vida e ficou todo surtado, perguntando pro Nataniel se você estava a salvo.

— Ele fez isso?

— Fez, ainda disse que se importa com você *pra caralho*. Eu não sei o que vocês tem, mas eu sei que ele estava pronto pra tomar um tiro no cu por você, se isso fosse colocado em jogo.

Pietro riu, balançando a cabeça negativamente, enquanto eu terminava de tomar aquele café.

— E você? — Desci o copo até a altura dos meus joelhos, olhando para o plástico vazio, que começava a amassar. — Você está bem?

— Eu... — Soltei o ar de forma pesada.

Foi a primeira vez que alguém perguntou como eu estava, desde que resgatamos Nicolas e descobri sobre Samuel.

Eu estava bem?

— Eu não sei... é muita informação... mas todos estão a salvo, então eu acho que estou bem. — Sorri pequeno, percebendo como o poder de todos estarem bem era, realmente, um fato a ser comemorado.

Há quanto tempo não tinha um *"todos estão bem"* na minha vida?

— Depois dessa merda toda, né...? — concluiu, e por algum motivo, algo em sua voz me fez acreditar que Pietro sabia mais do que *apenas* ter noção do sequestro de Nicolas.

Nós continuamos conversando, mas algo roubou totalmente a minha atenção. A porta, por onde Nicolas entrou, foi aberta, revelando um doutor muito mais sorridente do que o normal.

— Caralho! — ele gritou, parecendo bêbado, e eu acabei soltando uma gargalhada curta. — Como você é gostoso!

— Meu Deus... doparam ele — Pietro, do meu lado, disse e depois começou a gargalhar.

— Eu não sei o que te deram... — soltei, me levantando e ajeitando a muleta no braço. — Mas eu quero tomar junto contigo.

Nicolas deu uma gargalhada assanhada, enquanto Pietro, se segurando para não rir ainda mais, se colocou atrás dele, tomando o lugar do outro enfermeiro que o levava.

— Pediram pra fichar ele e colocar no 711 — o outro enfermeiro informou, fazendo com que Pietro confirmasse com a cabeça e, logo após uma despedida breve, começasse a andar com Nicolas. Mas ele analisou a roupa do meu namorado e seu estado precário, com uma feição preocupada.

— Nicolas, há quantos dias você não toma banho? — Pietro perguntou, de forma carinhosa, começando a empurrar a cadeira devagar.

— O ano tem 365 dias — foi sua resposta.

Deus, seria pecado rir do meu namorado drogado?

— Eu acho que não vou ter uma resposta, mas é claro que ele precisa de um banho.

— Quer que eu dê?

— Você não consegue nem ficar em pé sozinho, Jhonatan, por favor. — Estalou a língua — Vamos fazer assim... vá na recepção, diga que o Dr. Nicolas Hadriel vai se internar no quarto 711 e que pediram para fichar ele. Depois vá até o quarto, acredito que você já saiba o caminho de cor.

— Infelizmente ou felizmente, sim.

Agradecendo mentalmente por Pietro estar ali, fui à recepção, fazendo o que ele havia me pedido. Apesar de eu não ter as documentações de Nicolas em mãos, o hospital tinha sua ficha e puxou todo seu cadastro, por ele ser funcionário do local.

Alguns minutos depois, após eu bater minha muleta pelos corredores daquele lugar, tentando fugir, também, da Dra. Letícia, que ia querer me sequestrar para tirar minha tala, eu já estava de volta ao quarto. Mas quando abri a porta...

Ouvi Nicolas gritando:

— NÃO! NÃO TIRA MINHA ROUPA! EU TENHO NAMORADO!

Eu ia para o inferno porque não conseguia parar de rir.

— Nicolas, você precisa tomar banho, acalma essa bunda! — A versão impaciente de Pietro se desvencilhava dos braços agitados do meu namorado.

— Ei, amor — falei, segurando o riso e chegando perto do cara agitado na cadeira de rodas.

— Amor, ele quer tirar minha roupa, eu já disse que tenho namorado, por favor, não briga comigo. — Seu choro quebrou meu coração.

— Ele só quer te dar banho, amor, ele é seu amigo.

— Um amigo safado...

— Eu vou te jogar no chão, Nicolas! — Pietro reclamou. — Banho nem é minha função!

O enfermeiro podia continuar sendo um amor com seus outros pacientes, mas depois que ele se acostumou comigo e com Nicolas, além de saber que o próprio namorado era um fodão no crime, ah, com certeza o maluco criou coragem e ficou abusado com a gente, porque era muito diferente do cara trêmulo e medroso do começo dessa história toda.

— Não me joga no chão, não — meu namorado choramingou. — Eu tô com muita dor, não faz isso comigo.

Eu estava com vontade de chorar por ver um homem drogado de medicação, falando que nem uma criança medrosa?

O que aconteceu com a minha pose de bandido mau?

— Nick — chamei baixinho, chegando o corpo perto do seu, e sentando no sofá, segurei o braço da cadeira de rodas, puxando-o para perto de mim.

Ele olhou para mim com aqueles olhos pretos, que continham mais dor do que ele realmente me confessou no caminho para o hospital. Mesmo medicado e sendo engraçado daquele jeito, Nicolas, definitivamente, não estava bem. O enfermeiro apenas observava a cena com os braços cruzados, esperando que eu resolvesse a situação, já que meu namorado parecia irredutível a não aceitar sua ajuda.

— Você quer que eu fique com você no banheiro, pro Pietro te dar banho e você trocar essa roupa suja de sangue? Você também está cheio de poeira no corpo, meu bebê, precisa de um banho.

Ele assentiu, mesmo que ainda olhasse para baixo, então segurei seu rosto e, me aproximando dele, selei seus lábios devagar, algumas vezes, aumentando o ritmo até ele começar a rir. Eu olhei para Pietro e fiz que "sim" com a cabeça, fazendo com que ele se aproximasse, por entender que podia prosseguir com o banho.

Me levantando sem muita dificuldade, peguei a muleta e andei devagar até o banheiro. Lá, assisti Nicolas deixar que Pietro tirasse sua roupa e me senti bem em vê-lo sendo cuidado. Não de uma forma sexual ou maliciosa, até porque eu não sentia tesão nenhum quando ele estava nesse estado, praticamente fora de órbita e muito vulnerável.

Mas era bom ver que ele estava se livrando de toda a sujeira do local em que ele esteve. Da poeira, das manchas de sangue, do suor. Ele merecia ser cuidado daquela forma e minha única angústia, naquele momento, era por não poder fazer aquilo por mim mesmo.

Eu ainda não conseguia colocar o pé no chão, então, no final, acabava agradecendo aos céus por Pietro estar ali. Mesmo que a visão de Nicolas em si não me despertasse nada, além de preocupação e carinho, minha memória era uma filha da puta...

Fechando os olhos e respirando fundo, senti uma malícia desgraçada brotar, quando lembrei que havia feito sexo com Nicolas, exatamente naquele banheiro, e que havia sido tão gostoso.

— Aí, você pega pra mim, por favor?

— Quê? — perguntei, confuso, tentando voltar à órbita e dissipar as imagens da bunda de Nicolas quicando em mim, sendo eu a estar na cadeira de rodas daquela vez.

Não era hora para ter esses pensamentos indecentes, mas eles vieram certeiros no meu cérebro idiota.

— A toalha e a roupa hospitalar do Nicolas, Jhonatan. Estão na maca dele, ensacados.

— Ah, sim, pego sim.

Eu saí e voltei do quarto com rapidez, e quando retornei, Pietro estava fechando o chuveiro. Pegou a toalha, entregou para Nicolas, e enquanto abria a roupa hospitalar, meu namorado se secava devagar.

— Ei, beiçudo — chamei Nicolas, que levantou a cabeça, me encarando, e sorriu com o apelido.

Aquele sorriso que fazia seus olhos se fecharem era muito fofo e engraçado.

— Como está se sentindo depois de um banho?

— Não queria que acabasse, grandão — respondeu fraco, ainda me dando aquele sorriso gostoso.

— É sempre assim. Brigam pra entrar, reclamam pra sair. — Pietro riu, balançando a cabeça negativamente.

Rindo também, saí do banheiro e andei em direção ao quarto, me arrastando e me sentando no sofá novamente. Ali, esperei alguns minutos, até que, de volta ao quarto, vi Nicolas ser empurrado por Pietro, já com a roupa do hospital.

Ele parecia um pouco mais lúcido, um pouco mais quieto. Com cuidado, o enfermeiro levou meu namorado para a maca, o deitou ali, recolocou sua tipóia, que havia tirado apenas para dar banho nele, e depois de assegurar que ele estivesse bem, deixou o quarto, dizendo que o médico responsável por ele iria visitá-lo amanhã pela manhã, mas que, provavelmente, ele já teria alta.

Agradeci mais uma vez e, sozinho no quarto, olhei para o médico que agora era paciente. Deitado no travesseiro, ele retribuía o meu olhar com uma expressão de quem estava com sono.

— Vem aqui, vem. Deita aqui, eu sei que você gosta de deitar em macas — disse lento e baixo, mas ainda todo manhoso.

A gente podia tomar essa porra que ele tomou uma vez por mês? Será? Rindo com a versão drogada do meu namorado, apoiei minha muleta no chão e subi até sua maca.

— Você é gostoso demais, você sabia que você é gostoso demais?

— Só sei disso quando você me conta, fala de novo.

— Gostosão. Bem gostoso mesmo.

Comecei a gargalhar e ele também riu, o que me fez segurar sua cabeça, puxá-la, até que ele deitasse no meu peito, e em seguida, beijar seus cabelos.

Ali eu respirei fundo, aliviado por meu namorado estar vivo. Mesmo que drogado e meio louco.

— Você vem sempre aqui? — ele continuou me cantando, fazendo com que eu me perguntasse se o que ele tomou foi essência de Jhonatan Kauer.

— Mais do que gostaria, na verdade.

Ele riu baixinho, se aninhando no meu peito, e por alguns minutos, fez um carinho sonolento em mim. Continuou jogando suas cantadas bobas, que me faziam rir e, às vezes, até ficar sem graça.

Então, era assim que ele se sentia quando eu era uma metralhadora?

Seu carinho no meu peito foi diminuindo, sua mão parando de se mover, até que repousou sobre mim, e no segundo seguinte, eu ouvi seu ressonar fraco. Meu bebê estava roncando.

— Nick... — chamei baixinho, mas não obtive resposta. — Nick?

Abaixando o rosto, olhei para ele, mas, aparentemente, ele havia se deixado levar pelo poder do analgésico, que o fazia ficar tão tonto, e adormeceu. Adormeceu profundamente mesmo, porque nem todos os movimentos destrambelhados que eu fiz, para sair da maca e pegar a muleta, antes que ela caísse no chão, foram o suficiente para que ele acordasse.

Sabendo que ele ficaria bem, dei um beijo na sua testa e depois na sua bochecha, então ajeitei o cobertor em seu corpo, porque aquele quarto era frio *pra porra,* e deixei o lugar.

18.1
41 ARIETIS

Parecia que tinha a porra de uma formiga enorme na minha bunda, porque eu não conseguia ficar parado em um lugar só, mas eu precisava checar uma coisa. Precisava encontrar Samuel e saber se Heitor já havia nascido. Bati a muleta por alguns corredores, pedi informação para alguns funcionários e, depois de falar com duas enfermeiras, ouvi uns cochichos que me fizeram rir.

"Não é o namorado tarado do Dr. Hadriel?"

Sim, porra, é o namorado tarado do Dr. Hadriel!

Tendo chegado no andar que eu queria, não precisei fazer nenhuma busca intensiva para achar uma figura truculenta, grande e absurdamente depressiva, sentada num banco largo de madeira, na frente de duas portas enormes.

— Sam? — chamei, calmo.

Porra, como era bom chamar seu nome. Eu ainda não havia me acostumado com essa sensação.

— Oi, pivete — ele disse, meio nervoso, fungando com força, e quando eu me aproximei, esfregou a cara com força no dorso da mão.

Estava limpando o ranho todo e fingindo que não estava chorando que nem um louco.

— Tem notícia do Heitor? — perguntei, dando mais alguns passos e me sentando ao lado do meu irmão, deixando a muleta apoiada no banco.

— A Ceci entrou pra ter ele, está aí há algumas horas.

— E você não pode entrar? O hospital não deixa?

— É ela que não deixa — ele disse, fungando mais ainda e controlando aquele choro de troglodita, que ele parecia segurar com tanta força. — Eu acho...

Até não segurar mais e seu peito sacolejar, com soluços que eu nunca vi saindo do meu irmão. Ele chorava *pra porra*, quase igual ao dia que nossos pais morreram.

— Eu acho que perdi a minha pequena, Jhonatan.

— Não fala besteira, porra! — falei, socando sua coxa e, aparentemente, não causando dano nenhum em Samuel. — Você acabou de voltar dos mortos, até eu tô puto porque você escondeu que estava vivo!

— Mas a sua reação foi diferente...

— Você acha que todo mundo vai reagir igual? Não, não vai. E isso nao é uma competição, eu quero que voce saiba que eu sofri feito o caralho alado, eu sofri pra porra mesmo, demais... mas, caralho... a Ceci se destruiu. Ela estava grávida, sentindo tudo um bilhão de vezes pior do que eu... Ela ainda está grávida! Pensa um pouco, seu babaca do caralho.

— Para de me xingar, eu tô mal, caralho — ele disse, fungando, passando a mão pelo rosto e tirando as lágrimas grossas.

— Desculpa, irmão — pedi, me sentindo culpado ao vê-lo naquele estado. — Me desculpe.

Ele assentiu, aceitando minhas desculpas.

— Mas, calma... não teve um dia sequer que a Ceci não falou de você. Nenhum. Ela te ama demais, só que ninguém espera brincar de filme de zumbi e ver a pessoa que você ama, e achava que estava morta, retornar do nada. É claro que ela vai ficar abalada... Dá tempo pra ela... até eu preciso de um tempo, porra!

Enquanto Samuel confirmava com a cabeça, ainda chorando e enfiando as palmas das mãos no rosto, eu passava a mão pelas suas costas, tentando dar algum tipo de apoio. Era um merda com as palavras, aliás, isso parecia ser coisa de família, mas eu estava ali por ele e iria continuar ao seu lado. Mesmo que demorasse uma eternidade para que Cecilia o aceitasse de volta em sua vida.

Entretanto, essa eternidade parecia que ia ser meio curta.

Abrindo a porta que nem um furacão, a imagem de Jess assustou tanto a mim quanto a Samuel, que se levantou abruptamente.

— Vem agora, seu filho vai nascer!

— Ela... — Samuel parecia eufórico. — Ela me chamou?

— Não. Minha vó que te chamou. — Jess estalou a língua. — Vamos logo, Samuel!

— Viu, palhaço — disse, rindo, vendo aquele trasgo chorão chorar mais ainda.

Porra, até eu estava quase chorando. Meu sobrinho ia nascer!

Samuel nem conseguiu me responder, porque Jess saiu o puxando com força, até que eles tivessem atravessado a porta de vai-e-vem. Eu queria dizer que fiquei ali, sentadinho, esperando pacientemente, mas não fazia muito meu estilo.

Nervoso, sai andando pelos corredores, até achar a vidraça extensa do berçário, onde todos os recém-nascidos eram colocados. Tinham dois moleques e uma menina lá, dormindo como se o mundo não fosse um lugar horrível e perigoso, mas eles não precisavam saber.

— Queria ficar só cagando e mamando que nem vocês, seus sem-vergonha — resmunguei, olhando para os bebês.

— Kauer?

Ouvi a voz conhecida atrás de mim e engoli em seco, me virando devagar.

— Oi, Dra. Letícia — disse entre dentes, com um sorriso amarelo de quem não queria ver a fisioterapeuta naquela específica hora.

— Vem — ela falou, segurando meu braço e me puxando, enquanto eu batia a muleta no chão, quase caindo. — Vem tirar essa tala agora, garoto.

— Dona, meu sobrinho vai nascer!

— E sua perna vai apodrecer com essa tala milenar, que você já devia ter tirado.

Sem nenhuma chance de contestação, sendo puxado por aquela fisioterapeuta pequena, que parecia um mini touro, fui enfiado no elevador, e em seguida, estava na sala da fisioterapia onde ela havia me atendido tantas vezes.

Ela tirou minha tala e me pediu para fazer alguns movimentos. A princípio tudo doeu *pra caralho*, mas consegui fazer, coisa que achei que não conseguiria.

— Está doendo, não é?

— Porra, sim, mas é suportavel, dá pra fazer.

— Perfeito. Você precisa fazer esses movimentos todos os dias, até não doer mais. E tem outra série de exercícios para fortalecimento dos músculos, que vão te preparar para colocar o pé no chão.

— Eu já posso tentar voltar a andar agora?

— Não, Kauer, mas vai voltar em breve. Tenha paciência e faça os exercícios, ok?

— Valeu, dona, você é maneira...

A Dra. Letícia riu e me expulsou da sua sala, dando tapinhas carinhosos nas minhas costas.

— Vai lá ver seu sobrinho, vai.

Rindo pela fisioterapeuta me apressando, mesmo sendo ela mesma que me enfiou naquela sala, fui até o elevador, retornando rapidamente ao andar que eu estava antes de ser sequestrado em nome da fisioterapia. Mas era bom andar sem sentir a tala no meu pé. Era o começo da esperança de, em breve, abandonar também as muletas.

Apressado, cheguei a tempo de ver Samuel saindo da sala, com a cara tão inchada que parecia que Cecilia havia dado mais uns cem socos nele.

— Eita porra, uma abelha picou tua cara? — perguntei, vendo-o fungar que nem um viciado, mas era só meleca.

— Meu filho é lindo pra porra, lindo mesmo. Heitor é a criança mais linda da porra do mundo.

— Eita porra! Nasceu? — perguntei, animado, segurando seu braço e o sacudindo.

— Nasceu, pivete, nasceu.

— Vamos ver, caralho! — disse, puxando meu irmão e indo na frente, batendo a muleta no chão com tanta força, que parecia que eu queria abrir um buraco no piso.

— Vai na frente, eu vou chamar o pivete maior — disse, fungando, e desapareceu no corredor.

Já conhecendo o caminho, andei até o vidro grande e, sem querer, bati a muleta nele. Uma das meninas se assustou e levantou as mãozinhas, como se eu tivesse anunciado um assalto.

A enfermeira, que estava lá dentro, me lançou um olhar fulminante e, depois que acalmou a bebezinha, voltou a sua posição, ajeitando coisas em gavetas do berçário.

Me sentindo culpado por ter dado um susto na criança, mas aliviado por ela ter voltado a dormir, fiquei observando os bebês que estavam ali. Ainda eram os mesmos fazedores de bosta de antes, então eu sabia que meu sobrinho não estava no meio deles. Havia se passado aproximadamente 15 minutos e nada de uma criança nova aparecer.

Eu já estava roendo os ossos, porque as unhas eu tinha roído mais cedo, quando Samuel falou com Cecilia no meu apartamento.

— Cadê? Cadê o ranhentinho novo?

Luca apareceu com Samuel, olhando para os bebês que estavam ali.

— Não é nenhum desses — Samuel falou, afirmando enquanto olhava para os rebentos.

— Como é que você sabe, porra? — perguntei, confuso, mesmo sabendo que Heitor não estava ali.

Os bebês não eram muito diferentes entre si, mas Samuel não sabia quantos tinham.

— Me respeita, porra, eu conheço meu filho!

E conhecia mesmo, porque quando a porta se abriu, com uma enfermeira baixinha, de óculos, colocando a criança em um dos berços de acrílico, Samuel começou a chorar como se ele próprio tivesse tomado um tapa na bunda de um médico, ao nascer.

Mas quem era eu para julgar. Olhei aquela cara, inchada e amassada, toda vermelha, com os cabelinhos pretos e lisos, empacotado como se fosse um boneco, e não deu para segurar a barra...

Chorei *pra caralho*. Chorei mais do que todas as crianças daquele berçário juntas. Quando olhei para o lado, até Luca estava chorando.

— Que ranhentinho bonito. — Ele limpava as lágrimas ralas, enquanto ria. — Eu limpei o vômito da sua mãe, sabia? — disse, falando com a criança que dormia, através do vidro.

Samuel, parado e hipnotizado, continuava olhando para o filho e chorando de soluçar, parecendo ter um momento muito sensível. Ele não estava aguentando. Andando, desajeitado, cheguei até seu lado e o abracei do jeito que consegui, encostando a cabeça no seu ombro ossudo.

— Você conseguiu ver seu filho nascer, seu babacão.

Ele riu, ainda fungando muito e voltando a chorar.

— Obrigado por não deixar ele para trás, nem Ceci. — Respirei fundo. — Nem eu, irmão. Obrigado por ter voltado pra gente.

Samuel, sem conseguir falar nada, apenas passou o braço por cima do meu, naquele meio abraço fraco, cheio de choro.

— Ah, eu amo vocês, caralho, seus bostas — Luca disse, vindo para o nosso lado e passando o braço do meu outro lado.

E estavamos ali, três marmanjos chorando para porra por causa de um moleque cagador.

Praticamente três irmãos...

18.2
DELTA ARIETIS

Quando o choro passou e Samuel disse que precisava ficar com Cecilia, porque não sabia como ela estaria, nós andamos até o elevador e paramos no andar dos quartos, depois de termos babado o suficiente por Heitor.

Na verdade, não foi o suficiente, mas eu estava com medo de Nicolas acordar e andar pelado pelo hospital, então precisava voltar para o quarto e estava animado *para porra* para contar a ele sobre nosso sobrinho ter nascido.

— Eu tenho que sair — Luca disse, respirando fundo, fazendo com que eu e Samuel parássemos no lugar.

— Valeu por ajudar, pudim de cachaça. — Samuel deu um abraço em Luca, depois o segurou pelos braços e fez com que ele o olhasse. — Me fala que tu deu uma maneirada na bebida esse tempo.

Seu olhar sério encarava Luca, o julgando, claro, mas muito mais preocupado do que acusador.

— Eu tô tentando, Sam — ele falou, meio sem graça, passando a mão na nuca.

— Vai conseguir, tu é foda, moleque. Limpou vômito e tudo.

Luca riu, e depois de se despedir de Samuel, ficamos a sós por um minuto.

— Vai pra onde? — perguntei, sério, encarando-o.

Já fazia muito tempo que ele vivia dando perdidos e eu estava curioso feito o caralho.

— Vou encontrar uma pessoa.

— Tu tá namorando e não me contou, seu cuzão?

— Não, cara. — Ele soltou uma risada abafada, dando um soco de leve no meu ombro. — Sei lá...

— Por que esse mistério do caralho? Voce só estaria escondendo se... porra! Eu conheço a pessoa!

Luca engoliu em seco.

— Quem é a garota? Quem é, caralho?

— Por que tem que ser uma garota?

Arregalei os olhos.

— Homem, Luca? — Cheguei perto dele, sussurrando, mas contendo um grito. — Tu tá fodendo com homem? Tu tá liberando o brioco? Luca... porra!

Eu estava chocado. Chocado *pra caralho*. Não por Luca não ser hétero, mas por ele esconder de mim. Eu não era um amigo para quem ele poderia contar esse tipo de coisa?

Porra, eu namorava um cara. Qual era o problema em me falar? Ele não confiava em mim?

— Por que você nunca me disse que gostava de homem também? Você... — Olhei para um ponto em desfoque no seu peito, sem, necessariamente, ver algo, enquanto pensava sobre o assunto. — Se sente desconfortável comigo, cara?

— O quê? — Luca soltou uma gargalhada, levando a mão direita à testa, enquanto balançava a cabeça freneticamente. — É claro que não, ranhento! Eu só... — Ele respirou fundo, abaixando a mão e colocando ambas no quadril, parecendo pensar em como falar sobre aquilo. — Caralho, é estranho. É novidade pra mim e... então... é foda... não tem a ver com eu confiar em você ou não, tem a ver com eu não saber lidar com isso.

Assenti, tentando compreender seu lado.

— Na verdade, tem mais a ver com o fato de que eu estava com medo de tomar um pé na bunda, aí ia ser meio vergonhoso falar que eu saí do armário por um cara que me fez de otário. Mesmo que ele não tenha feito nada disso.

Eu ri baixo.

— É vergonhoso ser feito de otário em qualquer tipo de relacionamento, Lu, não se resume apenas aos boiolas como nós.

Ele gargalhou, concordando com a cabeça.

— Silêncio — um enfermeiro carrancudo passou, brigando com a gente.

Eu e Luca nos olhamos, segurando o riso com força. Até eu pensar em uma coisa que me revoltou ainda mais.

— Mas, cara... — Franzi o cenho, chegando perto do meu amigo e sussurrando: — Tu tá liberando a rosca pra um macho e não me pediu dicas sexuais? Não quis aprender como dar a rebolada giratória? Como fazer uma garganta profunda direito? Como quicar no modo frenético? Como dar uma bimbada agressiva sem gozar em quinze segundos?

— Jhonatan, cala a boca, porra! — Luca ria, exageradamente nervoso, enquanto eu me sentia traído.

Nenhuma dica. Nenhumazinha. Ele não me pediu nenhuma ajuda.

— Eu só vou te perdoar totalmente quando você me contar quem é, senão, não me dirija a palavra, seu transador.

— Quando as coisas se acalmarem, eu te conto — ele falou, soltando o ar dos pulmões de forma cansada. — Vai lá cuidar do Nicolas, ele precisa de você.

— Espero que não seja nenhum babacão que eu não gosto.

Luca me lançou um sorriso amarelo, o que me fez pensar que a pessoa em questão deveria ser *justamente algum babacão que eu não gosto*. Mas quem poderia ser?

Me despedi de Luca e comecei a me arrastar em direção ao quarto de Nicolas, mas, no meio do caminho, lembrei que havia um novo Kauer no mundo e voltei a sentir a carga de adrenalina ser jogada pelo meu corpo. Nicolas tinha que ir lá ver a cara de joelho dele. Ansioso, abri a porta com mais ânimo do que achei que estava e comecei a gritar que Heitor havia nascido. Nicolas, ainda se sentindo meio tonto, olhou para mim e sorriu, depois deitou a cabeça no travesseiro, aí eu lembrei que ele ainda devia estar meio drogado. Por mais que eu estivesse animado, acho que não seria uma boa hora para levá-lo até lá.

Meu namorado não estava sozinho. A arrancadora de talas estava sentada na cama com ele, parecendo passar algum tipo de conforto ao médico lento quando eu me aproximei de sua cama.

— Sabe como ele está? — perguntei, preocupado, ficando do lado de seu colchão e fazendo um carinho leve no seu cabelo. Nicolas fechou os olhos, parecia que ia dormir só com o meu toque.

— Tive acesso ao raio-x dele, vieram me pedir ajuda sobre o caso — ela explicava, olhando de mim para um Nicolas sonolento. — Pelo que eu entendi, ele caiu e teve uma fratura no ombro, por isso estava sentindo tanta dor e precisou ser dopado, mas ele vai usar essa tipóia por algum tempo, fazer exercícios leves de fisioterapia e logo logo vai ter voltado ao normal.

— Você caiu? — perguntei, preocupado, a Nicolas, que abriu os olhos devagar e me encarou.

Meu tom destruído de preocupação fez com que Nicolas desse um sorriso leve e levasse a mão com o cateter até a minha, segurando meus dedos sem muita força.

— Eu estou bem, amor — ele falou baixo.

— Como você caiu? — eu continuava preocupado.

Porra, tudo dentro de mim doía.

— Eu vou deixar vocês conversarem. Podem me chamar se precisarem de mim — a doutora disse, levantando-se da cama e, depois de uma breve despedida, saindo do quarto.

Rapidamente tomei seu lugar na maca, sentando ainda mais próximo do meu namorado, tanto quanto podia.

— Como foi, Nick? — perguntei novamente, segurando os dedos dele com carinho.

— Donghee... — Ele pigarreou, fechando os olhos com força ao tocar no nome do fodido, depois os abrindo devagar. — Me deu uma porrada no rosto e me derrubou no chão, foi nessa hora.

— Ah, meu amor. — Meu coração parecia que estava sendo arrancado de mim, de tanta dor que eu sentia. — Aquele maldito defunto do caralho!

Eu me aproximei ainda mais, levando a mão até sua bochecha, na parte arroxeada, fazendo um carinho sutil sobre o hematoma. Não era só aquele, ele tinha machucados demais.

— Me perdoa, Nick... me perdoa por tudo isso. Você não merecia nada disso, é tudo culpa minha.

— Para, idiota, para com isso — ele pediu fraco, levando, novamente, a mão com o cateter até a minha e entrelaçando nossos dedos mais uma vez.

Não queria que eu o soltasse. Então, sua voz sonolenta e arrastada começou a falar muito, sem parar:

— Eu não deitei naquele gramado pensando: *"Hum, tomara que um tatuado fumante bandido venha aqui, faça com que eu me apaixone por ele, em menos de dez segundos, e que depois ele tome um tiro, pra eu cuidar dele e ele acabar no meu chuveiro batendo uma pra mim, até a gente começar a namorar e, no final, eu ser sequestrado. Tomara que isso aconteça"*.

Dessa vez quem gargalhou e jogou a cabeça para trás fui eu, porque tudo, naquela frase imensa, era engraçado. A voz embargada de Nicolas, as palavras atropeladas, seu pequeno resumo da nossa vida.

— Nós não escolhemos o rumo que as coisas tomaram, Jhon — ele disse, ainda rindo fraco pela minha reação, até seu riso diminuir e ele me encarar, parecendo reunir forças para se concentrar em mim. — Então, por favor...

Apertou minha mão.

— Não se culpa. Não se culpa pelas coisas que nós não temos controle.

A porra do meu olho estava cheio d'água. Assentindo, aproximei o rosto do seu e, quando o fechei, uma lágrima rala desceu, ao mesmo tempo que nossos lábios se encostaram. Nosso beijo foi calmo, nossas respirações pesadas.

Eu o segurava com delicadeza, para não machucar mais nenhuma parte de seu rosto e corpo, mas não me prolonguei muito naquilo, porque sabia o quanto era bruto. E por mais que Nicolas tivesse uma mão pesada e soubesse ser um brutamontes quando queria, aquele era o seu momento delicado. O seu momento frágil.

Separando nossos rostos, ele limpou minhas lágrimas com o polegar, enquanto sorríamos um para o outro. Enquanto enxergávamos os vestígios do furacão um no outro.

Mas eu sabia que, juntos, iríamos erguer novamente todas as colunas, muros e pontes que precisássemos, porque trabalhávamos bem em conjunto. Nós lutamos contra o mundo enquanto nos fortalecíamos um no outro.

Mesmo cheios de hematomas, cicatrizes e traumas, por termos vivido uma história com tantas lutas que não caberiam em um livro só.

Não foi preciso muito para que Nicolas chegasse levemente para o lado, eu me aconchegasse na sua maca e, de forma estranhamente habitual para nós dois, estivesse deitado ali, atado ao encaixe que nossos corpos já sabiam de cor. Ele, com a cabeça no meu peito e o braço da tipóia por cima do meu tronco e eu com o braço por trás de seu pescoço, lhe dando apoio, enquanto minha mão livre acariciava seu rosto.

— O que mais aconteceu? — perguntei baixinho, sentindo minha respiração fraca fazer a cabeça de Nicolas subir e descer sutilmente.

— Além da violência — ele disse baixo e pausado, respirando fundo. — Eu fiquei muito tempo sentado e amarrado.

Ele levantou uma das mãos, mostrando o pulso que eu já havia notado antes. Agonizantemente vermelho.

— Vai ter que passar alguma coisa aí? — perguntei, preocupado, enquanto ele abaixava a mão e colocava sobre a coxa.

— Pomada cicatrizante, mas os ferimentos não estão profundos, então é só tomar cuidado que logo vai sarar.

Assenti, observando-o tirar pequenas sujeiras das unhas curtas.

— E lá... você comeu?

— Comi o suficiente para sobreviver, o... — Ele soltou o ar de forma pesada, hesitando. — O homem que me levava comida tomou um tiro e morreu quando estava tentando me libertar.

— Ele ajudou você? — perguntei, incrédulo, pensando que o motivo daquele homem ter quase morrido era apenas por capricho de Donghee.

— Ele me dava comida escondido, me levava ao banheiro, afrouxava minhas amarras... — a voz de Nicolas se embargava, provavelmente com as lembranças que retornavam à sua memória. — Donghee ameaçou matar os pais dele, mesmo assim, ele apareceu de madrugada, tentando me salvar, porque sabia que eu ia ser executado. Ele... — Nicolas estalou a língua, fungando baixinho. — Ele não merecia morrer.

— Se for um cara alto com a blusa aberta e cara de stripper, ele tá vivo.

Nicolas se assustou, virando o rosto na minha direção e me encarando.

— Vivo?

— A gente encontrou um cara desmaiado no chão do galpão, quando fomos te procurar. Eu também achei que o maluco tinha batido as botas, mas quando eu cheguei perto dele ele fez "*hummmm*".

— Fez "*hummmm*"?

Seus olhos ficavam ainda mais arregalados.

— É, fez "*hummmm*" — eu disse, rindo. — Aí Nataniel mandou Yan levar ele pro mesmo lugar que trataram o Samuel.

Enquanto respondia Nicolas, enfiava a mão, antes acariciando seu rosto, agora no bolso da minha calça, porque precisava falar com meu ex-chefe sobre um detalhe.

— Eu quero muito visitar essa estação clandestina — Nicolas falou, se provando curioso em ver o lugar que Yan meticulosamente construiu.

Eu segurei o riso, pois Nataniel havia atendido a ligação.

— *Fala, garoto. Heitor nasceu?*

— Nasceu, tu vai vir ver ele, cara?

— *Vou mais tarde ou amanhã. Tô terminando de resolver um problema.*

— Certo. — Eu fazia ideia do problema. — Sabe o cara que vocês pegaram no galpão?

— *Bruno. O que tem?*

— Ele sobreviveu? — essa pergunta sempre parecia meio pesada.

— *Tá desacordado, mas tem sinais vitais, por quê?* — Nataniel perguntou, com aquele tom sério característico.

— Eu sei que a Suri disse que ele é uma boa pessoa e tal, mas só pra endossar. Foi ele que deu comida pro Nicolas e, antes de tomar um tiro, estava ajudando Nicolas a escapar.

— *Porra* — Nataniel soltou, com o tom incrédulo. — *Deve ser por isso que tomou chumbo.*

— Provavelmente. Então, se der, não mata o cara, não.

— *Beleza... se ele for que nem a Suri, ainda tem salvação.*

— Valeu, Nataniel.

Desligando o telefone, olhei para Nicolas, que me encarava com alguma expectativa e até receio.

— E aí? — ele perguntou.

— Provavelmente ele não vai virar carne moída não.

Nicolas franziu o cenho, parecendo pensar sobre o que eu disse.

— Aquele açougue é do Nataniel? — eu assenti. — Vocês? Jhonatan!

Aí, não deu. Eu comecei a gargalhar de novo.

— Calma, amor — falei, tentando parar de rir. — Eles não vendem carne humana lá, não.

Ele pousou a mão no peito, parecendo que ia passar mal.

— Por um segundo, eu quase morri do coração, Jhonatan.

Continuei rindo da cara de espanto de Nicolas, enquanto ele voltava a deitar a cabeça no meu peito, e com as coisas se acalmando, coloquei meu celular de volta no meu bolso, retornando com os dedos acariciando seu cabelo.

Eu olhava para o teto, enquanto pensava na figura deitada naquele chão empoeirado, que Yan levou embora para tentar salvar.

— Engraçado — comecei baixo. — É que ele me pareceu familiar.

— Você já viu ele, Jhonatan — Nicolas comentou, ainda mais baixo que eu.

Franzi o cenho, observando uma mancha bege no teto.

— Quando?

— No dia que me encontrou no *pub*, conversando com outro cara. Era ele...

— Ah, mas eu vou ligar pro Nataniel agora e mandar ele ligar o moedor de carne!

Nicolas soltou uma gargalhada arrastada e sonolenta, mas, ainda assim, era notável o quanto achava minha revolta engraçada.

— Que isso, Jhonatan?

— Ele tava te rondando esse tempo todo? Cuzão do caralho! Merece o moedor!

Os dedos macios de Nicolas tocaram minha mandíbula e ele me puxou sem força, mas o suficiente para que me fizesse olhar para ele.

— Amor, as coisas não ficaram boas pra ele também. Não estou defendendo a vida bandida dele, mas sei lá, ele quase morreu me ajudando. Só... — Soltou uma lufada de ar que parecia dolorosa. — Deixa ele pra lá.

Estalei a língua, revirando os olhos.

— O moedor de carne ainda tá de pé.

— Jhonatan!

— Brincadeira, meu bebê, brincadeira — falei, agora sendo eu a segurar o riso, depois dei um beijo no topo da cabeça do meu namorado, enquanto ele soltava meu rosto. — Espero que ele fique vivo. Vivo e morando lá na puta que pariu da porra do final do horizonte.

Nicolas riu, balançando a cabeça negativamente e vendo que não iria ter muitas forças para argumentar contra os meus ciúmes.

— Você precisa tratar essas crises de ciúmes — concluiu, apenas.

Concordei, respirando fundo.

— Eu preciso tratar muita coisa — confessei, mal sabendo enumerar os traumas que se passavam na minha cabeça.

— Precisamos, meu amor... nós precisamos.

Uma dose de terapia intensiva para o casal, por favor.

18.3
VZ ARIETIS

Tendo ciência de que Nicolas não havia comido há muito tempo, acionei o botão da enfermagem e implorei para que trouxessem comida para mim. Para mim mesmo, porque a enfermeira, na hora que viu a cara de Nicolas, quase prometeu uma confeitaria inteira para o meu namorado, só porque ele era o médico queridinho das enfermeiras.

Bastava saber se eu me daria bem naquela boquinha. Quando a comida chegou, Nicolas riu com o excesso que havia ali. Não tinha só comida de paciente. Tinham aquelas coisas maravilhosas que vinham do refeitório dos funcionários também.

Mal sabia ele que eu dava conta de comer a minha parte e a dele. Mas ele estava com mais fome do que achava, porque eu fiquei satisfeito e ele ainda não havia terminado de comer.

Eu ri no começo, mas a imagem dele comendo com pressa acabou me dando uma dorzinha no coração. Nicolas nunca comeu daquela forma, eu mal entendia o quanto ele podia estar tão faminto.

Quando terminamos tudo, eu, todo quebrado, ajudei-o a descer da cama e ir ao banheiro. Não peguei no pau dele para ele mijar, mas acompanhei ele na ida e na volta, mesmo de muleta, porque estava com medo dele cair no chão. Ao voltarmos para a maca, não demorou para que Nicolas caísse no sono, porque ele devia estar no mesmo estado de Heitor.

Dormindo que nem um urso em hibernação.

Liguei a televisão, fiquei assistindo a alguma coisa, e horas depois, quando ele acordou, nós traçamos um plano infalível. Rindo como dois idiotas, eu o ajudei a amarrar a roupa de hospital bem firme, porque aquela bundinha bonita era só minha para admirar.

Rindo da minha possessão com a sua bunda, Nicolas rodava a cadeira de rodas devagar, enquanto eu dava um passo e empurrava meu namorado. Nós demoramos *muito* para chegar ao quarto de Cecilia, ainda mais porque parávamos o tempo todo para rir. Estávamos completamente quebrados, mas dávamos nosso jeito para continuar em frente, até chegarmos ao nosso objetivo.

Quando chegamos no quarto, Samuel ajudou Nicolas, Heitor foi parar no colo do meu namorado e nós ficamos ali por quase duas horas, conversando e babando no meu sobrinho. O pequeno fazedor de bosta começou a chorar, e sabendo ser a hora que ele precisava mamar novamente, nós nos despedimos do meu irmão e da minha cunhada, que, milagrosamente, havia voltado a falar com Samuel. Eu quase chorei quando vi eles dois bem de novo, porra.

Samuel se ofereceu para levar Nicolas de volta ao quarto e eu quase ajoelhei para agradecer a Deus. Só que se eu ajoelhasse eu não levantava mais, então...

Valeu aí, Deus. É nóis.

De volta ao quarto, eu e Nicolas comemos as coisas que haviam sobrado, ainda embaladas, da refeição que fizemos há algumas horas, e não demorou muito para que estivéssemos dormindo, agarrados, na maca.

Não era para isso acontecer. Essas macas foram feitas para uma pessoa só, mas quem disse que eu conseguia dormir naquele sofá bosta, quando tinha meu namorado para ficar agarrado? Nem fodendo.

Com o começo do dia, abri os olhos e peguei minha muleta, quase correndo até o banheiro, porque senti que ia me mijar. Felizmente não aconteceu. Aproveitei a cadeira de rodas de banho, no canto do banheiro, e tomei um banho sem-vergonha, sentadão.

— Banho sentado, Dra. Letícia. — Gargalhei baixo, só para mim. — Quero ver me proibir.

Agradecendo mentalmente por aquela cadeira estar ali, saí do banho todo enrolado em uma toalha, que devia ser de Nicolas, mas eu ia pedir outra limpinha para ele usar depois. Eu odiava colocar a mesma roupa depois do banho, parecia que eu ainda estava sujo *pra caralho*, mas eu não tinha muita opção, então vesti a mesma calça e a mesma blusa.

A cueca não deu, não. Quase joguei fora, estava podre.

Retornando ao quarto, cheguei perto da cama e vi que meu namorado ainda roncava que nem um doido.

— Tadinho... — Balancei a cabeça negativamente, ajeitando o cabelo da sua testa e colocando para trás. — Engoliu o mesmo motor de *Chevette* que o Luca.

Rindo do meu próprio comentário, não tive coragem nenhuma de acordar o médico, então, saindo que nem um ladrão, quietinho, deixei o quarto, porque eu não conseguia ficar ali sabendo que tinha uma máquina de bosta necessitando da minha bajulação.

Penteando o cabelo para trás com os dedos, de qualquer jeito, andei até o quarto de Cecilia, que decorei o caminho rapidinho, e até ia bater se não tivesse ouvido as vozes alteradas vindas lá de dentro.

Heitor estava recebendo visitas e não era eu? Que absurdo.

Mas eu relaxei quando percebi quem é que estava ali. Além dos pais, aquele casal nervoso e agressivo, estava outro casal tão perigoso quanto.

Nataniel e Suri.

Havia perdido alguma coisa, porque realmente não lembrava de quando Cecilia e Suri se conheceram, já que elas conversavam como amigas íntimas. Talvez nos dias em que Nataniel saía sozinho com Cecilia, apenas para lhe entregar dinheiro e levar minha cunhada para comprar coisas de bebê.

Seria Nataniel um carente que teria que levar a mulher junto para todo canto? Não poderia julgar, também arrastaria Nicolas para todo lugar que pudesse. Até para cagar, se não fedesse tanto.

— Achei que você ficaria com ódio de mim... — Cecilia falou para Suri, se sentindo constrangida. — Por eu ter socado o Nataniel.

Suri deu uma risada alta, se divertindo com aquilo.

Eles perceberam minha entrada, então eu apenas acenei com a cabeça, cumprimentando todo mundo de qualquer jeito e indo na direção de

Heitor. Quando me sentei no sofá, fiz sinal para que Samuel, que segurava meu moleque cagão, trouxesse ele para mim, então meu sobrinho ficou no meu colo.

Dormia que nem um bezerrinho que secou a mãe de tanto mamar.

— Gata, você pegou foi leve. — Suri continuava a rir enquanto falava. — Se fosse comigo, ele teria tomado um tiro na bunda ou teria um fuzil enfiado na coxa, isso sim... Aliás... — A mulher pigarreou. — Foi mal ae, Samuel. Estamos de boa?

— Sim, sua delinquente. Estamos de boa — meu irmão respondeu, sério, mas querendo rir.

Eu não sabia o que aquele pedido de desculpas significava, mas, enquanto Suri ria, eu observava umas pintinhas ralas nas bochechas de Heitor.

Meu Deus, como tudo nele era lindo.

— Você já pediu desculpas, estava nervosa, passou.

Suri voltou a falar com Cecilia:

— Eu tô do teu lado nessa, tá bem? — a possível namorada de Nataniel dizia, sentando na maca e ficando próximo a minha cunhada. — Já estou passando meu pano pra você.

Todos no quarto riam, enquanto eu continuava ali, brincando com a minha máquina de berro, que, entre uma conversa e outra, começava a gritar feito um megafone.

— Parece uma *Mandrágora*, puta que pariu — disse, enquanto Samuel pegava Heitor para entregar a Cecilia.

— Olha a boca seu, ramelão.

— Desculpe — pedi baixo.

Ainda ia tomar muito esporro por falar palavrão perto do meu sobrinho, eu já estava prevendo. Sem pudor algum dessa vez, minha cunhada colocou o peito para fora e começou a amamentar Heitor ali, no meio de todo mundo.

Samuel parecia não dar uma foda e Nataniel e Suri conversavam entre si, trocando risadinhas abafadas e discretas, mas que não pareciam ter a ver com a amamentação, e sim com o seu próprio mundo de amor criminoso.

Era a primeira vez que eu via Cecilia amamentando tão explícitamente, então era estranho para porra. Mas era a teta dela ou o moleque passava fome, então que a teta aparecesse. Um processo natural da vida, não é? Incomodados que fechem os olhos.

Eu estava quase fechando, porque tinha medo de olhar sem querer para o peito dela e meu irmão me dar um socão, achando que eu estava de maldade. O único peitinho, seco que nem tábua, que eu queria ver de propósito era o de Nicolas, então eu estava quase lhe passando essa informação.

— Eu tenho uma dúvida — minha cunhada disse, colocando uma toalha muito fininha sobre seu seio e o rosto de Heitor, porque ele parecia estar caindo no sono e ela queria poupar seus olhos da claridade do quarto.

Todos no quarto viraram o rosto para ela, dando-lhe atenção.

— Se Samuel está vivo... — ela continuou, agora que todos a olhavam. — De onde eram as cinzas que estavam no enterro?

Seu cenho se franziu, ela olhava para Nataniel em confusão.

— O que foi aquela poeira cinza que a gente jogou no mar, Nataniel? Eu fiz o funeral de outro homem?

Samuel segurou o riso, colocando a mão na boca e encostando as costas na parede, olhando para Nataniel, que pigarreava. Também era uma dúvida minha, então eu olhava atentamente para meu ex-chefe.

— Aquilo... — ele começou, respirando fundo e, igual meu irmão, também segurando o riso. — Eram as cinzas dos ossos de um boi enorme.

Silêncio absoluto.

Samuel e Nataniel não deveriam estar rindo, porque não foram eles que sofreram feito o caralho com o processo do luto, mas os putos seguravam o riso com todas as suas forças. Aí, Suri percebeu a risada e deu um socão no braço de cada um.

— Caralho, mão de ferro — Samuel reclamou, enquanto afagava o próprio braço. Me lembrou de mim mesmo, quando recebia os socos de amor de Nicolas.

— Eu chorei pelas cinzas... de um boi? — minha cunhada perguntou, incrédula e desolada.

— *Muuuuu...* — eu soltei, tão incrédulo quanto ela, fazendo piada, para não enlouquecer. — Que descanse em paz.

Acho que fazer piada seria a forma mais fácil de lidar com o meu luto desnecessário. Fazer piada e, de vez em quando, xingar Samuel. Acho que isso iria fazer com que eu me sentisse melhor.

Não demorou muito para que eu, por iniciativa própria, finalizasse a minha visita. Sabia que ainda teria muito tempo para passar com Heitor, mas ele estava seguro com os pais e o estado de Nicolas ainda me preocupava.

18.4
ALPHA ARIETIS

Depois de me despedir de todos, andei em direção ao quarto do meu namorado e, quando abri a porta, ele estava acordado, com o suporte alimentar sobre si e um monte de comida mais uma vez.

— Pietro trouxe pra nós dois — ele disse, sorrindo, com a cara toda inchada de sono, igualzinho a um bebê que estava no meu colo minutos atrás.

— Eita porra, que enfermeiro maneiro — disse, rindo sem-vergonha, andando na direção do meu namorado e me sentando ao seu lado, na maca, com ele me dando espaço.

A comida estava boa, igual a de ontem. Toda refeição extraviada do refeitório dos funcionários tinha um gosto muito melhor, eu já tinha certeza disso.

— E aí... — falei, com a boca cheia de pão.

— E aí o quê? — meu namorado respondeu, dando um longo gole no suco que bebia.

— Bora fazer um amorzinho gostoso na maca de novo?

Nicolas cuspiu o suco. Aí, ele começou a gargalhar que nem um doidão. Acabei rindo com ele, aí ele segurou meu rosto, apertou minhas bochechas com uma mão só e me puxou, me dando um beijo muito fofo com gosto de suco.

Um monte de beijos fofos. Fofos *pra caralho* mesmo.

Nós terminamos de tomar café e um tempo depois fomos surpreendidos por Yan tentando entrar no quarto, depois de dar dois toques rápidos.

Otário, se ferrou, porque a porta estava trancada. Falei sobre transar na maca brincando, mas se Nicolas quisesse dar umazinha era claro que eu ia no embalo, por isso tinha trancado tudo, não era trouxa.

Eu fui lá, abri a porta e deixei o pistoleiro platinado entrar.

— Oi, garoto — ele me cumprimentou, depois andou na direção de Nicolas. — Como você está se sentindo, Hadriel?

Yan cruzou os braços e olhou para Nicolas, que se ajeitava na maca.

— Só sinto dor para subir e descer da maca, mas estou bem.

Yan ficou um minuto em silêncio.

— Estou feliz que você está vivo — soltou, simplesmente.

Meu namorado arregalou os olhos levemente, dando uma risada nasal curta.

— Está? Tem certeza?

— Não me faça me arrepender da minha felicidade, Hadriel.

Nicolas segurou o riso. Eu fazia a mesma coisa, era difícil não rir.

— Trinta dias em casa. Quando voltar, nada de procedimentos médicos e nem pegar nos bisturis, vai ficar só no atendimento simples por um tempo.

— Como eu vou aprender assim? — Nicolas parecia levemente irritado, enquanto eu me sentava e observava a discussão com mais propriedade.

— Vai ter anos e anos pra aprender, sob a minha supervisão, Hadriel. Pode até tomar gosto pela cirurgia de forma mais aprofundada e unir ela à urgência e emergência, mas agora você precisa descansar esse braço. É uma ordem.

Nicolas respirou fundo e assentiu, parecendo pensar levemente sobre o assunto. Yan passou algumas recomendações que meu namorado já sabia, mas ouviu calado mesmo assim.

No final, entregou as receitas médicas com os remédios que queria que Nick tomasse por um mês e, se despedindo de nós dois, deixou o quarto. Eu, ainda todo fodido, ajudei Nicolas a juntar as poucas coisas que ele tinha. Mas ele não tinha nem roupa para ir embora, então dei uma ligada para Luca e perguntei se ele poderia me ajudar nessa missão.

Ele se mostrou muito entusiasmado em ir no apartamento de Nicolas e voltar, então não foi difícil para que meu amigo brotasse no hospital, pegasse minha chave e fosse até lá.

Todo animadinho...

Demorou mais de duas horas para voltar e disse que foi por que aconteceu um acidente na avenida principal, mas a avenida principal não era o único caminho entre o apartamento de Nicolas e o hospital.

Apenas agradecendo o favor dele ter trazido roupas limpas para Nicolas, acabei abusando da sua presença e pedi para que ele nos levasse em casa. O carro de Nicolas estava ali, no estacionamento do hospital, desde o dia do sequestro.

Felizmente, muito bem cuidado, porque nem as moedas no compartimento atrás da marcha foram roubadas. Mas, quando Nicolas estava na porta da garagem de funcionários, deixando o local, um homem, que parecia ter lá seus 50 anos, o parou. Ele segurava uma prancheta na mão, com alguns formulários que eu não fazia ideia do que eram.

— Dr. Hadriel?

— Ah, olá, Dr. Cancian.

Confuso, porque nunca vi aquele homem no hospital, olhei de Nicolas para Luca, que se afastava de nós, indo em direção ao carro estacionado.

— Lembra da amostra que nos deu? — Meu namorado assentiu. — Preciso da sua assinatura para enviar ao projeto, por gentileza, os alunos estão precisando da aprovação para conseguirem as notas.

— Claro, só acho que minha assinatura vai ficar meio feia — Nicolas disse, rindo, enquanto pegava a caneta que o homem lhe oferecia, e em seguida, assinou o documento.

Observando melhor, eu consegui ler o seu nome inteiro impresso e, logo acima, alguma coisa como "Laboratório".

— Obrigado, Dr. Hadriel.

Os dois acenaram e, com o outro médico entrando, nós continuamos andando em direção ao carro.

— O que era aquilo? Quem é aquele coroa?

— Ah, era um projeto científico de um laboratório. Uns estagiários vieram me procurar há umas semanas, pedindo minha permissão para ser cobaia.

— Cobaia de quê? — perguntei, confuso.

— De clonagem. Pegaram um fio de cabelo meu. — Ele ria, achando muita graça.

Parecia até uma piada.

— Por que está rindo tanto? — Eu estava confuso enquanto batia a muleta no chão e andava devagar, para acompanhá-lo.

— Eu não acredito em clonagem, esses adolescentes devem estar fazendo algum projeto louco e saíram coletando cabelo de todo mundo por aí só pra compor nota. Eu já fiz umas loucuras dessas.

Eu acabei não aguentando e também ri.

— Olha — disse, sério, quando chegamos no carro. — Se te clonarem, eu quero o clone também.

Nicolas gargalhou, precisando se agarrar na lateral do carro para não cair. Ele estava meio fraco.

— O que você vai fazer com o meu clone, pelo amor de Deus?

— Com vocês dois juntos. Imagina? Duas boquinhas, duas linguinhas.

— Jhonatan! — Nicolas berrou, caindo na gargalhada e dando um tapa estalado no meu braço.

Um braço estava ruim, mas o que estava bom ainda fazia estrago, pelo visto. Entramos no carro, conversamos um pouco e, com Luca dando partida, saímos daquele estacionamento.

— Você quer ir para o seu apartamento? — perguntei, no banco de trás, já que fiz questão de ir abraçado com Nicolas. Eu disse que não sairia mais de perto dele.

— Tô me sentindo um chofer — meu amigo comentou.

— Cala a boca e dirige, senão corto seu salário.

Todos riram com o meu comentário e Luca me chamou de *ranhento cuzão*.

— Eu... — Nicolas diminuía o riso, virando o rosto na minha direção e me encarando com aqueles olhos que mereciam beijos em suas pálpebras, de tão lindos. — Eu queria ficar no apartamento de vocês... queria... — ele parecia hesitante.

— Quer ficar com pessoas à sua volta?

Ele confirmou com a cabeça, parecendo ter o espírito destruído pelo trauma.

— Ah, meu bebê... — Eu quase chorei.

Era tão difícil vê-lo assim. Nunca, de verdade mesmo, iria me acostumar com aquilo. Segurei sua cabeça, dei mais um, dos milhares de beijos que ainda daria, e ele deitou no meu ombro.

— Você pode morar na minha casa se quiser, Nicolas — Luca comentou, fazendo meu namorado rir baixo. — Você faz uma carne assada boa pra cacete...

Porra, eu amava a sensibilidade de Luca. Amava que ele conseguia perceber o momento frágil do meu namorado, sem fazer com que ele se sentisse mal por aquilo. Eu amava meu amigo *pra caralho*.

— E um bolo de cenoura muito bom também. — concluí.

— Minha mãe que me ensinou. — Ele riu baixinho, concordando. — Mas vocês também cozinham bem, eu gosto da gororoba.

Luca deu uma risada alta, enquanto parava no sinal vermelho.

— Mas todos vamos concordar que ninguém cozinha que nem a Sra. Hadriel — Luca disse, lambendo os lábios em exagero, ao lembrar do banquete que a minha sogra fez, da última vez que esteve no meu apartamento.

— Realmente, a minha sogra é foda.

Nicolas, soltando uma risada fraca, concordou.

18.5
SIGMA ARIETIS

Aquela paz que sentíamos dentro do carro perdurou até estarmos dentro do apartamento.

Perdurou por aquele dia inteiro. Perdurou pela semana. Perdurou até Samuel e Cecilia voltarem com Heitor e eu tirar a criança do colo da mãe, ficando com ele o tempo todo. Perdurou até no apartamento de Nicolas, que foi cedido pelo meu próprio namorado, para que Cecilia e Samuel ficassem lá com Heitor enquanto o doutor ficava comigo no meu cafofo. Mas a estadia deles lá não durou muito porque Samuel abriu a porra da carteira.

Um milagre!

Não tão longe quanto nossa cidade natal nem tão perto quanto o centro de Astra, Samuel comprou uma casa bonita, na divisa dos dois lugares.

A casa dos nossos pais foi alugada, porque nunca conseguiríamos nos desfazer dela definitivamente, mas o novo lar do meu irmão, da minha cunhada e de Heitor...

Lá era um novo ponto de paz. Um espaço não muito grande, com um jardim simples. Era um canto para o pivetinho brincar, tinha garagem e tudo que uma família parecia precisar.

Um lugar sem traumas pincelados nas paredes, por coisas jogadas com ódio na hora do luto. Sem marcas de dores impregnadas nas janelas, por elas terem sido fechadas com violência. Sem gritos que flutuaram até tocar o teto, no meio de crises de ansiedade. Sem lágrimas secas no chão, pertencentes às torrenciais horas de choro, jorradas pelas pessoas que já se foram.

Uma casa para o recomeço deles. O recomeço que eles mereciam.

Mesmo todo fodido, eu ajudei na mudança no jeito que deu. Nicolas tinha voltado a trabalhar, minha perna estava um pouco melhor, mas eu ainda não conseguia firmar o pé no chão, então ainda precisava carregar a Excalibur para lá e para cá.

Foi, eu dei um nome para a muleta e foi Excalibur, porque só eu sei o quanto aquela desgraçada de metal me ajudou. Já enfiei tanto aquele treco na bunda e na cara dos outros, tentando me defender ou brigar com alguém, que me sentia o próprio Rei Arthur. O Rei Arthur todo quebrado, boca suja e ex-meliante de 21 anos e meio.

Bem... 22 anos.

Era dia *07 de Abril* e, com isso, a porra do meu aniversário tinha chegado. Tinha chegado e eu estava sozinho no meu apartamento, estalando a língua e me sentindo furioso por estar sozinho, sem uma mísera ligação.

A não ser da minha tia, que me ligava às vezes só para perguntar se eu estava vivo. A coitada da mulher era tão alheia que nem soube que Samuel morreu, mas já que ele voltou à vida, eu nem contei que ele era um zumbi.

Imagina: *"Oi tia, o Samuel morreu, mas já voltou dos mortos"*.

Preferi poupar a fadiga da mulher.

Passando de canal para canal, enquanto batia a Excalibur no chão, impaciente, não conseguia relaxar com nada que via na televisão. Nem Brooklyn 99 estava conseguindo me deixar feliz.

— Porra, não é possível que ninguém sabe que é meu aniversário — reclamei para mim mesmo, que nem um velho que falava sozinho. — Ok, meu irmão voltou dos mortos e agora tem o Heitor, a Ceci também está ocupada com ele — continuei aquele monólogo louco, provando que quanto mais velho se fica, mais loucura se absorve. — Nicolas trabalha, mas porra... — Estalei a língua. — Vacilação do caralho!

Quando eu ia parar de falar sozinho?

Não sabia responder isso, mas o barulho da porta abrindo me chamou a atenção e eu esqueci que estava conversando comigo mesmo que nem um doidão. Era Nicolas, com aquela cara inchada de choro, a bolsa do trabalho e sua roupa normal, camisa branca de algodão e calça rasgada preta, que pareciam ser seus tecidos de conforto.

— Tava chorando? — perguntei, estranhando, mas não estranhando tanto assim.

Nicolas era um bebezão que chorava por tudo e todo mundo. Meu bebezão.

— Um pouquinho, pra não perder o costume. — Ele fungou baixinho e chegou perto de mim.

Me deu um beijo leve nos lábios, um sorriso frouxo, depois foi até o meu quarto, para deixar suas coisas lá. Ele fazia isso quando dormia no meu apartamento, agora com mais folga, já que Ceci e Samuel tinham o seu próprio canto, com o meu pequeno fazedor de bosta. Quando voltou, se largou do meu lado e colocou a cabeça no meu ombro.

— Como foi o dia? — perguntou, calmo, soltando uma respiração soluçada, mas sem mais chorar.

— Foi tedioso. Fiz uns trecos da faculdade mais cedo, mas vou terminar depois.

Eu havia voltado a estudar no começo daquele mês, mas as coisas pareciam cinquenta vezes mais difíceis. Ou era eu quem estava cinquenta vezes mais lerdo.

— E você? — Virei para ele, preocupado.

Nicolas continuou com a cabeça no meu ombro.

— Por que estava chorando?

— O de sempre. Pacientes que largaram minha mão e foram embora...

— Eu vou sempre segurar sua mão e não vou embora nem pelo caralho.

Nicolas soltou uma risada baixinha, uma gargalhada leve, depois virou o rosto e deixou um beijo gostoso no meu braço.

Tudo fofo, tudo lindo, mas, porra...

Ele realmente não se lembrava.

— Está com fome? — perguntou, se espreguiçando no sofá e tirando o celular do próprio bolso.

— *Pra caralho.*

— Vamos de pizza hoje? Tô afim de pizza.

— Pode ser, meu bebê — disse baixo, meio desanimado.

E ele percebeu.

— Ei... — Seu rosto se levantou, ele me encarou. — Você tá bem?

— Cansado de ficar sentado só.

Não tive coragem de contar. Ele não estava bem e eu não queria que se sentisse ainda mais culpado naquela hora. Nicolas chegou o rosto perto do meu e me deu um beijo calmo nos lábios, depois voltou a se aconchegar no sofá, enquanto pedia a pizza pelo aplicativo.

Eu murchei que nem uma piroca broxada. Fiquei meio triste, com cara de bunda, mas tentava não dar na telha. Odiava quando Nicolas sentia o luto dos pacientes, odiava quando ele sofria por eles, mas só porque eu sabia que ele não se sentia bem.

Se fosse qualquer outro dia, eu estaria dando com a Excalibur na cabeça dele, mas naquela hora eu não tinha coragem de exigir que ele se lembrasse de nada.

Nós ficamos quietinhos, enquanto assistíamos a um filme em que apareciam três versões do Homem-Aranha juntos. Apesar da minha rabugice, era um puta filme bom e conseguiu me distrair por alguns minutos.

Nicolas foi até a cozinha, colocou a chaleira no fogão e disse que precisava tomar um chá, pois estava sentindo crise de ansiedade. Já fazia um tempo que ele estava tentando tomar chás antes de dormir, e mesmo detestando o gosto, eu o acompanhava naquilo às vezes.

Voltando à sala, Nicolas se sentou ao meu lado a tempo de assistir a 10 minutos de filme e, em seguida, ouvir a campainha soar.

Até fiz menção a me levantar, mas meu namorado disse que não precisava e foi na frente. Enquanto abria a porta, para receber o entregador, ele gritou.

— Porra, o chá!

— Deixa que eu vou... — Balancei a cabeça negativamente, me levantando, enquanto ele abria a porta e falava com o entregador.

Andando que nem um velho, batendo Excalibur até a cozinha, percebi que fui feito de otário quando cheguei ao meu destino. Não tinha chaleira, não tinha chá, não tinha água, não tinha mato, não tinha uma girafa roxa chamada Rafa, não tinha porra nenhuma. Eu girei no meu próprio eixo e voltei, batendo a bengala de novo, com força no chão.

— Ô, Nicolas, você...

— SURPRESA, RANHENTO! — Luca gritou, vindo na minha direção e tacando tanto confete na minha cara, que eu acabei engolindo alguns.

— *Forra*... fo... — Eu cuspia os confetes — Porra!

Consegui cuspir tudo, e apesar dos palavrões, eu estava feliz, sorrindo que nem um um idiota, porque não era só Luca que estava ali. E não tinha porra de entregador de pizza nenhum! Nicolas me enganou, o pilantra!

Samuel estava com Cecilia, que segurava meu pivetinho sonolento no colo. Suri estava ao lado de Nataniel, os dois sorrindo como se fossem meus tios ou algo assim. Até Yan. Caralho, Yan estava ali, do lado de Pietro. O cara que já lavou tanto minha bunda que é claro que merecia um pedaço do meu bolo.

Jess, Max, Caio, Wanda, minha sogra... Até Talles! Quem chamou aquele cara?

Não importava, porque, porra, estava todo mundo ali! Caralho, que festão do caralho! Eu sorria *para porra*, parecia que eu tinha 9 anos de novo e minha família estava completa. Eu ia explodir. Eu realmente ia explodir de felicidade.

Essa caralhada de gente quis comemorar meu aniversário?

E quando eu olhei para o centro, no meio da bagunça, lá estava meu amor, sorrindo com o meu sorriso. Feliz pela minha felicidade. Nicolas segurava um bolo azul de dois andares, com uma claquete de cinema em cima, com meu nome escrito:

"Diretor Jhonatan Kauer."

Aí não deu. Eu comecei a chorar.

— Mas é um pivete ramelão mesmo — Samuel disse, rindo, chegando perto de mim e me abraçando.

Alguns falavam "*owwwn*", outros riam da minha cara, mas todos fizeram a mesma coisa: Todos vieram para cima de mim e eu recebi o maior abraço grupal que eu já tive na minha vida.

Não tinha como me sentir mais completo do que aquilo. Não tinha como me sentir mais amado. Era a minha família, eram as pessoas que se importavam comigo.

E estavam todos ali, me abraçando. E eu senti tanto carinho, que tive a sensação de ter também o abraço do meu pai e da minha mãe, no meio de tantas mãos que me abraçavam e de tantas vozes que diziam que me amavam.

Eu os senti. Eu senti meus pais.

Um a um, os abraços foram se desfazendo, dando lugar a felicitações individuais. Aí eu vi que Nicolas tinha deixado o bolo no sofá, só para participar do abraço, correndo, depois o tirou de lá, correndo também, antes que alguém sentasse nele.

Provavelmente Luca.

Com o passar dos minutos, percebi que cada um queria falar comigo sozinho, me dar um abraço mais apertado, um beijo no rosto ou um tapa na cabeça. O tapa na cabeça foi do meu irmão.

Eu até ganhei uns presentes!

Do caralho. Que festa maneira.

Parecendo não se importar com gastação, já que Nataniel estava cobrindo todos os passos dele desde que ele havia desistido da bandidagem, Samuel pediu várias bebidas e lanches pelo aplicativo no celular, e em pouco menos de uma hora, estava realmente rolando uma festa no meu apartamento.

— Você sabia disso há quanto tempo, seu pilantra? — perguntei para Nicolas, sentado no meio das minhas pernas, quando estávamos quase todos sentados no chão.

Deixei o sofá para Cecilia e Heitor, principalmente, e para minha sogra, que olhava para o chão com certo nojo. Não seria surpresa se ela batesse na porta no outro dia, mandando que todo mundo saísse para que ela pudesse faxinar a casa toda.

— Uma semana? — ele disse, segurando o riso.

— Uma semana! Você também é um ator do caralho. — Rindo, Nicolas virou o corpo, segurou meu rosto e me deu um beijo leve.

Quando ele virou para frente, eu o abracei com força e agradeci, mentalmente, por ter aquele salafrário na minha vida. Aquele arquiteto de aniversários surpresa. Porra, ele era muito bom naquilo, nem suspeitei, mas eu também era meio lerdo né? Então...

18.6
LAMBDA ARIETIS

A festa durou por cinco ou seis horas, não sei dizer.

Nicolas levou sua mãe em casa, porque ela estava com sono, e quando voltou, eu já estava sozinho. Porque, há meia hora, tempo que ele demorou para vir, estava recebendo uma informação louca no meu colo.

Foi Luca quem me explicou porque o vizinho descarado de Nicolas estava ali. E era porque ele estava pegando o cara! Porra! Eu fiquei louco!

— Eu não ligo, Luca! — disse, bufando, enquanto o descarado me olhava do corredor, com aquele sorrisinho ordinário, dando tchauzinho com a mão. — Eu não ligo pra quem você come, deixa de comer, rebola, quica, chupa, senta, enraba, tora, enfia, tira! Eu não ligo, porra!

Luca fazia muita, muita força para não rir. Talles já estava rindo há muito tempo...

— Mas se ele magoar você, porra... eu vou enfiar a Excalibur no cu dele! — quase gritei. — Você está me entendendo, sua metralhadora?

Talles se aproximou da porta devagar, colocou a mão no ombro de Luca e olhou para mim, me desafiando.

— É mais fácil você trair o Nicolas do que eu trair o Luca.

— Vai tomar no cu, eu morro antes de trair o Nicolas só pra não ter que trair ele!

— Então, você entendeu o meu ponto.

Revirei os olhos, sem paciência para aquele cara descarado.

— Eu vou... — Luca pigarreou, sem graça, tentando quebrar o gelo. — Dormir na casa dele hoje, ok, ranhento? Amanhã tô de volta.

— Vai. Vai lá tocar a flauta dele, vai.

— Flauta? — Talles indagou. — Ele vai pegar no arco do violino, meu amor.

— Ah, não fode. — Aí não aguentei e comecei a rir.

Porra de cara irritante. Tão irritante que me fez rir. Idiota.

Me despedindo dos dois, sem conseguir ficar muito tempo de conversa, senão ia acabar caindo na graça do *Don Juan de Astra*, despachei os seres humanos, fechei a porta e me joguei no sofá.

Pouco tempo depois, Nicolas chegou e, cansado, veio se sentar do meu lado, mas eu não deixei. Segurando seu pulso, o puxei até que estivesse sentado no meu colo, de frente para mim, com o quadril encaixado sobre o meu. Abracei sua cintura, enquanto ele abraçava o meu pescoço, e naquele carinho gostoso, tão íntimo, nós acabamos trocando alguns beijos que eu não havia planejado.

Mas nós nunca planejávamos. Nossos lábios apenas haviam decorado o caminho um do outro e clamavam por contato.

Não querendo perdurar aquilo, porque sabia o quanto ele estava cansado, parei nosso beijo com selares sequenciais e rápidos, misturado a risos e beijos nos dentes, porque nós sempre fazíamos isso enquanto ríamos. Nicolas se arrastou pelo meu corpo e, com o sofá completamente aberto, se esticou no estofado. Eu fiz o mesmo, o agarrando e abraçando com força, quase virando uma pessoa só.

Queria me fingir de forte e pilhado 24h, mas bocejei com muita força, o fazendo rir baixinho e também bocejar em seguida. Era um efeito contagioso.

— Tive um sonho estranho hoje — resmunguei, sonolento, enfiando o nariz no pescoço de Nicolas, enquanto cheirava sua pele devagar.

Ele se arrepiava muito rápido, era engraçado.

— Com o que você sonhou? — o médico perguntou, enfiando os dedos no meu cabelo, em um carinho gostoso e lento.

— Sonhei que nós estávamos no *Omegaverso*. — Eu ri abafado, enquanto continuava a passar o nariz pela pele do meu namorado.

— De novo, esse papo de lobo no cio? — Ele deu uma risada arrastada.

Eu concordei com a cabeça, acompanhando seu riso.

— E quem eram o alfa e o ômega? — o médico perguntou, quase gargalhando, apertando meu braço com a outra mão, toda vez que eu arrastava o nariz na sua pele com mais intensidade.

— Nós dois éramos Alfas, Nick. Os dois eram... — disse, arranhando os dentes na região sensível, sentindo meu namorado tremer levemente.

— E o que acontecia... — Ele respirou fundo. — No seu sonho, Jhon?

— Você era viciado na minha essência — disse, calmo, agora deixando selares leves na sua derme sensível, que se arrepiava com ainda mais força.

— E qual era... — Nicolas entrelaçava as pernas as minhas, me apertando de leve e se aninhando em mim sobre o sofá. — A sua essência?

— Maconha.

Então, meu namorado se soltou do meu abraço e se jogou em uma almofada do sofá, dando uma gargalhada tão alta, que era impossível não rir com ele. Porra, como era bonito rindo daquele jeito. Sempre seria.

— E a minha? — ele dizia, ainda rindo, comigo indo para cima de seu corpo e mordendo seu queixo devagar antes de responder:

— A sua era vinho, mas você era um safado que usava isso para me enganar e ganhar de mim.

— Eu nunca faria isso, Jhonatan — ele disse, segurando o riso, prendendo os lábios em seguida.

— Ah, mas no sonho você fez, sim, seu safado. Agora eu tô bolado — falei, fazendo cara de brabo e lembrando de como eu era feito de trouxa no sonho. Por um momento, parecia real demais.

Gargalhando, Nicolas me empurrou no sofá e veio para cima de mim, sentando com o quadril sobre o meu e prendendo minhas mãos acima da minha cabeça.

— Será que você... — Ele desceu o corpo devagar, levando a boca até meu pescoço, deixando os mesmos selares leves que deixei nele momentos atrás. — Consegue ficar bolado comigo por muito tempo?

Então, ele começou a ondular o quadril devagar, se roçando todinho em mim.

Filho da puta...

— Já passou, já. Vamos transar.

Voltando a rir muito, o que fazia Nicolas perder todas as forças, ele soltou minhas mãos e deixou que eu o abraçasse, ficando ali, em cima de mim.

— Ainda não.

— Por que não? — Franzi o cenho, achando sua atitude absurda.

— Porque eu ainda não te dei o seu presente.

— O meu presente é a tua rebolada no meu colo, meu bebê.

Nicolas quase caiu de cima de mim, de tanto que ria.

Eu não podia negar que amava ter o dom de fazê-lo rir assim. Aí eu abracei ele e beijei tanto seu pescoço, mas tanto, que devia ter câibra na boca qualquer hora dessas, Mas, por um milagre de *Merlin*, ele conseguiu se desviar dos meus beijos e se levantou, indo em direção ao quarto.

Quando voltou, trazia consigo uma caixa de papelão sem graça, que colocou no meu colo, enquanto eu me ajeitava no sofá.

Puta que pariu... A caixa era semelhante demais.

— Vai, abre. Eu sei que você é melhor com embrulhos do que eu.

— Meus dedos mágicos são mais rápidos.

Nicolas riu, balançando a cabeça negativamente, enquanto eu abria a embalagem com maestria. E eu nunca pensei que algo daquele tipo faria meu coração parar. Eu nunca pensei que eu choraria por ver a foto de uma estrela.

Mas lá estava eu... Com a porra do olho cheio d'água, porque eu não conseguia controlar, nem Nicolas conseguia.

Porque era o mesmo presente.

Órion estava ali. Linda, grande, imponente, perfeita.

No centro de um certificado, que levava o nome da *"União Astronômica Internacional"*. E ao lado de Nicolas, estrela já nomeada, havia uma outra estrela, em destaque, circulada da mesma forma que a estrela que dei ao meu namorado estava quando o presenteei.

Mas aquela era diferente...

— Essa... — Nicolas disse, fungando como um louco, apontando o dedo curto e gordinho sobre o círculo. — É Jhonatan.

— Você não fez isso, Nicolas. — Eu ria, chorava, tinha um ataque cardíaco.

Porra, o que eu estava sentindo? Eu nem gostava de estrelas antes de o conhecer!

— Você colocou meu nome numa estrela, Nick?

A gente já estava chorando que nem dois otários...

— Sim, Jhon... — Ele assentia várias vezes. — Sim, eu coloquei.

Nossos soluços estavam em sintonia.

— Eu coloquei... — Ele segurava minhas mãos com carinho, sentando do meu lado e dando beijos sutis no dorso da minha pele. — Porque você brilha tanto quanto eu.

Senti o gosto do sal na minha boca, porque eu chorava e não conseguia parar de sorrir, assim como ele.

— Eu nunca conseguiria viver em um mundo que você não existisse — ele falou, e enquanto as palavras saíam da sua boca, eu colocava o quadro no braço do sofá e agarrava sua cintura, puxando-o até que estivesse sobre minhas pernas. — Eu nunca conseguiria estar em um universo em que você não estivesse do meu lado.

Ele confirmava com a cabeça um milhão de vezes. Sorrindo, me abraçando, colando sua testa na minha.

— Eu nunca conseguiria ser uma estrela, se você não brilhasse junto comigo.

711

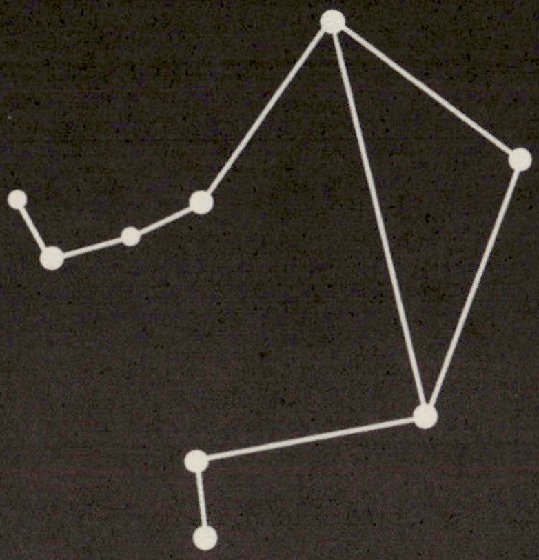

19

LIBRA

Nicolas

03 DE SETEMBRO DE 2025
4 ANOS DEPOIS

Eu disse, diversas vezes, que nunca pediria Jhonatan em casamento. Eu já tinha pedido em namoro, avisei a ele...

Não ia pedir em casamento.

Não ia mesmo.

Nem ferrando.

Então...

Por que eu estava em uma joalheria, escolhendo nossas alianças?

— Posso ajudar, senhor? — o atendente bem arrumado, usando terno e uma gravata borboleta azul marinho, me encarava, com um sorriso simpático no rosto.

— Bem, eu... — Comecei a tremer como um louco.

— O senhor está bem? — ele perguntou, preocupado.

— Eu estou nervoso — disse, soltando uma risada abafada, que fez a expressão do homem amenizar um pouco. Ele provavelmente achou que eu iria vomitar em cima de todas as joias da loja.

— É você quem vai propor? — o atendente sorriu, carinhoso, parecendo se compadecer da minha tremedeira.

— Sim, eu... — Respirei fundo, tentando controlar o sorriso bobo que surgia no meu rosto toda vez que eu lembrava de Jhonatan. — Eu e meu namorado já passamos por muita coisa e ele... — Soltei uma gargalhada curta e baixa, quando vislumbrei na memória todas as vezes que Jhonatan já havia falado sobre casamento comigo. — Ele já me pediu em casamento tantas vezes. Mas eu disse que não ia aceitar até ele se formar.

Fiquei aliviado pelo homem continuar sorrindo de igual forma quando falei a palavra “namorado”.

— E a formatura está perto? — Ele se debruçou no vidro grosso, colocando o rosto sobre uma das mãos e olhando para mim com expectativa.

Ele, com certeza, queria saber mais sobre a fofoca da minha vida.

— É daqui a uma semana.

— Uma semana! — ele repetiu, animado, voltando a se erguer. — Tem algo em mente?

Eu neguei, praticamente com vergonha.

Graças a um anel surrupiado das coisas de Jhonatan, com a finalidade de escolher a aliança naquele dia, eu sabia qual era seu tamanho, mas com tantas opções a minha frente era difícil não ficar tonto. E, com certeza, eu não conseguiria pagar por metade daquilo ali.

— Podemos — sugeri, limpando a garganta com um pigarro. — Cortar algumas opções com base no quanto eu tenho para gastar?

— Claro... temos peças exageradamente caras. — Ele arregalava os olhos de forma engraçada, como se estivesse julgando as peças que custavam mais. Acabou me fazendo rir. — E temos alianças mais em conta, mas também são bonitas, tadinhas.

Eu soltei uma risada baixa, enquanto o via sair da frente do balcão que estava e me chamar com as mãos até uma vitrine quadrada. Ele estava me deixando um pouco mais calmo.

— Aqui... — falou, me mostrando uma fileira de anéis dourados e prateados. — Temos ouro, ouro branco, prata e aqui... — Ele apontou para mais uma fileira de alianças, perfeitamente polidas. — Temos as alianças banhadas.

Sua educação permaneceu a mesma, do momento que eu entrei na loja até o momento em que avisei que não conseguiria pagar algo muito caro.

Além da minha sexualidade, pensei que me trataria mal quando descobrisse, também, que eu não conseguiria pagar o valor de uma casa em um anel com várias pedrarias, mas não aconteceu.

— Apesar de eu não ter muito... — Pigarreei, olhando para as alianças. — Eu gosto de ouro branco e ele também. Não gostamos muito de dourado.

E era verdade. Todos os nossos brincos e anéis, de uso do dia a dia, eram de prata, banhados a prata ou de aço cirúrgico. Gostávamos muito de usar cores neutras, como preto e branco, então dificilmente usávamos algo dourado.

Era engraçado saber que, depois de tanto tempo, eu já sabia todos os nossos gostos em comum. Mesmo descobrindo novos a cada dia que passava.

O atendente sorriu, com o carinho que parecia ser costumeiro, e abriu a porta traseira da vidraça, tirando de lá de dentro um dos expositores com várias alianças em ouro branco, organizadas em fileiras. Umas grossas, umas finas, algumas com pedras pequenas cravadas e outras com fileiras bonitas, desenhadas em torno.

Algumas com arabescos, outras tão largas que pareciam pedaços de uma armadura. Mas uma chamou minha atenção justamente pela simplicidade. Era uma aliança gordinha, arredondada, mas com o polimento tão perfeito que eu conseguia ver meu reflexo nela.

O tipo de coisa que eu poderia usar o tempo inteiro, quando não estivesse em atendimento médico. O tipo de coisa que Jhonatan usaria o tempo inteiro.

— Essa — disse, apontando para o conjunto de alianças que eu havia escolhido de forma abrupta.

Assim como meu coração escolheu Jhonatan abruptamente, no gramado daquele festival.

O atendente sorriu mais uma vez e, em seguida, me passou o valor. Eu não tive vontade de fingir que ia mijar e sair correndo da loja, porque, graças a Deus, estava dentro do meu orçamento. Quase o meu salário inteiro, pela espessura da aliança, mas, ainda assim, era praticamente o que eu havia guardado para a ocasião.

E eu já estava juntando dinheiro há meses...

Jhonatan até começou a reclamar, falando que eu estava absurdamente mão de vaca nos últimos tempos, e eu não podia contar o motivo. Mas o problema era que pagar aluguel no centro da cidade, manter consertos do carro, fazer compras, pagar serviços de *stream*, luz, água e demais contas era complicado, mesmo com um salário de médico, que, por incrível que pareça, não era infinito.

Eu precisava ser um pouco muquirana, sim, senão as alianças iam ser de latão. Realizei o pagamento das alianças e ouvi uma gargalhada alta do atendente quando eu deixei 10% do valor das peças apenas em gorjeta.

Apesar de nervoso, eu estava me sentindo feliz e anormalmente generoso. E ele merecia por ter feito o mínimo. Por ter me dado um atendimento solícito e gentil.

Mas é que... até fazer o mínimo parecia ter se tornado raro.

Só que foi uma gorjeta que eu acho que nunca mais conseguiria dar a ninguém, porque, depois do pedido de casamento, com certeza, o planejamento da festa iria sugar até minha alma. Eu me despedi do atendente, que, feliz e animado, me levou até a porta.

Olhei para o relógio, respirei fundo e, saindo da loja, andei a passos apressados até meu carro, para voltar ao hospital.

19.1
GLIESE 581

Depois de estacionar, enfiei o pacote com as alianças na mochila, entrei pela entrada dos funcionários, mas dei uma passada na recepção, para checar se a fila de espera estaria grande.

Todas as cadeiras estavam ocupadas e havia alguns acompanhantes em pé, sinal de que eu deveria começar meu atendimento logo, para ajudar aquelas pessoas ali. Antes de sair do hall, olhei, por um segundo, para a recepção e percebi o simpático atendente ruivo que estava no ACH há pouco mais de três anos.

Quando Débora sumiu do mapa, levando sua filha junto, Yan precisou contratar alguém correndo, e depois de demitir a pessoa, porque ela não dava conta da recepção do hospital e estava trocando todas as fichas de pacientes, Lance começou a trabalhar ali e perdurou.

Até mesmo quando lembrava de Débora, não conseguia culpá-la pelo que fez. Eu realmente não sei o que seria capaz de fazer pelas pessoas que eu amo. Só esperava que ela e a filha ficassem bem, mas não era mais hora para perder tempo com meus pensamentos distantes.

Rumando ao vestiário dos funcionários, guardei minhas coisas ali, seguindo para a minha sala. Eu tinha um consultório. Uma sala só minha. No corredor dos atendimentos, com o número "13" cravado na frente, pois foi a que me deram.

Tinha meu nome na porta, abaixo da numeração, minha mesa e cadeira, duas cadeiras para atendimentos na minha frente, uma maca no canto da parede, balança, armários atrás de mim, com coisas pessoais e de uso diário, alguns certificados e, até o momento, apenas dois porta-retratos em um pequeno aparador abaixo dos certificados.

Em um deles havia uma foto minha com a minha mãe e no outro uma com Jhonatan. Eu estava com um moletom branco, bem fofo, que havia ganhado do meu namorado no último Natal, e ele usava a mesma jaqueta que eu havia dado quase cinco anos atrás. Não tirava por nada, parecia colada no seu corpo.

Depois de me sentar na minha cadeira, ouvi o barulho de toques suaves na porta. Era Yan, que, cruzando os braços, olhou para mim, sorrindo com o canto dos lábios, enquanto segurava um envelope.

— Conseguiu? — ele perguntou, apontando para a própria aliança de casamento que usava em seu dedo.

— Consegui, espero que ele não ache uma merda. — Respirei fundo, balançando a cabeça negativamente, preocupado.

Yan se aproximou, colocou o envelope sobre minha mesa e se sentou sobre a madeira, rindo baixo.

— Aquele garoto gostaria até se fosse uma aliança de jujuba, confia em mim.

— Ele não gosta muito de doces. — Eu estava quase chorando de nervoso.

— Mas se viesse de você...

Aquilo me fez rir e eu acabei concordando com sua fala. Era engraçado pensar o quanto eu e Yan nos tornamos amigos nos últimos anos.

Agora, com quase 40, o homem continuava sendo alvo das minhas implicâncias, mas eu devia confessar que estava um pouco menos abusado e um pouco mais profissional com ele. Ainda mais depois dele ter me ajudado em toda minha nova residência.

Yan foi meu supervisor direto e principal ajudador quando, além da residência em urgência e emergência, que eu concluí com maestria, me auxiliou por toda residência em cirurgia geral, a qual eu estava chegando ao fim.

Só faltava o seu aval, para que eu pudesse dizer que, igual a ele, também era um cirurgião. Com menos experiência e muito a aprender ainda, mas eu já podia dizer que sabia algumas coisas. O suficiente para ajudar, um pouco mais, a poupar vidas tão preciosas para mim.

Yan, com os dedos compridos, arrastou o envelope na minha direção, chamando minha atenção.

— O que é isso? — perguntei, curioso.

— Seu presente de aniversário atrasado. Feliz aniversário, a propósito — Yan disse e eu agradeci com a cabeça, enquanto ainda observava a embalagem lacrada.

Meu aniversário de 31 anos havia sido no último dia, mas, diferentemente das festas pequenas que fazíamos todos os anos, eu apenas fui com Jhonatan para uma praia vazia e passamos o dia bebendo, comendo besteiras, sobre um edredom grosso na areia, e rindo secretamente das pessoas que faziam coisas engraçadas na nossa frente.

Nunca havia comemorado um aniversário de forma tão íntima e confortável, mas era gostoso descobrir o quanto aquilo era bom. E eu esperava poder repetir dias assim pelo resto da minha vida.

— Abre, meu filho — Yan disse, quando percebeu que meu pensamento estava longe.

Rindo baixo, peguei o envelope e o abri com cuidado, tirando de seu interior alguns papéis grampeados. Eram documentos assinados por Yan.

Documentos que diziam que eu havia concluído minha residência com louvor e que, brevemente, quando o papel estivesse pronto, eu teria um certificado em mãos, para provar o que ele já confirmava ali.

Eu era um cirurgião. Um cirurgião de verdade.

— Vai chorar? — Yan perguntou, sério.

— Eu não choro fácil. — Estava quase chorando, na verdade, e ainda tremia a boca para falar.

— Hadriel, você é uma criança — ele disse, rindo e se aproximando de mim, que não parava de fungar. — Parabéns, cirurgião da urgência e emergência, você merece o certificado que vai receber.

Enquanto recebia seu abraço, eu pensava como minha reação era controversa. Há anos, eu chorava por não querer ser médico, mas, naquele dia, eu chorava por conseguir me tornar um cirurgião e ajudar mais pessoas.

A vida era uma caixinha de surpresas...

Yan me deu um abraço, e eu podia até estranhar qualquer demonstração de afeto entre nós, anos atrás, mas não estranhava mais. Tanto ele quanto seu marido, que já era meu amigo, se tornaram ainda mais próximos. Próximos pela dor, próximos pelo trabalho, próximos pela vida.

Quando a mãe de Pietro faleceu, eu prestei tanto meu apoio, todos os dias da semana, durante um mês, que o enfermeiro viu o quanto sempre poderia contar comigo. Era o mínimo, depois de toda ajuda que ele havia me dado naquele hospital. A partir dali, nosso relacionamento, também com Jess e Max, que ajudavam a formar a nossa pequena panelinha de funcionários do hospital, ficou cada vez mais íntimo. E a aproximação pela dor, depois de meu amigo enfermeiro ter perdido a mãe, foi o principal fator responsável por pequenos milagres, como tornar Yan Derugi meu amigo.

Ele se importava demais com o marido e parecia querer manter, próximo de si, qualquer pessoa que se importasse da mesma forma.

— Vai comemorar? — Yan perguntou, se sentando na minha mesa e voltando a olhar para mim, enquanto cruzava os braços.

— Comemorar o quê? — Ouvi a voz conhecida de Pietro entrar na sala e, em seguida, passar o braço pelo ombro de seu marido.

— O Hadriel passou em todos os processos e eu avaliei ele. Ele é, oficialmente, um cirurgião.

Pietro olhava para mim, sorrindo e irradiando felicidade pela minha notícia, como se fosse o próprio sol.

— Vai comemorar? — embasou o questionamento do seu marido.

— Eu não sei, não preparei nada e amanhã eu trabalho — disse, dando de ombros.

— Tá de folga — Yan decretou.

Eu gargalhei baixo, incrédulo com aquilo.

— Você já me deu folga semana que vem, não lembra? — perguntei, me lembrando do final de semana que seria a formatura de Jhonatan.

— Te dou mais uma. Presente por você ter passado em todas as minhas avaliações.

— É... merece esse presente mesmo. O Yan reprova todo mundo — Pietro disse, balançando a cabeça negativamente, parecendo com pena pelos reprovados.

— Eu reprovo quem eu vejo que não tem condição de passar, é diferente — o cirurgião se defendia.

— 80% dos residentes — meu amigo rebateu.

— Não é culpa minha se eles seguram um bisturi achando que estão segurando um lápis de colorir.

Eu ri baixo, fazendo os dois olharem para mim. Eles ainda queriam uma resposta.

— E aí? — perguntaram, ansiosos, juntos.

Os dois realmente gostavam de comemorar as coisas, mas só se estivessem daquela forma. Juntos. Curtindo a presença um do outro. Não importava onde estivessem.

Algumas coisas nunca mudavam...

— Vou ligar para Jhonatan e ver se ele consegue reservar o terraço.

— E aquela sua sala apertadinha, que você adora colocar centenas de pessoas? — Yan implicou comigo, enquanto Pietro ria baixinho do seu lado.

— O que é apertadinha? — Jess brotou na sala, colocando o braço em cima de Pietro, que estava com o braço em cima de Yan.

Aquilo estava engraçado.

— A sala do Nicolas — Pietro explicou.

— Ah, sim, aquilo é um ovo — ela disse, séria, julgando minha casa.

— Onde tem ovo, amor?

Max apareceu. Minha sala tinha virado uma feira? Max colocou o braço no ombro de Jess, que estava apoiada em Pietro, apoiado em Yan. Juro que pareciam seres humanos eletrocutados, que não conseguiam se soltar. Estavam me fazendo rir.

— Por favor, saiam da minha sala que eu preciso continuar meus atendimentos — disse, levantando e os despachando.

— Ele vai dar uma festa hoje — Pietro disse, olhando para Jess e Max.

— Irra, que delícia! — minha amiga comemorou, e ela nem sabia o que estaria sendo festejado.

— *SE*... — e eu dei muita ênfase no "*SE*", enquanto falava — eu conseguir o terraço, eu aviso a vocês. Mas é um grande e imenso *SE* — disse, enquanto eles iam saindo da minha sala aos poucos.

— Vou ficar checando o grupo o tempo todo, que nem uma louca.

— Você vai trabalhar, Jessica Berna — Yan soltou.

— Pra que essa grosseria? — ela fingiu estar ofendidíssima.

Rindo, os observei saindo da sala, e logo em seguida, vi uma enfermeira entrar, anunciando que havia alguns pacientes esperando atendimento. É claro que tinham pacientes esperando, porque eu estava ocupado batendo papo obrigatoriamente, quando deveria estar atendendo pessoas.

— Pode mandar entrar, Bea, muito obrigado.

Assentindo, ela deixou a sala, e poucos minutos depois, uma grávida entrou, acompanhada de outra mulher. Eu ainda atendia algumas grávidas quando o atendimento da Ala Obstétrica estava lotado demais, o que vinha acontecendo muito ultimamente. Havia bebês demais nascendo.

— Boa tarde, doutor — elas disseram juntas, se sentando e olhando para mim.

A grávida, de cabelo preto e mais curtinho do que o cabelo de Heitor, me entregou sua ficha.

— Boa tarde, meninas — cumprimentei, carinhoso, como habitual. — O que aconteceu?

— Ela está com dores abdominais muito fortes e jura que são gases, mas parece outra coisa! — a mulher com cabelo mais longo, da mesma cor, soltou, um pouco desesperada.

— Amor — a grávida disse baixinho, enquanto eu olhava sua ficha.

Ela estava com vergonha.

— O quê? Ele é médico, deve entender de pum e dores!

Eu tive que me segurar para não rir, mas consegui ficar sério. Depois de ter Jhonatan como paciente, aprendi a manter a postura, mesmo que eu não tivesse mais nenhuma postura com ele.

— Quantas semanas esse pequeno melão tem? — perguntei, e as duas riram juntas.

— Trinta e duas, doutor.

— Certo. — Ri junto delas, enquanto pegava meu bloco para solicitação de exames. — Sarah, não é? — perguntei, e a mulher grávida assentiu, enquanto a outra mulher entrelaçava os dedos nos seus, prestando-lhe apoio. — Vou pedir alguns exames e, caso acuse alguma coisa, vou te encaminhar para a Ala da Obstetrícia. Você devia estar lá, mas tem estado meio cheio, então, se forem coisas gerais, eu consigo tratar aqui...

Ela concordou, enquanto eu prescrevia os exames que deveria fazer.

— Volte quando tudo estiver pronto, certo? Não precisa esperar ser chamada, só bater na porta.

— Obrigado, doutor — as duas falaram em conjunto e deixaram a sala.

Eu aproveitei a brecha para sacar meu telefone e ligar para o cara que, naquela hora, devia estar experimentando becas.

— Diretor de um filme pornô, só que quer filmar o namorado rebolando, ao seu dispor — ele atendeu.

— Qual vai ser o nome do filme?

— Brincando de Médico.

Gargalhei baixo, balançando a cabeça negativamente, enquanto ouvia vozes ao fundo da sala.— Você está ocupado? — perguntei, girando lentamente na minha cadeira.

— Estou terminando de tirar as medidas do capelo. Pelo visto, meu cabeção é maior do que eu imaginava.

— É porque você é muito inteligente...

— Você quer meu cu hoje, né? Pode falar, eu dou, meu bebê.

Mais uma vez eu estava gargalhando no meu consultório por causa de Jhonatan Kauer.

— Quero outra coisa também. Preciso de um favor.

— *Desembucha, beiçudo.*

— Eu preciso que você ligue para a portaria, para perguntar se o terraço está livre, e ligue para Ceci e Samuel, dizendo que podem trazer o Heitor. Nataniel e Suri também. Talvez eu queira comemorar uma coisinha com vocês e o pessoal do trabalho.

— *O quê?* — perguntou, ansioso.

— Eu recebi a aprovação do Yan. Concluí a Residência em Cirurgia Geral, amor.

Eu não aguentava com meu próprio sorriso, que brotava largo no meu rosto, toda vez que eu falava daquilo.

— *Agora você e seus dedinhos mágicos formam um cirurgião inteiro?* — ele dizia, animado. Eu praticamente podia ver sua risada do outro lado.

— Sim, grandão. — Realmente não conseguia parar de sorrir.

— *Porra, que orgulho do meu macho!*

Dizem que rir faz bem para saúde. Eu seria imortal vivendo com Jhonatan.

— *Pra quando você quer o terraço?*

Alguém gritou no fundo da ligação, chamando seu nome.

— Hoje, amor, umas 20h. Tem como ver isso pra mim?

— *Hoje? Justo hoje?* — a voz dele parecia surpresa, mas meio desanimada.

— Sim. — Franzi o cenho — Eu esqueci de alguma coisa?

Gritaram de novo.

— *Já vou, porra!*

Esperava que não fosse o Reitor ou algo assim.

— *É...* — ele soltou, meio desolado. — *Esqueceu que a gente faz 4 anos de namoro.*

— Ah, não. — Dei um tapa na testa, apertando os olhos. — Eu sou uma anta. Uma anta imensa e com amnésia — dizia, enquanto continuava me batendo.

Jhonatan devia estar ouvindo os tapas, porque riu baixinho do outro lado da linha.

— *Calma, desesperado. Eu vou ver se está livre e a gente comemora do seu jeitinho, e depois...* — e lá estava aquele tom malicioso que ele sabia ligar a qualquer segundo, como se houvesse um botão na sua barriga.

— Depois o quê? — perguntei, segurando o riso, e sem perceber, dando mais giros na cadeira do que deveria.

Quase 5 anos, desde que eu havia o conhecido, e eu ainda me sentia um adolescente com Jhonatan.

— *Depois eu te levo pro mato, pra gente copular ferozmente e uivar pra lua.*

Nós íamos para o mato, como já havíamos planejado antes, mas eu esqueci... Porém, não estavam nos meus planos formar uma matilha com meu namorado.

— Você precisa parar de ler histórias do *Omegaverso*...

— *Ah, não fode. Depois daquele sonho, eu fiquei taradão. Você acha que eu aprendi a fazer a posição do cachorro molhado como?* — Silêncio na ligação. — *Lendo aquelas histórias!*

— Doutor? — Um rapaz entrava na sala, provavelmente meu próximo paciente.

— Tenho que desligar, me mande mensagem se conseguir, ok?

— *Vai lá, meu médico gostosinho da bunda bonita. Te amo.* — Infeliz, sabia que eu não podia rir com um paciente na minha frente.

— É recíproco — falei, segurando os lábios com todas as minhas forças, então olhei para o homem que entrava, com um livro azul marinho nas mãos. — Sente-se, por favor....

Ele entrou, meio contido, um pouco sem graça, mas se sentou. O garoto parecia familiar e não me entregou ficha nem nada, apenas depositou o livro sobre minha mesa e empurrou para mim.

Franzindo o cenho, antes que pudesse perguntar qualquer coisa, olhei para a capa do livro. Havia uma ponte pequena desenhada, de madeira, ornamentada em linhas prateadas, e o título do livro era...

Meu Deus.

"Segundas Chances - Isaac Saiter"

Eu arregalei os olhos e levantei o rosto, entendendo porque achei aquele cara tão familiar. Era Isaac, um paciente que havia tentado suícidio e eu o atendi há quatro anos.

O paciente que eu fiz prometer que iria me entregar uma cópia do seu livro, quando ele publicasse, e ele estava ali, fazendo exatamente aquilo.

— Isaac? — disse, sem conseguir conter a felicidade que se instalava no meu rosto, em um sorriso enorme. — O Isaac que eu atendi?

Ele sorriu tanto quanto eu e confirmou com a cabeça.

— Oi, Dr. Hadriel — disse, carinhoso, empurrando ainda mais o livro na minha direção. — Eu vim aqui porque eu acabei de publicar o livro e...

— Você conseguiu! — Céus, eu estava muito feliz.

Ele não desistiu da própria vida, ele continuou. Ele estava ali...

Isaac gargalhou baixinho e voltou a confirmar com a cabeça, um pouco envergonhado, mas feliz. Já eu, não conseguia me segurar. Eu e todo meu sentimentalismo, levantei e, andando em direção de Isaac, que se pôs em pé em alerta, o abracei.

Funguei e senti meus olhos cheios d'água. Aquilo foi uma surpresa. Uma surpresa definitivamente boa demais.

Eu iria chorar de novo naquele dia?

— Você estava certo, doutor — ele disse, quando nos desfizemos do nosso abraço. — A Medicina não é a única forma de salvar vidas e... — Isaac dava de ombros, parecendo procurar as palavras. — Eu tenho recebido muitas mensagens de leitores, agradecendo pela história e dizendo que passaram pela mesma coisa, mas que meus textos fizeram eles se sentirem mais fortes e... — Ele também estava fungando, eu não era o único sensível chorão naquela sala. — Apesar de ser médico, você não foi só isso. Você foi um anjo.

Eu neguei com a cabeça, não podia aceitar o mérito daquilo.

— Eu não fiz nada, criança.

— Você fez tudo.

Aquilo enchia meu peito de um sentimento bom. Um sentimento que não tinha nome.

— E... obrigado por me dar um motivo para lutar pela minha própria vida, doutor. Eu acho que, se não fosse por você, eu... eu...

Foi ele que não aguentou o choro dessa vez, mas Isaac não precisava finalizar suas palavras. Tudo havia ficado no passado, então eu não deixei que falasse mais nada. Feliz por ele estar vivo e não me contendo mais uma vez, o puxei para outro abraço, entre risos e mais agradecimentos da parte de Isaac. Quando acalmei os ânimos, peguei o livro em mãos, e enquanto ele me contava detalhes da história, que eu

ouvia com total atenção, eu lia a dedicatória na primeira página:

Eu solucei de novo, enquanto ele falava. Aquilo acabou significando muito mais do que eu estava preparado para sentir. Porque eu me senti útil. Senti que fiz a diferença, pelo menos com uma vida, e como diria Jhonatan: *Que coisa linda do caralho!*

Depois de mais alguns abraços, pedidos para ele assinar minha contracapa e de ter a informação que Isaac estava trabalhando em seu segundo livro, nós nos despedimos e trocamos contatos, para ele entender que, definitivamente, poderia ter em mim um amigo.

Além do mais, eu gostaria muito de ler seu livro e poder conversar com o próprio autor, enquanto fizesse isso. Seria uma experiência única, que nunca experimentei.

Com a promessa de que ele viria me entregar o segundo livro que escrevesse, depois de eu quase obrigá-lo a isso, Isaac foi embora rindo, feliz pela visita da mesma forma que eu também estava. Queria ficar na minha mesa, olhando para o teto e aproveitando aquela sensação de ter meu nome na dedicatória de um livro, mas teria que deixar isso para depois, porque o hospital estava cheio.

19.2
IOTA LIBRAE

Depois que Isaac saiu, mais um paciente entrou. Depois outro, outro, mais uma grávida, outro homem, uma mulher, outra grávida e, em seguida, uma senhora. Depois da senhora, outra grávida.

A taxa de natalidade seria uma preocupação futura?

Distraído com quantos bebês teriam no país, mal vi o momento exato em que o último paciente entrou na sala, depois de tantos exames e avaliações, mas recebi uma ligação, e ao olhar para a tela, aquilo me fez perceber que meu plantão já havia acabado.

— O terraço está livre e eu já pedi pra entregarem 8 pizzas grandes lá na sua casa.

— Jhonatan, eu nem estou em casa! — soltei, esganiçado, rindo pela sua loucura.

— É melhor você correr...

— E quem vai pagar isso tudo? — Porque o último dinheiro que eu tinha estava no bolso de um atendente da joalheria.

— Eu já paguei, seu muquirana.

Tentei não rir alto, porque lá estava ele, me chamando de muquirana de novo. Mas de certa forma, era gostoso saber que ele tinha o próprio dinheiro e que podia gastar da forma que achasse melhor. Até porque ele estava trabalhando num estúdio e havia começado há pouco menos de seis meses.

Com uma grande indicação de Nataniel, Jhonatan conseguiu um estágio como Assistente de Direção na produção de um filme famoso. Na verdade, ele era assistente do assistente, ainda assim, era super importante na visão dele, então, para mim, tinha a mesma importância.

Era um estágio mais privilegiado do que ele esperava conseguir, mas Nataniel parecia ter contatos com o mundo todo, a ponto de fazer com que o tatuado fizesse coisas que ele não faria em menos de um ano. Mas ele se destacou além da indicação. Inicialmente, o garoto achou que ia servir café para os atores e apanhar do diretor, e, bem...

Isso realmente aconteceu no começo, mas, com o passar do tempo, deram uma câmera na mão dele e mandaram ele pôr em prática, na marra, tudo que ele havia aprendido na faculdade.

Descascaram o meu namorado. Mandaram-no revisar roteiro, dirigir cenas curtas que não entrariam no filme, estudar figurino, analisar tecidos, limpar e usar lentes, além de todas as coisas cansativas que eu não fazia ideia serem parte de um filme.

Além das diversas responsabilidades entre cumprimento de planos de filmagem, solução de impasses, que podiam ser técnicos ou artísticos, e até fazia a ponte entre as equipes, dentro do próprio estúdio.

Ele parecia um lacaio que, entre polimentos de cabos e montagem de cenário, também filmava e era ensinado a produzir. Mas ele estava tão feliz...

Ver Jhonatan chegar em casa, contando que brigou com um dos atores e o mandou para a posição certa, ou ouvi-lo contando como o diretor executivo elogiou o seu "*plongée*" e também o "*contra-plongée*", acabou se tornando uma das minhas coisas favoritas na vida com meu namorado.

Ver os olhos do meu Jhon brilhando, porque ele tinha achado amor na sua profissão, mesmo no meio de tanto cansaço, valia a pena. Valia todo o esforço. Valia ter colocado um ex-meliante em recuperação dentro do meu apartamento e valia ainda mais porque ele não parava de repetir uma coisa:

"Espera só, Nick... eu ainda vou contar nossa história num filme. Você vai ver."

Era a promessa que mais enchia seu peito de motivação. Rindo que nem idiota, o que era comum no meu dia a dia, me despedi dele e enfiei o telefone no jaleco. Fui até o vestiário dos residentes e, depois de tomar o banho mais rápido da minha vida, andei, apressado, até meu carro.

Não estava nos meus planos correr por causa de 8 pizzas, mas a vida tinha dessas. Ainda mais vivendo com Jhonatan Kauer...

Estacionando na frente do apartamento, quase pulei do carro para ir direto à recepção, como se minha vida dependesse daquilo. De toda mussarela.

— Oi, Sr. Kwon! Chegaram 8 caixas de pizza pra mim?

O senhor riu, balançando a cabeça negativamente. Ele estava acostumado a receber coisas estranhas de mim ou de Jhonatan.

— Não, meu filho — disse, carinhoso, já afeiçoado comigo, depois de todos aqueles anos como porteiro do meu prédio.

— Ah, ok... — Respirei fundo, aliviado. — Quando chegar, você pode me ligar? Eu venho buscar.

— Vai deixar um pedaço pra mim? — ele perguntou, sério. — Brincadeira, Nicolas, eu ligo.

Sorrindo de leve com seu tom, andei até o elevador e, lá dentro, saquei meu celular, abrindo o grupo que Jess havia criado com nossa pequena gangue médica.

"Panela Hospitalar": foi o nome que ela deu e todos concordaram, com medo de falar alguma coisa e ela acabar xingando todo mundo.

Eu:

Terraço liberado, teremos pizzas. Espero vocês às 20h. 17:11

Tragam suas bebidas. 17:11

Jess:

Vou tomar um banho de karapecu. 17:12

Pietro:

O que é isso? Um peixe? 17:12

Max:

Cara, pé e cu. 17:12

Jhonatan:

KKKKKKKKKKKKKKK PUTA QUE PARIU, MUITO BOM! 17:12

Sim, Jhonatan estava no grupo.

Jhonatan:

E eu vou tomar um banho sinuca. 17:13

Eu:

Jhon, pelo amor de Deus. 17:13

Infelizmente, eu já sabia o que ele queria dizer...

Jess:

Lá vem, kkkkk, que isso? 17:13

Jhonatan:

TACO, BOLAS E BURACO KKKKKKKK 17:14

Yan:

Quem foi que colocou esse garoto no grupo dos médicos, mesmo? 17:14

Eu:

Até hoje eu não sei, mas acho a presença dele confortável, já que todo mundo aqui está de casal. 17:15

Jhonatan:

É, fica quieto aí, Necromante Platinado. 17:15

Mais uma vez rindo com as piadas de Jhonatan, percebendo que eu estava no corredor do meu apartamento há mais tempo do que me lembrava, bloqueei o telefone, dando de cara com Talles fechando sua porta.

Estava com Luca e riam de alguma piada interna, que nem dois adolescentes. Eu me achava meloso com Jhonatan, mas aqueles dois...

— Vão sair? — perguntei, curioso, já que queria que eles também estivessem presentes às 20h.

— Não, vamos entrar — Luca respondeu, abusado.

Eu franzi os olhos, quase o batendo, mas acabei rindo.

— Nós vamos tomar sorvete — Talles respondeu, entrelaçando os dedos aos de Luca.

— Que coisa de adolescente — impliquei, fazendo Luca dar um chute leve na minha bunda.

A intimidade que nós criamos era aquela: a de dar chutes em bundas.

— Quem é que estava colando estrelinhas no teto, semana passada, e pediu minha escada emprestada? — Talles disse naquele tom misterioso e julgador.

— Estrelinhas no teto! — Luca gargalhou, dando outro chute na minha bunda.

— Ah, vão caçar um trabalho. — Eu segurava o riso, mas já sentia as bochechas vermelhas.

As estrelinhas ficaram bonitas, porra.

— Acham que vão conseguir estar aqui até as 20h? — questionei, esperançoso de que eles voltassem a tempo.

— Por quê? — Talles soou sugestivo. — É hoje que vamos fazer nossa brincadeirinha a quatro?

— Para com essa porra, Talles! — Luca gritou, empurrando o braço do meu vizinho. — Que nojo, porra! Que nojo! Caralho!

Eu caí na gargalhada, porque ele ainda não havia se acostumado com o humor do namorado.

— Por que essa revolta toda, meu amor? — Talles perguntou, segurando o riso e tentando fingir que estava ofendido.

— Que mané treco a quatro o cacete! O Jhonatan é meu irmão, porra! Porra!

Como se um "porra" só não fosse suficiente. Enquanto Talles se acabava de rir, ele tentou se controlar um pouco, segurou o rosto do namorado e o beijou como se eu não estivesse ali. Ele tinha um problema sério com exibicionismo, mas o beijo parecia funcionar, porque Luca ficou mole que nem um pudim.

— O que você irá fazer às 20h, Nicolas? — Talles perguntou, depois de tirar os lábios da boca do namorado.

Namorado o qual parecia completamente tonto e fora de órbita, depois de ser beijado daquela forma.

— Eu vou dar uma festa no terraço e...

— Estou mais certo que o álcool da festa! — Luca me interrompeu.

Talles olhou para ele, estava meio sério.

— Só duas latinhas de cerveja? — sua voz soou uma mistura de preocupação com medo.

— Ou só uma taça de vinho. Você decide — Luca respondeu.

Meu vizinho sorriu, depois se aproximou do namorado e lhe deu mais um beijo. Apenas um selinho orgulhoso dessa vez.

— Estaremos aqui às 20h, Nicolas — Talles disse, voltando a entrelaçar os dedos na mão de Luca, e depois de uma breve despedida, foram embora.

Luca havia tido problemas com bebida que nós já havíamos percebido há algum tempo.

Talles foi quem o ajudou a lidar com isso, praticamente o jogando dentro do consultório de um terapeuta, mas eu também estava orgulhoso de Luca. Estava orgulhoso do seu progresso e da sua capacidade de beber apenas socialmente, em meses espaçados e sem fazer do álcool uma necessidade fisiológica.

Era bom saber que ele estava bem e estranhamente confortável ter noção de que estava apaixonado por Talles. Meu vizinho que escondeu, por tanto tempo, os traumas e as carências que moravam no seu interior.

Entrando no meu apartamento, joguei minha bolsa no sofá e, quando estava indo em direção ao banheiro, lavar as mãos, fui surpreendido por braços quentes me abraçando por trás e uma boca safada se enfiando na dobra do meu pescoço, com beijos arrastados pela minha pele.

— Já chegou, seu bandido? — perguntei baixo, sentindo o coração bater rápido pelo susto.

— É um assalto! Vim roubar sua roupa, tira ela todinha.

Rindo, virei o corpo dentro do seu abraço, passando os braços pelo seu pescoço e o puxando para um beijo gostoso, com saudade e muito amor, mesmo que tivéssemos dormido juntos na última noite. Sempre era irremediavelmente bom voltar para o abraço do meu namorado.

— Eu até tiraria — sussurrei entre seus lábios. — Se não soubesse que vão chegar 8 pizzas bem quando a gente estiver se esfregando, pelado, em cima da cama.

— Quem teve essa ideia horrível de comprar 8 pizzas? Mas que porra!

Gargalhando, puxei Jhonatan para mais um beijo, entre sorrisos, mas não aprofundamos demais, porque ele afastou nossos rostos e falou baixinho:

— Parabéns, doutor, eu estou cada dia mais orgulhoso de você.

Sorri com o canto dos lábios, enquanto sentia seu carinho suave no meu rosto, com o seu próprio rosto ainda tão próximo.

— Já posso largar o estágio e ser bancado pelo meu *daddy cirurgião*...

Ele me deu mais um beijo, que foi interrompido pela minha risada, e em seguida, um tapa leve no seu braço. Eu fui para o banheiro, lavei minhas mãos, depois fui para o quarto, a fim de colocar uma coisa mais confortável. A roupa escolhida foi aquele conjunto branco de moletom, que era exatamente o que havia ganhado de Jhonatan no Natal anterior, na fotografia do meu consultório.

Quando enfiei a cabeça no moletom, o vi entrando no banheiro. Enquanto ele tomava banho, eu olhava de relance a Excalibur parada, quase escondida, ao lado do armário.

Era para termos doado a muleta antiga de Jhonatan, mas depois de tantos adesivos colados no metal e histórias de porradas, acabamos criando apego emocional pelo objeto. E o começo do apego veio, exatamente, quando meu namorado deu um nome para ela...

Outra coisa que tinha valor sentimental para Jhonatan era o unicórnio roxo caolho que ele ganhou de mim, anos atrás, meio empoeirado, em cima do guarda-roupa.

Mas *ai de mim* se tocasse nesse unicórnio ou mencionasse a palavra "doação". Nem Heitor, com muito choro, conseguiu colocar as mãos no bicho.

Enquanto observava seus tesouros pessoais, percebi a hora em que Jhonatan terminou seu banho e, como se precisasse estar combinando comigo, colocou um conjunto de moletom. O dele também era fofinho igual ao meu, mas era preto, comprado no mesmo dia e na mesma loja. Eu achei engraçado que ele quisesse roupas combinando, mas não me opus. Nós já éramos taxados de grudentos, não era nada que moletons iguais pudessem piorar ou melhorar.

Enquanto Jhonatan secava o cabelo de qualquer jeito, eu pegava meu celular e ligava para *uma pessoa* que faltava estar presente naquela noite.

— *Pensão Hadriel, boa noite!* — a voz de Mina soou do outro lado da linha. Ela era a funcionária preferida da minha mãe.

— Oi, Mina, é o Nicolas.

— *Nicolas!* — a menina disse, animada, pois gostava de mim. — *Como você está, doutor?*

— Não precisa me chamar de doutor. — Ri baixo, vendo Jhonatan rir para mim, enquanto secava o cabelo. — Minha mãe está por aí?

— *Está conversando com uns clientes, vou chamar!* — a funcionária de minha mãe soltou, ainda animada.

— Obrigado, Mina.

A ligação ficou em silêncio por 5 minutos, o que era habitual. Depois que minha mãe abriu sua pensão, dava atenção exagerada e carinhosa a todos os seus clientes, e era por isso que o pequeno restaurante vivia cheio. As pessoas gostavam de voltar sempre. De tê-la por perto.

— *Oi, meu filho!* — a voz esbaforida de minha mãe soou ao telefone. — *Está cheio aqui hoje.* — Ela riu, parecendo orgulhosa.

E também era mais um motivo de orgulho na minha vida, claro.

— Mãe, eu terminei minha residência em cirurgia geral... eu...

— *Eu tenho um filho cirurgião?* — ela quase gritou do outro lado do telefone.

— *AEEEEEEEEEEE!* — Ouvi vozes em coro soarem.

Eu nem sabia quem eram aquelas pessoas.

— Sim, mãe, você tem — disse, rindo, ainda desacreditado da reação das pessoas presentes.

— *Ah, meu filho, você é meu tesouro, meu orgulho! Você...* — Ela soluçou. — *Poxa, Nicolas! Meu médico, meu cirurgião!*

Toda vez que ouvia minha mãe chorar, meus olhos enchiam d'água, era automático.

— Bebezão — Jhonatan sussurrou, enquanto colocava seus brincos.

— Cala a boca. — Funguei, sussurrando de volta para ele, mas rindo.

— *Pode colocar silicone em mim? Eu quero ficar enxuta.*

— Helen Hadriel, o que é isso? — Gargalhei alto.

— *Ainda tenho muito o que viver, meu filho, eu preciso aproveitar minha vida. Que seja com peitos novos.*

Eu não conseguia parar de rir. Como ouvir aquilo era horrível. Eu não queria pensar nos peitos da minha mãe.

— Eu, com certeza, posso te indicar alguém pra fazer isso, mas, por favor, chega de falar dos seus peitos...

Jhonatan olhou para mim com total espanto pela palavra "peitos" e depois deu uma gargalhada alta, quase um berro. Ele era esperto, com certeza entendeu o que minha mãe queria na hora, por isso a reação.

— Você pode vir aqui hoje, às 20h?

Já eram 19h05, estava perto, e nada das pizzas chegarem... Eu corri à toa?

— *Ah, meu filho* — sua voz soou desolada. — *Eu já vou fechar a pensão na semana que vem, pra formatura do Jhonatan.* — Ela estava choramingando tanto, que eu conseguia sentir sua culpa do outro lado da linha. — *Se eu fechar agora, eu perco um pouco de dinheiro e...*

— Mãe, tudo bem — disse, rindo, me sentindo culpado pelo seu desespero. — Eu passo aí amanhã e nós almoçamos juntos. Pode ser?

— *Pode sim, meu filho! Pode! Venha, senão eu vou jogar uma vassoura na sua cabeça, meu amor.*

Eu gargalhei, e com dificuldade, porque minha mãe ainda falou umas cem vezes que ela me amava e estava orgulhosa de mim, nós desligamos o telefone. Enquanto colocava o celular em cima da cama, respirava fundo, sentindo o cansaço me dominar. Sabendo que a noite ainda nem tinha começado e eu precisava tirar forças do fundo da minha alma...

— Calor da porra! — Jhonatan falou, enfurecido, arrancando o moletom e jogando na cama.

Mais uma vez, eu admirei seu corpo, porque sempre fazia isso, mas ultimamente estava fazendo ainda mais. Além das marcas habituais, ele tinha feito tantas outras tatuagens, que eu já não conseguia mais contar.

Agora com os dois braços fechados de tatuagem e mais algumas outras pelas coxas, que ele fez questão de me contar os significados de cada uma, meu namorado era uma metamorfose que não parava de me surpreender. Eu havia ficado apenas com Órion, mas ele contou histórias e mais histórias, por toda sua pele. Tinha até um zumbi com um fuzil, que ele fez especialmente para Samuel.

— Caralho, preciso de água. Tô me sentindo seco — ele disse quando percebeu que eu estava passando os olhos pela sua pele. De novo.

— Não consigo me acostumar — comentei, vendo-o se aproximar de mim e, no segundo seguinte, me derrubar na cama.

Enquanto suas tatuagens se esfregavam no meu corpo, ele beijava meu pescoço, me fazendo rir.

— Estou estranho demais assim?

— Não, Jhon, porra. — Estalei a língua, balançando a cabeça negativamente, me sentindo inconformado como, naquela hora, só conseguia me expressar falando palavrão. — Você está lindo *pra caralho*. Eu não consigo me acostumar com isso. Com como você só fica cada vez mais e mais...

Inconclusivo, eu acabei soltando um barulho que parecia um rugido, porque palavras não eram suficientes. Eu me sentia tão otário e boca suja por ele. *Até rosnando, eu estava...*

— Caralho, come meu cu agora, doutor! — ele quase gritou, voltando a morder meu pescoço e me fazendo gargalhar, enquanto me apertava contra a cama.

Era certeza de que, depois da minha declaração, Jhonatan não iria ter muito controle, e eu, sempre mergulhado na nossa necessidade recíproca, iria na onda dele, mas a gente foi interrompido pelo barulho do interfone.

— Que clichê atrapalharem nosso sexo, que clichê — ele reclamou.

Eu concordei, segurando o riso.

Jhonatan estalou a língua, levantando da cama e indo em direção ao interfone, enquanto eu me levantava também. Nos momentos seguintes, ele estava colocando o moletom de novo, porque disse que o *"fogo no cu"* havia passado, e nós descemos juntos para pegar as pizzas.

Na verdade, eu descobri, com o tempo, que meu namorado era exibicionista apenas comigo. Sempre foi, desde quando ainda era meu paciente e mostrou a bunda para mim no hospital, mas, no geral, ele gostava de ficar coberto, por isso não foi na recepção do prédio sem camisa.

Depois que pegamos tudo, já com celulares nos bolsos e chaves também, acabamos subindo de uma vez e colocando as pizzas no terraço, porque se aproximava das 19h40. Terminamos de arrumar algumas coisas, e pouco tempo depois, as ligações foram chegando, os chamados no interfone do terraço soando, e antes das 20h30, a última família convidada estava aparecendo para nossa pequena festa.

Samuel, Cecilia, Heitor e... Hadassa: a bebêzinha que, há sete meses, minha cunhada gerava na sua barriga.

O pequeno Heitor, de 4 anos, enfiava o dedo no nariz, parecendo tirar uma meleca muito difícil, mas foi só Jhonatan correr e pegar ele no colo, que o garoto largou a limpeza no salão para começar a gargalhar.

— Vai ter festa aí, vai, seu sem-vergonha? — Jhonatan brincava, enquanto mordia a barriga do nosso sobrinho.

O garoto cabeludo gargalhava enquanto meu namorado o segurava no alto, como se fosse um boneco.

Eu abraçava Cecilia e Samuel, que me davam os parabéns, e colocando Heitor no chão, Jhonatan veio em direção a sua cunhada, abaixando e falando com sua barriga aparente, num vestido azul claro, leve e longo, que deixava muito evidente que ela estava grávida.

— Minha pivetinha! — Jhonatan falou, animado, feito um bobão, beijando a barriga da mulher, que ria com o seu ato.

— Achou o padrinho favorito, né? — a voz de Yan comemorava, quando pegava Heitor no colo.

— Isso porque ele não me viu ainda, seu otário — Nataniel disse, reivindicando o posto e tirando Heitor do colo de Yan.

Eles eram bem territorialistas quando se tratava de ser *"o padrinho favorito"*. Isso porque Samuel fez todo um discurso bonito, na escolha dos padrinhos, dizendo que, se não fosse por Nataniel e Yan, Heitor não teria pai, então ele queria que os dois aceitassem o posto de padrinho.

Queria pessoas que protegeriam Heitor com a mesma garra que lutaram para reviver Samuel. Eu estava no dia da *"nomeação da coroa"* e vi dois marmanjos chorarem como se fossem crianças. Cecilia riu tanto, foi engraçado...

Jhonatan, alheio à discussão, continuava a falar com a barriga de Cecilia, como se Hadassa pudesse, realmente, entendê-lo.

— Tá fazendo sua mãe vomitar na cara do zumbizão? Tá, pivetinha?

— Ela me chuta mais do que o Heitor chutava — Cecilia disse, parecendo cansada, enquanto meu sobrinho havia sido solto no chão e andava entre as pessoas presentes, até ser raptado por Jess, que o pegou no colo. — Tenho medo dela vir três vezes mais agitada.

— O segundo filho é sempre pior — Samuel disse, dando um peteleco na testa de Jhonatan.

— Não fode, babacão. — Jhonatan tentou revidar o peteleco, mas Samuel segurou seu braço e o virou, prendendo meu namorado, que começava a gritar como se estivesse morrendo.

— Eu estou morrendo de sede, Nicolas — Cecilia confessou, enquanto nós ignorávamos completamente os irmão, que se batiam como se tivessem 5 anos.

— Vem, Ceci, deixa esses cachorros loucos aí.

Rindo comigo, Cecilia segurou no meu ombro, e no momento seguinte, estava sentada em um dos *pallets* centrais do terraço, junto a Jess, Max, Yan e Pietro, que formavam praticamente um círculo no meio do lugar.

Talles e Luca conversavam perto da caixa de som, em pé, enquanto bebiam uma taça de vinho cada um, e hora ou outra, o amigo de Jhonatan puxava meu vizinho, para que eles dançassem, quando a música ficava romântica ou lenta.

Eles eram melosos mesmo. *Pra caramba.*

Nataniel, que não aguentava segurar Heitor por muito tempo, estava jogando sinuca com Suri. Na verdade, Nataniel estava levando uma lavada, mas fingiu que estava tudo sob controle, quando Samuel e Jhonatan chegaram para jogar juntos.

Em pouco tempo, Heitor estava deitado no chão, em cima de uma das almofadas enormes dos *pallets*, usando o celular do pai e vendo desenhos.

— Não estou muito certa sobre o uso de celular por crianças — Cecilia falava preocupada, enquanto observava a criança vidrada no desenho hiper ultra colorido.

— Se tá com a boca fechada, tá valendo — foi Jess quem disse.

— Meu Deus, você não é pediatra e obstetra? — perguntei, rindo incrédulo.

— Só no ACH. — Ela deu de ombros, pegando uma das garrafas de cerveja que trouxe e virando com tudo. — Aqui eu sou apenas a tia louca e bêbada, que dá conselhos ruins.

Antes de me permitir ficar hipnotizado pelos desenhos infantis de

Heitor, percebi Yan se levantar, alterado, e andar em direção ao peitoril da sacada, falando alto e irritado com alguém.

— Com quem ele está gritando, pelo amor de Deus? — Olhei para Pietro, franzindo o cenho.

— Sumiram várias bolsas de sangue e ele está puto, porque disse que só ele podia fazer contrabando das coisas daquele hospital.

Eu ri baixo, balançando a cabeça negativamente.

— Ele não faz mais isso, senão nós não estaríamos casados... — Pietro achou importante frisar, já que Jess e Max só souberam dessa história por alto. — Mas ainda está revoltado.

— Eu também estaria. Tem meses que as doações estão bem fracas — pontuei. — Por isso eu e Jhonatan vivemos doando...

Todos os médicos presentes concordaram, e Cecilia parecia alheia demais, nos berros que uma galinha azul dava no desenho, para prestar atenção na conversa.

Com a garganta seca, mas não bebendo álcool naquela noite, porque sabia que teria um outro destino mais tarde, me levantei, indo em direção à geladeira em que as bebidas estavam. Pegando uma garrafa de suco de laranja natural, mal percebi quando uma figura troncuda se colocou ao meu lado, para pegar uma cerveja.

— E aí, Nicolas?! — a voz animada de Nataniel soou, com ele me dando alguns tapas pesados nas costas e fechando a geladeira, depois de pegar a garrafa de vidro fechada. — Fiquei sabendo que agora você consegue tirar órgãos...

— Tá querendo morrer? — a voz de Suri soou ao seu lado, antes que eu pudesse dar qualquer tipo de resposta.

Era engraçado pensar que a mulher havia conseguido aposentar o rei do crime na marra, depois de brigas e brigas, nas quais ela ameaçou nunca mais aparecer na sua vida se ele não parasse de trabalhar com aquilo.

Mas o problema em si não eram as ameaças sobre o relacionamento deles. Suri tinha medo. Depois de quase morrer na mão de Donghee e perceber que, se ela não saísse dessa vida, ela ainda iria correr perigo várias e várias vezes, Suri largou tudo.

Eu só me surpreendi em como, por ela, ele anunciou que também havia abandonado a vida que levava. Nataniel só continuava influente demais e rico demais, porque parecia que, por mais que gastasse todo seu dinheiro, ele nunca acabava.

Talvez os preços das carnes fossem mais lucrativos do que eu imaginava. Ele assumiu o controle do açougue, conseguindo faturar, em um mês, o dobro do que eu faturava como médico que fazia muitos plantões.

No final das contas, todos fingíamos que não sabíamos que aquilo ainda era lavagem de dinheiro, enquanto Nataniel fingia que não estava mantendo pelo menos 5% do carregamento do Tessaurus. Eu só não queria ver o dia em que Suri descobrisse aquela provável bomba. Queria estar bem longe...

— Uma piada interna antiga, só pra gente não esquecer as raízes — Nataniel disse, implicando com a noiva, enquanto ela também pegava uma cerveja para si.

— Os tempos em que eu era um homem morto — Samuel chegou na conversa.

E aquilo era comum na minha vida. Do nada estar envolto de vários ex-bandidos, que atiravam melhor do que qualquer *sniper* do exército.

Corriqueiro. Normal. Comum. Trivial.

Tão comum quanto o fato de todas as oito pizzas acabarem, sem deixar migalhas nem para os ratos.

Ainda bem que eu havia conseguido tirar um pedaço e, bem rápido, ir no térreo levar para o Sr. Kwon, antes da comida toda ter sido dizimada.

— É um povo faminto do caralho — Jhonatan resmungava do meu lado, me ajudando a jogar as caixas de papelão fora, enquanto o resto dos convidados continuava a beber. Menos Cecilia, que, igual a mim, ficava só no suco.

— Vamos comprar mais? — perguntei, preocupado em não deixar o povo passando fome.

— Que comprar mais o quê, Nicolas? Que eles façam macarrão em casa, vou ficar bancando marmanjo esfomeado nada.

Eu iria rir, mas alguém começou a falar, chamando minha atenção.

Quando me virei, Yan estava em cima dos *pallets*, pedindo a atenção de todos e visivelmente mais calmo.

— Pode parecer que todos nós viemos aqui para encher a cara e comer pizza, o que realmente viemos fazer.

— Quase comeram o papelão da caixa da pizza junto, porra — Jhonatan resmungou, sério, mas todo mundo riu do seu comentário.

— Mas eu acho que — ele continuou —, mesmo com os abraços e as parabenizações, eu precisava falar alguma coisa sobre o motivo dessa reunião, mesmo Nicolas não me pedindo por isso.

— Vai me envergonhar na frente de todo mundo?

— Hadriel, dá um tempo.

As pessoas riam, enquanto eu encostava na parede e cruzava os braços, observando Jhonatan estacionar ao meu lado e, igual a mim, prestar atenção em Yan.

— Nicolas é o funcionário mais difícil que eu tenho, e isso é culpa desse cara todo rabiscado do lado dele — ele dizia, apontando para Jhonatan, enquanto eu apertava os lábios, contendo minha risada. — Se esse comédia não tivesse tomado um tiro, Nicolas não ia saber do meu segredo sujo e a vida ia seguir numa boa, mas ele soube, se meteu no meio do problema, e com isso, o abuso veio.

Nataniel, levemente alterado pela bebida, ria, próximo a nós. Ele sabia que tinha dedo naquilo tudo, então não conseguia se conter.

— Tá rindo porque seus funcionários abusados recebiam um tiro na bunda, enquanto eu não podia fazer isso — Yan disse, fingindo irritação, olhando para Nataniel.

— Tu ia morrer se desse um tiro na bunda do meu namorado, seu...

— Mas... — Yan interrompeu Jhonatan, falando alto.

— Que ambiente mais agressivo para uma criança — Cecilia comentou, enquanto olhava o filho vidrado no desenho do celular.

Yan respirou fundo.

— Mas... — ele falou de novo. — Foi exatamente o abuso de Nicolas que fez com que ele salvasse tantas vidas e fosse tão obstinado a fazer o bem, não importa se fosse por vias não convencionais.

— Tipo consultas médicas de graça, pra mais de cem pacientes. — Jess fingiu uma tosse descontrolada.

— É, Nicolas, você me fodeu várias vezes... — meu chefe parecia desolado.

— Que porra é essa? — Jhonatan gritou.

— Caralho, deixa ele terminar! — foi Pietro quem gritou.

Todo mundo estava rindo, que situação caótica.

— Obrigado, amor — ele agradeceu, rindo, depois continuou falando: — Entretanto, eu sinto orgulho de ver que hoje você se tornou um médico, um cirurgião, e sei que esse coração enorme e molenga ainda vai fazer bem pra muita gente. Então, em nome de todas as pessoas que você salvou, eu quero te parabenizar por ter concluído mais essa residência e te agradecer por ter escolhido a Medicina.

Eu queria dizer que não fiz papel de bebê chorão de novo, mas não foi daquela vez... Porque aquilo me destruía, só que de uma forma boa.

Saber que eu nunca escolhi a Medicina, mas fui escolhido por ela. E, depois daquele discurso de Yan, nenhuma parte minha tinha dúvida do que eu queria continuar fazendo.

Eu queria continuar salvando vidas. Como se aquele fosse o meu propósito, porque se encaixava tão bem na minha mente e no meu coração.

Me vendo chorar, Jhonatan me abraçou com força, e logo depois eu senti outros braços a minha volta. Que nem anos atrás, quando Jhonatan foi abraçado por todos, era eu quem recebia o carinho das pessoas que eu tanto amava. Das pessoas que foram pilares na minha vida. Eu agradeci a todos, chorei um pouco mais e recebi risadas do meu estado de miséria, só porque não conseguia parar de chorar.

As pessoas eram cruéis com homens emotivos, como era absurdo...

19.3
BETA LIBRAE

Percebendo que não havia mais pizza e que as bebidas, que eles mesmo trouxeram, estavam acabando, um a um, os sem-vergonha foram se despedindo e indo para as suas casas. Sozinho com Jhonatan, arrumamos toda a bagunça e deixamos tudo da mesma forma que encontramos. Felizmente, nossos amigos não eram animais loucos e bagunceiros compulsivos, então conseguimos arrumar o terraço com facilidade, graças ao comportamento civilizado de nossa família.

— Pega o edredom grosso, está esfriando muito — Jhonatan avisou, quando estávamos entrando no meu apartamento.

— Pega os travesseiros fofos, os grandes — pedi, enquanto andávamos pelo corredor até o meu quarto.

Aquela era nossa força tarefa para conseguir sair de casa rápido e sem enrolação.

— A manta, os colchonetes e as barracas? — perguntei, preocupado.

— Já tá tudo dentro do seu carro...

O olhei confuso.

— Coloquei na mala ontem à noite. Com o quê você está tão distraído, que nem percebeu sua própria mala abarrotada de coisa?

Lembrei do que havia dentro da minha mochila. Eu só pensava em aliança de casamento 24h. É lógico que não ia lembrar de verificar a mala do meu carro, no meio de um ataque de pânico casamenteiro.

— Muito trabalho... — menti, mas eu acho que ele não percebeu.

No segundo seguinte, estávamos no elevador cheios de coisas na mão, para, no próximo momento, enfiarmos tudo dentro do carro. Tendo enchido a cara, apesar de não estar bêbado, só levemente engraçado, Jhonatan foi no banco do carona, enquanto eu dirigia.

E nós fomos em direção ao lugar que já visitamos tantas vezes nos últimos anos. Aquela clareira, no meio da floresta, havia virado nosso lugar favorito, nosso ponto de paz. O lugar que, antes só meu, agora pertencia aos dois e nós fugíamos juntos, toda vez que queríamos nos desligar do mundo inteiro e realçar aquela ideia de que só existiam Jhonatan Kauer e Nicolas Hadriel no mundo. Mas fizemos algumas mudanças...

Depois de fazer sexo no capô do carro e acabar com uma coruja pousando na bunda de Jhonatan, logo depois do ato, achamos melhor que as proximas idas ao local fossem feitas de forma mais protegida.

Conseguimos espantar a coruja, mas o menino ficou traumatizado, coitado.

Começamos a levar barracas, colchonetes, cobertores, travesseiros e até aprendemos a fazer uma fogueira pequena. Jhonatan gostava de atear fogo nas coisas, então não foi difícil.

Como o lugar era um parque natural, havia sempre alguma vigilância por perto, mas meu namorado achava melhor levar a Excalibur com a gente.

Só pra garantir...

Quando nós estávamos na barraca, eu dormia agarrado com Jhonatan e ele dormia agarrado comigo. E com a Excalibur. Mas antes do sono chegar, nós repetimos o quadro, mais confortável dessa vez, de colocar os colchonetes no chão e ficar olhando para o céu. Jhonatan já sabia identificar dez ou quinze constelações e mostrava para mim, animado, como se fosse uma criança, conforme as horas iam passando e elas iam aparecendo no céu.

— Caralho, eu sou bom nisso — ele dizia, rindo, naquele tom implicante. — Bonzão, merecia até uma mamada.

— Tô cansado — resmunguei.

— Quer uma mamada?

Gargalhei, enfiando o rosto no seu peito e o abraçando com força. Ele ria baixo, retribuindo o meu abraço e, em seguida, beijando o topo da minha cabeça.

Enquanto olhávamos o céu em silêncio, eu acabei pensando sobre nossa trajetória até ali e tudo o que aconteceu, para que, enfim, conseguíssemos ter paz.

Foi tanta, mas tanta merda...

Traumas, problemas e violências que ainda vibravam na minha mente até aquele dia. Eu ainda me pegava assustado, hora ou outra, enquanto percebia em Jhonatan uma dependência emocional que parecia, cada vez mais, não ter escapatória.

Mesmo depois de quatro anos, fomos empurrando com a barriga qualquer tipo de conversa sobre tratamentos e terapias por parte dele, mas, antes de fazer o pedido para Jhonatan, eu precisava ter certeza de que me casaria com alguém que estaria comigo porque queria, e não porque precisaria de mim senão iria morrer.

— Jhon — chamei baixinho, fazendo carinho no seu peito.

— Oi, Nick.

— Se eu morresse naquele dia, do sequestro — falava devagar, enquanto minha perna deslizava na sua, em um carinho lento e gostoso —, o que você teria feito?

Ele pareceu não precisar pensar muito sobre o assunto, pois sua resposta foi rápida.

— Eu teria me matado.

Fiquei em silêncio por um segundo, porque, mesmo já esperando aquela frase, ela não deixou de me causar dor. Não era a resposta que eu queria ouvir. Respirei fundo e continuei.

— Se nós terminássemos... o que você faria?

— Por que está me perguntando essas coisas? — ele quis saber, visivelmente incomodado com o rumo da conversa.

Eram coisas que ele não gostava nem de imaginar, quanto mais conversar.

— Só responde, por favor — apesar de sério, meu tom soava calmo e, como habitual, meigo.

— Eu não ia aguentar, Nicolas... eu... eu não sei.

Sua frustração deixava claro o quanto era difícil para ele falar sobre aquilo.

Sobre a possibilidade de eu ter morrido.

Sobre a possibilidade de nós não ficarmos juntos.

— Eu quero que você me prometa uma coisa, Jhon.

— O quê? — indagou, virando o rosto levemente na minha direção e me observando olhar o céu.

— Eu conheço uma psicóloga boa, apesar dela ter só dois anos de carreira, e marquei uma consulta pra você, na próxima quarta-feira. O nome dela é Petra e...

— Ah, amor, não... eu já tô bem, passou, não preciso disso — ele me cortou, resmungando e estalando a língua.

— Jhon... — Respirei fundo mais uma vez, olhando em seu rosto e tentando amolecê-lo com meu tom baixo. — O tempo cura muitos traumas e, realmente, já faz tempo que as coisas estão mais calmas, mas me diz que você não tem nenhum pensamento ansioso ou depressivo sobre as coisas que a gente passou.

— Você também tem às vezes — ele rebateu.

— E eu faço terapia há anos justamente por isso, Jhonatan...

Ele silenciou, sem argumentos.

— Me diz que... — eu continuei — em momento nenhum você tem sonhos ruins com seus pais. Me diz que você não fica extremamente nervoso quando eu demoro a chegar em casa... me diz que você não fica em alerta extremo quando dorme, por vezes, não conseguindo pregar o olho a madrugada inteira...

Ele estalou a língua, sabendo que eu continuaria falando sobre todas as reações exageradamente alarmadas que ele ainda tinha.

— Eu posso cancelar se você quiser — disse, percebendo sua postura ainda arredia. — Mas, por favor... você passou pela dor de dez pessoas numa vida só. É muito pra você lidar e tratar sozinho.

— Eu tenho você pra me ajudar com isso, Nick — teimoso, sua fala quase agressiva era uma reação mais exasperada do que eu esperava. — Todos esses anos, eu sempre tive você pra me ajudar com tudo!

— Meu Deus, como é cabeça dura — eu reclamei, me erguendo levemente.

Girei o corpo devagar, apoiei um braço no seu tronco e olhei para o meu namorado, levando a mão pequena e macia até seu rosto, o segurando com firmeza, mas carinhoso, para que ele pudesse me encarar.

— Eu não sou psicólogo, amor — continuei meu argumento. — E mesmo que fosse, eu estou tão emocionalmente ligado a você, que não conseguiria tratar da sua cabeça sem fazer um monte de exceções... Eu não consigo nem ser seu médico!

Ele continuava não tendo resposta naquele momento, só me observava falar devagar, enquanto eu passava o polegar carinhosamente no seu rosto, num carinho lento que não se findava.

— E você também é o *meu bebê* — disse, rindo baixinho.

Ele acabou rindo também. Aquele sorriso lindo.

— E por isso eu quero que você cuide da sua mente, pra você entender que, mesmo estando comigo, você, na verdade, não precisa de mim pra estar vivo.

Ele continuou em silêncio, desviando o olhar do meu rosto para o céu, acima da minha cabeça. Respirou fundo, parecia irredutível.

— Por favor... — pedi baixinho, quase implorando. — Me promete que vai pensar sobre o assunto?

O tempo de resposta durou menos que um segundo.

— Eu vou na consulta — respondeu, abrupto.

Ele olhou para mim e deu de ombros.

— Você pode pensar sobre isso antes — soltei, rindo, porque já estava acostumado com a sua impulsividade.

— Você quer que eu vá? Eu vou. Vamos tratar da minha cabeça fodida na força do ódio.

Gargalhei daquele jeito habitual, jogando a cabeça para trás e jogando o corpo junto, já com total confiança em Jhonatan para saber que ele sempre me seguraria para que eu não caísse. Então, meu riso exagerado foi diminuindo, meus lábios se fecharam, restando apenas um leve arquear no canto da boca e um olhar carinhoso, de total devoção, enquanto eu o encarava, nos fazendo imergir em um daqueles momentos que só pertenciam a nós dois.

— Eu te amo, Jhonatan — falei baixinho, ajeitando o corpo e chegando o rosto ainda mais próximo ao seu. — E eu sei que nós vamos ficar juntos nessa e em todas as vidas que tivermos pela frente.

— Até no meio de uma revolução, em que a gente precise ter um casamento forçado e você descubra com o tempo o quanto sempre me amou enlouquecidamente.

Gargalhei mais uma vez, depois de olhar para ele como se meu namorado fosse louco, porém um louco muito engraçado.

— Eu amo como a sua mente funciona... — confessei baixinho, chegando o rosto perto do seu e deixando um selar meigo nos lábios. — Sim, nós vamos enfrentar até uma revolução juntos — concordei com os frutos da sua criatividade. — Mas eu preciso ter a paz no meu coração de saber que você conseguiria ficar vivo, independente de uma separação.

— Que não vai acontecer — pontuou, sério.

— Que não vai acontecer porque nós vamos nos casar um dia e ter paz.

— Isso é um pedido de casamento? — ele parecia eufórico. — Porra, aceito.

Ri descontroladamente mais uma vez, super nervoso, porque ainda não era a hora. Ainda não era "*O*" pedido. Segurei seu rosto e o beijei devagar, mas soltei meus lábios em seguida, porque não conseguia parar de rir.

— Ainda não, vamos planejar isso direitinho — tentei fingir que não estava louco para pedi-lo em casamento correndo. Tentei fingir que não tinha comprado as alianças.

— Se prepara pra minha formatura, porque a gente vai casar lá mesmo. Na hora que eu pegar o diploma, eu enfio um anel no teu dedo e foda-se.

Eu sabia que, definitivamente, precisava levar as alianças para a formatura, porque eu nunca duvidava de nenhuma palavra que vinha de Jhonatan. Ele era louco a esse ponto.

Depois da meia-noite, Jhonatan e eu colocamos os colchonetes dentro da barraca, e nos cobrindo com duas ou três cobertas, porque havia esfriado além do imaginado, ficamos conversando baixinho, até pegarmos no sono, ouvindo o som do vento passando em volta da barraca.

Agradecia mentalmente ao seu exagero em trazer tantos cobertores, além do seu próprio corpo, tão quente, que me abraçava com carinho, naquele encaixe que eu só tinha com ele.

19.4
23 LIBRAE

A semana passou em um piscar de olhos, como se todos os dias fossem espremidos e amassados entre si, até virarem um só.

Almocei com a minha mãe, como combinado, depois atendi muitas grávidas e alguns idosos, crianças e adultos. Almocei com Jess, Max, Pietro e Yan, quase a semana inteira, nos outros dias, e na quarta-feira, recebi um Jhonatan muito pensativo e sério em casa, na parte da noite.

Sua consulta com a psicóloga havia durado quatro horas...

Eu nunca vi uma consulta durar tanto. Ele me disse que foi porque ele pediu para continuar lá, e tendo ela horário livre, não se opôs, já que obviamente a psicóloga iria receber pelas horas a mais.

Jhonatan estava com aquela aparência de choro recente, tão característico dele. Mesmo assim, não quis me dizer o que discutiram e eu tampouco insisti, pois claramente deveria respeitar seu momento de terapia. Entretanto, mentiria se não dissesse que fiquei curioso com o tempo de consulta e a forma como ele disse que queria voltar na semana que vem, como se tivesse percebido que, realmente, precisava daquilo.

Saber que ele iria continuar com o tratamento, no entanto foi um alívio para mim. Mas foi indiscutível como todas essas coisas, que ocorreram na minha semana, pareciam ter acontecido em apenas um dia. Talvez pelo meu nervosismo e suor excessivo, que me fazia lidar com todos a minha volta no modo automático, eu me assustei quando percebi que o sábado havia, realmente, chegado.

Era naquela noite, porra!

Eu ia ter um infarto.

Passavam pouco mais das 17h enquanto eu vestia uma blusa social fina, branca, que havia comprado apenas para a formatura de Jhonatan ,e para não fugir do meu modelo monocromático tão habitual, meu cinto, calça e sapatos eram pretos, também novos e tão bonitos.

Os mais bonitos que eu consegui, porque meu cineasta merecia aquilo. Além do mais... eu iria pedi-lo em casamento. Respirando fundo, ouvi uma ligação e, ao mesmo tempo, a campainha do meu apartamento soar.

O caos já estava começando?

Enquanto atendia a ligação, andava em direção à porta.

— Espero que já tenha tomado banho — disse, sabendo que era meu namorado na linha.

Abri a porta e minha mãe sorriu, carinhosa, me dando um abraço silencioso em seguida, pois percebeu que eu estava ao telefone.

— E não foi um banho sinuca dessa vez.

Soltei uma risada baixa, enquanto fazia sinal para minha mãe, toda arrumada e cheirosa, entrar em casa.

— Graças a Deus... — disse, rindo, enquanto fechava a porta. — Você precisa de ajuda com alguma coisa?

— Não, só queria saber se você está pronto. Eu estou meio nervoso... — ele dizia baixinho.

Sua voz estava realmente ansiosa e eu tinha vontade de entrar no telefone e dar milhões de beijos no seu rosto, até ele rir, falar uns palavrões, me cantar e se acalmar.

— Eu estou pronto, só vou pentear o cabelo e estou indo para a formatura.

— Senta o máximo na frente possível, beleza? E tira bastante foto de mim. Talvez eu vá pelado e mostre a bunda pra todo mundo... quero fotos bacanas.

— Jhonatan, se você fizer isso, eu vou...

Apertei os lábios, segurando um xingamento que veio na ponta da língua. Jhonatan gargalhou com vontade do outro lado da linha.

— Vamos, pivete! — Ouvi a voz de Samuel, que tinha combinado de levar Jhonatan até o local da formatura.

— Amor, você precisa ver como Heitor está. Ele está de terninho! — meu namorado estava tão animado com o sobrinho de terno, que parecia

que havia comprado uma *skin* nova para o seu avatar do *FreeFire*.

— Eu vou ver daqui a pouquinho, amor — disse, rindo baixo, enquanto ouvia Samuel o chamar mais uma vez. — Vai, você ainda precisa colocar a beca, não é?

— *Sim e tirar foto com a turma antes* — ele soava ansioso mais uma vez, parecendo uma criança. — *Te vejo lá, beiçudo?*

— Eu vou estar na plateia, esperando você entrar pra pegar o seu canudo.

— *É, depois eu meto a mão no teu canudo.*

— Tchau, Jhonatan! — quase gritei, antes de nos despedirmos entre risadas e eu desligar o telefone.

Então olhei para minha mãe, que aguardava eu terminar minha ligação. Ela estava com um vestido vinho, batendo na altura dos joelhos, muito bonito, e acentuando sutilmente as curvas do seu corpo. Estava linda, como sempre foi.

— O Jhonatan, mãe — eu balancei a cabeça negativamente. — É impossível.

— Ah, meu filho... — Ela colocou a mão no meu braço, sobre o tecido fino e branco. — Como se você não gostasse de tudo que aquele bandido fala, não é?

Soltei uma risada nasal, não conseguindo discordar.

No momento seguinte, enquanto conversávamos sobre sua semana na pensão, andei até o banheiro, penteei meu cabelo, um pouco maior do que o habitual, depois coloquei meus brincos e anéis que não usava normalmente, apenas em raras ocasiões especiais, como essa.

Menos no dedo anelar direito, porque ali entraria outro anel.

Anel que me fazia tremer da cabeça aos pés, então, não esquecendo o motivo da minha crise de ansiedade, fui até meu quarto, enquanto minha mãe ainda conversava comigo sobre temperos e pratos que foram quebrados naquela semana, e peguei a pequena caixinha preta, com alianças que, agora, continham "Jhonatan" e "Nicolas" em seus interiores, pois eu havia passado na loja no último dia, apenas para pedir que nossos nomes fossem gravados.

Me sentia cada vez mais brega, besta, emocionado e louco por Jhonatan e não fazia mais questão nenhuma de esconder.

— Meu filho — minha mãe falava, chocada, olhando a caixinha na minha mão. — O que é isso? Você vai...

— Eu vou, mãe — concordei, balançando a cabeça algumas vezes, num sinal nervoso, que confirmava sua pergunta. — Eu vou pedir Jhonatan em casamento, depois da formatura.

— Ah, meu filho! — A mulher estava com os olhos cheios d'água, então veio na minha direção e me deu um abraço tão apertado, que eu quase senti saudade emanando de seus braços. — O meu amor vai se casar...

— As coisas não vão mudar muito — disse, rindo baixo, levando em consideração que Jhonatan passava 98% dos seus dias no meu apartamento. — Mas eu vou, sim, quer dizer, eu espero que sim, se ele aceitar.

Minha mãe segurou meu rosto, rindo, enquanto lágrimas finas rolavam de seus olhos.

— Ele já aceitou há quatro anos, é meio óbvio...

Gargalhando, porque a mulher sabia que Jhonatan falava de casamento o tempo inteiro, puxei minha mãe para um abraço forte, enquanto ela voltava a repetir o quanto me amava e o quanto estava orgulhosa da minha escolha. O quanto ela também amava Jhonatan.

Depois de 5 minutos, em que precisamos nos recompor, porque minha mãe era uma pessoa emocionada que nem eu, nós deixamos o apartamento, com ela abraçando meu braço até chegarmos no meu velho carro vinho.

Aliança no bolso da calça, celular no outro bolso, chaves na ignição e eu já estava pronto para encarar uma das conclusões de curso mais sofríveis que eu já presenciei na minha vida.

Porque Jhonatan chegou lá aos trancos e barrancos, tiros e atropelamentos, mortes e ressurreições.

Mas ele chegou lá.

Dirigi por cerca de uma hora e meia, porque o local da formatura era num sítio, com um grande salão fechado e espaçoso, onde haveria, em seguida, uma festa para os formandos e familiares na parte de fora. Foi caro demais, mas Nataniel pagou tudo para quinze ou vinte convidados, não me recordava bem. Mais uma vez eu suspeitando que o contrabando de cigarros não havia acabado de vez.

— Vamos, mãe, eu quero sentar lá na frente — disse, animado, vendo que ainda haviam vários lugares perto do palco onde aconteceria a formatura.

— Quantas pessoas são? — ela perguntou, abrindo sua pequena bolsa e vasculhando as coisas que haviam no seu interior.

— Samuel, Ceci com Hadassa, Heitor, Luca, Talles, Nataniel, Suri, Pietro, Yan, Jess, Max e nós dois. Treze pessoas.

Nós continuamos andando pelo salão, até achar uma fileira vazia: a segunda, da frente do palco para trás, porque as primeiras fileiras estavam ocupadas por placas que diziam "reservado" e, logo abaixo, o nome de professores e coordenadores, dos dois lados, pelos imensos retângulos formados por cadeiras, que iam até o final do salão.

— Eu fico surpresa em como vocês parecem um amontoado de adolescentes encrenqueiros que só andam em bando.

Às vezes, era exatamente isso que éramos.

Antes que eu pudesse responder, minha mãe começou a tirar itens e mais itens de sua bolsa, colocando-os em cima dos bancos. Eu coloquei a mão na boca, segurando o riso.

— O que a senhora está fazendo? — perguntei, incrédulo.

— Todo mundo vai sentar junto! — Não sabia dizer se ela estava brincando ou brigando comigo, então apenas continuei segurando o riso e observando a mulher.

Um batom marrom, um batom vermelho, um grande botão dourado, um lenço com a inicial "H" bordada em lilás, um caderninho de anotações, uma caneta prata, um óculos de grau, seu cartão de crédito, a capinha do seu celular, o próprio celular e um chaveiro pompom dourado, que ela tirou do próprio zíper da bolsa.

— Você abriu um bazar na formatura do Jhonatan?

— Não, meu filho, eu estou guardando o lugar das pessoas.

— Com um botão? Um cartão de crédito? — disse, passando o olhar pelos ítens.

— Ai de quem tirar o meu botão da cadeira!

— Mas que feira da porra é essa? — Ouvi a voz de Samuel atrás de nós dois. — Desculpe, tia.

— Oi, meu filho — ela disse, rindo, abraçando meu cunhado e, em seguida, Cecilia, ao seu lado.

Heitor andou na minha direção e segurou minha perna, então eu abaixei e o peguei no colo, dando beijos estalados na sua bochecha gorda e rosada.

— Por que sua boca está verde, criança? — perguntei, rindo, olhando para o meu sobrinho.

— *Pi-ito* do Hulk! — ele disse, animado, mostrando um palito branco de plástico para mim, mas não havia mais pirulito nenhum, pois estava tudo derretido na sua cara.

— Me dá o paninho dele, Ceci — pedi carinhosamente a minha cunhada, que ria, vendo o filho todo melecado.

Ela me deu o tecido, levemente úmido pela água de uma garrafinha, que havia acabado de abrir, e eu limpei o rosto do meu sobrinho, enquanto ele gargalhava, bem sem-vergonha. Ele sabia que tinha feito bagunça na cara e na pequena blusinha branca social, mas não parecia se arrepender nadinha.

Olhando para o lado, vi Cecilia segurando o terninho de Heitor, que deveria ter tirado antes que o menino fizesse ainda mais estrago. Minha mãe, como se fosse dona do salão, foi encaminhando Samuel, Cecilia e Heitor, para que se sentassem, e em seguida, me puxou, para que eu me acomodasse ao seu lado. Fiquei entre Samuel e minha mãe.

— Tirei logo meu cartão de crédito, minha capinha de celular e meu celular. Nunca se sabe onde podem ter bandidos...

Vi a figura de Nataniel se aproximar com Suri.

— É, mãe... — falando, ri baixo — ...nunca se sabe.

Um a um, os convidados de Jhonatan e, demais convidados dos outros formandos, foram chegando, e na nossa fileira, todos os nossos conhecidos foram tomando seus lugares.

— Ganhei um botão dourado! — Jess gritou, quando foi se sentar ao lado de Ceci.

— Minha filha, me dê isso aqui! — minha mãe disse, se levantando e quase caindo por cima de mim, só para recuperar seu botão.

Meu Deus, nós íamos destruir a formatura de Jhonatan, antes mesmo dela começar.

Quando alguns relógios digitais no salão apitaram, anunciando que às 20h haviam chegado, um senhor subiu ao palco e andou devagar, até o pequeno púlpito que havia ao centro.

Conforme ele ia dando seus passos, os presentes iam diminuindo suas vozes, até que, definitivamente com a boca próxima ao microfone, o silêncio dos familiares se fez, dando lugar apenas à voz do homem.

— Boa noite, amigos e familiares dos formandos. Meu nome é Horácio Mori, sou reitor. — Acho que se tratava do mesmo homem que havia ligado para Jhonatan, avisando-o de que poderia voltar aos estudos, se levasse um laudo.

Laudo que Yan assinou.

— E hoje daremos início à colação de grau da turma de Cinema e Audiovisual, turma de 2020, da Academia de Cinema de Astra.

A formatura não era minha, mas eu estava nervoso feito o cacete.

— Gostaria de chamar aqui, para compor os lugares dos formandos... — Ele apontou para, aproximadamente, vinte cadeiras pretas, altas e almofadadas atrás de si, naquele palco extenso. — Todos os alunos que, com louvor, concluíram seus estudos e recebem hoje seus certificados.

Eu já havia me ajeitado na cadeira umas trezentas vezes, então não via problema em me ajeitar mais uma. Pigarreando, prestei atenção em cada um dos nomes que foi chamado e mais atenção ainda no cabelo verde fluorescente que entrava, porque a amiga de Jhonatan mudou a cor, especialmente, para a ocasião da formatura.

Meus olhos quase doíam com a coloração e o reitor chegou a se assustar quando ela entrou no palco, pela pequena porta lateral onde os demais formandos estavam entrando, e se sentou. Então, anunciaram o próximo nome:

— Jhonatan Kauer.

A nossa fileira começou a gritar e aplaudir, como se Jhonatan tivesse ganhado o Prêmio Nobel. As palmas eram altas, os assobios, agudos, e os gritos, finos. Ninguém havia feito barulho para nenhum dos formandos, mas Jhonatan merecia ser ovacionado. Ele merecia toda aquela festa. O meu Jhonatan merecia saber o quanto todos nós estávamos orgulhosos dele.

Até Heitor soltou gritos alegres, mesmo que não estivesse entendendo o que estava acontecendo. O pivetinho gostava mesmo era da farra.

Fazendo coração com as mãos e mandando beijos para todos nós, sem vergonha nenhuma de estar sendo aplaudido, Jhonatan, que mal conseguia segurar o sorriso imenso, andou devagar em direção a sua amiga com cabelo neon e se sentou ao seu lado.

— Por favor... — O homem pigarreou ao microfone. — Voltemos ao decoro... — Então, ele voltou a chamar os nomes dos formandos que restavam, até Caio entrar, sentar ao lado da namorada e, alguns minutos depois, o último aluno ser solicitado, completando a cadeira que faltava.

Enquanto o reitor discursava algo sobre honra e ética da profissão, comprometimento e desejo de carreiras prósperas a todos os alunos, Jhonatan olhava para mim, lá do palco, e sorria com o canto dos lábios. Era *aquele* sorriso. Aquele sorriso que eu retribuía de igual forma. Aquele sorriso que fazia com que eu me esquecesse que havia mais de trezentas pessoas naquele salão e outras tantas no resto do mundo, porque, na minha cabeça, só existíamos nós dois.

Um professor eleito pelos alunos, aparentemente o favorito da turma, subiu ao pequeno púlpito e fez seu discurso, e após ele, o representante da turma, um menino baixinho e de óculos azuis, fez um discurso de agradecimento a todos os outros professores, reitores, diretores e funcionários da universidade.

A cerimônia era um pouco arrastada, mas eu vivia me distraindo com as gracinhas que Heitor fazia no colo da mãe, ao lado de Samuel, e com os comentários do meu próprio cunhado, ao meu lado.

— Todo vestido de beca, se formando... — Samuel balançou a cabeça negativamente. — Nem parece que era um pivete remelento que mijava na minha cara.

— Mas Heitor também mijou muito na cara do Jhonatan — comentei, segurando o riso.

— A porra do karma, Nicolas... ele tarda, mas não falha.

Eu segurei ainda mais o riso, enquanto Jhonatan, lá da frente do palco, olhava para nós dois, franzindo o cenho.

Sim, amor, estamos falando de você...

Ele parecia que ouvia de longe.

— E agora... — O reitor voltou ao pequeno púlpito, esperando a extensão do salão diminuir a voz. — Vamos chamar Jhonatan Kauer para o discurso de finalização.

— Eita, porra! — Samuel soltou, junto de outros brados de choque das outras pessoas na nossa fila, unido ao meu total silêncio espantado.

Nem eu, nem Samuel, nem Ceci, nem minha mãe, nem Jess, nem Max, nem Nataniel, nem Suri, nem Pietro, nem Yan, nem Talles, muito menos Luca, estávamos esperando por aquilo. Jhonatan falando na frente de todo mundo?

Eu engoli em seco, como se fosse eu que estivesse indo fazer o discurso.

Mas a pessoa que ia discursar estava tão tranquila, que precisou ser cutucada por Wanda, porque estava distraído, chupando a corda do capelo.

— Jhonatan Kauer? — o reitor chamou mais uma vez, olhando para trás e observando Jhonatan se levantar correndo, depois de ter sido sacudido pela amiga tantas vezes.

O reitor deu alguns passos para trás, notando a aproximação do meu namorado.

Se segurando para não gargalhar, como eu sabia que ele estava fazendo, Jhonatan chegou ao púlpito de madeira, ajeitando o capelo, provavelmente para a parte babada da cordinha não ficar batendo na sua cara.

— Boa noite, galera, família... doutor. — Ele olhou para mim, as pessoas no salão retribuíam o cumprimento, mesmo não entendendo quem era o "doutor". — Primeiramente, eu não sei porque eu fui escolhido pra isso aqui... porque eu sou um bosta fazendo discurso.

Todo mundo começou a rir. O reitor pigarreou alto.

— Foi mal — ele disse, também rindo, enquanto eu sentia minhas bochechas completamente vermelhas.

Jhonatan me causava emoções demais, ainda mais falando em público, e eu não estava conseguindo reagir àquilo, apenas admirar o homem que ele havia se tornado e se tornava cada dia mais. Até porque...

O Jhonatan de 21 anos e meio era lindo. Tinha uma cara de moleque arteiro, me tirava o juízo diariamente.

Mas o Jhonatan de 26 anos e meio...

Acabava comigo de uma forma, definitivamente, melhor do que eu esperava.

— Então, galera... chegar aqui foi difícil pra caral... caramba! Foi difícil pra caramba...

— Pivete ramelão da porra. — Samuel se segurava para não urrar de rir do meu lado. — Tá se cagando todo pra não falar palavrão!

— Heitor e Hadassa agradecem! — Cecilia falou para nós dois.

— Eu passei por umas mer... umas melecas, bem difíceis, sabe? — Jhonatan continuou. — E quando eu falo difíceis, eu falo difíceis mesmo, porque meu problema não foi desânimo, não foi cansaço, não foi falta de dinheiro de passagem pra chegar na faculdade... quer dizer, as vezes sim, quando eu gastava o dinheiro da passagem em lanche, porque tava cagado de fome.

— Jhonatan — o reitor chamou.

— Foi mal de novo... — Ele ria, olhando para mim e apertando os lábios, porque estava difícil se controlar. — Mas a situação é que eu fui atropelado, jogado no asfalto, que nem bosta, e fiquei todo quebrado, igual copo de boteco arremessado no chão, no meio de briga de bêbado.

As pessoas no salão estavam rindo tanto que parecia que estávamos assistindo a um filme de comédia. O episódio, uma vez traumático, agora era mais suave, graças ao meu namorado, que fazia tudo parecer mais leve aos meus ouvidos. Graças ao meu namorado, que, mesmo depois de tudo aquilo, permanecia vivo, arrancando risadas de tantas pessoas.

Até o reitor e os professores começaram a rir e balançar as cabeças negativamente, porque pareciam desistir de controlar o gênio do meu namorado.

Como eu já disse tantas vezes: *Jhonatan era incorrigível.*

— Mas nem a lataria de um carro na minha bunda foi o suficiente para eu perder a vontade de estudar e... — seu tom ficou mais agressivo e ele começou a apontar na direção das pessoas na plateia. — Se eu fui atropelado, fiquei todo idiota, andei de muleta por um ano e ainda consegui estudar, vocês também conseguem! *Fighting*, porra!

Meu Deus, o que era aquele discurso... ?

O reitor enfiou as duas mãos na cara.

— Desculpe, pais e mães presentes. Crianças, não falem palavrão. — Então, fez um "ok" com a mão, usando o polegar, em direção a Heitor.

Nosso sobrinho, olhando para o tio, animado, levantou o polegar pequenininho correndo, respondendo a Jhonatan. Meu namorado soltou uma gargalhada gostosa com o ato do pequeno pivetinho esperto.

— Mas eu vou estar mentindo se disser que terminei a faculdade por exclusivo mérito próprio — sua voz parecia inegavelmente mais séria, sua postura levemente mais rígida e até seu tom, mais rouco e mais centrado.

Jhonatan estava entrando no seu "modo adulto", que poucas vezes eu o via vestir, pois não era o seu favorito. Mas quando se fazia necessário, ele abraçava sem reservas.

— E eu sei que, igual a mim, nenhum dos meus colegas conseguiria chegar a lugar nenhum, se não fosse por vocês... — Ele fez um gesto com a mão, como se apontasse para todo o auditório e as pessoas presentes ao mesmo tempo. — Pais, mães, irmãos, tios, tias, primos, primas, filhos e filhas, namorados, namoradas, esposas e maridos, avôs, avós, amigos e pessoas de qualquer laço, sanguíneo ou não.

Pela primeira vez, as pessoas observavam a fala de Jhonatan com atenção e seriedade, fixos a tudo que ele falava. Ele tinha esse poder, de captar a atenção de todos para si. Eu nem piscava enquanto o olhava falar sério daquele jeito.

— E eu... — Ele soltou uma risada leve, olhando para algum ponto no meio da multidão, com os olhos desfocados nas próprias lembranças. — Eu gostaria de falar um pouco sobre mim, já que fiquei caladão, durante os quatro anos que passei com essas pessoas, que devem achar que eu sou um tipo de psicopata até hoje.

Os colegas atrás de Jhonatan riam, trocando palavras entre si e concordando com a fala do meu namorado.

— Se... — ele começou, com certa dificuldade. — Se meus pais não tivessem me amado tanto, eu nunca aprenderia o que é ter respeito e amor por outras pessoas ou por outras coisas. Se minha mãe não tivesse me apresentado minha primeira câmera, eu nunca teria descoberto o quanto gostava de filmar e brincar com as lentes.

Ele sorria com o canto dos lábios, enquanto descia os olhos até o microfone, no pequeno púlpito a sua frente. Era claro o quanto as memórias o abraçavam naquele momento.

— Se meu irmão não tivesse lutado por mim, eu nunca teria me tornado forte. Se meus amigos não tivessem me dado tantas oportunidades, eu nunca aprenderia que, hora ou outra, iria precisar de ajuda. A gente sempre precisa de ajuda e não tem problema.

Ele virou para trás.

— Inclusive, obrigado a todos vocês, que me receberam de volta na turma e mastigaram as matérias e trabalhos, depois deram na minha boquinha.

Wanda e Caio eram os que mais gargalhavam, no meio de todas as risadas.

— Sério... — Jhonatan ria, tentando se controlar. — Sem vocês, eu não teria conseguido me formar ou me formaria só daqui a dez anos, sabe-se lá...

Então, ele virou para frente novamente, olhando para o público. Era estranhamente bom naquilo. Mais um motivo de orgulho.

— Mas de todo o apoio que eu tive e todas as pessoas que me ajudaram, existe uma que eu quero ter ao meu lado para sempre, por toda a minha vida.

Não...

Ele não está fazendo isso.

— Existe uma pessoa que, literalmente, salvou minha vida mais vezes do que eu consigo contar e que... — Ele soltou mais uma risada, enquanto levantava o rosto e olhava diretamente para mim. — Disse pra mim que só se casaria comigo quando eu terminasse a faculdade. E... surpresa! Eu estou aqui... estou aqui me formando.

Não conseguia parar de tremer, de sorrir. Vigarista, eu estava com as alianças no meu bolso!

— A pessoa que eu escolho para passar o resto da minha vida gritando no vaso, pedindo por papel higiênico. A pessoa que eu escolho para colocar os pés gelados nos meus de noite. A pessoa que eu escolho para desligar o meu despertador e me causar um atraso de duas horas no meu estágio.

Poxa, foi só uma vez...

— A pessoa que eu escolho, porque não existe outra escolha possível.

Meu coração batia com força, minha respiração era tão rápida que parecia inexistente.

Meus olhos já estavam *tão* cheios d'água...

— Eu escolho você, doutor, e eu ainda vou te escolher nas mil vidas que teremos juntos. — Ele tirou, de dentro do bolso da beca, um estojo pequeno de veludo preto, muito parecido com o que eu tinha no meu próprio bolso, então o abriu e, ao longe, mostrou para mim — Você quer casar comigo, Nicolas?

Eu estava sendo pedido em casamento pelo cara que eu iria pedir em casamento...

Eu não tinha reação, a não ser rir, incrédulo, porque as minhas alianças ainda estavam se movendo no bolso da minha calça, a cada movimento que eu fazia. O reitor olhava calmamente para Jhonatan, os alunos pareciam animados e ansiosos.

Eu tinha a impressão de que Jhonatan havia conseguido convencer todo mundo a fazer aquele pedido, na frente de todos, e todo o corpo de funcionários e colegas estavam de acordo.

Que tipo de chantagem ele fez?

— Aceita... — Jhonatan falou ao microfone. — Ou eu vou sair da minha formatura chorando? — Eu gargalhei alto e me levantei, ouvindo alguns aplausos e gritos de uma massa emocionada com situações como essa.

Vindo na minha direção, ele desceu os degraus do pequeno palco, antes mesmo que eu conseguisse chegar perto dele, e me esperando, se ajoelhou e abriu a caixinha. Eram praticamente as mesmas alianças que eu havia comprado, em um modelo quase idêntico, também em ouro branco.

Como nós podíamos nos conhecer tão bem?

Algumas pessoas continuavam a gritar, como se estivéssemos comemorando uma partida de futebol, e a maioria dos gritos vinha da fileira dos nossos parentes. Até eu ouvir Samuel gritar ainda mais alto.

— Se alguém falar merda, eu vou dar tiro na bunda de todo mundo!

Eu acabei rindo do comentário de Samuel, porque nem sequer conseguia ouvir qualquer outra coisa. Estava preso nos olhos de Jhonatan, minha atenção estava toda ali.

— Quer casar comigo? — ele repetiu a pergunta que fez tantas vezes nos últimos anos.

— Tem tanta gente preconceituosa aqui... amor... — Apesar disso, eu não conseguia parar de sorrir, porque ninguém fazia com que eu ligasse menos para isso do que Jhonatan. — Você é louco...

— Pau no cu deles, amor! — Jhonatan falava, rindo comigo. — Então? Você quer casar comigo? Vou ter que pedir quantas vezes até você aceitar, beiçudo?

E não havia outra resposta...

— Eu já aceitei há quatro anos — reverti a fala de minha mãe para mim, porque era tão verdadeira quanto o contrário dela. — Eu só fingia que não, pra você terminar a faculdade...

— Você é um meliante, Nicolas.

Eu tive que concordar, enquanto meus olhos quase se fechavam, pelo riso exagerado.

— Então, é sim?

— Sim. Sim, com certeza, sim... todos os sim que eu puder te dar. — Ele se levantou, segurou meu rosto e me beijou. — Todos os sim que eu estou te devendo, por todos esses anos.

Jhonatan sorria, as pessoas gritavam e o Reitor voltava ao microfone, enquanto meu noivo colocava as alianças nos nossos dedos.

Meu noivo...

Meu noivo formado.

— Queria pedir desculpas aos presentes por esse desvio nas nossas atividades — o reitor falava, enquanto Jhonatan segurava meu rosto e me dava um milhão de beijos estalados. — *Jhonatan, volte para a sua cadeira, por favor.*

Ele deu uma gargalhada alta, me deu mais um beijo e voltou correndo, balançando aquela beca enorme e com cetim preto espalhafatoso.

— Mas além do pedido de casamento que o jovem esteve implorando para fazer, há mais de seis meses, depois de saber que seria o orador final... — Soltei uma risada, enquanto voltava ao meu lugar, ao lado de Samuel.

— Porra de garoto insistente! — meu cunhado disse, rindo.

Enquanto eu me sentava, observava o rosto de Yan, rindo ao lado de Pietro, como se estivesse satisfeito com o rumo da noite. Ele parecia saber de algo que eu não sabia.

— As palavras de Jhonatan carregam muita verdade. Nossa jornada, seja estudantil ou no dia a dia, quando alcançamos o mercado de trabalho, é cercada por situações em que, hora ou outra, só vamos conseguir lidar se tivermos ajuda de parentes e amigos. Até eu, como reitor, preciso da ajuda de alguém, em algum momento. Então, obrigado a todos os presentes por terem ajudado na formação destes alunos... — O reitor apontou para todos os formandos atrás de si. — Porque vocês foram chave importante para que cada um deles esteja recebendo seus diplomas hoje.

Eu não parava de sorrir, não parava de olhar para Jhonatan e para minha aliança em meu dedo. Mas eu tinha alianças no meu bolso!

— Finalmente, porra — Luca gritou para mim, ao longe, quase se jogando sobre os outros para conseguir transmitir a mensagem. — Finalmente aquele ranhento vai sair do meu apartamento de vez!

— Nós vamos morar com você, Luca — impliquei.

Ele riu, fazendo que "não" com a mão, desesperado. Eu sabia que ele estava brincando, mas era uma situação engraçada. O reitor terminou o discurso, as palmas soaram por todo o salão e os formandos se levantaram, todos juntos.

— Vocês estão oficialmente formados. Parabéns a todos!

Milhares de pequenos pedaços de papéis prateados estouraram, uma música alta começou e todos jogaram os capelos para cima. Heitor começou a chorar, porque se assustou com o barulho dos estouros, então Samuel o pegou no colo. Ele se acalmava muito fácil quando deitava no peito do pai e ouvia aquele coração imenso batendo. O coração que voltou a bater, especialmente, por ele.

Quando olhei para frente, Jhonatan olhava para cima, desolado. Seu capelo havia prendido na armação de ferro, em cima dele. Eu não queria rir, mas eu não consegui. Ele olhou para mim, mesmo ao longe, e acabou rindo também, dando de ombros.

Um a um, os formandos foram se abraçando, se cumprimentando e depois começaram a descer do palco, para se encontrarem com suas famílias. Sem capelo, Jhonatan veio até a nossa fileira, onde todos já estavam saindo, e recebeu os abraços orgulhosos de cada pessoa ali.

Até mesmo de Talles. Como era estranho ver eles se abraçando e rindo, mas era um estranho *tão bom*...

Me deixando por último, porque ele sempre demorava muito quando falava comigo, abracei meu noivo, sentindo seu perfume gostoso, enquanto a força dos meus braços ao seu redor denunciavam o quanto eu estava orgulhoso por ele ter completado aquele processo tão difícil.

Quando nos separamos, ajeitei seus fios, bem mais longos do que quando o conheci, para trás, rindo pelo cabelo bagunçado depois dele ter perdido o capelo.

— Eu não gosto de usar nada na minha cabeça mesmo...

Ri baixinho, concordando com sua fala, depois segurando seu rosto e o beijando mais uma vez.

— Já pode fazer o filme da nossa vida, meu amor.

— Eu vou fazer, Nick... eu vou fazer.

Sorri mais uma vez e até tentei beijar meu namorado, mas fui interrompido por Nataniel, entrando no meio de nós dois e nos puxando para fora do salão.

— Não existem só os senhores no mundo, então vamos para a nossa mesa, porque eu lembro que paguei bem caro por ela.

Entre risadas, piadas sobre casamento e implicâncias de todos os presentes na mesa, a festa se seguiu, rodeada de uma sensação agradável que eu ainda não havia me acostumado.

19.5
GAMMA LIBRAE

Várias fotos, taças de champanhe, coquetéis de fruta e petiscos depois, todos estávamos acabados, e Heitor, completamente desmaiado no colo de Jess, demonstrava a vontade de todas as pessoas ali.

— Você me leva em casa, meu filho? Acho que vou dormir no chão — minha mãe disse, rindo baixo depois de ter bebido um pouco demais.

Como eu fiquei só no coquetel de frutas sem álcool, porque sabia que teria que dirigir, ri da sua reação meio bêbada e me levantei.

— Foi um prazer estar com todos vocês, mesmo que eu veja suas caras o tempo todo — saudei, com uma reverência exagerada.

— Ah, eu vou contigo — Jhonatan, já sem a beca e absurdamente gostoso de terno aberto, em conjunto com a sua blusa social branca, que estava igualmente aberta até a metade do peito, levantou abruptamente.

— Vamos todos, então... — Samuel falou, se levantando e pegando Heitor, adormecido, no colo de Jess. — Tenho que pegar o presente de formatura do Jhonatan no carro.

Quando ouviu Samuel falando, Cecilia pegou Heitor em seu colo, parecendo não querer atrapalhar o momento do presente, seja lá qual fosse.

— Presente? — Jhonatan franziu o cenho. — Não vi nada no carro, porra.

— Cala a boca e vambora comigo, pivete.

A vontade de ir embora, de minha mãe, Samuel e Jhonatan, acabou surtindo uma reação em cadeia de todas as pessoas, que estavam completamente exaustas, e logo, todos que estavam na mesa começaram a andar para o mesmo lugar que nós.

Jess, Max, Yan, Pietro, Luca e Talles nos abraçaram, agradeceram pelo convite e seguiram para seus carros, enquanto Nataniel, Suri e Samuel andavam juntos, até encostarem as bundas em um carro preto, com vidro fumê, tão polido que parecia ter acabado de sair de uma concessionária.

O carro dos dois ainda estava longe.

— Tira a bunda daí, caralho, o dono vai chegar e vai bater em vocês — Jhonatan disse, enquanto minha mãe segurava meu braço e colocava a cabeça no meu ombro. Parecia que estava dormindo em pé.

— Não estou preocupado com porradas vindas do dono do carro — Nataniel soltou arrastado, sorrindo com o canto dos lábios. — Você não encararia eu e Samuel juntos, garoto.

Jhonatan estava ganhando um carro?

— Porra! — gritou, sorrindo que nem idiota. — É mentira! — Balançou a cabeça negativamente um milhão de vezes. — Não acredito em vocês, não! Para de brincar comigo, caralho!

Samuel ria, enquanto Cecilia andava devagar em direção ao carro deles, e minha mãe, soltando meu braço, a acompanhava. Andavam que nem duas tartarugas, tadinhas.

Suri, aproveitando que a criança estava se afastando, começou a fumar ao longe, falando no telefone com alguém.

— Se a porta abrir... — Samuel falou, jogando a chave para Jhonatan, que segurou no peito — é seu.

Que nem uma criança animada, ele quase correu em direção à porta do motorista e eu o acompanhei, um pouco mais devagar. O ex-meliante enfiou a chave e conseguiu abrir a porta do carro, então deu um uivo que ecoou no estacionamento inteiro.

— Meu carro, porra! Minha máquina! Meu *Transformer!* — ele gritou, enquanto entrava no carro e buzinava sem parar, como se estivesse acontecendo um incêndio no lugar, depois de ter fechado a porta do veículo preto.

— Para com isso caralho, vai acordar o Heitor! — Samuel gritava, me fazendo rir.

Ele enfiou a cabeça para fora e olhou para nós três.

— Entra aí, cambada de bundão!

Suri, ainda distraída ao telefone, ficou para trás, enquanto eu sentava na frente e Nataniel e Samuel nos bancos traseiros.

E foi só todo mundo sentar que Jhonatan largou a mão na buzina de novo, que nem um louco.

— Coloca o Heitor pra dormir de novo, caralho! — Mais uma cacetada de buzinas soando e Jhonatan gargalhando que nem idiota.

Eu, Samuel e Nataniel estávamos ficando surdos. Até Jhonatan tomar um tapão na cabeça, do irmão, e parar de buzinar.

— Para, pivete! — ele queria parecer bravo, mas estava rindo demais.

— Quem me deu? Quem foi, hein? Quem? — Ele olhava, animado, de mim para Samuel e Nataniel.

— Não olha pra mim — disse rindo, dando de ombros.

— Eu e Samuel, garoto — Nataniel começou, encostando confortavelmente no carro, que tinha um cheiro tão bom.

Todo o estofado novo, um leve aroma de fábrica, painel tão iluminado, que parecia uma árvore de Natal, *DVD player*, entrada para USB, *bluetooth*, tela pequena no painel, que tinha uma qualidade melhor do que a televisão da minha sala.

Nataniel queria enganar quem, dizendo que havia parado com o contrabando?

Uma fungada violenta.

Só tem sentimental nessa história...

Jhonatan já estava chorando.

— Tá chorando, pivete? — Samuel perguntou, rindo. — Caralho, não chora... não chora, não...

E logo Samuel também estava chorando. Eu e Nataniel começamos a rir, porque o que eles tinham de desbocados, tinham de sensíveis.

Todo mundo desceu do carro, Jhonatan passou por uma sessão de abraços e mais abraços, entre Nataniel e Samuel, e deve ter agradecido um bilhão de vezes, porque não parava de bajular os caras.

— Você merece — Samuel disse, limpando a cara cheia de lágrimas. — É o último presente que eu vou te dar, porque eu vou pagar isso até morrer, mas você merece.

— Merece mesmo — Nataniel disse, passando a mão no cabelo de Jhonatan e bagunçando-o todo. — É o nosso pivete de ouro.

Samuel riu, concordando.

Depois de mais alguns abraços, que eu adorava ver, porque toda aquela cena era bonita demais, eu presenciei Jhonatan agradecendo pela última vez, quando Cecilia gritou, dizendo que Heitor tinha acordado.

Claro que tinha, mas aí eu lembrei que tinha mãe e precisei andar em direção ao meu carro, porque precisava levá-la para casa.

— Ei... — Senti uma mão me segurando, e quando me virei, Jhonatan me olhava com aquele sorriso gostoso, que ainda fazia eu me perguntar se meus ossos eram feitos de pudim. — Eu vou te pegar na sua casa, 3h. Com o meu carro.

Ele balançou as chaves novas, orgulhoso. Queria conter o sorriso, para não parecer tão rendido assim, mas eu não conseguia.

— Três horas não é um pouco tarde demais? — perguntei, quase explodindo por dentro.

Jhonatan estava tão lindo, tão cheiroso. Tão formado, tão... meu noivo.

— Nossa noite só começou, Nicolas.

Sorri com o canto dos lábios, tentando *segurar a quentura insegurável* que se fazia no meu rosto.

— Você bebeu? — perguntei, preocupado, porque não queria que dirigisse.

— Coquetel sem álcool, que nem você, mas porque eu queria dirigir o seu carro. — Ele segurou meu rosto e me deu um beijo na testa. — Não achava que ia ter o meu próprio.

Eu soltei uma risada nasal baixa e, me sentindo levemente assanhado com toda aquela atmosfera, beijei seus lábios rapidamente.

— Se demorar demais, eu vou dormir.

Dei as costas e recebi um tapa na bunda do meu namorado. Não..., ele era meu noivo. Noivo!

Meu Deus, eu estava noivo.

19.6
IOTA LIBRAE

Andando até meu carro e rindo como se fosse um adolescente idiota, me despedi ao longe de Nataniel e Suri, mas corri até o carro de Samuel, para dar um beijo gostoso em Heitor e morder sua bochecha.

Jhonatan me ensinou a morder a bochecha do garoto e eu não conseguia mais parar.

— Como você conseguiu trazer esse carro até aqui? — perguntei a Samuel, enquanto segurava Heitor no colo e ele enfiava o dedo salgado na minha boca.

Esperava que aquele sal não fosse meleca.

— Nataniel veio dirigindo ele e Suri veio dirigindo o carro de Nataniel.

— Vocês ainda são uma quadrilha que planeja tudo. — Cecilia olhou para Samuel, espremendo os olhos e balançando a cabeça negativamente.

— E você faz parte dela, pitbull, porque também sabia — ele disse, rindo, pegando a cabeça da mulher e dando um beijo bruto.

Dando mais alguns beijos no meu sobrinho, o entreguei para os pais e, depois de beijar a barriga da minha cunhada, porque Hadassa também merecia atenção, fui para o meu carro ver como minha mãe estava, depois de toda aquela demora.

Roncando que nem o Luca ronca.

Eu entrei no carro, rindo, liguei a música baixinho e saí daquele estacionamento, voltando para Astra. Que nem um bebê recém-nascido, minha mãe dormiu profundamente, provando para mim, de uma vez por todas, que o cansaço, unido ao álcool, realmente fazia as pessoas apagarem completamente.

Uma hora depois, em uma viagem mais rápida do que a vinda, já que as estradas estavam vazias, eu estacionei na frente de sua casa e saí do carro, para ajudá-la a sair de lá também.

— Venha, minha senhora, venha dormir numa cama e não num banco de carro — disse, rindo, vendo Helen gargalhar, de olhos fechados, e ser conduzida por mim.

Tendo a chave, abri a porta, enquanto ela deitava no meu ombro, e pequena e magra como era, não tive dificuldade em pegá-la no colo e colocá-la na sua cama, antes que tropeçasse nos próprios pés e ficasse dormindo pelo chão mesmo.

— Você... — ela disse, tonta, segurando no meu pescoço e me puxando até eu cair na sua cama e deitar ao seu lado — é o melhor filho que eu tenho, meu filho.

Ela deu tapinhas no meu rosto, bem fortes, mas que deviam estar leves como plumas em sua imaginação. Eu sabia de quem havia puxado a mão pesada.

— Mãe, eu não tenho irmãos — disse, segurando o riso, enquanto via sua cara bagunçada e bêbada.

Ela continuava a rir de olhos fechados.

— Mas se eu tivesse outros filhos... — Ela bocejou, e o cheiro forte de vodca veio ao meu rosto. — Você seria o favorito. Não conte para os seus irmãos!

Sua mão parou de me bater. Ela parecia ficar cada vez mais lenta.

— Não vou contar, Helen — prometi, rindo, me aproximando do seu corpo na cama, até que pudesse depositar um beijo leve na sua testa.

— Meu cirurgião. — Minha mãe riu baixinho, orgulhosa.

E no segundo seguinte, roncou. Se eu estivesse filmado, conseguiria por seu nome no Guiness como a mulher de sono mais rápido do mundo.

Depois de cobrir seu corpo com seu cobertor favorito, liguei o pequeno abajur ao canto, porque sabia que ela tinha pânico do escuro, e deixando a porta com uma pequena brecha, para entrar luz também da sala, deixei a casa.

Antes de fechar tudo, me certifiquei de que em sua bolsa estavam as chaves de casa, para que ela não ficasse presa, senão eu teria que vir correndo socorrê-la, e eu não fazia ideia dos planos de Jhonatan.

Poderia acordar em outro país, no outro dia, porque ele era imprevisível.

Dirigi até meu prédio, coloquei o carro na minha vaga, subi até meu andar e arregalei os olhos quando ouvi os gemidos vindos da porta de Talles.

— Estão transando na sala? — Balancei a cabeça negativamente, sabendo que sexo naquele cômodo era angustiantemente fácil de ser detectado.

Eu sabia porque Talles já havia implicado comigo diversas vezes, quando eu e Jhonatan fazíamos sexo nas poltronas. Segurando o riso, abri a porta do meu apartamento e me deparei com a imagem de um homem de 26, sentado exatamente nas poltronas que eu havia pensado minutos atrás.

Jhonatan chegou primeiro.

Ele estava sem o terno, com os botões da blusa abertos até a metade do peito e as mangas brancas dobradas na altura dos cotovelos. Olhei na tela do meu celular: 03:08

— Você tem 5 minutos para ir ao banheiro, pegar duas mudas de roupa, sua sunga e tudo que ache importante levar para passar dois dias fora do seu apartamento.

Por que sua ordem me arrepiava inteiro?

— Sim, meu senhor — foi o que respondi, rindo, vendo Jhonatan sorrir, em retribuição, e passar a língua no lábio inferior.

Ele gostava quando eu o chamava dessa forma, da mesma forma que gostava de ser tão rendido a mim. Claramente precisei de mais do que 5 minutos, quase 15, para fazer tudo o que ele havia me pedido, mas ele não brigou comigo nem me apressou.

Provavelmente os seus "5 minutos" eram apenas um lembrete para que eu não demorasse cinco horas.

Com minha mochila nas costas, voltei à sala e percebi Jhonatan em pé, segurando uma mala de couro preto em mãos. Deve ter arrumado enquanto eu não chegava em casa.

Ele entrelaçou os dedos aos meus e me puxou para fora do apartamento.

Fechamos tudo, tomamos o elevador, e em pouco tempo, estávamos no térreo, mas Jhonatan não falava nada, apenas continuava me puxando suavemente e assobiava uma música engraçada, me conduzindo para onde quer que ele tivesse vontade.

Não fomos para o andar da garagem, e sim para a frente do meu prédio, onde seu carro estava estacionado.

— Não estava nos meus planos dirigir meu próprio carro hoje — ele confessou, rindo baixo. — Mas achei deveras oportuno para a ocasião.

— Você está bem? — perguntei, segurando o riso por não reconhecer aquele linguajar rebuscado.

— Tô, porra! — Ele gargalhou. — Vambora, rabudo.

— Melhor assim. — Ri, enquanto ele pegava minha mão, levava até seu rosto e, ainda sorrindo, beijava o dorso da minha pele com dificuldades, porque não conseguia parar de mostrar os dentes.

Ele abriu a porta para mim, eu entrei e joguei a mochila no banco de trás. O cheiro do carro ainda estava absurdamente gostoso. Ele entrou em seguida, fez a mesma coisa com a sua bolsa pequena e fechou sua porta. Colocando os cintos juntos, observei o momento em que Jhonatan deu partida e saiu com o carro da frente do meu apartamento.

— Para onde você está me levando, Jhon? — perguntei, curioso.

— Fica quieto aí, inimigo da surpresa — ele disse, rindo, tirando a mão da marcha e entrelaçando os dedos aos meus.

Sorrindo com o canto dos lábios, não falei mais nada e deixei que ele me conduzisse. Passamos pela orla da praia, toda iluminada, porém vazia, por estarmos na madrugada, e um pouco mais à frente, Jhonatan foi entrando em ruas que misturavam o comercial com o domiciliar.

Até entrar em um quarteirão completamente arborizado e que fedia a dinheiro. Virando o carro para a esquerda, Jhonatan entrou em um lugar que eu não sabia dizer se era um hotel ou um motel, dado o luxo exagerado de toda sua fachada. *Videre Stella*: era o que dizia o letreiro cromado, com letras douradas.

— Boa noite — ele falou ao atendente, na entrada da garagem, que respondeu ao seu cumprimento de forma educada.

Para não ter *check-in* de forma tradicional, imaginava ser um motel. Um motel estupidamente caro, e eu nem precisava perguntar o preço para saber disso.

— Fiz reservas no quarto 712, com teto retrátil e piscina aquecida.

— Por que não o 711? — perguntei, rindo, inconformado, já que havia criado apego por esse número.

— Porque esse não dava pra tirar o teto com controle remoto, Nick...

Rindo baixo, observei o atendente entregar as chaves para Jhonatan, e depois de agradecer, meu noivo seguiu com o carro até estacionar na vaga que daria acesso ao nosso quarto, com a garagem privativa.

— Eu sei que isso é um motel — falei, segurando o riso, enquanto saía do carro, pegando minha bolsa e vendo Jhonatan fazer o mesmo. — Mas quanto custou isso tudo?

— Dois rins, dois pulmões, um fígado, um baço, um intestino grosso, um intestino delgado, dois olhos, um...

— Você dissecou um corpo pra pagar a conta?

Jhonatan ria, vindo na minha direção e passando o braço pelo meu ombro.

— Aproveita e para de se preocupar com o dinheiro, por favor? É tão difícil assim não ser muquirana por dois dias?

— Vamos ficar aqui dois dias? — perguntei, enquanto abria a porta bege devagar e entrava.

— A gente só sai daqui assado de tanto foder.

Acabei soltando uma gargalhada alta e só consegui parar de rir quando cheguei à sala principal do quarto escolhido por Jhonatan.

Puta que pariu...

Era um lugar de dois ambientes. Em um, havia uma cama enorme, com mais travesseiros do que eu tinha no meu próprio quarto, cortinas brancas abertas, com fitas douradas e soltas ao lado, caso quisessem fechá-las, piso aveludado branco e colunas greco-romanas por toda a extensão. Além de muito acabamento em mármore e gesso fino por todo o quarto.

Parecia que eu estava entrando no Olimpo, eu nunca tinha estado em nenhum lugar tão estupidamente bonito como aquele.

— Jhon... — Choraminguei, depois de jogar minha mochila numa cadeira, também branca, e olhar para o meu namorado. — Isso... isso aqui...

Eu estava todo mole, nem conseguia falar.

Jhonatan colocou a bolsa na mesma cadeira que eu, ao nosso lado, e segurou meu rosto com carinho, selando meus lábios devagar e passando o nariz pelo meu, enquanto eu segurava seus pulsos com o mesmo cuidado.

— Isso precisava ser especial, sabe? — ele sussurrou, roçando os lábios nos meus. — A nossa primeira vez... como noivos.

Soltei uma risada nasal baixinha, concordando e recebendo seus lábios, que começavam a me beijar com todo o seu carinho, que, aos poucos, deixava de ser *apenas carinho*.

Jhonatan mordia minha boca, enfiava os dedos por dentro do meu cabelo e, com o outro braço, apertava minha cintura e esfregava a palma pela lateral do meu corpo, até ele sentir algo que não tinha nada a ver com a minha rigidez começando a dar *"oi"*.

— O que é isso aqui? — perguntou, curioso, que nem criança, quando sentiu a protuberância no meu bolso. Ele achou. Achou as alianças. Comecei a rir, nervoso, e dando um passo para trás, enfiei a mão no meu bolso, tirando o pequeno objeto do seu interior.

— Isso... — falei, abrindo a caixinha e o mostrando. — São as alianças que eu comprei para te pedir em casamento hoje.

— *O QUÊ*? — Jhonatan gritou, depois caiu numa gargalhada tão alta, que sua voz ecoou pelo quarto repleto de mármore branco.

Ele colocou a mão na barriga e pareceu precisar de um minuto para se recompor. Até eu comecei a rir, porque a situação era completamente louca. Mas se tratando de nós dois e de como sempre estivemos tão conectados em tudo.

Não era tão louco assim.

— Agora eu quero — ele disse, ainda rindo e tentando se recompor. — Eu quero que você me peça em casamento, Nick.

— Mas você já pediu — disse, balançando a cabeça negativamente.

— E daí? Pede também, vai, ajoelha agora.

— É a primeira vez que você ordena isso sem ser pra te chupar.

— Hoje é uma data especial — ele falou, mordendo a língua e sorrindo de implicância.

Ainda rindo, abaixei no chão estupidamente branco e polido e levantei a caixinha na sua direção, mostrando-lhe os anéis.

— Jhonatan... — tentei começar meu discurso.

— Ai, meu Deus, eu tô tão emocionado — ele disse, fingindo choro e colocando as duas mãos no rosto.

Eu quase caí no chão, porque não conseguia parar de rir. Como era bobo...

— Jhonatan... — tentei continuar. — No catálogo da nossa vida, a nossa história, em vários momentos, parecia um filme de terror. — Jhonatan riu, olhando para mim ajoelhado, enquanto eu tentava ficar sério. — Mas nós conseguimos fazer um desvio no roteiro, e apesar de todo o drama que tivemos... — Soltei uma risada nasal baixa. — Sei que nosso final vai ser feliz, se você me deixar te escolher também. Você quer casar comigo?

Uma fungada. Jhonatan era tão emocionado quanto eu e mal fazia questão de esconder. Segurando minha mão, ele me puxou para que eu me levantasse, e no momento seguinte, trocamos alianças mais uma vez, em menos de vinte e quatro horas.

— Duas alianças — falei, rindo, enquanto colocava o anel em seu dedo, que já tinha outro objeto igual.

— Já temos a do casamento e a do noivado aqui? — ele perguntou, acompanhando minha risada e repetindo os movimentos, ao colocar a aliança em mim.

Eu confirmei, sem conseguir cessar o riso.

— Se comprarmos mais uma aliança, acho que não vamos conseguir comprar comida.

Jhonatan gargalhou, concordando, e tirando a caixinha da minha mão, a jogou na cadeira ao lado, envolveu minha cintura e segurou meus pulsos, naquela mania que ele tinha de fazer com que eu o abraçasse, enquanto ele me beijava e me apertava ainda mais contra seu corpo.

— Veio com esse papo todo de filmes — ele falava, segurando meu rosto e me dando beijos leves. — Agora me chama de *faz tudo* e me manda polir seu cabo.

Ele conseguia transformar até o momento mais lindo das nossas vidas numa guinada de gargalhada minha, completamente sem controle.

Me soltando do seu abraço, porque os dois estavam rindo, recebi dele mais um tapa na bunda, enquanto eu andava pela suíte que o ex-meliante tinha reservado. Havia o quarto de dois ambientes, em que estávamos, com a cama e uma mesa bonita de jantar, redonda e com tampo de mármore, mas também havia um deque do lado de fora, que, curioso, precisei checar.

Depois de abrir a porta de vidro, que estava coberta por uma cortina vazada, avistei uma piscina aquecida, de onde saía vapor da água em movimento. Eu me abaixei perto dela e coloquei a mão na água, percebendo que aquilo ali nada mais era do que um grande caldeirão, mas parecia convidativo demais.

Ao olhar ao redor, enquanto ouvia a voz de Jhonatan falando com alguém no telefone, percebi um pequeno frigobar, uma mesa com duas cadeiras e, próximo à piscina, duas espreguiçadeiras.

Tudo era muito bonito, bem feito e percebi que as luzes dentro da piscina mudavam lentamente de cor. Ao olhar para cima, me deparei com um teto muito estranho, com uma estrutura leve demais para um teto, mas Jhonatan logo me mostrou o motivo.

Chegando ao meu lado, ele apontou um controle pequeno para cima e, no segundo seguinte, riu, com aquela feição de quem queria me impressionar. E realmente impressionou.

O teto começou a se mover para dentro de um espaço na parede, revelando um céu estrelado muito mais bonito do que eu estava esperando.

— Você vendeu o fígado, eu tenho certeza — disse, chocado, quase com a boca aberta ao olhar para cima.

— Vendi meu dedão do pé — ele falou, me abraçando por trás e depositando o queixo ossudo no meu ombro. — Você amaria um homem sem o dedão do pé?

— Amaria você de qualquer forma. — Ri baixinho, segurando seus braços e fazendo um carinho gostoso, enquanto observava a água da piscina se mover.

Nós ficamos em silêncio por um segundo.

— Mas você não está falando sério, não é?

Jhonatan gargalhou, dando uma mordida dolorosa no meu pescoço.

— Lobo, vampiro... eu não sei mais o que você é — disse, empurrando Jhonatan com o corpo e passando a mão pela minha pele dolorida.

— Eu sou um híbrido de espécies.

Eu ia socar sua cara, mas uma campainha melodiosa soou, chamando nossa atenção.

— Vem, noivo. — Ele me deu um beijo rápido, pegou na minha mão e saiu me puxando para dentro do quarto.

Me guiou, até que eu estivesse sentado à mesa, e no segundo seguinte, abriu uma porta lateral de acesso.

— Pode entrar, a gente ainda não tá pelado não.

Comecei a rir, enquanto um homem entrava, empurrando um carrinho com algumas bandejas. Ele claramente segurava o riso, parecendo não estar se aguentando com o comentário de Jhonatan.

Depois de nos servir, Jhonatan entregou uma nota alta para ele, que, aí sim, ficou gargalhando de verdade.

— Hoje eu tô doidão de amor — Jhonatan soltou, enquanto dava tapas leves no ombro do homem.

Com um sorriso imenso no rosto, o funcionário do motel agradeceu, deixou o quarto e Jhonatan fechou a porta por dentro, com a chave que tinha, então veio se sentar na minha frente.

— Longe demais — reclamou, estalando a língua e arrastando a cadeira, até que estivesse grudado ao meu lado.

Eu sorri tanto com seu ato que meus olhos se fecharam em fendas pequenas. Já estava até acostumado. Mas ele me fazia feliz demais quando demonstrava que, até na mesma mesa, fazia questão de ficar perto de mim.

Então, segurei seu rosto com carinho e depositei um selar que ele esperava receber, porque sorria e fechava os olhos, aguardando meu contato.

— Muita comida, Jhon — comentei, quando separamos nossos rostos e começamos a colocar as coisas do carrinho sobre a mesa.

Arroz, três tipos de carnes diferentes, entre assadas, seladas e cozidas, batata frita, legumes, macarrão, molhos, caldos, sopas... Tudo em porções médias, mas, realmente, variedade demais. E o cheiro estava tão bom.

— Há quantas horas você não come? — ele perguntou, começando a se servir.

Eu precisei de um momento para pensar. A última vez que eu comi foi perto do meio dia, quando almocei.

— Faz mais de 12h, umas 15h, talvez.

— Eu não comi nada hoje, Nick — ele confessou, enchendo o prato de batata frita.

— Amor — falei em tom de reprovação preocupada.

Logo ele, que comia por um batalhão inteiro, se deixassem.

— Por que não comeu?

— Eu estava nervoso, meu bebê. — Ele riu baixinho, espetando o garfo nas carnes e enfiando na boca. — Eu sabia que você ia aceitar, ao mesmo tempo...

Repousei o garfo que pegava alguns legumes no prato, encarando-o por um segundo.

— Estava com medo de eu recusar?

— Eu sabia que você aceitaria alguma hora. Eu sentia isso... — Ele respirou fundo, olhando para mim. — Mas você podia não querer aceitar naquele momento.

Soltei o garfo de vez e coloquei a mão sobre a sua, fazendo um carinho lento na sua pele. Sorri com o canto dos lábios, enquanto Jhonatan prestava atenção em mim.

— E eu todo nervoso, com as alianças no bolso...

— Nós somos dois boiolas ansiosos, Nick. — Ele riu, me deu um beijo rápido e começou a comer.

19.7
ALPHA LIBRAE

No meio de mais conversas, risadas e algumas fofocas sobre coisas que haviam acontecido na nossa vida, na semana que se passou, nós terminamos a refeição, deixando algumas coisas no prato, porque não aguentamos tudo.

Eram 4h34, ainda estava escuro, mas, apesar de ser madrugada, nós não tínhamos pressa para nada. Eu já havia combinado de não trabalhar naquele final de semana com Yan, só não imaginava ser sequestrado pelo meu noivo, mas eu gostava daquilo. De estar em um outro lugar, onde nós podíamos fingir que o mundo não existia.

Jhonatan encheu nossas taças com um vinho que abriu só depois que comemos, e enquanto bebia, chegava o rosto perto do meu e sussurrava coisas no meu ouvido, me fazendo sentir o aroma acentuado da uva fermentada, que vinha no seu hálito.

Já estávamos no final da garrafa, só naquela brincadeira de sussurrar palavras um para o outro e bebermos, embalados por um sentimento gostoso de saber que tínhamos sorte. Tínhamos sorte de ter um ao outro.

— Eu ia pedir outro vinho — ele disse baixinho, enfiando os dedos na lateral do meu cabelo, raspando na minha orelha, enquanto sua boca se roçava pela minha mandíbula.

— E por que não pede? — perguntei, fechando os olhos e sentindo seus toques leves e seus beijos, quentes e arrastados.

— Você vai aguentar esperar ele chegar? — perguntou, soltando uma risada nasal, enquanto me dava um selar calmo.

Abri os olhos devagar, olhando Jhonatan com aquele sorriso gostoso, no canto dos lábios. Neguei com a cabeça.

Ele me beijou novamente e o momento a seguir foi resumido a levantarmos e trocarmos beijos afoitos, enquanto caíamos na cama. Quando tiramos completamente as roupas um do outro, eu recebi Jhonatan no meu colo, da forma que ele queria. Conduzindo tudo. Ele estava decidido a me enlouquecer, e com a rebolada que deu em mim...

Bem, ele conseguiu.

Após termos gozado, ainda com a respiração cortada e me sentindo cansado, segurei a sua cintura com cuidado, enquanto ele segurava meu rosto e nossas línguas se massageavam lentamente, provando que havia carinho até nas nossas bocas.

— Vamos pro nosso momento clichê? — ele sussurrou, rindo no meio dos nossos beijos.

— Nosso banho? — Eu ri, enquanto ele concordava com a cabeça. — Vamos, amor.

Me tirando de dentro de si, Jhonatan levantou devagar e colocou os pés no chão, tremendo levemente quando deu o primeiro passo.

— Oh, porra, sempre fico bambo depois de dar uma quicada sinistra.

Eu gargalhei e, igual a ele, saí bambo da cama, porque sempre ficava fraco quando ria tanto daquele jeito. Ou, igualmente, quando recebia a quicada sinistra de Jhonatan.

Vendo a bagunça de roupas ao lado da cama, não me preocupei com aquilo, ainda mais quando ouvia o barulho do chuveiro sendo aberto, tão convidativo. Quando cheguei no banheiro, Jhonatan travava uma luta contra o objeto, que tinha mais jatos do que eu conseguia contar.

— Mas que porra de espaçonave é essa aqui, caralho? — ele perguntava, nervoso, não conseguindo abrir os jatos certos e atingindo a própria cara.

— Eu não sei, nunca vi um chuveiro assim... — disse, me aproximando dele e tentando ajudá-lo com os registros. — Mas... — Só saía água gelada. — Que tal a banheira?

— Show, amor. Lava os buracos aqui e vamos pra banheira.

Rindo, fiz o que ele sugeriu, e no momento seguinte, estávamos na frente da banheira, a ligando com tanta facilidade que chegava a aliviar, já que enfrentamos uma guerra no chuveiro.

Enquanto eu girava o registro dourado, no meio daquela banheira, enorme e branca, de mármore polido, percebi um objeto peculiar ao lado do sabonete lacrado e dos frascos de xampu e condicionador, igualmente fechados. Uma coisa que, com certeza, não era para usar no cabelo.

— Jhon... — falei, mostrando o frasco de tamanho médio para ele. — Por que tem lubrificante na banheira?

— Nunca se sabe, meu bebê, nunca se sabe. — Ele deu de ombros, rindo e apertando os lábios.

— Que horas você colocou isso aqui, seu vigarista? — Ele acabou gargalhando, mas não falou nada. Só deu de ombros novamente.

— Está cansadinho, é? — perguntou, implicante, entrando na banheira devagar.

— Você não está? — questionei, incrédulo.

— Eu tô acabadão — o tatuado confessou, soltando o ar pesadamente, mesmo que estivesse rindo.

— Não tem mais 21 anos e meio, não é? — agora quem implicava era eu.

— Ah, entra aqui logo seu beiçudo — ele disse, segurando meu pulso e me puxando.

Dessa vez, quem encostou foi Jhonatan, colocando as costas no jato d'água quente, que enchia a banheira, enquanto segurava no meu quadril e me ajeitava, para que eu fosse sentar no meio de suas pernas e, consequentemente, colar as costas no seu peito.

A água forte jorrava por cima de seus ombros, fazendo com que escorresse também por cima de mim, enquanto outros jatos, em volta da banheira, a enchiam com rapidez.

Ali, Jhonatan me abraçava confortavelmente, naquele nosso encaixe tão natural, e como sempre fazia quando tinha a oportunidade, pincelava minha nuca e ombros com seus beijos quentes e calmos.

Ainda entorpecido pelo amor que havíamos acabado de fazer, minhas reações estavam lentas e meu sorriso, frouxo. Levantei a mão direita na altura de meus olhos, passando o polegar pela parte interna de meu dedo anelar, girando as duas alianças que usava. A que Jhonatan comprou e a que eu comprei, quase idênticas.

— Onde você comprou? — perguntei, curioso, olhando para a aliança que Jhonatan me deu.

— Na loja do centro, uns três quarteirões entre sua casa e o hospital.

Eu gargalhei baixo, sem acreditar.

— Eu também — confessei.

— Eita, porra! — ele disse, rindo, levando a mão molhada até minha mão e acariciando as alianças, enquanto permanecíamos naquele abraço encaixado, dentro da banheira, que cada vez ficava mais cheia — E quem te indicou a loja?

— Yan.

— O filho da puta sabia! — Jhonatan quase gritou. — Ele também me indicou!

— Meu Deus, como é sonso... — Eu ria, enquanto Jhonatan enfiava os dedos dentro dos meus e entrelaçava-os, para depois envolver meu corpo e me abraçar novamente. — E esse tempo todo ele não esboçou nenhuma emoção. Nenhuma!

— Não é à toa que é um *bandido-médico-ator-do-caralho*.

— Acho que era pré-requisito pra entrar no bando — comentei, com humor. — Ser ator.

— Por isso eu não me dei bem. Não sei atuar, só sei dirigir e imaginar umas paradas muito loucas. Tipo gente correndo, porque tem uma manada de girafas assassinas vindo atrás...

— Por favor, não estrague a imagem angelical que você criou na minha cabeça sobre girafas e aquele negócio do coração quarenta e três vezes maior do que o coração humano.

— Ok, nada de girafas assassinas. — Ele riu baixinho, passando os lábios sobre a lateral do meu pescoço.

A região onde estava a tatuagem de Órion, que ele tinha exatamente igual. Até mesmo com um ponto a mais, já que voltamos na tatuadora apenas para adicionar a estrela que agora pertencia a Jhonatan.

Quer dizer, eu fui apenas para fazer aquele ponto e Jhonatan aproveitou para fazer uma tatuagem grande na coxa, na época. Então, subiu os dedos molhados e, parando de me beijar, acariciou a região, com devoção e lentidão, admirando minha pele traçada por marcas que formavam nosso conjunto de estrelas favorito.

— Vai parar nessa aqui? — ele perguntou, continuando a me acariciar sobre a tinta, com seus dedos sempre ásperos, mas confortáveis.

— Eu não tenho vontade de fazer mais nenhuma — confessei, porque, apesar de gostar muito da minha tatuagem, estava satisfeito com ela.

— E eu? Posso fazer mais?

Ri da sua pergunta, virando meu corpo devagar, até conseguir encará-lo, dentro do nosso encaixe.

— Você precisa me pedir?

— É com esse corpo que você vai transar pra sempre, então eu acho legal te perguntar.

Eu ri mais ainda e, em seguida, olhei todos os desenhos que Jhonatan tinha feito nos últimos anos.

— E você fala isso agora, que quase não tem mais onde pôr tatuagem?

— Sempre tem um lugarzinho escondido... um canto oculto... um buraco negro...

Gargalhei, deitando a cabeça no seu ombro, e em seguida, coloquei a mão no seu peito, um dos poucos lugares que não havia desenhos.

Ainda.

— Você pode me consultar se estiver indeciso sobre alguma coisa, eu sempre vou conversar com você sobre suas decisões, mas você nunca vai precisar da minha permissão pra nada que queira fazer em você. Tatuagens, tinturas, cortes de cabelo, piercings, roupas, música... — Respirei fundo, fazendo um carinho lento sobre sua pele. — Isso sempre vai ser sua escolha, e nunca ache que você precisa pedir permissão, quando o assunto são seus gostos pessoais. Você é uma pessoa totalmente diferente de mim e eu amo você e todas as suas decisões pessoais.

Ele sorriu, carinhoso, depois beijou a lateral da minha testa, lentamente.

— Ao mesmo tempo somos iguais — comentou baixinho, com os olhos mirando a água, que passava um pouco da metade agora.

— Ao mesmo tempo somos iguais — repeti, dando um sorriso com o canto dos lábios.

Eu me virei totalmente de frente para o meu noivo, então estiquei o braço por trás do ombro de Jhonatan, a fim de fechar o registro, para que a banheira não transbordasse, mas foi apenas o tempo de girá-lo para que Jhonatan segurasse minha cintura e me puxasse com força e firmeza.

Ele me fez vir todo para cima dele, e me conhecia o suficiente para prever meus próximos movimentos, porque esperava por eles.

Com uma perna de cada lado, sentei sobre seu quadril, depois ri baixo, quando percebi ele, mais uma vez, segurando meus braços para que eu o abraçasse, enquanto ele envolvia meu corpo com seus braços cheios de desenhos, novos e antigos. A água quente envolvia nossos corpos, na linha do meu quadril, por estar em seu colo, enquanto Jhonatan tinha o líquido quente cobrindo logo abaixo de seu peito.

Mas ele se erguia devagar, levando o rosto de encontro ao meu, selando nossos lábios lentamente, enquanto descolava as costas da banheira e me abraçava com ainda mais carinho, ainda mais aperto.

— Acho que vou querer uma banheira na nossa casa — disse baixinho, sentindo a risada gostosa de Jhonatan nos meus lábios.

— Vai sair daquele ovo? Você vai ter essa coragem? — Ele passava as mãos, molhadas e quentes, pelas minhas costas em uma carícia preguiçosa.

— Você nos vê morando ali pra sempre? — perguntei, mesmo que meu tom fosse tão baixo quanto o seu e nossos lábios ainda estivessem roçando na pele um do outro.

Nos acariciamos com palavras, enquanto perdíamos a noção se estávamos tendo uma conversa ou amando a pele um do outro. Talvez os dois, porque aquilo já era tão comum entre nós...

— Não, Nick — ele respondeu, tão sincero quanto conseguia ser. — Vejo a gente numa casa grande ou numa cobertura de um prédio.

— Uma cobertura? — falei, rindo baixo, achando sua ambição bonita.

— Algum lugar que você possa ser livre pra olhar o céu quando quiser, onde você não precise se pendurar numa janela.

Eu afastei o rosto levemente, enquanto ele proferia suas palavras, que confessavam o motivo de querer uma cobertura. Era por pensar em mim. Era por ele ainda achar que, por causa dele, eu não conseguia mais usar meu telescópio. Era por achar que ele me tirou o céu...

Quando foi ele quem me fez enxergar as estrelas novamente.

— E o que você quer? — perguntei, levando as mãos até seu rosto, e acariciei suas bochechas com carinho.

— Eu quero tanta coisa, Nick — ele confessou, sorrindo com o canto dos lábios e desviando o olhar do meu. — Mas, principalmente, quero continuar vivendo em paz com você.

Concordei, enquanto via as numerosas luzes do banheiro formarem pequenas constelações em seus olhos. Era tão bonito quando acontecia...

Ele, definitivamente, era minha constelação.

— Eu quero continuar te abraçando pelos corredores, eu quero continuar te beijando quando você chega do trabalho, eu quero continuar te amando no tapete da sala, no chão mesmo, porque a gente se deseja tanto, que não consegue chegar na cama...

O barulho da água, por causa da hidromassagem que continuava ligada, disfarçava o turbilhão de vontades que havia dentro de mim.

— Eu quero continuar sentindo você... — Suas mãos se arrastavam pela minha pele mais uma vez, me apertando um pouco mais, me provocando um pouco mais, me reclamando para si mais uma vez, enquanto roçava o nariz no meu. — Eu quero continuar...

Minha boca se chocou contra os lábios de Jhonatan, porque eu precisava sentir seu gosto com urgência. Como se nunca houvesse o provado. E aquela não era a primeira vez que eu o beijava inundado de tesão dentro de um banheiro.

Novamente, ele me entregou a intensidade que sempre estava pronto para me dar.

Jhonatan subiu uma das mãos pelas minhas costas, segurou minha nuca, enquanto sua outra mão continuava apertando minha cintura e meus braços continuavam rodeando seu pescoço.

Foi imperceptível...

Mas a profundidade de nosso beijo aumentava, a água se movia ainda mais e, sem controle algum, eu me esfregava sobre seu caralho, que se enrijecia tão facilmente, ao receber meu corpo rebolando sobre si.

Nós gemíamos baixinho dentro de nosso beijo, em mais uma vez que nossa necessidade de fazer amor não era anunciada.

Apenas acontecia. Afinal, não era só Jhonatan que se incendiava com declarações. Todo meu corpo inflamava quando ele afirmava o quanto me amava, o quanto se preocupava comigo, o quanto me queria.

E, naquele momento, eu podia ter feito piadas sobre o lubrificante, sobre Jhonatan ter esperado por aquilo e sobre ele, mais uma vez, acertar, quanto ao "*nunca se sabe*", em relação a toda vez que nos amávamos no meio de conversas simples. Mas eu não queria falar mais nada, só queria senti-lo.

Quando beijos pareciam pouco e nossas peles se esfregando já estavam nos enlouquecendo, Jhonatan pegou o lubrificante, derramou em seus dedos e, quando eu ergui meu corpo levemente, começou a me foder devagar, me preparando, cuidando de mim.

Eu deitava a testa no seu ombro, gemia seu nome baixinho, beijava sua pele e acariciava suas costas, enquanto sentia meu próprio membro fisgar, com o tesão urgente que meu corpo sempre sentia pelo meu noivo.

Jhonatan tirou os dedos do meu interior e se masturbou, enquanto eu sentia sua cabeça inchada e melada por lubrificante bater na minha entrada. Então, com a outra mão, me puxou devagar, me fazendo entender que eu já podia me encaixar nele.

Eu comecei a sentar lentamente, e quando o fiz, meu rosto levantou até que meus olhos encontrassem os seus. Sem cortar nosso contato, enquanto minha mão segurava seu rosto, meus joelhos se firmaram no chão quente da banheira e meu quadril se encaixou todinho sobre sua virilha, até eu sentir seu membro todo dentro de mim.

Mais uma vez, nós gememos e trememos juntos. E, diferente de todas as suas palavras sacanas e maliciosas, ali, naquele momento, nós não queríamos falar nada.

Porque já sabíamos. Enquanto eu ondulava meu corpo sobre o membro do meu noivo e sentia sua pele inteira estremecer sob meu contato, eu sentia o quanto Jhonatan me amava. Enquanto Jhonatan mordia meu lábio, puxava minha boca e me beijava com agressividade, explodindo com a intensidade que jorrava de si, ele sentia o quanto eu o amava.

E mesmo assim...

Mesmo sabendo.

Mesmo tendo noção do que sentíamos, enquanto nossas línguas se massageavam, em beijos famintos, e nossas respirações entrecortadas denunciavam urgência, *ainda assim*...

— Eu te amo tanto, Nick... — ele falava baixinho, arrastando a boca pela minha bochecha e sussurrando as palavras sobre a minha pele. — Eu te amo, obrigado por me aceitar.

Segurei seu rosto, selei seus lábios e ali, não segurando mais todas as emoções com as quais havia tido contato naquele dia, além de estar explodindo de sentimentos pelo homem que eu amava, eu chorei.

Chorei, porque Jhonatan era precioso demais e podia estar com qualquer pessoa... mas estava comigo. Estava com o médico inseguro, chato e irritante.

Mas o médico inseguro, chato e irritante que brigaria com o mundo inteiro, só para garantir que aquele tatuado problemático ficasse bem. Que sorrisse novamente.

— E eu te amo demais, Jhon. — Funguei, vendo as lágrimas de Jhonatan se acumularem por dentro de sua pálpebra interior. — Obrigado por me escolher.

Jhonatan também fungou, o que me fez rir, cheio de choro, pela sua reação igual a minha, e em seguida, fui arrebatado por um beijo que não deixava que nenhum de nós dissesse mais nenhuma palavra.

Ele arrastou as mãos pelas minhas costas, me acariciando até que elas repousassem sobre minha bunda, e quando apertou com força, começou a me conduzir para que meus movimentos aumentassem.

A água se movia com mais intensidade, acompanhando o friccionar dos nossos corpos, que pareciam existir em função apenas do prazer um do outro. De amar um ao outro.

Quando Jhonatan gozou dentro de mim, ele gemeu tão gostoso no meu ouvido, tão entregue, que bastou que seus dedos me tocassem por pouco tempo, para que eu também me derramasse por ele. Estávamos ainda mais cansados do que da primeira vez. Era esperado que sim.

Nosso peitoral subia e descia com mais força, nossas testas se colavam, nossos lábios sorriam. Nossos corações batiam rápido, com força, mas encontravam calmaria no abraço apertado que trocávamos, a fim de dissipar toda a adrenalina daquele momento, pouco a pouco.

— Começa na cama, termina no banho — ele comentou, rindo baixo, enquanto eu, cansado, deitava a testa no seu ombro. — Isso já virou nosso padrão.

— Você gosta? Gosta do nosso padrão? — perguntei, rindo tão fraco quanto ele.

— Eu amo, sou louco pelo nosso padrão — Jhonatan confessou.

Mais alguns segundos com ele pensando sobre o assunto foram o suficientes para que soltasse mais uma das suas frases mágicas.

— Transar na cama, depois ir pro chuveiro — resumiu o que fazíamos tanto. — Eu te quebro na quicada e você arrasa comigo na rebolada.

Gargalhei com a sua analogia, com ele precisando me segurar para que, mais uma vez, eu não caísse para trás, dessa vez mergulhando na água da banheira.

— Sim, eu gosto disso. Do nosso método... — confessei, rindo, enquanto ele me dava beijos sequenciados em meus dentes, lábios, bochechas, queixo.

— Agora vamos finalizar o nosso padrão. A gente deita na cama, você deita no meu peito e eu te abraço, como se você fosse meu urso médico, que fala dez frases quando eu aperto.

— Dez frases te xingando ou dizendo que eu te amo?

— São aleatórias, tem todas as emoções. Até você falando "*Hora da Injeção na bunda*".

Jhonatan não parava de me fazer rir. Ele nunca pararia, e era isso que fazia com que eu sentisse que a vida era um pouco mais agradável, mesmo em dias que eu já estivesse tão completo.

Porque Jhonatan me transbordava.

Nós desligamos a hidromassagem, saímos da banheira e, enquanto a água era escoada, eu tentei ligar o chuveiro de novo, com um pouco mais de sucesso dessa vez.

Nós tomamos mais um banho rápido, apenas para limpar todos os vestígios de sêmen que poderiam ter e tirar o suor acumulado em nossas cabeças, no último ato inesperado por mim, mas milimetricamente arquitetado pelo vigarista.

Depois que nos secamos, Jhonatan não me deixou colocar nem minha roupa de dormir e me puxou pelado para a cama, porque disse que queria "*dormir de casulo*". Quando ele explicou o que era "*casulo*" eu dei um tapa no seu braço e corri pra botar minha cueca, o obrigando a por a dele também.

Ele gargalhou tanto, que a minha única reação foi rir também, até estar agarrado com ele novamente, do jeito que ele disse que estaríamos. Era nossa posição favorita, mesmo que, no meio da noite, nós enfiássemos caras em pescoços, bocas em barrigas, pés em bundas e cotovelos em costas. Parecia que uma guerra acontecia no colchão, porque às vezes eu me mexia demais, mas, mesmo assim, continuávamos grudados, porque tínhamos essa necessidade.

19.8
UPSILON LIBRAE

No outro dia, enquanto Jhonatan roncava como se tivesse engolido uma colheitadeira e todos os animais da fazenda juntos, eu me levantei devagar e, quando vi a hora, me assustei.

Só conseguimos dormir perto das 8h da manhã e estávamos tão cansados, que, unido ao álcool ainda presente no sangue, tínhamos muita energia para repor, mas eram 18h e nós, simplesmente, havíamos virado completamente o dia.

— Vou ter que trocar os horários dos plantões — resmunguei para mim mesmo, levantando devagar e andando até o banheiro, para me aliviar.

Tendo feito o que precisava e minha higiene, já que trouxe na minha mochila tudo que iria usar, voltei para o quarto e me deparei com Jhonatan ainda desmaiado.

Liguei o som do quarto baixinho e, enquanto ele não dava nenhum sinal de acordar, telefonei para o serviço de quarto, pedindo alguma coisa que poderia ser encarada como café da manhã, janta e almoço, tudo ao mesmo tempo.

Ficava feliz da cozinha funcionar 24h, porque eu não fazia ideia de que horas seria nossa próxima refeição. Sentindo o corpo dolorido, além de toda região da minha bunda e quadril também, eu ergui meus pulsos o mais alto que conseguia, me alongando e sentindo meus músculos tensos e endurecidos.

Uma nova música começou a tocar, e coincidentemente, era uma das que eu mais gostava de praticar a coreografia.

A lembrança me nocauteava de sentimentos bons, e praticamente sozinho, com mais espaço do que eu já tive em muito tempo, fiz o que meu corpo clamava, em movimentos que começavam tímidos, porque não os praticava há tantos anos...

Eu dancei.

Dancei para mim, dancei por saudade.

Sem grandes rodopios ou pulos exagerados, eu apenas movi meu corpo da forma a qual eu desejava e senti minha pele se arrepiar com os passos que dava, porque eu havia esquecido...

Eu havia esquecido o quanto amava aquilo.

Meus olhos se fecharam, o som me embalou, minhas pernas se distanciaram e logo voltaram a se unir, em sintonia com meus braços alinhados, que exigiam de mim uma postura que eu não sabia mais se possuía.

A música chegou ao seu ápice, e tão forte quanto os tons graves da sintonia, eram as batidas do meu coração, que pareciam ser abraçadas por um amor antigo.

Céus, como era gostoso...

Como me fazia com que eu me sentisse vivo.

Por um momento, quando o refrão finalizou, eu abri os olhos, mas isso me fez travar.

Porque Jhonatan estava sentado na cama, completamente hipnotizado, enquanto me filmava com seu celular. Mas ele nem sequer olhava para tela, porque sua boca, levemente aberta, em choque, não o deixava prestar atenção no que estava sendo gravado. Eu voltei a unir minhas pernas e sorri, envergonhado, levando a mão até a nuca.

— Continua. — Ele franziu o cenho, parecendo revoltado por eu ter parado. — Não para, Nick, por favor, continua.

— Jhon... — falei, sem graça, balançando a cabeça negativamente.

— Tem vergonha de mim?

Eu neguei.

— Se sente desconfortável dançando pra mim? — sua voz, rouca e sonolenta, estava baixa, mas passava claramente a mensagem que minha memória precisava resgatar.

Era Jhonatan. Eu não me sentia desconfortável com ele em *nenhuma* situação.

Respirando fundo, deixei que outra música começasse e não me opus quando ele continuou filmando. Ele fazia isso com tanta paixão, que eu me senti como se fosse um de seus astros, de algum dos filmes em que ele trabalhava.

Jhonatan se levantou, chegou mais perto, abaixou, filmou apenas meus pés. Depois subiu devagar com a câmera pelo meu corpo, formando cenas que eu não entendia, mas que pareciam fazer sentido na sua cabeça.

Jhonatan agia como um profissional, e toda sua postura mudava enquanto ele carregava aquele celular em mãos. Mas ele não queria apenas filmar. Jhonatan queria absorver.

Enquanto eu continuava dançando, meu noivo jogou o celular no colchão e se sentou em cima da cama, na ponta. Sem celulares, sua atenção era apenas para mim. Apenas nos movimentos do meu corpo.

Me deixou dançar até a música terminar e, quando outra começou, uma mais agitada dessa vez, pegou o controle do som, aumentou o volume e, no momento seguinte, se inclinou e puxou meu pulso, até que eu estivesse sentado em seu colo, na minha posição favorita.

Uma perna de cada lado, bunda encaixada no seu quadril e braços em volta dos seus ombros.

— Aquilo que você fazia ali... — ele disse, apontando para o lugar em que eu dançava. — Faz agora. Dança em cima de mim.

— Achei que nunca pediria...

Jhonatan riu e recebeu o solicitado. Eu nunca havia feito um *lap dance* em ninguém, mas havia a primeira vez para tudo.

Só que, mesmo que a ereção matinal de Jhonatan estivesse descaradamente ativa, ele não parecia querer fazer sexo comigo. Pelo menos não instantâneamente.

Sua feição misturava revolta com choque. Admiração com paixão. Jhonatan parecia que queria brigar comigo, ao mesmo tempo queria me beijar. Sua cara estava confusa demais.

— Por que... — ele começou, quando a música terminou e eu parei de fazer meu show à parte, só para ele — Você nunca dançou pra mim?

— Levando em consideração... — comecei, respirando fundo depois dos movimentos intensos — O ano conturbado que tivemos e como tudo ficou muito corrido nos últimos anos...

Dei de ombros, pensando desanimadamente sobre o assunto.

— Acho compreensível ter abandonado algumas partes da minha vida.

— Não. — Jhonatan balançou a cabeça negativamente, com força, tantas vezes que eu tinha certeza que ele estava ficando tonto. — Não, não, não, não e não.

Eu ria de tantas negativas.

— Você é bom, Nicolas. Porra, mais do que isso, você ama o que você faz... eu vi sua alma enquanto você dançava. — Ele respirou fundo, pensando sobre o que falava. — E ela é tão linda...

Meu rosto ficou sério, eu engoli em seco e fiquei olhando para ele. Eu não sabia o que dizer. Como se responde a algo assim? A alguém dizendo que sua alma é linda?

— Eu quero ver sua alma tantas vezes, meu bebê — ele dizia, levando a mão até minha mandíbula e fazendo um carinho gostoso no meu rosto. — Eu quero te ver entregue assim, até eu morrer, então...

O olhei com expectativa, segurando seu pulso, que estava no meu rosto, e depositando ali o mesmo carinho que ele fazia na minha face.

— Eu te prometi que faria terapia e eu estou fazendo. Eu fui na primeira consulta e vou nas próximas — ele dizia firme, anormalmente sério. — Mas agora é sua vez de me prometer uma coisa.

Continuava olhando-o, esperando por suas palavras.

— Não quero que você desista disso. Porque eu sinto que a dança é pra você o que as câmeras são pra mim e... — Ele abaixou as mãos, as repousando sobre minhas coxas, me acariciando. — Eu não quero que você perca isso. Sua essência e o contato com as coisas que te fazem se sentir vivo.

Ele abaixou os olhos, segurou nas minhas mãos e entrelaçou nossos dedos.

— O cinema faz isso... faz com que eu me sinta vivo — confessou, enquanto fazia carinho nos nossos dedos unidos. — Dá um sentido para quem eu sou, faz com que eu me sinta Jhonatan Kauer, e eu te amo Nicolas... — Ele levantou o rosto, me encarando. — Com todos os pedaços da minha alma remendada e do meu espírito costurado pelo amor...

Eu ri da sua nova analogia curada depois de tantos traumas.

— Mas há alguns anos atrás, eu achava que nosso relacionamento era o que me fazia ser especial, e hoje eu vejo que eu posso ser especial sozinho. Eu posso me preencher sozinho e, com isso, ter ainda mais motivação para dar a você o que você merece.

Eu mal acordei e já estava com vontade de chorar.

— Você não merece vazios, Nicolas...

— Jhon, você nunca foi vazio pra mim.

— Mas eu me sentia assim, mesmo estando com você, porque não era do nosso relacionamento que eu precisava me encher. Eu não precisava sugar você, eu precisava estar completo de mim mesmo. Você entende? Por mais que você me ajudasse por todos esses anos, eu precisava achar minha própria motivação.

Eu funguei baixinho, emocionado demais com sua evolução para não desaguar. Meu menino de 21 anos e meio estava realmente crescendo, e não apenas em tatuagens e músculos.

— Você aprendeu isso tudo em apenas um dia de terapia? — Ri, choroso, em um misto de orgulho e humor por todas aquelas palavras saindo de sua boca.

— Não, Nick... eu tenho percebido isso desde que comecei a trabalhar no estúdio, mas aquelas quatro horas de terapia... — Ele soltou uma risada leve, quase envergonhado. — Elas me ajudaram a perceber coisas que eu já notava... e perceber também que eu preciso de muito mais terapia.

Eu dei mais uma risada baixinha, acompanhada pelo humor folgado de Jhonatan, que, aos poucos, voltava a ficar mais sério, porque ele não havia acabado de falar.

— E eu sei que você tem a Medicina. Eu sei que você é muito mais maduro do que eu, em relação a desapego e essa porra toda...

Eu ri. Estava demorando para um palavrão sair de sua boca.

— Mas o que eu vi você fazendo hoje... — Ele levou minhas mãos até seus lábios, depositando selares lentos. — É o que te faz transbordar, não é?

Não havia outra resposta. Eu assenti, sentindo uma única lágrima quente rolar do meu rosto, imediatamente limpa por Jhonatan.

— Então, me promete que não vai desistir da dança. Mesmo que seja apenas por *hobby*. Mesmo que seja apenas para dançar, uma vez por semana, num estúdio de dança caindo aos pedaços no final da rua.

— Isso foi muito específico — disse, naquele mesmo choro humorado, fazendo Jhonatan rir também.

— Me promete, amor — ele pediu, com a voz tão quebrada, que me fez derramar mais uma lágrima teimosa.

— Eu prometo, Jhon. Prometo que vou tentar...

Ele sorriu, satisfeito, segurando meu queixo e me puxando devagar, até que nossos lábios estivessem colados, num selar rápido e carinhoso que me dava.

— Foi bonito demais ver como seu coração pulsava com a música. E tudo em mim estava pulsando junto, porra, pulsando *pra caralho*...

— Jhonatan! — Gargalhando, o empurrei na cama, mas ele me puxou e me virou, me prendendo no colchão.

— E eu não quero mais saber — ele gritava, no meio da música, que parecia que havia aumentado sozinha, mas depois descobrimos que Jhonatan meteu o cotovelo no controle. — Vai dançar pra mim todo dia! Chegou do plantão, é uma dancinha dessa, senão não entra em casa!

Ele estava pronto para começar sua sessão de mordidas, enquanto eu ria destrambelhadamente, quando ouvimos o barulho da campainha tocando.

A comida chegou e Jhonatan foi direto para o banheiro, porque não tinha se aliviado até aquela hora e devia estar explodindo ou mijando na cama, o que não seria agradável.

Quando voltou, já com as mãos lavadas, porque eu chequei, ele me deu uns cem beijos, agradecendo por eu ter pedido a comida, depois comemos grudados na mesa mais uma vez. Passamos o dia, ou melhor, a noite dançando dentro da suíte, bebendo, aproveitando a companhia um do outro.

Latas de cerveja e taças de vinho estavam em volta da piscina aquecida, porque nós estávamos lá dentro quando a madrugada chegou.

Mergulhando, brincando, jogando água um na cara do outro, enquanto bebíamos e nos beijávamos, tão entorpecidos pela existência mútua, que até nossos celulares permaneceram desligados, quando suas baterias acabaram.

Emergindo de um mergulho, observei Jhonatan dando um gole lento na taça de vinho que segurava, olhando para mim com aquela cara maliciosa, de quem não conseguia disfarçar as próprias vontades.

As vontades que, mesmo depois de anos, não mudavam.

— Eu sei que você também adora fazer amor quando bebe vinho desse jeito, então vem... vamos aproveitar a porra do último dia nesse quarto caro e vem aqui fazer amor com o seu cineasta.

Eu gargalhei, dando passos lentos dentro d'água e andando na sua direção, até colocar as mãos em volta do seu corpo, uma de cada lado da piscina, e com ele abaixando levemente o rosto, consegui roçar o nariz no seu.

— Vou fazer amor com o meu noivo.

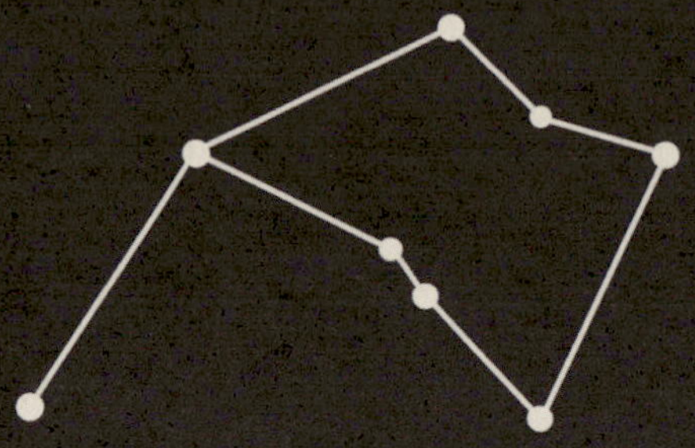

20

ARA

Jhonatan

DISTRITO DE ASTRA, CAELUM
07 DE NOVEMBRO DE 2025

— Aí eu quase dei um socão nele e o fiz prometer que não ia desistir da dança...

— Você ia bater nele de verdade, Kauer? — A mulher me olhava desconfiada, batendo levemente sua caneta dourada sobre a mesa.

Ela já sabia minha resposta. Neguei com a cabeça.

— Eu imaginei. — A psicóloga riu baixo, anotando alguma coisa que nunca me deixava ver. — E isso faz quanto tempo?

— Tem uns dois meses. Por aí. — Eu não tinha muita noção de tempo.

— E surtiu algum efeito?

Eu sorri, mal contendo meus dentes imensos, que agora deviam estar aparecendo em toda minha cara feliz.

— Ele está fazendo aulas de dança contemporânea, uma vez por semana, toda quinta-feira.

— Você parece feliz — ela pontuou, segurando o riso pela minha reação exagerada.

— Eu tô feliz, Petra! Eu tô... caralho! Você tinha que ver a cara dele... Ele já sorria muito, você sabe né? Eu sou um palhaço e ele se joga nas minhas piadas... ele se amarra!

— Eu faço uma ideia...

— Mas agora! Porra, Petra, agora parece que ele recuperou uma parte da vida dele, uma alegria que ninguém poderia dar. Nem eu. Era uma coisa que ele precisava conquistar sozinho... E eu... eu tô tão orgulhoso dele.

— Agora você vê como é importante nós termos nossos focos de vida, além dos relacionamentos?

— Eu sei, dona, eu sei... Inclusive você deveria se especializar nisso, de dependência emocional e os caralhos. Você é boa nessa porra.

A mulher riu baixo.

— Talvez, Kauer...

— Agora eu entendo isso — disse, ainda sorrindo e levantando da cadeira, respirando fundo. — Então, deixa eu ir lá, senão eu vou me atrasar...

— Eu ainda não acredito que você quis marcar sua consulta no dia do seu casamento.

Eu dei um sorriso grande, pensando no nosso dia.

No nosso 07 de Novembro.

O dia que escolhemos juntos, porque, 711 era o número do quarto em que nós nos apaixonamos.

E quando eu estava revirando minhas coisas, para preparar minha pequena mudança para o apartamento de Nicolas, já que tudo meu já estava praticamente na casa dele, eu achei, no fundo das minhas gavetas, um panfleto do festival de rock onde eu vi Nicolas pela primeira vez.

E descobri que 7 de Novembro também foi o dia em que nós nos conhecemos...

E foi isso que nos fez fechar essa data em definitivo. Fechar mais um ciclo, a fim de nos preparar para todos os *07 de Novembro* que teríamos pela frente.

— É aquilo né, dona... ? — falei, enquanto ainda pensava nos números combinando. — Eu queria ter certeza que eu tava com a cabeça no lugar, antes de dizer o sim definitivo.

— Parece que está, sim, vamos descobrir nos próximos meses.

— Beleza. Primeiro passo pro relacionamento dar certo e eu transar pra sempre.

Petra fechou os olhos, respirou fundo, segurou o riso e fez um sinal com a mão, para que eu saísse da sala.

— Foi mal, valeu a consulta. Fui!

Não segurando o riso de forma nenhuma, saí da sala da psicóloga, fechei a porta e peguei o elevador. Quando cheguei no térreo, saí do prédio e fui pra rua, procurando o *Tim Burton*.

Era o nome do meu carro, porque lá dentro sempre aconteciam umas aventuras estranhas, medonhas e sinistras. Eu nem conseguia contar direito. Eu não sabia onde o tinha estacionado, porque às vezes esquecia, mas não foi difícil encontrar o meu grande filho preto e brilhante. Dois meses com o carro e só faltava colocar edredom para ele dormir quentinho à noite.

— Oi, Tim, oi, meu cheiroso, vamos fazer *vrum vrum* com o papai.

O carro me respondeu. Mentira, eu apertei o botão que destravava o veículo e ele fez aquele barulho engraçado. E eu estava fingindo que o carro falava comigo. Talvez devesse dar meia volta e pedir mais uma hora com a psicóloga.

Mas algo no interior do bolso da minha calça me dizia que eu não teria tempo para isso.

— Projeto de *Tarantino* — atendi.

— *Cara, deu merda.*

— *"Deu merda"* não é uma coisa que eu quero ouvir no dia do meu casamento, Luca.

Respirei fundo, enfiando a chave no carro e o abrindo.

— *O DJ tá se cagando todo e disse que não pode ir, porque tá gripado também.*

— Que isso, caralho? — falei, revoltado, sentando no banco do carro e fechando a porta, com o telefone pendurado no ombro. — Manda ele ir de máscara e fralda! Tem que cancelar no dia do casamento? Se foder!

Geralmente eu era empático com a caganeira dos outros, mas naquela hora eu estava me sentindo levemente nervoso e irracional.

— *Não vai dar pra contar com o cara, Jhonatan...* — Luca soltou, desanimado, enquanto eu segurava o celular com a mão e repousava a outra mão no volante. — *Mas eu vou... eu vou dar um jeito.*

— Teu namorado sem-vergonha não é músico? Coloca ele de DJ.

— *Cara, meu namorado vai comigo pra curtir a festa, não pra trabalhar. Ele é con-vi-da-do.*

— Mas tu virou um cachorro de coleira mesmo, hein, seu zé remela?! — reclamei, enquanto colocava o cinto.

— *Tu botaria o Nicolas pra trabalhar no casamento do teu melhor amigo, ranhento?*

— Mas nem fodendo — falei, me sentindo ofendido.

— *Então, pronto, seu cu seco.*

— Tá, tá, caralho... a gente dá um jeito.

— *Eu vou fazer umas ligações aqui, mas tenho quase certeza que consigo outra pessoa pra hoje.*

Respirei fundo, tentando me acalmar, uma vez que Luca não tinha culpa naquela merda e estava só tentando me ajudar.

— Se tudo der errado a gente lança o brabo — falei, rindo, para ele se acalmar também e perceber que para tudo tinha um jeito na porra da vida.

Até para a morte. Samuel era prova disso.

— *Aquele pendrive cheio de música duvidosa que a gente gosta?* — Ele gargalhou na linha.

— Ele mesmo, o fodão — confirmei.

— *Beleza, mas... eu espero que não precise.* — Até meu amigo tinha medo das nossas músicas.

Rindo, porque o conteúdo daquele pendrive era duvidoso até para mim mesmo, desliguei o telefone, colocando todas as minhas esperanças no Super Luca.

Eram 11h e o casamento estava marcado para começar às 19h11, então, tendo tudo sob controle, mas ainda ansioso, porque eu sabia que o tempo passava num piscar de olhos, eu dirigi até a casa de Samuel. Eu iria me arrumar lá, junto de meu irmão, minha cunhada, meu pivetinho sem-vergonha e minha pivetinha misteriosa.

Hadassa havia acabado de completar um mês de vida e, muito diferente de Heitor, quase não gritava, não chorava e não dava muito trabalho. Ao contrário de Heitor, que já passou a mão na fralda cagada e saiu esfregando pela parede branca de seus pais... Mas eu tinha medo do comportamento daquela pequena incógnita, porque eu também era um bebê muito bonzinho.

E, mesmo depois de velho, parecia que eu tomava pilha no café da manhã e, de vez em quando, eu tinha vontade de explodir coisas por diversão. Além de ficar uivando pelo apartamento do meu noivo. Os quietos não permanecem quietos para sempre...

Depois de estacionar na frente da casa do zumbi, peguei meu celular e busquei o rostinho lindo do motivo da minha saudade absurda. Um gay emocionado mudou a foto de perfil para uma que eu estava junto!

Eu achei lindo, a propósito. A gente estava bonitão. Bêbados, sorrindo *pra caralho* e com as caras grudadas, sentados no sofá de alguém que eu não lembrava se pertencia a Jess, Talles ou... sério, eu não lembrava.

Mas nós, realmente, estávamos lindos.

E isso só aumentava a saudade rasgada que eu estava sentindo dele, da sua boca, do seu corpo, do seu cheiro, até daquele dedinho mindinho gordinho, que eu mordia sempre que podia.

Infelizmente eu e Nicolas não nos víamos há trinta dias. Trinta fodendos dias.

Nós tivemos a brilhante ideia de ficarmos um mês sem nos encontrarmos, para, no dia do casamento, as emoções estarem mais afloradas e a gente fazer o hotel todo explodir, na nossa Lua de Mel, só com o nosso fogo no cu.

Na verdade, a ideia foi minha e Nicolas só riu da minha cara, falando que eu não ia conseguir. Mas eu consegui, porra, eu aguentei.

O problema é que no segundo dia eu já estava choramingando de saudade pelos cantos, porque eu realmente sentia saudade de abraçar ele de noite, para dormir.

Meu ursão médico.

Entretanto, passar esse período longe dele foi bom para perceber que não havia nada que eu não conseguisse fazer sem o bundão lindo, mas a saudade afirmou ainda mais como era bom ter ele na minha vida.

E como eu devia dar valor aos momentos que tínhamos juntos, porque eles eram preciosos demais. Estava descobrindo que amor era, também, sobre isso. Não depender, mas valorizar.

Ainda assim, eu tentava pedir arrego por mensagens de texto, mas ele não me aliviava...

Eu:

Vai amor, só uma fotinha. Empina a bunda pra mim. 03:54

Foi a mensagem que mandei na última madrugada, antes de cair no sono. Lia sua resposta abaixo, que devia ter enviado quando acordou.

Mozão ou Dr. Beiçudo:

Você aguentou um mês... não consegue aguentar algumas horas? 09:56

Se você pedir foto da minha bunda mais uma vez, eu vou te bloquear. 09:57

Eu sei que eu já mandei antes... 09:57

Mas aposto que sua ideia não era se aliviar em fotos. 09:57

Era esperar a noite do casamento. Não era? 09:58

Ele tinha razão, eu só não sabia que ia dar uma de Homem-Aranha e subir pelas paredes, só por causa de um mês sem sexo. Que papelão que eu estava fazendo...

Eu:

EU TÔ ENLOUQUECENDO AQUI, NICOLAS 11:07

VOCÊ NÃO ESTÁ ENTENDENDO, EU TÔ NO MEU LIMITE!!!!! 11:07

Mandei as mensagens gargalhando, tentando apelar ao usar todo o meu drama.

Mozão ou Dr. Beiçudo:

Tá no cio de novo? 11:07

Ele respondeu mais rápido do que eu esperava, o que me fez rir como um idiotinha.

Eu:

Agora você entendeu o meu ponto. 11:07

Eu não aguento mais punheta. Eu sou um homem de 26 anos que é noivo de um homem de 31 anos, não um adolescente. 11:07

Mozão ou Dr. Beiçudo:

Quem foi que deu a ideia mesmo? 11:08

Eu:

😭😭😭😭😭😭😭 11:08

Tu quer um vídeo meu? Eu faço, vou gemer teu nome e tudo, rebolo pra você , coloco fantasia de gato, bato na minha bunda, mas me manda uma foto, por favor, por tudo que é mais sagrado. 11:09

Mozão ou Dr. Beiçudo:

Kkkkkkkkkkkkkk 11:09

Tá, eu te mando a foto 11:10

Eu:

AUUUUUUUUUUUUUUUUUUUUUUUU 11:11

Mozão ou Dr. Beiçudo:

anexou uma imagem: toque para abrir 11:13

Eu abri a foto que ele havia me mandado.
Eram seus pés, dentro de meias... usando um chinelo branco!
Claro que era branco, ele não sabia usar outra cor.

Eu:

AI QUE DELÍCIA DE PÉ, QUE PÉ LINDO, COMO É GOSTOSO ESSE PÉ, EU QUERO MORDER ESSE PÉ. 11:13

Mozão ou Dr. Beiçudo:

Kkkkkkkkk, como é bobo 11:13

Só falo contigo no casamento agora. 11:14

Beijo, te amo noivo. 11:14

Eu:

Te amo, meu bebê. 11:14

#TransarAtéMorrer ❤ 11:14

Mozão ou Dr. Beiçudo:

#TransarAtéMorrer ❤ 11:14

Eu ria como se tivesse achado um baú cheio de moedas de ouro e diamantes. E realmente tinha...

Nicolas era meu tesouro.

Esse foi um dos motivos de querer marcar a cerimônia para 2 meses, imediatamente após nossos pedidos mútuos de casamento.

Não tinha motivos para esperar mais anos e anos, quando eu já havia percebido que eu queria passar a eternidade com a pessoa que me fazia rir tanto quanto eu arrancava gargalhadas dele.

E era gostoso sentir que nossa decisão não foi tomada pelo sentimento de posse ou pelo medo de perdermos um ao outro. Nossa decisão foi tomada porque amávamos estar juntos e sabíamos que não havia motivos para esperar, já que éramos praticamente casados há quatro anos.

Quatro anos sendo enrolado por um médico engomadinho que estava tão na coleira quanto eu, mas sabia fingir um pouco melhor que não era tão trouxa por mim assim, até eu chegar no estacionamento do hospital e pegar Nicolas sentado no capô do carro, rindo que nem trouxa, enquanto respondia minhas mensagens no celular.

Eu me escondi atrás do portão e fiquei só observando. O cara gargalhava! Mordia a boca, jogava a cabeça para trás, ria, dava uns gritos curtos. Um marmanjo de 31 anos surtando que nem adolescente, só porque eu estava falando umas bobeiras com ele no celular.

E aquilo foi gostoso *pra caralho*. Porque, mais uma vez, eu tive a confirmação de que ele me amava, exatamente da mesma forma que eu o amava. Eu também era um adolescente trouxa e apaixonado por ele, que dava gritinhos no telefone quando ele mandava uma mensagem descarada.

E eu voltava à minha realidade atual aos poucos, deixando os *flashbacks* para trás, com um sentimento gostoso, de que não havia decisão mais acertada. Eu iria casar com o amor de todas as minhas vidas.

20.1
WESTERLUND 1-26

Respirando fundo, depois de me permitir rir para o celular por mais tempo do que deveria, tranquei o carro, entrei pelo portão da garagem e não precisei nem tocar o pé na grama para já ouvir Samuel gritando com o pequeno terrorista.

— Heitor! — Vi a silhueta imensa do meu irmão correndo pela janela da sala. — Volta aqui!

Curioso, entrei correndo e me deparei com uma cena de total caos. Heitor corria pela sala, dando vários "*olés*" no pai, enquanto segurava um frasco de talco e gargalhava, daquele jeito infantil e gostoso.

Ceci estava de braços cruzados, apoiada no batente da porta, enquanto observava a cena e segurava o riso. Hadassa, ao chão, estava deitada dentro do seu *Bebê Conforto*, mexendo as pequenas mãozinhas, com o olhar desfocado.

E um punhado de talco em cima da careca.

— Ah, seu... — Samuel falou alto, conseguindo pegar Heitor, que deu um grito de pânico, mesmo que estivesse gargalhando. — Por que jogou talco na cabeça da sua irmã?

— Hadassa é careca! — ele disse, gargalhando, tirando sarro da irmã por ter nascido sem nenhum cabelo, diferente dele.

Eu não devia, mas também gargalhei alto, fazendo Samuel me perceber ali.

— Toma! — Meu irmão veio na minha direção, entregando a criança no meu colo. — Ele é assim por sua culpa!

— Minha culpa? — Tentei segurar o riso, enquanto via Cecilia pegar Hadassa no colo, com cuidado, e começar a tirar o talco de sua cabeça, passando a mão com cautela para que não caísse em seus olhos.

— Titio — Heitor falou, segurando minhas bochechas com força e me puxando para colar a testa na testa dele. — Você tem bala?

— Sempre tem bala pra você, seu sem-vergonha — disse, rindo, enfiando a mão no bolso e pegando uma bala macia de morango que Heitor já conseguia morder com seus dentinhos de coelho, sem engasgar. — Deixa, Ceci?

Perguntei à mãe, porque uma vez dei doces para Heitor sem saber a opinião dela e ela quase arrancou minha mão no tapa. Aí eu descobri que a alimentação das crianças tem que passar, primeiro, pelo aval dos pais.

Cecilia e Samuel eram rigorosos com o que meu sobrinho comia, mas às vezes deixavam ele dar umas escapadas.

— Deixa — foi Heitor quem respondeu, me fazendo rir mais.

— Só uma, hein, Jhonatan. Ele já vai comer porcaria hoje a noite, na festa — apesar da pergunta ter sido direcionada para Cecilia, foi meu irmão que respondeu.

Ele foi em direção à mulher e ajudou Cecilia a limpar a pequena careca lustrosa de Hadassa, que agora estava opaca, depois de tanto talco no crânio. Eu ainda tinha medo de dar balas a Heitor, então parti na metade e, depois que ele mastigou tudo, dei a outra metade, o colocando no chão para voltar a correr pela casa.

— Nervoso? — Cecilia chegou perto de mim, enquanto balançava uma Hadassa sonolenta.

Eu fiz menção de pegá-la e minha cunhada prontamente entregou o pequeno pacote em minhas mãos.

Respirando fundo, me sentei no sofá e fiquei passando o polegar nas sobrancelhas de Hadassa, devagarinho, vendo a pequena fechar os olhinhos com o carinho lento. A cabeça dela ainda tinha rastros de talco. E como era linda a minha pequena pivetinha, meu Deus...

Eu precisava comprar uma mini Ferrari para ela também, já que dei uma para Heitor, no segundo Natal de sua vida. A dela ia ser a amarela fodona.

— Um pouquinho, Ceci... — falei baixinho, enquanto minha cunhada se sentava ao meu lado e eu continuava a passar o polegar nas sobrancelhas de Hadassa, observando seus lábios minúsculos e vermelhos. — Mas o que tá me foden... — Pigarreei, e Cecilia segurou o riso. — Me deixando mais louco é a saudade que eu tô dele.

— O que te deu na cabeça pra sugerir ficar um mês longe do Nicolas? Eu não deixo Samuel passar nem 12h longe de mim. — Cecilia riu, implicante, vendo meu irmão aparecer na sala de novo e se sentar no braço do sofá, enquanto colocou a mão sobre a coxa dele.

Depois de Samuel voltar dos mortos, ela acabou criando uma carência maior no "monstrão" dela, e quem podia julgar uma pessoa que amava um zumbi?

Eu que não...

— E você se contorce todo se ele atrasa meia hora do plantão — minha cunhada disse, enquanto Samuel ria e fazia carinho no cabelo dela.

Estava tão longo que quase batia em seu quadril. Ela havia criado aversão a tesouras.

— Olha, eu não me contorço todo, tá legal? — reclamei, estalando a língua. — Eu só fico preocupadinho, por motivos óbvios.

Cecilia riu baixo, colocou a mão sobre o meu joelho e fez um carinho calmo, enquanto eu observava Hadassa, enfim, dormindo em sono profundo nos meus braços.

— Todos nós temos motivos óbvios para ficarmos preocupadinhos nessa família... — minha cunhada disse. — Mas as coisas estão bem agora.

— Tão bem que...

A campainha soou, interrompendo Samuel.

— É o maquiador e cabeleireiro — ele disse, se levantando.

— Pra você, Ceci? — perguntei, colocando Hadassa com cuidado, dentro do *Bebê Conforto*.

Cecilia riu, balançando a cabeça negativamente.

— Eu sei fazer minha própria maquiagem. Samuel contratou maquiador pra vocês dois, especializado em traços masculinos. Apesar de que ele vai fazer meu cabelo também...

— Que porra é essa? — eu falei, rindo. — Samuel quer que eu fique com cara de boneco de cera?

— Não, mas viu um programa semana passada, que o noivo era maquiado, e ficou falando "*Vou arrumar essa porra pro pivete*", e aí encontrou esse cara.

— Entra aí, fica à vontade... — Ouvi a voz bronca e sem jeito falando com o maquiador, que entrava na sala da casa e nos cumprimentava com educação.

O homem colocou algumas malas sobre o sofá, provavelmente com as coisas que ele usaria.

— Cara, tu é foda, eu só ia enfiar o terno e dar um jeito na juba — falei com meu irmão, enquanto Cecilia ajudava o homem a arrumar as coisas sobre a mesa da sala.

— Tu não vai subir no altar com cara de mendigo não, caralho — ele reclamou. — Nem eu!

Cecilia e eu ríamos, enquanto o maquiador parecia ocupado demais com suas coisas, para acompanhar nosso drama familiar. E eu ia dar um passo e começar a me preparar, até ver Heitor correndo pela casa, com o talco aberto, e gargalhando, enquanto jogava o pó branco por toda a sala.

— Eu vou comprar uma gaiola pra você! — Samuel disse, voltando a correr atrás do filho.

Nem o maquiador conseguiu segurar o riso daquela vez e, parecendo um pouco menos travado, começou a conversar comigo. Disse que ele havia chegado cedo e que eu ainda tinha tempo para tomar banho e relaxar, já que eu seria o último a ser arrumado.

Samuel e Cecilia ficariam prontos primeiro, para terminarem de arrumar Heitor e Hadassa, e eu, como era o noivo, teria que ser por último, já que meu penteado e maquiagem tinham que durar o máximo possível. Estava me sentindo um artista prestes a fazer um show.

Antes de chegar minha vez, ansioso feito o caralho, eu tomei banho e belisquei alguma coisa para não passar mal, mas estava tão enjoado que não consegui encher o cu de comida, como fazia normalmente.

Quando chegou minha vez, me sentei em uma das cadeiras da sala e comecei aquela tortura que ia me deixar mais gostoso, se é que isso era possível. Foi tanto gel no meu cabelo que eu me perguntava se um dia ele ia voltar ao normal, mas estava bonitão.

Todo penteado, meio de lado, me deixando com uma cara de galã de novela, pronto para sapecar todo mundo. Mas eu ia sapecar apenas um cara, pelo resto da minha vida. *Que isso ficasse bem claro*.

O cabelo de Samuel só precisou de uma cortadinha nova e uma penteada, já que a grama aparada era mais fácil de cuidar. O de Cecilia foi o que mais demorou, de nós três, para no final estar com um coque cheio de pedrarias.

Demorou aquilo tudo para prender o cabelo, porra? Eu nunca ia entender, mas estava lindona também. Já a minha parte da maquiagem foi uma porra. Primeiro que o cara começou com a minha sobrancelha.

Porra! Você já tirou os pelos da sobrancelha?

Parecia que o cara estava arrancando as pregas do meu cu! E o meu cu ficava bem longe da minha sobrancelha! Eu segurei na cadeira, mas eu não aguentei, não. Dei uns berros e xinguei uns palavrões bem altos, que fizeram até Cecilia levar Hadassa para mamar no quarto, porque eu estava descontrolado.

Mas havia um pequeno ser humano perto de mim, segurando um pote de talco, enquanto eu não parava de gritar.

— Po... pola!

Fodeu.

Heitor apareceu na minha frente, repetindo o palavrão que eu havia acabado de falar.

— Não repete isso, pivete! — gritei. — Não repete, senão tua mãe me mata na porrada! Isso é feio!

Heitor deu uma gargalhada e saiu correndo dali.

— Eu vou tomar no meu cu, eu sou um babaca... mas que tio de merda! — Choraminguei, me culpando para caralho, enquanto o palavrão errado de Heitor ainda ecoava na minha cabeça.

— Jhonatan! — Cecilia gritou, vindo correndo pra cima de mim que nem uma leoa, enquanto o homem tentava tirar os últimos fios da minha sobrancelha.

Eu ia morrer no dia do meu casamento.

Adeus, Nicolas, foi bom te conhecer. Eu te amo tanto...

— Quantas vezes eu já falei pra você não falar palavrão na frente do Heitor! — Ela estava vermelha, com apenas um dos olhos pintados. — Ele falou palavrão pra mim, lá no quarto!

— Ceci, me perdoa, Ceci, pelo amor de Deus, por favor, me perdoa... me perdoa. — Eu quase chorava, me sentindo um cuzão, ao mesmo tempo que estava sentindo dor na sobrancelha e não aguentava mais aquela tortura.

Ela fechou os olhos, apenas um deles maquiado, com um delineado bonito, e respirou tão fundo que eu consegui contar até dez.

— Eu não vou fazer nada com você hoje, porque é o seu casamento... — ela começou calma, tentando não se exaltar mais. — Mas eu quero que fique claro que se o Heitor falar mais um palavrão por causa de você ou por causa do Samuel, vocês não entram mais nessa casa.

Eu ia ter que me controlar. Não ia conseguir viver sem meu pivetinho e minha pivetinha.

— Desculpe — pedi, arrependido de verdade.

Cecilia soltou o ar pelos pulmões, de forma pesada, tentando se acalmar ainda mais.

— Você está com fome? — perguntou, preocupada, ainda séria, mas, a cada segundo que passava, sua feição ia se amenizando.

— Tentei comer, mas não consigo, Ceci, tô nervosão.

— Ok, então... — Ela checou as horas no relógio de pulso, preto e bonito, que usava. — São 17h35. Eu vou terminar minha maquiagem enquanto você termina aí, ok? Saímos às 18h30.

— Sim, senhora, mamãe.

Ela riu, balançou a cabeça, em negação ao meu comentário, e deixou a sala.

— Braba, né? — o maquiador comentou, segurando o riso.

— É... mas só porque ela ama muito o filho e quer que ele cresça num ambiente diferente do que ela cresceu — confessei. — Ela cuida bem das pessoas que ela ama.

Mesmo sendo um marmanjo, Cecilia sempre cuidou bem de mim, e junto de Samuel, os bebês, Nicolas, Luca e Nataniel, era quem eu considerava família. Já não era mais tão quebrada e incompleta assim.

Nós éramos assustadoramente fortes, depois de termos derrubado todos os muros da desgraça no soco, tijolo por tijolo.

20.2
DELTA ARAE

Depois de terminar aquela sessão de tortura na minha sobrancelha, foi a vez do cara passar um reboco do caralho no meu rosto. Ajeitou as olheiras, passou corretivos nas pequenas cicatrizes que eu tinha na bochecha e queixo, depois parecia que queria me deixar drogado, de tanto pó.

Já eram 18h10 quando o homem terminou tudo, mas eu gastei uns 5 minutos só me admirando no espelho, porque, porra, Nicolas ia perguntar se me trocaram por um boneco zerado de fábrica. Acho que eu ia comprar um reboco daquele pra mim, porque me deixou bonitão de verdade.

Samuel pagou o cara, que, se despedindo educadamente, deixou a casa, e em seguida, fui até o quarto de Heitor e Hadassa, onde Cecilia já havia deixado todas as minhas coisas separadas e penduradas.

Eu respirei fundo quando vi meu terno num gancho atrás da porta. A ficha estava começando a cair. Eu e Nicolas finalmente iríamos casar. E por que eu estava começando a me cagar de nervoso?

— Vambora, pivete! — Samuel gritou, e respirando fundo, terminei de me arrumar, no meio dos meus pensamentos acelerados, e saí do quarto dos meus sobrinhos.

Quando cheguei na sala, me deparei com Cecilia usando um vestido preto, longo, com pedrarias abaixo dos seios e a alça do decote fechada no pescoço. Samuel, ao seu lado, usava um *smoking* preto muito parecido com o meu, com a gravata borboleta e a camisa engomada por baixo. E Heitor, ao chão, era uma miniatura de nós dois. Tinha até uma *gravatinha borboletinha*. Hadassa, dormindo dentro do *Bebê Conforto*, estava com um vestidinho pérola e uma pequena coroa, minúscula e delicada, que foi colocada na sua cabeça por um arquinho.

Porra, eu ia chorar só de ver minha família assim. Eles estavam lindos *pra caralho* e eu já estava tendo palpitações, antes de sair de casa.

— Tá bonito pra cara... mba. — Cecilia olhou séria para meu irmão. — Pra caramba, pivete, tá bonito demais.

— Vocês também estão, cacetada!

Cecilia olhou para mim, indecisa.

— Cacetada pode! — tentei me defender.

— Tá, pode — ela concordou.

— Cacetada! — Heitor exclamou.

— Meu Deus, o que eu faço com esse garoto? — Minha cunhada respirou fundo.

Rindo, Samuel deu tapas no meu ombro. Peguei Heitor no colo, enquanto Cecilia pegava o *Bebê Conforto* de Hadassa, e deixamos Samuel fechar tudo, para, em seguida, abrir o carro. Ele esperou que todos estivessem devidamente em seus bancos e bebês em cadeirinhas, para abrir o portão, tirar o carro e pôr os pneus na estrada.

Cecilia foi atrás com as crianças, que estavam parecendo um príncipe e uma princesa, e eu sentei no banco da frente, coloquei meu cinto e apertei os dedos sobre os joelhos, em punhos fechados.

Minhas pernas balançavam, eu respirava fundo.

As crianças faziam barulho no banco de trás, Hadassa chorava um pouco, mas logo era apartada por uma chupeta mágica que a fazia ficar quietinha. Além dos barulhos infantis, a voz da minha cunhada soou, me distraindo da minha mente turbulenta, enquanto Samuel dirigia.

— Quem vai estar lá, esperando no altar? — Cecilia perguntou curiosa, já que, obviamente, não tinha uma "noiva tradicional" que entrasse depois do noivo.

— Quem chegar primeiro. — Dei de ombros.

Samuel soltou uma gargalhada.

— É sério isso? — ele perguntou, com minha cunhada acompanhando seu riso. — Vocês não combinaram?

— A gente combinou que quem chegar primeiro vai esperar no altar e o atrasado vai entrar e chamar a atenção de todo mundo. Eu espero que ele se atrase, porque eu quero estar no altar e ver ele entrando.

— Devia ter falado isso pra ele — minha cunhada comentou.

— Eu falei! Mas o Nicolas disse que ele também odeia chamar atenção, então falou que vai chegar primeiro que eu.

— E se você chegar depois? Quem vai entrar com você? — Samuel perguntou.

— Você, zumbi. — Dei de ombros de novo.

Cecilia riu, mas de um jeito fofo. Provavelmente estava imaginando a cena.

— E quando eu ia saber disso, pivete?

— Tá sabendo agora.

— E por que eu? — meu irmão perguntou, enquanto virava o volante para a direita, entrando em uma rodovia.

Eu respirei fundo, pensando no motivo óbvio para eu ter escolhido Samuel para entrar comigo, quando podia entrar sozinho. Mas eu queria ele do meu lado, encerrando e iniciando, simbolicamente, esse ciclo tão importante na minha vida.

— Você foi meu pai, foi minha mãe... sei que cuidava de mim antes deles falecerem e continua cuidando até hoje. — Todos no carro permaneciam em silêncio, até Heitor, que se distraía no celular do pai. — Então, não tem outra pessoa, Sam. É você que eu quero me entregando pro Nicolas e falando "*toma esse trambolho*".

Samuel riu baixo, balançou a cabeça negativamente, depois segurou meu pescoço, me puxou e deu um beijo no topo da minha cabeça, com a brutalidade de um gorila que larga o filhote no chão em seguida, para ele sair rolando na grama.

— Te amo, seu pivete ramelão — ele disse, ainda rindo, com um sorriso bobo, todo feliz, enquanto dirigia, voltando para uma via urbana, com algumas pessoas passando em volta.

Soltei uma risada baixa, depois levei a mão até o espelho do carro e o baixei, verificando se Samuel não tinha bagunçado meus fios. Eles ainda estavam perfeitos e eu ainda estava gostosão.

Mas isso me fez lembrar que, quanto mais Samuel dirigia, mais eu estava próximo do casamento. E eu havia escrito um discurso, mas já tinha esquecido tudo...

E porra, eu não queria ler na frente de todo mundo, queria que as coisas fossem naturais, mas estava com um medo do caralho de esquecer todas as palavras e soltar apenas um "*Você é foda, mozão*".

Com isso, meu nervosismo aumentou e minhas pernas começaram a bater umas nas outras, sem que eu percebesse. Samuel, o tempo todo, olhava para mim rindo, enquanto dirigia em direção ao salão.

— Não vai se cagar todo não, hein, pivete.

Eu revirei os olhos, mas a verdade é que essa não seria uma opção tão impossível assim. Ainda mais na hora que eu ouvi um estouro, vindo do assoalho do carro.

— Puta que pariu, o que foi isso!? — Cecilia gritou, assustada, apertando Heitor na cadeira e Hadassa no *Bebê Conforto* com força, pouco ligando se bateria a cabeça ou não.

Sua reação foi de total proteção aos filhos, primeiramente. Ela estava desesperada e eu também.

— Calma, minha pequena... — Samuel falou sério, a tranquilizando, enquanto encostava o carro numa rua tranquila e virava para trás.

Acho que a Dra. Petra deveria conhecer o resto da família, estava todo mundo traumatizado. Meu irmão olhou para minha cunhada, que parecia que estava tendo um ataque cardíaco, enquanto eu também buscava explicações para aquele barulho, que parecia um tiro.

— Foi só o pneu que estourou, nós estamos bem, ok?

— O Nicolas vai entrar primeiro! — gritei, revoltado.

Samuel olhou para mim.

— É só com isso que você tá preocupado?

— Sim! Vambora trocar esse pneu!

Abri a porta, desesperado, assustando um casal de idosos que passava na calçada.

— Foi mal, não vão ter um ataque cardíaco por minha causa, não... desculpe.

Os idosos continuaram andando, com aquela cara de que não iam me perdoar, mas eu não ia ver eles de novo, então foda-se.

Tirei meu terno, coloquei dentro do carro e vi Samuel fazer o mesmo. Cecilia saiu, com Heitor e Hadassa, e ficou na calçada, esperando, enquanto segurava a pivetinha no colo e o pivetinho pela mãozinha.

Graças a um milagre divino, nós conseguimos trocar o pneu sem ficar com a roupa cagada, apenas as mãos sujas, mas Cecilia parecia preparada para qualquer situação, então, depois de colocar os bebês dentro do carro, veio até nós com lenços umedecidos e limpou nossas mãos.

— O que eu faria sem a minha pequena pitbull — Samuel disse, rindo, enquanto Cecilia limpava suas mãos ásperas e imensas, que pareciam cachos de banana.

— Vai, Ceci, minha vez, anda vai...

— Quando foi que você me pagou que eu não vi? — ela disse, arqueando as sobrancelhas e começando a limpar minhas mãos.

— Desculpe, eu tô nervosão. Quero chegar primeiro.

Minha cunhada soltou uma risada abafada e balançou a cabeça negativamente, como se o caso já estivesse perdido.

— O que? Que foi? Que cara é essa?

Ela deu de ombros, apertando os lábios e segurando o riso.

— Cecilia Parini, o que você sabe, sua pilantra?

— Ele já está lá, Jhonatan. Nicolas já chegou.

— Como você sabe? — quase gritei, revoltado.

Ela tirou o celular de dentro do decote e balançou para mim. Estava falando com meu noivo todo esse tempo...

Eu fechei os olhos, respirei fundo e aceitei meu destino. Então, os abri, olhei para Samuel e soltei:

— Preparado?

— Pra quê, pivete?

— Pra me dar o bracinho e entrar comigo no salão, seu mamute imenso.

Ele ergueu o braço, em formato de arco, , enquanto Ceci limpava minha outra mão, eu enfiei o braço dentro, como se estivéssemos entrando bem naquela hora. Ela parou de limpar, deu dois passos para trás e analisou a nós dois.

— Um monstrão e um monstrinho. Lindos — minha cunhada disse, rindo.

Mas, além de rir, ela parecia orgulhosa. Tão orgulhosa que respirava fundo, parecia segurar o choro.

— Vamos, vamos logo... — ela falou, abrindo a porta de trás, enquanto eu e Samuel ríamos da cara emocionada dela.

Ajeitando Heitor novamente na cadeirinha, ela se sentou, Samuel voltou ao banco do motorista, e pegando meu terno, me acomodei no veículo.

20.3
ALPHA ARAE

O resto da viagem até o salão foi tranquila, graças a todos os céus, então quando meu irmão estacionou na frente, eu respirei devagar e soltei o ar tão pesadamente que achei que fosse desmaiar.

Eu não estava nervoso antes, mesmo achando que estava. Eu estava nervoso naquela hora. Ficando louco. Mordendo a mão.

— Calma, porra! — Samuel gargalhava, pegando minha mão e abaixando. — Vou lá fora ver como estão as coisas, fiquem aqui.

Eu concordei, não podendo fazer outra coisa, e vi meu irmão sair do carro.

— Titio? — Ouvi a vozinha de Heitor me chamar e me virei, olhando para o pivetinho, que me olhava com aqueles olhos esbugalhados, enquanto as faixas da cadeirinha seguravam seu pequeno corpinho agitado. — Você tem mais bala?

Eu soltei uma gargalhada curta, observando aquele sem-vergonha tentar levantar a mão gordinha para tocar meu braço, na esperança de ganhar doce, mas sem sucesso.

— Seu pai disse que só uma bala hoje, seu pequeno vigarista.

— Papai saiu.

Eu gargalhei de novo, alto dessa vez.

— Heitor, não é não — Cecilia repreendeu o filho com carinho. — Desobedecer é feio.

— Não tem bala?

— Não, meu amor, sem mais bala hoje. — Ela riu, arrumando o cabelinho do meu sobrinho para trás, mas sem sucesso, já que ele voltava a cair no seu olho. — Mas eu deixo você comer salgadinho daqui a pouco. Tudo bem?

— Eu gosto! — Ele levantou os dois bracinhos, comemorando.

— Eu também! — Levantei as mãos e bati no teto do carro. — E tô cagado de fome!

— Cagado! — Heitor repetiu.

Cecilia começou a rir, e antes que Heitor pudesse falar mais alguma coisa, Samuel abriu a porta do motorista, olhando para mim.

— O salão está lotado, mas algumas pessoas ainda estão entrando... só que o noivo adiantado não quer arredar o pé lá da frente.

— Mas que beiçudo teimoso! — Dei um soco leve no porta-luvas, me sentindo derrotado por aquele médico apressadinho.

Samuel entrou, fechou a porta e segurou o riso, vendo meu nervosismo.

— Você entra em 15 minutos. Tá preparado, pivete?

— Tô... só tô com medo pra porra — sussurrei só para Samuel ouvir o palavrão. — Eu tô com medo de esquecer meu discurso e fazer cara de idiota lá na frente.

— Idiota — Heitor repetiu mais uma vez, dando uma gargalhada alta no carro.

Ele achava a palavra engraçada.

— É, seu tio é um grande idiota. — Respirei fundo, encostando a cabeça no encosto do banco e olhando para o teto do carro.

— Não é nada, pivete, para com essa merda. — Meu irmão deu um soco na minha coxa, enquanto ouvíamos Hadassa começar a chorar.

— A pivetinha não gosta que você me bata, seu ogro — reclamei.

— Que foi, amor? — Samuel virou para trás, e de relance eu pude perceber que minha cunhada tirava a bebê do *Bebê Conforto* e colocava em seu colo.

— Ela está com fome, mas eu demoro uns 20 minutos pra amamentar. Vou perder a entrada de vocês... — Cecilia disse, meio desanimada.

— Vai porra nenhuma! — Soquei o porta-luvas de novo. — Amamenta essa esfomeada careca e a gente só entra quando o buchinho dela estiver cheio.

Ouvi a risada baixa de Cecilia, bem atrás de mim, e pelo retrovisor, vi o sorriso carinhoso que me lançava.

— Obrigada, Jhona... — ela disse, enquanto levava a mão livre ao meu ombro e me fazia um carinho gentil.

— De nada, brabona.

Vinte minutos de amamentação, enquanto todos nós permanecíamos no carro, foi o tempo necessário para eu revisar, mentalmente, tudo o que queria dizer para Nicolas. E não foi exagero nenhum dizer que, na hora que eu pus o pé para fora do carro, quando estávamos prontos para ir...

Eu esqueci tudo.

Luca apareceu com Talles, eles me deram abraços apertados, riram um pouco e implicaram comigo.

— Teu noivo tá bem gostoso — Talles disse.

— Tá mesmo — Luca completou.

— Olha o que esse namoro te fez — disse para o meu amigo de infância, balançando a cabeça negativamente. — Te transformou numa metralhadora que nem ele.

— Trá, trá, trá! — Luca brincou com as mãos, como se estivesse atirando em mim.

— Para, chega de brincadeira de tiro comigo, porra.

— Foi mal, esqueci que tu já tomou um tiro de verdade.

O infeliz segurava tanto o riso que chegava a ficar vermelho, o que me fez acabar soltando uma risada curta.

— Ah, Talles arrumou um DJ! Maneiro, né?

— Não sei... — Arqueei a sobrancelha, olhando para o vizinho de Nicolas. — O cara é bom ou é bundão?

— Você vai descobrir na hora da festa. — Talles deu de ombros, entrelaçando os dedos nas mãos do namorado. — Talvez seja meia bunda.

— Lu, me ajuda aqui, por favor... — Cecilia disse, cortando nosso assunto e entregando a mãozinha de Heitor para Luca, enquanto ela segurava uma Hadassa dorminhoca no colo.

Samuel vinha logo atrás com o carrinho dela, então ajudou a mulher a colocar a pivetinha lá dentro, para continuar dormindo. Numa despedida breve, porque logo nos veríamos de novo, Luca e Talles ajudaram Cecilia a entrar com as crianças e irem para seus lugares, por uma entrada lateral do salão.

A porta principal estava fechada, esperando minha entrada triunfal. E se eu caísse e desse com a porra da cara no chão?

Tentando ter pensamentos positivos, respirei fundo uma caralhada de vezes e subi os pequenos degraus na frente do salão chique e caro. Mesmo sendo uma estrutura pequena, exatamente o que eu e Nicolas precisávamos, o lugar era caprichosamente feito com colunas, janelas, finas e compridas, e portas pretas que eram bem mais altas que Samuel, aquela muralha.

Nós chegamos na frente da porta e eu estava prestes a tocá-la, mas uma mulher, com um microfone e fone apareceu, correndo e se colocando na minha frente.

— Ei! — ela brigou comigo. — Calma, Kauer!

Pelo visto meu nervosismo foi suficiente para esquecer que o salão dispunha de cerimonialista apenas para a hora do evento.

— Desculpe... é... — tentava ler o nome, gravado na pequena placa presa em seu peito. — Ella?

— Isso, Ella. Nos conhecemos no dia em que você e seu noivo vieram alugar o salão... — ela falou, séria, passando a mão pelo colarinho de Samuel e o ajeitando, depois vindo para cima de mim e fazendo o mesmo comigo.

Parecia nossa mãe. Analisava nossa roupa, de cima a baixo, tentando verificar alguma imperfeição.

— Quem vai entrar com você? — me perguntou.

Eu só apontei para Samuel, enquanto olhava para ela.

— Incomum — foi seu único comentário.

— Como tudo na minha vida, dona. — Dei de ombros, fazendo Samuel rir e concordar.

— Certo... — Ela segurou meu braço, me ajeitou em direção à porta e, em seguida, colocou Samuel ao meu lado. — Podem escolher as posições e...

Eu enfiei o braço no braço de Samuel, como se ele fosse meu pai e eu tivesse 5 anos. Samuel riu e balançou a cabeça negativamente, fazendo a cerimonialista acabar rindo também.

— Vai me levar no altar direitinho, seu porra — sussurrei para o meu irmão.

— Pivete ramelão do cacete, espero que pare de me dar trabalho depois que casar.

— Isso eu não vou prometer, não.

Meu irmão riu, acertando o ombro no meu, depois nós mantivemos a postura, porque a cerimonialista olhou para a gente com cara de “é agora”. E realmente foi.

Sem que nós tocássemos na maçaneta dourada, as grandes portas negras foram abertas, revelando um salão pequeno, mas enfeitado *pra cacete*. Havia um fotógrafo e um cinegrafista, que trabalharam a noite toda de forma sutil, mas captando todas as horas mais importantes do evento.

Quanto aos convidados, não havia nem cem pessoas presentes, julgo dizer que nem setenta, mas eu e Nicolas escolhemos assim. Quem era importante, quem nós queríamos, estava ali.

Então, pensando nisso, eu respirei fundo e comecei a andar, enquanto segurava o braço do meu irmão. Aquela pilastra imensa, que foi tão importante na minha vida. A música começou a tocar.

“*Rewrite The Stars*”, que nós escolhemos juntos.

Porque eu e Nicolas, literalmente e figurativamente, reescrevemos as estrelas. Nós demos nomes novos a astros, ao mesmo tempo reordenamos a ordem da nossa própria vida, do nosso próprio universo. E eu já estava mais do que pronto para continuar desvendando o céu com o meu amor...

Colocando o primeiro pé no grande tapete azul marinho, porque eu achei o vermelho brega demais, coloquei a cabeça no ombro de Samuel e respirei fundo.

Todo mundo riu com o meu ato, enquanto eu parecia uma criança se escorando no pai. Mas de todas as risadas, o sorriso que iluminava o pequeno salão era o que estava lá na frente.

Nicolas sorria. Sorria muito. E eu não sei se tinha a ver com a saudade desgraçada que eu estava sentindo dele, mas ele estava estrondosamente bonito. Não só bonito. Ele estava *lindo para um senhor caralho*.

Sua calça e sapatos eram escuros, mas seu terno, diferente do meu, era branco, com detalhes em preto, e uma gravata de cetim, que era curta, mas tão charmosa, que eu queria segurar nela e puxá-lo, até que ele me beijasse.

Seu cabelo estava jogado para o lado, quase parecido com o meu, perfeitamente alinhado, como se fosse um príncipe.

Mas, além dos detalhes de sua vestimenta, que faziam tudo dentro de mim desregular de forma violenta, as próprias feições de Nicolas me causavam o nocaute final.

Ele fechava os olhos com força, enquanto a ponta vermelha do seu nariz denunciava o que não era difícil compreender. Nick já estava chorando. Estava chorando por me ver entrar, enquanto nossa música escolhida tocava.

E eu ria ainda mais. Não conseguia nem sequer prestar atenção nos convidados à minha volta, porque estava hipnotizado pelo seu sorriso. Eu levei a mão rapidamente ao rosto, porque já sentia minhas lágrimas quentes, que caíam sobre minhas bochechas e depois se arrastavam até minha boca exageradamente sorridente. E ele gargalhou, choroso, daquele longe que ia ficando perto, à medida que meus passos, junto ao meu irmão, que ria da minha cara, iam nos aproximando cada vez mais.

Éramos um monte de risos, de lágrimas, de peitos estufados por um sentimento bom que eu sentiria pelo resto da minha vida. Porque era Nicolas. Era o meu médico. Era o meu bebê. E, pela primeira vez, seu corpo parecia agitado e ansioso, como se ele estivesse revestido de uma capa do Jhonatan e precisasse quase pular de um lado para o outro, porque não estava aguentando a emoção do momento.

Como se não aguentasse me esperar chegar até lá. E realmente não aguentou.

Antes mesmo de eu chegar na primeira fileira, ele desceu os degraus e veio me receber, dando um abraço em Samuel, antes de tocar minhas mãos.

Todos fungavam, todos limpavam rostos e escondiam lágrimas, no meio de sorrisos gigantes. Minha sogra, na primeira fileira, não escondia lágrima nenhuma, porque chorava como se eu fosse levar Nicolas para outro planeta.

Mal sabia a mulher que eu o levava até às estrelas frequentemente...

Ignorando minhas sacanagens mentais, bem no altar do salão, observei meu irmão abraçando Nicolas e lhe dando um beijo na testa. Porra, eles iam me matar do coração. Fofos do caralho.

— As cuecas dele são horríveis, todas furadas — Samuel tentou alertar Nicolas, enquanto fungava que nem o *Shrek* emocionado.

— Eu sei, já lavei algumas — Nicolas confessou, dando de ombros.

— E ele já lavou as suas? — meu irmão quis cobrar reciprocidade.

Samuel nem fazia ideia de que eu lavaria até as bolas de Nicolas se ele pedisse.

— Também. Bem mais do que eu peço — ele falou, porque era verdade.

As cuecas branquinhas do meu amor, deixava todas elas com cheirinho de amaciante de flores.

Samuel gargalhou, a ponto de assustar algumas pessoas do salão, e outras acabaram acompanhando sua risada, mesmo não entendendo sobre o que nós falávamos.

— É, vocês se amam muito — ele concluiu.

Muito.

Enquanto ríamos, os três, naquele momento matrimonial único que não se repetiria, Nicolas entrelaçou os dedos aos meus, então Samuel nos empurrou para que continuassemos andando até o celebrante, senão não sairíamos dali.

Gostávamos demais das piadas em família.

— Só faltou sua grinalda — Nicolas comentou, rindo, enquanto nos colocávamos na frente do pequeno púlpito do celebrante.

— Mais tarde, eu uso pra você. Só a grinalda e nada mais.

— Será que isso é um fetiche? Porque eu quero... — o médico descarado sussurrou.

Me choquei com a confissão do meu noivo sem-vergonha, então acabei dando uma risada engasgada, enquanto o celebrante, um homem que devia ter uns 40 anos, usando um terno roxo e óculos amarelos, aguardava pacientemente que nós calássemos a boca.

Nós já conhecíamos o cara e sabíamos que ele era tranquilão. Tivemos duas reuniões com ele, porque foi o que deu, e ficamos felizes de saber que Jasan já estava acostumado a fazer casamentos entre pessoas de qualquer sexualidade e respeitava todas elas.

Respeito era o mínimo, mas o conforto de saber que existia respeito de verdade, era maneiro. Nós pigarreamos juntos, ainda com os dedos entrelaçados e tentando segurar o riso.

— Boa noite a todos os presentes. Meu nome é Jasan Jani... — Ele fez uma breve reverência para mim, Nicolas e o restante do salão — E com o poder concedido a mim, irei dar início à união do casamento entre Nicolas Hadriel e Jhonatan Kauer...

Nicolas apertou minha mão com mais força, acariciando meus dedos. Eu sorri com o canto dos lábios.

— Que hoje, se unem em celebração, mas também, legalmente. Casados perante seus familiares, amigos e, de igual forma, perante à sociedade.

— Nosso nome num papelzão do cartório lindo da porra — sussurrei para Nicolas, que riu baixinho.

O celebrante continuou a falar seu discurso, dizendo coisas que eu não prestava atenção, porque estava muito ocupado em não cair na gargalhada com Nicolas. Não havia motivo nenhum para rir, mas nós apenas não conseguíamos nos manter sérios, quando a situação exigia seriedade.

Parecíamos dois melhores amigos adolescentes, que se cagavam de rir no meio da sala, enquanto o professor dava alguma bronca na turma.

E, no final, nós não éramos muito diferentes disso. Porque, definitivamente, eu estava casando com o meu melhor amigo.

— ... A vida no casamento não é fácil, ainda mais entre dois homens, duas mulheres, ou qualquer coisa que fuja aos olhos do que a sociedade considera normal... — O discurso militante havia começado e eu adorava essas porras. — Porque o normal para muitos são casamentos tradicionais, invalidando todas as formas de união. Mesmo que esta "normalidade" — ele disse, fazendo aspas com os dedos. — Esteja ligada a traições, violências, falta de respeito e demais degradações aos próprios cônjuges em si. Mas hoje não temos isso, porque é muito claro que entre Jhonatan e Nicolas está sobressaindo, acima de todo o "tradicionalismo", o amor.

Eu olhei para o meu médico e ele olhou para mim, instantaneamente. Nós sorrimos juntos, enquanto acariciamos nossas mãos entrelaçadas e víamos, no olhar um do outro, as milhões de constelações em que mergulharíamos pelo resto da vida.

— Claro, as piadas e palavrões também estão sobressaindo, pelo que vocês conseguem observar com apenas 10 minutos de conversa com Jhonatan Kauer. — Todos os presentes estavam rindo, enquanto nós voltávamos a encarar o celebrante.

Eu dei de ombros, também rindo, porque não havia muito que eu pudesse fazer. Era um boca suja da porra mesmo...

— Ou um excessivo desejo de trabalhar até desmaiar, por um médico que mora no hospital e dorme em casa, mas, mesmo assim, quer cuidar de Jhonatan o tempo inteiro.

Nicolas segurou os lábios, concordando com a cabeça, enquanto eu batia o ombro no seu, rindo com ele e implicando.

— Mas é isso que fará o relacionamento de vocês ser leve e harmonioso, no meio de um mundo tão carregado de negatividade e sem harmonia alguma.

Porra, que cara maneiro! Tudo que ele falava era bonito!

— E agora, vocês terão a oportunidade de entregar, um ao outro, seus votos de casamento... — Ele pigarreou, segurando o riso. — Desde que não demorem muito, porque alguns convidados parecem que estão com fome.

— Muita fome! — Heitor gritou, sobressaindo a voz infantil por todo salão, que fez com que eu e Nicolas caíssemos na gargalhada.

 Eu só percebi que a parada dos votos era séria, quando Nicolas se virou para mim e, de frente um para o outro, segurou minha outra mão. Estávamos com as mãos entrelaçadas, os sorrisos compartilhados e as respirações tão rápidas, que se alguém desmaiasse eu ia achar normal...

— Posso começar? — ele pediu, meigo, todo fofo.

Caralho, ele poderia dar um tapão na minha cara e dizer que era meu dono, só com aquela fala carinhosa e eu ainda ia dizer "obrigado, meu mestre".

— Por favor... — falei baixo, concordando com a cabeça. — Me faz esse favor, que aí eu tenho mais tempo pra decidir se vou fingir desmaio ou não.

Ele soltou uma risada e tentou se recompor, para começar seus votos. Todos estavam calados, o celebrante havia chegado perto de nós e colocava o microfone na boca do meu noivo, que começava a falar.

— Eu entrei na Medicina na força do ódio. Quando vi meu primeiro corpo para estudo, eu desmaiei... quando abri o primeiro braço para entender como funcionam os tendões, eu vomitei... e quando vi o terceiro corpo eu desmaiei de novo.

— Verdade — Jess confirmou alto, sentada no segundo banco, ao lado de Max, Pietro e Yan.

Algumas pessoas riram, contando comigo.

— Mas... — Nicolas ria, tentando voltar ao raciocínio de antes. — Eu faria tudo de novo se fosse preciso. Eu passaria pelos desmaios, eu vomitaria no pé da Jess. Desculpe Jess... — A amiga de Nicolas riu e soltou um "*tudo bem*". — Eu viraria plantões, só pra ter você na minha vida. Por você eu até faria partos, Jhonatan... mas por favor, não me peça para fazer partos...

— Só o meu, meu alfa — falei, passando a mão na minha barriga e estufando-a para frente.

Nicolas gargalhou daquele jeito, jogando a cabeça para trás, e dessa vez, demorou um pouco mais para se recompor, porque ele quase me matava toda vez que eu fazia piadas com o *Omegaverso*.

— Entretanto, mesmo fazendo tudo isso e cuidando de você, eu queria confessar que nem no primeiro dia — falando, Nicolas respirou fundo, balançando a cabeça numa negativa —, eu nunca consegui ser profissional com você e peço desculpas por isso. — Eu ria, não entendendo porque ele dizia aquilo, já que sempre cuidou tão bem de mim. — Nunca consegui te ver como meu paciente. Eu não entendia na época, mas hoje eu sei.

Ele olhou para baixo. Suas bochechas estavam levemente coradas e seu sorriso era pequeno, mas tão bonito. Então, voltou a me olhar.

— Hoje eu sei que meu estado nervoso, ao chegar perto de você, deixava bem claro que eu nunca consegui te enxergar como um paciente, porque sempre te vi como meu amor.

Meu sorriso era tão imenso, que minha única reação foi agarrar seu rosto, o puxar para mim e, me controlando muito, dar um beijo estalado na sua bochecha. Eu queria tanto beijar sua boca. Tanto!

— Achei que ia precisar brigar com você, Kauer — o celebrante disse, enquanto todo o salão estava numa mistura de risos e choros.

— Quase. Foi quase...

— Pode continuar, Nicolas...

Nicolas estava tentando controlar o riso, para finalizar seu discurso.

— E bem... — Ele respirou fundo, então tentou ficar sério. — Mesmo não conseguindo te ver profissionalmente, você ainda foi o paciente que me deu mais trabalho... e me dá até hoje.

Fechei os olhos, balançando a cabeça, negando sua afirmação absurda.

— Desde uma bala no ombro, até cortes no dedo e fotos da sua bunda, porque você caiu no chão... até cuspe, Jhonatan... Você me manda foto até de cuspe, pra perguntar se está normal.

— Às vezes, parece estranho, eu preciso te perguntar.

— Mas não importa... — ele continuou, tentando controlar o riso a todo custo. — Eu vejo mil fotos nojentas, se isso for te acalmar. E, sendo meu paciente ou não, eu quero cuidar de você pelo resto da minha vida, porque eu sei que você cuida de mim de igual forma. — Seu sorriso era tão gostoso, tão apaixonado, que me achei o próprio *Hércules* naquele momento.

Só tendo uma força sobre-humana para não agarrar Nicolas de uma vez.

— Obrigado por me mostrar que eu também posso ser cuidado. — Ele balançava a cabeça positivamente, de forma sutil, enquanto seus olhos marejados denunciavam o quanto seu coração estava transbordando. — Eu te amo muito, Jhonatan.

Não sei se aplausos eram permitidos naquele momento, mas o salão todo aplaudia as palavras de Nicolas e meu coração estava batendo com a força de mil tambores.

Eu estava fungando como o grande idiota apaixonado que eu sou. E o choro vinha, no meio de risos, porque seus votos eram a mais pura verdade. Eu sabia que iríamos cuidar um do outro pela eternidade que teríamos.

— Eu quero tanto te beijar — disse, praticamente enlouquecendo.

— Não pode — Nicolas falou, segurando minhas mãos com força. — Mas falta pouco amor.

Soltei uma gargalhada baixa, quase desesperada.

— Vai poder depois que falar seus votos, sinta-se livre... — Jasan me deu a liberdade que fazia com que eu quase me cagasse todo.

Eu comecei a suar frio.

— Eita porr... porradaria, porrada, eita, cacete.

— Boca suja — Nicolas disse, rindo baixo.

Aproveitei o microfone longe, já que Jasan aguardava eu dar sinais que iria começar, antes que eu falasse mais palavrões nos auto-falantes.

— Ah, você fala bastante palavrão debaixo da coberta comigo, santinho — sussurrei só para Nicolas, que ficou absurdamente vermelho e segurou ainda mais o riso.

Eu olhei para o salão, cheio e em expectativa, e balancei a cabeça negativamente, enquanto soltei mais uma risada nervosa. O celebrante voltou a colocar o microfone na minha boca, meio arredio, mas permaneceu firme.

E eu comecei...

— Eu tô cagando nas calças de medo, porque eu sei que nada que eu falar vai ser o suficiente, porque, porra... é você. Você é o amor da minha vida, meu doutor, meu bebê, meu melhor amigo... e que palavras estão à sua altura?

Ele olhava para mim, sorrindo daquela forma gostosa e carinhosa, que fazia toda vez que estava me admirando demais ou absurdamente apaixonado.

— E eu fiz um discurso, mas ia ficar feião se eu lesse na frente de todo mundo, então eu joguei fora, só que agora eu não lembro o que eu escrevi...

— Parabéns, Jhonatan... — o celebrante disse, rindo, junto do salão.

Eu acabei rindo também.

— Mas, enfim, eu não preciso de discurso, porque é só fazer um resumão! Vambora! — Ajeitei meu terno, virando o rosto para os lados e estalando o pescoço.

— Você vai fazer os votos ou me atacar? — o médico perguntou, numa risada chocada.

— Votos agora... ataque mais tarde — falei, voltando a pegar suas mãos e entrelaçar nossos dedos.

Nicolas voltou a rir, e mais uma vez, as risadas estavam ecoando também no salão.

Eu precisava me controlar para começar a falar, porque também estava rindo.

— Eu nunca acreditei em cupido — tentei retomar meu raciocínio. — Quem acredita que tem a porra de um anjo pequeno, que fica por aí com a bunda de fora, dando flechada nos outros? Eu que não.

As gargalhadas eram ouvidas em toda extensão do salão, mas, principalmente, eu amava ver como Nicolas jogava a cabeça para trás, em mais uma daquelas suas risadas gostosas.

— Mas o cupido é real... só que o meu cupido era agressivo *pra caralho* e ele me deu uma flechada leve no começo. O problema é que eu não dei bola, então o bicho foi e me deu a porra de um tiro no ombro!

Lembrei da minha sorte milagrosa, de encontrar Nicolas e depois reencontrá-lo.

— Quando eu tinha 20 anos, eu te conheci e nunca falamos disso, mas, naquela noite, eu te quis. Deitar na grama ao seu lado parecia certo, então eu apenas fiz isso. Apenas fiquei perto de você e esperava que você pulasse no meu pescoço e começasse a me beijar enlouquecidamente, mas não aconteceu...

— É sério isso, amor? — ele perguntou baixinho e sorrindo um sorriso imenso, todo meigo, porra.

— É sim... — Tentei não enfiar a língua na sua boca, porque ele estava me enlouquecendo sendo fofo *pra caralho*.

— Desculpe, eu compenso depois — Nicolas disse, fungando mais um pouco com a minha confissão inesperada.

— Obrigado... — Controlei o riso, continuando. — Mas você nunca saiu da minha cabeça. Nós nos reencontramos, e eu fiz 21 anos enquanto estávamos, de novo, separados... Aí, quando começamos a namorar eu já tinha meus gloriosos 21 anos e meio.

— E meio — Nicolas repetiu e riu comigo, implicante.

— E hoje, com 26 anos... *e meio*... — Ele riu de novo. — Eu ainda te quero, da mesma forma que queria o cara jogado na grama, olhando para as estrelas.

Claro que seus olhos ainda estavam marejados, da mesma forma que os meus voltavam a ficar, conforme as palavras iam saindo da minha boca.

— E não sei se você tinha medo, se queria reforçar os sentimentos e só se casar comigo depois da faculdade, pra ter certeza se eu te amo ou que porra...

Nicolas balançou a cabeça negativamente.

— Era só pra você ter o diploma mesmo e não desfocar, porque eu sei que você é louco — ele explicou, rindo.

Eu dei de ombros, porque não tirava sua razão.

— Não importam os motivos... porque eu terminei a faculdade e estou aqui, ainda te querendo. Te querendo como nunca. Te querendo como sempre...

Nicolas fungou baixinho, levando a ponta dos dedos bonitos até o canto dos olhos, que secava devagar, enquanto, ainda assim, não parava de sorrir.

— E eu vou continuar te querendo, até que você vire um velho enrugado e me bata com a sua bengala pela casa, para se vingar de todas as vezes que eu bati com a Excalibur em você.

Ele riu de novo. Riu com força, daquela forma gostosa que me desmontava e montava inteiro, de uma vez só. A gargalhada de Nicolas era o som que eu queria ouvir pelo resto da minha vida, eu tinha total certeza disso.

— Eu vou continuar te querendo, até nossas almas fazerem a passagem para a nova vida. Eu vou continuar te querendo... até te encontrar de novo.

E meu amor parou de rir. Parou de rir porque seu choro tomou força. E ele tentava, por tudo, se controlar, mas seu rosto estava todo vermelho e Nicolas negava com a cabeça, mas não por não me amar ou não retribuir.

Mas por, igual a mim, não estar aguentando tudo o que sentia naquele momento. Ele não me beijou, mas se aproximou de mim, e naquele altar, nós nos abraçamos com tanta força, porque precisávamos nos tocar, precisávamos nos sentir naquele momento.

De "*melosos do cacete*" até "*eu nunca vou viver isso*", os convidados batiam palmas e exclamavam suas reações.

E, apesar de implicantes, nenhuma delas eram negativas. Todos, que estavam ali, estavam felizes por nós. Felizes pelo nosso amor.

— Eu te amo demais, Nicolas Hadriel... — sussurrei para meu noivo, recebendo dele um beijo amassado na bochecha.

Meu grande bebezão que não parava de chorar e me fazia chorar junto. Ele voltou ao seu lugar, nossas mãos voltaram a se entrelaçar, e porra... até o celebrante estava chorando.

— Já posso beijar ele? Marido e marido? Tá declarado, acabou?

Jasan soltou uma risada curta, balançando a cabeça negativamente.

— Declarar vocês casados sem as alianças?

— Ah, é, porra, esqueci.

— Olha a boca! — Cecilia gritou, lá do fundo do salão.

— Nosso casamento é uma feira... — Nicolas disse, rindo, um pouco mais calmo, e eu apenas concordei com a cabeça.

Mas ela tinha motivo para isso, porque sabia o que viria.

Jasan anunciou a entrada das alianças.

Uma música instrumental começou a tocar, num som de piano com violinos, e a porta se abriu novamente. Heitor estava lá, segurando um pequeno carrinho branco de bebê, em que Hadassa dormia profundamente.

— Titio! — ele gritou, quando me viu lá do alto do altar, e eu comecei a rir. — Outro titio! — gritou quando viu Nicolas.

Nicolas sorria tanto quanto eu.

— Vem aqui, meu amor! — eu falei, abaixando nos meus próprios calcanhares, chamando Heitor com as mãos.

Ele sorriu e deu aquela gargalhada sem-vergonha, enquanto tentava correr com o carrinho da irmã, para chegar mais rápido.

— Meu Deus, criança... — Nicolas começou a rir do meu lado.

Ele estava vindo muito mais rápido do que o planejado, e é claro que, quando chegou, estacionando o carrinho com brutalidade, fez sua irmã acordar, assustada. Hadassa começou a chorar, Heitor começou a gargalhar.

— Mas você não tem um pingo de vergonha nessa cara — Nicolas disse, pegando nosso sobrinho no colo, enquanto ele continuava gargalhando.

Eu desci os dois degraus e peguei a pequena escandalosa no colo, enquanto observava Cecilia e Samuel virem andando, cada um num canto do salão, para pegarem seus pequenos pivetes.

— E a aliança, onde está? — Nicolas perguntou a Heitor, já que não estava no carrinho de Hadassa, como planejado.

— Eu comi! — Ele gargalhou, achando muita graça do que disse.

— Vai ter que ficar olhando o cocô dele, pra pegar a aliança de volta — a mãe de Nicolas disse, já que ouvia tudo muito bem da primeira fileira.

— Que nojo, eu não quero aliança cagada!

— Meu Deus — o celebrante comentou, levando a mão ao rosto e respirando fundo.

— O que foi? — Cecilia apareceu, pegando Heitor no colo de Nicolas, enquanto o garoto não parava de rir.

— Ele disse que comeu as alianças.

— Heitor, seu... — Até Cecilia estava segurando o riso. — Não comeu nada, estão aqui. — Ela enfiou a mão no bolso do terninho do filho, tirando a caixinha com as alianças dali, então entregou para Nicolas.

— Você é um vigarista! — disse, olhando para Heitor, que voltava a gargalhar.

Samuel pegou Hadassa do meu colo com cuidado, já que ela quase adormecia novamente.

Eu era bom naquilo. Em colocar eles para dormir. Devia ter algo a ver com o fato de eu ser um *anjo de calmaria*...

Quando eu e Nicolas voltamos ao lugar, o celebrante segurava o riso, por causa da nossa pequena confusão, já que as crianças haviam voltado aos seus lugares, o salão inteiro havia parado de rir e todos estavam em silêncio novamente.

Ele discursou mais algumas breves palavras, mas eu não consegui prestar atenção. Eu voltei a sorrir como idiota, fazendo com que Nicolas logo percebesse e sorrisse da mesma forma.

E daquele jeito, sem ouvir as palavras em volta, sem notar a presença de mais ninguém, nós trocamos alianças e entramos na atmosfera do nosso próprio mundo. Nicolas colocou em mim a que ele comprou e eu coloquei nele a que eu havia comprado.

Enquanto trocamos aqueles presentes, trocamos também promessas, palavras de amor e palavras de carinho, quando eu consegui, no meio de todo aquele transe, ouvir uma voz além da nossa, dizendo algo que chamou totalmente a minha atenção.

— Jhonatan Kauer e Nicolas Hadriel... — Jasan estava finalizando. — Vocês estão oficialmente casados. Os noivos podem se beijar agora.

Nossos corpos se aproximaram e eu levei minha mão esquerda ao rosto de Nicolas. Por mais que tivéssemos afoitos e com pressa de nos tocarmos, antes de tudo, nós encostamos nossas testas e roçamos o nariz um no outro.

Sua mão esquerda também veio ao meu rosto e, enquanto sorríamos, fechamos os olhos. Parecia que nunca havíamos nos beijado, porque nossos peitos subiam e desciam, com a respiração pesada, mas carregados de uma ansiedade tão fodidamente gostosa. Nossos lábios se roçaram, eu ri baixinho e, no momento seguinte, nosso beijo começou leve, tomando uma intensidade contida, branda.

Ainda assim, tão gostosa. Tão nossa.

Eu estava beijando o amor da minha vida. Eu estava, finalmente, beijando meu marido.

Mais uma vez, o salão era feito de palmas, gritos e comemorações, então, apesar da intensidade clamar para aumentar, nós nos seguramos, porque sabíamos que inflamávamos muito além daquilo, só que a mãe de Nicolas estava na primeira fileira. Não dava pra transformar aquilo num filme pornô.

Quando nosso beijo cessou, ainda de testas coladas, o médico sussurrou palavras na minha boca.

— Até que você é um marido que beija bem...

— Espera pra ver o que o maridão aqui faz no teu colchão de mola ensacada.

Nicolas gargalhou mais uma vez, jogando a cabeça para trás, e, no momento seguinte, ainda no meu abraço, voltou a me beijar. O celebrante precisou pigarrear, para que nós lembrássemos que não estávamos sozinhos, porque, dessa vez, a gente ia perder a linha.

— Foi mal aê, quando eu começo eu não paro mais...

— Eu estou percebendo, meu filho — o homem disse, rindo.

Olhei para Nicolas e, sorrindo, selei seus lábios rápido, mais uma vez, então nos viramos em direção ao caminho azul marinho e, de mãos entrelaçadas, deixamos o salão, enquanto pessoas, conhecidas e desconhecidas, batiam milhões de fotos dos nossos rostos.

20.4
BETA ARAE

Ao sair do salão, tivemos o nosso momento de fotos com toda a família e amigos, no outro salão anexado ao lado.

O lugar era um pouco maior e continha nossa festa. Mesas redondas para os convidados, nossa mesa com o bolo e milhares de doces, que eu queria colocar nos meus bolsos, e uma pista de dança bem bonitona.

Antes de nos divertirmos, fizemos questão de tirar fotos com todos os presentes, já que não eram muitos, e tirando alguns três ou quatro penetras, todos que estavam ali eram importantes para nós, à sua própria maneira.

— Agora imagina que o pai e a mãe também estão aqui... — Samuel disse, se colocando ao meu lado para o momento da nossa fotografia, enquanto Cecilia ficava ao lado de Nicolas. — Porque eles estão pivete. Eles estão abençoando vocês.

Eu ia mandá-lo parar de falar aquelas coisas, porque eu ia começar a chorar, mas não consegui me segurar.

Eu realmente estava sorrindo e chorando com a foto em família, e depois dos cliques, recebi um abraço do meu irmão tão forte, que sabia que significava que ele realmente queria que nossos pais estivessem ali, naquele momento tão importante.

Logo em seguida, o vi saindo com Hadassa no colo, que, assim como Heitor, ficava absurdamente calma quando deitava a cabeça em seu peito. Uma menina tão pequenininha no colo de um troglodita imenso como Samuel. Era estranhamente fofo.

— Meus filhos, meus orgulhos, meus bebês... — a mãe de Nicolas disse, se aproximando e abraçando nós dois juntos, com um abraço forte que quase me fazia vomitar.

Mulher forte do cacete. Eu a amava muito, mesmo com aquele abraço assassino.

— Eu amo vocês, meus amores, vocês vão ficar ricos e me dar uma viagem...

— Sem-vergonha, você que vai ficar rica e pagar nossa viagem — falei, rindo, beijando o topo da sua cabeça.

— Quem ficar rico primeiro paga — Nicolas soltou, segurando o riso.

— Feito — eu e minha sogrinha concordamos, um segundo antes de sorrirmos para o click do fotógrafo.

A noite se passou, tiramos fotos com todos, inclusive com nossa panelinha vip.

Pietro, Yan, Talles, Luca, Jess, Max e, claro, Nataniel e Suri. Caio e Wanda também estavam lá, e daquela vez ela estava com o cabelo vermelho. Mesmo com poucos convidados, recebemos presentes de casamento para lotar uma sala anexa inteira, e Nicolas, quando viu todos os pacotes, entrou num certo tipo de pânico.

— Meu Deus, onde a gente vai enfiar isso tudo? — ele disse, arregalando os olhos e percebendo que mal havia lugar para passar, no meio de tantos embrulhos.

— No seu guarda-roupa.

— É... acho que cabe lá dentro.

Eu ri, lembrando da sua passagem secreta para Nárnia, enquanto segurava sua gravata e o puxava devagar, para um beijo gostoso, de um casal que começava a perceber o quanto era querido.

Nós nos amávamos tanto, mas era tão bom perceber que também éramos amados por quem estava ao nosso redor.

— E agora Nicolas Hadriel e Jhonatan Kauer irão abrir a pista de dança! — a voz inconfundível de Luca soou no microfone. — Venham para cá, seus safados!

— Bora, amor, bora dançar eguinha pocotó.

— Jhonatan, por favor — ele disse, rindo, enquanto era puxado por mim, ainda pela gravata, para a pista de dança.

— *O jumento e o cavalinho, eles nunca andam só...*

Nicolas gargalhou, enquanto eu cantava a música e em seguida, nós chegamos na pista. Diferente do que eu cantava, nós tentamos dançar uma valsa clássica e tradicional, mas pisamos no pé um do outro, porque nunca havíamos ensaiado.

— Nossa, como eu sou ruim nisso — Nicolas reclamou, enquanto eu o guiava tão mal, que parecia que estava brigando com ele.

— Me guia agora, pra gente ver se melhora. — Trocamos as posições das mãos.

Mais um minuto de dança. Mais pés pisados.

— Puta merda, a gente é muito ruim. — Eu soltei uma risada alta, enquanto ouvia as pessoas ao nosso redor rindo, sem vergonha nenhuma da nossa dança horrorosa.

Mas o DJ de Talles salvou a gente.

— Pista liberada, *galeraaaaaaaaaaaaaaaaaaaaaaaaaa!* — o DJ gritou no microfone, como se fosse um galo cacarejando às 5h da manhã.

A valsa ganhou uma mixagem louca e, de uma hora para outra, uma batida tenebrosa estava tocando, que fez Nicolas soltar minhas mãos e subir os dedos pelo meu peito, até que estivessem entrelaçados na minha nuca e meus braços em volta de seu corpo.

— Caralho, bem melhor, bem melhor... — falei, rindo, enquanto percebia a pista se enchendo dos nossos amigos, que, nos empurrando e nos amassando, dançavam com a gente.

Nos serviram bebidas e comidas enquanto dançávamos. Nós dançamos, bebemos, dançamos mais e continuamos bebendo, até estarmos, consideravelmente alegres.

O DJ anunciou a hora do buquê e eu olhei para Nicolas, confuso.

— Você entrou com buquê? — perguntei, franzindo o cenho.

— Não, você entrou? — Ele ria, também confuso.

— Não... Oh, porra, o que esse homem quer? — Olhava em volta. — Peraí! Fui correndo até uma das mesas próximas, que estava vazia, peguei um dos arranjos num jarro de água e, sacudindo até que toda água saísse, além de algumas pétalas também, voltei para a pista de dança, entregando para Nicolas.

— Toma, joga.

— Eu não, joga você. — Ele ria alto, empurrando minha mão.

— Eu já entrei no salão chamando atenção de todo mundo, sua vez.

Ele revirou os olhos, mas, segurando o riso, pegou o buquê improvisado, se certificando de que estava amarrado o suficiente. No mesmo momento uma pequena aglomeração se fez atrás dele.

— Meu Deus, como vocês são desesperados pra casar. — Eu ria da cara das pessoas querendo pegar o buquê.

— Olha quem fala, seu maníaco por casamento — Yan rebateu, puxando as mangas do blusão social que usava e se preparando.

— Amor, a gente já é casado — Pietro gritou para o homem que se preparava para pegar o buquê.

— E daí? Quero casar de novo. Gostei da Lua de Mel.

— Safadão! — gritei alto, rindo da cara do platinado.

— Quem vai pegar sou eu. Vem, amor, me ajuda! — Jess disse, puxando Max para a aglomeração atrás de Nicolas.

— Que bagunça... — meu marido falava, rindo, esperando todos chegarem.

— Eu e Samuel somos os mais altos, vocês se foderam — Nataniel disse, chegando com Samuel na aglomeração, enquanto Cecilia e Suri olhavam para eles, ao longe, franzindo os cenhos.

— Vai casar com a minha cunhada? Finalmente, seu porra.

— Respeito, pivete. E a gente já é casado... ela já é minha esposa.

— Coloca um anel no dedo dela primeiro, depois fala isso. Eu tenho um, olha aqui — disse, quase bêbado, esfregando minha aliança de casamento na cara do meu irmão.

— A sua noção de casamento é arcaica — Samuel rebateu, dando um peteleco na minha testa.

— E quem quer pegar o buquê? Ah, tá. Otário. — Soquei sua barriga.

— Vocês estão me desconcentrando, calem as bocas — Nataniel reclamou, enquanto via Nicolas começar a se preparar para jogar.

Rindo, olhei para frente apenas para observar Nicolas fazer o lance. E quando percebi, até o celebrante e uma garçonete estavam no meio da bagunça, para pegar o buquê.

Aquilo me fez gargalhar ainda mais. Meu marido contou até três, enganou todo mundo e não jogou nada. Depois contou até três de novo, enganou todo mundo de novo e continuou não jogando nada.

Eu já estava quase o xingando, mas era gostoso ver todo mundo quicando nas calças de ansiedade, só pra pegar o buquê. Ele contou novamente, mas quando falou "*Um*", jogou o buquê de uma vez, para trás.

Mas a mira de Nicolas era terrivelmente péssima. Ele não jogou para trás, ele jogou para o lado, tacando o buquê justamente no casal que estava tão grudado, que mal percebia o que estava acontecendo ali.

O buquê caiu no colo de Talles, que se assustou com as folhas jogadas do nada.

— Esse aí não podia trabalhar pra mim nem fodendo — Nataniel disse, rindo, se referindo a Nicolas. — Ia mirar pro alto e conseguir acertar a minha bunda.

Eu não ouvia o que Talles e Luca falavam, mas, num primeiro momento, o vizinho de Nicolas parecia absurdamente assustado com o buquê em suas mãos.

Alguma coisa se passava naquela cabeça perturbada, que eu sabia ser traumatizada, graças aos desabafos de Luca comigo. Ele achava que eu era um tipo de conselheiro amoroso, ou algo assim, e mesmo que eu me achasse um merda com as palavras, eu sempre conversava com ele e ajudava no que podia.

Luca riu, pegou seu rosto e o beijou de leve, depois pegou as flores e as afastou. Nicolas foi até eles, pediu desculpas e abraçou os pombinhos, então, quando saiu de perto do casal afortunado, vi Talles finalmente rindo, após o susto passar.

Ele estendeu a mão para as flores, pegou o pequeno buquê e o ficou admirando. Então, ele segurou a gravata do meu amigo e, porra! Safado! Começou a enfiar a língua na boca dele! Caralho, que horror!

Quando as emoções diminuíram, todos voltaram a dançar, enquanto Talles e Luca se beijavam, escondendo os rostos com o buquê. Eu não via mais nada, mas deviam estar lambendo a cara um do outro.

No meio da troca de música, Jess puxou meu marido e foi dançar com ele, enquanto eu fazia uma cara de fingida revolta.

Nicolas ria tanto da minha cara, que eu não consegui mais fingir seriedade por nenhum segundo sequer. Aproveitando o rápido sequestro, fui ao banheiro dar uma aliviada e, quando voltei, Nataniel, que estava a caminho do bar, me puxou pelo braço e me abraçou com força.

— O mais novo do bando casando primeiro...

— Porque vocês são todos uns otários. — Gargalhei, fazendo Nataniel rir e balançar a cabeça negativamente, quando percebeu que eu estava levemente *no brilho*.

— O que quer de presente de casamento?

— Teu presente não tá naquela pilha imensa, não?

— Não... eu e Suri não sabíamos o que dar.

— Que tal me arrumar uma cobertura de prédio, com aquele desconto bandido, pra eu pagar parcelas bem pequenas? — Nataniel arregalou os olhos, depois riu do meu pedido descarado. — Eu sei que você ainda tem contatos.

— Perdi alguns... mas vou ver o que posso fazer. Mas, caralho... — Ele ainda ria, incrédulo. — Cobertura de prédio?

— É... — falei, rindo, sem graça. — Pode ser um prédio pequeno e brega, mas tem que ser na cobertura.

— Um prédio mixuruca, então?

— Não um ninho de rato né, porra?! — Nataniel riu. — Mas uma coisa bacana, mesmo que simples.

— Posso saber por que essa vontade do nada? Você nunca ligou pra isso, coberturas de prédio...

— Por causa do Nicolas... quero que ele veja o céu.

Nataniel sorriu mais uma vez, vendo que eu era um caso perdido. A paixão brega me atingiu e não tinha mais volta.

E enquanto pensava no motivo de eu pedir uma cobertura para o meu ex-chefe, me vi um pouco incomodado, como se pudesse sentir o desconforto do médico. A música estava alta, batida demais, e no meio de tantas pessoas dançando, enquanto eu conversava com Nataniel, eu vi meu marido levemente atordoado na pista de dança. Ele colocava as mãos no ouvido e tentava sair de lá, mas havia uma senhora, que eu não conhecia, bêbada, que o forçava a ficar ali.

— Nataniel, preciso resgatar um médico bonzinho demais e que não sabe dizer "não".

Nataniel riu, quando viu do que se tratava, dando tapas no meu ombro e me liberando. Sutilmente, cheguei na pista de dança e abracei Nicolas por trás, dando alguns passos na batida da música, como se nós dançássemos.

Num abraço, coloquei a mão no seu peito e pude ver como estava acelerado. Porra, ele devia estar nervoso no meio daquele monte de gente. Quando a mulher bêbada achou que Nicolas estava dançando comigo, ela riu, se afastou e foi perturbar outra pessoa, então eu aproveitei a deixa para sussurrar em seu ouvido.

— Posso te sequestrar por meia hora? — perguntei, vendo-o se virar no meu abraço e olhar para mim com o rosto agoniado.

— Por favor, amor — ele pediu, quase suplicando.

Beijando seus lábios rápido, entrelacei os dedos aos seus e o puxei, o tirando da pista de dança e, logo em seguida, do salão de festas. Continuei o puxando, por longos corredores laterais, até seguirmos num caminho reto, para os quartos onde os noivos se arrumavam.

Era o último quarto da estrutura, onde, no seu interior, havia muito mais que um lugar para se arrumar. Se os noivos quisessem, podiam passar a noite, e apesar de estarmos indo para um hotel depois dali, achava o lugar bem bacana.

Parecia até um sítio.

— Pra onde você está me levando? — Ele riu baixinho, segurando minha mão com firmeza, enquanto ainda não tínhamos chegado lá.

— Pra um lugar que vai te deixar calmo.

Sem falar mais nada, Nicolas apenas me seguiu, até estarmos na frente do quarto dos noivos, que ele tinha a chave.

Ao entrar no quarto, passei diretamente pela cama, indo em direção a enorme porta de vidro, até abri-la e dar de cara com um enorme deque, contendo piscina, espreguiçadeiras, um pequeno chafariz e um gramado relativamente grande, feito com a intenção de noivos e noivas tirarem fotos antes das cerimônias começarem.

"*Making Off*" era chamado o ensaio que nós não contratamos, porque não estávamos afim.

Mas, de igual forma, nós usamos o gramado, que, pela primeira vez, teria uma finalidade terapêutica, no meio do caos daquela festa, que nós ainda conseguíamos ouvir perfeitamente dali.

Apenas não tínhamos mais as pessoas em cima de nós, praticamente lambendo a nossa cara. Pegando almofadas das espreguiçadeiras, coloquei uma do lado da outra, ajudei Nicolas a se deitar e depois deitei ao seu lado.

Ele respirava fundo e eu não o apressei a falar nada. Apenas queria que ele ficasse calmo. Enquanto isso, eu observava o céu. Limpo, sem nenhuma nuvem. Brilhando como se estivesse nos abençoando. Até perceber estrelas que eu sabia o nome, além das que se chamavam Nicolas e Jhonatan.

— Alnitak, Alnilam e Mintaka — soltei abrupto, feito criança.

— Você aprendeu? — ele perguntou, eufórico, mas, definitivamente, feliz. — Aprendeu o nome das estrelas do cinturão?

— São as que estão do nosso lado, não são? — Ele confirmou com a cabeça, ainda com aquele sorriso orgulhoso. — Eu aprendi sim... quero saber quem são as engraçadinhas que estão perto do meu marido.

Nicolas gargalhou mais uma vez, rindo tanto que precisou deitar a cabeça no meu peito e me abraçar com força, enquanto eu devolvia o abraço e ria com ele.

O silêncio se fez levemente, ele parecia estar começando a se acalmar.

Eu passava a mão no seu peito devagar, com carinho.

Seu coração não batia mais com tanta força quanto antes.

Então, ele quebrou o silêncio, com a voz mansa e o tom suave.

— Qual será o nosso destino, Jhon?

Não olhava em seu rosto, apenas encarava o teto de estrelas acima de nós. Então, eu confirmei com a cabeça, dando minha resposta silenciosa.

— Será que sempre foi ficarmos juntos? Por tudo que a gente sobreviveu... — ele questionou.

— Se não for isso, a gente obrigou o destino a fazer o que a gente quer, na força do ódio... — eu falei, e Nicolas acabou rindo, virando o rosto para cima, encarando os mesmos pontos luminosos que eu. — Mas eu acho que todas as dificuldades foram só pra reforçar o quanto a gente precisa um do outro.

Ele voltou a me encarar e, dessa vez, eu virei o rosto na sua direção, o olhando nos olhos.

— Acho que nosso destino é salvar um ao outro, para ajudar a salvar outras pessoas — confessei meus pensamentos.

Ele sorriu com o canto dos lábios, levando a mão gordinha até meu rosto e acariciando minha bochecha devagar, com todo carinho que nutria por mim.

— Você, salvando vidas... — concluí meu raciocínio.

— E você, fazendo as pessoas criarem admiração pelo seu trabalho, pelos seus filmes, pela mensagem que você quer passar.

Eu sorri fraco, não me sentindo muito animado quanto a isso.

— Não tenho certeza, Nick. Acho que a porra da minha missão é fazer você ficar vivo, aí você dá teu jeito de salvar umas bundas por aí.

Nicolas gargalhou e, virando o corpo devagar, veio para cima de mim, lateralmente, apoiando um dos braços no meu peito, numa carícia lenta e gostosa, enquanto o outro braço sustentava sua cabeça, com o cotovelo apoiado no gramado.

— Eu já disse isso uma vez, em outra ocasião, mas vou falar de novo, pra você...

O médico chegou o rosto perto do meu e selou meus lábios devagar, com amor, com carinho.

— A Medicina não é a única forma de salvar vidas, Jhon.

Fofo, caralho, que homem motivador e fofo do caralho. Que sorte da porra, puta que pariu.

Eu soltei uma risada baixa, sentindo meu coração queimar com as suas palavras. Porque, apesar de tudo, eu queria ter um motivo para acreditar que o que eu queria fazer, todos os filmes que eu queria produzir, teriam uma mensagem a ser passada. Não apenas sangue, morte, porrada e gente se fodendo.

Eu queria contar minha história com meu marido. Eu queria que as pessoas entendessem o que era amor de verdade e que elas não precisavam se sujeitar a qualquer porra só por comodismo.

Eu queria que o diretor lesse o roteiro que eu estava preparando para entregar a ele...

Porra, eu queria conseguir fazer a diferença, mesmo que fosse no meio de um filme de zumbi, bem sanguinário, cheio de tripa saindo na tela. E, mais uma vez, Nicolas era a pessoa certa, no momento certo, para me lembrar o quanto eu era capaz.

Para me lembrar que eu não era um bandido de merda. Para me forçar a terminar a faculdade. E não para tomar o lugar dos meus pais, mas para me amar e me apoiar como eles teriam me apoiado.

Segurando seu rosto com carinho, ergui minha cabeça e toquei seus lábios com os meus, num beijo calmo que não invadia sua boca, mas que gritava a intensidade que nós iríamos compartilhar para sempre.

— *Alguém viu a porra dos noivos? Cadê esses putos?* — a voz bêbada de Luca soava no microfone, tão alta e gritada, que podia ser ouvida até ali, naquele gramado.

— Merda, acho que notaram nossa falta... — o médico disse, afastando a boca da minha, rindo baixinho, enquanto permanecia com nossas testas coladas.

— Deve ser só porque nós somos os noivos, só isso... — eu falei, acompanhando sua risada, selando seus lábios fofos algumas vezes.

Ele deitou no meu ombro, ainda rindo, depois eu voltei a deitar, colocando o braço atrás da cabeça, apoiando a nuca ali.

— Devemos voltar agora? — perguntei, fazendo carinho na lateral da sua cabeça, passando meus dedos pelos seus fios pretos.

— Só mais 10 minutos, Jhon... — sua voz soou suplicante, num choramingo arrastado, porque ele não queria sair dali.

Não queria que aquele momento acabasse.

— Então, só mais 10 minutos, Nick. — Ri, concordando, dando um beijo no topo da sua cabeça.

E foram *realmente* 10 minutos, porque nós precisávamos voltar para o salão.

E, claro, porque Luca voltou a berrar no microfone, falando mais alguns palavrões de bêbado que eu não estava compreendendo. Mas antes de nos levantarmos, nós aproveitamos aqueles minutos em silêncio.

Aproveitamos o fato de saber que nossas alianças, tão desejadas, eram motivo de orgulho, de total alegria, por mais um ciclo concluído, por mais um passo que demos juntos. Mas nunca foram o que, realmente, nos definiram.

Ironicamente, depois de reclamar tanto para me casar, ficava feliz em notar que nós éramos muito mais do que os anéis em nossos dedos.

Nós éramos estrelas que brilhavam juntas.

Nós éramos, e sempre seríamos, nossa própria constelação.

AGRADECIMENTOS

Primeiramente, quero agradecer a Deus por me fazer uma manteiga mole sensível, com a cabeça que tem um milhão de pensamentos ao mesmo tempo. Valeu, paizão.

Quero agradecer não só aos meus pais de forma geral, mas principalmente pelo amor transbordante que tiveram comigo durante a vida, o que me transformou no ser humano que sou hoje. Agradeço pelo humor duvidoso (e refinado) do meu pai, causador de 80% do meu jeito idiota, e especialmente pelo apoio infinito da minha mãe, que, no processo da adaptação, me deixava escrever, chorar e ter minhas crises "em paz", pois sabia que fazia parte daquele momento delicado. Além do apoio na escrita, obrigada pelo apoio incondicional na vida, mãe. Você merece todos os primeiros pedaços de bolo dos meus aniversários.

Obrigada a minha irmã, Débora, que segurou a plantação de pepinos inteira por mim, desde o dia 28/11/2011, e recebeu ainda mais caixotes de pepino no dia 05/06/2013, mesmo já segurando um outro caixote no dia 02/03/2013. Você sempre esteve lá, minha Miss Marvel, segurando a fazenda inteira de pepinos. Não posso dizer que foi "sem reclamar" e "sem brigas", ou até mesmo "sem nos matarmos pela casa", mas mesmo reclamando ou chutando a minha bunda, você nunca deixou os pepinos caírem no chão. E isso não é sobre pepinos...

Inclusive, mãe e Débora, obrigada por terem lavado tantas louças por mim.

Agradeço imensamente a Jessica Barros. Sem você, eu não faria ideia de que poderia voltar a escrever *fanfics*, coisa que abandonei anos e anos atrás. Você foi o chutaço inicial para que Orion existisse.

Quero agradecer à Dra. Letícia Gurgel, a fisioterapeuta real, que praticamente colocou a mão dentro do livro e cuidou da perna do Ex-Meliante na marra. Sem você me ensinando tanta coisa sobre procedimentos, a Tíbia do Kauer teria virado farofa.

E, nossa, com certeza quero agradecer imensamente a Beatriz, a enfermeira mais porreta que eu tive o prazer de conhecer. Se você não tivesse entrado na minha vida, eu teria errado 100% dos procedimentos médicos e Nicolas Hadriel teria o CRM cancelado.

Quero agradecer ao meu grupo pessoal, por ordem alfabética para não dar briga: Açu, Benai, Moon, Lud, Joanna e Nathaus. Vocês foram, muitas vezes, o motivo de eu não surtar e não morrer de loucura. Vocês me ouviram falar sobre tudo, 24h por dia, em todos os meus processos de escrita, e eu queria pedir desculpas por isso, mas muitas vezes eu só tinha vocês. E graças a Deus que eu tinha vocês.

Quero agradecer também aos meus *Yullebabys*. Meus bebês, meus pequenos pinschers raivosos que compram minhas brigas, me defendem nas redes sociais contra *fake news*, me mandam presentes, cartas ou até mesmo apenas ficam me enviando vídeos de girafa na DM do Instagram ou me marcando em coisas engraçadas. Todo e qualquer tipo de apoio vindo de vocês é grande parte do combustível que eu tenho para continuar minha saga de escrita, e este livro não seria nada, nadinha, absolutamente nada sem vocês.

E, por último, mas não menos importante, obrigada a você, que viu a capa de dois caras deitados na grama, resolveu dar uma chance para o Doutor e o Ex-Meliante e acabou se apaixonando por esse casal.

Eu amo vocês, todos vocês mesmo, daqui até Órion.

711 MIL BEIJOS, YULLE

YULLE

Formada em Fotografia e Intérprete de Língua de Sinais, Yulle sempre teve um amor profundo por livros, mas publicar seu próprio exemplar foi um sonho que abandonou antes de completar 18 anos.

Com 7 anos de idade, escreveu seu primeiro livro não publicado: um conto infantil que falava sobre um garoto que levava a família até Marte.

Por muitos anos, acreditou que essa seria sua única conquista no meio literário: um livro feito à mão e conhecido (mesmo que com muito amor e carinho) apenas por sua mãe, seu pai e sua irmã mais nova, na época.

Mesmo escrevendo até os 17 anos, a exigência da inserção ao mercado de trabalho a fez entender que os textos deveriam ficar de lado e as obrigações precisariam vir primeiro, o que a levou a um *hiatus* literário que acreditava ser eterno.

Nesse meio tempo, se formou como Técnica em Língua de Sinais e, logo após, concluiu a Faculdade de Fotografia, sendo essas as suas principais áreas de atuação até então.

Quase 10 anos depois, graças a uma amiga próxima em tempos de uma pandemia mundial, retornou ao seu amor pela produção de textos e descobriu que tinha muito mais histórias para contar do que imaginava.

Histórias com muitos tipos de amores, porque nunca se limitou a apenas uma forma de amar e sempre quis passar isso em suas linhas e trechos.

Família, reciprocidade, amizade, reflexões sociais, drama e um pouquinho de "acorda pra vida" são outros traços marcantes que a autora não abre mão, presentes em todas as suas histórias.

Yulle é uma pessoa que desistiu, mas que teve a chance de abraçar seu sonho novamente e acredita que, não importa quem você seja, muito menos sua idade, nunca é tarde demais para correr atrás do que ama e passar sua mensagem.

Redes sociais:

@Yulleby

@Yulleby

scriv @Yulle

Dimensões: 16x23

Produzido em Rio de Janeiro, RJ
editoraeuphoria.com.br